蒋生作品选

图书在版编目（CIP）数据

蒋生作品选 / 蒋生著. -- 北京 : 中国文联出版社, 2020.11

ISBN 978-7-5190-4365-0

Ⅰ. ①蒋… Ⅱ. ①蒋… Ⅲ. ①中国文学－当代文学－作品总合集 Ⅳ. ①I217.2

中国版本图书馆 CIP 数据核字(2020)第 200890 号

蒋生作品选

著　　者：蒋　生

终 审 人：朱彦玲　　复 审 人：王东升
责任编辑：李　民　周　欣　　责任校对：黄华胜
封面设计：符星伟　　责任印制：陈　晨

出版发行：中国文联出版社
地　　址：北京市朝阳区农展馆南里 10 号，100125
电　　话：010-85923064（咨询）85923000（编务）85923020（邮购）
传　　真：010-85923000（总编室），010-85923020（发行部）
网　　址：http://www.clapnet.cn　http://www.claplus.cn
E - mail：clap@clapnet.cn　lim@clapnet.cn

印　　刷：湛江教育印刷厂
装　　订：湛江教育印刷厂
本书如有破损、缺页、装订错误，请与本社联系调换

开　　本：880×1230　1/32
字　　数：430 千字　印 张：17.75
版　　次：2020 年 11 月 第 1 版　印 次：2020 年 11 月 第 1 次印刷
书　　号：ISBN 978-7-5190-4365-0
定　　价：52.00 元

2019年2月10日摄于雷城书香轩

作者简介

蒋生，字怀亮，笔名雷松子，广东省雷州市人，干过农、教过书、当过镇报道员、镇党政办资料员、文化站副站长、雷州市文联副主席，雷州市政协第九届委员、文史文教医卫体委员会副主任。现任雷州市革命老区建设促进会副秘书长兼作家协会常务副主席、雷州市楹联学会会长、湛江市诗词楹联研究会副会长。系中国小说学会会员、中国西部散文学会会员、广东省作家协会会员。发表作品百多万字，其中散文《母亲，您一路走好》获《永恒的母爱》全国征文一等奖，《探亲》获广东省“纪念改革开放四十周年·讴歌老区”征文一等奖，小说《城里飞来的凤凰》获中国作家协会文艺报“21世纪首届文艺高级研讨会”全国作品评奖二等奖，《阿狂博私彩》获《小说选刊》第二届全国笔会三等奖，《春暖寡门》获中华文艺首届“精英杯”全国文学创作邀请赛一等奖，《鬼镇坡月圆》获“中国当代小说奖”等，作品被收入《中国小说家代表作集》《当代作家文选》《散文家力作选》《世纪风范·作家文选》《经典文学·诗文精选》等。著有作品集《情悠悠》《火红的心在燃烧》和长篇纪实文学《人民公仆陈光保》（与李日兴合作）。个人小传收入《广东当代作家辞典》《中国小说家大辞典》《中国专家人才库》等。

作者女儿蒋瑞明与中国作家协会主席铁凝（左）在北京鲁迅文学院的中国儿童文学作家班上留影。2007.5.9

作者家庭荣获广东省“十大优秀书香之家”称号，图为作者的妻子李意芬(左二)与时任广东省委常委、宣传部长庹震（左四）等在颁奖时合影。2012.8.22

作者与暨南大学原党委书记、副校长，现任中国中外文艺理论学会副会长、广东省作家协会主席、暨南大学博士生导师蒋述卓（中）、女作家余乔梅合影于暨南大学。2019.4.15

作者与现任中国楹联学会会长蒋有泉（中）、秘书长胡春奎（左）在阳西留影。2017.3.29

作者与中国作家协会创研部研究员、著名文学评论家、鲁迅文学奖、茅盾文学奖评委牛玉秋（左）留影。2012.10.13

作者与《人民文学》副主编邱华栋在广西作家培训班上。2012.10.10

作者与广东省作家协会副主席谢有顺、女作家吴伟兰在樟树湾『稻之道——春耕论道』上合影。2019.3.30

作者与雷州市文联主席张朝霞(左二)、主任臧权源（左三）及黄光平同志（右一）参加湛江作家协会第九次会员代表大会合影。2017.2.22

作者接受学生、深圳市益华市场管理有限公司总经理蒋豪赠书。2017.9.10

作者与义妹叶重义及义姐的儿子叶朝贵合影于叶重义家。2018.6.8

作者与恩人何大妈（中间）及她的三子何孝忠（左一）、女儿何孝凤（右一）、长子何孝龙（右二）在成都合影。2018.6.4

作者（二排右一）与家人拍摄的全家福。1988.5

作者在北京故宫留影。1993.8

作者与妻子李意芬(前排中间)、父亲蒋益贞（左三）、三弟蒋禄（左一）、三弟媳黄英（左二）、四弟蒋炳（右一）在人民大会堂留影。2013. 8.27

作者与父亲蒋益贞、妻子李意芬、三弟蒋禄、四弟蒋炳在成都杜甫草堂留影。2013.9.3

作者与妻子李意芬、儿子蒋瑞景合影。2005.6.18

作者与妻子李意芬、儿子蒋瑞景、儿媳邓小聂、孙子蒋承桦、蒋承榆在深圳福永合影。 2018.6.9

作者摄于成都。1978.10.27

作者在北京参加《小说选刊》第二届全国小说笔会颁奖典礼留影。2011.12

作者与家人合影。 2015.12

作者在父亲（第二排左六）90大寿时与家人合影。2017.1.30

目 录

第一辑·小 说

第二辑 · 纪实文学

第三辑 · 报告文学

第四辑 · 散　文

第五辑·序言　评论

第六辑·特　写

第七辑·故　事

第八辑·诗 词

第九辑・楹　联

第十辑·雷　歌

附·妻子李意芬作品四篇

附·女儿蒋瑞明作品五篇

不忘初心，坚毅前行

——《蒋生作品选》序

蒋述卓

在粤西大地上，钟情于文学创作的家庭有很多，我所知道的诗人洪三泰一家就有好几个人都在从事文学创作，蒋生与他的妻子李意芬、女儿蒋瑞明也都在写作。他们家庭在 2012 年和 2014 年还分别获得广东省“十大优秀书香之家”、全国首届“书香之家”的称号。这种文学氛围使得蒋生笔耕不辍，成绩可观。

文学创作，既靠知识，也靠直觉与天分，更靠勤奋以及对文学初心的坚持与热爱。蒋生作为一个自学成才的作家，得益于雷州民间文化的滋养，这从他整理与写作雷歌以及为民间宗祠所写楹联等可以看出。正是雷州炙热的现实生活，成就了他笔下的人物、故事与风景。他怀着一颗爱心，书写他身边熟悉的人物和他们酸甜苦辣的命运与奋斗历程，还有他们的爱恨情仇。或许这些人物与故事都不那么奇特、神秘，但平凡之中却见出作者独到的眼力和笔力，也见出粤西大地独有的风情民俗和乡土滋味。相对于广府文化、潮汕文化和客家文化，雷州文化更有独特性和吸引力。他也写身边真实的人物，他们中有雷剧演员，有医生教师，有乡镇干部和企业家，为他们立传，传扬他们对雷州做出过的贡献，那些纪实性的文字呈现出了作者的一片赤诚之心和博大的胸襟，那些本土的写作更能表现出他创作的个性与风格。

在这里，我要特别提到他的散文。他的散文不追求华丽的文字，却能以真情去打动读者。他写妻子，写母亲，满含深情。他不避讳他早年的穷困，而为妻子与他能同甘共苦一起奋斗感到骄傲与自豪，他也能为妻子找到一份小作坊的工作感到宽慰；在日常生活中，他知恩报恩，为远方的来客由衷地高兴；他热爱身边的土地，为有红树林那样的环境感到快乐；他为能驾驭自己的命运轻舟感到幸运；为能实现自己的文学梦想而不懈奋斗感到愉快。他的散文情真意切，朴素之中透露出可以回味的甘甜与清香。这也与他相信文学能传达真情、文学能净化人心的文学理念相关。

作为一个地方文联的原副职领导主抓文艺创作，他不仅自己写作，也要评论其他文学爱好者的写作，还要为他们的文集写序，这些文字收录在此文集中，亦可见出他的文学修养和对文学后辈的慈爱之心。其实，他为民间村镇的戏楼、祠堂写的楹联，既能体现出他的奉献精神，也能体现出他的文学涵养和文字功力。我曾应他与蒋梦杰先生之邀，为雷州市纪家镇新村蒋氏宗祠书写了他为其撰写的两副对联，在此录下，以与读者分享：

新风馨暖九侯世业存豪气，
村景繁华五牧家声振远谋。

乐善图强鼻祖贻谋垂燕翼，
安家富国耳孙励志奋鹏程。

文学之路是艰辛的，也是快乐的。文学路上的奋斗历程更值得珍藏和回忆。相信此文集的出版为蒋生的文学之路点亮了一盏更为耀眼的华彩之灯。

2018 年 10 月 12 日

作者为暨南大学原党委书记、副校长，现任中国中外文艺理论学会副会长，广东省作家协会主席，暨南大学博士生导师。

序

吴茂信

广东人有个习惯，叫某先生喜欢简称其生。本书的作者蒋生不是简称，全称就叫蒋生。说来真巧，出自礼貌，我对别人一般不直称其名，在姓名后面要么加同志，要么加先生。可是这么熟悉的作者，不管称蒋生先生，还是称蒋生同志都有点儿生分。好在有广东人的习惯在，就直呼他蒋生吧，读者会认为是蒋先生的意思，不会怪我不尊重人。

蒋生将自己的文章结集出版，邀我作序，我既不应谦让，更不宜推辞，毕竟有过交往，略知他的经历和创作的情况。正因为如此，更不宜对文章做太多的评论，以免误导读者。我从来都认为序文不是导读，作品应由读者去鉴别。作序的人可以与读者交流一下信息，阐述一些观点，引起大家对某个问题的关注和思索。

我读这本选集，首先要赞赏蒋生对文学的执著追求。我最早接触他是在20世纪的90年代初。在极左路线盛行时期，由于受家庭出身问题所累，他未读完小学就被迫辍学务农，再也没有机会上学了。他靠顽强自学修完中学课程，还写得一手好文章，受乡亲赏识，被公推到村里的学校任教。那次他是利用假期到省文联找我的。他告诉我弟弟在一个小作坊里做皮鞋，他有时也到那里帮忙，挣一点微薄的收入。他就是在这种艰难竭蹶的境况下开始他的文学创作的。也许有人认为他是想通过这种途径给自己找一条生活出路的。但后来的事实并非如此。他通过自己的努力，写出了一些引起社会关注的作品，被挑选到镇政府办公室当资料员兼报道员，数年后，任文化站副站长。2003 年，又在雷州市文联常委会的一致推荐下，被调到县文联当了领导。如果他光是为了生活出路，早应该跻身到官场去了。而他仍然坚持他的文学创作事业，执著到连找对象也挑喜欢文学的，生了女儿也叫她走文学的路，引导女儿少年时代就写出长篇小说。他对文学的那份痴情，实属难得。

从《蒋生作品选》中可以看出，作者从走上文学道路第一天开始直至今天，一直坚持社会主义现实主义的创作思想。首先要解决的是写作是为了什么。纵观全书，明显看出贯穿着一条红线——以文学作品鼓舞人。他笔下的主要人物，一般都正直善良、勤劳淳朴，作者以社会主义的价值观为取向，用新社会的荣辱观为尺度，描绘现实生活中普通人为创造美好生活而不断地进取和奋斗。在困难面前，他们不畏艰辛；在是非面前，他们见义勇为，最起码也做到义利兼顾；在人与人的关系上，提倡互相帮助，乐于助人。在蒋生的作品中，看不到纯粹的自我表现，听不到脱离人间烟火的无病呻吟。在他设计的情节中，在他塑造的人物里，涌动着时代的潮流，社会在不断地向前，即使文章的主人公遇到许多困难，经历不少曲折，前途却总是光明的，留给读者的都是希望。这样的作品必然引导人向善、向上，给人勇气和力量。这样的作品就有存在的意义，就有存在的空间。

蒋生是在业余时间坚持写作的，特别是后来担任了文艺界的领导之后，日常工作更加繁忙。他把工作和创作的关系处理得很恰当，这在他的作品中也能反映出来。他写作的体裁比较多样，有小说、散文、纪实文学、报告文学、故事，也有诗词、楹联、雷歌等。这当然与作者的兴趣比较广泛有关，但我琢磨还有一方面的原因就是他作为文艺部门的领导，要参与不同文艺品种的活动，必须通过实践来熟悉他们的特点和规律。比如说雷歌，在雷州市最为群众喜闻乐见，雷歌的创作、评论、演出、研究活动十分活跃。蒋生满腔热情地投身雷歌创作，便势在必然了。

我未能一一分析蒋生小说、散文、纪实文学、报告文学、诗词、楹联、雷歌的成败得失，本文一开始我就表明，也没有必要如此评说，读者自有褒贬。但从他的作品中我们能够获取许多有益的启示则是毫无疑义的。因此，对本书的出版我感到欣喜和鼓舞，向作者表示衷心的祝贺。是为序。

作者系中国作家协会会员、广州市政协原副秘书长、《共鸣》杂志原主编、广东省作家协会杂文创作委员会原主任，现任广东省现代作家研究会副主任。

得失寸心知

莫晓鸣

八年前，蒋生兄出版自己的作品集，嘱我作序，我欣然提笔。如今他又将原书充实再版，意图用厚厚的一本书慰藉人生，仍旧嘱我作序，我不作态推辞，仍旧欣然提笔。

因是同道中人，对于他，对于他所倾心的文学世界，我是个足以旧事重提的知情者。他小学没有毕业就进入社会，依仗着自己勤奋累积的文学成果，当过民办教师、乡镇报道员、办公室资料员、文化站副站长、雷州市文联副主席。他出身农村，路途曲折、命运多舛，结果仍归圆满，彻底是个被文学改变了命运的人。过去那些艰苦的日子里，他能痴心于文学，青灯黄卷苦熬时日，不让生活的磨砺动摇心志，后来渐渐得到文学的回报，似乎也是情理中之事。

文学是人学，文学作品的高低取决于作者的阅历、学养、思想和格局等诸多方面，由此可见写好一篇文章是件不易事，写作者往往有此无彼。关于写作，我曾与蒋生兄交流过多次，我鼓励他要多突破，他也鼓励我要多突破，我们都走在亦步亦趋的学艺路上，其实每一点“突破”都不是一蹴而就，都是笔下的一道坎。过日子心有所寄，人生有所追求，倒成了文学赋予的实实在在的幸福。

他写出厚厚的一本书，我从中选择读过一些篇章，感觉他写的报告文学比他的小说和散文稍胜一筹。我在电话里劝他扬长避短，凝神聚力，专攻报告文学。他在电话那头笑笑，似是敷衍，意义难明。放下电话后，我便笑自己粗疏：其实小说和散文伴着他走过几十年，他岂能轻易放松。或许这些文字在他的眼里，都必须如孩子般被宠爱。

我在家乡雷州二中读高中的时候，因为喜爱文学的缘故，跃跃欲试之中，便特别关注县里能将文章写好的人。蒋生兄便是其中一个，闻其名，又多次在《湛江日报》读到他的文章，便心生羡慕，久久景仰。及至许多年后会面，发觉他是个挺实诚的人，他对我讲自己曲折的人生经历，讲文学是他生命里的烛光，还一双眼睛在镜片后一眨一眨，念叨起那些帮助过他的贵人。我欣赏他的实诚和知恩图报，便跨越年龄，成为朋友。

正在写这篇文章时，蒋生兄从微信上发来他的散文《远方来客》，还发来一篇热心读者写的“读后感”，并嘱我一定好好看看。无疑，这是他满意的近作。文里表述四十年前，他患眼疾远赴成都求医，在举目无亲的陌生城市里得到许多好心人相帮，然后相交相认为挚友；四十年后的今天，这些朋友从成都来雷州看望他，不畏路途迢遥。这是一个弘扬人性向善的暖心故事。“读后感”中列举了此文的优点：“故事的真实”“情感的真挚”“主题彰显正能量”“文辞呈现简约、朴素之美”。虽是不乏溢美之词，总之说的都不错，且都能列举出真凭实据。但依我看，这篇文章的不足之处是“见山说山，见水说水”了，如果能多写些关于山后面的想法，关于水的感悟，而不是仅仅囿限于一事一物的表象陈述，文章便会升华出轩昂气宇。写文讲究虚实相间，往往是从“虚”中窥见文章的气度和格局。

当今时世，人心浮躁，意乱眼迷，能守住一张书桌沉心于文字的人毕竟不多了。蒋生兄守着书桌前的清寂读书写书，数十年如一日，当然冷暖自知。这些年来，雷州古城日益焕发生机，人声鼎沸，灯红酒绿，处处繁华喧闹。他的身影安坐于一室书斋，守住本心，对他而言便是守住人生了。

2018 年 11 月写于海南

作者系海口市作家协会副主席，海南省作家协会散文创作委员会主任。

真情去矫饰　质朴溢乡味

——解读蒋生及其作品

冯学仁

蒋生是近年来活跃在我市乃至粤西地区文学界中的乡土作家之一。他生活、工作在基层，熟悉基层群众的生产生活，了解基层世事民情……这都为他的文学创作注入无穷的源泉。他视文学为生命，甘愿与孤灯长夜为伴，几十年来都乐此不疲，精心构筑他心中那座瑰丽美妙的文学殿堂。迄今为止，他在《中国报告文学》《小说选刊》《西部散文选刊》《南国》《南方日报》《羊城晚报》《广东农民报》《湛江日报》《湛江晚报》及《湛江文学》等报刊上发表作品 100 多万字。作品多次获奖，其中散文《母亲，您一路走好》获“永恒的母爱”全国征文一等奖、《探亲》获广东省老区建设促进会举办的“纪念改革开放四十周年·讴歌革命老区”征文一等奖，小说《城里飞来的凤凰》在中国作家协会《文艺报》举办的“21 世纪首届文艺高级研讨会”全国作品评奖中获二等奖、《阿狂博私彩》获《小说选刊》第二届全国笔会三等奖、《春暖寡门》获中华文艺首届“精英杯”全国文学创作邀请赛一等奖、《鬼镇坡月圆》获“中国当代小说奖”（被中国小说学会收入《中国小说家代表作集》）等，并有的作品被收入《中国散文家力作选》《风华绝代·经典作家文选》《文学经典·诗文精选》《世纪风范·作家文选》等。出版个人作品集《情悠悠》《火红的心在燃烧》《蒋生作品选》和长篇纪实文学《人民公仆陈光保》（与李日兴合作）等。他的作品已引起文学界许多人士的关注和广大读者的青睐。笔者从他近年来发表的大量作品做了个浅探，读者或许从中有所裨益。

蒋生的文学之路走得十分艰辛。少年时因家况不好失学回家务农，青年时双眼失明卧病五载，自己摸路到成都求医才得以复明。不久，他被聘为民办教师，接着受县文联、文化局等单位推荐为镇党政办资料员兼报道员，后任镇文化站副站长，又到雷州市文联任专职副主席主管文学艺术创作。这期间的波折、磨合，却始终消磨不了他对文学创作的坚毅信念，也割舍不了他对文学那一片执迷与眷恋。他似乎对文学艺术有一种超乎寻常的天赋和悟性。当初只念了四年半小学的他居然如痴如醉般阅读了《五虎平西》《东周列国志》《三国演义》《红楼梦》《钢铁是怎样炼成的》等大量中外古今名著，其中有些名著中的精彩片段他能熟读成诵。为了提高创作水平，他不但走访、请教了吴茂信、艾彤、何银华、陈堪进等一批经验丰富的作家，还自费参加北京师范学院中文写作系函授班和南方文学刊授班等学习。他对文学创作的这种不知足求进取的精神令人肃然起敬。

苦难是人生中最好的一所学校。蒋生的人生遭际，加深了他对社会人生的认识和省悟，在一定的意义上大大地拓展了他文学创作的思维视域，使他的文学作品更具有烛照生活现实的力度。他关注生活现实，其作品力图透过纷烦繁杂的现实社会生活现象，扼住生命本质，精于裁剪，在作品中塑造了一系列活生生的感人形象，以此来影射及鞭策世俗中一些庸俗的作法、观念……呼唤人间的真善美，表现出了一个作家应有的社会良知和铮铮铁骨。这在他创作的许多小说中得到很好的印证。中篇小说《桂花》是取材、框定于鲜活的现实生活原形，从中塑造了一位美丽善良的姑娘桂花人物形象，作品紧扣桂花“苦命”的情节发展主线，行文波澜起伏，悬念迭起，结尾余韵无穷，引人怜悯，促人深思。短篇小说《城里飞来的凤凰》，使用的是诙谐通俗的喜剧艺术手法，给读者描绘出了一幅幅雷州乡村婚俗的原汁原味图景，通篇洋溢着浓郁的雷州乡村人文生活气息。可贵的是，作品在潜意识中把雷州这种特色的婚礼习俗置放在整个社会生存形态的大背影里来思考、观照，凸显出作家对于现代意识与传统习俗的深层思考的精神和勇于剖析的力度。海南私彩在雷州大地的蔓延和“侵蚀”，令人触目惊心，许多财迷心窍者因之倾家荡产，妻离子散……这是不可忽视的社会问题。蒋生具有强烈的社会责任感，在小说《阿狂博私彩》中，就是根据这一社会生活现实，生动传神地塑造了一个因疯狂博私彩而导致家庭悲剧发生的“狂人”形象，让人们从中得到警示，以“引起疗救社会的药效”（鲁迅语）。

蒋生是靠自学一步步成长起来的乡土作家。他在文学路上艰辛跋涉和潜心摸索的那股“犟劲”着实令人感动。文学创作是一项考验意志和锤炼心智的创造性思维活动。作家刘绍棠说过：“……我想若果缺少对文学艺术本身的悟性和敏觉，缺少平时对文字基本功的苦心磨练，技巧的累积，任何搞文学创作的捷径都难以奏效……”毫无疑问，蒋生是具有创作实践的“悟性”和“苦心”的。他是文学创作的多面手，不但是中、短篇小说达到很高的艺术水准，而且对乡土散文、报告文学、纪实文学、故事及雷歌等创作也深谙其道。他笔下的人与事都是来自乡间，每个人物，每则故事，都倾注着作者的思想感情，体现作者的喜怒哀乐，是经过他的精心提炼和加工的产物。他的作品情真意切、娓娓道来、朴实自然、毫无矫饰，宛如在山林间潺潺流淌的清泉，掬一口清甜润口，沁人心脾。正如作家何银华十分中肯地评价他的作品“渗透着质朴，信手写来，少见雕饰，乡土味浓浓的，乡土情也浓浓的。”这一艺术特色在散文《妻子有班上》《中秋月圆豪郎滩》，小说《春暖寡门》《烈胆柔情》《鬼镇坡月圆》《阿狂博私彩》，报告文学《只缘正气满心胸》《为了那份忘不了的故乡情》《梅花香自苦寒来》和纪实文学《情悠悠》《一名戏剧家的传奇人生》中都淋漓尽致地显露出来。试想，作家如果平时不贴近生活，做生活的有心人，他哪能创作出如此“乡土味浓浓的，乡土情也浓浓的”的作品来呢?

从稚幼走向成熟是一个艰辛的过程。每一位作家若要在文学原创层面上取得突破性跨越，都须付出常人难以想象的血汗。蒋生一路风雨兼程，正由于他的勤勉与不屈，使他现在的文学创作在素材的捕捉、艺术技艺及语言的运用上向前迈出了可喜的一步。然而“玉不掩瑕”，在品读他的大部分作品后，我觉得他所塑造的有些文学形象尚且单薄了一点，题材的开掘还未够深阔。但我坚信蒋生在日后的创作实践中会做得更好。

作者系校园报《星光》主编、青年作家。

退休的遐想

——致蒋生先生

潘　廉

年届花甲
依然圆润的脸庞
焕发着睿智之光
虽然将心中迸发的激情折叠
却将余生的怡然点亮
静静地聆听那一声
来自上方的呼唤

回眸往日
曾经的拼搏曾经的沮丧
曾经的砥砺曾经的迷茫
你总是以坚守的姿态
扬起理想的风帆
于人生大海中扬帆搏浪
丹红丹红的希冀
辉映每一个清瘦的早晨
摇曳每一个孤寂的夜晚
你总是以执著与虔诚
钟爱缪斯女神

将缕缕赤诚献给缪斯
将丝丝才情注入笔端
抒写生活的甘苦
展示人生的斑斓
终在那一个早晨
你敲开了成功的大门
步入文学的殿堂
开启了传奇辉煌的人生

前瞻
如霞的余生
将静美的追求
安放那一旁
天伦之乐
叠加怡养天年的一瓣瓣微笑
如花灿烂

2018 年 7 月 8 日

作者系中学教师、作家。

第一辑·小说

城里飞来的凤凰

“新娘子来了!”

不知是谁突然大喊一声，正在盛宴上尽情欢饮，谈笑风生的乡亲和贵宾们都“唰——”地一齐放下筷子，伸长脖子向村口望去。

只见一个脸似桃花，眉如春柳，眼泛秋波的俏俊姑娘，上身穿一件洁白柔姿新衣，下束一条嫩绿色柔姿裙子，手里拎着一个漆黑发亮的小提袋，笑容可掬，大咧咧地走来。

王敏按照家乡的风俗习惯，整了整衣冠，在一位年纪和辈分稍高的青年带领下，迎面走到新娘子跟前，深深地鞠了一躬后，转身带着新娘子向自家崭新的楼房走去。

“打白虎啊！打白虎啊……”

在一阵响彻云霄的炮声中，隐约传出一个破铜锣般的喊声。新娘子跟着王敏他们刚到大门口就瞧见一个衣着古朴的长者在人群中，他左手托着一个簸箕，簸箕上放着几块肥肉，右手拿着一根小木棍，一边用小木棍向周围的人乱抽乱打，一边嚷：“打白虎啊！打白虎啊！打白虎啊……”那些人似乎谁也不怕打，都嘻嘻哈哈地笑着簇拥着。他们一见新娘子欲跨进大门，一哄而上将簸箕上的肉都抢光奔走开了。他们这样闹是为了什么呢？原来这是一种民间旧俗——结婚的时日犯着“白虎”，怕“白虎”来将新郎新娘窜散而采取这种土法将“白虎”赶走。新娘子鲜见这种古怪场面，由不得“噗哧”一声发笑，随王敏踏进了新房。

新娘子刚站定脚，王敏就跃身上床来个居高临下，用扇头向她的头上敲打了一下。新娘子以为是新郎在开玩笑，深情地盯了一阵王敏美美地笑着。不防，王敏又是一敲，因这次用力较重，新娘子痛得有点发晕而转怒了。她那双泛着盈盈秋波的笑眼，一瞬间也喷出火辣辣的光。

“啊！王敏，你在干什么?”

“嗨！”王敏长长地叹了一口气，双唇翕动了两下，憨笑着却不作声。

“王敏！夫妻之间，打得越重越亲嘛，怎么，舍不得下手呀?嘿，将来她非攀在你的头上拉屎不可！”

突然，刚才“打白虎”的那位长者嚷着闯进房来，抓住王敏执扇的手，用力地向新娘子额角上“笃！”的一声敲下。然后拉着王敏出门招待客人去了。

此时，新娘子的额头上忽地隆起一座“小山”，疼痛难忍。她觉得这是人生最大的屈辱，忿忿地走到门口“嘭！”的一声巨响，将门关闭，倒在新床上，拉下蚊帐“呜呜”地小声抽泣起来……

她的肚子饿得绞痛了。可是，任凭王敏的亲人前来叫她吃饭，她怎也不肯起床，推说：“我早上在父母家吃得太饱了，不饿！”大家无奈，只好由她自睡。

王敏大大地忙了一天，直到晚上那些贵客亲友都散去了，他才有空回到新房。本想同新娘尽情地倾谈一下，但见她和衣熟睡，而他也感到太疲劳了，便自言自语地说：“唉，你既然睡着了，我也就先休息一下吧！”于是，脱下外衣滚上床来，贴在新娘子的脸上甜甜蜜蜜地吻了两吻。新娘子正发了一场梦醒来，睁开眼看见王敏，无名火骤然烧起，狠狠地瞪着，双手用力一推，接着双脚收拢猛地一踢，把王敏踹下床。王敏慌忙爬起，拍拍身上的灰尘，呆立了一下说：

“陈姣，你这是怎么啦?”

“哼，要问，先问你自己!”

“这……”

“这什么。要打嘛，你就再打!”

“不不，阿姣。”王敏深感内疚地柔声说，“那点事请不要介意。难道你还不知我对你的一片心吗？请你理解吧!”

“哼，理解?”陈姣蓦地起身坐在床沿上，冷笑一声，目光犹如锋芒般地逼视着王敏，怒冲冲地指着他的鼻子说，“真料不到你原来是个无情无义的暴夫！王敏，我问你，你如不喜欢我，何必跟我结婚呢？你既然跟我结婚，为何我刚到你家就遭到你的无礼殴打？好吧，你若觉得我配不上你，咱们明天一起到法院去!”

“啊?”王敏被陈姣那突兀的变化震慑了，周身不由自主地颤栗着。他“扑!”地跪在陈姣的面前，“阿姣，请听我解释，听我解释，我是迫不得已啊!”

“哼，迫不得已?”

“是啊！因为我这个村里的人结婚，还按照地方的旧俗举行。新娘子一到新郎家，新郎一定要用扇头敲新娘的头三下。据说，这是为了给新娘来个下马威，往后她才会好好地听丈夫的话。当时我敲了两敲，见你……本不想再敲了，无奈那‘打白虎’的长者三叔公不让，闯进房里硬执我握扇的手重重地敲了最后一下……”

“喏，真的是谁家的新娘初到，都要遭新郎的扇头敲三敲?”陈姣此时的怒火似乎消了一些。

“是呀，我并不喜欢这个老规矩，但长者之命难违。特别是，我父亲在文化大革命时期被划为‘牛鬼蛇神’……其间去世，母亲被迫丢下我再嫁。我自小都是三叔公拉扯成人的，更难违他的尊意啊！姣，请你原谅原谅，饶恕我这一次。往后，我绝不会打你的……”

陈姣的性格虽然生来有点泼辣，但遇到某些事情，有时却是心软如绵。她看见王敏真诚请求原谅的举动，想起初恋时，每逢星期天，形影不离地在房中谈爱吐慕；或在公园的花径中携手漫步，憧憬美好未来；或在湖边的柳荫下傍水而坐，悄悄絮语，拥抱亲吻的情景，瞅了瞅王敏，迟疑了一会儿道：“好了，既然是这样就罢了。但愿你不要当那负心郎！”她说着伸出双手欲扶王敏。王敏喜之若狂地站了起来。当他得知陈姣还未吃饭，就在米缸里抓出几块油炸香脍，酌满香茶，让陈姣吃喝个够。

陈姣又感到王敏依然是一个可爱的人，对前面发生的事全然谅解了。

此夜，风柔柔，月朗朗。月光从窗口透进，是那么的幽美，那么的温柔。房中那对新人正悄悄地絮语着，紧紧地拥抱着，暖暖地抚摸着，蜜蜜地亲吻着，心里觉得甜滋滋的，神情无比怡悦。啊！人生的感受，还有什么比爱情更甜美呢？他们振奋了！经过一阵激烈的冲动后，他们相拥着进入了梦乡。

太阳悄悄地升起，它那金灿灿的光从窗口蹦到床上。床上的那对新人依然沉醉在甜美的梦里。几位亲人前来叫了几遍，他们都不晓得！

“砰砰砰，砰砰砰！”三叔公敲门来了。他一边敲，一边发出那破铜锣声狂叫：

“王敏，王敏，起来啦，快跟新娘起来啦！太阳都升起一竿多高了。快起来，要叫新娘下厨啊！”

王敏和陈姣这时才从梦中惊醒，他们都揉了揉惺忪的双眼，看着窗外冉冉上升的太阳，会意地对笑一下。穿好衣服，王敏慢腾腾地走到门口将门打开。

“三叔公，有什么事大惊小怪的嘛？”

“唉！要新娘子去下厨，准备拆灶了嘛。难道连这个老规矩都不懂？嘿！亏你在城里当了大经理！”

王敏默不作声。

“什么，要我去下厨？”陈姣疑惑不解地问。

“是呀，这个家往后都要由你来操持了。为了你们的将来……当新娘子的就要去下厨，好让人家拆除那些办酒席用的大灶哪！”

三叔公罗罗嗦嗦地说了一遍，王敏唯怕又触怒了陈姣，很小心地说：

“三叔公，算了吧，她不懂得我们这里的老规矩，大家随随便便把那些灶拆除算了吧！”

“不行啊，不行。这是祖宗数十代传下的老规矩。我们这代人决不可任意改变呀！”三叔公铁着脸，固执地说。

“这么说，一定要下厨才行？”陈姣很不乐意地问。

“那当然、当然罗！”

“怎么个下法呢？”

“你洗完脸，就去拿十来个糯米饼扒了裹叶，放在锅里炒热……”

“好好。”陈姣眼珠一转说，“您先准备妥当，我随后即到！”

……

厨棚里，男女老少几乎围得水泄不通。人们多半是为了再饱饱眼福——看那天姿美丽的新娘；少半是为了抢到一个新娘的下厨饼，让自己吃了“益康增寿”。

新娘陈姣跟新郎王敏说说笑笑着信步而来了。人们哗地踮起脚跟望。

“真美哟。啧啧……”

“啊！啧啧、啧啧……”

大家就像偶尔尝到一种优美的滋味，不断地咂着嘴。

陈姣走到一个灶旁，微笑着环视一下，卷起袖口，将十来个糯米饼的裹叶扒净，丢进热锅里翻了几下，抬头四顾，嗖嗖……

将锅中炒热的饼一个个铲起，抛到了半空。这时，围观者嘻嘻哈哈地跳着争抢米饼，恰似逗猴般。这鲜见新奇的闹意，陈姣觉得可笑又有趣，一鼓劲将锅里的饼差点全抛了，剩下最后一个，她抬起头来环顾了一下，然后慢慢铲起，“叭！”的一声，不偏不歪正中三叔公的嘴巴。烫得三叔公“哎哟哟……”叫苦连天，“啪！”的一声将饼拨落于地。他鼓着气，悻悻地盯住陈姣。

王敏见状，哑然一笑：“三叔公，烫着了么？”

“嘿，你不见烫着了吗？看不出你们这些年轻人真不知天高地厚，连长辈也不放在眼里了！”

“不敢，不敢。”陈姣忙说，“三叔公，我听说你们这里人，谁吃了新娘子的下厨饼都会益康增寿的，所以我特地给您一个，这实在是对您的敬重呀！再，按我们城里的旧俗来说，邻里乡亲，越烫越亲嘛！”

“什么，越烫越亲？”三叔公几乎暴跳起来，“你们城里的这个规矩，太不像话了！越烫越亲，难道要把人烫死了才亲？”

“这么说，难道只有你们那打得越重越亲的老规矩才对吗？”陈姣愤愤不平地驳斥道，“三叔公，我真不明白。许多事物都已随着时代潮流改变了，而那可恶的老规矩，却仍然死死地扎在你们一些长者的头脑里，这岂不是活该！”

“啊？这，这这这……”三叔公听了陈姣的话，似乎悟出了一点什么，却又不便分辩，顿时像泄了气的皮球一样，身子一抖，躺在原先坐的椅子上。

“嘻嘻嘻……哈哈哈……”

厨棚里爆出了一阵带有特殊滋味的笑声……

写于1986年3月，发表于《半岛文学》总第10期，1994年12月15日将标题改为《山村婚俗》转发《湛江晚报》，1995年2月转载《潭江文艺》。2000年3月获中国作家协会《文艺报》“21世纪首届文艺高级研讨会全国作品评奖”二等奖，收入《唱响新世纪之歌》（中国大地出版社）。

桂　花

青春不是一个美妙的梦么？但可爱的少女呵，你却给我带来了无限的深思……

——作者

一

阳春三月，金灿灿的阳光洒满广袤的雷州大地。苍翠碧绿的林带，随风鼓浪的蔗海，绿叶婆娑的果树，翩跹起舞的香蕉，漫山殷红的山稔花，连同人们的笑靥和怡悦的歌声，无不闪烁、洋溢着春天的色彩和神韵。

这如画的景色，早把坐在车上的桂花那颗沉浸于苦海中的心给“闹”欢了。她差点叫出声来：“这才是个极乐世界!”

一路上，关四发极尽其诚地关照着桂花，还为她买了两套柔姿连衣裙和一些饰品，把桂花打扮得花枝招展。他的大方、亲热，使桂花深为感动。

桂花随着关四发来到一个村庄。这里全是三两层高的新式楼房，阳台上盛开着五彩缤纷的鲜花。街道纵横笔直，平坦宽阔。

街道两旁绿树成荫，红花相映，好不气派。桂花初来乍到，还以为是一座新城哩！

“桂花，那就是我朋友的家！”关四发突然指着前面一幢三层大楼道。

“呵！”桂花惊讶地说，“私人能建起这么高大的楼，真了不起！”

“是的，我的朋友王德呀，一家两口，种果啦，开商店啦，那钱呀，像滚滚潮水般流进他的家。你跟他干，准会大大的满意！”

他俩边说边走，不觉踏进了一层楼的大门。

这里，开着一个小百货兼副食店，货架上，商品琳琅满目。店主王德大约五十四五岁，肥胖胖的，满面红光。他，早年丧妻，只生一子名叫王小春。其时，王小春跟车进城购货去了，王德正在店里张罗生意。

“喂，老王。”关四发洋洋得意地用土语说，“我给你带来一个摩登女郎啦！”

“呵呵。”王德闻声应着，抬头一看，不觉被桂花那白嫩而秀丽的容貌，神奇而优美的曲线怔住了，笑吟吟地盯着。

店中的顾客无不向她投上艳慕的眼光，都说王德交上桃花运了！

桂花听不懂他们在说什么，只是微笑着，那幼稚的脸上，不由自主地飘出两片红霞，使她显得更加美丽迷人。

王德同关四发将桂花带上三楼的一间房内，这里布置得很豪华、风雅：崭新的弹簧床，洁白的尼龙蚊帐，28 寸的乐声彩电，梅花牌三用机，玻璃茶几，檀木石雕座椅，透明书橱等。此外，墙上还悬挂着几幅美丽的山水画和一把二胡。更使人惬意的是那阳台上盛开的鲜花，随着微风给室内送来阵阵幽香。桂花想，故乡住的土瓦房可算上乘了，跟这里相比，天壤之别呢！

王德按了一下三用机的开关，一曲动听的轻音乐如行云流水般播出，给人带来几分快感。他给大家泡了茶，谈不上几句话，便安排桂花在这里休息。他和关四发走下楼来，不知说了些什么，不多久，把关四发送走了。

二

黔西地区的石坪村，就在一座大山上。地方虽然偏僻，但四面峰峦拥翠，春夏秋冬，云萦雾绕，景色异常秀丽。特别是村子里遍种桂树，到了鲜花盛开时节，香气沁人。初临之客，无不疑其身置蓬莱胜境，神魂飘飘怡然。桂花就长在这个偏僻的山村里。她姓刘，原名小妹，由于越长越苗条，越长越清秀，肌肤又如村子里初绽的桂花般白皙，因而人们都叫她“桂花”。

桂花自小聪明，读书时成绩一直很好。她满怀信心，将来能考上名牌大学。可惜，正当她跨上高中三年级那年，她的父亲上山砍柴，不小心跌进山涧里摔死。母亲闻讯，哭哭啼啼地匆匆奔去，由于过度的悲痛使她心脏病复发，栽倒在山脚下再也起不来了。此后，家里只剩下她和哥嫂三人。

桂花的哥哥阿明是个老实巴交的庄稼汉，可嫂嫂不但生性懒惰，心眼儿多，还很泼辣。桂花的父母去世后，嫂嫂说什么也不让她上学了。哥哥作不了主，她只好含着泪水离开校园，回家跟哥哥种田。

可是，桂花那向学之心仍然不泯。常常盼望着能有一天得以重返校园，跟同学们愉快地学习，考上名牌大学。为此，她在劳动之余仍然拼命地学习。

一天，桂花因劳累过度，晚上又舍不得放弃学习，一直熬至深夜两点来钟。她一躺下床就甜呼呼地睡着，天亮了也不知道。

“嘭嘭嘭，嘭嘭嘭！”正当桂花沉醉于香梦里，突然一阵急促而沉重的敲门声将她的美梦敲碎。她翻了一下身，用手揉了揉惺忪的双眼，睁开一看，心里不由地一惊，‘啊，糟了，阳光跃进窗口了，我连饭还未煮呢！”她忙滚下床来，穿好衣服，急匆匆地将门打开，准备到厨房去生火……

“哼，你的命真好哇，睡到太阳升上半天都不想起，难道要等我给你做饭请客的！”憋着满肚子怒气，站在门外等候的嫂嫂凶神恶煞般地嚷着，随之伸出右手“啪啪！”地狠狠给桂花两记耳光。

“唉哟哟……”桂花痛得发昏，禁不住发出一阵惨痛的呻吟。她气极了，心想，亏你还是当嫂嫂的，只会天天呆在家睡大觉或跟邻里聊天。我每天干得多累都要把饭做好请你吃，迟了些，你就要大打出手，实在太狠心了！但她面对着这恶嫂敢怒不敢言，只是心里深深地感到委屈，忍不住泪水簌簌地滚下，转身回房内，倒在床上“呜呜”地大哭起来。

嫂嫂更火了，尖着嗓子说：“真的要我给你当奴了？你又不是皇后，未有这份福气！”说着，气势汹汹地冲进房里在桂花的臂上重重地掴上一掌，接着扭住桂花的手尽力地扯了一扯，道，“还睡个啥？你不做饭就不做！也许你野了哪个狗男人想出嫁了。想出嫁就快嫁，别赖在我的家！”

嫂嫂说完，悻悻地走了。

桂花在床上哭得像泪人一样。

桂花的哥哥很早就去赶集了，他回来得知此事，说了嫂嫂几声不是，嫂嫂认为他同情桂花即时又大闹起来：“你疼你的妹妹就不爱我了？除非我不在！只要我在，就决不容桂花在！你看，请你睁开眼看着！如果你也想跟我作对，我这条命也拼了！……”嫂嫂越闹越凶，哥哥无奈，只好息鼓收兵。

哥哥怕她狠心，真的闹出意外来，悄悄地走到桂花房中含泪说：“妹，你哥前世作孽，娶了个恶婆娘。我看，你也大了，为免受她的气，就到外边找份工做吧！”

桂花望着哥哥憔悴的脸干流泪，没有作声。

夜色早已降临，不时传来声声凄厉的虫鸣，令人听着好不寒心。

桂花孤零零地躺在床上，感到极其悲凉。她想起父母的惨死，想起自己的失学，想起每天干得连腰都挺不起来了还要遭受嫂嫂的打骂，还不时连累哥哥受气，并想起嫂嫂跟哥哥争吵时所说的那些不堪入耳的话，感到在这个家，不但一切美好的憧憬都化为泡影，连个容身之地也没有了。为减轻哥哥的痛苦，为了自己的前途，她决定远走他方，去寻找新的生活。

于是，桂花将行李收拾好，写了一张泪别书留给哥哥，趁着深夜悄悄地跨出家门，披着冰凉的月光到父母的墓前跪下，放声嚎啕大哭了一阵后，茫然地向一个方向走去……

三

黔灵公园，是贵阳市首屈一指的风景区。这里鲜花灿烂，幽香缥渺；碧水青山，风光各异；悬岩幽洞，别生情趣。园中间的那座大山名曰“黔南第一山”。此山之高，不可目测。游人拾级登极，贵阳名城的锦绣风光尽收眼底。山顶有座古朴寺院，传说远古时代有长者于此修道成仙。

桂花拖着沉重的脚步，不知不觉地来到这里。她听到寺里传出木鱼声声，经音飘逸，且清风阵阵，景秀山奇，正如古书所云之幻景。她想，能登此地而久居者非仙莫属！此时，她倏地想起自己的悲惨遭遇来。不知往何方而去才找到一个如意的栖身之地，如果这是庵堂，能够收容，她多么想削发入庵啊！她在山上趺趺撞撞地走到一个杂木深处，由于饥渴劳累过度，脚一软，倒下了。

不多久，乌云滚滚，凄风彻骨。好好的一个极乐世界，竟然变得阴森森的。可是寺里和尚的诵经声和木鱼声仍旧悠悠播出，山上的游人依然笑声朗朗……

一个年近五旬，满面胡须的大汉走来，发现一个少女软绵绵地卧在地上，仔细瞧了一瞧，看见她那如花似玉的姿容，不由地怔住了。他沉思良久，漫步走近身边轻声叫道："喂，姑娘，姑娘，你怎么啦?"

桂花迷迷糊糊地听到了一个叫声，睁开疲惫的眼睛，双唇翕动了一下，深深地舒了一口气，随后又紧闭双眼。

那位大汉见状，伸手拉了拉她的胳膊，接着亲切地说："姑娘，看你好凄苦。有什么事，请醒来对我说，我会尽力帮助你呀!"

"嗨!"桂花从心底里淘出一口闷气，挣着一双眼睛，慢慢地翻身坐起，凄楚地说，"您……您……说什么?"

"我看你好凄苦的。有什么不顺心事，请对我说，我会尽力帮你解决……"

"您，您是哪里人？干啥的?"

"我是贵阳市郊人，到广东搞生意的。"

"到广东?"桂花猛然想到广东与香港毗邻，是个开放特区，许多人都说，近年来那里有着神话般的变化。为此，好奇心油然而生，问道，"您到过那里吗?"

"走多遍了……"

那大汉把广东吹得天花乱坠，桂花被迷住了。她把自己的辛酸倾腹相诉后，问："您能帮我找到一份工作吗?"

"能!"他很认真地说，"我很同情你的不幸遭遇。如果你喜欢到那里去，我有位朋友开了一家商店，正缺人手，我可以给你介绍，包你每月最少能领八九百元的!"

"阿叔您太好了。"桂花感激万分地问，"您贵姓大名?"

"我呀……我叫关四发。"他说着把一张身份证给桂花递来，"请看看吧!"

桂花接过盯了一会儿，沉吟许久才交还给关四发，不觉又发愁起来，悲怆地说：“去，我是有点想去的，可惜我现在身无分文呀！”

“钱？没关系，没关系！”关四发一听，立即神采飞扬。他亮了一下涨得鼓鼓的黑皮包，拍着胸脯说，“这个包在阿叔的身上！”

于是，桂花随着关四发来到雷州半岛，走进了王德的家。

四

傍晚，月明星稀，天气清朗朗的。

村上的人几乎都到王德家来，楼上楼下挤得满满的。他们有买东西的，有来瞧“摩登女郎”的，说说笑笑，好不热闹。

夜深了，人们都自觉地散去。

桂花解去外衣躺在床上，把电灯拉熄，刚进入梦乡，突然发觉有人推门。她忙起床拉亮电灯一看，原来是王德。他已闯进房来。她又羞又惊，忙抽身回帐内，一边穿衣一边说：“王大伯，夜深了咋的还不睡觉？”王德没作声，憨笑着，关闭门，转身揭开蚊帐滚上床来，搂着桂花使劲地吻……

“唉，你，你这是干啥？”桂花大惊失色，慌忙滚下床来忿忿地说。

“嘿嘿，别大惊小怪的吧。”王德操着半咸半淡的普通话温柔地说，“桂花，我会永远疼爱你的！”

“疼爱我？哼，难道这样做就是疼爱我？”桂花的双眼迸着火花，怒斥道，“深更半夜里你竟然偷偷摸摸地闯进房来，我问你究竟是什么意思！”

王德被桂花这一问，一时不知如何回答才好。他那本来就泛着红光的脸，于此时更加涨红了。沉默了许久才慢吞吞地说，“我们……睡觉嘛！”

“睡觉?”桂花更气愤地指着王德的鼻子道,“真料不到,你年纪这么大,连半点人性都没有。我问你,谁叫你来跟我睡觉!”

“谁?”王德再也经不起桂花的喝斥,有点火了,说,“我是用五千元买你做老婆的,哪要谁叫!”

“啥子?你说!”桂花简直不敢相信自己的耳朵,忙问。

“你是我用五千元买来当老婆的!听见了吗?”王德理直气壮地大声说。

“哇!”桂花这时恰似五雷轰顶,大惊失色,悔恨交加。真料不到关四发是一个衣冠禽兽;真料不到自己的命生来这么悲惨。她恨不得一下找到关四发,把他的心掏出来问,为什么这样的坏!于是,她迅速奔到门前将门打开想立即冲出这是非之地……

“桂花,桂花。”王德连忙上前来拦阻说,“你想怎样呀?”

“我要去找关四发!”

“唉,你到哪里找?”

“到他的家乡!”

“找他做什么?”

“问他为啥要把我卖了!”

“他不是说你同意了吗?”

“他说,是要我来跟你工作的,可并没有说给你当老婆!”

“啊?”王德心里不由自主地打了一颤,发愣了。许久他才张开嘴说,“桂花,既然如此,我不敢强迫你,请还我那五千元算啦!”

“好,那你就让我去找关四发要,要不到我就告他!”

“这……”王德迟疑了。他想,让她去找关四发嘛,是不可能找着钱的,还有,要是她这一去就不返了,岂不是人财两空?唉,还是宽容点儿,好好地对待她,慢慢地感化她,也许是可以的。他温和地说,“桂花,不行呀。他这人行踪不定。你先在我家帮我打理店务吧!”

桂花沉吟了半响，说："那请你先出去，让我考虑考虑，明天再说好吗?"

"好好。"王德讨了个无趣，只好满口答应，开门出去。

桂花连忙把门关闭加固。她倒在床上哽咽，辗转反侧着。突然一阵凉风吹来，接着淅淅沥沥的下起雨。此时，她的心觉得冰凉凉的，不由得放声痛哭起来。那悲切的哭声在这深夜里显得非常凄凉，令人肠断，那泪水像窗外的雨水，不断地淌着……

五

王德的儿子王小春，二十三岁，生得英姿勃勃，一表人材。他虽因高考差几分落榜，但毫无悔意，高高兴兴地回家来跟父亲一道承包了五十多亩坡地种植红江橙，只五六年间就成了暴发户，随之建起一幢楼，并开了个商店。平日里他自个儿去看管果园或上城购货、卖果，让父亲在家打理店务。桂花刚到那天，他早上已进城购货，因货主外出未返，只好在城里过夜，翌日清晨才起货回家。

快九点钟了，店门仍然紧闭不开。王小春推推门，叫了几声，毫无动静。他找近邻阿芳嫂问，阿芳嫂咯咯地笑了好一阵才说：

"嘿，你爸呀，交桃花运了。昨天，那位名叫关四发的贵州佬给他带来了个漂亮姑娘，大概是夜里跟她疯醉了还不知白天黑夜地睡着呢！"

"什么?"王小春大感疑惑。

"你爸交桃花运啦，昨天……"阿芳再次说了一遍。

"嘭！嘭！嘭嘭嘭！"王小春一边用力地敲门，一边敞开喉咙大声地嚷着："爸，爸爸！爸爸……"这敲门声和嚷喊声震得百十米远的人的耳朵都嗡嗡作响。

再说王德当夜从桂花的卧室出来后，心事重重，夜不成寐，独个儿在床上不停地叹息、翻滚着，直到天将亮了才迷迷糊糊地合上眼。此时，他正入美梦之中，不觉被王小春那猛烈的敲门声和呼喊声惊醒。他伸了伸酸软无力的四肢，舒了一口气，慢腾腾地翻身起床，拖着沉重的脚步上前开门。

“爸，太阳都上半天了，还不开门卖货？”王小春不好意思问。王德又饿又困，阴着脸说：“唉，昨夜睡晚了些。”

王小春不敢再问，憋着气同父亲把货卸下就到冲凉房里净手抹汗。出来见父亲仍不做饭，无精打采地坐在店上，他更为狐疑。为了验证近邻之说，他走到父亲的卧室来，室内却是静悄悄、空洞洞的。他又走到别的房子里瞧，那些房子的门都是敞开的，只有自己的卧室紧闭着，不见一个人影。心想，这些人好不正经，专拿我父亲戏弄！他走近自己的卧室，用钥匙开门，推了推，可怎么也推不动。他又觉得蹊跷，趋步下楼向父亲问：

“爸，我的卧室怎么推不开，是不是有人在里面？”

“噢，是……”

王德欲言又止，拖起沉甸甸的脚步往楼上走。王小春似乎明白了，默默地跟在父亲身后。

“喂，桂花，桂花，天亮了，起来开门呀！”王德轻轻地敲了一敲门叫道。

里面静悄悄的，听不到回音。

王德又叫了几声，仍不见动静。他的心顿时忐忑不安起来：她究竟是恨我不肯开门，还是熟睡着听不见，或是想不通。赌气……哎，赌气自尽了？千万，千万别这样啊！否则，我王德就是大罪孽……他越想越不安，急得直冒冷汗，大声地喊起来：

“桂花，桂花，起来吧，天快中午了，起来呀！”

夜里，桂花几乎彻夜失眠，哭成泪人般。泪干了声哑了，她便拉亮灯，静静地坐着。她思绪万千：向死神低头？使不得。给一个老头当老婆？更不行。找关四发告状要钱赔偿？看来是枉费心思。设法逃脱？嘿！因我，人家却花去了五千元冤枉钱，走了于心何安？她一直思虑着，天亮了，才昏沉沉地睡去。梦中，她看见一只老虎突然向她猛扑过来。她拼命地跑呀跑呀，不觉被一截树头绊倒，老虎一下子扑到她的身上咬住大腿。她“哇”的一声惊醒了。接着又听到王德的敲门声和叫喊声，更是惶惶然的。她沉思着：他又来了，究竟想干什么？如果……我将咋办？她闭起双眼停了一会又想，算了，好来好往。他若不讲理，我必须来个硬对硬，别无选择！于是定了定神，壮起胆子，上前慢慢地把顶门的东西搬了将门打开。

桂花见王德带来一个英俊青年，不知道他的心里怀的又是什么鬼胎，她直愣愣地盯着王小春。

王小春看到桂花是一个未满二十岁的美丽姑娘，心里顿生疑结：她年纪轻轻的，怎么就跟着那些不三不四的人到这里来……

“桂花，肚子饿了吧？”王德神情呆滞地站着，拉了一把王小春，“这是我的儿子王小春，你跟他聊聊，我去做点早餐。”王德说完，转身下楼去了。

王小春和桂花相对无言，静得可以听见对方的心砰砰直跳。

“小姐，你的名字，是不是叫桂花？”王小春终于打破了沉默。

“是。”桂花淡淡地回答。

“你今年多大了？”

“十八岁。”

“你的家乡在哪里？”

“贵州。”

“你到这里来的目的是什么？”

桂花听这一问，禁不住悲咽起来，把头深深地低下，一言不发。

“说吧，你讲了我是会理解的。”王小春语气温和地说。

桂花抬起头来，用凝滞的眼光直视着王小春。许久，她才鼓起勇气，将父母如何死亡，恶嫂如何逼她失学，如何遭受毒打，如何出奔被骗来卖给他的父亲等事都说出来。她的眼泪像断了线的珠儿，声音凄楚、悲凉。

王小春听了桂花的哀诉，深表同情。他想，母亲早年去世了，丢下父亲好不寂寞。父亲想找一个人回来，老年得以互相照顾、安慰，又可以帮助打理家务，我是应该赞成和支持的。可是，父亲呀，你都将近六十了，人家才是十七八岁的黄花闺女，连当儿子的我还比她大四五岁，还好意思要人家来当我的继母？他又想，可恨那关四发图这不义之财，骗她来卖，太荒唐了！唉，那几千元问题不算很大，但如果闹出去，被人家舆论开来还了得！他静静地沉思了一番问：

“你现在想不想回家呢？如果你想回去，我可以给你路费。”

桂花摇了摇头不作声。

“你不想回去？”

“这……”桂花想到自己害人家被骗去五千元，很过意不去，咬咬牙说，“我干脆就在你家打工顶钱吧！”

“不，只要你想往哪里去，我都可以给你路费让你去的。”

桂花听着激动万分，一时不知如何回答才好。她盯了一眼王小春小声地说：“如果不要我打工顶钱，这太感谢了。现在我也不知道往哪里走才好，如果你父亲同意，我就留在你家跟你当兄妹吧！”

王小春点了点头道：“你既然有这个想法，请等一会儿跟我父亲商量……”

“噔噔噔……”王小春和桂花正谈话间，王德上来了。

桂花把原先的主意告诉王德。王德想，既是乐意在我家了，把她当什么女儿、老婆的都由我。只要我好好地对待她，不愁她不答应的。暂且同意她的要求，先让她把情绪安定下来吧。他想到这里便脱口道：

“好！好！桂花，你也饿了，饭菜已经做好，大家去吃饭吧！”

……

自此，桂花同王家父子在一起生活。平时，她除了做饭，有时也代王德在店里卖东西，有时还和王小春一起上城里进货，一起下地干活……

六

初秋的夜晚，天空一片蔚蓝，好像仙女们用碧泉刚刚清洗过一样幽洁；闪烁的群星各自争辉，放射出令人喜爱的晶光；弯弯的月儿缓缓地从东方升起，泻下万顷银波，映得山村景色更加姣妍。

桂花正在阳台上听王小春拉二胡。

不时，阵阵清风夹着菊花的馨香扑鼻而来，撩得桂花歌情亢奋，当王小春拉完《我热恋的故乡》一曲，转拉庄奴作的《情人的关怀》时，她禁不住随着弦音轻轻地哼起来：

风儿阵阵吹来　风儿多么可爱
我经常对轻风诉说情怀
时光不停地流　一去不回来
你曾经告诉我　光阴不再来
如今我已了解　对我那样关怀
我要珍惜你的爱　不能忘怀
树上那美丽的花　开得那么可爱
花儿谢　花儿开　谁明白

桂花虽然命运欠佳，上天却赋予她一副好歌喉，唱起歌来酣润润、甜滋滋的。王小春听了大为喝彩：

“唱得好，唱得很好。你的嗓音不亚于邓丽君！”

“请别见笑，你拉得更好哪！”

“何必客气。来，再唱几首，我给你伴奏！”

“好好，那唱什么歌呢?”桂花向王小春瞟了一眼，羞涩着问道。

“随你唱呀！”王小春微笑着回答。

“好。”桂花略有所思地涨红着脸说，“我唱《这样爱我不够》这一首。”她随即清了清嗓门就亮开了珠喉：

我早已不相信
爱是天长地久
却为何把你当作我唯一的拥有
我总是一再迷惑
爱是两情相守
……

这一夜，王小春意外地感觉到桂花给他在生活和精神上带来了不少的乐趣，心里有说不出的怡悦，一躺下，就酣然睡去了。同时，桂花由于对王小春唱出了自己的心声，多么渴望他尽快地给个回音啊！但他却一声不吭，谁知他的心意如何？她胡思乱想着，难以入眠……

岁月悠悠，一年过去了，他俩几乎每晚都在一起和着三用机歌唱，或由桂花引颈酣歌，王小春给拉二胡伴奏，亲昵得像一对孪生兄妹。

可父亲王德似乎有些反常了，时而神情呆滞，时而闷声闷气地喝着酒……

一天傍晚，王德酩酊大醉。他把儿子王小春叫到自己的房里来，脸带愠色道：

“小春，你为儿子的，应慎重些。人言可畏呀！”

王小春不知所措，心里不禁一颤，忙问：“爸，这话您咋说的?”

“哼，你知不知道，我把桂花买来是为什么的吗?”

“这……”王小春被父亲王德那突然一问，一时不知如何回答好。他迟疑了许久才道，“你是想把她买来……但，她是不会同意的。”

“怎么，难道她不同意跟我，你就可以放胆跟她啦?”

王德的火气往上直冒，脸上红灼灼的，连脖子上的青筋都涨得见血。

王小春看到父亲极其异常的神态，心里感到不寒而栗。

“爸——”他惶惶然地叫了一声，差点儿跪倒下来，辩解道，“我跟她可没发生什么。平时只是同她一起劳动，或上城卖果购货，还有就是有时同她唱唱歌而已呀!”

“哼，你说得倒好！可是你知不知道，满村子的人几乎都说你这不孝之子，想夺父亲的……”王德瞪着儿子，沉思良久才嘘了一口气，说，“外人之言，虽说是不可相信，但还是望你多加慎重为好，免得被人耻笑!”

的确，近来村子里一些闲着无事干的人经常有意无意地在王德的面前说：“王德呀，问你气不气，花了五千元买个摩登女郎做老婆，却天天跟你儿子混。他人年轻清秀，这女郎自然喜欢喽，哪会肯跟你睡觉了!”

还有的编了个顺口溜，“王德王德真不错，父子同娶个老婆……”

不时传来种种刺耳的舆论，使王德实在又惭又气，忍不住了，方叫儿子过来训斥一通。不过，王德是不好意思跟桂花说的。桂花哪晓得他那内心的痛苦！她看到王德闷气的样子，以为他病了，很忧心。平时，她总是像女儿待父亲那样地侍候他：一会儿问要不要请医买药，一会儿问喜不喜欢吃些什么东西。可是，王德老是不说。

一天深夜，王德卧在床上，翻来覆去地想：看来，为了不让外人道长说短，只有早日了却心愿才是。桂花呀，你老是不理解我对你的一片苦心……不管你乐意也好，不乐意也好，我非得跟你圆房不可了。可他转念又想，嘿！说来容易成事难呀，如闹不好成了笑料，这岂不是叫我大丢面子？

王德越想越烦躁，睡也睡不着，坐也坐不安，唯有借酒消愁！他在店里拿了两瓶“莲花白”回到卧室，咕噜咕噜地喝着。一瓶下肚，他觉得神情恍惚，手轻脚浮，周身飘飘然的，很舒畅。接着，他又拿起第二瓶，扬脖饮尽。这时 醉得如痴如疯，“哈哈哈”的放声大笑，跌跌撞撞地向床前挪了数步，叫了几声“桂花，桂花！”突然，双脚一瘫，再也撑不住身子了，“扑通”一声栽倒在地板上……

早上，准备吃早餐了，王小春没见父亲，向桂花问：“我爸呢？”王小春对桂花虽然很热情尊重，但因她年纪比自己小，加上父亲意欲娶她为继母，怕将来难转口，因此，他从未给桂花任何正式的称呼。

“他还在睡。”桂花说。

“你叫过了吗？“

“我曾叫了几遍，没有回声。”

“喔。”王小春望着窗外的太阳，抬起手腕看了一下表说，“差不多八点钟了，怎么还不醒呢，你再去叫叫吧！”

“好的！”桂花应了一声，又走到王德卧室门口，“大伯，大伯，起来啦，起来吃饭啦，差不多八点钟了呀……”桂花连叫了几遍都不见回音。她觉得很怪，即又一边敲门，一边喊起来。可是，任凭她怎么敲呀喊呀，仍然没有听见半点回音，里面却老是沉静静的，只是每推一推门就闻到一股刺鼻的酒臭味。

桂花无奈，只好走回餐厅告诉王小春。

王小春想了想说：“算了，也许是昨夜酒喝多了还醉着的。我们先吃了再叫他看看。”

他们吃完早餐，一起来到王德卧室门口又叫了几声，仍不见王德有任何动静。感觉情况不妙，王小春不得不将门撬开。门一开，他们不禁大惊失色：只见王德躺在地板上，嘴边吐出一堆秽物，鼻孔里流着血。他们忙上前摸摸，似乎还有些暖气，桂花俯下身子将嘴放在鼻孔上尽力地吸，把一块污血吸出，指望王德能发出呼吸复生，但毫不济事。他们急忙送王德上医院抢救。医生诊断后说，病人因酗酒跌倒，造成血充脑没得救了。王小春和桂花一听，由不得“哇——”的一声倒在王德的身边，发出撕心裂肺的哭声……

七

夜茫茫，风凄凄。

每当夜晚降临的时候，王小春想起自己失去了父母，又没有一个兄弟姐妹，孑然一身时，心里感到无限悲哀，好在桂花在日常生活上给他带来了一点温情，但桂花也给他招来了不少的冷言讽语。

一天，村里有个被人们号为“马骝子”的长发后生来买东西，他贪婪地盯着桂花，转而又向王小春眨了眨眼睛，接着说：

“王小春，你跟桂花的事总该摆几桌酒喝喝，让大家热闹热闹。明明白白的嘛，何必老是偷偷摸摸，有什么意思?”

桂花一听，羞得满面通红，悄然避开。

王小春觉得话语太刺耳，白了马骝子一眼，忿忿地说：

“请别胡说八道，你连自己是什么货色都还不明白，反污辱人!”

“假正经!”马溜子瞪了王小春一眼，抛下一句，哈哈哈地溜走了。

王小春自听了马骝子的话，心里说不出的难受。有时，他彻夜难眠，想得很多很多，心乱如麻。

一天，为避免再受那些小心眼的人冷言热讽，王小春多么想把桂花打发走啊！可是，一想到她的遭遇是那么的可怜；想到她与自己那胜似兄妹的友谊深情，又是于心难舍：

“哎，不论马骝子他们怎么说，反正我身正不怕影斜，只要桂花喜欢在这里，决不能忍心把她赶走！”

光阴荏苒，桂花到王小春的家来已经是三个年头了，既未回过家，又没有通过信。一天，她突然想起哥哥来。他有没有跟那狠心的嫂嫂和好生活呢？他会不会被累垮了呢？唉！我这可怜的哥哥啊，我真对不起你，对不起你……桂花想到这里，心一酸，眼泪不停地滴下。

为了解一下哥哥近来的情况，她即时给他写了一封信。

二十多天后的一个中午，桂花接过邮递员送来哥哥的亲笔信，欣喜地打开来看，只见里面写着——

桂花，我日夜思念的好妹妹：

自从你离开家后，不知你往何方求生，我一直忧心如焚和挂念着你，可恨老是不闻音讯。今天，接到你的信，我不胜欣喜！

妹，我去年生了一场大病，至今仍卧床不起。因此，你狠心的嫂嫂丢下我，带着孩子逃到远方去改嫁了。现在，我一个人孤零零地瘫在家里，是靠好心的邻居照料和施舍生活着的。多么想念你呀，希你见书速返，以慰我望为是。

哥哥　阿明

×月×日

桂花念完，难免又是一番心酸，泪水横流。她巴不得一下子飞回故乡，看望这苦命的哥哥。但光急不济于事呀，我得跟春哥商量，看能不能跟他多借些钱回去给哥哥医治。

桂花找到王小春将哥哥的凄惨遭遇告知，并把信让他看。王小春深表同情，不等桂花提出借钱回去探望一事，他先说了。

“桂花。”这是王小春第一次这样称呼的，“既然你的哥哥病

成那个样子，回去看看，找个医生治疗吧！“

“是。我要回去找个医生给哥哥治疗，可是……”桂花说到这里，似有点难言之状，停了许久才道，“你能不能借点钱给我?”

王小春毫无思索地回答：“可以，给你五千元，不要还的。”

第二天上午，王小春将桂花送到湛江火车站，还给她买了衣服杂物，桂花深受感动地说：

“春哥，你太好了。我此生此世也报答不完你的恩情啊!”

王小春爽朗地说：“为人，就应该这样的，何必如此介怀呢?”

“……”

“嘟——”正当桂花有千言万语要向王小春倾吐之时，列车突然发出一阵长鸣。她只好跟王小春依依不舍地握别了。当她坐上往北开去的火车时，她与他的心像被一条长长的线牵连着，都情不自禁地掉下眼泪。

八

自从桂花走后，王小春孤零零的好不寂寞，心头上增添了无限痛苦和思念。

“桂花呀桂花，我是多么的喜欢你呀！说句心里话，如不是父亲说过要娶你当继母，只要你乐意，我定然……如今，你一天不在我的身边，我就像失去什么似的，心里难受极了，但不知你此去还有没有把我王小春记在心上哪。”

一天天过去，将近二十天了，王小春好不容易才盼到桂花的来信。

春哥：

你好，祝你玉体金安，心情舒畅，家业兴旺！

我前几天已顺利回到故乡，并把家兄送县人民医院留医。他在医生的精心治理下，今天好转了些，请勿担忧。

春哥，我知道，你现在是多么的孤独、寂寞，也许会感到是多么的凄然啊，但望你要多多保重！

我自从离开你的那一天起，都一直在想念着你。你对我这个远方的落难女子竟然至诚关照，爱若同胞，使我确是深为感动，永生难忘。

我想，你的大恩大德，我即使是来生也无法报答得完，唯有将心以报而已。因此，我打算等哥哥病愈后，即返雷州来，你喜欢吗？

盼速回佳音！

妹　桂花

×月×日

王小春阅后，惊喜交集：喜的是，桂花待他确是情同兄妹，难舍难分；惊的是，她回来后，也许那些心眼多的人又要胡说八道。他的心情是多么的纷杂混乱！

经过几个昼夜的思索，他终于忍不住给桂花复了信。

桂花：

你的来信拜读后，得知你顺利地回到家里，你的哥哥的病情有所好转了，我非常欢喜！说心里话，我以前见到你的不幸遭遇是深表同情的，见你为人勤劳诚实又很为爱慕。我们现在天各一方，有说不尽的思念之情，你如再次到这里来，我一定热情欢迎……

王小春

×月×日

王小春写完，小心翼翼地折好装进信封，就骑起摩托车向邮局飞驰而去。

九

腊月的南方，虽说不像北方那样寒风凛冽，冰封雪地，但总有些寒流冲刺。王小春不但觉得孤独，而且有一种冰凉感常窜心头。他多么盼望早日收到桂花的回信呀！可是日复一日，两个月过去了，杳无音信，为此，他深感伤心，常常自个儿在夜里引颈悲歌。

一天深夜，王小春突然被一阵敲门声惊醒。接着，传来一个熟悉的叫声："春哥，开门！"他定神一听，欢笑起来："桂花！桂花！"忙拉亮电灯奔下楼将大门打开。只见一个衣着褴褛、蓬头散发、面容憔悴的女子提着一个包裹，踉踉跄跄地踏进门来。

这就是桂花？王小春不免大吃一惊，瞪大眼睛直愣愣地盯着。

"春哥。"那女子声音脆弱沉颤、神色怆然。

王小春从她的叫声中再次断定是桂花不疑了，却对她那模糊的形态还是有点诧异，不禁发声问：

"你到底是谁呀？"

"怎么，你认不出来啦？"那女子一怔，凄然地说，"春哥，我……是桂花呀！"

"呵，桂花，你……"王小春不由自主地从心底叫出声来，"你这是怎么啦？"

桂花经不起这问，她的眼湿润了，嘴巴嘁了几下，低下头，不停地抽泣着，随之泪水像两股冲开决口的清泉不断地涌出。

原来，桂花的哥哥因医治无效死去了。她含泪埋葬好哥哥后，眼望着这昔日好端端的家庭，今日却变成一个冷落萧条、举目无亲、空徒四壁的骇人之境，心里觉得更加凄然。于是，她恨不得身长翅膀，飞复雷州，回到王小春的家来。

不料，当桂花乘汽车到贵阳要转乘列车，提着行李到售票窗口前刚掏出钱买车票时，突然有三个年轻歹徒围上来。其中一个满脸胡子的歹徒恶狠狠地抓住桂花的衣领厉声喝道：

"狗贱婢，你好大的胆！刚结婚一夜，竟然翻脸出逃，还把我的钱物偷走。我问你，还想往哪里逃！”

“你……”桂花一时不知所措，发了一怔，转而气忿忿地说，“别不要脸，我跟你素不相识！”

“什么？你明明是跟人家结婚了，却把东西偷了逃跑，现在还狡辩？”另一个尖鼻子的歹徒喝了一声，随即在桂花的太阳穴上重重地印上一掌，“妈的，你这坏女人早该杀了！”

桂花痛得发昏，一时说不出话来。稍停片刻，她睁开双眼望着那三个凶神恶煞般歹徒的狰狞面目，心里顿时打颤起来，只好忍气吞声地说：“同志，你们认错人了吧？我实在跟你们素不相识呀！”

“还敢说！”那个凹鼻子的歹徒啪的一声向桂花的左颊击来一掌，“妈的，你这个女人的确是坏透了。来，我们先把她的衣服……剥下，让大家看看是个什么货色！”

“不，我们还是文明点，不必把衣服脱了，怪难看的。”满脸胡子的歹徒又摆出“丈夫”的架子说，“她不愿意跟我为夫妻也罢，但偷走我的东西总要讲清楚。我们先把她带到派出所去再说！”

“好！”

这时，那两个歹徒立即随声附和地嚷起来，边拳打脚踢，边推推拉拉地将桂花从火车站硬逼到街上来。

桂花几乎遍体鳞伤了，垢面散发的好不凄惨。她连声争辩和叫喊。可是围观者听说她是悔婚，偷丈夫的东西出逃的，无不怒发弹指，谰言谩骂，有谁理解同情呢？桂花经不起他们的毒打，昏倒了。

不多久，桂花醒来，不见了手表，摸摸身上的钱也没有了，禁不住叫苦连天，泪如雨下，凄凄然地向围观者诉其真情。这时，人们才如梦初醒，大喊上当。可是那帮可恨的歹徒早已溜得无影无踪了，即使有见义勇为，敢于拔刀相助者也悔之太迟了。

桂花拖着沉重的脚步，一拐一拐地回到火车站来。没有钱搭车怎么办？看来，要到雷州，只有向人家行乞才行了。不过，她不愿意这样做——认为年轻人行乞太失颜，太没意思了。她只好坐在候车室的偏僻处暗自流泪。

深夜，北风怒号，寒气逼人。

桂花又饥又困，多么想好好地睡上一觉呀。可是，没有被盖，她只好在椅上抖瑟着身子打瞌。

翌日，阳光灿烂，暖气回升。

桂花望着一辆辆列车往南方开去，想到自己举目无亲，别无办法，只好找乘警将苦情相诉，并恳求让其上车。当时，一位解放军战士在旁听着，深表同情，当即给桂花送来三十元。乘警见状，也替桂花补办了一张免费票让其上车……

王小春听着桂花的苦诉，心里一酸，泪水涌了出来……

十

桂花回到王小春家来，有说不尽的欢欣。她忘记了途中的疲劳，很早就起床，像以往一样轻手轻脚地工作着。一天早上吃饭，她瞧了瞧王小春那俊秀的面庞，良久才羞涩地说："春哥，你对我的关照之恩，叫我终生难忘。我……我打算跟你永远在这里生活，以图其报……"

"不。"王小春闻其言而晓其意。他忙说，"桂花，我们可以当作兄妹或朋友永相往来，以前的诸些小事不必介怀……"

桂花的脸唰地红起来。

"春哥，我的心意已决了，请理解我呀！"桂花说着从衣兜摸出一张纸来，"请看，我连结婚证明都要来了哪！"

王小春接过一看，怜爱和惊喜不觉油然而生。他的脸倏地发烧了，心咚咚地扑跳起来，双眼直愣愣地瞅着桂花，许久才把视线转移，很难为情地说：

“桂花，你这是咋搞的，我未曾说过要同你结婚啊！”

桂花始料莫及，弄得十分尴尬，立时眼泪倾泻而下，嗫嚅着说：

“春哥，当怜我为你一片钟情，千里迢迢……跋涉而来，受……尽百般折磨啊！”桂花说完，以恳切的眼光期待着。

王小春默不作声。凭心而论，他对桂花何曾不抱有爱恋之心？不过，鉴于早年父亲之意，是想把桂花当继母的，虽说未成为现实，可已有一条无形的鸿沟阻隔着，岂敢擅越雷池半步！此时，他的心在刺痛，在抽泣。沉默了很长一段时间，才缓缓地抬起头来。

“桂花。”王小春深沉地说，“我并非不喜爱你，但怕……怕人们耻笑呀！”

“耻笑？”桂花瞪大双眼，不解地说，“我们来个堂堂正正的结婚，谁敢耻笑？”

王小春抱着难过的心情，无奈地说：“天下的好人多得很，请另选一个如意的吧！”

桂花听了，觉得没意思再强求了，只好把一串串苦泪咽进肚里，折回卧室。王小春耷拉着脑袋，闷闷的自个儿到店里打理店务。

第二天中午，气温骤然下降，天色阴沉沉的。冰冷的北风夹着毛毛雨，几只乌鸦在空中叫喊盘旋着。“哇！哇！哇！”那凄厉的叫声，给人们带来极其寒心恐怖气氛。王小春进城采购货物刚刚回到家门口，阿芳就阴着脸走上前劈头盖脑地责骂起来：

“小春，你这狗崽子太狠心了！”

“什么？”王小春丈二和尚摸不着头脑，惊问：“阿芳嫂，这话你是从何说来啊？”

“哼，人家桂花，一个多好的姑娘，你为啥与她闹翻了？”

“这……”王小春似意识到一种不祥之兆，顿时心里感到不寒而栗，“这是谁对你说的?”

“要什么谁说?是我亲眼见的!”

“你亲眼见?”王小春更是大惑不解道，“阿芳嫂，你这话，我真不明白是什么意思，我从未跟桂花吵闹过呀!”

“不吵闹?那为何她双眼红肿，泪汪汪地提着行李走了?”

“什么时候?”

“上午10点半。”

“你有没有问她去哪?”

“有，她不肯说。叫她等你回来再走，她也不肯。我挽她，又挽不住，匆匆地走了。”

王小春听了，忙打开门，走进商店，商店一切依然，走进桂花的卧室，室内诸物大都原封不动，桂花却连影子也不见了。她原来挂在壁上那幅楚楚动人的照片被取下撕成碎片撒在地下。一串钥匙放在桌子上面，压着一封信……目睹这一切，无不令人百感交集，悲凉揪心!

王小春惊愕地抓起那封信，急切地默诵起来。

阿春哥：

我很对不起你!当你读这封信时，也许心里觉得抛掉了一颗沉重的大石，很轻松，或许会感到无限痛恨——因为这是我最后给你留下的一份不该留下的礼物!

我真想不到人生是那么的残酷曲折。父母不幸辞世，造成我失学；嫂嫂对我无情欺负，迫我外逃致死；获救后不幸又遭拐卖。现在我哥哥也死了……在患难之际，难得你真诚关照，深感于怀。心想，此恩此德难以相报，加上你那甜美的音容在我的心灵刻下了深深的印记，才甘受风风雨雨，历尽千辛万苦，千里迢迢跋涉而来。不料，你老是推辞。难怪你认为我是你父亲想买来……但他已是年近六十的老人了，我还是一个青春少女，这可能吗？他只能配当父辈！

……如果我们到镇里登记，办理了结婚手续，堂堂正正的结为夫妻，有谁敢耻笑？可你偏偏借词推却，令我绝望！我想，既然生不能为你妻，但愿死后，来世跟你相会，恩恩爱爱……

这里，既不是我今生久居之地，自当赶早离开了。但大地茫茫，该往何方而去为好？我想，为洁身自好，等待来生，只有寻庵剃发为尼以度终生为是。为此，我也只好忍痛含泪离别了这一心爱的家和你……

啊，原来是桂花给我留下的痛别书！桂花此去如身陷不测或剃发入庵凄苦一生，我心何忍？想到这里，王小春悔恨不已，重重地往自己的胸口擂了一拳，自言自语地说："该死，都是我害了她！"说着，丢下货不卸，骑起摩托车就向村前飞奔而去。

北风越刮越猛，雨越下越大。很快，王小春像落汤鸡般浑身抖瑟起来。

"桂花！桂花……"

一阵阵揪心的喊声，断断续续地在空中回荡着。但是，任凭王小春千呼万唤，再也听不见桂花的回音。

写于1992年6月，1995年发表于《雷州文学》创刊号。2019年2月中华文艺当为"经典小说"转发于经典文学网。2019年6月13日转发于中国作家在线，并在当月收入《当代文学精选》（中国国际广播出版社）。

鬼镇坡月圆

那是一片沉寂的荒坡。坡上旧墓新坟，累累其间，星罗棋布。每到漆黑的夜晚，无数“鬼火”忽闪忽闪地游动，十分恐怖。据说很久以前，有人到这里砍柴，忽然一个青面獠牙的“鬼王”现形。它张着血盆大嘴说：“此乃我镇守之地，岂容你来干扰！”说着，嘴一嗑，将锋利的长爪直伸过来。那人顿时毛骨悚然，被吓得要死，丢下柴刀，飞也似的跑了。“鬼镇坡”这名字，也就传开了。从那时起，胆小的人，谁也不敢到那里去……

一

腊月三十晚，家家户户欢天喜地。村子里鞭炮声此起彼伏，歌声、笑声、锣鼓声汇成一片，好不热闹。唯有周岸一家冷冷清清。他孤独地坐在空幽幽的房子中央的矮凳上，双手托着下巴，面对暗淡的煤油灯，悲怆地流泪。

周岸很小的时候就死了母亲，是靠父亲把他拉扯大的。那年他高考落榜，即回家务农。初时，憋着一股劲，凭着年轻力气足，跟父亲起早摸黑地干，生活过得很不错。两年间不但添置了许多家具，还积攒下许多钱，人们都夸他能干。邻村有个姑娘还找上门来攀亲呢！

一天夜晚，不知是鬼使神差还是财迷心窍，他竟跟一些人进了赌场。此后，他无心务农了，整天昏昏然地在赌场里混。存款输光了，家里值钱的东西典当输光了，向人家贷的高利钱也输光了。婚事吹了……

周岸的父亲见他百般管教不听，不但家产败完，负债累累，甚至连一个好好的未婚妻也被气跑了，老人经不起这重重的刺激，一病不起，在迫近年关时含恨长辞而去。

现在，周岸看到人家热热闹闹地欢度春节，怎能不触景伤心呢？他长长地叹了一声，捏紧拳头，在自己的脑门上砸了一下，顿觉火星四迸，天旋地转。一阵眩晕后，他睁开眼睛，见到墙旮旯放着半瓶“敌敌畏”，把心一横，咬咬牙走过去，提起瓶子，揭开瓶盖，慢慢地放到嘴边……“阿岸！”一个突如其来的吆喝声震耳欲聋，周岸不觉心惊手抖，砰！“敌敌畏”摔倒地上，满屋都是浓烈的农药味。周岸凄然木立。

走进屋里的人，是老村长江锦涛。他今年六十开外，敦厚温和，对人体贴热情，帮人尽心尽力，讲起话来头头是道，群众对他十分佩服。他中年娶妻，有个和睦的家庭。老伴李玉春对他体贴温顺，一对孪生女江萍和江蓁，生来一样的苗条身材，一样的好品貌，只是性格有点不同，早出世半小时的姐姐江萍性格内向，沉默寡言；妹妹江蓁活泼好动，敢作敢为，平时喜欢说说笑笑。姐妹俩小时候和周岸一起垒土坯，一起煨番薯，一起放牛，一起上学，是青梅竹马的好朋友。

当天傍晚，江锦涛吃完饭，想起烂赌仔周岸，父亲刚死，没钱没粮怎过年呢？于是，他拿了十来斤米，两块猪肉，两块年糕装在竹筐里给周岸送来。他进门看见周岸的神态，闻到刺鼻的农药味，打了一个寒噤，便大喝一声：

“你这是干什么？！”

周岸一动不动，眼泪汪汪，低头哽咽。

“你呀！”江锦涛心里又是愤怒，又是可怜。他使力将周岸挽到床沿，并肩坐下温和地说，“年纪轻轻的，前途无量嘛！”

两人谈了一个时辰。江锦涛的一席话，捅到了周岸内心的痛处。他抱着头，一边呜呜痛哭一边说：“江大伯，我把家败光了……婚事也吹了，父亲也……气死了，留在世间有什么意思？”

“岸，”江锦涛把手轻轻放在周岸肩上，沉重而又温和地说，“错，已经错了，让以往的过错，做为自己的终身教训吧！浪子回头金不换，你能够痛心悔过，重新做人，还是大有作为的。”

周岸凄然地摇头，哽咽着说：“我现在不但把家输得一贫如洗，还欠债累累，又无亲可依，到了山穷水尽的地步了呀！”他说着说着，不觉又号啕大哭起来。那凄切的痛哭声，无不让人撕心裂肺！

江锦涛虽说是个能说善道的人，平时村子里有什么纠纷，他一调解，没有不和的。可是，如何挽救这个失足青年呢？他一时也拿不定主意。他点起一支香烟，叼在嘴上，皱着双眉，缓缓地吸着，不时吐出无数个白色的烟圈，犹如一串串漂白的银环，轻悠悠地飘向夜空。

“岸，不要伤心。从现在起，你不再去赌场了，在家里安心劳动，有什么困难，我一定帮助你解决。”江锦涛鼓励周岸。

“帮我解决？”周岸一听，迟疑地抬起头来，“这可能吗？我已经欠下高利贷九千多元……”

“嘿！这个好办。”江锦涛接着周岸的话头，极其果断地说，“只要你听话，跟我干，不说九千多，就是一二万块钱，不超过两年包你还清。”

周岸听着，犹如一股暖流，沁进他那冰冷的心窝……

二

从除夕那天起，江锦涛差不多天天都到周岸的家里嘘寒问暖。有时，还叫女儿江萍、江蓁或妻子李玉春给周岸送去一些鱼、米、油、盐。周岸对江锦涛一家对他的热情关照，深深的感激在心。他不再赌了。除了管好自己的责任田外，江锦涛家里有什么重活儿他都去帮忙，来来往往，亲如一家。江锦涛看在眼里，喜在心上。

一天，周岸到江锦涛家里，江锦涛对他说："阿岸，种香蕉收效快利益高，是条致富的好门路。现在村里那些好地，大家都抢着承包了，只有'鬼镇坡'谁也不敢要。鬼镇坡北面傍山，南面倚水，草木丛生，土地肥沃，是一块尚未开发的宝地。我打算和你承包来种香蕉……"

"啊?"李玉春一听见丈夫要跟周岸承包鬼镇坡，大吃一惊，连忙说，"你这老头怕是发疯了。鬼镇坡是鬼掌管的地方，人家过路都不敢走近，你还承包?"

"哈哈哈……"江锦涛爽朗地笑着说，"真有鬼? 可惜我活了大半辈子都未曾见过。究竟是怎么样的，你见过吗?"

"咳，大吉大利。"李玉春瞪了江锦涛一眼说，"前年，咱们村的陈三仔不是说他见过鬼王，还差点儿被捉去了吗?"

"喔，"周岸一听到陈三仔的名字，便按捺不住内心的怒火，说，"大妈，千万别相信陈三仔的鬼话。他是见鬼镇坡偏僻，有闹鬼的传说，很少有人敢到那里，就在那里开了个赌场。他抽油水钱，发了横财，怕日久夜长被外人知道，公安局要抓人，便编出一套见鬼的话来。我以前被他诱到那里赌钱，总是通宵达旦的，何尝见过什么鬼?"他停了停，又说，"如果说那里有鬼害，我讲这鬼害就是陈三仔。若没有他在鬼镇坡上聚赌，也许我不至于落到今天这个悲惨的地步!"

鬼镇坡的奥秘被揭穿了。可是，李玉春这个被迷信思想影响较深的农村妇女，还有所顾虑。她望望丈夫又看看周岸说："话是这么说，依我看，那里的古墓古坟到处都是，往后种植管理，难道你俩就不怕吗?"

江锦涛沉默不语，眯起双眼悠然地抽着烟。

"爸，承包就承包。"江蓁放下碗筷，霍地站起来说，"妈，我在《广东农民报》上看到，人家种香蕉一亩能收四五千元至七八千元。我们来承包也发点财有什么不好呢?您这人，什么都说怕、怕、怕!其实有什么可怕的?我小时候跟大姐和岸哥一起在坡上放牛捉迷藏，有时蹲在墓穴里，还拿着死人骨头玩呢!如果爸爸和岸哥承包了，我和姐姐也到那里种植管理，四个人，不说鬼见都怕，就是天塌下，我们一人一个天角，都能顶得起!"她说着，眼珠一滚转向江萍，"姐姐你说是吗?"

江萍微微一笑，颔首赞许。

李玉春咧开嘴，正准备说什么，江锦涛向她瞪了一眼丢下烟头说:"包!我决定承包了。阿岸你说怎么样?"

周岸说:"好。江伯，我跟你一起干!"

三

三月里，鬼镇坡上种上了三十多亩香蕉。为了管理方便，江锦涛和周岸带着江萍、江蓁姐妹，在园中央用树干和沥青纸盖了三间房子，安营扎寨。他们起早摸黑地给香蕉苗淋水、追肥、除草、培土。一天天过去，蕉苗抽出了一片片肥大浓绿的叶片，微风一吹，犹如亭亭玉立的少女，翩翩起舞，满园里生机盎然，大家喜滋滋在盼望着丰收的到来。

然而夏末秋初，老天好像有心跟人作对似的，竟一连下了几场暴雨，香蕉叶被狂风暴雨打碎了，有的很快变黄，抽不出叶来。江锦涛看着，心里阵阵作痛，矜持的江萍，泛起满脸愁云，爱说爱笑的江蓁，沉着脸儿寡言不笑了。到底是周岸的脑子机灵，他独自骑车到县城书店买一本有关香蕉种植和管理的书回来看，才知道香蕉的叶经暴雨打破后，有无数微细的病菌潜进叶脉里，变成微型小虫，吸着香蕉的液汁，使香蕉很快枯黄病死。为此，必须迅速用“多菌灵”喷杀并施钾肥催壮。

香蕉经过喷射多菌灵和追肥后，很快回绿。到了中秋时节，叶尖缩短了，一朵朵硕大的蕉蕾，像那大颗大颗的“六零炮”弹头一样，从母蕉的怀里脱颖而出，沉甸甸地挂满园中。

四

一个晴朗的夜晚，月亮已从东方冉冉升起，泻下万顷光辉，把香蕉园照得更加美丽可爱。江锦涛父女把饭菜摆好了，还不见周岸回来。江锦涛说：“唉！刚才收工时，他不是说很快就回来了吗，怎么还不见呢？蓁，快去把他叫回来！”

“好!”江蓁说着，快步向香蕉园奔去。

近来，周岸看着一棵棵肥壮的蕉树和一串串硕大而长垂下来的蕉果，心里非常欢畅。不过也有些值得担忧的事——由于管理和苗龄差异，有不少香蕉树还未挂蕾，如不及时采取措施促长及早抽蕾，到了冬天才出成了雪蕉，将造成严重减产。他便抓紧时机喷施“九二〇”促进剂。喷着喷着，竟忘了饥饿，不觉已是明月悬空。

园里静悄悄的，只有“吱——吱吱”的虫鸣和风吹蕉叶摇曳发出轻轻的“娑娑”声。突然，一双纤柔的手掩住他的眼睛，使他大吃一惊。他随手将喷雾杆往后一扫，那人手一松，“咯咯咯”地笑起来。那笑声是那么清脆，那么甜蜜。

“蓁，你来做什么?”周岸说。

江蓁说：“哼！你呀，真是个傻瓜，傻得日夜都分不清!”她指指天上的月亮，接着又道，“饭菜摆着等几个钟头都不见人，把我们的肚子给饿扁了!”

“呵!”周岸微笑着对江蓁说，“对不起。蓁，你先回去和大家吃，瓶里还有一些药，我喷完就回。”

江蓁撒娇地将喷雾器夺过来，以命令的口气说："不准你再喷了！"

周岸从江蓁那泼辣而热情的言语中，似乎体察到了什么。平时衣服换下来，是她拿去洗干净；破了，是她补好。有时还悄悄地把一些钱塞在他的衣兜里。但他想到自己的处境，不敢再往下想了。此时，他望着天空，又瞧瞧江蓁，用乞求的声调说："蓁，背着回去，很沉重的，让我喷完吧！"江蓁莞尔一笑说："算了，饶了你这一次。"周岸伸手要喷雾器，江蓁却又用手一拦："急什么？先等我给你打足气！"她说着，站好架势，一边用眼睛斜视着周岸，一边用力地抽压起来。打足气后，将喷雾器交给周岸说："傻瓜，快点喷完吧，别让人家久等了。""唔。"周岸乖乖地应了一声，接过喷雾器背好，打开气门，喷杆的上端又喷出了薄薄的白雾……

五

鬼镇坡蕉园里大串大串的香蕉成熟了，前来购买香蕉的人很多。

这天，县水果公司驶来一辆汽车，他们刚装完香蕉，江萍突然昏倒在车后，软绵绵的，怎么也叫不醒。江锦涛被吓坏了，含着泪抱着江萍，不知如何是好，江蓁也呜呜大哭，周岸对司机说："司机，救人要紧，请您先把她送去医院吧！"

"好！"司机毫不犹豫地说，"你赶快把她抱上来！"

周岸立即把江萍抱到驾驶室，江蓁也跟着跳上了汽车。司机踩动油门，紧握方向盘，风驰电掣般向医院开去……

医院急诊室里，弥漫着一股沉闷的空气，周岸和江蓁寸步不离地守候在江萍身边。医生做了一番紧张而细致的检查后说："这是细菌性溶血型急性贫血症，需要马上给病人输血！"

经化验，是A型血，血库里已经没有了，怎么办？

“医生快抽我的！”江蓁焦急地说。

“不。医生，先抽我的，我是A型血！”周岸抢着说。

医生听周岸说他是A型血，立即将周岸的血抽出来化验，恰好和江萍的血型相同。医生欢喜地对周岸说：“好，抽你的。”

很快，周岸鲜红的血液就缓缓地注入江萍的体内，她慢慢地苏醒了……

六

在医生的精心治疗下，不久，江萍恢复健康了。

常言道：女儿心，最痴情。在生死关头得人搭救，总会终生感恩不尽。江萍得知周岸用鲜血救活自己以后，心里悄然产生爱慕之情。

一天，江萍买回一块呢子布，要为周岸做一套适时的衣服。她走进妹妹江蓁的房子，打开箱子拿出服装剪裁图样册来参考样式，一张纸从书里唰地滑落地上，捡起一看，原来是妹妹写给周岸的信，不由心里一阵紧张，默念起来。

> 岸哥：
>
> 你好，道路曲折，前途光明，望你振作精神奋斗吧！
>
> 岸哥，你的心事，我是明白的。有一夜，我睡了一觉醒来，听见园里有叹息声，觉得很怪，就借着月光循声走去，竟见你独自一人在哭泣，顿时，我禁不住眼泪直流。
>
> 从那以后，我一见你就忧虑，就吃饭无味……岸哥，我愿与你在人生的长河里，永远在一起游泳……

啊，妹妹早爱上他了，自己还蒙在鼓里呢！江萍那颗炽热的心，一下子变得冰凉凉的，瘫坐在椅子上默默地流泪。她再看看那张纸条，深深地嘘了一口气，想：算了，妹妹找到一个好人，我应该高兴，努力撮合他们。这块呢子布裁剪好，就作为送给他们的新婚贺礼吧！

七

八月十五那天傍晚，在周岸的床上，江蓁正倚着周岸倾诉衷情，江萍赶集回来一见，会意地微笑着闯进门，江蓁一见，蓦地站起来。

“姐！”

“唔！”

“请坐！”周岸彬彬有礼地说。

“呵，坐！”江萍说着，随身在床前的小凳上坐下。停了一会儿，她温柔地说：“岸哥，我给你介绍一个对象好吗？”

“唉！我这样的人，谁肯登门呢？萍，不要开我的玩笑吧！”周岸腼腆地说。

“岸，这是真的……”

“真的？”江蓁听了一惊，心神不安地问，“姐姐你介绍谁呀？”

“谁？”江萍含笑说，“嘻嘻，还要瞒着我么？你俩刚才说的话，我都听见……”

周岸和江蓁的脸唰地红了，默默地相视着。

“阿岸，”江萍的脸布满热情，眼睛里饱含着热泪，亲切地说，“你们的事，不用瞒我了。做大姐的会衷心赞成的。至于爹妈这一关，全包在我的身上，你们尽管放心吧！”

周岸和江蓁听着，像吃了蜜糖一样，心里甜丝丝的。周岸即时向江萍投来感激的眼光说：“你真是个好姐姐。”江蓁却从床上跳下来，在姐姐的肩膀上像擂鼓似地边捶边说：“姐姐坏，姐姐坏！”却又紧紧地抱住姐姐，同时，向周岸投去一束炽热的目光。

这时，圆圆的月亮悄悄地从东方升起。那明媚的光辉透过窗户照在周岸和江蓁的脸上，他们都会心地笑了……

1987 年 2 月发表于《半岛文学》，1991 年 5 月转载《南国》，2013 年 12 月在中国小说学会征文中获“中国当代小说奖”，收入《中国小说家代表作集》（北京燕山出版社），2017 年获湛江市第十三届文艺精品奖，2018 年 7 月转发经典文学网。

烈胆柔情

阿熊长得牛高马大，专好打抱不平，深受人们赞赏。可是他已三十出头了，还是光棍一条……

一

正月初五晚，城里灯火辉煌。

阿熊上城来给姑妈拜年，由于多喝了几杯，一觉醒来，不觉已近午夜时分。他独自上街漫步，突然发现一条死胡同里有两个歹徒把一个姑娘的行李劫了，并非礼猥亵。他毫不犹豫地奔上前去跟歹徒搏斗，为姑娘抢回行李，还将她送至家里。

过了月余，阿熊早把上面这件事抛在脑后，一点儿也没有记忆了。一天，他接到一封来自珠海的信，拆开一看，只见信中说：

阿熊哥，你好。我那次回家探亲，不幸带回去的行李和五千多元都落入强贼之手，如不是碰见你，我恐怕还要受尽他们……可是，你既不接受我的谢意，又不愿意给我留下地址姓名，真让我过意不去。最近，我在电视上看到你勇救两个溺水小孩的专访，终

于知道了你姓名，以及你的地址和基本情况。你真不愧是个男子汉，我深深地敬慕你……我现在珠海的凯尔中外合资食品公司当秘书，有事，请来函告知，我将竭力帮忙。

阿倩

×月×日

阿熊念完，许久、许久才回忆起那回事来。他想，这姑娘既然这么热心，就给她复一封信吧。自此，他们书来信往，感情日深。阿熊似乎忘却了自己是个“农村佬”，有时接到阿倩的来信，心里如痴如醉的，看不释手。这其实也难怪他，因为阿倩的来信写得感情太浓了。

二

光阴如箭，数月过去了。一天，阿熊给阿倩写了一封长信，骑起自行车向邮局飞驰而来。

“天啊，你吃了我这样人的钱，终归不得好死呀……”

当阿熊走出邮局不远一拐弯处，突然，一个凄楚的哭骂声从前面传来，把他的心给扭住了。阿熊忙奔向前来，见是一个六十来岁的老太婆，赤足散发躺在地上哭着，便拨开围观的人群走近问：“阿婆，您出了什么事?”

“想我……无儿无女，老公病在医院……留医没钱，回去求信用社……贷五百元，刚来到这处……就被一个流氓抢去。天啊……他吃我这样人的钱，你如有眼……千万不让他好死呀……”老太婆一边哭诉，一边用双手不停地敲打着自己的胸部，好不凄惨！

阿熊听着，霍然想起当年父亲为买年货上城被两个流氓围抢，打得奄奄一息的一幕，顿时怒目圆睁，恨不得一下子把这丧失天良的流氓抓着捏死。他握紧拳头厉声道：“可恶，这些无耻的流氓确是可恶！如果我是法官，把他们统统抓起来判处死刑！”

“哎，后生哥！”一位长者双眉一蹙，捋着胡子道，“这些流氓贼子凶得很，劝你还是少管闲事为好。”

“闲事？这也算是闲事？”阿熊把拳向前一挥，忿然道，“你们都是怕死鬼。如是被我碰见，老子非狠狠地教训他一下不可！”

“老兄，”这时，一个年轻人很不服气地蔑然言刺他道，“请别夸海口。我看你如果真的碰上，也未必有这份胆量！”

“说什么？”阿熊经不起那年轻人一激，双眼乍地瞪得像斗般大，赤着脸吼道，“妈的，那些流氓王八蛋，我怕他个屁！”

大家见他个子粗壮，说话响当当，有钦佩的，同时也有嗤之以鼻的，但谁都不敢惹了。

沉默了一会儿，一位中年人抱着几份敬意，缓步走到阿熊的身旁小声地在他的耳边嘀咕了几句。阿熊点了点头，随即转过身来安慰老太婆：

“阿婆，请放心。我会很快为你找回被劫的五百元的。”阿熊说着，从衣兜里掏出60元向老太婆伸来，“您先拿这些钱去医院抓药给阿公治病吧！”

老太婆如遇观音菩萨，深为感激，即时千恩万谢而去……

时值中午，骄阳似火。

阿熊冒着烫人的烈日，按照那中年人的指点，穿街窜巷，不停地飞步追寻着，终于在一家饮食小店中找到一个满面黑痘，额上有两条刀疤的年轻人。他马上提高警惕趋步上前：

“兄弟，你叫阿飞吗？”

“是！”他斜乜着双眼，不好气地说，“你要问我啥的？”

阿熊从他的表象和言行判断，确认此人正是阿飞，即时厉声喝道：“你今天上午，在人民大道上抢了那位老太婆多少钱，请给我交出来！”

“妈的，谁证明我抢钱？”

“当然有人作证的，”阿熊随着伸手擒住阿飞的衣领说，“跟我到派出所去！”

“你妈的。老子公安都不怕，难道就怕你！”

阿飞说着，“嗖”的一下抽出尖刀刺向阿熊胸口，阿熊闪避不及被刺中右臂。立时，他鲜血直流，疼痛难堪，手一松，阿飞挣脱了。

眼看阿飞逃跑了，阿熊好不心急，强忍着钻心的疼痛，迅步追逐。他俩从距离的20米，逐而缩近为15米、10米、5米、1米。这时，阿熊一个箭步急起脚向前踢去，阿飞被踢了个狗吃屎——倒嗑地。阿熊顺势飞身扑上将阿飞骑住，在腰部狠狠地擂了数拳。阿飞痛得要命，连声道：

“大哥，请饶命……”

“哼，饶你？人家贷来治病救命的钱你都下得手抢，还胆敢想将老子刺死，能饶得你?!”阿熊说着将拳擂得更响。

“哎哟哟……”阿飞不住地呻吟着，乞道，“请别打了呀。放了我，我一定将老太婆的钱给你……”

“哼，现在没有这么便宜的事了！”阿熊抽出腰带将阿飞绑住，拉起喝道，“走，先到派出所再说！”

“大哥，别带我到派出所，我给你一千元……”

“哼哼，别来这套！”阿熊说完，连拖带推地将阿飞送进了派出所。

三

不几天，一位记者以《好阿熊勇擒歹阿飞》为标题写了一篇长长的通讯，在市报的头版头条刊登出来。

早上，清风柔柔，花香阵阵。

阿熊洗完脸，把头梳得乌黑发亮的好不神气。他展开报纸，正兴趣盎然地读着。突然，从窗外飘进一片“白云”，他定睛一看，原来是阿倩的来信，顿时欣喜若狂地拆开来看。其文曰：

阿熊哥：

你好，许久不通讯了，无限思念！

我的公司近来想招收几名保安人员。我想，你可胜任这份工作，便跟领导商量，决定让你到公司来担任治安管理人员，月薪不低于咱当地正科级干部的，工作得好，年底尚有奖金。希接信后，办妥有关手续。我过几天就回来接你……

阿倩

×月×日

阿熊读着，心里感到暖烘烘的，真个甜得如痴如醉。

几天来，阿熊跑管区，奔镇府，上县城办理有关手续，忙个不休。当他把阿倩的信告知一些好友时，大家无不艳慕他的桃花运儿、财神运儿的。此事，一下子传遍了全个管区，男女老少都刮目相看——老远望见他就叫“阿熊哥”。

可是，他盼啊盼的，二十来天过去了却老是不见阿倩回来。

“阿熊哥，有信！”

一天清晨八点半，阿熊正在家里做家务，蓦地传来管区文书的声音。阿熊一听大为惊喜，忙起身迎出将信接住看，信里面写道：

阿熊哥：

你好，让你久盼了，很对不起，请谅。

我本想在半月前回家将你接来，厂领导突然接到香港一位老板的邀请，要到香港洽谈一份生意，他们要我相随前往，不敢推辞，只好奉陪。我现在回到厂来了，但还要为厂起草两份可行性报告，大约尚需半个月方能回去的。

有一件事想拜托你一下。我一回厂，就收到家里一份来信，说我那在校读高三的弟弟由于染上一些不良的社会风气，无心上学，竟随着几位“哥们儿”到处乱闯，最近因抢劫已被送进看守所。未知如何处理，我很为挂心，烦你到我家了解一下，并速来信告知……

阿倩

×月×日

（请记，我家地址是广平街6号，我弟叫阿飞）

当阿熊看到“阿飞”两字，犹如一阵烈雷向头轰炸而来，差点儿昏倒。

他想，眼看跟那位美女一起到珠海的美事已成，偏偏又碰上个歹阿飞。咳！完了，完了！他有点懊悔了，懊悔当时不听那位长者的话，老是管那些与己不关的“闲事”。可是，稍沉思片刻，却又自言自语地说：

“他妈的，能为民出点气，刹刹流氓的威风，消除心中愤，就算我失去这个缘份，也值得！”

于是，阿熊把信撕为碎片，撒向空中任风飘摇。好像没有发生过什么似的，他又感到轻轻松松了。

四

时间轻悠悠地过去，恍惚间，已两月有余。

一天中午，一辆“皇冠”牌小轿车开到阿熊门口前的大树下嘎然停止。

阿熊听见车声从房中走出，只见一位身着淡蓝色连衣裙，项戴金链，肌肤润白，眉清目秀，苗苗条条的姑娘从车上走下。阿熊一眼就认出是阿倩，觉得不是滋味，忙转身往回走。

“阿熊哥！”阿倩一见阿熊蜜蜜地叫一声。

阿熊似乎没有听见，一直走进房子。阿倩只好随之而入。

“阿熊哥，让你久盼了，很对不起。”

阿熊木然而立，仍不作声。

“唉，你恼我啦。阿熊哥，怎么不作声？”阿倩的眼睛湿润了，“我上次给你写信说，我起草完可行性报告就回来。不料第二天早上，厂里的几位领导又突然提出要到东京考察，叫我一起去。咳！吃人家的饭，要听人家调遣，不得不去呐！”

“这……”阿熊沉思一下，嗫嗫嚅嚅地说，“我绝对……不会怪你的。只可惜我们……前生无缘……”

“什么，前生无缘？”阿倩的心一颤，急忙问，“你这些话从何说来呀？”

“哼，你别装蒜了吧！”阿熊心事重重地说，“你弟阿飞当流氓抢劫人家的钱，被我抓送派出所，难道你不记恨？”

“嗬，我以为是什么事，原来你为这个担心！”阿倩笑了笑说，“阿熊哥，这事，别说我不记恨你，还要大大的感谢你才是！”

阿熊大惑不解地说：“哼，不会吧，这些话的意思我会晓得的！”

“阿熊哥，请别误会，我说的都是真心话呀！”阿倩向阿熊射来一股感激、炽热的目光，柔声道，“如不是你那次把我弟扭进派出所，他必会继续跟哥儿们到处招灾惹祸，将害得我全家更加痛苦难堪。然而，让他受到法律教育，现已痛改前非，安分守己，回校认真学习了。你说，我怎能不感谢你呢？”

“啊……”阿熊听着，心里似松了一个大绑结，脸上慢慢地现出笑容。

阿倩望着阿熊那火热的目光，心里顿时沸腾起来。

“阿熊哥，我每当想起你来，就像有一股巨大的力量支撑着我，什么也不怕的，混身是胆。”阿倩说着，漫步走近阿熊，拉住他的胳膊温情地说，“我无时不想念你啊！难道你不爱我？”

嘿，古言，美女爱英雄，果然不错！此时，阿熊不由自主地伸出右手轻轻地抚摸着阿倩的头发，深感内疚地说：

“阿倩，你真好！”

阿倩一听，“噗”的一声给阿熊来了一个大响吻。

他俩的脸都霍地飞起两片红霞，相对莞尔一笑，随即紧紧地拥抱起来……

1995年2月发表于《潭江文艺》，2008年11月转载《湛江文学》（标题改为《意外情缘》），2017年转发“中华文艺网”，并收入《中国小说名家》（团结出版社）。

急　雨

盛夏的晌午，天气炽热，刚才还是一片晴朗的天空，突然间，乌云翻涌。看来，一场暴雨就要降临了，空气凝固得闷沉沉的，令人感到煞是难受。

此时，因罚款问题，张含正跟村长王树范闹翻了脸，他忿忿地：

“哼哼，我的儿子偷瓜？是凭你自己说的，还是有谁作证呢？”

“见证吗？当然有的。今天早上九时，瓜主罗明财同镇长他们参观，碰见您的儿子小光偷的。您还想推？”王树范的语气较为温和而严肃。

“啊？”张含顿时脖子上的青筋条条绽出，圆睁着一双灼人的大眼，大声吼道，“妈的，就算是，你又咋的？你们这些王八蛋，乌龟儿，当了几天官就不认宗了。看不起村里人，却把外乡人抬到西天当佛祖敬。罗明财那狗崽子敢来承包我们的土地，要罚款，他有胆量就亲自来，何必你出风头？”

王树范听着那些话，当时气得脑袋嗡嗡作响，但他为了把问题办妥，强抑着心头的怒火，依然压低声音：“这么说，你是欺罗明财是外乡人承包作业，就可以随便偷他的东西了吗？含叔，你应知道，所有承包专业户，不管是外人内人，都受到法律的保护，任何人进行干扰和肇事，都会遭到村规民约和国家法律的惩罚的。您的儿子既是偷西瓜，就要按村委会制定的条例罚款！”

“哼哼，真的要罚？”张含此时愤怒得几乎暴跳起来。他用力地拍了一下自己的大腿，指着王树范，“当官的，你别这么说，其实你是掩着胸口欺人！请问你，你们当官的儿子偷的要不要罚？”

“当然要罚！”王树范郑重地说，“含叔，我的女儿翠瑶前天在罗明财的瓜地里摘了两个西瓜和几个放牛的娃娃吃，经调查属实，我也把20元罚款交了。”说着，从口袋里掏出5元钱递给张含：“给你，这是揭发人的奖金啊！”

“这……”张含的心突然咚咚地狂跳起来，脸火辣辣的，稍停片刻，他不由自主地从口袋里掏出10元……

“哗哗哗，”突然一阵凉风吹来，下起了一场大雨，在大雨的冲刷下，那闷沉沉的空气变得清爽爽了。

1988年8月30日发表于《湛江文学》总21期，2001年2月获”新世纪文学新星奖”全国征文优秀奖，2005年10月收入《当代文学新作十家》（银河出版社）。

春暖寡门

天有阴晴，月有圆缺。冷寂的寡门，终于漾起了阵阵笑声……这是现实生活当中并非虚构的故事。

一

黄淑明是一个朴实、贤惠、温情的姑娘。她和年轻的村长梁刚结婚后，生下了一男一女，虽说公公婆婆年迈多病，但一家子和和睦睦的，生活也过得很开心。

古言：天有不测风云，人有不明祸患。

黄淑明的男孩刚满五岁那年，不幸被毒蛇咬死。不久，她的丈夫为抢救烈属周明德大伯，又被烧断的宅桁落下砸死。她有说不尽的悲痛。可是，她把苦水深深地咽在肚里，顽强地挑起家内外一切重任。

秋收后，需要翻地。黄淑明不懂得犁耙田，怎么办呢？好心的团支书雷平看在眼里，心想："唉，她没个男人帮手，生产真难啊！"

于是，雷平抽空为黄淑明犁田耙地，有时还帮她挑水，带孩子小梁燕……

黄淑明深为感动，一有空也帮雷平浆洗衣服……

光阴如箭，小梁燕六岁了，长得天真活泼。

一天中午，雷平到黄淑明家来，小梁燕走上前紧紧地搂住他的大腿说：

“雷叔叔好，雷叔叔，抱我呀！”

“阿燕，”黄淑明见女儿向雷平撒娇，微笑着问，“雷叔叔好吗？”

“好！好！”小梁燕说着，转而跳到母亲跟前，“妈妈，叔叔真好。他常常给我买糖果，还教我读书、唱歌呢！”

爷爷见小梁燕说话呱啦啦的，很是可爱，把她搂进怀里问：“阿燕，你长大了喜欢干什么？”

小梁燕马上天真地回答：“长大了当一个农业专家，育出最好最好的种子，给农民伯伯种，打出多多的粮食交给国家，支持四化建设！”

小梁燕的回答出乎人们意料之外，爷爷大为惊讶。

“阿燕，这是谁教你的？”爷爷问。

“是……”小梁燕眼珠一滚，指着雷平说，“叔叔，他！”

雷平微笑着抚摸了一下小梁燕的头，温和地说：

“阿燕，爷爷最喜欢听歌，你给他唱一支吧！”

“好！”小梁燕立即从爷爷的怀里挣脱，蹦了一蹦，摇摇爷爷的肩膀，“爷爷，你听，我给你唱。”她说着，亮开嗓子，绘声绘色地唱起来，“青菜青，绿盈盈，辣椒红，像灯笼。妈妈煮饭我提水，爸爸种菜我捉虫……”黄淑明听着，撩起内心的郁积，禁不住悲痛，转过脸去黯然泪下。小梁燕没有发觉，继续唱，“好孩子，爱劳动，人人叫我好儿童。”唱完，她得意地蹦了蹦问，“爷爷，好听吗？”

“好听，很好听！”爷爷咳了一下，伸出大拇指夸道。

小梁燕见爷爷夸奖，心里甜滋滋的，喜得脸儿像一朵初绽的桃花。她随着跳到奶奶的跟前：

“奶奶，好听吗?”

“好听。”

奶奶轻柔地回了一声。她看见孙女聪明伶俐，又喜又悲：喜的是雷平热心教育，使孙女学会了许多知识；悲的是孙女小小年纪已失去父亲的抚养。想到这里，她的眼圈红起来。

小梁燕看见，诧异地问：

“奶奶，怎么啦?”

“唉!”奶奶长叹一声道，“可惜你父亲命薄早死。留下我们几口，只靠你母亲供养，为难她了，有时也拖累了雷平叔叔……”奶奶用手抹了一下涌出来的泪花，看了雷平一眼，接着说，“我想，如不给你找一个继父，为你母亲分忧，培养你长大成人，我跟你爷爷百岁后，也不能安息啊……”

小梁燕听着，勾动了幼小的心灵，“哇——!”的一声哭起来。

爷爷的眼圈也红了。

雷平看到老少伤心的情景，也觉得很难过，忙安慰他们说：

“伯父伯母，你们不要伤心，我往后给你们想办法。”

自此，雷平常常在暗地里为小梁燕寻找“爸爸”。

二

雷平长着一副饱满红润的面庞，两只乌黑闪亮的眼睛，眉儿也清清秀秀的，衬着他那矫健的中等身材，显得很英俊。他为人性格温和慎重，喜欢钻研科学知识。曾育出亩产 1320 斤的“305”号水稻杂交良种在全县推广，受到县的表彰。不说村里人赞赏他，就是方圆数十里的人谈起无不夸他是个德貌兼优，有才干的好青年。

因而，不少姑娘都希望能跟他恋上，常到他家来坐表示爱慕之情。不过，他给予的回答都是付以微微一笑。唯有代销站里那性情比较泼辣而生得如花似玉、被人们誉为“十八美”的代销员柳玉华，他才略放在心里。

柳玉华第七次来要求登记了。雷平躺在椅子上，想到未能为小梁燕找到爸爸，心里很不自在，沉思许久，才抬起头来：

“玉华，请不要急，还是等我为小梁燕找到爸爸后，再作考虑吧！”

“啊？”柳玉华一听，火冒三丈，忿然而去。

一天傍晚，雷平回到房间，发现窗前有一封信。他打开一看，只见里面写着：

雷平同志：

请自重吧！

我觉得自己太天真了。数年来，我一心追求和热恋着你这个团支书长官，而你却不把我放在心里，实在令我气愤至极！

你要为小梁燕找继父，这个想法无疑是对的。但她的母亲黄淑明是个死了丈夫的寡妇，加上两个老不死的药不离罐，谈何容易！

实话告诉你吧，我再也不能等了，我已跟一位港商登记结婚了……

柳玉华

×月×日

雷平看完，恰似五雷轰顶，顿觉天旋地转。是悔？是恨？一时分不清。他呆呆地望着远方，望着远远飘去的薄云……

许久，许久，雷平才慢慢地回过头来。他再次瞧了一下那封信，脸上慢慢地现出了怒容，随之将信揉成一团撕碎，气忿忿地说：

“玉华，你太狠心，太小觑人了！好吧，你去，随你的便。我并非只有你才能成家，只要老子一开口马上有人……”雷平说到这处，霍然止口。想，嗨，不行呀不行。我非为小梁燕先找到一位合格的爸爸不可！

话虽然这么说，两个月多来，已为黄淑明找过二十多个对象了，但那些对象了解到她的家庭情况都推却了。淑明呀淑明，你这个勤劳、善良的女人，究竟是谁才能理解你，爱上你呢？雷平沉思着。突然，柳玉华信中的那几句话映现眼前。他深深地意识到，这是一种无形的挑战！

夜，很深很深了，静得连落叶的声音都能听见，雷平仍然睡不着。他在床上翻来覆去地为黄淑明思虑着。这时，他的脑海里不觉悄悄地把柳玉华和黄淑明放到心灵深处那爱的天平上衡量：讲人才品貌和文化嘛，柳玉华是个求之难得的姑娘；论性格品质，对人对事嘛，柳玉华远远不及黄淑明。可是，吹了一个黄花闺女，去追求一个寡妇，还要被人议论当继父和承担赡养两位老人的责任，人家真的不会鄙笑？他的思想在激烈地斗争着……

三

第二天早晨，雷平来到黄淑明的家。此时，正值初春二月，天气回暖。小梁燕跟爷爷、奶奶到外边聊天玩耍。黄淑明自己在家里为公公缝衣。

“淑明！”雷平一进门看见黄淑明，亲热地叫一声。

“噢，请坐！”黄淑明闻声抬头一看，忙起身搬来一把椅子。

雷平坐下，瞧了黄淑明一眼，不好意思地说：

“淑明，我已经给阿燕找到爸爸了，你喜欢吗？”

黄淑明刷地红起脸来，羞答答地回声道：

“只要是个勤劳、懂事的，若不嫌我……”

“妈妈！”突然，一个甜脆的声音打断了黄淑明的话。小梁燕回来了。她一跳进门槛，看见雷平就扑上来，“叔叔，给我找到爸爸了吗?”

“找到了。”雷平将小梁燕搂进怀里，深深地吻了一下，认真地说。

“他在哪里呢?”

“就在这儿。”

“这儿?”小梁燕疑惑地向四周环顾一下，顿时傻了眼，“唉，你哄我，这里哪有人? 叔叔坏!”她说着挥起两只小拳向雷平的肩上不停地擂。

雷平觉得难以掩饰了。他再次深深地吻了一下小梁燕，随着，嗫嚅地柔声道：

“阿燕，你说……叔叔给你当……爸爸好吗?”

“真的?”

“真的。”

小梁燕听了，欢喜得跳了起来。

“好啊，叔叔给我当爸爸了。我给爷爷、奶奶报喜去!”小梁燕说着，真的跑去了。

雷平和小梁燕的话，黄淑明听得清清楚楚的。她放下针线说：

“雷平，何必拿我开玩笑呢? 你不是最近就要跟柳玉华结婚了吗?”

“不，淑明，我跟玉华的事吹了!”

“为什么?”

“这……”雷平欲言又止。此时，他羞得满面通红，内心的脉搏在激烈地跳动着，不知怎说才好。他沉吟了一会，然后，慢慢地将柳玉华的信中之意向黄淑明告知，并鼓起勇气说，“淑明，我坦率地对你说，为了使你的公公婆婆幸福地度过晚年；为了让阿燕愉快地成长，并将她培育成才，我决心为你分担……”

黄淑明全明白了。她感激万分而又深感内疚地说，“雷平，因为我，给你带来那么多的苦恼，我真过意不去。玉华无情反心，你可另找一个如意的，切不要为一时的冲动往我打算。否则，会给你带来终身懊悔哪！”

“淑明，”雷平慎重而诚恳地回道，“请别这么说，那些问题我都仔细地考虑过了。梁刚哥为抢救别人的生命财产，献出自己宝贵的生命。难道我这个团支书，为他的家庭分担一点责任都不行吗？我的主意已定。淑明，请答应我吧！”

黄淑明被雷平那发自肺腑的话深深打动了。她热泪盈眶地说：“雷平，你太好了……”

“笃笃笃，”这时一阵轻快的脚步声响起，小梁燕回来了。她连蹦带跳地一边走，一边说：

“叔叔、妈妈。爷爷和奶奶回来了！”

雷平和黄淑明闻声不由得涨红满脸，蓦地站起来。

“大伯，大妈……”雷平一见两位老人，忙迎步上前招呼。

梁大伯和梁大妈微笑着点头，随后跟雷平一起坐下。

“雷平，阿燕说，你为她找到爸爸了，是吗？”梁大妈凑近雷平小声婉言问。

“是……”雷平深感不好意思。无奈，只好将找人的经过和自己的主意一五一十地倾吐出来。

梁大伯和梁大妈都喜得心里乐开了花。梁大伯感激至深地说：

“雷平，难得你这样好心。我俩老……这就放心啦！”

“淑明，你呢？”梁大妈见媳妇还是低头呆坐默默无言，和蔼地问。

黄淑明缓缓地抬起头来又低下去，羞涩地说：

“此事，由爹娘作主吧！”

“好好，我俩老为你们作主……”梁大伯想了想，侧过面对梁大妈道，“明天正值十五月圆，古言：‘看日不如碰日好’，为他俩买些喜糖，请大家来吃行吗？”

梁大妈笑了笑，颔首赞许。

“好啊！明天我就有喜糖吃啦……”小梁燕欢喜得拍起手来跳到雷平的身边，“叔叔，您要给我多多的……”

“是，我一定多多的给你。”雷平说着把小梁燕抱起来，紧紧地搂着，亲昵地吻着。

梁大妈看在眼里，乐滋滋地逗着孙女：“阿燕，从现在起不要再叫叔叔了。”

“好，我不叫叔叔了。叫……”小梁燕说着将嘴一噘，倏地扮了一个鬼脸，不停地眨着双眼。

“哈哈哈……”

天真的小梁燕把大家都逗得哄笑起来。那笑声是多么的甜蜜，多么的愉悦……

1991 年 5 月 17 日发表于《湛江日报》，获百花“金羊文学”三等奖，收入《百花作品选》。经修改，2018 年参加中华文艺首届“精英杯”全国文学创作邀请赛获一等奖，收入《风华正茂·“精英杯”文学大赛获奖作品精选》（团结出版社）。

恋情深深

快要开学了，在“雅风酒家”当了一个多月副经理的卓文才，心里一下子不安起来。

深夜，天气清凉凉的。人们都甜醉梦乡，只有虫声唧唧。小城一片宁静。

卓文才在床上辗转反侧。他是教师，他爱那一群群天真无邪的小学生。那次他患病，学生们每夜都来轮班守候照料。病愈出院后，学生们还捐款买来物品探望……那殷殷师生情是多么的难舍难离呀！

翌日清晨，卓文才决定离开“雅风酒家”，返校执教。一起床，就到女朋友林丽燕的宿舍来告辞。林丽燕一听，当即满脸阴云。她柔声道：

“文才，还是死了这条心吧！难道民师的苦还没受够么?”

“不，我觉得民师生活虽然清贫，但……”

“但什么？你在雅风酒家每月拿的工资是民师的五倍!”

卓文才听林丽燕这么说，有点不满地回道：“燕，工资的多少，只能给人生活上的享受，不能当作工作的神圣砝码呐!”

林丽燕潸然泪下，扑倒在卓文才的怀里怆声道：“文才，你应该想想，自己这么大年纪了……我是见你诚实，又有点能力……干了十多年的民师，连患病都没钱医治……我是抱着一种同情心，将你治好，跟父亲商量让你来做这份工作，并同你恋爱上的。父亲说，这个月来，多亏你精打细算和善于做广告，赚了一大笔钱，下月打算给你加工资……你在这里干一定会有出息的，不能丢下我走呀！”林丽燕说得是多么的动情！

卓文才轻轻捋了一下林丽燕的头发，想到自己这个穷书生，大光棍，难得这样富有而娟秀的女性温情的爱；想起那场大病，她竭诚解囊相救的深恩，顿时踌躇起来。沉默了许久，他才抬起头温和而坚定地对林丽燕说：

“丽燕，你的心我明白。但我也希望你能理解我的心啊！前天我回家路过学校，孩子们都欢声雀跃地围拢来向我问候。他们急切地盼望我回校，我怎能忍心离开那些可爱的孩子呀。”

“你真的非返校不可？”

“是啊……”

林丽燕越听，心里越是难受。她见软来不行，即搬来激将法：“算了，文才。你已经完全忘记了你这条命是我用尽心血和花去不少钱救回来的。这样无情的人，忘恩负义的人，我再也不想挽留你了。去吧，咱们就此来个一刀两断！”

“丽燕，”卓文才秃然木立，脑袋几乎欲炸开来。如何解释才好？他舔了一下嘴唇，“我，我知道，失去这份职业，也许就会失去你的爱。但我希望你一定要理解我，我并不是一个无情的人，更不是一个忘恩负义的小人呀……”

卓文才本来还有很多话要说，可是说不下去了，只好咽回肚里。他转身到自己的宿舍中，提起行李包举步而去……

“文才，文才！……”

呆立许久的林丽燕，倏地抬起头来，望见远去的卓文才，心里似乎失落了什么，向前追了几步，连叫几声。但卓文才已去之远远，没有听见。

1990 年 8 月 14 日发表于《湛江日报》，2005 年 10 月收入《当代文学新作十家》（银河出版社）。

周老汉

自从体制改革后不见周老汉到民政办来了。今天上午，我正在审查近来的救灾款，突然门口外传来一阵熟悉的脚步声。我抬头一看，啊，就是他——周老汉！

只见他身着一套高档灰色新装，脚穿一双漆黑发亮的皮鞋，满面红光。

曾记得，以前他每次到民政办来给我的印象是：穿着一套破旧的脏衣服，赤着脚，脸色蜡黄蜡黄的，双眉总是紧皱着。

“同志，近日你的工作很忙吧?”周老汉一跨进办公室门口就问。

“是，忙得很!”不知咋的，我一听见周老汉的招呼声，一种难以抑制的厌烦感油然而生。

他肯定又来鬼缠了！不是么，过去他每次来，不是说缺衣欠粮，就是说有病没钱医，缠着你非给救济不可。近来发生了那么大的水灾，不用说……我一边想，一边翻阅着救济表，对他爱理不理。

周老汉望着我稍停片刻，向前挪近一步柔声说：“同志，我今天来跟你商量一件事……”

“唉！”我一听，不等他说完，即发出了一声不耐烦的长叹，“什么事以后有空再说，我现在办公要紧！”

“好好，不敢多打扰你。”周老汉说着随手掏出一沓“工农兵”，放到我的办公桌上说，“同志，请将这 5000 元送给受灾的群众……”

“什么？你为受灾的群众捐款？”我不由自主地发出一声疑问。

“是呀！”周老汉嘿嘿地笑了几声，“同志，我过去有困难，总是来麻烦你，找你求救济。近几年来，我承包了 10 多亩荒地种甘蔗，并将责任田种桑养蚕，每年都收入 2 万多元，可不错呀！我的家现在富了，看着不少兄弟受灾，怎能没有感触呢？”

“呵……”我听了周老汉这段话，顿时，脸上觉得火辣辣的……

1989 年 10 月 21 日发表于《湛江日报》，2005 年 10 月收入《当代文学新作十家》（银河出版社）。

动　力

初春之夜，漆黑漆黑，吹着凉爽爽的北风。一辆载满甘蔗的卡车，在一个偏僻的小山坡上突然刹住。

“唉，车开不动了，下车推吧！”司机亮开嗓子叫道。

蔗农明叔和几个装蔗的后生只好跳下车来。

突突突……卡车发出惊人的吼鸣。司机把头探出车门：“推呀！”

卡车后面不断地发出“一、二、嗨哟！”的号子声。他们花了九牛二虎之力，卡车依然原地不动。

司机跳下驾驶室，阴着脸：“丢那妈，拼命装，开也开不动，推也推不动，快上去把蔗卸少些！”

大家累得精疲力竭了，谁也不作声，只是你瞧瞧我，我瞧瞧你。

明叔憋着一肚子气，许久才说：“司机，蔗不过七八吨，非搬不可么？”

“不搬又咋的？难道叫我把蔗背着走！”司机粗声粗气地甩下一句，蹲在公路边抽起了烟。

“钱！”一个后生突然想起了钱。于是走到明叔身边说了几句悄悄话。

明叔会意地点了点头，然后给司机递上三张“大团结”[①]说：“司机，辛苦了，拿去买包烟吧。”

司机接过钱便装模作样叫大家再推推试试看。

不用出力，车开动了。由此，明叔想起了“动力”的学问来……

注：①“大团结”是指10元一张面额的人民币。

1991年12月13日发表于《湛江日报》，2005年10月收入《当代文学新作十家》（银河出版社）。

点麻子风波

“割资本主义尾巴”时期，一对老夫妻被工作队员扭送到公社的保卫组来。工作队员向保卫组长交代了一下，保卫组长立即板起脸孔对那老夫妻喝道：

“喂，你俩近来搞些什么资本主义勾当，快交代清楚！”

妻子惊愕地回答：“同志，我夫妻没……没有干什么坏事呀！”

工作队员忙上前用力拍着办公桌道：“哼，你还敢硬嘴？我昨晚在隔壁听得清清楚楚，你们一个说，哈哈，我们两人加起来恰恰一百二十块！你们不是搞资本主义，请问从何得来那么多的钱?!”

“啊，我的天！”丈夫咂了一下舌头说，“这是我夫妻俩数脸上的麻子，我的六十四块，她的五十六块，合起来一百二十块呀！”

保卫组长和工作队员不信，见审不出什么来，只好进行麻子“验收”。

果然，他们夫妻脸上的麻子正合乎所说。工作队员深为尴尬。保卫组长禁不住笑了一声：“妈的，你夫妻吃饱没活干，什么鬼事都做，快给我出去!”

老夫妻俩脸上的麻子差点儿被当资本主义尾巴割，一听着个“出”字，由不得千谢万谢，忙走出保卫组的大门。

1990 年 2 月 24 日发表于《湛江日报》，2005 年 10 月收入《当代文学新作十家》（银河出版社）。

阿狂博私彩

以 2 元博取 1 万元，每周开一次奖的私彩确是迷惑人心。不少人都为之掏穿了衣囊，博败了家……

一

阿狂原来对博私彩是不感兴趣的。自从见到狗子中了 15 万元奖后，他的心也不由自主地痒起来。他做梦都在想，要像狗子那样一下子变成富翁。

可是，阿狂足足狂博了 28 期私彩，不但输掉 2 万元存款，而且家里值钱的东西几乎都卖掉输光，并拿人家高利钱 1 万元都注入了，连一个小奖也未中。他简直气得要疯了，时不时自个儿在大声地嚷着："唉！丢他妈的，又差一个码。丢他妈的，又是差一个码！"

妻子见一个好端端的家，被阿狂博得债台高筑好不痛苦。她曾多次苦苦地劝说："狂，你别博私彩了，像我们这样不走运的人，是中不了那侥幸钱的。你还是死了这条心，跟我一起苦干吧。"阿狂不但不听，反而怪妻，每每骂道："妈的，你这长毛鬼总是跟着缠，使我手气差，中不了奖。我要砸死你！”不久前的一天，他竟然真的又是脚又是拳向妻子大打出手。妻子受不了这气，第二天就背起刚满周岁的孩子回娘家去了。

二

久旱的天气异常燥闷。突然，风起云涌，哗啦啦地下起一场大雨。

晚上，月光朦胧，清风悠悠，蛙声阵阵。

阿狂踩着月光在村前痴痴地站着。他猛然将头一抬，喃喃自语：“妈的，我怎么忘了？早几年二叔公说，村里有位前辈的母亲因久病不愈，一天深夜，他怒气冲冲地走到祖父的瓮口缸（装着死人骨头的小缸）上坐。瓮口缸里的鬼被他在上面压怕了，他说什么鬼都答应。不几天，他母亲的病也就好了。唉，我今晚坐瓮口缸去！”

深夜，村里人都已入眠，村外天籁声声。阿狂壮着胆悄然来到村南的塘边墓地，坐在一个瓮口缸上。他一边用拳头敲打着瓮口缸，一边大声地说：“妈的，这次是什么码快给我说，要不老子就砸了你！妈的，这次是什么码快给我说……”

“啊！”这时，在阿狂坐的瓮口缸左边杂木丛中突然传出一惊叫声。原来，邻村的阿憨前来捕青蛙正在那里小便，突然朦朦胧胧中看见一个似人的东西坐在瓮口缸上，以为是鬼，立时惊得魂不附体，撒腿就跑。

阿狂循声望见阿憨，认定是鬼外出回来，看见他坐在瓮口缸上被吓跑的。他忙向前拼命冲去。他追得越紧，前面的“鬼”跑得越快。他气极了，一边追一边说：“妈的，这次是什么码，快给我说，要么老子就砸了你……”

“啊……啊……你，你别追了。我给你说，我给你说。这次是红鬃马，红鬃马……”阿憨惶惶然地拼命跑着，一时悟不出后面追来的“鬼”说的什么，牛头不搭马嘴地答着。

“什么？红鬃马？你妈的撒谎！我问的不是什么红马黑马，是问你他妈的中奖码！”

“呵……呵……知道了。”阿憨终于听清楚了，原来这“鬼”也要打奖，他慌忙随口甩下四个数字“9172……”

阿狂得了“鬼”赐的中奖码，自是欢喜若狂。他悄悄地把家里余下唯一值钱的耕牛以贱价400元卖了。他先是按“9172”码买了100份私彩后，想了想，觉得“1”与“7”的音相似，怀疑当时慌慌张张是否听错了？为了万无一失，他把“1”与“7”这两个数字的排列改变了几下。于是又买了“9772”码40份，“9712”码和“9112”码各买30份。他暗暗高兴，不管哪一个码中奖，自己都可以发大财了，哼，到了那时，还有谁敢小看我阿狂！”

开奖了，阿狂没有中大奖。但他买的30份“9112”码有幸中了鼓励奖，得了600元。阿狂想，瓮口缸里的鬼真灵。他妈的为什么不让我中大奖呢？对了，它一定是怪我上次态度不好和不给它送礼才不给中大奖。好，明天我给他送大礼，并好好对待他！

三

第二天，阿狂花了100元买回一大叠冥币和一只大阉鸡，并带上三碗饭和几支香，悄悄地到瓮口缸前磕头拜谢与祈祷，请求鬼让他中大奖。

是夜零时，阿狂又悄悄地到瓮口缸上坐。他不像以前那样粗暴无礼了。他用手指轻轻地敲几下瓮口缸，恭恭敬敬地说：“我的老祖宗呀，今天我已给你送大礼了，你快给我说这次是什么码中大奖。我中了，下次一定买更多更好的东西来敬拜你。”可是，他在瓮口缸上一直絮叨到天亮，却连鬼的影子也不见。阿狂性情急，凡事不顺心都会发脾气，但这次他尚有耐性，不动声色。

第二天深夜，阿狂仍然悄悄地到瓮口缸上坐。他实在太疲倦了，闭起眼睛打瞌睡。偶尔飞来几只山蚊猛叮他的脸。朦胧中，他以为是鬼捏他，忙问：“老祖宗呀，什么码呀？”可是他睁开眼，什么都没有看见。有时，一阵风吹来，杂木发出“沙沙沙”的响声，他也认为是鬼回来了，又忙说：“我的老祖宗啊，是什么码呀？”但连问数十声，仍是不见鬼的回音。他瞌睡，由于身体支撑不住，一打颤，都觉得这是“鬼”推的，也连声道：“哎呀，老祖宗，是什么码，什么码呀？”

阿狂连续捱了三个通宵，眼睛陷下了半寸深，脸和双手被蚊叮得像癞蛤蟆的皮一样，又痒又痛，极为难受。他火了，憋着一肚子气，双眼睁得像牛眼般大发出惊人的凶光，一声不吭地站着。良久，他突然像野兽那样发出一阵撼天动地的怒吼：“妈的，我砸——了你！”话毕，猛然飞起一脚，‘砰’的一声，瓮口缸被踢了个破碎，缸里的骷髅滚在地上……

四

阿狂回到家里，困倦不堪。他往床上一躺，就呼噜噜的睡着了。梦中，他看见一位老人走到身旁，忙用手拉住老人跪下问：“我的老祖宗，这次是什么码中大奖，快给我说。我中了，一定重重地报答你。”那老人笑着点了点头说：“7642 中大奖！”他听了顿时大喜过望，大声地喊起来：“他妈的，好呀，我这次要中大奖了，哈哈哈……”他从笑声中醒来，立即飞身到打私彩的地方。他按照“7642”进行扫码，一鼓气买了 268 份私彩。当天阿狂兴奋得不得了。他时不时自言自语道：“哼，大奖一开，我就可以领到268万元了。到时我洗脚上城，买他妈的一幢大楼，堂堂皇皇地住呀，出租呀，或搞他妈的什么生意了。不说什么吃的、住的、穿的都不用愁，我还可以买辆‘的士’……不，买辆‘奔驰’开着兜风。够风光，够气派的。老婆呀老婆，那时不说你会自觉地回来服服帖帖地伺候我了，就是村中的父老见到我，不甜甜的叫我‘狂哥’才怪呢……”

翌日，阿狂自早晨到傍晚，整天都在私彩场上听候中奖佳音。谁料，他连个鼓励奖都不中。他气得浑身发抖，颤巍巍的向路边一棵大树走去，由于四肢乏力，刚走到大树下就瘫倒在地上。

“阿狂，阿狂，你呀，让我找得好苦啊！”

阿狂闻声惊觉睁开眼睛，看见邻居阿平慌慌张张地走到身旁，于是有气无力地问：“阿平，什么……事呀？”

“你的儿子病危了，你老婆叫你赶快找钱入院，快回家呀！”阿平说着挽起阿狂就往回走。

可是，阿狂刚回到家一看，他的儿子已经死了。更惨的是，他妻子也饮毒倒在儿子身边，母子俩直挺挺地躺着。

阿狂惊呆了，“轰”的一声栽倒在门口。

“阿狂！阿狂！阿狂……”阿平一边大声呼喊，一边给他掐人中。几分钟后，阿狂才苏醒过来。

“啊！啊！”阿狂大喊两声，翻起身，双目惊讶万分地向四处张望了一下，似乎谁也不认识了。他大踏步地向外边走去，一边走一边高高地挥着双手大声地嚷：“哈哈！他妈的，我中大奖了！他妈的，我中大奖了……”

从此，阿狂天天都蓬头垢脸地在街上这样大喊大叫着……

1999年3月6日发表于《湛江晚报》，2011年获“《小说选刊》第二届全国小说笔会”三等奖，转载于2012年《小说选刊》（增刊），收入《小说选刊第二届全国小说笔会获奖作品集》。

跛 妹

秋天的晚霞很灿烂。院子里，跛妹精心地在一块木头上雕刻着“八仙过海”。

跛妹 26 岁了，白白净净，清清秀秀的。她本来不跛，也有一个好听的名字“丽丽”。前两年，一家公司老总的儿子高福“追”上了她。要登记结婚那天，她和父亲骑摩托车进城，半路被一辆货车撞上。父亲当场死亡。她活了下来，但双脚都跛了，伤好后不久，很多人都叫她跛妹，不再叫丽丽了。又过不久，高福就把她甩了。

跛妹连走动都难了，天天困在家里很烦恼。她自小跟父亲学习雕刻，工艺很精，加上构思奇巧，雕出的东西栩栩如生。父亲死了，手艺没死。她叫母亲找来木头、树根让她雕刻。邻居有个叫阿成的青年生得身材高大，皮肤黝黑，专挖树头烧炭为生。他很同情跛妹，知道跛妹要木料雕刻，平时一挖到可雕的木头树根就给她送来。

“跛妹!”

“哦!”跛妹一听就知道那是阿成的叫声，欣喜地说，“成哥，你又给我送木头来呀?”

“是的。”阿成说着，随手将木头放在跛妹面前，“这块木头的形状呀，长得很美，我看，只要你稍稍一雕，就是‘嫦娥奔月’了。”

跛妹抓起木头瞄了瞄，笑着说：“是不错。可是，成哥，你每次给我送来的木料都不要钱。我很过意不去呀！”

“这算什么。往后需要帮忙，尽管说好了，我一定尽力帮的。你现在这样子，哪有钱给我呀？”

阿成环顾了一下跛妹所雕的东西，若有所思地说：“前些日子你为我雕的那幅‘八骏图’，我转送给了城里的表哥。他看了很赞赏。他说你雕得很好。我把你的情况告诉他，他很惊讶，很敬佩你。他说，你若乐意，他可以帮你举办雕刻展览，将你的作品向社会推介。”

跛妹听了，又惊又喜，沉默了一会儿说：“那，太感谢他了！”

月余，阿成的表哥前来将跛妹雕刻的作品运到了博物馆展览。参观者络绎不绝。

一天，深圳有一个姓张的专营仿古家具老板随旅游团前来参观，看了赞不绝口。他说，这些雕刻作品线条洗练，构思独特，运刀之功非一般木雕艺人可比。他正想找一个雕刻师指导雕刻，创办一家仿古家具厂。没几天，老板就找上门来，想聘请跛妹当雕刻顾问，月薪3000元，如果经营得好，生意兴隆，还有奖金。跛妹喜得合不拢嘴，连声答应。

张老板经过一番筹措，在本市办起一间大型仿古家具厂，真的请跛妹去当顾问了。跛妹的母亲也随她到厂里当杂工。跛妹很勤快，她坐在轮椅上来回不断地指导工人雕刻制作，做出来的家具几乎跟明清时的没有两样，深圳、广州、香港、澳门等地的客商都抢着下订单要货。张老板高兴得成天都笑眯眯的，不但给跛妹加工资发奖金，还出钱将跛妹送到上海医院治腿。

跛妹回来时，已经可以走了，虽然还不太稳当，但毕竟可以走了。医生说，坚持锻炼就会走得更好。张老板和厂里的人都为她高兴。

有一天，跛妹跟母亲上街，遇见以前男友高福。他瞪大眼睛看着她一步一步从面前走过，跛妹和母亲都没理他。

回到家里，母亲对跛妹说：“你也该找个人了，以前那个没良心，现在找一个靠得住的。”

“是该找个人了。”跛妹叹了口气。她知道，母亲不可能守她一辈子，便将自己的心思道了出来，“要找就找阿成那样的。”

正当跛妹母女议论着婚事的时候，阿成来了。他说：“我配不上跛妹，她比我有作为，有志气。”

跛妹温柔地看着阿成，说：“没有你阿成，哪有我今天？你要是不嫌弃我，就娶我吧。”

“我怎么会嫌你呢？”阿成说着，脸上堆满了甜蜜笑容……

举行婚礼那天，村里许多人说，跛妹很有福气，嫁给了诚实勤劳的阿成。但也有不少人说，阿成更有福气，娶到了聪明能干的跛妹！

2006年4月30日发表于《湛江日报》，2017年获中华文艺“第二届全国文学创作大赛”银奖，收入《百花齐放·文学大赛获奖作品精选》（团结出版社）。

疑　云

星期天上午，退休教师李德成躺在门口前那棵大树下的石椅上。一位年轻人开着一辆“奔驰”前来，说是李老师在省武警部队当教练的学生陈振奋派来请他去县里见面的。李老师不知陈振奋教练为何人，既然说是自己的学生，那青年又很是热情，便随车而去。

到了市公安局招待所，只见一位打扮入时的女士在坐。

“江姐，我把李老师请来了。”年轻人拉着李老师对那女士介绍了一下，又转过面来道，“李老师，你先和江姐坐坐，我去接陈教练，很快就回。”他说着出去了。

江姐热情地跟李老师打招呼：“老师，请坐，请坐!”

“好好。”李老师应声坐下，双眼望着江姐，许久才回过神来，说，“你是……”

“我是陈振奋教练的爱人。”

“哦，你爱人是哪里人?”李老师很狐疑地问。

“广州人。”江姐笑笑说，“他告诉我，他小时候曾随父亲下放到农村劳动，在你们那里念初中时被您教过。那时，他的名字叫陈小虎……”

“陈小虎?”李老师顿时一怔，往事似流云般浮现眼前——二十年前的一天上午，李老师刚上完课回到房间，一个学生就慌慌张张地跑来说：“李老师，快快，小虎又打人了，他在教室里用大石头将班长砸昏了……”李老师听着忙拔腿往教室奔去，只见班长叶春躺在地上，头部血流如注。他背起叶春急匆匆跑进大队医疗站抢救。

李老师当时怒气冲冲，一回来就把小虎拖进房来严厉地批评了一通，接着说：“你这不堪教的狗崽子，天天起来不是跟同学吵闹就是打架，一点好事都不做，专挑坏事干。快给我写检讨书!”李老师说着给他扇了一记耳光。陈小虎即时怒目圆睁，骂道：“你妈的。我就是不写，看你咋的!”接着悻悻的走了，并扬言他被李德成打伤了，非打李德成至残决不罢休。不久，他随父亲回广州，不知咋的竟然当了大教练。现在春风得意，他派人来“请”我，莫非是想秋后算账而已。李老师的心里随即升起一团疑云……

很快，那位年轻人把陈教练接回来了。陈教练一进门就认出李老师，忙上前与李老师握手问好。

李老师似没有反应，直愣愣地盯着陈教练。

“李老师，近来可好吗?”

“好!”李老师心不在焉地应了一声。

陈教练看出李老师内心的不安，他沏了一杯茶，双手恭恭敬敬地端到李老师的跟前说：“李老师，我自从那次打伤叶春班长被您批评，不几天，我就知错了。跟父亲回广州后，我决心痛改前非潜心苦学，后来考上了武警学校，毕业第三年当上了省武警部队的教练员。我这次重来此地，是市公安局请来培训公安干警的。我能有今天，全赖老师当年的严厉教诲，此恩难忘……”

“是啊，李老师，他也常常对我说，如不是您当年的严厉批评，他还不想争气苦学。现在，他不仅要向您道歉，还要给您谢恩呢！你看，他给您带来了许多礼物。”江姐美美的笑着指向桌上的一堆礼品说。

“喔！”李老师听着，疑云顿散，一股热泪不由自主地湿润了眼眶……

1996 年收入《情悠悠》一书，2018 年 9 月 21 日转发于《雷州新闻》，2019 年转载于《湛江文学》第 11 期。

聚会在名城

陈小江随父亲移居美国已二十年了，今年，他满怀思乡爱国之情应邀回故乡观光。

陈小江住宿在名城宾馆，悄然想起在故乡中学读书时的几位同窗好友来。他们过去都是穷苦人家的孩子，现在都怎么样了？回思昔日亲亲之谊，思念之情顿时溢满心头。于是，托人联系相约前来聚会。

翌日中午，昔日同窗好友胡堪成一身华装，神采奕奕地驾着油光发亮的“奔驰”悠然而来。李光华穿着朴素的时装，满面春风地驶着“小四轮”匆匆奔临。张晓明却是身着半旧不新的便服，脸容憔悴地骑着“老红棉”自行车气喘吁吁而至。旧友重逢，分外亲热。他们又是递烟、又是倒茶、又是问好……

陈小江先把自己在美国二十年来如何艰苦拼搏，成为资产过亿的耀华制衣公司总经理的经过说了一番后，接着说：“我这次回国的目的，一是想看看祖国这些年来的变化；二是想了解一下国家现行的政策，打算在国内创办一间企业，报效祖国；三是想乘机探望大家一下。我们昔日毕竟是知心学友，患难相扶，终究难忘呀！”

“是啊，是啊！”大家听了很是感动，都称赞他是一个吃苦耐劳、有志气的大能人和是个热心爱国爱乡爱友的大好人。

“唉！过奖了，过奖了！”陈小江说，“我请大家来聚会，意在叙叙旧情和了解一下你们现在的家庭情况。胡堪成，你先说说吧！”

“好！”胡堪成捋了捋向上翘起的乌发，顺手拉了一下胸前的领带，笑容可掬地说，“不瞒诸位老兄，我高中毕业后，随姐夫在城里搞建材，时逢建筑热潮，数年间每人盈利达三四十万元。我不但建起了一幢三层宽敞的楼房，还娶了个靓女当老婆，生下了一对可爱的狗女儿……”

“哈哈哈……”大家听胡堪成说话有趣，不禁放声大笑起来。

大家笑罢，胡堪成接着说：“近年来，我见畜牧和水产养殖业发展趋势很好，跟姐夫商量分了家，独闯江湖了。我自己创办了一间饲料厂，产品很畅销。十多年来，大概赚有一千多万元吧。现在，我随时都可以带老婆到高级餐厅里饮饮茶，OK、OK，或到舞厅里扭扭腰，生活过得够爽快的。咂，嘿！”

他说得饶有滋味，动作神秘，难免又是引起大家捧腹大笑一阵。

陈小江道：“这么说，堪成兄可是个大老板了，但愿你明年更上一层楼！”接着，他转向李光华问，“光华，你呢？”

“我呀！”李光华的声音虽然没有胡堪成的宏亮，但语句很是清爽朴实。他说：“小弟过去穷困不堪，看着人家搞生意很火热，自己也很想干，可惜没有资本，只好往乡下跑捡破烂。四五年间，赚了一些钱。后来，我承包了李宅村300来亩荒地种香蕉，种荔枝，种龙眼。这么多年来的收成都挺不错，大概平均每年赚有五六十万元。我们家有了钱从来不乱花，一家人在生活上都很俭朴，但对公益事业就舍得付出。”

“光华兄，我佩服你了。”胡堪成接着说，“我前月在报纸上看到，你为家乡的教育事业捐献了300多万元，为社会救灾解困等也捐送了200多万元，你真了得！”

李光华咯咯咯地笑了一下，说：“这不过是做点善事而已。”

大家听着，对他的苦干精神，尤其是对他慷慨解囊，热心社会公益事业的无私奉献精神无不大加赞赏。胡堪成连声说：“这方面我虽然也有，可惜远远不及光华兄。有愧，有愧！往后，我一定要好好地向你学习！”

陈小江感慨万端说：“想不到这些年来，你俩都由穷崽子变成大富翁了，甚至为国家和人民的贡献都不小。愧的应该是我。我身在异国二十年，对自己的家乡，对自己的祖国都未有过报效。”他说着，看看坐在身旁沉默不语的张晓明道，“晓明，怎么你老是不作声？也谈谈你的情况吧！”

张晓明见说，顿时涨红了脸。他长长地叹了一口气，许久才道：“你们的事业和生活都这么起色，真是愧煞我了！我家在农村。毕业时，我跟父母兄弟一起干，生活也有所宽裕了。数年后，我娶了老婆，分了家。可恨我这老婆不争气，接连生了两个女孩。他说到这里眼眶湿润了，沉默一会儿才接着说，“我多么想生一个男孩呀！可是我这条命算是最苦了，早些年老婆又怀了三次孕，悄悄找人做B超检查，都是女孩，只好打胎。后来，每次一怀孕三二个月就滑掉了。我天天都担心计生部门的人来找我结扎，到处流浪，哪谈得上什么生活呀！”

“哇——我的天！”陈小江听着大为震惊，说，“我生一个女儿就不再生了。怎么你的思想还不解放，非生一个男孩不可？”

“唉呀呀，”胡堪成风趣地笑了笑说，“晓明兄，算你厉害了，为生一个男孩，竟然连自己老婆的生命都不顾，让她像母鸡下蛋一样哒哒哒哒地下个不停，真了得！”

“哈哈哈……”大家听着忍俊不禁哄堂大笑起来。

笑声过后，李光华瞧着张晓明那憔悴难堪的脸容，怜悯之心油然而生，说："晓明，我认为生男生女都一样，只要把经济搞上去，生活过好就行了。像你现在这样天天吃苦受惊，穷困潦倒的，就算你最终生了一个男孩又有何益？我刚生两个女儿就结扎了，现在的生活过得很舒坦的。这样，不是挺好吗？我劝你赶快结扎了吧。结扎了，好安居乐业，有什么困难，我们一定帮你！"

"对！"陈小江说，"不必勉强生了，有什么困难我们帮你。我现在带的钱不多，先给你 1 万元解决目前困难。我下次回来把企业办起，你如乐意可和老婆来帮我管事，如喜欢独自创业，在资金方面，我也会给你鼎力支持，保证你一家子的生活过得舒舒服服的！"

李光华当即也表态说："晓明，不愁你的生活过不去。明天，你到我家，我也给你 1 万元……"

"唉呀呀，你们都给晓明兄济困解难，我堪成就甘落后了？"他稍停一下，朗声道："晓明兄，往后有困难找我！"

"喔，谢谢，谢谢！"张晓明听着，感激得热泪直流，说，"我想生一个男孩，主要是为了今后的养老问题。你们既然这么说，那我就不必顾虑了。回去后，我一定马上落实结扎措施，争取将来像你们那样，也干出一番大事业来……"

"对对！"大家一听，立即翘起大拇指同声赞许。

等了一下，胡堪成微笑着看看陈小江和李光华，又瞧瞧张晓明打趣道："喂！晓明兄，我不得不再提醒你一下，千万别让那'母鸡'再下蛋了！"

"不敢，不敢！"

"哈哈哈……"

这时，名城宾馆里漾起了欢快的笑声。

写于 2001 年 3 月 13 日，2017 年 7 月 27 日发于"世界文学网"（华人号）。

第二辑·纪实文学

情悠悠

遥遥天府，令人望而生畏。然而，年轻盲人蒋怀亮竟然独自从雷州一个偏僻的小村庄奔赴求医，他所经历的种种奇遇，无不令人深为赞叹……

一、为求医　洒泪别亲人
求带路　忧心遇骗子

1978 年初春的一个早晨，和风习习，太阳像窈窕少女般悄悄地揭开乳白色的晨雾面纱，露出笑脸，随之放出缕缕金光，洒向山河，洒到雷州半岛的英龙仔村……

英龙仔村的大门口前面，是一条宽阔平坦的新修大道。这条大道，一直伸向无边无际、四季常绿的田野。村口外的南边有一围青竹，长得修长挺拔，青翠欲滴；北边近处是一间茅庐，远处有几棵参差不齐的苦楝树，正沐着这温暖的阳光抽绿散香。几只黄鹂跳跃在青竹和苦楝树上，不时喊喊喳喳地欢叫着，其声音清脆悦耳。

此时，年轻盲人蒋怀亮正在村的大门口前默默地坐着。他听见黄鹂的叫声，觉得有一股难言之痛涌上心头，禁不住泪水像一

颗颗晶莹的露珠扑簌簌地滚下……

蒋怀亮中等身材，个儿稍矮，但五官端正，言谈举止温文尔雅，颇有文人气质。他生来命运多舛，少时家庭极其困难，常年三餐难顾。他偏偏又多病多难，5 岁了还是一张皱皮裹着几根小骨头，哭声不离，母亲白天黑夜常背着。他 8 岁上学，12 岁由于家境所迫辍学务农，正逢弱冠年华，又双目失明，难以求医，心里有说不尽的苦楚，常常以泪洗面。

为抒发内心沉郁情感，蒋怀亮从茅庐中抱出琴来调了一调弦音，接着叮叮咚咚的弹起来。初时，好像细水长流，慢慢地又像秋波荡漾，后来忽地像狂涛逐浪，如悬泉瀑布，似溪河呜咽……那抑扬顿挫的琴声，不断地伴着他凄楚的心声，如诉如泣地飘向远方，在辽阔的空中回荡。

“嘿，我以为是师旷再世，原来是守门官。弹得多神哟！”

突然，一个衣着朴实，举止大方的中年人赞声而来。

蒋怀亮闻声知道是好友洪波，放下琴说：“洪波兄，好久不见了，今天这大清早到来有何贵干呀？”

洪波咧开嘴“嘎嘎”的笑了一下，“唰”的从衣兜里取出一张报纸，塞到蒋怀亮的手里说：“我特地给你送来一个好消息！”

蒋怀亮抓着报纸，莫名其妙地问：“这有什么好消息呀？”

洪波说：“这是一张《人民日报》，报上刊登着四川省成都中医学院附属医院眼科专家陈达夫的事迹……”

“噢，”蒋怀亮听见“眼科专家”四字，大为惊喜，急切地问，“你看，像我这样的病他能治好吗？”

洪波沉默了一下说：“你的眼病虽然难治，但陈达夫是非同寻常的医生，他祖父是个挺有名气的眼科专医，他的父亲也出色地继承了祖父的医业，传到他已是第三代了。陈达夫 13 岁起就随父亲学医治眼，再经自己多方钻研实践，积累了丰富的眼科医学知识和经验，曾治好了不少眼科所谓的‘不治’之症，还著有

《眼科六经纲要》《中西医串通眼球观察论》等珍贵学术论著，不但为祖国的眼科医学开拓了新的领域，在世界医坛上的影响也极大，被誉为‘眼科医圣’。我看，你如果找他诊治，是可以重见光明的！”

自从听了洪波的一番话后，蒋怀亮是多么想到成都找陈达夫医生给予医治呀。不过，当他一想到自己病难数年，已将家庭拖累得穷困不堪时，又不敢向父母提出。平时，只是背着亲人长吁短叹。

时间一天天过去，恍惚间已是仲秋时节。蒋怀亮再也憋不住了。于是，恳求父母让其到成都求医。

可是，钱从哪里来呢？几天来，父母和弟弟找亲访友求借，腿都跑拐了毫无所获。幸好三叔父包产蒸油①，攒存下 200 元。这么少的钱，成都路途遥远，还要一个人带路照顾，能行吗？全家人仍为他的求医经费操心。

一天晚上，蒋怀亮或许是被名医陈达夫那特殊的魅力吸引着，或是感到唯有到成都这个神奇的天府之国求治于陈达夫大夫，才能重获光明，终于鼓起勇气，向双亲恳求：“爸妈，我去……自己去成都求医！”

“什么？你自己去？”父母不约而同地惊问。

“是的。不去，我一辈子都不能自己谋生了，只靠您们来养，活着还有什么意义呢？”

母亲泪汪汪地说：“儿啊，你看不见路，又远离家乡数千里，过几个省，人地生疏，没有一个人带着，叫我们如何放心呀！”

大家听着，都陷入了沉思，院子里顿时一片静寂。

“妈，让他去吧！”颇有见地的三弟蒋世禄第一个打破了沉寂。他长长地叹了一口气说，“古言：天无绝人之路。大兄是个

---

① 包产蒸油：当时集体化，交钱给生产队，自己收桉树叶蒸油出卖。

细心的人，我先将他送到湛江火车站上车，往后他多加注意点，求人帮帮，看来是可以的。”

“是呀，爸妈。我无论如何都要去了，就让我去吧！”

父母见他苦苦地哀求，只好含泪答应了。

农历九月中旬的一个上午，万里晴空，秋风清柔，却给人带来一丝丝寒心的凉意。

蒋怀亮背起行李向亲人告别时，想到自己此行路远山重，无亲无故，吉凶未卜，不觉心一酸，泪如泉涌：“爸、妈，不孝儿要走了。我如果能到达成都，找到陈达夫医生将病治好，必会高高兴兴地归来跟家人团聚。但古人有言：天有不测风云，人有旦夕祸福。如果我命遭不幸，请你们想开些。我反正不去也不行了，别为我伤心呀！”

亲人们听了蒋怀亮的话，觉得有如一种不祥之兆乍地向他们袭来，大家无不为之深感痛心。

父亲黯然低头叹息。

弟妹们禁不住“呜呜”的痛哭起来。

母亲老泪纵横，悲伤地说：“儿啊，好人自有神灵保佑。多多保重，顺利到成都把眼睛治好，欢欢喜喜地早日回见爸妈弟妹，不要难过呐！”

蒋怀亮听了，慢慢地点点头，深深地鞠了一躬，凄然别去……

“咣咣！”一趟从湛江开往柳州的列车在祖国西南的大地上急驰着，越过了一座座桥梁，掠过了一片片绿野和一个个村庄。蒋怀亮坐在车上，他的心恰似汹涌澎湃的大海浪涛分秒不息地翻腾、冲击着：故乡啊！故乡。我第一次离开你和亲人，独自奔赴遥远的地方，不知有无归期，叫我好不伤心啊！成都啊！成都。

你是天府之国，我这个粤西乡村的农家瞎子千里迢迢摸路前来求医，能不能让我重见光明而归？……他想得很多很远，怎么也不能入眠。

熬过了一个漫长的黑夜，迎来了金色的曙光。上午10时许列车到达柳州。

柳州火车站是个三叉要道，南通遂溪、湛江；北至贵阳、成都；东接桂林、长沙等地。车来车往，络绎不绝。车站的建筑物气势宏伟壮丽。候车室里人海沸腾。

蒋怀亮在一位青年的帮助下下了列车，走进了售票室，并找到了一个去成都又愿意关照他的人。

那个所谓到成都的人大约有40岁左右，个子不高不矮，颜容有些憔悴，一双滴溜溜的鼠眼不停地转着，说话阴阳怪气，像个无赖子。

“老弟，”无赖子眯着眼睛，拍着蒋怀亮的肩膀道，“你跟着我就大大的放心啦。我，我就是成都人。”

“你就是成都人呀?”蒋怀亮惊喜地问。

“是的。”无赖子接着百般热情地向蒋怀亮作起自我介绍，“我叫江明春，家离成都中医学院不远。你到成都，不必住旅馆，住在我家就行了。我一定带你去找医生的。”

“这太好了。”蒋怀亮深感有幸，激动万分地说，“大哥，我亲戚给几斤鱿鱼带来，到了成都，我一定酬谢你……”

“唉，这个不要紧。”无赖子抱有觊觎之心，他瞅了一眼蒋怀亮的行李后说，“老弟，你带多少钱来，放在哪里，要注意点啊!”

无赖子这些话，即时引起蒋怀亮的警觉。他机警地回应道：“我治病的钱等到成都后家里人才汇来，现在只带点路费……”

“真的吗？嘿嘿嘿，这就好。”无赖子骤然脸带不悦地奸笑了几声道，“老弟，我们是好朋友的，你要说老实话呀。否则，出了事谁也担保不了！”

“大哥，这是真的。”蒋怀亮说着，忽地想起一件事来，“呀，大哥。去成都的火车是什么时候开的。你买票了吗？”

“我买啦。不过，时间还早得很呢！”

“你带我去买一张票好吗？”

“好！”无赖子好像得到什么宝贝似的，眼睛一亮，蓦地站起来道，“你把钱交给我吧。我会马上去帮你买的！”

“要多少钱？”

“46 块！”

“啊？”蒋怀亮吃了一惊，说，“我胞弟曾告诉我，买湛江到成都的火车票才 25 元 1 角，怎么到了柳州反而比湛江的票还要多的，你看错了吧？”

“看错？不会的。”无赖子冷漠地点燃一支“大前门”深深地吸了一下，向蒋怀亮吐出一口浓烈的烟雾，得意地说，“不相信，票牌挂在这里，你看！”

“我，我看不见呀！”

“你既然看不见，又不相信我，这样你自己去买吧！”

蒋怀亮听出无赖子的气话，不敢多言，只好摸着趋前寻找售票窗口。

“当！”蒋怀亮的身子碰到售票窗边铁栏杆上。他觉得有些疼痛，用手抚着伤处。无赖子看见，抿着嘴“哈哈哈”的发出一阵奸笑。这时，蒋怀亮顺着栏杆走到窗前：

“同志，卖票吗？”

“是。”服务员温和地问，“你到哪里？”

“我到成都。多少钱一张票？”

“18 块。”

“什么时候开车呀？”

“下午 3 点 42 分。”

“请给我卖一张。”

蒋怀亮随声交上两张“大团结”，服务员接着将余钱和车票一起送到他的手里。蒋怀亮走出几步，无赖子又走近来了。他拉着蒋怀亮的手假惺惺地问：

“多少钱呀?”

“18 元。”

“哦！可能是我看错了吧。”无赖子装模作样地朝着票牌看了一看，说，“对对，是我看错了。原来是到北京的 46 块钱。老弟，不见怪吧，我很可怜你的。你要特别注意你的钱和行李呀。来，跟我到候车室等车。”

蒋怀亮明知此人不怀好意了，无奈自己双眼看不见路，又无亲无故，只好提着心随他走。

二、表谢意　吟诗酬旅客
奔医途　偶成宠幸儿

在宽敞的第二候车室里，蒋怀亮闷沉沉地坐着。靠近他左边坐的是一位青年妇女名叫刘金兰。她身材苗苗条条的，稍圆的脸上长着一双浓淡适度的秀眉，秀眉下镶嵌着一对水汪汪的丽眼，她看着衣着旧朴，脸色蜡黄，瘦骨如柴的蒋怀亮觉得很可怜，问：

“同志，你去哪儿?”

“成都。你呢?”蒋怀亮低声道。

“我到贵州凯里。”

“你的故乡在那里吗?”

“不，我的故乡在海南岛。是跟爱人到那里工作的。你去成都干什么?”

“我的眼睛有病，看不见东西。在家乡没有办法治疗了，最近有个朋友在《人民日报》上，看到成都中医学院的眼科专家陈

达夫那震撼全国的医学事迹后告知我，我现在特地去寻找这个医生医治。”

“喔！这么远的路途，有没有亲人带去？”

“家庭困难，找不到钱，只好自己去。”

“啊！”刘金兰叹了一声，眼眶湿润了。她语气深沉地说，“你孤零零的一个人去，治得好且罢，治不好怎么办呢？”

蒋怀亮听着，撩起内心的痛苦，忍不住潸然泪下，许久才说：“嗨！治得好就算，治不好，我也不愿回家了。”

“唉，好弟弟，不要难过，不要难过。有这么高明的医生，他一定会给你治好的，一定会治好的！”刘金兰见状落下了同情的泪花，连忙安慰说。

铃铃铃……

上车的铃声响了。刘金兰叫无赖子拿一根挑行李的木棍让蒋怀亮拉着上了列车。接着“嘟——”的一声长鸣，列车启动了。

列车像一条巨蟒那样“轰隆隆”地向前疾驰，抛下了一片片原野，穿过了一个个山洞……

不多久，一位姓黄的乘警信步走到蒋怀亮的身边盯了一眼，按按他的肩膀道：“小伙子，你跟我来。”

蒋怀亮没有作声，随之走进了车厢的值班室。

乘警将门关闭问：“小伙子，你是从哪里来的？”

“我是从湛江来的。”蒋怀亮不明其意，心头的脉搏在卜卜地跳动。

“你是到成都治病的吗？”

“是。”

“你带多少行李和钱呢？”

“我带两……个行李。钱……不……不”蒋怀亮见问得突然，吞吞吐吐地说。

“小伙子，”黄乘警看出蒋怀亮的顾虑，温和地说，“我是列车乘警，管理治安的。刚才跟你隔座的那位女同志把你的具体情况告诉我，我才来找你了解的，不必忧虑。请给我说清楚。我为你做好安全工作！”

蒋怀亮恍然大悟，万分感激地说：“谢谢您的好意，乘警同志。我现在身上带着的是172元。”

黄乘警听着点点头，将蒋怀亮带回原座位看了一下他的行李，并向邻座的旅客说了几句帮助关照的话，便到别的车厢去了。不过，每到一站，他都走回蒋怀亮的身边看看。吃饭的时候，他也叫服务员给蒋怀亮将饭菜端来……

深夜12点50分了。

蒋怀亮自从害病后精神极差，今又在列车上挨过了两昼夜，怎么顶得住呢？他疲惫不堪地闭着双眼东叩西撞。一位50多岁，身材魁梧的人坐在他的左边，见状不觉动了恻隐之心：

“小伙子，你太困了，睡一睡吧！”他说着站起来把自己的位子让给蒋怀亮。

蒋怀亮太感动了，他刚睡下，又翻起身来。他从衣袋里摸出一支寸来长的铅笔和一张皱纸，草就几句感谢那个身材魁梧的人。那人拿着一看，欣然放声朗诵起来：

万里求医因失明，车舟处处沐温馨。
漓江碧水源流远，不及诸公爱我情。

刘金兰一听随即脱口称赞道：“写得好，写得好！”

旅客们也无不赞声喝彩。

顿时，车厢里一阵轰动。

“咳，这个小伙子很有才华，可惜年纪轻轻就失明了。”

“是呀，如不是瞎了，我看他的前途是不错的。”

……

旅客们你一言，我一语地议论开来。

蒋怀亮深感不好意思，默默地躺着。

那个身材魁梧的人走到刘金兰的身边坐下，不知嘀咕了些什么，只见他掏出一支高级香烟，点上火，慢悠悠地抽着，不时吐出一口口香喷喷的白雾，袅袅上升。他抽了半截香烟，又走回蒋怀亮的身边，站了一下，然后弯下腰来亲切地说：

“小伙子，你到成都后要好好治病。有什么困难，请给我来信告知，我一定帮助你解决！”

蒋怀亮似听不清他说什么，瞪大眼睛问：

“同志，您说什么？”

“你到成都要好好治病，有什么困难给我来信，我给你解决，听清楚吗？”他温和地重说一遍。

“真的？”蒋怀亮不敢相信，霍地坐起来。

“真的！我叫张志学，在中央直属的广西七冶大厂工作。”他说着将自己的通行证撕下一半给蒋怀亮，“这里有我的工作单位地址，请带好。你的病治得好不好，回时一定要到我那里说一下。如果不好，我可以送你去大连或东京治疗！”

“呵！”久陷病难的蒋怀亮想不到自己还有如此幸运，遇上了一个竭诚关照自己的大好人。他犹如在做着一场美梦，连连点头说，“谢谢您！好同志，我一定一定记住的！”

“好！”张志学从提袋里掏出十来只鸡蛋塞进蒋怀亮的手里，向旅客说，“同志们，我觉得这个小伙子很有志气，很可爱的。你们看，他因家庭贫困没法让人带路，独自一人敢于摸路到远隔千水万山的天府求医，是多么难能可贵啊！如果大家都有雷锋精神，能伸出友谊之手，给他送点东西或钱是多好的……”

“对，我们应该行行好心给他点帮助！”刘金兰抢着说了一句，掏出两张粮票给蒋怀亮送上道，“好弟弟，10 斤粮票，小小意思，请不要见笑。”

蒋怀亮刚接着刘金兰的粮票后，一位解放军战士也给送上 10 元。随之，车厢里的旅客都争先恐后地给蒋怀亮送东西。瞬间，一张张的钞票、粮票，一袋袋的饼干、水果，一瓶瓶的牛奶、饮料等物堆满蒋怀亮的身边。

蒋怀亮即时成了旅途中一个名副其实的幸运儿。他接过旅客们一份份无限深情的“礼物”，激动得热泪盈眶。

三、财迷心窍　歹徒何残忍
义气感人　承祥多至诚

列车日以继夜地在轨道上奔驰着，经过了一站又一站。张志学和刘金兰等热心旅客已相继握别了。

到了贵阳，蒋怀亮只好再度冒险随着无赖子走。无赖子将他带到车站门口一个偏僻的地方问：

“喂，在列车上，那位乘警叫你去讲些什么?”

蒋怀亮听得出无赖子带着责备的口气追问，不得不加强警惕。他机智地回答：“乘警知道我是个盲人，他为了给我做好安全保护工作，问我带多少钱物，并嘱我到成都马上给他回电报。如五天内接不到我的电报，他马上向成都市公安局报案……”

无赖子听了，露出一副鄙夷的姿态说：“他给你安全？哼，安全安全，我只怕你不安全!”

蒋怀亮听着无赖子那意料不到的话，顿时不寒而栗，柔声道：“大哥，有你带我，怎么说不安全?”

“哼，那可不知道！你到成都不住院，住在我家差不多。如果住旅店或医院，没有一个亲人带着，成都人多心辣，说不定连你的脑袋都保不住的!”

“呵，”蒋怀亮心一惊，忙说，“那我到成都一定跟你到家里住……大哥，我忘了，你叫贵姓名?”

“我呀，……叫关……平春嘛。不是对你说了吗?”

蒋怀亮记得无赖子在柳州说他叫江明春，现在又说叫关平春，这岂不是胡编姓名！但是，到了这远离家乡的地方，不得不

随他走了。他想了想，掏出 10 元来：

“大哥，麻烦你了，先给你 10 元聊表谢意，到了成都等钱汇来后，再多多地酬谢！”

“唉，别客气！”无赖子接着钱，语气缓和了许多，又故作亲热地站起来说，“走，我一定给你带好的，请放心！”

他说完，挽起蒋怀亮走到售票处补了加快票，走进了车厢……

在贵阳开往成都的列车上，无赖子为了找到蒋怀亮带来的治疗费，曾多次在蒋怀亮的身上搜摸着。当他的手摸到蒋怀亮下身的内裤小袋，触到里面有一叠东西时，得意地笑了。于是，他俯伏在茶几上想手段。

蒋怀亮不作任何反应，但无赖子的触摸使他更加警觉起来。

夜，很深了。又是一个难熬的夜啊！蒋怀亮的精神很疲倦，不由自主地打着瞌睡。车在转弯处略一颠簸，他的头重重地叩在无赖子的头上。

“妈的，瞎子，你要死啦！”无赖子狠狠地将蒋怀亮的头一推。

“咳，对不起，对不起。请原谅！”蒋怀亮惊觉，连忙向他道歉。

“哼，原谅？谅你妈的屁。碰伤了非要你拿钱来医不可！”

无赖子说着抓起茶杯大摇大摆地找开水去了。

蒋怀亮此时的心恰似十五只吊桶打水——七上八下，不停地狂跳着。无赖子的凶相毕露了，到达成都后如何是好？他忽地想起刚才在谈话中得知对座那位旅客也是去成都的，又是一个好心肠的人，何不求他帮帮呢？于是，趁无赖子不在忙掏出笔和纸来草就了一张求助书交给他。

那位旅客名叫杨承祥，原籍山东人，在四川省峨嵋水泥厂供销科工作。他年约48岁，高个儿，皮肤紫红紫红的，修长的脸上长着一对温柔慈祥的眼睛，显得很是和蔼可亲。他接着蒋怀亮递过来的纸条一看，只见上面写着，“同志，带我的人动机不纯。为避免意外，请到成都帮帮忙好吗?”读罢，他随即满口答应：“好好，我一定尽力帮助你!”

“好啦，算你幸运找到了好人，不用担心啦!”一位旅客说。

“是呀，你跟着这位同志，不但不怕那个人对你啥子，也不愁找不到陈达夫医生的!”另一位旅客说。

…………

旅客们都为蒋怀亮找到了一个热心帮助他的好人而庆幸，言论着，蒋怀亮打心底里感到欣慰。

无赖子回来了，他听到旅客们的一些议论，不知是觉得不是滋味或是别的原因，悄悄地背起行李溜到别的车厢去了。

大家都认为无赖子走后，蒋怀亮可以平安无事了。可是，他们哪想到一场惊心的事很快就要发生！当夜零时过后，蒋怀亮要到厕所里解手。他刚进门，无赖子也随着紧跟而入，“砰”的一声将门关闭，猛力推倒蒋怀亮解开裤叉就伸手进去掏钱。蒋怀亮大吃一惊，一边挣扎，一边大声喊：“有贼啊，快救命啊!”无赖子做贼心虚，钱未抢到手，便打开厕所慌忙出逃。但当他一踏出厕所门口，就被乘警铁钳般的手擒住了。

一时，惊动了整个车厢。

杨承祥从梦中醒起得知出事，急步前来将蒋怀亮带回座位，深感内疚说：

“小伙子，对不起，因我一时贪睡让你受惊了。”

“没事。多谢您关心。”蒋怀亮深为感激地说。

“你以后要是到哪儿，一定给我说一声，让我带着，记住吗?”杨承祥说完，用慈祥的眼光看向蒋怀亮。

“这太麻烦您了。”

“不，这是应该做的事！”

…………

列车飞快地奔驰着，一夜间将遵义和重庆远远地甩在后头。第二天晚上11点50分到达成都。

杨承祥带着蒋怀亮到峨嵋水泥厂驻成都办事处的招待所里住了一宿。翌晨，吃过早餐，他又带蒋怀亮上成都市中医学院附属医院找陈达夫。可是，那天正值国庆节放假，除了急诊部，其他诊室都不上班。怎么办？杨承祥双眉紧锁，思索了一下，征得蒋怀亮同意，又带他到朋友何仁景的家来。

何仁景是街道治安干部，约50来岁，肤黄肌瘦。但他为人极其乐观，爱说爱笑，十分风趣，一开口说话，就像高山流水般滔滔不绝。当时，他正在家里给老伴讲《时代风流》的新编笑话故事。

杨承祥带着蒋怀亮一踏进他的家门口就叫：“喂，老何！”

“呵，好好！”他闻声抬头见是老朋友，笑眯眯道，“老杨，什么风把你吹来了？请坐，请坐！”

杨承祥指着蒋怀亮说：“这个小伙子叫蒋怀亮，是在列车上认识的。他双眼已5年看不清东西了，在家治不好，特地来成都寻陈达夫医治。孤身一人，怪可怜的，我便带他来找陈大夫。因为今天是国庆节放假，找不着……”

“哦，哦！”他听着，对蒋怀亮的遭遇也深表同情，忙上前扶住蒋怀亮坐下。他觉得很为难地说，“国庆节放假是一回事，主要是年近八旬的陈大夫近来患上严重癌症，要找他治病恐怕不容易哟！”

蒋怀亮听着，苦苦地叹了一口气，低着头沉思不语。

“老何啊，你说，能不能到他的家找他看看呢？”杨承祥急切地问。

何仁景摇头道：“不行，不行。有位领导干部患了严重的眼病，想到陈大夫家找他都不行。因为医院党委决定，为了让陈大夫疗养病和写出他的临床医学论文，任何人不经批准不得到他家拜访或求医！”

“那怎么办呢?”杨承祥一时也拿不定主意，很焦急。

何仁景搔了搔头，默不作声。过了一会儿，他的脸上倏地喜形于色，说：“喔，想到了。我有个朋友叫王昌俊，是陈达夫身边工作人员。先去找他，叫他想办法，好不好?”

“好，我们现在就去！”杨承祥说着，迫不及待地伸出双手将何仁景和蒋怀亮拉起来。

他们拐过一条小巷，穿过一条马路，刚转入红光路十多步，迎面走来一个年纪和何仁景不相上下，中等身材，皮肤黝黑，稍微秃顶的人。何仁景一见，极为欣喜道：“好啦好啦。我们要找他，他竟然自己来了。”

“是陈达夫医生吗?”蒋怀亮急切地问。

“不，他就是我的朋友，在陈大夫身边工作的王昌俊啊！”何仁景说。

“这太巧啦！”杨承祥惊喜地说。

…………

他们说着走近了王昌俊。何仁景将其来意向他说明，要求他协助帮忙。他听了满口答应，即时带大家到附近的小茶馆里坐下，一边品茶一边谈。

“小蒋，你带多少钱?”王昌俊问。

“我在家带来的只有150多元了，在火车上有许多好心旅客给我一些，现在总共有270多元。”

“呵，钱太少，好在成都的物价便宜。你要省用些，我们尽力帮助你，听懂吗?”

蒋怀亮点了点头。

王昌俊呷了一口茶，舔舔舌头，对杨承祥说：“小蒋的病是属于慢性的，医院住不下。我看，丰收旅馆虽然不大，但那里的服务态度很好。况且，该旅馆收费低，住宿方便，到医院也较近。你把他带去那里住吧！”

“好，我一定把他带去那里。”杨承祥说。

王昌俊看看何仁景，对他道：“老何，你是管治安工作的，晓得大城市人多复杂，为了小蒋的安全，你先到公安局把小蒋的情况汇报一下。我回去跟陈大夫商量商量，给他挂个号。你看怎么样？”

“可以嘛，可以。”何仁景滑稽地扮了一个鬼脸说，“为了让小蒋重见光明，做点修心积德的事，老兄我只好当一个差役听长官您的使唤了！”

“哈哈哈……”大家顿时朗声大笑起来。

王昌俊和何仁景各自“执行任务”去了。杨承祥带着蒋怀亮回到水泥厂的办事处取行李，然后到丰收旅馆。

这间旅馆的管家是个女的，名叫袁巧珍，28 岁，生得小巧玲珑，很结实。她那白皙圆润的脸上长着一双清秀的柳叶眉，一对乌黑灵秀的杏眼，说话时总要带着一丝微笑。令人最为难忘的，是她靠近左边人中的那颗大黑痣。她对人和蔼亲热、工作起来轻巧利索。为此，人们都叫她“巧姐”。其时，适逢她值班在中厅的竹椅上躺着。

杨承祥常到这间旅馆来，跟巧姐很熟。他一进门望见她就亲热地叫了一声：

“巧姐！”

“噢。”袁巧珍听见忙站起，满面笑容说，“杨师傅，你又来啦！”

“是，我特地给你带来一个贵客！”杨承祥说着将蒋怀亮拉到袁巧珍的跟前介绍了一下说，“他一个人从粤西摸路到这里来求医的，很不容易。请你们给安排好住宿和多多照顾呀!”

“好好，请放心，我们一定把他照顾好!”袁巧珍连声回道。接着，她看了看蒋怀亮说，“可怜呀，太可怜!”

四、居旅馆　巧珍操心
上医院　重义奔劳

第二天上午9时，中心保卫科的马科长到丰收旅馆来。他向袁巧珍了解一下蒋怀亮的情况，即召集旅馆的全体干部职工开会。

“同志们!”马科长神态严肃地说，“昨天晚上，我接到公安局的电话，说有一个从粤西农村来求医的青年到我们丰收旅馆住宿。他是一个瞎子，为了避免发生意外事故，我们必须负起应有的责任：一是给他安排一个适当的床铺；二是代他管好钱、粮票和行李等物；三是他上医院看病或到哪里都要派人带着；四是他需要购买东西或煎药，你们要帮忙；五是在生活上，要像对待自己的家人一样。同志们，能办得到吗?”

“马科长，请放心吧。我们一定做到!”袁巧珍第一个站起来说。

“对，我们一定办到!”职工们也纷纷回应。

马科长走后，袁巧珍立即将蒋怀亮的行李仔细清点放进保管室，并要求蒋怀亮把钱和粮票都交给她保管好，还给安排了一个最清静，收费最低的住房……

中午，服务员接到王昌俊的来电，叫旅馆领导在下午派一位同志带蒋怀亮到医院看病。袁巧珍知道后，即指定一位女服务员带蒋怀亮去医院。

这位服务员名叫叶重义，芳龄刚满二十，端正的脸庞饱满而洁白，淡雅的眉毛下长一对凝重温柔的凤眼，微微翘起的鼻尖底下有两片幽美的朱唇，微略一笑，嘴中露出双行雪白匀称的牙

儿，同时两腮现出两个甜甜的酒涡来，头上扎着两条粗短的黑辫子，高高隆起的胸脯，透出了少女青春期那可爱的风韵，加上她那1.6米的健美身材，文雅的举止，显得特别端庄美丽。当时，人们看了四川省川剧团演出的《三看御妹》，认为她可与“御妹”媲美，都昵称她为“御妹”。

叶重义带着蒋怀亮一边走，一边亲切地与他交谈。他们在言谈中，互相了解到彼此都是文学爱好者。于是，他们从巴金的《家》谈到曹雪芹的《红楼梦》；又从苏联奥斯特洛夫斯基的《钢铁是怎样炼成的》谈到荷兰古利克的《迷宫案》，不觉已踏进了医院的大门。王昌俊早在那里等候了，他一见蒋怀亮就迎上来，满脸愁容说：

“小蒋，糟了！陈达夫医生正准备为你上班看病，可惜他的病情突然恶化昏倒了，现正在医院急诊室里进行抢救。”

蒋怀亮一听，像万箭钻心，苦楚难言，默默地低头呆立。是呀，他五年多来，受尽了病魔的摧残，是把生命寄托在陈大夫的身上，才历尽艰辛，独个儿摸到这儿来的。刚才，满有希望遇见救星了，却又传来这一可怕消息，怎不叫他陷入痛苦境地呢？他想，对陈达夫的抢救若失效，我蒋怀亮怎能生还啊！顿时，他难过得泪水哗哗地往下流。

大家一时陷入了惊人的沉默。

许久，叶重义仰头柔声对王昌俊说：“王师傅，你看医院里哪位医生跟陈达夫医生的医术差不多，先带他去看看吧！”

王昌俊沉思了一下，说：“好，先找一位有经验的医生开个处方服几剂药看看，等陈达夫医生病好了些再商量。小蒋，你说可以吗？”

蒋怀亮点点头，深深地嘘了一口气，说：“这又麻烦你们了。”

“没啥子……”王昌俊说着，便与叶重义一起带蒋怀亮上医院大楼第三楼一号眼科门诊室。

这里值班的是个姓王名时芬的女医师，五十来岁，是一位很有临床经验的医师。

王昌俊对王时芬说："王医生，这个小伙子是从广东粤西的农村专程前来找陈达夫医生医治的，现在陈老病倒了，请你给他诊治吧！"

"好好。请坐！"王时芬医生热情地给蒋怀亮让座。她先是查阅了他在湛江地区人民医院检查的病历，再检查了一番眼球和脉搏就开了一个处方。

叶重义接过处方，带着蒋怀亮到楼下的药房里取了药即回丰收旅馆来。

五、苦求医　怀亮呈书
受感动　达夫检病

蒋怀亮在旅馆全体同志的热情关照下，安心休息，饮服了王时芬医生开的10剂药后，身体和精神都有了一定的好转。可是，那顽固的眼疾丝毫未起变化。难道这双眼睛真的医不了吗？蒋怀亮的心又难过起来。他想，陈达夫医生是真的病倒了，或是瞧不起我这个农家子弟借故推辞？咳！我既然来了，无论如何都要见到他！于是连夜摸着写了一封求诊书。第二天，天刚亮就拜托叶重义带往医院交给王昌俊转陈达夫。

俗话云："有心拜佛佛下凡。"过了几天，王昌俊终于为蒋怀亮送来了一张陈达夫的约诊挂号单。王昌俊对他说："陈老的病大大地好转了。不过，院党委决定还是未让他离开护疗室的。好在他看了你的求诊书，深受感动。为此，他毅然决定明天带病上班。"蒋怀亮听了激动得热泪盈眶。

第二天上午，陈达夫真的带病上班，为病人治病来了。这个名震中外的眼科医学专家，不但身任成都中医学院附属医院眼科

室主任，还是四川省革命委员会委员，中国科技协会理事。他虽年逾古稀并患有癌症，但体格还挺硬朗：秀眉美髯，举止闲逸，双眼矍铄有神而语气温柔。叶重义带蒋怀亮到医院时，陈达夫正在同助手们为病人就诊。叶重义将挂号单递上，不多久就听到医生喊蒋怀亮的名字。叶重义忙将蒋怀亮带进门诊室。她向陈达夫介绍了一下蒋怀亮的情况，陈达夫微笑着点头，亲热地用双手拉蒋怀亮到身边的一张木椅上坐下，又搬过一张木椅让叶重义坐。

"小蒋，你来好多天了吧？"陈达夫温和地问。

"十七天了。"蒋怀亮答。

"呵，对不起。你的病现在感觉是怎样呢？"

"这个，我……怕说不清楚，已将其写出。"蒋怀亮说着从衣袋里掏出他备好的陈情书交给陈达夫道，"烦您老人家看吧。"

"好！"

陈达夫应了一声，即将蒋怀亮的陈情书展开，只见他写道——

敬爱的陈大夫：

您好！我初到贵地语言不通，说话不便，故将本人情况写成陈情书，请您老人家过目。

……我患病五年多来，多方求医，都未见效。反而把身体搞糟了。因此，许多医生都断言说，我的病在中国是没法医治了，只有到日本求医方可。否则，将是枉费心机。我听着那些耸人听闻的话，想到自己的病难以医治了，长与悲痛相伴，有说不出的凄凉苦楚。特别是，每当听到那落叶的秋风声时，更感到"阵阵秋风愁无限，片片冬心冷如霜。"因而常自"长歌当哭抒悲情，泪花飞舞愁肠断！"

敬爱的大夫啊，当我在动身前来之时，就把命运寄托于您老人家了。请以我为实习"器"去实践，揭开我这个国内不可治之症的谜，为祖国的眼科医学增添新的喜人光彩，给医学史谱写光辉的新篇！此来求医倘若再无希望，我只有弃残骸于异乡，寄七魄于幽壑，托三魂游于九霄了。

敬爱的大夫，我现在的病情是：视物不清，时有刺痛，头脑晕胀，精神疲倦，神志昏沉……但依愚之见：欲治国者，没有不治之国，亦非不治之才，更非不治之策；欲治病者，没有不治之病，亦非不治之医，更非不治之良方也。您老人家是闻名遐迩的名医，料我此病必可治愈的。恳求您老人家让我这个千里迢迢来求医的盲人早日重见光明而归吧！

此致

敬礼

病者　蒋怀亮

1978年10月7日

陈达夫看完，心里特别感动，对旁边的医生说："咳！这个小伙子，既可怜又可佩。你们看，他写的陈情书多么的感人啊！"

医生们听着，将蒋怀亮的陈情书接着一张一张地传着看。他们一边看一边发声赞叹着："啊，太感人了，写得太感人了啊！"

"唉！小伙子，你也太过度悲伤了。那样会加重病情的，不利于治理呀！"一个医生深表同情地道。

蒋怀亮听了，点点头说："谢谢您的指教！"

陈达夫给蒋怀亮精心细致地诊了脉，又小心翼翼地用电光透视了眼球的各个部位，断定此病已转化为左眼瞳仁混浊不清失去视觉，右眼视网膜剥离，视力仅0.1。他便拟出一个"甘露饮加减味"处方。他开好处方后，紧握蒋怀亮的手安慰道："小蒋，不要担忧，振作起来，按照此方坚持服药6个月以上，一定会好的……你听懂吗?"

“听懂了。”蒋怀亮得到陈达夫的热情诊检和安慰，感到无比欣幸。他顿觉被陈达夫紧握着的手有如一股炽热的电流，暖暖地输入他的身心，眼睛似乎有些明亮了。

六、好巧姐　飞车觅良药
美御妹　怜爱送新衣

按照陈达夫开的处方，在医院药房里抓药还欠一味石斛，并要找到陈墙土煮水澄清后煎药才能服用。叶重义一时没办法，只好带着蒋怀亮回丰收旅馆跟袁巧珍商量。袁巧珍认为市药材公司会有的，她熟悉那里的人，就决定由自己前往购买，并顺便取回陈墙土。于是，她提起一只挂篮和一个布袋，骑起自行车飞驰而去。

这天中午，太阳像火一样地烤着大地。路面上的杂物都被暴晒得“瑟瑟”作响，空气煞地闷热。袁巧珍从城西的红光路奔到城中心的纱帽街，已是气喘吁吁，汗流浃背了。她放好自行车，走进市药材公司时，熟悉的人都已下班，只有仓管员老陈。她急趋上前问：

“喂，同志，你们有石斛吗？”

“有是有一些，但此药近来特别紧缺，没有外销。”

袁巧珍一听，心里很难受。她想，既然有药，为什么不给病人治病，留在仓库里积存呢？这真令人费解！她巴不得恳求道：

“同志，还是请你卖给我两斤吧！”

“不行呀，不行。”老陈慢条斯理地说，“我们公司规定，非持有市医院处方急迫来求者，不说2斤，就是1钱也不能售！”

袁巧珍听他这么说，嘴角边即时挂起笑容说：“好的。既然这样，就请你听我讲吧！我们旅馆里有一位可怜的青年客人。他是个瞎子，在家乡没法医治，获悉我们这里眼科医学专家陈达夫的医术最好，就从雷州半岛摸路前来求医。陈老开的处方，医院

药房里偏偏缺着这味药。同志，为了救治一个将处于绝境的病人，谅你不会把药留着给虫蛀，忍心让他残废或死去吧！”

老陈验了验处方，脸有难色，沉吟了一下说：“既然是急需的，我先给你卖1斤，以后若要再说。”

袁巧珍抓到药，飞身上车，绕过一条条大街小巷，犹如轻燕剪柳般地在股股人流中闪动。经过两个多小时的急驰，到达了亘古时代遗留下来的残墙断壁——天府之国那古老的土城墙边。她借来一把小锄头用力地挖呀敲呀，将这“宝贝”满满地装了一大布袋，放在自行车上，又是风驰电掣般地朝丰收旅馆飞奔。一路上，她虽然被太阳暴晒得满面通红，全身汗淋淋的，两条大腿酸软肿痛，可心里充满着人生20多年来无从有过的甜蜜——她认为这才是充分体现了一个服务员的本质！

蒋怀亮在大家的热心关照下，安心服药，他的病情大大地好转了。20多天过后的一个早晨，他醒来张开眼睛，一个神话般的奇迹出现了——眼睛在一定距离内已看到了东西。他觉得这简直是做了一个神奇的梦！于是惊喜若狂，霍地从床上翻起，展纸挥笔给家人写报喜信。

> 爸爸、妈妈、弟弟、妹妹：
>
> 今天早上，我睡醒来忽然发现了一个美丽的世界——我的眼睛重见光明了！这对我来说，五年来的黑暗，今朝宣告结束了……

“哇！怀亮同志，你……”

忽然一个惊讶的女声从蒋怀亮的背后传来。蒋怀亮听得出这是平时伴他跑医院、上饭堂、端药汤的“御妹”叶重义。

“小叶同志！”他惊喜地忙叫了一声掉转面来，当他的目光一触到眼前这位美丽静雅的年轻姑娘时，双眼不由一怔，脸“唰”地涨红了。她就是热心关照我的叶重义？不，也许是我的听觉不灵吧。他倒口问，“你，你是叶重义同志吗？”

“是呀！”叶重义见状，莫名其妙地吃了一惊，说，“怎么，听不出我的声音啦？”

“噢……”蒋怀亮感到很不好意思，默然憨笑着。

“你刚才在写什么？”

“给家里人写报喜信呀！”

“写报喜信？”

“是的。”蒋怀亮顿复原态，欢畅地说，“我今天早上起来，眼睛已经看见东西了……”

“咯咯咯……”叶重义一听，喜得失去了以往的矜持，禁不住蹦了一跳。随之，像孩子般地握住蒋怀亮的手连声道，“这太好了，太好了……谢天谢地，谢天谢地！”

蒋怀亮第一次与妙龄姑娘握手，平静的心湖顿时荡起一阵春天的气息，甜丝丝的。

叶重义将手中的一个包裹打开，亲切地说 “蒋同志，请你看看。这是什么？”

“是衣服。”

“对对，是两件灰色的确卡新衣。”

“是为别人买的，还是你的？”

“不。”她坦率道，“是我为你做的。”

“什么，为我做的？”

“是呀，近来天气有些冷了，你只穿那几件旧衣服怎么行呢？我前天领到工资就去剪了一些布，特地为你赶制了这两件衣服……”

“啊，小叶同志！”蒋怀亮万分感激地含着热泪说，“这叫我怎敢受领呀！”

“哎呀，何必见外呢？快穿上，看看合不合身。”她说着就将衣服推到蒋怀亮的手里。

“谢谢。”蒋怀亮不好意思地将衣服穿起来。

“哈哈哈，很合身，真好看！”她高兴地笑着，夸奖着。左瞧瞧，右看看，觉得蒋怀亮穿起新衣倏然显得英姿潇洒、容光焕发起来。啊，多么的令人喜爱！她似乎第一次见到这个青年人，敬慕之情油然而生。

可是，当她想起自己是个年轻的姑娘给一个男青年赠送新衣时，一种说不出的滋味乍地涌上心头，脸上觉得火辣辣的，忙起身告辞，走出房去。

七、接家书　思乡切切
游胜迹　情意绵绵

蒋怀亮的身体一天天地康复，眼睛也随着日益好转了。这对他来说，是值得非常庆幸的。可是，一天晚上，他却一反常态——饭不吃，药汤也不饮就躺在床上蒙着被子睡觉。叶重义见状，可急坏了。她忙跑到床前，揭开他头上的被子：

“怀亮同志，你怎么啦？”

“没啥子。”

“那你为什么饭不吃，药不饮，却流着眼泪蒙头睡觉呢？”

“咳！”蒋怀亮深深地嘘了一口气，欲言又止。

“说嘛，”叶重义心情凝重地说，“是不是我们的服务不好？”

“不！”蒋怀亮深感内疚地说，“小叶同志，你们对我太好了。我时时都在想，不知道怎样报答你们的恩情才行哩！我今天的难过是因……”蒋怀亮说着从衣袋里掏出一封信来，“哎，我不说了，请你拿去看看就清楚了。”

叶重义疑惑不解地接过信展开一看，原来是他的家乡下了一场大暴雨，家里的几间茅草房倒塌了。

“怀亮同志，家里虽然遭灾有所损失，但人畜安然无恙，不必过度忧虑，还是安心治病要紧呀！”

“不。小叶同志，信中虽然这么说，但我考虑，家人见我到

了远隔千水万山的地方治病，怕我担忧，不一定道出实情啊！我过几天还是回……”

“回?”叶重义怔住了。因她自从第一次陪他上医院起，两人相处很密，加上双方都喜爱文学，更加深了感情交流，栽下了友谊之花。今天，听蒋怀亮说要回家，很感突然。于是依依不舍地劝道，“怀亮同志，你经过不少艰辛才摸到这里找着陈达夫医生，还是将病彻底治好再走吧！”

“不，我心里难过极了。”蒋怀亮语气低沉地说。

叶重义再三劝说仍不见效。这时，她意识到了这个远离故土的人，思亲情切，归心似箭，再难以劝阻了。同时又想到从此一别，会期未卜，情谊难舍，何不陪他在此地一游，一则开开他的心，再则叙叙衷情？于是她用征询的口吻说：

“怀亮同志，你既然执意要走，我也没有办法挽留你了。你还记得那次跟我上医院时说，等你的眼睛得到重明的时候，要我带你到一些名胜古迹的地方去玩么？明天我就带你去好不好？”

“好，这太感谢你了！”

叶重义见蒋怀亮答应了，当即找袁巧珍告知。袁巧珍深为叶重义对一个病人旅客，能尽到力所能及的义务服务精神所感动，欣然说：

“可以！明天上午我给你顶班。你就带我的小孩熊俊和小蒋一起去玩吧！”

第二天上午，叶重义带着蒋怀亮和小熊俊游完古色古香，风景秀丽、诗声萦回的“杜甫草堂”后，又到成都中医学院附属医院附近的“青羊宫”来。他们穿过飞龙走凤的画廊，转入群芳斗艳的花圃。阵阵幽香扑鼻而来，蒋怀亮顿觉心旷神怡。叶重义不时给他解释：“这是四季花，那是月月红……”他们一边欣赏，一边谈笑风生。特别是那娇艳幽香的花瓣，差点把小熊俊给乐坏了。他蹦蹦跳跳着这里看看，那里闻闻。

“蒋叔叔，你看你看，那些花多么的美呀!”

蒋怀亮微笑着，不时也赞美几句。

“蒋叔叔，来，我给你摘一朵最漂亮的。”小熊俊说着就要伸手去摘。叶重义慌忙上前拦住道：“小鬼，不行，不行呀!”

“哪有什么不行?”小熊俊眼睛一滚，嘟着嘴。

“好娃娃，公园里的一草一木大家都要爱护的，如果人人都摘它，损害它，怎能欣赏呢?”蒋怀亮温和地解释。

“是啊，你摘了还要罚款，怕不怕？小鬼!”叶重义说着用食指轻轻地在小熊俊的左脸弹了一下。

小熊俊听着，似乎有点不满地眨眨眼，不作声。

他们漫步绿竹掩映的小湖滨。叶重义看见游客们在湖里划着小船，或优哉悠哉，或嬉戏追逐，勾起了她的兴趣，蓦地止步对蒋怀亮说：

“你的家乡在海滨，耍过船吗?”

“没有，我从来没耍过。”

“你喜不喜欢耍一耍?”

“有点喜欢，可我划不来。”

“这好办，我带你下去耍耍。”

小熊俊听了，活蹦蹦地跳到叶重义的跟前扯着衣袖说：“叶阿姨，也带我去，我要到船里玩!”

“你也去?”叶重义有意地逗他说，“不行不行，水那么深，你这只小狗熊下去会淹死的。”

“哎，坏阿姨骂人了。我回去告诉妈妈揍你。”小熊俊噘起小嘴，盯着叶重义，“你带不带？不带我就揍死你!”他说着随手在她的大腿上重重地擂了一拳。叶重义由不得“咯咯咯”地笑起来。

“好啦好啦，别吵啦，带你去!”蒋怀亮看到他又要打叶重义，忙拉开他，笑着说。

叶重义买了票，领了棹，带着蒋怀亮和小熊俊上了一只小船，颠悠悠地划起来。

小船沿着竹影婆娑的湖边，缓缓地绕过一座小山，穿过几道拱桥，迂回在风景秀丽的曲流中。蒋怀亮坐在小船上，欣赏着那些古香古色的建筑群，鬼斧神工的假山，艳丽多姿的奇花异草，青翠欲滴的竹林，恰如身置于极乐世界，飘飘然的。他忘却了一切忧虑，跟着叶重义哼起了《可爱的祖国》。他们那甘润的歌声，像一支优美悦耳的旋律在湖面上荡漾，在空中旋回。蒋怀亮唱着唱着，不觉诗兴勃发，他随之取出纸和笔来……

"蒋叔叔，您写什么?"小熊俊好奇地趴在蒋怀亮的背上瞧着。

蒋怀亮只顾凝神沉思而写，不理会他。

叶重义一听见小熊俊的话，忙扭转脸来，瞅了一眼蒋怀亮，收住歌声，笑眯眯地说："书呆子，你是不是在写诗了，请给我看看吧!"

"好，请指教!"

蒋怀亮将那张纸给叶重义递过去。叶重义摊开一看，一首《清平乐·同游》古词即展现眼前：

回廊曲巷，
名花齐怒放。
更喜翠篁青岸上，
同泛银波画舫。

欢游胜似瑶池，
人如款款鸥飞。
笑语酣歌未已，
挥笔又共题诗。

叶重义读罢拍手赞道："写得好，写得好！"说着，那对秀丽的凤眼偷偷地向蒋怀亮射去一束倾慕、灼热的光。蒋怀亮感受到她这束眼光，有如一股甜蜜的糖浆，美美地渗进他那多年枯燥了的心。他的脸很不自觉地像醉酒般烧红起来。

他们游毕青羊宫，转向南郊的"武侯祠公园"。武侯祠公园是三国时期蜀汉丞相诸葛亮（字孔明）的纪念礼堂。唐朝著名诗人杜甫的诗中有"丞相祠堂何处寻，锦官城外柏森森"之句，可见远在公元8世纪中期，这里已是著名的游览胜地了。

据史籍记载，当时的武侯祠在惠陵（汉昭烈皇帝刘备之墓）的"西偏稍南"处，惠陵也建有汉昭烈庙。明初，蜀王朱椿认为丞相祠堂与皇帝庙宇并立于祭制不符，随以君臣一体为借口废弃武侯祠，在刘备殿东侧塑诸葛亮像陪祀。明末毁于战火。清康熙十一年（公元1672年）在明代遗址重建武侯祠。以前殿祀昭烈，后殿奉侯（诸葛亮）配以子诸葛瞻、孙诸葛尚，为诸葛亮祖孙三代立专殿崇祀。同时在刘备殿前的东西廊旁内祀蜀汉文臣武将的彩色塑像28尊。这座本来在大门口前高悬着"汉昭烈庙"金字匾的君臣合庙，却因当地人民对诸葛亮的高度敬仰而一直称为"武侯祠"，里面有不少历史文物。

叶重义带着蒋怀亮和小熊俊走进大门，穿过二门，浏览了刘备殿，欣赏了文臣武将廊，瞻仰了武侯祠，并躬拜了我国历史上卓有才华的政治家、军事家武侯诸葛亮的遗像。他们刚走出门口，蒋怀亮转面望着诸葛亮殿上的"先主武侯同宓宫"横匾和门口两旁郭沫若亲笔书写的"志见出师表，好为梁父吟"，董必武书写的"三顾频烦天下计，两番晤对古今情"等对联，想，我难得到这里来，如在此拍一张照片留念多有意义啊！他沉思了一下，抬起头来，很不好意思地看了看叶重义说：

"小叶同志，我到成都治病以来，深蒙你无微不至的关照，亲如兄妹，使我永难忘怀。我想，我们很快就要分别了，大家在这里照一张像作为纪念是很有意义的。你看行吗?”

叶重义的脸倏地泛起两朵红霞，一时不知如何回答是好。她低下头，细细地思考着：推辞嘛，感到盛情难却；答应嘛，觉得自己是一个年轻姑娘和一个年轻的旅客合影，在别人的心目中，将意味着什么呢？……

1978 年 11 月 12 日，作者与叶重义及旅馆负责人袁巧珍的儿子熊俊照于武侯祠。照片虽然已有些模糊，但留下岁月痕迹。

“叶阿姨，照嘛，跟我们一起照个像嘛!”呆立已久的小熊俊忽地将叶重义的思路切断。他扯起叶重义的袖口用命令的口吻道，“快站好!”接着“咔嚓”一声，顽皮地扮了一个鬼脸。

“咯咯咯……”叶重义被小熊俊逗乐了，禁不住朗声大笑起来。她笑得是那样甜蜜，那样美丽。即时抛开了一切顾虑，瞧了瞧蒋怀亮，欣然拉起他和小熊俊的手说，“来吧，我们三个人一起在武侯的纪念祠堂前合照一张像留念吧!”

…………

八、丰收馆　匆匆离去
火车站　依依送别

蒋怀亮游览了天府几处名胜风景后，精神大为焕发，并且叶重义一有空就陪他谈论诗文，感情日笃，情绪渐渐安定下来，有点“乐而忘归”了。他多么想尽快地将病彻底治愈，再同叶重义

一起饱览天府秀色啊!

一天中午，蒋怀亮睡着甜甜地做了一个美梦：他跟叶重义、小熊俊三人手拉手地奔上月宫。在那里他们遇见了唐代著名女诗人薛涛。蒋怀亮突然想起她是成都望江公园的主人，便对她说："薛涛姑娘，请你带我们回成都游一游你的故乡望江公园吧!"她微笑着说："好，我带你们去。"于是，他们在薛涛的陪伴下一起在云霞中欢欢快快地漫步，浏览着成都那风光旖旎的望江公园。忽然，一阵凉风吹来，随即"哗哗哗"地下起了倾盆大雨，将蒋怀亮的梦敲碎了。他醒来，听着那沉闷的雨声，看着那白茫茫的流水，触景生情，免不了又生起家中遭灾的忧思，"咳！亲人怎么样了?"他苦苦地长叹了一声，心一酸，眼泪像一串串晶莹的珍珠直滚下来，恨不得立刻插上双翅飞回家乡，飞回亲人身边……

蒋怀亮思家心焦了！他去找叶重义，不见她上班。他只好告知袁巧珍和服务员决定明天返家。袁巧珍他们也多么想挽留他在成都把病彻底治好才回去呀，可是百般劝解，他再也不肯多留一天了。

第二天清晨，蒋怀亮收拾好行李后，想到就要离开旅馆里那些热情关怀和照顾他治病的同志们，心里是多么的难过！但由于思家心切，不得不忍心向他们匆匆告别。

"喂，小蒋，你这么早就走啦?"

蒋怀亮刚走出旅馆门口数步，忽然听到了一个声音。他掉转头，看见袁巧珍急步走向前来，忙停住脚步：

"巧姐，我现在走了。小叶同志不在，烦你……"

"哎呀，你急啥子嘛。"袁巧珍走近蒋怀亮，帮他提过行李，说，"你昨天告诉我要走。当晚，我就给小叶告知。她说因事赶不及到旅馆来送你了，只好先赴火车站门口等，叫我来带你。嘿！我连早餐都不吃就赶来了，还差点……"

“对不起，巧姐，我怕赶不上火车呀!”

“走贵阳线的列车有几趟，别焦急!”她说着拉起蒋怀亮的手说，“来，上这班公共汽车去火车站。”

蒋怀亮随着她上了公交车坐好后，无不感激地说：“巧姐，你们对我太好了，我真不知怎么感谢才是。”

“不，这是我们每个服务员应该做的工作。你感谢的应是党中央。如果不打倒‘四人帮’，陈达夫医生依然戴着‘反动学术权威’的帽子，关在牛棚里，你也难得前来求医啊!”

蒋怀亮听着她的话，脑海里倏然翻腾起来，悲惨的往事似一片片浮云在眼前闪现——那是1974年夏。紧张的“斗资批修”运动和繁重的劳动，不分日夜地把人们搞得精疲力竭。蒋怀亮出身富农家庭，又因爱好文学，家里藏着许多书籍，有些青年常常到他家来借阅，运动一来，某些人就诬告他以黄色书籍毒害青年，要把他当做专政对象抓起来批斗。蒋怀亮为了表现出自己是个要求进步的青年，在那场运动中夜以继日地拼命挑重活干，不料因疲惫过度和遭受饥饿的严重威胁，猝然生了一场恶病，眼睛剧痛，视物不清，经多方寻医，不仅得不到好转，反而越来越严重，终落成瞎子。此后，不但家里没有钱为他医治，而且工作队忧心他借故到外边搞什么坏活动，再也不让其求医了。他深为触动地说：

“巧姐，你说得对，如果不是拨乱反正，我连做梦也不敢到成都来求医的!”

…………

蒋怀亮和袁巧珍亲切地交谈着，很快就到了火车站。叶重义早在那里伫候了。她一见蒋怀亮，眼睛刷地红起来，难过地奔上前紧握着蒋怀亮的手说：

“怀亮同志，你的病还未痊愈，何必就急于回家?”

“嗨!”蒋怀亮望着她，心里也有说不清的难分难舍之情，

"小叶同志，我的心你是理解的。我的眼睛现在可以看书了，身体也强壮了，请放心吧！"

"小叶，小蒋已归心似箭，难以挽留了，就由他走吧！"袁巧珍盯了盯蒋怀亮，接着又说，"你们先在这里等等，我去买车票。"

袁巧珍说完，急匆匆地向售票处走去。，

蒋怀亮和叶重义面对面地站着，谁也不说话。沉默了一会儿，叶重义才开口道：

"怀亮同志，你是直接回家吗？"

"我要拐道去广西七冶大厂找张老……"

"不行呀，张老那里是偏僻山区，路遥且陡，你独自一人去，太冒险了。叫我怎能放心呀！"

"人家一路上关照我，离别时还千叮万嘱，我怎能不去呐。"

"你既然这么说，那就去吧！要多加小心点。记住，你回家后一定给我来信！"

"好，我会的。"

他们又默不作声了。静得可以听得见彼此的心跳声。

"叮铃铃铃铃铃铃……"

一阵预备上车的铃声将蒋怀亮和叶重义从沉默中闹醒。他们忙提起行李，去售票窗找袁巧珍。

"小叶，你快带小蒋上车！"袁巧珍一边走一边大声地嚷着。

叶重义和蒋怀亮的眼睛乍地一对碰，发出闪闪的光环，一种难以言状的滋味袭上各自的心头。他们提着行李包，步履沉重地向列车走去……

"咣当！"一声巨响，列车开动了。袁巧珍忙代表旅馆的同志们将饼干和糖果做为送别礼赠给蒋怀亮。同时，叶重义也送给他一个大包裹。她们匆匆地跟蒋怀亮再次握手惜别。

列车由慢而快，离开站台已是很远很远了，蒋怀亮探头窗外眺望，她们依然不动地站在那里。再也望不见了，蒋怀亮才把头从窗外抽回，禁不住一股热泪直往下淌。他看了看袁巧珍亲手送给他的礼物，又把叶重义送给他的那个包裹小心翼翼地打开。包裹里面放着4包花米糖，2件毛衣，50元，还有1支英雄钢笔和1本笔记簿。蒋怀亮轻轻地将笔记簿打开扉页，几行秀丽的小楷字倏地跳入他的眼底——

怀亮友：

你好，首先让我祝你一路平安，顺利地回到自己的家乡，跟家人团聚！

…………

你是一个有抱负，有远望的人，韶华正茂，大有作为。希望你回家后，谨记陈达夫医生与你握别时的嘱咐“要坚持乐观地服药”。争取早日痊愈，倍立壮志，展其豪怀，早日登上理想的文坛，用你那灵巧的双手绘出绚丽多彩的文艺之花。我在梦寐之中亦候你佳音！

珍重，握手！

友　叶重义

1978年11月19日

蒋怀亮读着读着，他的心像滔滔的长江大浪，在奔腾，在激荡……

九、到南丹　心焦火燎
奔大厂　喜会老张

下午6点钟，列车回到南丹站。为了到七冶大厂拜访张志学，蒋怀亮就在这里下了车。

从南丹到七冶大厂还有20多里路，此时已没有班车开往那里了，怎么办？蒋怀亮无奈迎着西落的晚霞，向着人家指给的方

向，在一条蜿蜒的山路上疾步而走。他走着走着，不觉想起叶重义的话："自己在一个陌生的偏僻山区赶路，不说途中冒险，就是走错了路又咋办呀?"他的心由不得有点颤栗起来，只好又折回南丹。

可是，蒋怀亮恨不得身长翅膀飞到张老的身边拜见一面，立即飞回家乡去了，哪有心在南丹逗留呢？他走近公共汽车站食堂的地方，看见一辆货车停在那里，上前问：

"司机，您的车开往哪里?"

"到大厂。"

"我也是到大厂的，顺便搭我去好吗?"

"呵！对不起。我还要到一个地方装货，后面有两辆车也是到大厂的，请你等一等坐他们的吧!"

司机说着，按动油门"嘟"的一声，长啸而去。

蒋怀亮焦急地等待着那两辆汽车到来，可是那两辆汽车来时，司机却同样地说还要到一个地方装货而不让坐。蒋怀亮眼巴巴地望着扬尘而去的汽车，不禁犯愁起来。他多么想再有一辆汽车在此停下，让他坐上去，就是搭到半路都好啊！他默默地等待着。眼看天黑了，他的心犹如火燎般难受，锁紧双眉，不时踮起脚尖翘望。

几分钟过后，总算盼来了一辆汽车。蒋怀亮唯恐这辆车不在此停下，便不顾一切地站到路中间拼命地向司机招手，

司机是一个30岁左右的年轻人，他忙刹车问蒋怀亮：

"喂，你干什么?"

"我是到大厂找一位同志的。司机，请让我坐一程吧!"

"你找谁呀?"

"张志学同志。"

"张志学?"司机一听，惊讶地问，"你怎么认识他?"

"在火车上……"

蒋怀亮一边说，一边将张志学在列车上给他撕下的半截通行证伸到司机的面前。司机接过看了，又详细地问明蒋怀亮如何认识老张和为什么找他的经过后，于是，打开驾驶室的门说："上来吧，他是我爸爸。"

蒋怀亮一听，惊喜地跳上车来。

汽车在崎岖的山路上盘旋着，有时像蜗牛慢慢地往上爬，有时却像飞机降落俯冲而下，翻过了一座座高山，驶进霭云薄雾中……

坐落在群山翠拥的山冲中大厂，高楼幢幢，银灯璀璨，星罗棋布。月亮悄然揭开了灰色的面纱，悠悠地升起。

蒋怀亮随着司机小张走进一间幽雅别致的楼房。

"爸!"小张刚入门口喊了一声。

"噢。"张志学正在室内踱着方步，俯首凝神思考着什么，他听见儿子的声音，稍稍地抬起头来。

小张拉过蒋怀亮问："爸，您认识他吗?"

"啊?他……他……"

"他，他是您在列车上认识的朋友呀!"小张诙谐地说了一句，走出门去洗刷汽车了。

蒋怀亮似乎很腼腆地望着那身材魁梧的张志学，轻声说："张志学同志，我叫蒋怀亮。是在列车上跟您认识的……"

"呵，对对!"张志学终于认出来了。他忆起在列车上认识时蒋怀亮那瘦小蜡黄的身容，看着他现在这白胖胖的脸蛋，神采勃发的英姿，深感欣慰地用双手扶住蒋怀亮的肩膀说，"哎哟哟，小伙子，身子长得不错……眼睛也好了吧?"

"托您的鸿福，现在能看见东西了。"蒋怀亮满脸笑容地回答一句，随之将在成都治病的经过讲述了一遍。

"哈哈哈……这太好了。"张志学听着，发出了一阵欢快的笑声，“小伙子，你是个很有志气，有才华的人。你应该知道你的眼睛重明不但是陈老给你医来的，也是社会主义新时期给你带来的。祝愿你将来为党为人民做出应有贡献!”

蒋怀亮感激万分，深情地点了点头……

当晚，他们谈个不完。

老张想挽留蒋怀亮多住几天，带他看看大厂的大好风光，无奈乡情缚住蒋怀亮的心，怎么说他也不肯。

翌日早晨，蒋怀亮就依依不舍地告别老张赶路了。

十、会亲人　惊喜交集
思良友　鱼书频传

南方的初冬依然暖和。傍晚的太阳喷出万道红霞，给家乡的村庄镶上了一层迷人色彩。

蒋怀亮疾步走进了家门口，看见倒塌的房宅修复了，家里人正在院子里闲聊。他狂喜地奔上去：

“爸爸，妈妈……”

“啊，怀亮，你回来了。”蒋怀亮的父母简直不相信自己的眼睛和耳朵，不约而同地说。

“是，回来了。”蒋怀亮轻声回道。

“大兄，”蒋世禄从房中冲了出来，接过蒋怀亮的行李急不可待地问，“你的眼睛医好了吧?”

“差不多了。”蒋怀亮说，“不过……视力还未得到完全恢复，眼球有时仍有点儿痛。”

“你为什么不坚持治愈才回?”母亲的笑脸上骤然涌起缕缕愁云。

“唉……”蒋怀亮想，如将接到那封家书，获悉家宅被暴雨冲塌，思亲情切而回家的事向母亲说明，她必会怪责弟弟给他写信告知的，因而欲言又止。他沉默了一下说，“妈，请不要担心，

我将陈达夫医生开的处方带回，坚持按方服药，大概不要多久就可以完全恢复的。”

母亲依然脸浮愁云，低头不语。

“算了，他的眼睛已经看见东西了，回家来坚持服药我看是会好得彻底的，不必担心啦！”父亲温柔地说。

蒋世禄为安慰母亲也点头道：“对，只要大兄在家坚持服药，一定好得更快！”

“哟哟……啧啧，这位姐姐多美啊！”妹妹小碧玉从蒋怀亮带回的行李包里搜出了一张相片，美滋滋地欣赏着，赞叹着。她将照片拿到蒋怀亮的跟前问，“大兄，跟你一起照像这位姐姐是谁呀？”

“是叶重义同志。”

大家听说有叶重义的相片即时围拢过来。他们一看，都感到诧异。父亲说：“我们看到你信中说，叶重义同志给予无微不至的关照，大家都以为重义是个男子汉呢。原来是个俏姑娘！”

“嗨！这姑娘真是人美心灵也美！”母亲连声赞赏着。

“哎，那个小孩又是谁呢？”小碧玉指着照片上的那个儿童好奇地问。

“他是丰收旅馆领导袁巧珍同志的儿子。”蒋怀亮说。

“呐，多像……”

小碧玉幽默地说着，将眼珠滚了几滚，嘴巴一抿，加上来个滑稽的小动作，把大家都给逗得哄堂大笑起来。母亲禁不住也笑了……

叶重义给蒋怀亮的印象太深了。他虽因想家离开了成都，却是人离心不离，时时刻刻都在惦念着她。

第二天中午，蒋怀亮突然接到叶重义写给弟弟蒋世禄的信，他如获至宝地忙拆开展诵。

世禄同志：

你好，并向伯父伯母问好！

你在给我的来信中说，“深谢你给我兄长的热心照顾……”同志，我不过是尽到一个服务员的天职，没有什么值得感谢的。而真正值得感谢的应是社会上许许多多的同志。

世禄同志，你兄长在11月20日上午已离开成都回家了，他是否已顺利地到达了呢？请速来函告知！

另，希你转告他一定要坚持服药治病，直到彻底痊愈恢复视力。如果需要什么东西或缺药，请速来函告知，我会尽力为他找到寄去。

好了，暂谈至此。来信请寄我家地址：成都市金玉街8号。

叶重义

1978年11月20日下午

蒋怀亮读完，更是牵起缕缕情思，禁不住立即挥笔回信。

重义友：

请先让我祝你全家幸福！

你给我弟的来函，在我回家的第三天中午收到了。拜读后，我心里久久不能平静。你那热心助人的高贵精神令我敬慕不已！回忆起在成都治病期间，深受你的无限关照，情同骨肉兄妹，叫我今生今世永难忘怀！

友，我们现在虽已天各一方，但你那可亲可敬的音容笑貌，依然在我的耳边萦回，眼前展现。我的心不时像电流一样地穿越千水万山，飞到你的身旁……

愚友　蒋怀亮

1978年11月29日中午

蒋怀亮写完信，随之又给《成都日报》写一份表扬旅馆全体同志的信，一起投入信箱……

半月过去，叶重义又给蒋怀亮来了一封信。其信曰：

怀亮友：

自从你离开成都后，我一直忧心忡忡，十分焦急。你单身一人远涉万里，举目无亲，又要奔赴大厂，如果找不到张志学或发生意外，你将咋办呢？每天，我都在急切地盼望能收到你平安返家的书信。今天终于盼来了佳音，真是喜不自禁！

友，在我们的畅谈中，我觉得你是一个在文学上很有素养的人，深为敬慕。我愿永远当你的小妹妹和小学生，望你多给我指教，更望你再来成都欢聚，并热烈欢迎你到我家来作客……

友 叶重义

1978 年 12 月 15 日

蒋怀亮读后激动得热泪盈眶。他多么想立即飞到她的身边，把病彻底治好再次同她一起游玩公园，一起畅谈，一起玩碧水蓝船，纵情歌唱啊。可是，路远山重，谈何容易！是夜，他失眠了。他取出合照的像片看了又看，顿时思潮翻涌起来。于是挥笔写下了 10 多首满怀激情的怀念之歌和诗词，其中有一首词《西江月》是这样写的：

地籁无边沉静，
天街万里澄清。
星河灿烂漾流萤，
露湿垂杨叶冷。

鹤唳数声凄切，
轻风几阵清泠。

一张尺素寄衷情，

遥忆娉婷倩影。

第二天早上，蒋怀亮到街上买了些海味干品，连同信一起给那个远方的好妹妹叶重义寄上。

十多天过去，叶重义的信又来了。信曰：

兄：

你好，元旦过得好吧？家里一切都好吗？你的眼疾现在如何？有否按你离蓉时我叮嘱的方法去做呢？望你早日恢复健康，彻底痊愈，使妹这颗悬挂之心放下！

兄，春节快到了，祝愿全家安好，愉快地度过春节！我在成都没有什么东西好给伯父伯母作为贺节的礼物，只有备些十分微薄的四川特产给家里人尝一尝。香肠、酱肉，这都是我妈她老人家给寄的。另外，枕套一对是妹做的。虽说做得不好，却凝结着妹的心血……

兄，请你别再给我寄东西了。你现在要吃药又要补充营养，家庭经济又不富裕，为何要这样破费呢？人的友谊不是建立在金钱上、物质上，最重要的是建立在思想上、心灵上。在生活的长河中，能够携手并肩永往直前，向着崇高的理想目标奋斗，这才是真正的友谊！

我现在唯一的愿望，是盼兄早日痊愈，早日重逢……

妹　重义

1978年12月31日

他们之间的信越来越频繁，缔结下了牢不可破的深厚友谊。

十一、蒋怀亮　天府重奔　叶重义　月台候迎

蒋怀亮回家几个月来，虽然坚持服药，但终因气候影响和食物营养差异，他的病情有所逆转了。为此，他的亲人都决定让他再次上天府求医，并把病彻底治愈后才返。

1979 年 3 月 15 日上午，蒋怀亮又告别了亲人坐上远去的列车。到了贵阳后，蒋怀亮给叶重义发去一份电报，请她在 18 日晚上到成都火车站接他。

夜，细雨绵绵，寒风凛冽。从贵阳开往成都的快车晚点 12 时 50 分方才到站。蒋怀亮随着人流涌出火车站的出口处。他四处张望没有看见叶重义，自言自语地说："她不是写信给我说，我何时来成都，先给她告知，她一定到火车站来等我吗？唉！也许天气太冷，又下着这毛毛雨，她不来了吧。"他向外走了几步，不觉又停下来，想，难道她那样笃情的人，真的怕雨怕冷而失信不来？不，决不会！他由不得又转向出口处，在闹哄哄的人群中边找边喊："小叶！小叶……"可是找了几回仍然不见。他失望了，只好往外走，打算先在车站附近找个旅馆宿一宵，第二天早上再到丰收旅馆去。

"喂，同志，你是从哪里来的？"

当蒋怀亮走到火车站大门口时，有一个十六七岁，身材高挑的小伙子微笑着迎上来问。蒋怀亮犹豫了一下道：

"我是从贵阳来的。同志，你搭客的吧？"

"不，我是等一位客人的，"那个小伙子说着，拿出一张照片瞧了瞧，猛地抬起头来，看见蒋怀亮已走出大门口，忙急步上前拦住又问，"同志，你是从粤西来的吧？"

蒋怀亮愕然地盯着那个小伙子，觉得他给人有诚实和善之感，才慢吞吞地说："是呀！"

“呵，贵姓名?”

“蒋怀亮。”

“哈哈，好啦好啦。我刚才从你的照片中早就认出来了。可你说是从贵阳来的，我才不敢称呼……”小伙子说着又将照片瞧了一下，用手一招，道，“来吧，我的小姨在里面等你呢!”

“你的小姨是不是叶重义?”蒋怀亮疑惑地问。

“对对，她在月台上!”

蒋怀亮一听叶重义在月台上，立即随着那小伙子往回走。

“小姨，小姨，我找到他啦!”

随着那个小伙子的喊声，忽然有位左手擎着雨伞，右手拎着小提包，身披雨衣的姑娘从月台上纵身跳下，窜出沸腾的人海，走到蒋怀亮的跟前，欣喜若狂地跟蒋怀亮握手。她，就是蒋怀亮昼夜思念的叶重义!

“我在月台上睁着眼睛张望，怎么看不到你?”叶重义心情十分激动地说。

“人太多呀，哪能看得见!”蒋怀亮深情地答道。

“幸得我请来一位大将把住大门重关，如不是，恐怕还要等上三天六夜的哟!”叶重义说着“咯咯咯”地笑起来。

那个小伙子不作声，脸上总是堆着幼稚的笑容，默默地站着。

蒋怀亮转身看看他，问叶重义:“他是谁?”

“是我重英姐的儿子朝贵。”

“喔，谢谢!”

“没啥子。”朝贵摆摆手。停了一会儿，对叶重义说，“小姨，我先把蒋同志的行李放上自行车载回去……”

“对对，我们坐公交车随后就回。”

朝贵将蒋怀亮的行李放在自行车上绑好骑走了。

叶重义带着蒋怀亮走出火车站，来到一个灯光暗淡的地方停下，她从小提包里拿出一套新毛衣送到蒋怀亮面前：

“兄，你穿得那么单薄，天气很冷呀，请把这两件毛衣加上。”

“不，不冷……”

“唉！不客气，感冒了不好办，还是穿上吧。这是我特地为你带来的。”

啊，多好的心肠呵！蒋怀亮激动得几乎说不出话来。随着深夜的变化，天气变得越冷了。他实在冻得有点发抖，听她这么一说，不再顾虑，旋即将毛衣穿上，周身顿觉暖烘烘的。

他们坐上公交车到了红旗剧场下。

“兄，夜很深了，到丰收旅馆去叫门很不方便。朝贵把你的行李带回我家，你先在我家住一晚，明天跟我一起去吧！”

蒋怀亮沉思了一下道：“好，只是打扰你家人了。”

“没啥子。”

叶重义同蒋怀亮亲切地并步交谈着，拐过一条大道，走向金玉街，到了她的家……

十二、陈达夫　归仙传噩讯
刘松元　接医眼疾人

翌晨，丰收旅馆除叶重义外，全体干部职工在中厅开座谈会。袁巧珍拿着《成都日报》发表的一份稿件《来自粤西的表扬》给大家读。

编辑同志：

我是一个自粤西来成都治眼的农村青年，住在红光中路丰收旅馆。我在治病期间，旅馆服务员处处为我治病提供方便，为我寄信、发电报、存钱、管粮票，还送我到医院看病，抓药，买缺味药，煎药，四

处奔跑，不辞劳苦把我当作亲人，使我的眼病逐步好转。我要返家时，他们又为我购买车票，送我上车。这些使我这个远离故土千里迢迢，深患眼疾的青年人感到无比温暖，领受到新时代的幸福。我虽然已离开成都，但时刻都惦念着为我分担痛苦和分担困难的丰收旅馆服务员们。

我希望能在报纸上表扬他们把旅客当亲人的事迹，使这种精神发扬光大。

蒋怀亮

袁巧珍读完，接着说："同志们，怀亮同志虽然在报上给我们表扬，我们旅馆在最近也被评为先进服务单位，但大家都不能为这些荣誉自满。有位导师说过，'一个人做点好事并不难，难的是一辈子做好事'。我们为了更好地把服务工作搞好，必须把这份表扬信和先进服务单位的荣誉当鞭策，并认真地找出我们现在工作上存在的差距……"

"巧姐，蒋怀亮同志又来啦!"

这时候，忽然传来了叶重义的声音。大家抬头往门口望去，看见叶重义带着蒋怀亮笑眯眯地走进来，都不由自主地站起迎上去。袁巧珍奔到蒋怀亮跟前热情地紧握着他的手："小蒋，你……"

"巧姐，又来麻烦你们了。"

"没啥子，你什么时候到呀?"

"昨天晚上。"

"咋不给我们来信说说，让大家到车站去接你呢?"

"我怕麻烦你们，只给小叶同志告知，她和外甥到车站接我。"

"噢!"袁巧珍微笑着问，"你的眼睛好了没有?"

"不行，还比不上刚从这里回去的时候。"

“你家人都安好吧?”

“都好。被暴雨冲塌的房屋也修复了。”

“算了，你这次来一定要安心治好才回去!”

“是呀，家里的事，你何必操那么多心呢?”叶重义接着说。

“谢谢大家的好意。”蒋怀亮点头说，“我这回一定要坚持治好了才回去!”

第二天上午9时，蒋怀亮走进旅馆办公室，正准备给陈达夫写信联系挂号，不觉看到《四川日报》头版上刊有《我国当代眼科医学界的一颗光辉巨星不幸殒落》的大标题报道:“我国眼科医学界的一颗光辉巨星陈达夫同志因患癌症医治无效，于1979年3月28日晚上9时20分逝世。陈达夫同志生前是成都中医学院附属医院眼科室主任，四川省革委会委员，中国科技协会理事。他一生对祖国的医学事业付出了不少的心血……”

蒋怀亮读着读着，心里犹如刀剜般难过，泪花飘然洒下，顿觉天昏地暗，晕倒在地。

“啊!”袁巧珍到办公室看见大吃一惊，忙将蒋怀亮扶起，大声地喊着，“小蒋，小蒋!你怎么啦?快醒来呀!”

蒋怀亮缓缓地醒过来，他张开双眼，嗫嚅着说:“巧姐……巧姐啊……”

“你怎么啦?”

“没什么，”蒋怀亮痛苦地说，“巧姐，陈……达夫医生逝世了!”

“什么，陈医生逝世了?谁说的?”

“《四川日报》上说的……”

袁巧珍一听，即时拿起报纸看了一下，不由自主地叹息道:“这，太可惜了!”

蒋怀亮痛苦地低着头。

这可怎么办呢？陈达夫医生死了，他该找谁看病去？

袁巧珍安慰了一下蒋怀亮，就去找叶重义商量，决定让她去请何仁景想办法。

当天下午，叶重义到西安北路一巷33号何仁景的家，了解到有一位长期跟陈达夫从事眼科医学研究的专家刘松元医生，他的医术与陈达夫乃伯仲之间。第四天上午，她就带蒋怀亮去找刘松元。

刘松元，60来岁，人生得较矮小清瘦，对人态度非常和蔼。他将蒋怀亮的病历认真地翻阅后，又细致地检查了一下，柔声问："小伙子，你现在的感觉怎么样？"

"视觉模糊，时有痛感……"

刘松元听了，略有所思，就拟出一个处方交给叶重义道："同志，你先给他服10剂药后再说。"

叶重义见刘医生这么说，焦虑地问："刘医生，他的病……您看能治好吗？"

"能，一定能治好的。"刘医生给叶重义回答后，转面安慰蒋怀亮说，"小蒋同志，请你不要担心，最多四五个月可以痊愈！"

"刘医生，这样太感谢您了！"蒋怀亮和叶重义听着都感激万分地同声谢道。

十三、得痊愈　欢欣不已
览玉书　感慨万千

光阴荏苒，转眼4个多月过去，蒋怀亮在刘松元医生的精心治理下，在丰收旅馆袁巧珍、叶重义等同志的热情关照下，双眼彻底治愈了。大家无不为他的康复而庆幸。蒋怀亮更是感到无比欣慰和高兴！于是，蒋怀亮在叶重义的陪同下不但饱览了成都的名胜古迹，还欣游了新都的"宝光寺"和"桂花公园"等。

蒋怀亮将要离开成都的前一天晚上，叶重义为尽够友谊之情，

特地在家里设了一个盛宴给以款待。第二天早上，当蒋怀亮动身回家时，旅馆里的袁巧珍、高惠荣，夏金秀和儿子汪浩，以及何仁景大伯的儿子何孝钟等一齐到火车站来为他送行。可是为什么不见叶重义来呢？蒋怀亮的心里升起了阵阵疑云，想问一问又难以启口，只是时不时翘首远望。唉，多么想再看上她一眼，并把蕴藏在心底许许多多话在此时向她倾吐啊！他在默默地沉思着。

“小蒋。”袁巧珍突然叫了一声，惊断了蒋怀亮的幽思。她微笑着把同志们赠送的礼物一一交给他说，“这件衣料是夏阿姨送给你的，这饼干和苹果是小高和我为你买的，还有小叶给你送来一个大包裹和一封信……”

“好，好……”蒋怀亮心里老是惦挂着叶重义，神不守舍地应着。当袁巧珍把物品交付完毕后，他才从迷茫中醒悟过来，说，“巧姐，太感谢你们了！”

“没啥子，祝你一路平安，回去愉快地学习和工作吧！”大家齐声说。

“咣当——！”列车发出了一阵震动，开行了。袁巧珍他们忙跟蒋怀亮再次握了握手道别下车而去。

瞬间，列车已晃过了成都城，向前急驰着。蒋怀亮却依然探头窗外睁着大眼回望。他似乎对成都结下了不解之缘，而迫不得已，依依不舍地离去，直到列车开赴很远很远才抽回头来。

蒋怀亮看了看同志们送给他的礼物，有讲不尽的感激之情。叶重义为什么不来送呢？是不是她病了或是因别的原故？他百思不得其解。他将叶重义托袁巧珍带来的信打开默诵起来。

怀亮兄：

你好，首先让我祝你一路平安，愉快地返回家乡。

你就要离开成都，离开我们回到千里迢迢的粤西了，不知何时才有机会再次见面，我很为难过！

实在说，你在我们许多同志的心目中，是一个有志气、诚实、文雅、值得钦佩的人。对你的不幸遭遇，大家都深表同情。所以，在你两次来蓉治病期间，我都热情地尽心地照顾你，并将你视为亲兄长，处处关心着你。

兄，因母亲发病，不能为你送行，很为遗憾。妹想，没有什么可敬赠，只好买来10本文学名著和10本稿纸托巧姐带上，借此表达一点心意和助兄学习练笔为用，万望笑纳。

兄，我们虽各在一方，远隔千水万山，但我们兄妹的情谊是永存的。相信我们总有会期，请勿挂念吧。希你回去立志苦学，争取在短时间内攀登上文学高峰。我深信，在你的笔尖下定能绽出一朵朵绚丽多彩的文艺之花。奋斗吧，搏击长空的雄鹰！

妹　重义

1979年8月1日匆匆草上

蒋怀亮默诵后心里涌起了一股灼热的激情，他既感内疚，又赞叹叶重义这位姑娘为人思想的高尚。她，真是一个值得敬佩的人！

列车欢畅地向南方奔驰，它载着蒋怀亮回归家乡，同时，也载着成都人民那永远难忘的真挚友情……

1988年秋写于家乡英龙仔村寒庐。1996年以此文标题《情悠悠》为书名与其他文章合集由陕西旅游出版社出版，2003年连载于《雷州报》，2018年4月中华文艺将其作为“经典小说”在“经典文学”网推出，收入《世纪风范·作家文选》（北京燕山出版社）。

一名戏剧家的传奇人生

雷剧是雷州半岛人民生活中不可缺少的精神食粮。这里的人民不仅深深地爱着她，而且百般地呵护、培育她。让她像当地的山稔一样，在广袤的雷州半岛绽开着殷红灿烂、芳香四溢的鲜花。人们每当欣赏“雷剧”这一艺术奇葩时，常常会想到一个女人的名字，而且这个女人与雷剧所演绎的故事，又会让大家听得如痴如醉……

著名戏剧家符玉莲年轻照

这个女人是谁？她就是家喻户晓、众口皆碑的中国戏剧家协会会员、著名雷剧演员、自学成才的传奇人物符玉莲。

苦命的小女孩

符玉莲是雷州市白沙镇符处村一个穷苦人家的女儿。她的祖父母因病早逝，父亲符妃森年轻时无依无靠，只好随舅父生活。

符妃森自小酷爱舞刀弄棒，对雷歌更是喜听爱唱，一听说哪里演戏他都跟大人去看，回来后又常常披着被布模仿戏中人物“表演”。舅父认为是个学戏的料子，便带他在石鼓公的戏班（当时也称雷歌班）学艺演戏。石鼓公原名周才，既是班主也是主角。他见符妃森长相清秀，嗓音好，且勤奋好学，进步快，很是关爱。在舅父和石鼓公的悉心指导下，符妃森刚满20岁就成为主演武戏的著名演员。

符妃森穷得连一间草房都没有，26岁了尚未成家。那年，他到湛江市郊的山豪村演戏。村中有个黄氏与丈夫陈妃祝已生有两孩，长子叫陈坎子，次子陈妃玉（长大后艺名叫陈影云），因债务所迫，丈夫卖身到外洋——新加坡当劳工，一去不返。黄氏失去家庭支柱，难维生计，经人撮合，便带着两个儿子跟符妃森随戏班生活。

靠演戏糊口，生活虽然很穷苦，但怎么说有了个家，符妃森的心里甜滋滋的。他与黄氏相亲相爱。他对黄氏带来的两个儿子视如己生，一有空就给他们传艺。符妃森和黄氏婚后也曾生有两男两女，可惜因病没钱医治，死了三个儿女，只剩下小女儿符玉莲。符玉莲降生于1938年8月。据说那年8月，她母亲随着父亲到一条村演戏。一晚，当戏中的女主角刚演到逃脱强贼的追赶“生孩子”时，她的母亲也产下她。为此，人们不但说她命大，还说她出生奇异，会像那戏中的孩子一样，大难不死，必有大福，一家人都很疼惜她。

符玉莲自小天资聪颖、性格倔强好动，父亲和哥哥上台演戏时，母亲带她到台上帮忙打理台务，她总是眼睁睁地看着听着，有时还有模有样地学着，那天真的劲儿很惹人爱。

符玉莲5岁那年，父亲符妃森患肺痨死了。有幸的是两位同母异父的哥哥已长大成人，父亲死时，大哥陈坎子22岁，二哥陈妃玉18岁。他俩都很有志气，平时一有空就苦练，在舞台上的表现都很出色。陈坎子子承父业，当了武生。他在《反状元》一戏中饰演主角，锋芒初露就把一位反面人物演得惟妙惟肖让人叫绝。不久，石鼓公又见陈妃玉的技艺也已成熟，为让他早日成才，便诈病让他在《王彦章使渡》一戏中当主角饰王彦章。由于陈妃玉人材出众，动作老练，感情丰富，声质润美，一炮走红名声鹊起。平时，他兄弟俩演戏的酬金，尚可维持家庭生计，但是，没有戏演的时候，尤其是逢年过节就发愁了。他们无家可归，往时凭着父亲的人际关系可以住在沈塘的庙堂里，父亲死后，人家再也不让住了。他们别无办法，就到雷城的树头庵来乞求借宿，一家人冷清清的好凄苦。

1948 年，石鼓公因故不开班演戏。符玉莲的母亲带着他们兄妹住在树头庵，以绣花鞋、花帽出卖度日子。1949 年解放，他们不能再在庵里住了，只好在雷城的民主路租房住。这时人们已不喜欢穿戴花鞋、花帽，母亲便为解放军挑菜，以挑菜所获的微薄酬金和捡回的一些枯烂菜维持生活。因生活困苦，二哥陈妃玉的妻子丢下刚生下的孩儿离家出走。1952 年土改，政府把租宅分给他们，这样，他们才算有了一个真正的家。

转眼间，符玉莲 11 岁。她每天瞧着别人家的孩子上学，心痒痒的，可是家里没有钱让其上学，她时不时在母亲的面前掉泪。母亲看在眼上痛在心里，便东家挪西家借让她上学。报名那天，她背着书包高兴得又蹦又跳地向学校跑去。她觉得自己的年纪大，报读一年级不好意思，一上学就报读二年级。她在学校里是个活跃分子，什么活动都参加，老师特别喜爱她。

第三年（1953 年），二哥陈妃玉组建起“东西班”雷歌剧团，大哥陈坎子跟团里的青衣旦赵玉和结婚了。这时家里负债累累，找不到钱给符玉莲报名，她只好含着眼泪说：“妈，我不读书了，我跟哥哥学戏。”此后，她便在家里悄悄地学起戏来。

陈妃玉对妹妹符玉莲特别疼爱，看见符玉莲年纪那么小，家里没有钱让她继续上学心里很难过。次年，他将自己的一件衣服卖掉为她报名。

符玉莲得知二哥为让她再次走进校门，把自己的衣服卖了，非常感激。但她知道家庭生活艰难，书是不可能久读的，此时，她的心根本静不下来学习，只想着要像哥哥那样学会演戏谋生。上课的时候，她一边听课一边在心里哼着锣鼓，甚至有时兴起敲着课桌“咚咚呛，咚咚呛，咚呛，咚咚呛！”的唱起来……

生活的困苦和对艺术的追求，迫使符玉莲在学校里再也耐不住了，她决心到剧团里跟哥哥学戏。

这次，她仅仅在校里念了一个月书，就离开了学校。

好少女一鸣惊人

小玉莲随着两个哥哥到剧团来学戏，由于她在早期偷师自学有了一些功底，加上脑子灵活，记性好，胆子大，平时剧团演戏，她都在幕后一边看人家表演一边模仿着练，走路时总当转圆台走……尤其是为练好腿功，她不仅常常在舞台的横条上挂腿，睡觉时也把脚放在墙上练。她在勤学苦练以及哥哥的着力指教下，不多久就登台演戏了。

她第一次演戏，是饰演《游龟山》中搜山的忠良将唐将军。她由一个少女反串男角（属次武生），不但扮得酷像一位大将军，而且演得虎虎生威，声情并茂。当时，女角色多是男人扮演，少见男角色由女人扮演，观众看到她演得如此逼真都赞声不绝。观众觉得她年纪轻，演艺好，原女主角在神情唱作诸方面都比不上她，从那晚后，无不要求她当正旦。可是，二哥陈妃玉考虑到她刚刚登台，尚缺实践，况且在一个团里大哥陈坎子当武生，大嫂当青衣，他本人又当文武生，如再让妹妹当正旦会被人非议，所以一直不让她当正旦。

符玉莲对二哥很理解，平时只演一些次要的男、女角色。但不管扮演哪种角色，她都很认真，很投入，演得特别形象，显出具有舞台全才的演艺技能。她在演艺上虽然常常受到观众的赞赏，但毫无半点傲气。一有空，她就给人家捧水送茶，或帮人搬桌抬椅等，无事不做。为此，她也深受剧团里人的诸多好评。

光阴荏苒，符玉莲17岁了。有一次演出，观众非要她在《游龟山》这一剧中当主角不可。在观众的迫切要求下，团里不得不让她由原来扮演唐将军这一角色，改饰渔女胡凤莲。渔女这一角色是多灾多难、多愁善感的，符玉莲不但在唱、演等方面表现得好，而且演到动情处泪如泉涌，深深地打动了观众的心，不少观众都随着哭出声来。大家都说，她演得太逼真，太感人了。她接着又在陈妃玉编的《菊香追案》一剧中饰演菊香。在舞台上，符玉莲对人物的感情、思想把握得很到位，加上她那独到的表演，赢得了千百万观众。尤其是她那双富有感情的眼睛，更是让观众倾倒。

符玉莲在《穆桂英挂帅》中饰穆桂英

此后，东西班雷歌剧团到哪里演出，观众都务必要符玉莲担任主角。符玉莲和二哥陈妃玉也就连续主演了《烈女报夫仇》《空中落绣鞋》《樊梨花罪子》《樊梨花招亲》《穆桂英挂帅》《穆桂英招亲》等大戏。

1956年，东西班雷歌剧团改为“新中华雷歌剧团”。不久，北京小百花剧团到湛江演出，粤西地区领导为发展地方戏剧，要求地区文化部门通知各县区剧团派员前往接受培训。团长陈妃玉带符玉莲、林玉兰、符悦成等前往参加培训，使他们的表演艺术得到进一步提高。该团因有符玉莲兄妹的辅导和主演，一时名震粤西。当时，粤西地区准备组建一个雷剧团，曾派员到海康县来找县领导，提出要兼并他们的剧团。县领导为保存实力，只同意上调和平雷歌剧团，将他们的剧团留下。

一次，剧团到一个大村庄演出，村中的群众要求演《皇姑搜剑》。这本戏的女主角皇姑有许多高难度的动作，比如演“搜宫”时过三十六关，不但有许多细腻动作，还要做三十六个大跪斗，尤其登上最高层的单椅上做大跪斗、急转身、单脚独立等动作都很危险。这不仅要有扎实的腰腿基本功，其功架又要优美才能完成。该团过去虽然演过，但演皇姑这个主角都是由男演员饰演，女演员谁也未曾演过，该村却非要女演员主演不可。当时团长陈妃玉在广州参加省剧协会员培训班学习，一时谁也做不了主，慌成一团。鼓师晋侯觉得符玉莲有功底，加上她聪明，平时什么动作只要给她指点一下，就领会了。于是建议她的大哥陈坎子给她指导。陈坎子担心在短时间内她学不来，上台表演不好影响声誉，不同意给予指导。符玉莲看见群众要求迫切，觉得不演该戏更是丢脸，思忖：晋侯公随剧团打鼓多年，一定懂得动作，就悄悄地恳求他给予指导。在鼓师的热心指点和她的苦练下，第二天晚上，她即登台表演。

符玉莲在《皇姑搜剑》中饰皇姑，在演“过山”的整个动作过程中，都表现得很出色，可惜因看见大哥在旁边绷着脸盯她表演，突然发怵漏了两个小动作。大哥认为漏了两个动作是丢了家人的面子非常生气，等符玉莲一回到后台就拿起马鞭向她猛打过来。在台后，她虽然受到大哥的“鞭罚”，但在台前的观众认为她的动作一招一式都与锣鼓紧密配合，在高难度动作上有惊无险，演得威猛豪壮，无不连声叫好。从此，符玉莲的名声大噪起来。

1958 年在县人民政府的重视下，将新中华雷歌剧团改为海康县雷歌剧团，由县文化部门主管。当年，团长陈妃玉被县文化部门选派前往参加文化部在广州举办的第三届全国戏曲演员讲习班学习。陈妃玉在著名戏剧大师马师曾和罗品超的辅导下，技艺大进。

陈妃玉演艺的飞跃进步，不仅提高了知名度，也给全团演员带来了福祉，在他的指导排练下，全团的演员都大有进步，符玉莲这个演戏迷也更出色了。于是，海康县雷歌剧团和符玉莲兄妹的名声也就越来越响亮。

其时，国民经济正处在极端困难时期，县委、县政府关爱人才，特地给予符玉莲和陈妃玉高薪待遇，每月工资符玉莲 85 元、陈妃玉 95 元（当时除了他俩享受高薪及陈坎子与鼓师的工资 50 元外，一般工作人员仅 30 元左右），并每月发给他们每人特供猪肉 1 斤，花生油 1 斤，香烟 1 条。符玉莲的工资待遇提高后，每次下乡演戏住在穷人家都给以他们帮助。人们都说她人好，心地善良，下乡演戏所住过的家庭的人都跟她作为亲戚。

在厄运中奋进

俗话说“树大招风，流大起浪”。

符玉莲一家四人在团里担当正、副主角和团长，有些人妒忌极了。他们都巴不得找岔子把符玉莲的家人踢出团去。首先有人以她的二哥当文生，她当正旦演情戏相亲相爱为名耻笑她，刺激她，想把她赶下台去。尤其是 1960 年，二哥陈妃玉因事被迫离开艺坛，这无疑给她带来沉重的打击，但是，符玉莲视艺术为生命，并且她此时在艺坛上正如日中天，哪能休手？为了艺术事业，她只好把那些诽谤流言和各种打击置之度外。她不论到哪里演出都好评如潮，并常常受到观众的盛情款待。如海康县雷歌剧团前往调风公社演出《碧血丹心》，她反串男主角饰老将史可法，观众们都为她表演时那醇美的歌声、大方的动作、丰富的感情所倾倒。该戏在广大群众的迫切要求下连续演了数场，场场观众爆满，掌声如雷。同时，每晚戏一演完，都有许多观众给符玉莲送来鸡蛋、水果等食物。时任北和公社书记的陈光保和爱人张少乔看后更是赞不绝口，几次请她到家中盛情款待。

1961 年海康县雷歌剧团改为国营海康县雷剧团。不久，又有人乘机对符玉莲百般讥讽打击，想将符玉莲从正旦的位置上拉下。符玉莲每当听到那些冷言讽语时，她都“心肝碎裂愁肠断，苦咽悲情暗泪流”。幸好县里派来的新任团长符海树是个是非分明的人，他对符玉莲的遭遇深表同情。不管某些人怎么说，他根据团里多数人的意见和广大观众的要求，都保住符玉莲继续当正旦。

符玉莲得到新任团长的关爱感激不已。她为了报答新团长的关爱之恩，不屑旁人的讥谤排挤，把全身心都投入辅导和排练戏剧中来，从而使该团的表演艺术得以精益求精。人们一听到“符玉莲的团”来演戏，都欣喜若狂，蜂拥而至。符玉莲的名声也就越传越远。

1962 年，中央广播电台特派记者前来采访，并录制了符玉莲唱的《真假状元》《千里缘》等戏的主要唱段回京播放，并给予大奖。符玉莲的名字随即伴着她的歌声播到大江南北，响遍九州大地……

符玉莲唱的雷剧选段在中央广播电台播出后，听众无不对她喜爱，无人不想看国营海康县雷剧团演戏。

1963 年，应湛江地委的要求，国营海康县雷剧团到湛江市霞山剧场演出。第一晚演的是《真假状元》，慕名而来的观众，人山人海，挤得水泄不通。每当符玉莲出台，观众都为她那精彩的表演倾倒、喝彩。大家都赞她是一个富有才情的女性。戏演完了，许多观众久久舍不得离开剧场，甚至回家后彻夜难眠，做梦都在想着她。

第二天上午，符玉莲突然收到数封求爱信，心里大为震惊。她怕有人找她肇事，忙向团长反映，请教如何处置这些信件为好。团长看出她的忧心，安慰说："你不必担忧，把心静下来演好戏，不理睬他们就行了。"

符玉莲听了团长的安慰，才放下心来。当晚该团演出《樊梨花罪夫》，符玉莲饰演樊梨花。她随着锣鼓声，一个飞身箭步，舞枪亮相，眼神闪光，脸溢豪气，仅仅这绝美的一招，已赢回满堂喝彩。当演到罪夫这场戏时，只见她时而愤怒，时而哀怨，把自己的感情融进戏里，淋漓尽致地表达了戏中角色对情人的爱与恨的复杂感情。观众看着大为感动，全场顿时响起雷鸣般的掌声……

真情赢得花并蒂

符玉莲虽然称不上美女，但身材矫健，不高不矮，皮肤白润，五官端正，也颇有几分姿色。她作为既有精湛表演天赋，又有憾人艺术感染力的演员，钦佩和爱慕的人特别多。其时，求爱信也像雪片一样不断地向她飞来。有的言之坦荡，有的情意绵缠，但一心扑在艺术上和感情曾受人伤害过的她，这些来信再也掀不动她那颗沉静如水的心。

一年年过去，符玉莲终于被一位青年教师爱上了。这人叫莫光汉，他是高州人，生得白净清秀，温文尔雅。1950 年考入广东省立高州师范学校。就读期间爱好文艺，早已成为该校的文艺尖兵。1953 年毕业，他分配于海康县第二小学任教。那时，他每次在收音机里听到符玉莲的歌声都为之陶醉；在舞台上看到符玉莲的表演都为之倾倒。他的心眼里，符玉莲是艺坛上不可多得的偶像。于是，每当县剧团在雷城或在雷城的周边演戏，他都去看。

他多么想有一天跟符玉莲来个正面相见啊！

有一年，莫光汉写一个小品要参加学校的文艺晚会演出，为了演得精彩，他准备到县剧团请团长或导演看看，提些意见修改一番。当他走了一段路时，偶然遇到一个面熟的女人。他认出此人正是自己多年爱慕的著名演员符玉莲，便大着胆上前跟她招呼：

“玉莲姐！”

“哦！你……”

“我是莫光汉老师。你演的戏特别好看。你每次在雷城和城区附近的村庄演出我都去看呢……”莫光汉说到这里，灵机一动想，我的小品如能请她提个修改意见岂不是更好？他马上接着又道：“喔，正好。玉莲姐，我有件事想麻烦你一下，可以吗？”

“什么事？”符玉莲望着这个斯斯文文，似曾相识又陌生的人问。

莫光汉忙从衣兜里掏出他的稿子说：“我写了一个小品，想拜托你看看，提个意见修改一下。”

符玉莲听着，想了想说：“好，那你就给我看看。”

“谢谢，谢谢！”莫光汉得到符玉莲的答应，喜得不得了，立即连声道谢，将稿子交给她。

符玉莲接过莫光汉的稿子，翻了一下说：“这，我就带回去看看，明天下午五点半你到剧团来，我给你说说吧！”

“好，好好！”……

第二天下午放学后，莫光汉就到县剧团来。符玉莲便将她的意见给莫光汉说了一下，莫光汉认为她的意见提得好，回去就动手将稿子修改了。接着，在符玉莲的指点下，这个小戏经过了一番认真排演，在学校文艺晚会上演出深受广大师生的好评。

从此，莫光汉有空就来找符玉莲请教。符玉莲见他文质彬彬，又喜欢文艺，对他也很有好感，他每次来都跟他热情交谈。

国营海康县雷剧团里有个编剧名叫欧作邦，他原来是教师，因喜欢舞文弄墨，被调到这个剧团来。他对符玉莲很关心。他见她年龄大了，很想帮她找到一个如意郎君。莫光汉和符玉莲的热情交谈，无不引起他的注意。他想，唉，这个媒我做定了！

一次，国营海康县雷剧团在雷城演戏，欧作邦特意邀请莫光汉一起观看。当他看着莫光汉被符玉莲那唱做念打功夫到家的演技所陶醉时便问：“莫老师，你觉得符玉莲的演艺怎么样？”

“演得很好。太迷人了！”

“你喜欢她吗？”

莫光汉听见欧作邦这一问，脸唰地红起来，没有做声。

欧作邦又接着问：“如果她喜欢你，你乐意跟她结婚吗？”

莫光汉想了一下，羞答答地回答：“乐意呀。可她是个大演员，我哪有这福气哪！”

不几天，欧作邦即找符玉莲座谈。符玉莲想，我是一个演戏人，莫老师长得清清秀秀的，他能真的爱我？也许是他看了我的演出，一时冲动所致吧！她便对欧作邦说：“莫老师温文尔雅，人品好，哪个姑娘不喜欢呀。我是个演戏人，他哪会爱我？”

从跟莫光汉和符玉莲的分别谈话中，欧作邦看到他俩对对方不但都很有好感，甚至都有爱慕之情，在心里暗暗欢喜。

在一个薰风柔柔的晚上，欧作邦请他们坐在一起说：“我觉得你们很般配，所以我为你们拉线，请认真地谈谈吧。”他说着将头转向莫光汉：“莫老师，你先谈好吗？”

莫光汉看了看符玉莲说：“还是玉莲先说吧！”

符玉莲想了一下说：“莫老师，我的情况你会知道的。从事文艺工作的人比较奔波，对家庭难以照顾……”

“这个我知道。”莫光汉停了一下，又说，“你是个文艺工作者，应为文艺事业做贡献，我会理解和支持你，家庭生活问题，我有自理能力，你都不用担心。”

“是呀，应该支持才对呀！”欧作邦以赞成的口吻说。

“我的母亲年纪老了，我需要照顾……”

“这没关系，你如果和我结婚了，你的母亲也是我的母亲，你的家人都是我的亲人了，有什么困难都应该相帮。”

欧作邦接着莫光汉的话说：“对呀，结婚后是一家人了，有什么困难都应该互相关照呀！”

“往后，有事拖累你，不后悔吗？”符玉莲对着莫光汉说。

“那就随命了，有什么可后悔的。”莫光汉接着表态道，“结婚后，不论在任何情况下，我们都要在一起的。生生世世永不分离！”

“话虽然这么说，我还是希望你多多考虑一下。”

…………

莫光汉和符玉莲在那次谈得很认真，很投入，基本奠定了他们的婚姻基础。此后，符玉莲每次在雷城或城区的周边演出，莫光汉都煮几只鸡蛋或买些水果带来送给她吃，并陪她演完戏才回去。他们来来往往，越来越亲密。

光阴如箭，眨眼间到了1965年。这一年，全国正掀起学雷锋热潮，粤西地区所有专业剧团的领导和演员都集中在湛江学习。鉴于当时国民经济困难，粤西地区的粤剧团团长、著名粤剧演员孔雀屏在学习期间率先提出减少工资。符玉莲不甘落后，也自报减少工资30元，后经上面批示减20元。

符玉莲和莫光汉准备结婚了。不料，适逢海康县雷剧团精简人员，符玉莲的大哥陈坎子被精简回家。大嫂赵玉和被放到文化馆剧场守门验票不多久也失业了。当时，符玉莲一家10口，兄嫂没活干，生活全靠她的65元工资维持，特别困难。为了照顾母亲一家，为了不给莫光汉压力，符玉莲婉言提出延迟婚期。

此后，莫光汉多次提出结婚她都不作答复。

莫光汉是个明白人，他从跟符玉莲的多次谈话中，逐渐知道她是担忧母亲家生活困难，结婚了会拖累他的。他经过一番深思后，便又去找符玉莲：

“玉莲，我们结婚吧，我看你一个人挑着这个大家庭的重担很累。结婚了，让我与你分挑一些吧！”

符玉莲听着，许久才说：“难道你真的不怕拖累吗？”

“不怕。”莫光汉毅然回答说，“我曾经跟你说过，我们结婚了，你的家人就是我的亲人，有什么困难都应该相帮的！”

符玉莲听了莫光汉的话，感动得热泪倾注而下。她回忆起两年多来，莫光汉一直痴心不改地爱着她，追求她，想了想说：“好吧，你既然不怕拖累，我只好答应了。”

经过两年多的潜心追求，莫光汉和符玉莲的心终于贴到了一起，绽出了绚灿的爱情之花。在一个节日里，他们举行了简朴而充满喜悦的婚礼。

婚后，家庭虽然仍有困难，但符玉莲和莫光汉相亲相爱，在生活上互相体贴，关照，在工作上互相鼓励，支持，且一有空，俩人在家里你弹我唱，日子过得似蜜般甜。

大风大浪的洗礼

六十年代中期，因遭妒忌，符玉莲在剧团里不能再当主角了。她由一个观众心眼里无限崇拜的偶像，一下子变成普通演员，遭受众人冷落，思想打击非常沉重。她的心像刀剐一样难受，阵阵作痛。她不甘受辱，想自尽了却人生，不料被母亲发觉。母亲抱着她哭得像泪人般，好不悲惨。此后，母亲怕她再寻短见，时时刻刻都紧跟着她。幸好剧团里的文武生颜如敬和李景龙先后前来探望，给她带来了一点安慰，更有幸的是驻剧团的工作队负责人是她的学徒陈圣童，此人颇有正义感，见她这种情况很为同情，暗中在保护着她。加上鼓师陈世安和武生莫康养也多次前来探望和极力安慰，才让符玉莲放弃了自尽念头，顽强地生活下来。

几个月以后，国营海康县雷剧团改为“海康县毛泽东思想文艺宣传队”，主要是表演舞蹈、相声、快板和小品等。符玉莲只能不再做演员了。

后来，县文艺宣传队到湛江港军营学习，符玉莲也随队前往。那时，学习任务主要是堵海。符玉莲在堵海工程中表现特别积极，比如她挑土时总是叫人家给装得满满的，她给人装土时又是超人的勤快，深得大家好评。堵海指挥部的领导知道符玉莲是个著名雷剧演员，为调动大家的劳动情绪，有时请她到广播室里唱唱戏或雷歌，得到了大家的赞许。可以说饱经折磨的符玉莲，在湛江港军营学习、堵海这段时间里，虽然很辛苦，但觉得很开心。

可是，开心的日子不长。1970 年 10 月三女莫小环出生，11 月文教阵线压缩人，符玉莲被当做压缩对象离开队伍。

符玉莲离开文艺队伍后，再也没有工资了。此时，她已有了三个女儿，况且老母和二哥的儿子也随她生活，仅靠丈夫莫光汉每月领的四十二元工资维持七口之家非常艰难，常常挨饥受饿 。

莫光汉的确是个好心郎。他对妻子的遭遇很理解，对家庭生活给他带来的压力毫无怨言。他被下放到远离雷城五十多公里的英利公社那亭小学任教，可他的心时时刻刻都惦挂着爱妻和女儿。为补贴家庭，平时一有空就到山上砍柴，到了每个星期六的下午一放学，他就将干柴捆在那部破旧的自行车上搭回雷城来。到了星期天的下午 5 时又骑着自行车往英利那亭小学去。五十多公里路程，骑着自行车来回一次真不容易啊！他每个星期六下午 5 时从英利动身赶路都是到了夜晚 10 时左右才赶回雷城的家；每个星期天下午 5 时从雷城动身赶路，又是到了夜晚 10 时左右才到达英利那亭小学。那时没有硬底化道路，土路坎坎坷坷，雨天，泥烂不堪，极为难走。尤其是夜间，路上树木森森，非常沉寂，有时走到林荫深处，看不到道路的痕迹，只好望着空中的星星前进，或凭着自己意想的方向而走。摔倒了又爬起来，骑上自行车走几步后又摔倒，一路上反反复复不知摔了多少次，身上负了多少伤，尤其是时不时从身边的灌木中偶然窜出一两只野兽，让他惊得毛骨悚然，但他仍然坚持着走。他知道，在妻子苦难的日子里，他每回一次家都会给妻子带回一份安慰，况且每回一次家，都可以带回一些干柴烧火，节省了一份开支，怎能不回啊！

有一次，莫光汉骑着自行车搭着一大捆柴，从英利那亭小学赶回雷城，当路经龙门水库坝时天色已暗。突然电闪雷鸣，风雨交加。他冒着大风大雨，用尽浑身力气，坚持蹬车前行，不料被一阵狂风掀倒重重地栽在坝上，昏了过去。10 多分钟过后，莫光汉才慢慢苏醒过来。他感到周身疼痛，深深地叹了口气说："老天啊，我是一个好人，你为什么老是和我作对啊?"别无办法，他只好忍痛步行，艰难地推着自行车往家走。

每个星期六的晚餐，符玉莲都让母亲和孩子先吃了休息，她总要等到 10 时左右莫光汉回来了才与他一起吃。这一晚，10 时 30 分了，还不见莫光汉归来。此时外面又是暴雨又是炸雷，她十分焦虑。她想，这么晚了还不回来，会不会出什么事了？老天，我的丈夫是个大好人，你千万不要折磨他啊。他为了我这个无辜受罪的人，为了我这个家，已累得够惨了啊！想着想着，她的泪水似泉水般涌下。

11 点钟过去了。

12 点钟又过去了。

符玉莲饥倦地坐在门前的矮凳上，一直在等待着，可是她依然没有见到丈夫的归来。

门外的风依然呼呼地狂啸，门外的雨依然哗哗地下，门外的雷依然时不时地传来"劈啦！劈啦！"的轰炸声。符玉莲每次听到雷轰声，心里就发了一颤，好像雷是向她轰炸的，心里感到非常非常地惊痛。

“玉莲……开门。”

深夜零时 20 分，门外突然传来了一个柔弱而熟悉的叫声，符玉莲听得出这是丈夫莫光汉的声音，一时惊喜得泪水又涌了出来，立即上前把门打开。他看见丈夫满身湿漉漉的，恰像落汤鸡一样好心疼。

“汉，你怎么这晚才回来？让我等得好心急啊！”她说着忙将自行车接过来放好。

“我也是依时动身回来的呀，在半路遇着大风大雨，只好推着车慢慢回来……”

“怎么，你的额上流血，摔着了？”符玉莲抬头看见莫光汉的额头上有血就问。

“是的，在龙门水库坝上，跌了一跤。”

为了不让妻子伤心，莫光汉不将摔昏和伤痛告诉妻子。

符玉莲拿起一块布轻轻地将莫光汉额上的瘀血抹去，用万花油给擦了一下，便找来衣服让莫光汉换上。

吃了饭后，莫光汉由于疲劳过度，一躺下床就睡着了。可是，符玉莲怎么也睡不着，她想，莫光汉的确是个有责任的好丈夫，但让他老是受这样的折磨，即使是一条铁汉也会被磨坏的，于心何忍啊……她拉开灯，盯着心爱的丈夫静静地想着。

莫光汉一觉醒来看见妻子仍在灯下静坐，说：“玉莲，这么晚了怎么还不睡呀！”这一问，触动了符玉莲的心，她的泪水汩汩地流淌着说：“睡不着呀！”

“别想那么多，睡呀！”

“不，阿汉，我有句话想对你说”。

“什么话，说吧。”

“你为了我，为了这个家累得够呛了。这是我的罪过呀。我和孩子们的生死就由天安排吧，不能再拖累你了。为了让你过个好日子，为了你的前途，我想，我们就离……离婚吧！”符玉莲说到这里禁不住失声痛哭起来。

莫光汉一听，泪水哗地涌了出来。他立刻从床上滚下，搂着爱妻说：“玉莲，你怎么说这样的傻话呀？我曾跟你说过，我们生生世世不会分离的，死都要死在一处！”

“可是，我不忍心你老是跟我一起遭灾受难呀！”

“这些算什么？就是将我赶出教师队伍，没有工资生活了，你会唱，我会弹，我们也要一起去弹唱谋生。我们这样好的人，不信老天爷就不给一条活路！”

“是啊，我们这样诚实的好人，就不信老天爷不给一条活路啊！”符玉莲说完，想了一下接着说，“我一定要想方法讨回个公道！”

1970 年 12 月初的一个早晨，北风呼啸，寒气逼人。

符玉莲决定到湛江地区专署反映情况。她背起行李携着背小妹妹的长女小霞就告别母亲走出门去。母亲知道符玉莲的身上仅掖着家里剩下的五元钱，担心她和两个孙女饿坏了，劝她不去。她告诉母亲说，她已打电话给在湛江工作的知心好人，他们同意接待并带她去找领导，不需要担心。母亲只好流着眼泪送符玉莲和两个孙女去车站。

上午 10 时，符玉莲和女儿到了湛江汽车总站，粤西雷剧团团长李连珠派演员郑乃荣早在那里等候了。他见符玉莲带着两个女儿下车，上前亲切地叫了一声“玉莲姐！”，接着伸手帮符玉莲背起行李。

“乃荣，你久等了。”符玉莲说着，眼眶有些湿润。

郑乃荣素来将符玉莲当大姐看待。他见符玉莲的眼眶漾着泪水，觉得很揪心。也许是惺惺惜惺惺吧，他的眼眶也湿润了。他带着符玉莲母女边走边说：“你是海康的骄傲，海康人应为有你而感到自豪啊！雷剧界至今除了你唱戏的录音在中央电台播放，还有谁？没有！你到哪里演出，观众都赞声不绝，领导，包括湛江地区的主要领导都非常的赞赏。”郑乃荣说着将符玉莲母女带到一间招待所安置住宿，又带她们到一间饭店里吃了午餐。

下午三点半钟，郑乃荣便带着符玉莲母女三人到湛江地委找领导反映情况，当时地委领导工作正忙，就派秘书接访。秘书听了符玉莲的诉说很同情，将她的情况认真地记录下来。

雨后现彩虹

符玉莲到湛江反映情况回来后，焦急地等待着地委的回信。可是一天天过去，将近半年了，仍然杳无音讯。

1971 年 4 月初，正是阳春时节，暖风徐徐而来，世上万物充满着蓬勃的生机。湛江地委派人前来对符玉莲反映的情况进行调查，引起海康县领导的重视，她很快恢复了工资。随着戏剧舞台艺术的解禁，1972 年她又得到了复职，再次担当导演和主演。跌入人生低谷数年的符玉莲一时既激动又兴奋，喜悦之情溢于言表。此时，她的丈夫莫光汉也从英利公社那亭小学调回雷城革命小学（现雷城三小）任教。一家人又可以在雷城一起生活了，大家都感到非常高兴。

符玉莲知道得以再次回归文艺阵线是很不容易的。她决心为文艺事业奋斗终生，并以此来报答党和人民对她的关怀。她常常夙兴夜寐，刻苦钻研磨练，在演技上精益求精。复职不多久，她便亲自执导和主演了《十五贯》《搜书院》《三凤求凰》《穆桂英挂帅》《樊梨花招亲》等大戏。这些戏都演得非常精彩，无论在城里还是乡下演出，观众都争相观看，场场爆满。尤其是翌年，湛江市广播电台根据一些群众的强烈要求，录制了她在现代剧《龙江颂》和《沙家浜》中分别扮演盼水妈、沙奶奶等所唱的主要唱段天天在电台里播出，于是符玉莲的名声再度大噪，妇孺皆知。

符玉莲对艺术的执着追求和献身精神，大大地打动了人们的心，同时也引起组织的重视。1980年，她被任命为海康县国营雷剧团副团长。

符玉莲终于走上了人生的坦途。她迎着灿烂的阳光，一边严格地磨练自己的演技，一边抓剧团的工作。1981年，她参与执导和演出的《陈瑸放犯》，参加广东省专业剧团戏剧调演获二等奖（一等奖空）。同年12月，戏剧作家刘拔同志在广东省专业戏剧调演的《演出快讯》中曾以“雷州的红线女”为标题发表文章大加赞赏道：“饰石大妈的符玉莲一张口唱戏，观众总是报以赞叹之声。她的嗓子好，善于运气行腔，唱腔委婉华丽，清新甜美，吐词清晰，人称‘雷州红线女’……”1983年参与执导的《智伏雷州虎》参加湛江市戏剧调演获二等奖，她饰沙婆婆获配角一等奖。同年她主唱的《秦香莲》《汉文皇后》和《情义歌》等被音像公司录制成盒式录音带出版销遍雷州半岛，其时整个雷州地区无处不播放她的录音带，无处不听到她的歌唱声。当然，来请海康县国营雷剧团演出的人也更多了。

1984年，海康县委宣传部、海康县文化局根据剧团一些人的意见，将国营海康县雷剧团分为一、二两团。符玉莲见好端端的一个剧团被一分为二，感到极其痛心而申请隐退。1985年4月，国营海康县雷剧二团由于领导不力，不利于县委有关工作的开展需要改选，符玉莲被高票选中，不得不“出山”担任团长。她上任后对队伍稍作整顿，即开始厉兵秣马，刻苦排练。仅用半个多月就排练了几部大戏。当时，在全国各种戏剧市场跌下低谷的景况下，她的剧团竟然在数个月里连续演出九十多场，且场场观众爆满。如此盛况经有关媒体报道后，在全国戏剧界引起了一阵大轰动。不少戏剧专家远道而来考察。一份辛勤一份收获。符玉莲在艺坛上付出的艰苦劳动和取得的显著成绩，受到充分肯定，1986年，她被评为广东省文化系统先进工作者。

1987年，海康县委宣传部和文化局鉴于国营海康县雷剧团分为两个团后所产生的许多不利因素，又决定合并为一个团，任命符玉莲为团长兼党支部书记。此时，热心于群众文艺生活的陈光保已是湛江市委常委兼海康县委书记。他对国营海康雷剧团的发展特别关注，批示县财政部门每年给予预算资金30万元做为常用资金。此外，有什么大型活动，如要准备节目参加市、省调演等还另外批给一定的经费。由于县委主要领导的关心，国营海康县雷剧团常借上级调演之机聘请著名导演前来帮助指导，如该团先后曾请上海京剧团著名导演张羽麟、北京著名艺术表演家李韵秋、湖南省京剧著名导演梁春雷、中国戏曲学院主任赵伟明、广东粤剧院著名导演梅晓平等来为剧团排戏，使该团的演艺水平不断提高。符玉连虽然身为剧团主要领导，但她仍然常常登台当主角。多年来，她先后主演的戏有七十多部，其中古装剧五十多部，如在《狸猫换太子》饰寇珠、《宇宙峰》饰赵艳、《汉文皇后》饰皇后、《白蛇传》饰白素贞、《穆桂英挂帅》饰穆桂英、《樊梨花罪子》饰樊梨花、《三打白骨精》饰白骨精、《皇姑搜剑》饰皇姑、《忠烈春秋》饰佘太君、《秦香莲》饰秦香莲（有时也反串陈世美）；反串角色的戏也很多，如在《海瑞罢官》饰海瑞、《碧血洒扬州》饰史可法、《生死牌》饰黄伯贤、《真假状元》饰张文秀、《十五贯》饰况钟等；现代剧主演有十多部，如在《红岩》饰江姐、《红灯记》饰李铁梅、《龙江颂》饰江水英、《杜鹃山》饰柯湘、《沙家浜》饰阿庆嫂、《雷锋》反串雷锋等。

1989年，县委领导和组织部门考虑到符玉莲的贡献，提拔她为县文化局副局长兼管国营海康县雷剧团。她虽身为行政干部了，但仍舍不得离开舞台，1991年她参与执导并演出的大型神话剧《雷神的传说》参加广东省第四届艺术节7人荣获三项大奖（总设五项奖）。其中林奋（饰稔花）获演员二等奖；符玉莲（饰大妈）、陈世能（饰雷神）、许哲江（饰火神）获演员三等奖；邹光福、吴兆生获音乐唱腔设计二等奖；梁春雷获导演三等奖。当年7月28日，雷州市文化馆副研究员、广东省戏剧家协会会员吴兆生同志当时在广东的《新舞台》报第七版上以“雷剧与符玉莲”为标题撰文：

雷州半岛人爱看雷剧，雷剧演员最红莫过于符玉莲。

雷剧是兴于清末，盛行于雷州半岛，在当地民歌基础上发展起来，用雷州方言演唱的戏曲剧种。在全国戏剧不景气的境况下，它能“偏安一隅”。在发源地海康县就拥有一个专业剧团和五十多个民间职业剧团，并且多数剧团能常年演出二百至三百多场。对此《中国文化报》曾作专题报道。而在群星璀璨的雷剧演员中，符玉莲是亮度最大的星座。十四岁从艺，今年五十二岁的符玉莲出生于梨园之家。独特的家庭出身，铸就符玉莲良好的艺术素养。她自小刻苦学艺，戏路宽广，工于青衣，尤擅反串须生。传统戏中的秦香莲，白素贞、穆桂英、佘太君是她的拿手好戏，反串陈世美、史可法、况钟、海瑞更为人们乐道称誉。

而当年扮演过的雷锋、江姐、盼水妈等现代戏角色亦深得好评。她的表演洒脱传神、一举一颦深见功底。符玉莲唱戏用平喉。她嗓音圆润，吐字清楚，行腔细腻富于韵味；反串须生时嗓音饱满宏亮。早在20世纪60年代，中国唱片社就灌制过她的唱片并在中央人民广播电台播送。

……

毋庸讳言，戏曲演员在目前是不吃香的行业，因此有许多演员纷纷转行。但符玉莲为了雷剧事业后继有人，毅然让小女儿莫小环继承家钵学戏。令人欣喜的是，莫小环也不负母望，从戏剧学校毕业后，也把戏演得中规中矩。

我们相信，真正属于人民的艺术之花是开不败的。

这一年符玉莲还荣获湛江市第一届文学艺术基金会优秀演员奖。符玉莲1991年退休，但她退而不休，还常常参加有关演出活动。她参加“雷州市’九四温馨家园国庆文艺晚会”演出的《雷州新貌》获一等奖；参加“’九四湛江市温馨家庭演唱会”获三等奖，参加“雷州市第二届雷剧节”演出获一等奖等。

人们对戏剧家符玉莲无不着迷，强烈要求有关部门将她所演的戏录制成光碟播放。为此，1997年，雷州市文化局局长冯伟亲自到广东省文化厅联系，将她参与执导并演出的雷剧《陈瑸放犯》制作成光碟。这是雷剧的第一碟。碟片一制出，群众都竞相购买，特别畅销。此后，音像公司也将她主演的雷剧《汉文皇后》《秦香莲》《红丝错》等和她演唱的《拜年雷歌》都制作成光碟出售。数年间，雷州地区几乎家家户户都播放着她的艺术形象，大街小巷又传遍了她的歌唱声。马来西亚的马六甲州丁赖村有几千名雷州乡亲，当时，一位80岁老婆婆回雷州探亲，带了一些碟片回去，村民们看了特别高兴，日夜不停地播放着。她逢人便说，这是从祖国带回最好的礼物。雷州市委市政府得知后，到马来西亚、新加坡等国家拜访雷州乡亲，也将这些碟片作为礼物带去，乡亲们看了都非常欢喜。

大凡有所成就的艺术家，都是德艺双馨的。符玉莲也不例外。她能够博得广大群众的欢迎首先是在于她的德行好：她虽然是一个著名演员，但从不为金钱所迷。曾有许多业余剧团给以高薪想把她“挖”走，都遭到她的拒绝。她每到一个地方演戏，都跟群众打成一片，群众要求演什么戏，她都尽最大的能力满足群众的要求。况且哪位演员因故不能演出，她都能够顶替，并演得精彩动人。其次，她能够倾倒那么多观众是靠她的演艺好：一、台风大方，动作细腻；二、善扮相，演什么人物都特别形象；三、表情好，喜怒哀乐表达到位，神情感人；四、唱功好，唱戏时，她采用真假嗓相结合，运腔圆润，醇厚流畅，富有韵味。

符玉莲不仅善于演戏，对戏剧人才的培养更为重视。在她的悉心栽培下，雷州市国营雷剧团涌现了一大批优秀人才，如演员林奋曾多次获得湛江市和广东省调演大奖。林奋考上中央戏曲学院后，她又跟一贯关心文艺事业，时任文化局局长的冯伟同志商量让其公费前往学习。林奋毕业后，调进湛江市国营实验雷剧团当主演（后任团长）。2005 年 12 月，由她主演的雷剧《梁红玉挂帅》在北京演出一鸣惊人，获中国文联、中国戏剧家协会授予“中国梅花奖”。成为雷剧界有史以来荣获国家戏剧最高奖项“梅花奖”第一人。林奋现是中国戏剧家协会会员、国家一级演员、广东省剧协副主席。符玉莲有三个女儿，大女二女都当教师，但小女莫小环在她的引导下也迷上了雷剧。莫小环一有空就随母亲学艺，其基本功很好。1985 年她考上了湛江艺术学校，专攻戏剧青衣、刀马旦。于 1989 年以优秀成绩毕业。当时国营湛江市实验雷剧团得知她学习出色，要求将她分配到该团当主演。她却应母亲符玉莲的要求回海康县国营雷剧团。数年间，担纲主演了《哪吒闹海》（饰哪吒）、《三闹琵琶洞》（饰琵琶精）、《拦马》（饰杨八妹）、《黄飞虎反五关》（饰妲己）、《追鱼》（饰假牡丹）等三十多部大戏，并多次在县、市大赛中获一、二等奖和金奖。1992 年获得湛江市第二届文学艺术基金会优秀演员奖。于 1995 年被任命为剧团党支部书记，1997 年加入广东省戏剧家协会，系三级演员。此外尚有钟华、翟玉清、洪育生、李景龙、郑马华、陈向展、陈世能、陈卓强等都在她的栽培下成为雷剧界的著名演员。

符玉莲 1984 年加入广东省戏剧家协会，1994 年加入中国戏剧家协会。自 1980 年起历任海康县（后改为雷州市）第一、二、三、四届政协常委，1983 年起连续被选为湛江市第七、八、九届人大代表。

符玉莲退休后，为弘扬雷州地方特色文化，牵头组织成立了“雷州市雷剧艺术研究会”，担任名誉会长，并组建了“雷州市雷剧研究会艺术团”。该团在她的指导下，演出的戏深受观众欢迎。特别是当年所演的现代雷剧《黑色惊叹号》，反映的是一些青少年被贩毒分子诱惑走上吸毒道路，公安人员追捕贩毒分子，拯救被害青少年的动人故事。该剧具有很大的社会教育意义，在雷城首次演出就产生强烈反响，引起雷州市关心下一代工会委员会主任唐成彪，常务副主任王定一，副主任张竹西、李三等领导的重视 。为了教育青少年，关工委呼吁有关单位支持和协助该团的演出。一时间有关乡镇、广场、学校、村庄都争相前来定戏。所到之处，观众闻声符玉莲随团演出，都有人带着水果或其它礼品前来拜望。但也要求她一定要登台唱一唱歌或戏，由此可见群众对她的高度敬仰。她组织的雷剧艺术研究会，是专门从事雷剧表演艺术研究的，对雷剧的发展起着很大的推动作用。

符玉莲73岁在《杨门女将》中饰佘太君，女儿莫小环饰穆桂英剧照。

2008年7月，雷州市有位热心雷剧人士洪景魁先生发起与雷州职中联合创办“社会文化艺术专业雷剧方向班”。该班创办后，引起上级相关部门的高度重视，被省列为重点专业。初期，她被聘为艺术顾问。为培育后代艺术人才，她每月都坚持免费给学子们授课。

2011 年，人们为留下符玉莲的代表作，社会各界人士自愿捐款 10 多万元，要求她组织人员演出《杨门女将》。该剧在她的组织下，由她饰佘太君；女儿莫小环饰穆桂英；得意门生郑马华饰王文；何强饰寇准；陈培育饰采药老人；湛江实验雷剧团的林继伟饰杨文广；林志道饰宋仁宗，在时任雷州市政协副主席兼戏剧家协会主席莫廉同志的鼎力支持下，经过一番排演后公开演出并录制成影碟。此时，她 73 岁了风采依然。雷州市文联主席何安成同志说，她演得比中央电视台里播放的京剧《杨门女将》里的佘太君演得还好！

现在，符玉莲 78 岁了，但宝刀不老，还担任着“社会文化艺术专业雷剧方向班”的艺术总监。该班在郑马华、陈尚湘等名师的教导下，并在她的热心加强辅导下，至今已培训出学子 500 多人。这些学子毕业后不但供不应求，而且许多被聘进有关雷剧团后不久就担当了主演角色。这些学子中最有幸的可以说是林小静，她受到符玉莲的赏识后，被符玉莲接收为传承人。

林小静是被誉为“雷州歌仙”、著名口头文学家李莲珠的曾孙女，她今年 19 岁，自小能歌善舞，喜爱雷剧，并体现出有较为突出的艺术潜质。2014 年她

著名戏剧家符玉莲在培训学员

从湛江艺术学校毕业，即被符玉莲推荐到“社会文化艺术专业雷剧方向班”学习。她在该班老师的教导下，特别是在符玉莲的专心指教下进步很快。2015 年 9 月，该班应白沙镇符处村的邀请到村里演出折子戏《盗草》，她饰演白蛇，由于年轻，化妆靓丽，并演得惟妙惟肖，神情毕至，全场观众都称赞不已。12 月，该班又应足荣村方言电影节主办方的邀请前往北京大学演出，她在《梁山伯与祝英台》折子戏中饰演梁山伯，其肖像形象，并演得落落大方，人们更是赞赏有加……

符玉莲在收徒仪式上，左为徒弟林小静，右为见证人梁春雷（湖南省京剧著名导演）。

符玉莲出身于戏剧之家，是人们特别喜爱的表演艺术家。大家对直接继承她技艺的人的培养都很关注。现在，她能收到一个天赋如此出色的爱徒，都无不为之感到高兴。深信，林小静在她的悉心指导下，必会青出于蓝而胜于蓝。

符玉莲在雷剧坛上享有盛誉，受到雷州人民的崇敬，不仅是她有出色的表演艺术天赋，也因其有对事业的执着追求和奉献精神。当然也少不了她丈夫莫光汉的支持和社会的关怀。

古言：“能受天磨真铁汉，不遭人嫉是庸才”，我深深地佩服符玉莲能经受得住千般磨难，终于走上了成功之路，为地方文化艺术事业作出突出贡献。她，不愧是一个德艺双馨的艺术家！

2011 年发表在《湛江文学》第 2 期，2013 年连载于《雷州新闻》并压缩收入湛江文史系列丛书《艺人文化》，2017 年转载《中国报告文学》第 6 期。

情爱如歌

> 我欲与君相知，长命无绝衰。山无陵，江水为竭，冬雷震震，夏雨雪，天地合，乃敢与君绝！
>
> ——《上邪》

我有幸在一个偶然的机会跟雷州市商业城商会副会长、雷州市天品有限公司的创始人陈汝达老先生相识。交往中，得知他是一位传奇性的人物，尤其是他的爱情充满着传奇的色彩，令我殊为敬佩。于是，我欣然命笔将他的故事录下……

绝望之际，多情少女送温情

陈汝达原籍遂溪县杨柑镇乾留村，生于1930年。他父亲是个经纪人，娶两妻，原配在家乡乾留村务农为生，与第二个妻子在雷州市（当时称海康县）的雷城经营生意。陈汝达是原配生的，自小聪明活泼，父亲极其疼爱。7岁时，父亲将他带往雷城上学。15岁，父亲要他当助手，不再让其读书，便托媒为他成亲了。自此，陈汝达随父一起经营生意，或做手工业。由于陈汝达聪颖，眼力好，干哪行都有起色。父亲看着自家在儿子的协助操持下，事业日有发展，生活一天天地好起来，感到极为欣慰。

可是，陈汝达19岁那年妻子不幸身亡。次年，父亲又因病去世。这不仅给陈家带来了极大悲痛，同时也使陈家的经济生活陷入了极端的困境。

正当陈汝达的人生走向绝望之际，有人为其“穿针引线”，让一位年轻的少女走进他的生活，从而使陈汝达又燃起了人生的烈火。

这姑娘姓关名惠琴，雷州市南兴镇人，其父原是国民党海南某检察院检察长。她刚满16岁，长得白嫩嫩，清秀秀的，恰似花仙子般美丽。她进过学堂，有较高的文化素养，说起话来温文尔雅，颇有大家闺秀风范，极令陈汝达艳慕。陈汝达当时20岁，长得气宇轩昂，白净英俊，一表非凡，胜似白马王子，并且为人深有涵养，谈吐间，声音宏亮，振振有词，不断地显露出他那睿智的眼光和远大的抱负，让关惠琴更为钦佩。因而他俩一见钟情很快就走到一起。他们虽然穷，但他们为爱而生，不为穷所愁。有位外国著名作家说：“爱情可让一颗死去的心复活。”婚后，他们相亲相爱，互敬如宾。为了谋生，他们找来一些资本做起了小生意。晚上有空，挽手并肩在街上漫步悠然絮语，或到雷州西湖的东坡亭上欣赏悠悠碧水，畅谈人生，憧憬美好未来。他说：“琴，我有志当一名企业家。”她说：“阿达，只要你行的是正道，即使是刀山火海，贫困交加我也随着你走。”他说：“琴，你真好。我爱你之心海枯石烂都不变。”其语铿锵有力，其情如糖似蜜，其爱如胶似漆。在这段日子里，生活虽然困苦，但他俩觉得这是人生中最美好，最幸福，最甜蜜的时期。

多事之秋，相濡以沫俩夫妻

1951年进行土改划分成份。陈汝达在雷城经商划为小商贩，在乾留村老家的亲属却被划为地主。陈汝达当时骑着自行车回乾留村去探亲，不料，自行车被没收，人被扣留。有幸的是土改复查改变了老家的地主成份，他才得以回到雷城，计被扣时间达五月有余。

城里的生意，由于陈汝达遭扣留被迫停业了。这个本已贫穷的家也就再度陷入了饥寒交迫的困境。当陈汝达回到雷城时，二妈和两个弟弟因交不起房租被迫迁往他地另行谋生了。只有爱妻依然寄人篱下，饱受冷言讽语和凄苦煎熬，等待着丈夫的归来。他一时触景伤情，禁不住抱着爱妻放声痛哭起来。之后，他带着爱妻到好友家借居，并得到好友的帮助，又经营起了小本生意。

一个月后，当时的海康县一中招生。陈汝达跟爱妻商量："琴，你年纪尚轻，又喜读书，为了我们的将来你报考吧。我做生意扶持你！"他说得那么亲切坦诚，关惠琴深为感动，点了个头就前往一中报名参加考试。不久，有幸被录取了。她怀着喜悦的心情跨进了县一中的校门，可惜仅读一个多学期（1952 年）就被卷进了"六纵"冤案。幸得有好心人见她怀孕，苦劝相关人员才免其批斗，但被迫停学了。

1953 年，冤案平反。有人介绍关惠琴去当教师，但她想起当年知识界人士一个个蒙冤被斗，心有余悸，婉言谢绝了。随后他们夫妻租了一间店铺住宿和打蜡烛卖。当时蜡料紧缺价昂，有的人偷购花生油冲蜡打烛。陈汝达想，目前花生油也紧缺，松香才 3 角钱一斤，何不以松香冲蜡打烛试试看！于是，他就将松香加工冲蜡试行打烛，一举喜获成功。由于松香冲蜡打的烛结实耐用火明，并且成本低价格廉，群众都抢着买。这可气坏了同行中一些人。他们向税务局告发陈汝达造假欺骗群众。陈汝达被强行罚款 500 元。当时 200 元可购一间铺了，可见被罚不轻啊！根据广大群众的实际反映和要求，后来税务局对以松香冲蜡打烛一事不再理睬了。为此，同行中有的人也进行仿制。但他们不像陈汝达那样将原料科学加工后才进行制作，因而皆不成功。陈汝达获悉即大胆地展开手脚制作。一时供不应求，他全家曾经五天五夜连续加班不休。

1954年搞合作化。陈汝达一家被并入县成立的焚化生产组。这个生产组设有一厂四门市。鉴于陈汝达谙熟业务和技术，组织安排他当会计兼采购和技师。相关业务在他的专心管理尤其是在他的技术指导下，由原来一人一次只打6支蜡烛，改为一人一次打60支蜡烛，大大地提高了工作效率，提高了经济效益，使大家都过上了好日子，大家无不大为高兴。

1958年，全国掀起破除迷信高潮。焚化生产组生产经营的产品因为大都是迷信品而被撤消了。该生产组虽被撤消，但对其干部职工既不另作安排，又没有安家费，且原被并入的家产也被没收，甚至不让其在城里经营生意了。陈汝达只好带着爱妻四出捕鱼或耙树叶卖过活。1959年，雷城镇创办一间造纸厂，组织安排他当技术员兼采购。因当时没有电力供给，全部是人工作业，成本过高，造纸厂经营不下去而告休。1961年，组织又安排他到县二轻局办的炮竹厂当采购。他以那火热的事业心投入工作中，长住广州联系业务，购回大量质优价廉的原材料供应生产，使该厂当年净赚达30多万元，工人工资递增至8倍。全厂的领导、职工皆大欢喜。此时，大家都尊称他为“达哥”。

应该说，陈汝达在炮竹厂是“英雄已有用武之地”了。也许是他的命运生来多舛，次年，他的妻弟念完县一中安排不到工作，有人邀其赴香港便前来告知他，他听了说：“在这里没工作，生活过不去，你到香港也好，那里我们有亲属，可以帮找一份工做。”不久事发，陈汝达被以支持亲人偷渡罪押去坐了19天牢并开除出厂。

陈汝达没有了工作，生活又没了着落。他想到当时的群众穿的大都是木屐，觉得这是个商机，就跟爱妻到乡下买木料回来雕刻。他雕刻出的木屐配上漆油喷绘的各种图案既美观又大方，很值得用户青睐。岂料当他欢欢喜喜地将做好的木屐装进草袋（当时用蒲草织的袋），送到税务局缴完税打完印，准备挑往市场卖时却被工商所无理没收了。此路行不通，他只好又同爱妻到深山耙树叶卖。1964 年，陈汝达又想到当时的农民大都是种番薯为粮，如制薯刨（也称薯切）必大有市场。他又与爱妻学做薯刨。初时用手工制作比较困难，后来，陈汝达买回机器进行批量生产，远销海南、广西等地，成为有名的“薯刨王”。由此，他家逐步过上了饥不愁食，寒不愁穿的日子。

恩爱夫妻，惨遭十年离难苦

“福兮祸所伏”，这是一句值得深思的名言。陈汝达私营生意起色，遭到了不少人的妒忌，从而为他埋下了沉痛的祸根。

想不到，大难很快就真的降临。1968 年秋的一天，几个彪形大汉气势汹汹地闯进家来，二话不说就将陈汝达带往海康县城北看守所关禁起来，其罪名是投机倒把。

陈汝达几乎天天被审讯。他却胆壮如牛，不但“拒不认罪”，有时还驳斥：“我把自己做的薯刨向外地推销就是投机倒把？就要受罪？你们的意思我真不明白！”审讯人员给气得把牙咬得格格作响。

一年年过去，陈汝达在监中别说不准与家人和亲戚、朋友通讯见面，内心极其痛苦。尤其是每当他想起 4 个子女上学和全家 6 口的生活重担，都落在文弱妻子关惠琴的身上时，眼泪便像泉水般滚滚而下。“老天爷啊，我的妻子怎样了，我的孩子怎样了？望你好好地保佑他们吧！”他不时在心里默默地祈祷着。

一天，有个新进来的犯人对陈汝达说：“汝达，你的老婆改嫁了。”陈汝达听着立即回声道：“不会，我知道我的老婆绝不会丢下孩子改嫁的！”那人道：“你不信？我听得清清楚楚的，许多人都说你的老婆是带着孩子去改嫁的！”陈汝达听着，很厌烦地说：“不可能。如果她能这样，我得更感谢她了。”那人觉得有点费解问："你此话从何说来？"陈汝达说："因为她带着我的子女出嫁，使子女有了出路，不致饿死。这是她做人的美德。我就得更感谢她！"那人听了只好哑然。

且说关惠琴在家也被抓去关禁审讯了数天。此后，常有人到陈汝达家来搜查。陈汝达原买有2支红参放在家里，关惠琴担心被搜走，平时都带在身上，不料也被搜了出来。因而，1970年初，她又被以投机倒把罪抓去，关了3个多月，经查没有买卖行为才放出，但红参被没收了。数月后，她生了病，一位当医生的跛子亲戚得知前来看诊，被人诬为通奸，将她拖到居委会强行脱裤检查，见验不出什么因由，才气咻咻的放人。可是，关惠琴刚走出居委会门口，听到居委会一位妇女仍然说她通奸，她当时愤怒地顶了一句道："你才总是做这事！"那位妇女恼羞成怒，立刻带几位壮汉把她拖回居委会关起来。随后又以通奸和投机倒把为名将她送入看守所关禁到1971年。他们夫妻同时被困在牢中的时候，丢下的4个子女，有的随祖母，有的随姑母，过着颠沛流离的悲惨生活。爱子如命的关惠琴一回家就将子女逐个找回身边。她咬紧牙关，挺起腰杆起早摸黑地干，艰苦地维持着一家子的生活并让子女继续上学。当年，许多人看见关惠琴自己凄苦地支撑着这个家，还不时被抓被关禁，觉得很可怜都劝她改嫁。甚至有的人说："惠琴，汝达被抓去坐牢三四年了，生死不知。他如未死，必定是犯了天大的罪才连音讯都不能通。看来他一辈子都难回来了。你带着孩子另嫁个人生活吧！"她却沉下脸说："我的丈夫是个好人，我知道他是没有罪的。不说现在情况未明，即使他真的是死了，我也不能离开这个家！"

关惠琴和4个孩子相依为命至1973年的一天早上，几个执法人员突然又闯进家来将她抓走。当天中午，陈汝达"受赦"而归。他回到家来，不见关惠琴，只见4个孩子哭成一团，即时猛吃一惊问："孩子，妈妈呢？"几个孩子闻声抬头望着瘦骨嶙峋、脸容憔悴、熟悉而又陌生的陈汝达，许久才认出父亲。女儿陈勇泪淋淋地说："爸，妈早上被人抓走了。"陈汝达一听，恰似一个晴天霹雳向头上袭来，酸泪哗地奔泻而下："天啊，我的好妻子究竟犯了何罪，也被抓了呀?"说着搂起几个孩子也放声痛哭起来。

关惠琴再次被押进监牢后，办案人员以投机倒把及与其家庭有过来往的10多人通奸为名，不容她开口分辩，就强制在"供词"上按上指模"认供"，从而判以有期徒刑5年，解往韶关劳改场。

关惠琴蒙受莫大之冤和耻辱，当时曾经想一死了之。可是当她想到死了不但对不起丈夫和孩子，而且到阴间做鬼也洗不清这身耻辱深冤时，于是决心活下去，等待有朝一日还个清白。

陈汝达最清楚爱妻。不说她跟投机倒把挂不上号，就是她的为人也素来洁身自好，绝对没有任何越轨行为。他怕妻子在监中经不起这沉重的打击，曾多次去信安慰妻子，嘱其想开些，安心在劳改场中做好工作，争取早日归来团圆。2年后，陈汝达用苦干俭用节省下的钱，亲自前往韶关探望关惠琴。他说："琴，我知道你是被那些别有用心的人诬告迫害的。不管有多大艰难，你一定要坚持下去。我和孩子都在等着你回来!"关惠琴听着丈夫的话，又是感动又是伤心。她泪淋淋地说："达，我听你的。你一定要培养好子女啊……"他们的一言一语都是那么的亲切，那么的沉痛感人!

再说陈汝达出牢后，为了生活，曾到镇里要求安排工作而遭到拒绝。迫不得已，他又多次去居委会苦求，最后才允许到居委会来制作薯刨。

但是，他第一次将薯刨刚挑到市场，却被工商所没收了。过了几天，他又做了一批薯刨挑上市场，也被工商人员没收了。这次，幸得有位保卫组长见事不平帮他讨了回来。陈汝达想，农民可以自产自销，居民经批准在居委会里做出的手工业产品为何不可以自销？这真令人百思不解！为此，他向工商局和法院写了上诉书。工商局和法院调查清楚后，都严肃批评了工商所长，并强调其亲自向陈汝达道歉。此后，陈汝达即坚持以制作薯刨为生。

改革开放，最终圆了人生梦

1978年，是我国开始改革开放的大好之年，不但给社会的发展带来了奔头，人民的生活带来了希望，同时也给陈汝达一家带来可喜的生机。

关惠琴被释放回来了。两个上山下乡当知青的孩子也转回城来了。全家人团聚了。此后，关惠琴带着孩子制作薯刨，陈汝达被居委会的五金木具厂请“出山”当采购兼技术员。一家人都生活得开开心心。

不久，五金木具厂转制承包了。本来，他完全可以留下为承包者当助手的，但妻子关惠琴已看到了国家形势的发展趋势，要求他回来一起私营布料。于是夫妻俩又当了“布客”。1981年，他们改行办小百货档。因在街上摆卖，工商所不允许，他们即租了一间店铺经营。由于热情好客，讲信誉，客源越来越广，其生意也越做越大，1984年陈汝达就将店面挂牌为“元湖经销部”进行百货批发。

陈汝达的确是个生意通。他办起批发部后，经常到别的店铺了解货源价格，尽力做到人无他有，人有他便宜，从而吸引住大量客商。他还根据生意发展的需要将批发部不断更名为“南门商店”“粤海经销部”。

本来陈汝达受有关厂家的委托，在粤西地区独家经销“福寿牌”蚊香和洗衣膏的，生意很是兴旺。但到了2000年，却有多家店铺与其竞争经销，从而激起他萌发办厂自家生产自家经销的念头。于是在2001年经上级有关部门批准，注册成立了“天品有限公司”。请来技师指导、租房创办了“天品牌”蚊香厂和洗衣膏厂，同时为实现产品产销一条龙而在雷州商业城和赤坎的海田批发市场各设一批发部。

该公司成立后，陈汝达安排长子陈猛负责生产，次子陈福民负责原材料供应，三子陈强负责产品销售。公司现拥有员工2130多人。由于天品公司的产品质量保证，价廉，深受用户欢迎，常常供不应求。为扩大生产与方便管理，陈汝达在雷城工业大道购下了100来亩地皮，现已动工兴建厂房。竣工后，即将蚊香厂和洗衣膏厂搬过来一起作业。

陈汝达年轻时的理想终于实现了。如今的他虽已七十有加，可生活得很洒脱、很豪爽。让我最敬佩的是他成了一个有实力的私营老板后从不被灯红酒绿的世界所迷，仍一如继往地深深的爱着老妻关惠琴。他对我说："我和惠琴是患难夫妻，今天有了甜美生活，必须好好地携手共度晚年。"他的妻子在旁听着，总是向着我发出美美的微笑。也许正因为有他夫妻的良好影响，全家人才如此和睦勤劳，其事业也如此兴旺发达。

但愿陈老夫妻身体日益健康，事业日益兴隆！

2004年7月写于雷城，2018年9月发表于《海东文艺》总33期。

身在异域德润梓里

一

胸怀像大海一样坦坦荡荡，博大无垠能容万物；心情像春风一样温柔恬静，不怒不争无怨无悔；天性像佛祖一样大慈大悲，好善乐施济世扶贫。这就是令世人深为敬仰的释贤德法师的为人之道。

释贤德法师俗名叫曾少梨，是雷州市至今旅居海外的佛学学位最高的法师。她 1930 年降生于雷城，其故乡在沈塘镇茂莲村。她自小聪明，过目能诵，在雷城念中学时，学业成绩每每居于全班前茅，加上她的言行举止很是文雅，深受师生们的看重。曾有师曰："此女长成，必非常人也!"

不幸的是，曾少梨的父亲早年弃世，母亲体弱多病，家庭境况每下，不能坚持上学。因此，她 16 岁那年毅然削发进入西竺静室受戒，法名释贤德，走上了清心寡欲、念经拜佛的行善之道。

1947 年，香港大屿山宝莲寺住持海云法师到雷州半岛来从事佛学活动。他见释贤德天资聪颖，刻苦好学，十分赏识，遂向香港佛教界荐举。

释贤德17岁到了香港，深受香港佛教团体的重视。在香港佛教团体的精心培育下，她对佛学的学习进步很快，次年被送往日本留学。她到日本，先是在京都佛教学院进修四年，毕业后又进入龙谷大学佛教研究院攻读硕士课程二年。其后，进入东京立正大学佛教研究院继续深造，攻读博士课程四年，以优异的成绩获得了博士学位。此间，她深居简出，潜心攻读，面壁十年不仅精通了佛学，对日语、英语也打下了坚实的基础。

1968年，释贤德离开日本回归香港定居，一边著述，一边参与本地区佛教活动。她学问渊博，深受海内外佛教界的敬仰和爱戴。因而，她先后曾任过香港佛教联合会董事，香港僧伽会董事，弘法讲坛主持法师，菩陀阁主持法师，香港教育联合会董事，能仁书院哲学、佛学和日语教授，哲学研究所所长、博士生导师以及能仁书院院长。1993年，释贤德根据佛教传播的需要，从香港移居加拿大，任慈善机构加拿大东莲觉苑苑长。

二

释贤德法师重贤重德，爱国爱乡，热心于公益事业。她虽然身在外地，但心里常常挂念着自己的祖国和家乡。1987年，她回雷州来，看到自己的故乡沈塘镇茂莲村小学仍设在阴森狭窄、残旧不堪的祠堂里很感不安。她想，师生们天天在这样的危房里生活、上课，随时都会遭其危房倒塌砸死，这怎么行啊！

一个国家的振兴，一个民族的富强，靠的都是以教育为本。如果不把教育事业办好，不把人才培养上去，说什么改困脱贫、振兴富强都是一句空话。释贤德法师回香港后，时时刻刻为家乡的教育建设忧虑着。为让故乡培养好后代，多出人才，为祖国为家乡多做贡献，她在1988年捐港币98万元为茂莲小学建起一幢1240平方米的三层教学大楼和一幢668平方米的幼儿园教学楼。随之，她又陆续捐港币20万元协助茂莲村为校建起宿舍楼及用于教学配套工程与奖学金等。茂莲小学有了舒适的教学环境和实行了奖教奖学激励机制后，教师乐教，学生乐学，校园里书声琅琅，充满着一派喜人的蓬勃生机。

为纪念释贤德法师热心捐款办学的美德，人们便将茂莲小学教学大楼命名为“贤德教学大楼”，把幼儿园教学楼命名为“德心楼”。

三

雷城，是封建王朝时期有名的雷州府城。这里自隋唐至今都是我国佛教活动最活跃的地区之一。其名胜古迹，古寺古庵不计其数。由于历史渊源，这些名胜古迹和古寺古庵具有丰厚的文化积淀和人文景观，既为佛家圣地，也是旅客喜游之胜景，可惜在“文化大革命”期间皆遭厄运。其名胜古迹和古寺古庵被拆被占，僧尼被迫四散逃出隐居，文物遭破坏，其情其景极其悲凉。

中共十一届三中全会后，雷州市（当时称海康县）决定将一些千年古刹及庙堂进行修复，一是为落实党的宗教政策，让僧尼有所归宿；二是为雷州增添景点，发展旅游业。但因资金缺乏，建筑工程难以如期开展。当时，在雷州市建委任职的工程师谢宏图同志，急领导之所急。他想到在香港修行的胞姐释文泉法师（硕士学位）是释贤德法师的爱徒，她们俩同是故乡人，感情很笃，对故乡雷州都有一颗炽热的爱心，况且修复寺庵是佛家乐行善举之事，何不请她向释贤德博士求助？很快，他与胞姐释文泉取得了联系。释文泉法师将家乡的有关情况和请求告知恩师释贤德法师，深受其赞许。释贤德法师说：“我们都是出生在雷州，又是出家人，故乡修复寺庵，重视善行，是件大好事。既然资金不足，我们应当鼎力资助才是!”

此后，释贤德法师先后为修建西竺静室的大雄宝殿和宿舍捐港币 147 万元，并带动释贤光法师也捐了 8 万元港币。同时，为修天宁寺、高山寺和雨花台寺与其他寺庵，她和释文泉法师及其佛家子弟捐港币达40多万元。

这些寺庵的修复，让僧尼们有了自己的好归宿，让信男善女们有个好去处，让游者增加了赏心悦目的好景点，给雷州的经济贸易带来了一定的发展。人们无不盛赞雷州市委、市政府有眼光做了一宗大好事。同时也盛赞释贤德和释文泉法师等热爱故乡，热心帮助修复名胜古寺、古庵的美德。

四

覃斗镇嘉山岭上的包西村是一个极其贫困落后的村庄。该村道路闭塞，经济发展艰难。由于地理位置太高，土地极为干旱，连一口饮水井都挖不出。村民们长期来用水非常困难。有歌为证：

水水水水水水水，嘉山岭人口念骏。
何时才有水止渴，唯望夏日天打雷。

居民用水比油贵，漱口冲凉水一杯。
山脚沟水牛车拉，二铺路程真难为。

这两首雷歌就是中国民间文艺家、雷州歌王何希春同志对嘉山岭人早期用水的真实写照。

当时的乡镇党委、政府曾多次讨论想帮助包西村解决打井修路问题，都因筹不起资金而告吹。

八十年代初期，经有关人士介绍，包西村干部到建委来找谢宏图同志，恳求其想方设法帮助。热心助人为乐的谢宏图了解情况后，通过胞姐释文泉法师和释贤德法师的师生关系，找到了释贤德法师。慈善为怀的释贤德法师对包西村的群众深为同情，她毫不犹豫地答应给予捐助港币8万元。

包西村接到释贤德法师的捐款后，立即请来打井队。很快就打了吃水用井，并建起自来水塔，把水引到各家各户。现在包西村的群众再也不愁没有水饮用了。他们只要在家中拧一下水龙头，清甜可口的泉水就“哗哗哗”的流个不停，任其饮用。同时，他们还筹措资金修通了运输大道，交通得以方便，产品得以流通，该村的生产经济得到了较快发展。

包西村人念念不忘谢宏图工程师帮助穿针引线解除困苦之美德，更忘不了释贤德和释文泉两位法师捐款打井修路的大恩大德。他们特地将其饮用水井命名为“德泉井”。

五

雷州市总工会想建老人活动中心，让离退休人员和社会老人有个如意的活动健身、怡养晚年的好去处。可惜工会领导多年跑上跑下筹不起资金。此时，总工会领导也想起了释文泉和释贤德法师。但她们俩为故乡的公益事业已捐款不少，现在又要去向她们伸手，如何启口？

1999 年，工会领导找时任建设局副局长谢宏图同志商量。谢宏图对创办老人活动中心大为赞成。他不厌其烦地多次去电跟远在加拿大的胞姐释文泉联系，请她向释贤德法师要求捐助。在释文泉法师的积极联系下，释贤德法师又一次慷慨解囊，捐港币 50 多万元，让雷州总工会在著名的风景区“三元塔公园”前面，古称南坛的地方兴建起一幢 640 平方米的三层老人活动中心大楼。该楼命名为“德泉益寿楼”，是从释贤德和释文泉两位法师的法号中各取一字，组成“德泉”二字列于楼名前面，以示不忘其功德。“益寿楼”顾名思义是说老人在此活动可以延年益寿的含意。该楼的一楼为娱乐室（有天九、麻将、象棋等）；二楼设阅报室、电视室、聊天室、健身室（有乒乓球、康乐球等）；三楼宽敞，可做排练场或舞厅或举办讲座用。楼内的桌椅、电视机、球台、阅报台等全套新设备及铺设榕树下 750 平方米地，栽树墩等美化院内环境共计花费了10万多元港币，亦系释贤德和释文泉两位法师及其佛家弟子们所捐。在此，尚值得一提的是释文泉法师的胞兄弟，他们有感于两位法师热爱故乡之情，在大楼建筑中始终关注着工程进展，并为添置设备及整理楼前大道、树墩，美化绿化环境也做了大量工作。

老人活动中心大楼——德泉益寿楼于2000年5月峻工后，雷州市总工会在当年5月10日特树碑以示纪念。碑文曰：斯楼承蒙我旅居加拿大侨胞释贤德博士（香港能仁书院院长、加拿大东莲觉苑苑长）、释文泉法师捐资兴建，共三层，建筑面积六百多平方米，于1999年10月1日动土，2000年5月竣工，建筑典雅，设备齐全，为我市增添一处老人活动场所，博得称赞。两位法师情系祖国，慈爱为怀，造福桑梓，如此善举，功德无量，特此刻碑，以示嘉励。

德泉益寿楼在2000年6月1日进行剪彩，释贤德法师和释文泉法师闻讯欢欣不已，送回镜屏一面表示祝贺。释文泉法师的父亲谢荣兴偕老伴及全家人也大为欢喜，送来沙发椅两套和茶几、镜屏等示贺。当天，老人们无比激动，高高兴兴地欢聚一堂，有180名老人满怀感激之情，联合送来大镜屏一面表示庆贺。其间，不少老诗人、歌手挥毫题咏、欢唱，高歌两位法师捐款建筑之美德。其中雷州市政协原办公室主任林宗彦先生以两位法师的法号各取一字当顶头作联一副：“德洁秋光珍吾白发；泉清耆乐还我青春。”老诗人梁宝琦先生作《德泉益寿楼落成志庆》诗一首：“法音传讯佛缘凝，异域萦怀桑梓情。半岛老人承厚福，禅师大德建文明。新楼锦座翁同乐，夕照弥空益寿增。榕树繁枝千古秀，丰碑万代勒芳名。”

此外，释贤德和释文泉两位法师还为建筑雷州市人民医院的家清堂门诊大楼、三元塔公园、敬老院和为雷州地区铺路、修桥及为五保户共捐港币12万多元。

释贤德和释文泉法师为故乡公益事业至今共捐港币已达403万元。两位法师平时缩衣节食，却把所有节省下的钱都捐给故乡办公益事业图的是什么？据悉，她们别无所求，而是想在有生之年为人类社会多做点善事，多做点贡献。

释贤德博士，你和释文泉法师等人为故乡的善行，故乡人民永远不会忘记！

2001年9月写于纪家镇政府大院宿舍，2019年7月14日发表于世界文学网（华人号）。

第三辑·报告文学

蘸着心血绘鸿图

雷州半岛的西部、蔚蓝的大海之滨，横卧着一个土地广阔，人口众多的“边境”镇——纪家。在这里：蔗林似海，桑田碧黛，蕉园婆娑，瓜韵流翠，杨桃、荔枝、红橙互相掩映；在这里：绿树成荫，一片片的速生林，一行行的紫荆和相思树平展整齐；在这里：五颜六色的鲜花，清香飘逸，溢彩流金；在这里：交通四通八达，圩里乡间，幢幢新楼如春笋般拔地而起，到处都可以听到甜美的欢声笑语和令人陶醉的雷歌声……

是人世间？是仙境？简直是一幅幅绮丽的烂漫画卷！

昔日那荒凉的景象再也寻不见了，这突兀的变化，勾起了笔者的无限情思——

一

纪家呵，你不是素来以“赤贫”两字闻名遐迩么？可是，这令人艳慕的突变是谁给你带来？纪家人民无不满怀激情地朗声回答：“是从县组织部调来的党委书记莫煌同志！”

莫煌，年过不惑，中等身材，个子不高不矮，毕业于雷州师专政史系。从他平时那稍瘦的脸上显露出的笑容，可见他很和蔼可亲，平易近人；透过他那深邃而炯炯有神的双眼，又可以看出他是一个慎重而卓有远见的内向型强者。

莫煌早期曾当过多年的基层干部，对乡镇工作颇有经验。但当他在 1988 年 11 月走马上任纪家镇委书记，了解到纪家经济极其困难，镇干部的住勤费和管区干部的工资已有六个月发不出，人心涣散，思想混乱等很多问题时；当他跑遍各个管区，看到那片片随风扬尘的红土地，那一块块干旱瘦瘠的低产粮田时；当他知道大部分群众生活还很穷苦，极多数人仍然住在破旧的红土墙草舍时；当他察觉到社会治安不稳定，土地纠纷一波未平一波又起时，他的心感到不寒而栗，一种凄凉感不觉油然而生……

夜，很深很深了，自然界静得像死去一样。只有蟋蟀不时传来一声声“吱——吱——”的寒心长鸣。在那座四合式低矮残旧瓦房的书记“官邸”里，更显得沉寂。莫煌面对着诸般严峻的实际问题，心乱如麻，寝不成寐，想得很多很多，很远很远……

打退堂鼓？我莫煌不是那号软骨头！可是，这份沉重的担子如果挑不好，也许要把我莫煌压得永远挺不起腰来，岂不汗颜？究竟如何是好？他不停地思索着。仰望天空，看着那闪烁的群星，他仿佛看到了纪家七万多人民渴望的眼睛在乞求：“莫书记，请给我们带条致富之路啊！”同时，他的耳边似乎又传来了县委陈光保书记在一个月前对他所说的话：“莫煌，我打算让你到一个理想的地方去抓抓。”料不到，当他出差广州刚返之际，就被调到这里来。由此可见，县委早就想派他到这最艰难的地方来考验了！他想：“好吧，既然县委信任，纪家人民在召唤，我莫煌就应义不容辞地在这里施展浑身解数，搏出个名堂来！”

于是，莫煌根据具体问题进行了分步部署。首先，他走家串户找干部促膝谈心，摸清困难根源，深入了解有关存在问题。接着多次召开了二套班子和全镇干部会议，武装干部思想，搞好团结，鼓舞斗志，共商治穷致富大计。他还设法发放拖欠已久的干部工资和住勤费。解决了干部们的生活，大家都无不感激地说：“莫书记，我们一定跟着你好好干！”他接着针对当时社会治安不断出现的种种不良现象，深入调查，认真解决，决定由镇党委挂帅，带动广大干部对群众进行法制教育。同时，采取了明智果断的措施处理了官长村和肖家村的械斗事件、上郎村和下六村的纠纷事件等。使那些肇事、不法分子慑服于法，促进了安定团结，稳定了社会秩序。

二

干部的勇气鼓起来了，社会治安也稳定了。人们在悄悄地议论：“莫书记办事有勇有谋，能说会道，有政治家风度。但是，纪家能不能摘除穷帽，还得看他有没有‘经济家’的头脑！”“是呀！要真真正正地治好这个地方，非具有丰富的政治、经济头脑的大能人是不行的。但愿我们的莫书记两者兼备，让纪家人民早日走上致富的金光大道吧！”

果然，莫煌不负众望，他敢于打破传统农业观念，利用土地优势大搞开拓性农业生产，向商品经济迈出大步，获得了喜人的成就。

莫煌自从到纪家来，脑子里无时无刻不算着经济账。他想到种粮亩产谷子年均不超 800 市斤，折现金不够 300 元，种花生年均亩产量最多才有 300 市斤，折现金只得 200 多元。此类作物不但产量不高，而且还有许多土地不适宜，留着丢荒。这样下去能富裕吗？不可能！

为此，莫煌根据党的开放政策，湛江市委大打“二水一牧”战役，县委大搞开发性农业生产，大种甘蔗的指示，分析了各种土地的不同情况，四出找窍门，取经验，明确了致富方向，再经过深思熟虑后即召开干部大会，要求大家坚决地、认真地抓落实。先是发动群众大力发展种植甘蔗，全镇 1988 年仅种有 2 万多亩，至1991年飞跃到7.5万多亩，增加了5万多亩，甘蔗产量预计今年最少能达到26万吨，产值随之从1988年的720多万元飞跃到3千多万元，增加近2千多万元。其次西瓜每年种1.3万多亩，三年平均年产值达800万元。香蕉由往年的300多亩扩种到1000多亩，年产值100万元。种桑养蚕业自1990年耕地100亩搞试验取得可喜成果后，1991年发展到1500多亩。今年10月中旬，已收有蚕丝1300多担，预计全年可收2000担，产值近100多万元……

纪家人民年人均收入也因此逐步增长——1988年仅有460元，1989年增加到590元，1990年又跃到770元，预计今年不低于900元，比1988年增加了440多元。三年，仅短短的三年，纪家不但脱去了穷帽，还被评为全县经济发展最快的乡镇，走上了先进行列。并且荣获了湛江市蔗糖业生产和造林绿化先进单位的光荣称号。

纪家人民的生活富起来了。请看，全镇二百多条自然村以往的红土草房基本都变成了钢筋混凝土的一至三层楼房或火砖瓦房。几乎家家户户拉上“夜明珠”，村村竖起电视天线，还有的农户安装了管道引来自来水……

随着生活的改善，人民的思想觉悟也大大地提高了。他们都说：“莫书记带领我们过上了幸福生活，我们一定要饮水思源，听他的话，热爱祖国，拥护党的有关政策。”因而，近两年来，全镇每年都超额完成了公购粮入库和国库券的认购任务以及造林达标任务。计划生育的“四术”任务和纯二女结扎任务也每每跃居于全县的先进行列。

三

古云：智者多虑。莫煌的个子虽不算很大，但他有博大的胸怀，似乎要包罗万象！

莫煌除了在“为民致富”上熬尽心血，东奔西跑外，平时一触及某些具体问题，总要冥思苦索，设法解决。否则，食不甘味，卧不安宁。如他漫步于纪家圩，看到那坑坑洼洼、阻塞不通的街道，狭隘的市场和不规范的市容建设；巡回慰问教师，看到那一间间残旧危房作为教室和教师宿舍；送计生对象至卫生院做手术，看着那古老低矮、空气污浊的门诊室；早晚出入于镇政府院内，看到镇政府的办公场所和干部们的住舍狭窄、陈旧、破烂及外来客人没有个住宿地方；检查生产看到那迎风鼓浪的蔗海和绿叶如油的桑木而想到纪家没有糖厂和蚕茧站时，他的大脑无时不像滔滔的大海在汹涌澎湃，在不停地思索……

莫煌到纪家上任不久，曾有人问：“莫书记，您能为纪家办起一间糖厂吗？您能使纪家的教育、卫生、市场、道路建设好吗？你能让镇干部住上安心房吗？”他胸有成竹地回答：“只要大家共同努力争取，我有把握！”当时，闻者都想：“要解决这诸多建设得花上一笔惊人的巨款，并非轻而易举的事。也许是莫书记吃了豹子胆，加醉了一杯，竟然夸下海口，且看他有何神通！”

莫煌毕竟还是莫煌。他平时对某些问题，不经考虑成熟，是不会轻易作出回答的。所以，他说到的都能全部做到。

自 1989 年始，莫煌带头发动全镇有关单位和广大干部群众献捐，以及镇投资共 30 多万元搞市建：开通了长近 3000 米的街道和铺设了近 500 米的水泥硬底化街道，还进行了全面绿化。扩建了 6000 多平方米水泥平顶市场，使纪家市场占地面积达 1.3 万多平方米。开发了墟镇西部的三角地，迁墓 300 多座，建造了审判庭、供销油库、肥料门市部、物资门市部和停车场。既解决了墟镇的拥挤现象，又大大地美化了墟镇。三年来集资 500 万元建起校舍 2 万多平方米，30 多幢教学大楼，使全镇各管理区的学校基本消灭了危房，实现了二有一无，另外投资 100 万元在纪家市场东南面的空旷地上建起了一幢四层、一幢三层的教学大楼和三座一层的教师宿舍，把纪家中心小学从破旧的庙宇里迁到这新建的校园中来。接着为发展科学教育和迎接市女足锦标赛推动体育教育工作，分别投资30多万元和集资5万多元为纪家中学建起一幢三层科学楼与一个规模宽阔的运动场；为普及初中教育创造良好条件，又投资60多万元在纪家二中建造起一幢2600平方米的四层教学楼。由此，给纪家的教育事业带来了勃勃生机，教学质量得到显著提高。1991年秋季升学考试，纪家中、高考上线生50多人，录取达40多人，打破了历史纪录。随之投资30万元给卫生院建起一幢三层门诊楼。筹资40万元在镇政府院内建起一幢四层招待所兼会议室的大楼。一幢四层16套的干部宿舍大楼也将破土动工。此外，由于莫煌对事业的执着追求，获得了省、市、县三级领导的重视和大力支持，还为纪家建起了一间日榨量3000吨的现代化糖厂和一座占地面积4000平方米的蚕茧站，解除了群众卖蔗难和卖蚕茧难的后顾之忧。

为此，纪家人民无不赞叹莫煌书记那帷幄运筹的惊人智慧，无不为自己有一位卓见善治的好领导而欢歌载舞！

四

莫煌呕心沥血在纪家这片广阔的贫瘠土地上谱写了一曲曲优美的欢歌，绘出了一幅幅壮丽的画图。他虽然比前显得更瘦了，一年到头也难得回家跟爱妻和儿子欢聚几次，但他毫不为此而遗憾。听到人民的阵阵笑声，他也开心地笑了！

我们怀着敬佩的心情说：“莫书记，您真行。您来了三年，就给纪家带来了巨变……”他却谦逊地说：“我不过是出了一个点子。如果没有镇长蔡德时，副书记赖和义、副镇长周清、王载、杨建富、陈雪芹和原镇长方宏等同志积极分担责任；如果没有广大干部和人民群众的同心合力工作，即使我个人有通天本事也难呀！”

莫煌书记还告诉我们计划明年再扩种甘蔗3万亩，扩种桑苗3千亩，争取人均纯收入超千元，进一步把纪家的建设搞好。近期内，要在镇门口左边建起一幢四层计生大楼，协助卫生院建起妇产楼，争取上级有关部门支持投资100万元把墟区内几条主要街道铺设成沥青街道。同时，为纪家中学建一幢四层教学楼，为纪家中心小学再建一幢三层教学楼，并为纪家中心幼儿园建一幢教学楼。把纪家镇的中心幼儿园、中心小学以及初中、高中，都建成全县第一流学校。争取在三、五年内再建三幢四层干部宿舍大楼，全面解决镇干部的住宿问题。同时，要拆掉旧、危房，把镇政府所在地建成风景幽雅、别致的花园式政府办公场所，并尽快将河西至糖厂这块土地开发成新墟区……

好啊，莫书记又为纪家人民设计出一幅锦绣的鸿图了。深信他的宏伟规划是会得到实现的。

飞腾吧，纪家。我可爱的家乡！

1992年发表于《湛江文学》第1期，1996年收入《情悠悠》（陕西旅游出版社）。

只缘正气满心胸

我们自古以来，就有埋头苦干的人，有拼命硬干的人，有为民请愿的人，有舍身求法的人……这就是中国的脊梁。

——鲁迅

他虽然不吃“文学饭”，但由于他跟鲁迅血液相同，气质相通，因此他十分欣赏鲁迅这一名言，并一生奉为自己的座右铭。无论在充满神奇色彩的侦察部队里磨练，还是在基层与民同甘共苦，都以自己实际言行践行这常在心头熠熠生辉的名言，谱写了一曲时代的新正气歌。

他，就是海康县纪家镇镇长蔡德时。

火与血的考验

蔡德时双眸深邃而睿智，虎背熊腰，走起路来步如鼓响，他虽已年近五旬，但仍英姿勃发，说话办事清爽利落，充满着青春的活力和军人的气魄与风度。

蔡德时 1942 年降生于海康县客路镇的一个农民家庭。1958 年高中毕业即应征入伍，在部队练就一身军事强功，他机智勇敢，历经无数风浪的考验，从一个普通战士逐步成长为侦察部队的班长、排长、连长、副大队长、师司令部的营级参谋，还担任过警卫连长和教导大队长等职。同时，在部队里立下了赫赫战功——

1962 年，在一次反空降战斗中，蔡德时亲自抓获空降特务一员，荣立三等功一次。

1978 年 12 月，组织已批准他转业，他也已做好“解甲归田”的准备，并把这消息告知了阔别多年的父母妻儿，但在此时，由于越南当局多次对我边境军民发动武装挑衅，1979 年 2 月，我军忍无可忍，被迫下令自卫还击。此时，他虽然想到父母妻儿对自己的无限思念，而他自己也是多么的想回家跟亲人欢聚了呀！可是，“养兵千日，用之一时”。这正是考验自己的关键时刻，怎能无视敌人蹂躏祖国的大好河山，伤害我们的人民而退回后方？他紧闭双唇，两眼喷出仇恨的火花。沉默了许久，他愤然站起“砰!”的一声，挥拳狠狠地向桌面砸下：“妈的，我现在不转业了！没有国，哪有家?”于是，抛弃了对亲人的眷念，毅然作出牺牲自己的一切准备，上书请战，带兵奔赴前线。

在战火纷飞的战场上，蔡德时把生命安危置之度外，不顾伤口鲜血直流，先后三次带兵神速地插进敌后，摧碉堡、毙敌群、捕俘虏、断敌退路、阻敌增援，保障了我部队主力军顺利地打进谅山取得全面胜利。由于战绩显著而连续荣立三等功三次。此外，他还在 1964 年于北京举行的全国侦察部队军事比赛中，荣获一等奖，受到了叶剑英元帅和罗瑞卿总参谋长的亲切接见并合影，留下了珍贵的镜头。战友们无不翘指佩服！

急难关头挺身而出

1979 年 10 月，蔡德时转业了。在他的请求下，上级同意把他分配到较偏僻的穷困地区纪家镇来工作。

十多年过去了，蔡德时从镇委副书记到镇长，都跟纪家人民甘苦与共。因而，他了解纪家人民，纪家人民也最了解他，提起他为国为民做的好事如数家珍——

1986 年那次强台风袭击纪家镇北仔海堤的情景直教人怵目惊心。狂猛的风暴掀起的排空巨浪一次次狠狠地撞击而来。十几米用青石水泥筑成的第一道防线倒塌了，紧接着第二道防线也块块崩溃了。时任党群副书记的蔡德时带着由一百名党员和群众组成的“敢死队”，雄赳赳地急奔防堤，立即展开战斗。他们砍树的、扛树的、铲土的、拉袋的、扶桩的、打扦的，一个个斗志昂扬，紧密配合。然而难耐那风力猛增，雨箭加急，狂浪猛扑，顷刻间，沙袋、木桩无影无踪，防堤崩削更甚。蔡德时见此情景，掉头望着防堤那边刚刚开发好的三千亩虾池，急得直跺脚。谁不知道，这是他数月吃卧在工地与纪家人民克服重重困难才开发成功的？这是血和汗作代价，以智慧和胆识作本钱的产物，谁不寄予希望呢？可今天，唉！他由不得大声呼喊：

“同志们，加油、加油呀！这防堤系着三千亩虾场和数千亩农田，以及七千多农民的生命安全。加油，快加油呀！”蔡德时的话音刚落，人们也正在加劲之时，顿见那不同平常的滔天骇浪咆哮着翻滚而来。他又急促地改口大喊：“同志们，快散开，快散开！”

轰！突然一声巨响，恶浪从蔡书记站立的防堤左右两边冲出两道大决口，只剩下摇摇欲坠的一小块。当大家安全避开后，掉头发现蔡书记和两位镇干部生命危在旦夕时，不禁为他们捏了一把冷汗。可是，蔡书记仍脸不改色，继续催促同志们再次尽快散开！

为营救蔡书记和两位干部，大家都急着想方法：有的连忙跑去虾场指挥部打电话向上级告急，有的火速去找渔船……

几乎在同一时间，有关部门在电话里急不可奈地说：“直升飞机没法摸清方向！”“船只寸步难行！”

这时，一个老渔民驾着自己的渔船自告奋勇冒死而来。好及时呀，当蔡书记他们一登船，那块小土堆就被洪水“轰”的一声冲跑了！

今年五月的一天，身为镇长的蔡德时出公差刚刚回来，听到群众举报：有两个流氓在林西管区的西瓜临时收购站欲抢劫北方来的西瓜老板，并说其中一个流氓曾数次入狱，两次被判刑，可劣性不改，常常在左腋插一支“火狗枪”，右腋藏一支“五四”式短枪，小腿绷一把小匕首，裤带系的是软钢鞭，动不动就要伤人。蔡镇长听罢，顿时义愤填膺，从牙缝里拼出一句“败类、渣滓！”立即带领派出所及镇干部20多人秘密前往包抄。

据悉，这伙流氓已向西瓜老板勒索了五百元。可是，那个浑身杀气的流氓心犹不甘，离开不远竟然复转来又要一千元。老板不给，他即抽出明晃晃的匕首，对着老板的脖子威胁道：“再说不给就宰了你！”他说着就将匕首真的刺过来。说时迟来者快，冷不防从身边的杂木丛中飞出几条好汉，其中一个腾起一脚将匕首踢掉。那流氓咋料到这人就是全国侦察部队在京大比武中荣获一等奖，轰动一时的壮士，更料不到是侦察部队里神速追踪歼敌的虎将蔡德时！他竟然毫不示弱地向蔡德时扑来。蔡德时一闪，顺势飞起一脚将他踢了个仰面朝天，接着像雄鹰抓小鸡般擒住。在场者无不赞道：“蔡镇长真是好样的。几十年来，历经火与血的洗礼，炼就了一身正气，急难关头勇于挺身而出，不愧是人民的父母官，不愧是一个共产党员……”

不为金钱所迷惑

多少人面对金钱，不择手段，贪得无厌，不能自拔。然而蔡德时却认为金钱乃身外之物。他常说：“一个人赤赤净净地降生于世，也应该让其清清白白的归去。失去为人的本质，毁其人格者一文不值。”因而，许多要以物质金钱从他的身上找“门路”的人都羞红满面悻悻地离去——

1986 年初，纪家镇和北仔管区在北仔海滩上合股投资开发虾场，蔡德时任工程总指挥。其时，有个包工头悄悄地跑来跟他说：“蔡指挥，请把全部工程的 7 万多个土方都承包给我，只要你同意每方给我 1.9 元，我就给你 15000 元……”

蔡德时一听，严肃地说：“同志，你这个想法错了。我怎能损公肥私呢？你要承包全部工程的土方建设，我热情欢迎，但要开标，谁标的价格最低又敢于保证工程质量就承包给谁。届时你就来参加投标吧！”

包工头讨了个无趣，忙道声歉，退出门去。

到开标那天，几路包工头都来投标，结果每个土方只 1.5 元被承包下。这项工程为纪家镇和北仔管区开发虾场节约了 3 万多元……

最近，纪家镇经上级批准兴建一间糖厂。由于征用了纪家镇的土地办厂，上面批给纪家镇一些长期合同工指标。有些管区干部要求子女进厂心切，几乎天天都来镇里找领导要求安排。一天，有个管区干部想“稳拿”一份指标，把 300 元送到蔡德时家来。他得知蔡德时到县里开会未回，就把钱交给蔡德时的妻子说：“这是我借蔡镇长的钱，请你收下转交他吧。我在……”妻子信以为真把钱收下。

第二天上午，蔡德时回到家来，妻子将事告知，他当时丈二和尚摸不着头脑。想，未曾有谁向我借过这么多钱，这到底是怎么回事？我必须查清楚此人是谁？趁早把钱给他送回问个究竟！

正当蔡德时夫妻谈论之际，送钱的那个干部来了。蔡镇长说：“同志，原来是你给我送钱，这是什么意思呀？”那位干部说：“蔡镇长啊，说句心里话，我几个子女都长大了。当了数十年管区干部的父亲都不能为儿女找到一份工作，我的心情实在不好受。现在，糖厂既然给我们镇拨来一些长期合同工指标，请给我解决一个吧！”

“呵。”不用多说，蔡德时自然明白了。他语重心长地说：“老同志，这些指标是要经镇党委讨论，按有关条件民主议定的，任何人都不能私自发放指标。往后有事要帮忙，该帮的我一定给你尽力帮。千万不要给我送什么的。”他说着将那300元向他递去，“请把这些钱收回去！”那位干部顿时满面通红，深感有愧，只好把钱收回……

事后，蔡德时对妻子说：“往后一定要记住，凡是不明来历的钱，决不能收了。”妻子无不应诺。自此，再没人为私谋糖厂的合同指标而来缠扰他了。

刚柔相济胸怀博大

也许有人见蔡德时仪表威严，刚直不阿，猜他不与群合。其实不然，他生来性情爽朗。虽说在原则问题面前，不论亲疏厚薄，他总是显得那么严肃。但在干群关系上总是那么亲亲热热的。即使有些同志或群众有时对他有所误解产生意见，甚至谩骂过，他也毫不介意——

1982年，镇党委决定由他来主抓计划生育工作。他的老战友王学芬当时已超生一胎。起初，王学芬总以为蔡德时跟他是生死与共的战友，从部队到地方，长期来都亲密无间，带着诸多情面，不会对他作任何处理的。想不到，蔡德时不但批评了他并征收了超生费，在工资调级时还以原则两字给“压”了。王学芬当时怒不可遏地跑到他的家破口大骂：“你蔡德时太不讲人情了，当了官就不认得我王学芬。好吧，你既然不认识我这个老战友，那么，我王学芬也不必依赖你蔡德时！”

此后，王学芬不仅走路跟蔡德时相碰时不打招呼，就是蔡德时向他打招呼也绷着脸不理睬。蔡德时几次想登门找他谈，沟通思想，都被拒之门外。一个好端端的老战友、同事，就为这些不该闹翻的事永远地翻了脸？不，我要尽量想办法接触他解释清楚，恢复同志间的友好关系！蔡德时不时在想。

不久，王学芬突然发病住院了。蔡德时刚下乡归来闻悉此讯，马上奔去医院探望。当他踏进病房叫声："老王。"王学芬睁眼见是蔡德时，一声不吭地转过身去。蔡德时对此毫不介意，走近病床充满歉意地说："老王啊，请谅解我，不要再记恨了吧。那是按照党的政策法规所办的，并非我蔡德时专挑你作对。许多同志不也同样处理了么？你，是一个久经考验的共产党员，应该明白这是原则问题啊！"一席话，把王学芬打动了。他热泪盈眶地翻转身来紧握着蔡德时的手，说："老蔡，我明白了。这都是我不对呀！"从此，他们和好如初。王学芬住院期间，蔡德时还多次携带礼物前来探望。王学芬病愈后坚持工作至1991年上半年不幸去世。蔡德时不但亲自为其送葬，还常常到他家来向遗属慰问。

去年，纪家镇为了发展种桑养蚕业，经技术员冯培根同志检验土质，林西管区坡湖村有一大块土地适宜种桑养蚕。蔡德时多次前来发动群众种桑。但群众种甘蔗已吃了甜头，如说种蔗他们无不乐意。提起种桑养蚕，任你鸭嘴说成鸡嘴也说不动，还要被一些群众大骂一场。根据这些具体情况，蔡德时决定亲自到坡湖村来蹲点先抓种桑。

记得腊月那晚，北风凛冽，寒气逼人。蔡德时推出摩托车，带上行李，备足粮食，披上大衣逆风而去。摩托车的响声唤醒了沉寂的坡湖村。他和村长逐家挨户地动员群众，召开了大会。蔡德时将话匣子打开，绘声绘色地讲述种桑养蚕的前景，讲客路人如何种桑养蚕从穷乡村走上全县的致富前列。他说："兄弟叔伯婶嫂们呀，种一亩桑养蚕比种一亩蔗的经济效益提高三至四倍，能收2000元左右，最好的还达3000多元！……"话说到此，突然一个中年妇女打断他的话嚷道:“你这些当官的,吃饱了没事干,睡多梦多,养蚕能赚大钱?这是你们的,与我无关!谁要是硬在这里逼人种什么桑呀养蚕的,要知我的神爷脾气,别怪他把你捉去!”

另一个老妪接住话柄站起来说:“也要种桑,也要养蚕,还要找钱盖蚕室,岂不是要我们累死你才放心!再说那蚕,唉,不就是虫么?听说又会发病,拉屎,又脏又臭。不说人嫌鬼厌,神见了也发怒!”她说着扳起脸来提高嗓音,“不种不种!要是你当官的强迫我们种,我就叫鬼踢你,神捉你,雷公劈你!”

一些老年男人也一哄而起说什么我们村的神公最怕脏怕臭,种蔗是可以的,种桑养蚕的事别提了吧……

蔡德时听了那些不恭且滑稽的言词,不但不生气,反而微笑着说:“请大家不再骂了吧。回忆一下,以前我们动员大家种蔗不是也说不能种么?可现在大家种了蔗都致富了呀。镇党委是一心一意带领大家发财致富的。这种桑确是收益高,大家都种上几亩就能更富的。”他深深地吸了一口烟,“兄弟叔伯婶嫂们啊,不要怕,种桑养蚕,我们镇党委可给你们派专职技术员指导,包管成功的。至于什么神公怕养蚕嘛,他若灵怎不让大家早致富,老早却让大家饿肚子!我看,不愿种的也得种了,如果谁在规划种桑区种了别的作物我就拔掉!”此时,他的话音是多么的刚毅,似乎雷打不动的,转而放声诙谐道,“种桑养蚕,要是失收让大家变穷,届时你们大家叫鬼踢我,神抓我,雷公劈我还未迟嘛!”

许多青年人有点兴趣了,他们都表示先试试看。

此后,蔡德时带着贷来的款和技术员冯培根到客路将桑种购回,在村干部的协助下发送到各家各户。并亲自下田指导他们耕地、开畦、下种。虽有几户不乐意,把桑种来回背了几次,但在他苦口婆心的教育开导下也种了。

多半年过去了,种植的150亩桑苗养蚕,果然取得可喜收获。

由于蔡德时和技术员冯培根的精心指导，农户们养蚕顺利，平均亩产值达1800元。群众个个喜气洋洋。第二年大家都争着种，一下子扩种了300亩。

群众尝到了种桑养蚕的甜头后，便相继登门向镇长蔡德时道歉和报喜。有个农民说："蔡镇长，我爱人不懂事，过去错骂了您，请不见怪呀!"蔡德时乐呵呵地说："不会不会，那是大家当时对新生事物接受不来嘛。这些我是理解的，那能怪谁呢？现在大家不再骂我就行了!"他说着哈哈的笑起来，一边忙着给大家让座，一边倒茶。大家也随着畅怀大笑了！人们无不说蔡德时胸怀有大海之量，能容万物。因而大家对他倍加敬爱。

心底无私天地宽，凛然正气仍常存。谁无私无畏地为人民办事，处心得力地造福人类，谁就得到人民的拥戴！

1992年发表于《湛江文学》第1期，1996年收入《情悠悠》（陕西旅游出版社）。

从农民到企业家

他降生在一个偏僻小村的一户贫苦农民家庭，而今却痛痛快快地生活在一个大镇中心。他不仅住高楼，而且穿着时髦，腰别“大哥大”，平时出门坐的是小轿车。有时，还有上级领导、洋老板作陪。他，就是雷州市纪家镇唯一年创产值2000多万元，纳税200多万元的一间股份制企业——雷州市纪家镇木材切片厂的创办人，厂长陈炳宜。

陈炳宜在改革开放的大浪潮中，由一个普通农民变成了大众瞩目的大企业家。他干得热火朝天，生活得洒洒脱脱。但是，当人们翻开他的人生阅历时，无不为他饱含辛酸的奋斗历程深受感动。

峥嵘岁月

陈炳宜，今年40岁，中等身材，五官端正，举止斯文，眼光睿智。他的家乡在雷州市纪家镇曲港管区后崛村。这里，地方偏僻，土地干旱、贫瘠，历来群众生活非常困难。他有三个弟弟和两个妹妹，小时，家里穷得常常上顿不接下顿。一天，因缺饭，几个弟妹都拼命地向母亲哭闹：

“妈妈，没有饭，你给我一碗饭汤都好哇！”

“妈，怎么饭汤都不让我吃饱呀？……妈！”

……

母亲劳动归来饥肠辘辘，刚喝到一勺饭汤，罐底已朝天了。当她听着孩子饿得连连发出的求乞声，看着他们那一张张肤黄肌瘦的脸和一双双噙着泪珠、可怜巴巴的小眼睛时，心里一酸，泪水不停地往下淌：“孩子，父母生下你们，连饭都不能让你们吃饱，造孽呐！”说着，禁不住失声痛哭起来。

父亲毕竟是男子汉，他没有哭，将小妹搂进怀里，低下头，不时长声地叹息着。

当时，陈炳宜年纪虽小，但他深知父母的痛苦，说：“爸爸妈妈，您们别难过，弟弟妹妹，你们也别闹。过几年，我长大了一定让大家吃饱穿暖……”

1975 年，陈炳宜高中毕业回家务农。不多久，他被任为生产队长。他刚上任时，生产队分配是 1 角 5 分钱一个劳动日。这叫社员确实难以过活啊！为改善群众生活，他四出找致富窍门。当了解到全公社（后改为“镇”）仅有一间瓦窑，烧出的瓦片远远满足不了当地的建筑需求时，他设法筹资 1000 多元为生产队建起了两间瓦窑，并到廉江请来做瓦师傅指导。他率先苦学，很快学会了做瓦、烧瓦技术，随之也教会了一些社员。他们烧出的瓦片由于质美不渗水，很为畅销。一下子，生产队的经济收入大为改观，年底结算，平均劳值 1 元 1 角 5 分钱，居当时全公社首位。社员们家有余钱，吃饱穿暖，个个都笑逐颜开。他的家人更是欢欣不已。

陈炳宜治穷有方，仅一年间便使历年分配最低的后崛生产队一跃成为纪家公社分配最高的生产队，名声大噪一时。唐家公社的下陈等村干部纷纷来请求他前往帮助建瓦窑和作技术指导，他都满腔热情答应。他帮助一些村队摆脱穷困，也让自己增加了经济收入。

体制下放后，陈炳宜更是像一匹脱缰之马，在市场经济这一广阔沙场上奋蹄奔驰。他了解到当地肥料紧缺，即跑到贵州等地为纪家和遂溪县的江洪等公社的供销社采购回大量尿素、氨晶、磷肥等。还为徐闻县的曲界、龙塘诸公社推销了大量菠萝等农副产品，从中赚到了许多钱。不到两年时间，他便成了响当当的万元户，当时无人不佩慕，无人不敬仰！

不料，他转行做买卖牛生意，第一次因没有经验，买回 60 头牛，人家嫌牛的毛旋差（当地人称“牛砖歉”），难以出卖，亏本 4000 多元。第二次请了一位善相牛的师傅前往买回一批价值 6000 多元的牛，却又被有关部门视为投机倒把全没收了。为此，他的家庭再度陷入困境。

闯出困境

“哼，陈炳宜心太大了，江洪供销社曾以高薪聘请他当采购，干了两年就不想干了。安安稳稳的工资不拿，想跳出来发大财，我看，他这回做梦都会惊醒的！”

陈炳宜贩牛失败后，时不时传来一些刺耳的讥讽声。可是，他不以为然。他不但没有丧失大搞市场经济的信心，反而采取以退为进的方法来图东山再起。1984 年，他到唐家的南六村承包下 120 亩杂木丛生的原始荒地开垦种蔗。

嗨，手头有钱要办什么事都容易，手中无钱干什么都难！当时，陈炳宜因资金缺乏，又贷不到款，想请人耕地，购蔗种都没方法。如何是好？他苦苦地思虑着。最后，经过几番的奔走恳求，在他的一片诚心和敬业精神的感动下，终于有人同意赊账为他开机前来将地翻耕了，也有人同意为他赊账把蔗种运来了，毛坡小学还同意赊账利用劳动课和星期天来组织师生帮他砍蔗种，并把蔗种下了……

此后，陈炳宜为把甘蔗管理好，多赚些钱，重展身手，争回一口气，他几乎一直在甘蔗地的茅棚里过了一年多的孤苦寒碜生活，并坚持早出晚归，饱受风寒和日晒雨淋，辛勤地劳作着。功夫不负有心人，当年甘蔗喜获好收成，他不但还清了种蔗成本债，还多赚了3000多元。

手中有了余钱，陈炳宜的胆子又壮起来了。他获悉当地糖厂与海南的陵水等地单位生产建设需要大量木材，就设法筹钱，一边雇工管理好下代甘蔗，一边买树加工木材出卖。连续三年，赚到了数万元。从而他在1986年至1987年相继买回两辆拖拉机搞运输。1987年还在村里建起一幢70多平方米的混凝土平楼住房。农村建楼，自解放三十年来在纪家公社都未见过，公社领导马上组织干部前往参观。大家无不称赞他头脑灵活，善搞经济，在房建方面还给全公社带了一个好头哩！到1988年底，家庭积累现金突破了10万元。他即在纪家镇中心的镇政府大院前侧街投资13万元建起一幢建筑面积400多平方米的三层高楼。当时，纪家镇除镇政府和供销社的两幢旧办公楼外，再也找不到有三层建筑了，且陈炳宜的楼房款式新颖，装修华丽，俨然鹤立鸡群，耸天傲立。陈炳宜，这一落魄农家子弟，顿时又令人刮目相看！

陈炳宜外跑多了，面世广，阅历深，经验多。可以说，他有了一本熟背的生意经。他连续几年做生意、搞运输、买树加工木材出卖等都左右逢源，得心应手。1990年，陈炳宜看到人家承包工程搞建筑赚大钱，他一鼓作气也投资140多万元承包了纪家二中教学大楼和镇政府的第一幢计生大楼等建筑工程。从此，他又走进了建筑行列，进一步拓宽了经营范围，使一大笔一大笔的现金“流进”了他的账户。

“陈炳宜这佬子的经济手腕够厉害！”人们又无不咂着舌头称道。

被请“出山”

只要是千里马，不愁无伯乐。

陈炳宜采用多种经济手腕再度致富，而且富得出色，在纪家这片土地上大为震动，很快引起有关领导的重视和赏识。原镇委书记莫煌认为他是个“将才”，曾几次想请他到镇政府来抓企业、办工厂，他都不肯“出山”。1994 年，新任镇委书记游和良亲自到他家请他“出山”，也许是才为所用，他终于答应“出山”来当任镇企业办主任。

上任后，陈炳宜认真分析当地资源优势。他想，遂溪县河头镇办木材切片厂赚钱很“香”，我镇有 10 多万亩桉林，唐家、企水、海田等邻近乡镇造林也不少，如办一间木材切片厂多好呀！于是，他向镇委书记游和良提出创办木材切片厂的想法。游书记听了当即认可，并派他进行联系做好筹建工作。

要办厂，就要出产品，如不事先摸清销路，产品销不了，就要栽跟斗，亏大本，是盲目行为。陈炳宜对这一点是深为理解的。他第一步是先到湛江南油了解木材切片的销路，当得知木材切片在国际市场上销路宽阔，供不应求时，更夯实了他的办厂信心。他随即跑到雷州市林业局请示办厂。但雷州市林业局当时不敢拍板，他只好回镇来向镇委汇报。镇委书记游和良马上同他一起到雷州市委请示。市委领导觉得利用当地资源办企业进行加工赚钱，是一条发展经济的好门路，便亲自向湛江市委、市政府和林业局请示。同时，经商定木材切片厂由纪家镇政府、雷州市委办、雷州市林业局等三家合股创办。初步预算，办厂资金需要 500 多万元。每股投资 170 多万元，这么多的钱一时从哪里掏？三家领导都深感为难。尤其是纪家镇政府，当时负债累累，一贫如洗，更没办法。眼看一个好端端的企业，筹不起钱创办，岂不可惜！为此，镇党委不得不作出股份转让方案。可是，纪家镇谁人有这大本事担得起？镇委领导无不为之忧虑。这时，陈炳宜毅然作出回答：

“请把木材切片厂这一股份转让给我来干！”

“把股份转让给你？”游书记望了望陈炳宜，想了一下，觉得这担子实非彼莫属，也就点了头……

创业辉煌

陈炳宜真够胆量，说干就干。雷州市委办和雷州市林业局还未跟他办理好协议合同，未拨来一分钱，他先自筹资金投资 40 多万元，雇工开始砍树挖木头平整了厂址和购买火砖建起了厂围墙，接着又投资 70 多万元铺好了 8000 平方米硬底化地板。

可是，雷州市委办和雷州市林业局仍按兵不动，既不派人又不拨款。他忧心了！一是自家的资金几乎掏尽；二是顾虑上面仍有阻力，如不是，为何 4 月份开始施工，至今已两个多月，市委办和林业局还不见动静？噫！木材切片厂若办不成功，我陈炳宜不但损失不小，还要再次受人家讥讽呀！他拖着沉重的脚步到镇里来找游和良书记“叹气”。游书记也为他焦急，即想出一激将法，请来湛江电视台记者将建厂现场拍摄播放。雷州市委办和雷州市林业局的领导看见陈炳宜信心那么足，投资那么大，又干得头头是道，被感动了。他们商议后，便请来建筑工程师绘出住舍楼与机房的建筑图，并在 7 月份派人前来协助建筑。但是，人来钱不来。陈炳宜只得找人借、贷，又投资 40 万元将机房与住舍楼建起。这时，市委办才拨来集资款 30 万元和林业局也拨来 130 万元，并派人到上海、镇江等地购买机器进行安装……

纪家木材切片厂建筑工程全面竣工了。接着，经过一段时间的筹备购木工作，于当年 9 月 18 日上午，木材切片厂终于在一阵“轰隆隆”的机器声中开始投产了。此时，陈炳宜也被推上了厂长的“宝座”。当他看着雪白的木材切片从高高的机斗中像瀑布般倾泻而下时，一串烫热的泪珠乍地滚了出来。他开心地笑了，他的亲人也开心地笑了，市委办、林业局的领导和在场的人们都朗声地大笑起来了！

木材切片厂投产后，陈炳宜凭他丰富的社交能力，四处找资金和联系买树加工的老板把木材拉到厂来，厂内堆满了还堆到厂外。切片也一批批随之运走。车来车往，货如轮转。加上他治厂严谨，生意越搞越火热，生产业务也越来越壮大。

现在，纪家木材切片厂有干部职工 140 多人，固定资产 500 多万元。该厂自 1994 年 9 月投产以来，连续月创产值达 200 多万元，年创产值突破 2000 万元大关，创税收 200 多万元。同时，给当地运输业带来蓬勃发展，单为该厂运输的收入每年达 500 多万元；对社会福利事业也有很大的贡献……

陈炳宜，你不愧是雷州人民的骄子。我深深地为你祝福！

1996 年收入《情悠悠》（陕西旅游出版社）。

为了那份忘不了的故乡情

人生不是一支短短的蜡烛，而是一支由我们暂时拿着的火炬，我们一定要把它燃得十分光明灿烂……

——肖伯纳

他不是名人，是一位名不见经传的普通干部，但他的理念却与英国现代杰出的现实主义戏剧家肖伯纳相同。在病魔缠身的花烛残年里，他为了家乡的建设，为了家乡事业的发展，依然像蜡烛那样把自己的人生“燃烧”得光明灿烂，谱下了一曲曲震撼人心的壮歌。

他就是现任新村村委会关新村村长关建利。

被乡情牵“出山”

关建利，64 岁，身材横矮，长相憨厚，衣着朴素，一看就知道为人很诚实。同时，透过他那粗糙的紫铜色皮肤与疲倦的神情，可看出这位村官工作的繁重和辛劳；从他那稳重的言谈中，又可看出他是一个很有远见和毅力的人。

关建利原是南兴镇干部。退休后，他跟老伴庄惠英与在湛江工作的儿子关传飞家一起生活。去年夏天的一个上午，关建利正在儿子关传飞家品茶，村里的杨仁活、关保松、孙华英等几位乡亲突然闯进门来。他们一看见关建利如见到了救星一样欢喜。他们说，村里现在的领导班子太软弱，许多问题都没有能力处理，造成人心分离，村中要办些什么事都不行，群众意见纷纷。比如有几户人多年不缴交水电费，他们处理不了，影响到其他许多群众也不愿意交，至今全村拖欠水电费已达4万多元。因欠费多，供电部门必将拒绝供电。如果被停电，不说群众生活不方便，生产也艰难，还要被邻村耻笑，我们还有什么面子见外人！他们还说，村里的现任领导班子任期届满，准备改选了，我们是代表全村群众的意愿前来请你回去参选村长的。关建利听后，考虑到自己的年纪老，前年又因患肠癌动了手术，不一定能坚持做好工作，况且自己是个国家退休干部，回村来当村长“干预村政”不好意思，便建议在村中推选有文化、有作为的年轻人担任，以此而谢辞了。

可是，村里的人仍不休心，时不时还有人跑到湛江来找他或给他去电请求。虽然，每次他都婉言推却，但是，乡亲们那恳切的言辞，深沉的爱意，纯朴的感情犹如一股股暖流常常在他的心湖里荡漾着，尤其是每当想起患癌住院留医时，乡亲们接连不断地前来探望的殷殷之情，无不勾起他那热爱家乡的缕缕情思和建设家乡的强烈愿望。

月余，关建利抱着深深的家乡情怀从湛江回到关新村的老家。很快，村支部书记谢廉，村委主任关建超和许多群众就接踵而至，把他的家挤得满满的。

关建利对大家的来意心中早已明白。他一边让座一边说：“请坐吧，我许久不回来了……”

村委主任关建超不等他说完就开门见山地说：“老兄啊，村里人都迫切要求你回来当村长呐!”

“是呀是呀!”大家不约而同地随声道。

关建利的妻子庄惠英一听，极力反对说：“他前年患的什么病去动大手术你们应该明白。他患的是癌症呀!”她说到这，眼泪唰地流了出来，“打那以后，他一有点儿感冒病痛，我都心惊肉跳，坐睡不安。你们还要他当村长，让他担忧受累，简直是要他的命，我坚决不同意!”

“大嫂，古人说，好人总会逢凶化吉的，他的病已经好了，请别担心。他如当了村长，我一定会帮忙的，不会让他劳累，只要他说说话就行了。”支部书记谢廉劝慰了一下，又接着说：“你看这么多人爱戴他，信任他，多自豪呀！你还是让他回来参选，给大家带个头吧！他在大家的心眼里，素来都是一个好乡亲，好干部，不贪不占，勤为群众办事，为村着想。大家都说，他当了村长，我们都会听他的，往后处理问题都好商量，办什么事也不难。难道你就不想让老关为群众再做点儿事，老关也忍心置本村的发展不顾了?”

关建利听着听着，热泪不由自主地夺眶而出。他想，这是党支部和乡亲们看得起我才如此要求呀！如老是推辞，不说对不起支部和乡亲们，也愧对自己了。于是他不顾妻子的反对以及自己患癌症动过手术，毅然道：“感谢乡亲们对我的信任，只要我能为大家办的事，我都会不留余力。但对于要求我当村长一事，还是希望你们慎重而为，不要意志定选，要发挥民主啊!”

当晚，在支部书记谢廉和村委主任关建超的主持下，关新村的领导班子换届选举工作会议召开了。关建利虽因事不参加会议，但乡亲们在选票上都填上了他的名字。计票后，支部书记谢廉当场宣布关建利当选关新村村长。大家一听都高兴地鼓起了热烈的掌声。

诚意架起通心桥

关新村坐落在雷州市南兴镇东南 5 公里的地方。该村有 1230 多人，耕地面积 1040 亩，农业生产以种水稻为主兼种花生、瓜菜、芋头等经济作物。虽说这里都是水田，但人多地少，加上村中人心不齐，公益事业无人理，水利设施不完善，道路坎坷泥烂，因而大大地制约着生产经济的发展。

如何处理村中的诸多遗留问题，尤其是水电欠费问题？如何引导乡亲们走致富之路和搞好村的有关建设发展？关建利被选为村长后，他无时无刻不在想着。

为做好以上工作，他知道第一是要把人心扭紧。如果大家的心能贴在一起，往一处想，什么事情都好办了。于是在上任初期，他每天都穿家串户与乡亲们促膝谈心。乡亲们见他到家来都感到很高兴，总喜欢跟他谈这谈那，像对待自己家人一样亲热。大家都说，你回村来当村长我们就放心了。你为人诚实，能处理事，有想头，谁不听你的话呀？他走到拖欠水电费最多，被村人号为“蛮皮”的家。他一进门就说：“兄弟，我这次是特地来拜访你的，你家近来的生活过得怎样？”蛮皮说：“托你老兄的鸿福，我家近年来的生产、副业都搞得不错，生活过得比前几年好多了。”“这样就好。”关建利停了一下，微笑着又问，“兄弟，乡亲们都选我当村长，我想，当了必会得罪一些人，不当又对不起乡亲们，请你给我提个意见，究竟是当好，还是不当好？”蛮皮听说慌忙道：“哎呀，你老兄说哪里去了，村里人都巴不得你回来当村长，哪能不当？老兄，你就把这份担子挑了，凭你那诚实做人的份儿，我们大家都一定支持你！”“这……多谢了。但我有件事情想跟你商量一下，据了解，我们村几年来拖欠水电费有4万多元，如果这样拖欠下去，供电部门必然会把电停了，往后我们村的生产、生活就不方便了，兄弟你有没有欠水电费？”蛮皮见问，脸倏地涨红了，许久才说：“不瞒老兄，我也欠了许多水电费。”关建利见说，接上话道：“兄弟你既然表态对我的工作支持，就请你给我带个好头把欠费交了吧！如果你现在家中钱不够，我可以借给你，行吗？”蛮皮一时激动得溢出了热泪，说：“老兄，你有这份热心多谢了。我自己有能力交得起的，不烦老兄操心。往后只要有人来收，我一定交，保证说到做到！”

关建利对他的表态，再次给予感谢，并大大地表扬了一番。然后，又走进了另一家……

经过一段时间的深入走访，关建利与乡亲的心贴得更紧了，不但对村中的诸多遗留问题得到进一步了解，还作出了妥善的处理方案。同时，按照村的有关实际和村民的期望也作出了有关生产建设规划。他先是把这些构想去电向村中的外出人员征询意见取得支持后，就召开班子会议统一思想，作出决定。接着召开群众大会。在会上，他说："乡亲们，多谢大家对我的信任，一致把我推到村长这个位置上来。说句实在话，村镇干部我都当过多年，现在退休了，一不在乎再当什么村官，二更不想从中捞取什么。但水有源，树有根，知恩不报非为人。我是一名中共党员，多年来深受乡亲们的关爱和党的栽培，才走上镇政府部门的工作岗位。退休后，还享着党和政府的俸禄。特别是前年患癌症，如不是政府出钱为我医治，也许早就见不到大家了。现在既然大家都选我当村长，为报党恩，报答乡亲们对我的爱意与信任，对于挑这一重任即使有多大的困难，我也责无旁贷！"他想了想又道，"我这个人的性格大家都清楚的，不当就不当，当了便要像个样。根据我多日的深入了解，我们村近期急需解决的有四大问题：一是有的人多年拖欠水电费；二是电灌沟渗漏厉害，群众生产负担重；三是排涝沟堵塞，作物被浸；四是道路泥烂，运输困难，农产品销不出。针对以上问题，我多次召开班子会议进行研究，决定：一、近期把所有水电欠费收齐，希望欠费的兄弟准备好，届时，我们前来收费一定要如数交清；二、为让大家在生产上减少成本负担，决定把电灌的 460 多米沟道修建成防渗沟；三、为了排涝保收，要用挖土机将那 1700 多米堵塞了的排涝沟开通；四、人们常说路通财通，为将农产品及时销出去，加快我村的生产发展，同时为方便乡亲们行走，决定将直通我村中心这一公里长的烂泥路筑成混凝土硬底化大道……"

“哇！建利叔。”不等关建利说完，一位群众立即站起来说，“拖欠水费大家是要交的，我也一定会交。但是，你一下子想搞那么多的工程，有没有预算过要多少钱?”

“我都预算了。防渗沟要8万多元，排涝沟2万多元，中心硬底化大道45万多元，共计约56万元。”

大家一听都吃了一惊。从哪来这么多的钱？除非又是按人口收取，如何承受得起！即时，你一言我一语地议论开来。甚至个别人产生了误会，以为关建利的思想与过去不同了。他现在所想的就像社会上所说的一些贪官一样，一上任抓的就是建筑，因为有建筑工程就有“回扣”，就可以肥私囊，就可以发大财！

关建利虽然听到了个别人的冷言冷语，但他毫不在意。他向大家严肃地说：“乡亲们，搞这些工程，为的是让大家发展生产，让大家快致富，是造福子子孙孙的大事，并不是我为了借机发财。我断不是那号人，请大家不要误会。”他说到此激动得把嗓音提高了，大声地接着说，“如果认为我提出要搞的三项工程是好事，就希望大家支持，共同筹措资金先把防渗沟和排涝沟搞好。关于村中心硬底化大道的资金，政府有政策扶持，我可以找上面有关部门争取一些。所欠部分，一是可以将村中店铺招标获得些资金；二是我已事前跟村中个别外出工作人员与务工人员联系过，大家都表态极力支持，可以倡议献捐。估计在这项建筑上不会给大家多大负担，请放心。对于工程承包问题，我首先表态，一律由大家议价开标。我敢说，我绝对不吃1分钱，如果我关建利食言，天诛地灭!”

大家听到这里，不但消除了误解，还深受感动地说：“好好，我们都随着你干!”

在困境中艰苦拼搏

关建利说干就干。过了三天，他就带着村班子成员梁有学、梁祝芳和关传忠下户收取水电欠费。由于他先前已深入到欠费户谈了一番心，做了一番思想工作，加上欠费第一大户“蛮皮”带头补交，所以不论到哪个欠费户的家来，他们都自觉地拿出钱如数交清。不几天就把44000多元的水电欠费收完。

乡亲们见他一下子将村中这一多年遗留问题处理了，都盛赞他办事利落，其能力、魄力不减当年。同时，大家想到防渗沟和排涝沟是保障生产的紧要工程，非做不可。于是都表示支持并很快就凑足资金将这两项工程做好。

接着，关建利又为建筑村中心硬底化大道着想。他召开领导班子会拟出了筑路方案后，就跑到镇里找领导商量，写了一份报告送到雷州市交通局。在他的积极争取下，雷州市交通局给予拨款15万元。随之，他将村中的综合店和肉铺、熟食铺出标获得7万元。有了这些钱，建筑村中心大道硬底化工程就正式动工了。

为带动大家献捐凑足资金，他先是跑到湛江跟长子关传飞商量说：“传飞，我们村的路很烂，不但乡亲们的农产品难以卖出去，我们回一趟老家也很难，现在村班子规划把村的中心路筑成硬底化，预计需要40多万元，我已找到了一部分资金动工了。尚欠部分资金，我打算发动大家献捐。古言修路造桥为人方便，是一项积德事。我退休金不多，只能献上1000元。你夫妻都吃‘皇粮’，经济生活比在家的乡亲宽裕，你就给大家带一个好头吧！”关传飞听了老人家的话很感动，一口气捐了16800元。老三关传勇在场看见想，自己虽然是打工仔比不上老兄，但多少也要捐一些表表心意呀！即时，他也从钱包仅有的400多元中取出318元交给父亲。关建利接着又回雷州林业局来动员二儿关宏珍捐了3888元。全家共计捐款22006元。此后，关建利跑到在外地工作的梁有慧和杨永胜那里动员，他们也按关传飞的数额，各自捐上了16800元，并找梁有敏、关羽动员，也各自捐了5000元……

关建利觉得有了以上这个好开端，召开群众大会进行动员献捐就好说话了。于是在一个星光月明的晚上，他召开了发动捐款修路的群众大会。会上，关建利把以上有关捐款情况向村民们通报了一下，随之又将一份捐款修路倡议书向大家宣读了。他说：“乡亲们，我当村长主张筑路，发动家人带头捐款是应该的。但梁有慧、杨永胜、梁有敏、关羽等，他们都在外面工作，一年到头很少回老家一次，为什么也这么热心家乡建设，捐了那么多钱？其实都是为让大家乡亲过上好日子！那么，我们在家的要不要捐？我们家庭中有人在外面工作和务工的要不要动员他们捐？我说，按各自能力的大小都应该捐一些，多人戽水得船浮……”当关建利说到这里时，身为五保户的老党员梁进寿激动得再也闭不住嘴了。他马上站起来说：“筑路首先得益的是我们在家生活的人，在外工作生活的人都捐回了那么多钱，我们在家的哪有不捐之理？捐多少，根据自家的能力，我虽是个五保户，但筑路我也得益，我也要捐！”他说着就将200元交上来。另一个五保老人冠芳听着很是激动，随之也捐上了218元。两位五保老人将局面一打开，就把乡亲们的心牵起来了。即时，大家都争先恐后地报上了捐款数字。有三、五百的，有七、八百的，有一、二千的不等，其场面很是热烈感人。

会后，关建利又把倡议书寄给村中所有在外工作、务工人员。他们看到倡议书得知家乡要建硬底化中心大道都很高兴，忙打电话回家询问实情并给予捐款支持。特别值得一提的是该村一些出嫁女，她们得知父母家捐款筑路也热情捐助。如出嫁女关爱娟一下就捐了1680元！在关建利的争取和发动下，建筑村中心大道的资金筹起来了。

自此，关建利不需再为筹措资金而操心了。为保证工程质量，他又像修防渗沟和排涝沟时那样，天天都泡在工地上同人们一起劳作和监督施工。过分的操劳使他瘦了一圈又一圈，皮肤也晒得又红又黑。妻子庄惠英看在眼里，疼在心上，常常劝他要多休息一下，不要把身体给搞垮了。他总是说："没问题，难得群众如此热情支持，能把工程做好，让乡亲们的生产有所保障，经济有所发展，我就是再累也开心！"

一天上午，关建利与人们在一起筑路，到了11时，太阳像火一样烤得大地热腾腾的烫人，突然，乌云翻涌，哗哗哗地下起倾盆大雨来，刚压在路面的混凝土即时被冲得四面横流。

为不让混凝土损失过大，关建利和两位村民立即跑到有关群众家抱来几捆用薄沥纸做的大篷布将路面盖住。

这时，关建利他们已被淋得像落汤鸡一样，全身都湿漉漉的。他一回到家来就感到周身打颤，换衣时看看自己整个皮肤都起着鸡皮疙瘩。接着发起了高烧。他忙把衣服穿上，饭也顾不上吃就倒在床上盖起棉被睡觉。庄惠英当时在邻居家坐。雨稍停，她即回家来。她看见丈夫在床上盖着棉被不停地打颤，觉得很不对劲，忙上前摸了一下头，禁不住"哇！"的叫了一声。自言自语道："怪烫人呐！"她顿时在想：完了完了。这肯定是癌症复发了！心一酸，眼泪像断了线的珠儿般坠下。"建利呀，你怎么了，怎么了，别让我害怕呀！我平时都叫你要多休息些，你总是说没问题，可现在……叫我怎么办呀！"庄惠英一时惊得魂不附体，连声说着。这也难怪，因她听说癌症是绝症，很难医好的。为此，自从心爱的丈夫患癌症动了手术后，她一直在忧心着……

"惠……英……"关建利听着妻子的话，打颤着艰难地说，"你不要怕……我是感冒了……你给我找些药……"

庄惠英听说慌忙跑出门去请医生。

很快，医生来了。医生给他测量了一下体温，吃惊地说："唉——老兄，高烧39.8度了！"说着，忙给予开药打针。医生临走前嘱道，"你的体质较弱了，不要老是那样操劳，要多休息几天啊！"

可是，关建利是个倔汉，哪闲得住？第二天一大早，他又出现在工地上了。

关建利为家乡建设无私奉献的精神，使乡亲们大为感动。为发扬他的可贵精神和给他应有的表扬，村中的老党员梁进寿等曾到报社和电视台来，请记者到现场进行采访报道他的事迹。人们看了无不啧声称赞！

经过1个多月的共同奋战，关新村这条直通新村村委会，1公里多长，宽阔平坦的硬底化中心大道终于在2006年2月初旬也竣工了！

以上三项工程总计投资52万元，其中除了交通局拨款和店铺标的款22万元外，人们自动献款17万元，群众集资仅13万元。从而改善了该村的生产条件和交通环境。村民们自此再也不愁生产不保障和农产品销不出去了，个个都为之欢欣不已，笑逐颜开！

喜迎东风绘锦图

4月初旬，正是农历阳春三月来临之际。关新村在绿树的掩映和绿禾的环抱中充满着春天的气息。

一天上午10时许，一辆小车驶进村来，从车上走下一位中等身材，仪表端庄的妇女，她就是雷州市政协主席陈秀琴。

陈主席是到关新村挂点“建设社会主义新农村”工作的。这位出生于农村的领导干部，深知农村工作的艰难和群众的疾苦，对农村工作很关心，尤其是对农民更是疼爱有加。她一下车，关建利就上前与其握手。当她了解到关建利是一名镇退休干部回村任村长，仅半年时间就处理了许多遗留问题和发动群众修建了防渗沟、排涝沟，尤其是带头捐款和设法筹措资金数十万元建起了1公里多长的村中心大道时给予高度赞赏。她说：“老关同志，你不愧为一名好党员、好干部。是大家学习的好榜样。在中央提出建设社会主义新农村之前，你能发动群众把村中心大道建成了硬底化，可见你是有远见的。同时，也让我看到了贵村群众的和谐团结和建设热情，很值得赞扬！”

“陈主席，您过奖了。”关建利不好意思地说，“这只不过是刚刚走了一步。我还打算设法把环村路和村巷道都筑成硬底化……”

“对对！要逐步把这些都搞起来，把我们的村建设成美丽的家园！”陈秀琴沉思了一下又道，“环村路，我可以找交通局商量给予支持，让你们马上就可以动工！”她说完，就给雷州市交通局长去电……

中午，陈秀琴立即到交通局带来负责道路建筑的科长测了路面，计全长有3公里（含村中心大道）于是打了一份报告，交通局又给补拨来29万元。湛江市委常委、雷州市委书记李昌梧得知该村建筑环村路也很关心，联系公路局给予支持运来150吨、价值3.6万元的水泥。

市领导的关心和上级部门的支持，使关建利大为振奋，村民们的情绪也大为高涨。从而使该村再次掀起了筑路的热潮。

但是，做好事有时也会遭到阻力。由于个别群众早期在路边建有牛栏或猪栏，甚至有的为把住宅空间扩阔将厨房建筑在路上，筑路时要求他们自动拆除，他们非要补偿不可。这是违章建筑呀，怎么能补偿？关建利只好每晚跑家串户做思想工作。经过他一番苦口婆心的劝说与教育，绝大多数都自动拆除了。却有一户人家怎么说也不肯将做在路上的小厨房拆掉。正当关建利感到为难时，镇驻点领导、组织委员韩伟文前来得知，对那位群众毫不客气地说：“你不按村规划，有意将厨房建到路上阻塞交通，本来早该拆除了，还敢强言补偿？告诉你，最好自己动手拆。否则，别怪我无情了，我马上就叫人把这违章建筑推毁！”

关建利担心把事闹大了影响干群关系，对往后的工作不利，忙上前柔声道：“兄弟还是自己拆了吧！别人都自动拆了，就咱一个人有什么想不通的？建筑硬底化道路是为我们全村人造福的呀！人家上头领导关心给咱拨钱搞建设，咱就因这小厨房舍不得拆而影响建筑，对得起领导，对得起全村群众吗？何况咱这厨房还是违章建筑，哪能不拆啊！”关建利停了一下又道，“自己小心些拆了，材料尚可以再用，减少些损失，千万别让人家推毁呀！”

“好好，我拆我拆！”那位群众知道自己理亏，再也不敢多说了，就叫家人一起将小厨房拆掉。

路上的障碍物清除后，环村大道的工程得以顺利完工。接着，该村又乘势将村巷也建成了硬底化。这次投资计 51 万多元，其中上头部门支持 32.6 万元，村群众筹资 19 万元。从而又建起了纵横巷道 10 条（含环村路）。随之还为美化该村环境投资 2 万元（其中镇扶持5000 元，村自筹15000 元）在各条村巷与路道两边种上了花草树木。同时为让村民在农闲时间里有个好去处，投资 2 万元（其中环保局拨 1 万元，村筹 1 万元）建起了两个休闲中心，并把村中央的碧水池塘建成公园。这座公园虽比不上城市里的气派，但也有其特色：池塘周边砌起了石护陂与石栏杆，石栏杆外的平地上种有杨柳树、九塔松、台湾桂树等及花草，同时铺上了八角地板砖，摆上石凳等。人们在此垂钓或漫步和乘凉侃大山也颇有一番情趣……。

变了，关建利上任村长不够一年时间，关新村就大大的变了！

现在，人们走进该村都说是走进了诗一般的境界！

许多亲朋好友都说：“真不明白关建利你图的是什么。一个堂堂国家退休干部，不缺食不缺穿，该享清福了不享，竟然垫钱带病当村长，为村的建设拼死卖命，并且把当村长的工资全送给五保户，自己分文不用，如今还有谁做这样的傻事！”他听了有时憨笑不语，有时却回声道：“兄弟，一个人能为自己的家乡多做点事儿，这才是自己的最大荣幸哩！”

写于2006 年 6 月初旬，2007 年发表于《湛江文学》第 4 期，并在当年湛江市文联、作协举办的“新农村建设征文”中获三等奖，2008 年收入《春之歌》（广东旅游出版社）。

梅花香自苦寒来

从逆境中苦拼出来的陈雁鸣，现在成为湛江市教坛上一个享有盛誉的名师，人们对他那坚韧不拔的苦学毅力、以及为教育事业的无私奉献精神，都无比敬佩……

凄苦悲凉的年少孤儿

陈雁鸣1968年生于雷州市纪家镇锦盘村。他3岁时，父亲陈立华不幸因病去世。母亲周玉娇是个勤劳善良的女性，当年，她仅28岁，心里有说不尽的悲痛。失去家庭脊梁后，为了将幼儿陈雁鸣抚养成人，她只好含辛茹苦地生活着……

父亲去世后，外婆家的人见母亲年轻守寡于心不忍，常常劝母亲改嫁。母亲说，我认命了，不想再嫁了。我把雁鸣培养成人后，随其生活就行了。一年年过去，小雁鸣在母亲的悉心抚养下慢慢地长大。父亲的过早去世，给小雁鸣带来很大的打击，他平时沉默寡言，但很懂事，也很聪明，很值得人疼爱。母亲时不时抚着他说："雁鸣啊，我们母子生来命苦，但不管怎么样，妈妈都会把你养大成人，让你上学。你要听话，好好读书，争取有日出人头地……这样，妈老了你才养得起啊！"小雁鸣每次听母亲说这些话时都说："妈，我会努力读书的。我长大了也一定会养您。"母亲每次听了小雁鸣的回话，都露出惨淡的笑容。

1976年6月的一天，小雁鸣随爷爷跟家人去大队参加万人会，想不到回来时，祖母突然对他说，雁鸣，你母亲出嫁了。那年他才9岁，也许是他已有了经受这一打击的思想准备，当时他没有哭，只是走回母亲的床前默默地站着。

是的，在母亲周玉娇改嫁的前几天，她常常对着小雁鸣流泪。小雁鸣每次看见母亲流泪就问："妈，怎么啦？哪里不舒服吗？"母亲见问都立即抹了抹泪水说："没什么。"因为她知道，陈家人是不会让她将孩子带走的。儿子失去了父亲已是切心的痛疼，如告诉他自己也要改嫁，该是多么的痛苦！儿子这么小，如果承受不起这么大的打击怎么办？她的心总会觉得，有滔滔不绝的浊浪在汹涌澎湃着，让她喘不过气来。但是，不论怎么样，母亲在出嫁前都要跟儿子说一说。一天天过去，过门的日子逼近了。她在要过门的前两天晚上，将小雁鸣紧紧地搂进怀里亲了一下，泪水突然哗哗的淌下。她慢吞吞地说："雁鸣，外婆家为你……找到了继父……"

"妈，继父是什么？"小雁鸣不理解问。

"继父……就是母亲现在……要嫁的那个人，你叫他继父。"

小雁鸣一听即时放声痛哭起来……

"雁鸣，别哭……"

"妈……您为什么要出嫁呢？"

"唉！我本是舍不得离开这个家，更舍不得离开你的。但近来我觉得你大伯处理的事对我们母子很不公平，对我说话也很不'客气'……"

小雁鸣听着，抹了抹泪水问："什么？大伯对我们不好？"

"是呀。就像分房，我们母子是最可怜的，为什么分给三叔二间，只分给我们一间？我们吃饭，我将鱼肉夹给你，我吃鱼头鱼骨，他说，你这样是把雁鸣惯坏了的！他说话的语气比较重，为什么？也许是他觉得我在这个家很不顺眼了……”

小雁鸣很懂事，听了母亲的话，马上停住哭，解释说：“妈，你们都没有错。您认为我们母子可怜应该照顾，多分给一间房，是对的。但我们母子两个人，一间房子现在还可以住，三叔一家六口仅一间房子，如不多给他一间住不下啊！应该说，大伯这样做也是对的。大伯说您总是将鱼肉夹给我吃，是怕您这样长期下去会缺营养，把身体搞垮了，也惯坏了我。这是关心您啊。妈，您明白吗？大伯在信用社工作，他每次领工资都给我们买鱼菜，您想，多疼爱我们呀！”

周玉娇想了想，觉得儿子讲得很有理，说：“你这么说，是妈对大伯误解了。妈很对不起大伯……”

小雁鸣听见母亲这么说很高兴，马上接着说：“这样，妈您不改嫁了，好吗？”

周玉娇抹了抹泪水：“雁鸣，迟了。我已经答应过两天就到人家那里生活了……”

小雁鸣听了突然又放声大哭起来，紧紧地搂住母亲说：“妈，您为什么不爱我，怎么丢下我出嫁……”

儿子的话和哭声，恰像几把匕首一齐扎向周玉娇的心，痛得发晕。许久才说：“孩子，你是妈的心头肉，妈怎能不疼爱你呢？古言：大丈夫言之已出驷马难追。妈虽然不是大丈夫，是一个女流之辈，但也不能食言啊！不过，即使妈出嫁了，心什么时候都会挂着你。我很想把你带在身边，但我知道，你的祖父祖母和伯父、叔父是不会同意的。不过，妈嫁的人是个大好人，他家住曲港圩，离这里仅几公里，很近。妈一有空就会回来探望你和家人，你想妈妈了可叫祖母带着到妈那里玩。”

小雁鸣知道自己再说也无济于事，便不再作声了，只是不停地抽泣着……

母亲改嫁后，小雁鸣成了孤儿。初时，他随祖父母生活，在小学二年级读书。祖父母虽然很疼爱他，但他无时不念其母亲。母亲出嫁前虽说，有空即回来探望他，但是由于忙活，很难得见她回来一次。他要求祖母带他去见母亲，也许祖母当时觉得儿子不幸，媳妇出嫁到人家，带着孙儿去找她很不是滋味，小雁鸣每次要求，祖母都说腿脚无力，去不得。但一个9岁的小孩既然失去了父亲，是多么需要母爱的温暖啊！他每当想起父亲早逝，母亲又将他丢下出嫁时，一股悲凉感总会涌上心头。有时放学回到村边，他就走进丛木中躺着痛哭。晚上，他一回到自己的房间都不由自主地抽泣起来，常常以泪洗脸……

在一个隆冬的深夜，小雁鸣一觉醒来，想起自己没父没母关爱，一个小人儿在一间空荡荡的房间，孤零零地卷缩在冰冷的床上睡，觉得特别的悲凉、凄楚，酸泪禁不住簌簌地洒下，“呜呜”的放声大哭起来。

小雁鸣这一哭，将祖父从梦中惊醒。他慌忙起床，披上寒衣到小雁鸣的卧房前敲门：

“雁鸣，什么事？”

小雁鸣不回应，只顾放声痛哭。

祖父急了，即时将门撬开，走向前将小雁鸣抱住，温和地问：“雁鸣，是不是肚子痛？”

小雁鸣摇摇头。

这时祖母也赶来了，问：“是不是饿了？”

小雁鸣依然把头摇了摇。

祖父急了说：“什么事跟公（爷）说，公会为你想办法。”

小雁鸣哽咽着说：“我……很久不见妈了……很想妈。”

“傻孩子，这个好办，怎不早说？你要好好学习，不要老是想，到了星期天，可以叫奶奶带你去见妈妈呀！”

“奶奶……不肯带我去。”小雁鸣说着，又呜呜的哭起来。

祖父说：“雁鸣，别再哭了。星期天，我叫奶奶带你去，她不会不肯的！”

祖母本来是很不乐意带孙子去已改嫁的媳妇家，但看着小雁鸣这么想妈妈，又哭得怪可怜的，只好答应了：“好。别哭了，星期天我带你去。”

此后，每个星期天，祖母都带小雁鸣去母亲的家……

流浪生活中发愤攻书

自从母亲改嫁后，年小的陈雁鸣过上了流浪式的读书生活。不过，他很懂事，很听话，深受大家的怜爱——

陈雁鸣随祖父母生活读书时，祖父说：“雁鸣，你在校里一定要团结同学，听老师的话，努力读书。”陈雁鸣马上点头说：“公，我会跟同学好好的，我也会听老师的话好好学习。”

雁鸣这孩子真不错，他说到做到。在校里，他跟同学们很友好，也很听老师的话，很认真地学习。

上小学四年级的时候，陈雁鸣的叔父陈七在潭杰小学当教师，他即随其在校里吃宿读书。当时他有些好玩，中午不休息。陈七对他强调说：“雁鸣，你在中午玩，不但影响老师休息，对自己的学习也有影响。你应该养成良好的休息习惯，才有精神学习。你如果中午不睡觉，就要做数学练习！”结果，他选择做练习，并且慢慢地养成了习惯，将数学练习做得很好。

上五年级时，因为当时小学是五年制，伯父陈立荣考虑到这是考读初中的关键时刻，便带陈雁鸣到纪家镇中心小学就读，并让他吃宿在纪家信用社的家里，由于刚到中心小学读书，班里有位同学见他认真学习，第一次数学练习作业就受到老师表扬而产生妒忌，又知道他的父亲去世和母亲改嫁后而被歧视。一天下午，在放学回家的路上，那位同学说：“雁鸣，你这无父无母子，哪来钱读书？我看，你一定是做贼偷人家的钱！”陈雁鸣见人责备他做贼，感到这是天大的侮辱，怒冲冲地说：“你才是贼，专偷人家的钱！”那位同学听了，立时走过来向他的胸上擂了一拳，说：“敢再说，我就揍死你！”陈雁鸣忍着痛说：“谁叫你说我？把我打伤了，要给我医！”那位同学哼了一声说：“妈的，要我医？我再给你两拳都不用出钱医！”说着，又给小雁鸣两拳。

陈雁鸣不敢还手，只是一路哭着回告知伯父陈立荣。陈立荣说：“雁鸣，此事你也有错。”陈雁鸣听了深感委屈说：“伯，我没有错。是他先骂我，又是他打我，我没有打他。”陈立荣说：“当然，他先骂你又打你，大错在他。但你也有错呀。你知道自己错在哪里吗？”陈雁鸣见问，一时惘然不知所措，呆呆的站着。陈立荣说：“雁鸣，你错就错在你也骂他那句话。骂他那句话，对你来说，得到了什么好处？没有。只是得到一顿打！当时，你如果不理他，就不会引起他打你的，知道吗？”陈立荣说到这里，停了一下又说，“不过，谁都有错的时候，改过就好了。往后，你一定要坚持努力学习。成绩好了，不但老师疼爱你，同学们也会慢慢的改变对待你的态度。如果再有人欺负你，你不要跟他吵，告诉老师就行了。老师会教育他的，知道吗？侬呀，你想想，我说的话对不对？你认为我说的对，就照着做。你如果认为我说的不对，就给我指出来，说明哪些不对……”

陈雁鸣觉得伯父的话很有道理，于是点了点头说：“伯，您说的我都明白了。但是，他打我伤了，要不要叫他医呢？”陈立荣说：“这个……他不给你医，我会给你医的。不过，为了让那个同学受到教育，我会跟老师说，找他与他的父母商量妥当处理。”

说完，陈立荣就带着陈雁鸣到学校来找班主任。班主任为解决好这件事，便又将他们带往那个同学的家，跟家长协商处理医伤问题。那位同学的父母得知情况后，即时教育了一番自己的儿子。同时，叫他向陈雁鸣道歉，并向老师认错。自此，那位同学再也不欺负陈雁鸣了。

此后，有时候虽然也有个别同学对陈雁鸣过不去，但陈雁鸣都笑而置之。他跟同学们保持着和谐、友爱的关系，把整个身心投进学习中。

陈雁鸣到纪家镇中心小学读书时，是跟伯父陈立荣的儿子陈良、女儿陈英一起上学的。他见伯母依然要在村中务农，伯父一个人在单位里既要上班，又要为他们做饭很辛苦的，很过意不去。于是，每天五点钟左右，他就悄悄地起床一边做饭，一边学习。从此，他也养成了早起晚睡的学习生活习惯：每天坚持着，早上五点钟就起床做饭学习，晚上也学习到十二点钟……

陈珍是陈雁鸣的大伯陈立荣的长女，她的丈夫韩松也在纪家信用社工作。她随丈夫一起在信用社里生活，在市场经营服装生意。她对堂弟陈雁鸣很疼爱。她见陈雁鸣在父亲家生活读书时间长，担心给父亲压力太大，当他升上初中二年级就读时，便叫到自己的家吃宿。堂姐夫韩松是个性格温和、有智慧的人。有空时，他很喜欢跟陈雁鸣说人生，谈理想，使陈雁鸣增加了许多人生见识。一天，韩松问："雁鸣，你将来喜欢干哪一行？"陈雁鸣说："姐夫，我妈说我爸过去是个优秀教师，很受人们尊重，叫我将来也当教师。我想，教书是为人传授智慧的，很好。我打算按妈说的，将来读师范当教师。"韩松听了很赞赏，说："当教师好呀。当教师，娶一个爱你的人做老婆，生了孩子好培养，生活稳定。不过，我得先跟你说，既然选择当教师，就要坚持努力学好知识。有了知识，才能教好学生，不能误人子弟哦！"陈雁鸣说："姐夫，这个我知道，我一定会继续努力的。"

说起学习，陈雁鸣的确不错：语文在班中可说是数一数二的，常常受到老师和同学的赞赏；数学，由于他在小学四年级读书时养成了自觉做练习的习惯，一直到初二其成绩都名列前茅；美术，由于有一定的天赋，加上在初二读书时教导他语文的王觉民老师在书画方面很出色，陈雁鸣每次交上的作业，他总会写上一个“好”字后，又不忘给画上几颗荔枝或苹果等水果表示给以奖励。从而，激起陈雁鸣对美术的着迷，时不时也着手画画，因而在班中也属于佼佼者……

陈雁鸣升上初三就读时，叔父陈七调进了纪家二中，为方便学习，他便又随叔父生活。他知道，这些亲人在艰苦的生活下照顾自己读书很不容易，因而更加用功学习。按他当时的成绩如果接着读高中，完全可以考上大学的。但他不想老是拖累亲人。于是，在 1984 年他毅然作出决定报考海康师范并获得录取。1987 年，他以优异的成绩毕业，分配到纪家镇北仔小学任教。

在教坛上不断奋进

陈雁鸣是个很有进取心的人。他不满足于稳定的工作而不思进取，每天早起晚睡，在做好教学工作之余仍坚持不懈地学习。

1991 年 9 月，陈雁鸣考入湛江教育学院。他是个特别勤快、苦学和尊师爱友的人。进入学院后，他既被选为学生会秘书长、宣传部副部长，也选为班中的宣传委员、团支部副书记、组长和舍里的舍长。他虽然身兼数职，但样样工作都做得很好，其学习成绩也很出色。因此，他深受班中女同学的爱慕和追捧。其时，班中的团支书李婉嫦在学习工作中常常跟他在一起，于是“近水楼台先得月”被她爱上。1993 年 6 月，他们同时毕业，李婉嫦在哥哥的帮助下安排在遂溪县税务局工作，陈雁鸣安排在客路中学就教。

陈雁鸣走上客路中学的讲堂后，依然坚持着一边教学一边学习。每天，他还是早上五点钟起床，晚上十二点钟睡觉。在休闲时间里，不管哪位同事邀他逛街或打扑克都一律拒绝。为此，大家都称他“拼命三郎”。他在客路中学仅仅任教一年，又考入广东教育学院就读于汉语言文学专业。

1996 年，陈雁鸣在广东教育学院毕业后虽然还是回客路中学执教，但他此时对教学事业是雄心勃勃的。想不到，就在此时，他的妻子李婉嫦对他的感情突然产生裂变。原本一对恩爱夫妻突然冷目相对，这对他的打击是多么沉重！校长蔡日春得知很关心，不仅给他安慰，还亲自到遂溪找他的妻子李婉嫦座谈，劝其和好，但无济于事。他一时纳闷、抑郁、流泪，说不出内心有多大的痛苦。其时，他为了解脱内心的痛苦，每个星期天都到湛江的书店里找书看。不过，他所看的书都是与教学有关的。他很理智，虽然在婚姻爱情上遭受到沉重打击，但对教育工作毫不放松。他为了不让自己消沉，力争自己在教学上有所成就，不让李婉嫦低看自己，拼命地钻研教学，将所学到的知识都运用到教学上。当年，他所教的班级在期终考试时成绩名列全校前茅，加上他各方面的表现都很好，被党组织吸收为中共党员。

他在客路中学任教期间，自第一次从高一跟班到高三后，连续任教高三语文，并担任班主任及校语文科组长。1999 年由于教学出色被评为雷州市优秀青年教师。

2000 年 9 月，雷州市教育局开始向下面招考优秀教师调入雷州一中，他被录用。当时，客路中学蔡日春校长觉得自己手下的这名教师，是不可多得的教学骨干，很舍不得放人，婉言道：

“陈老师，你在客路中学，将来是可以评上南粤优秀教师的。别去吧，一中的老师高手如云，你跟他们不一定拼得起……”

陈雁鸣认为考入雷州一中担任教师很不容易，同时想到婚姻爱情的破裂，留在客路中学，怎么说心情都有些郁闷，不等蔡校长说完就接上道：“校长，我很理解和感谢您对我的信任与厚爱。但是，请您理解我，自从妻子跟我的爱情破裂后，我心里一直很沉闷，很想到一中去放宽心情。”

“可是，你现在马上离开，不仅造成客路中学的高三课程安排艰难，我们多年在一起相处这么好，我也很不舍得你离开呀！”

“校长，既然这么说，您让我调入一中，我可以两校兼课进行走教。”

“这样，两校来回走，很辛苦呀！你能干得来吗?”

“没问题，我可以干得来的。”

蔡校长见说，只好应允了。

陈雁鸣真的履行其自己的诺言。他一时任教着雷州一中高一语文和客路中学高三语文，从雷州一中到客路中学虽然有20多公里，但他从不叫苦。每天，他都坚持着两头走，而且所教班级的成绩也居于两校的前茅。

第二年，蔡日春校长见他每天两头来回跑太辛苦，不再要求他担任客路中学的课程了。从此，陈雁鸣得以安心在雷州第一中学教学。

陈雁鸣是一个很有意志的人。他在做好教学工作的同时，一有空就埋头苦学。他阅读了大量教育学、心理学和哲学等有关教学方面的书籍、资料，于是在教研与教学方面得到突飞猛进。在课堂教学中，他秉承“生本教育”、“先学后导”“亲验与表现”的教育教学理念，既重视学生的整体提高，又关注学生的个性发展，致力于引导学生在阅读文本、审视世界的过程中，学会用眼睛去观察，用头脑去思考，用双手去记录，用嘴巴去表达，从而期望达到“教就是为了不教”的理想境界。他在班主任工作中坚持两点：一是保持年轻的心态，关爱学生的身心健康，关心学生的学业进步，做学生的贴心人；二是了解学生的思想状况，指导班委管理工作，做任课老师的得力助手。他管理的班集体每学期都多次夺得“文明班”称号。在培优、转困方面，他善于发现学生的亮点，挖掘学生潜力，通过持久的辅导和激励使其成长、转化，体验成功的快乐。他的这些教导办法都深受人们的赞许。

2003年11月，陈雁鸣做的高考备考观摩课被评为雷州市优秀课例。2004年他写作的教学论文《重视人文教育，全面提高学生语文素质》被收入《2004 中国教研年鉴 · 论文篇》，并荣获第六届全国新概念教育教学论文大赛二等奖。此后，他连续发表了许多教学论文并连续多年被评为先进教师和优秀教师。2006 年，他做为高三语文备课组长，带领校 11 位语文教师共同奋战，使雷州一中本届高考语文科达到 700 分以上的人数和平均分都超越往年，增长率排于湛江市第 1 位，受到湛江市教委的好评……

坚持拼搏成为名师

2008 年，可以说是陈雁鸣解脱心中郁闷与痛苦的一年。因为，自 1996 年妻子李婉嫦对他的感情破裂后，一直僵持着的夫妻感情已没有办法再弥合，最终向法庭起诉离婚了。从此，他不再需要为夫妻间的不和而产生烦恼。

2008 年，也可以说是陈雁鸣最开心的一年。因为，他在教学与教研方面越来越出色，已引起雷州教育界尤其是初任教育局副局长蔡日春同志的重视。在蔡日春副局长的推荐下，他被遴选为广东省教育厅和华南师范大学举办的第一轮“百千万人才工程”第四期“名教师”培训班的培训对象。在参加培训期间，他在学生的帮助和介绍下，与王丽君女士相识并组建起了一个温馨的小家。同时受到了郭思乐、罗易、吴全华等导师的教导，使他的教育理念得到更新，专业素养得到迅速提高，从而深受校领导的赞赏。

2009 年，陈雁鸣作为语文科组长和高三语文备课组长，带领学校 12 位语文教师奋斗于高三备考第一线，在本届高考中，语文达到 120 分以上的有 8 人，居雷州市前列。2010 年 4 月，他被雷州市教育局聘请兼任雷州市中学语文教研员。在百忙中，他不仅坚持在高三教学第一线，次年 6 月还为雷州一中高三语文高考小组编写了校本教材《高考作文技法讲义》。该书深受湛江市教育局领导的好评。当年，他为提高自身的教学、教研能力，还自费参加中国当代语文教学专业委员会主办的全国语文“名师育名师”学习班学习，亲聆顾振彪、毛继东、孔庆东等教育大师、学者的报告。让人可喜的是，他学习了那些教学大师们的理论和观摩了大量课堂教学实践后，能把所收获的这些知识与自己的教学实践相结合，在当地教学教研中发挥了引领作用，使当地的教育工作得到进一步提高。2012年9月，他又被选为广东省中小学新一轮“百千万人才培养工程”第一批“教育家”培养对象。该班仅20人。他师从王红、黄牧航、吴惟粤、宋如郊等导师后，在教学理论方面更上一层楼……

2013年，陈雁鸣被聘为湛江市师德宣讲团成员到湛江市五县四区巡回演讲，并被广东省教育学会中学语文教学委员会聘任为理事。于是，他又引起了省教育部门的重视。在广东省教育厅的组织下，2014年11月和2015年12月，他先后到美国田纳西州范德堡大学、佛罗里达州大西洋大学、肯尼迪中心和台湾的师范大学、台北大学及成功中学、台湾特殊学校等校的考察学习。

名师陈雁鸣为老师们讲座

陈雁鸣说：“成为教育家应是每一位教育工作者的理想，但必须知道教育家是从‘教’与‘干’中出来的。”在通往“教育家”的路上，他一边积极参加以上学习活动，一边埋头教学教研，大胆地吸纳扬弃，从而成了出类拔萃的人才。2015年，他被岭南师范学院广东省中小学教师发展中心聘为“实践指导教师”。

陈雁鸣不仅是教学上的名师，也是“青蓝”工程工作的高手。他所带出来的老师都很出色，如徐茜老师在雷州市教学比赛中获一等奖，袁瑜老师在湛江市中学语文“高效课堂”竞赛中获一等奖，蔡炳奕老师在湛江市初中语文“高效课堂”教学竞赛中获一等奖等。这些老师都成了学校的教学骨干，他们领教的班每次期考都名列前茅。于是，他在2015年和2016年分别被评为“南粤优秀教师”“广东省特级教师”。

在雷州一中工作18年，陈雁鸣在教学方面被评为校先进教师、先进班主任、先进备课组长、雷州市高考先进教师、湛江市高考先进教师、先进工作者、省评卷小组优秀评卷员等达30多次，获得雷州市（高中组）特等奖作文辅导奖、中国教育学会“全国语文知识大赛”优秀指导奖。指导学生获得首届广东中、小学生作文PK大赛特等奖、二等奖；指导老师获得雷州市高中语文优质课一等奖、“优秀导学案”优秀奖、湛江市中学语文“高效课堂”教学竞赛一等奖、湛江市初中语文“高效课堂”教学竞赛一等奖。与冯继可老师带领的语文科组被湛江市教育局评为第一批“示范教研组”。在教学研究方面，陈雁鸣老师具有很高的教育科研能力。他在《中国教育学刊》《现代教育论丛》《中国教育改革论丛》《中学语文》《语文天地》《读写月报》等报刊发表教学论文20多篇，其中10多篇分别获得省教育研究院优秀论文一等奖、雷州市教育论文一等奖。他主持3个省级以上的课题，其中“中学生自主阅读与作文能力研究”在2013年8月荣获第八届广东省普通教育教学成果二等奖，被教育部中国教师发展基金会评为教育科研先进工作者。2017年8月，被湛江市教育局遴选为湛江市中小学“名师工作室”主持人。11月，被广东省教育厅遴选为广东省中小学“名师工作室”主持人。

最近，他的教学论著《亲验与表现》一书由华南理工大学出版社出版。该书的出版，在教育界产生强烈反响。华南师范大学教授、硕士生导师、广东省中小学培训中心副主任黄牧航对该书给以很高的评价，他说：“对多年教学实践案例的积累，陈老师不是浅尝辄止，而是不断寻找理论的支撑去进行思考论证。对自己的每一步实践、每一个改革、每一节课，都在追问有什么效果？为什么有这样的效果？对于亲验，他总结出了学生的主体、亲身经历、全程参与、个体感受、意义内化等五个方面的特征；对于表现，他总结出了主动的亲验阅读、原创的发现写作、开放的思想分享等三个方面的形态。这些提炼内容与教学案例是紧密相连、丝丝相扣的。在理论思考的基础上，陈老师又进一步把思考的结果应用到实践中，让实践的效果更加突出。例如他总结出了亲验与表现的操作模式，使更多的教师有章可循，也便于自己的教学理念得以推广传播。这本书稿的出版，对于中小学教师从事教学研究工作具有示范作用和借鉴意义。”

目前，他正在进行着广东省“强师工程”重点课题“中小学教师专业发展‘三动四范’模式的研究”。同时，在雷州一中参加“青蓝”工程工作。

梅花香自苦寒来。陈雁鸣，雷州为拥有您这样一位名师而自豪！

2018年1月发表于《中国报告文学》第1期。

桃李园中一颗璀璨明星

纪家，是雷州市的一个幅员广阔，人口众多的大镇。这里，两面环海，地方偏僻，但依山傍水，风景幽美，贤才辈出：古有朝臣、才子，如清朝之兵部车驾司主事黄应国，名噪雷州的大才子、编写40多卷《海康县续志》的主任编修梁成久等；解放战争时期有叱咤风云的副军长廖文达；现有茂名市委书记肖贤成、副书记王兆林，雷州市委书记陈永平，著名书画家、诗人莫各伯等，是一个藏龙卧虎之地。

因而，也有不少贤人志士甘受艰苦，乐意把自己一腔热血和辛勤汗水洒在这里，滋润这片亘古大地，现任纪家中学校长王朝兴就是其中一员。

一

真有血气的人，既不曲意求人重视，又不怕忍受忽视。

——拜伦

王朝兴，今年32岁，1.68米高的身材，体态微胖，皮肤润白，眉清目秀，一表人才，由于自小刻苦好学，早就戴上了一副深度近视镜，从而也显得他更加斯文、潇洒。他1986年毕业于雷州高等师范专科学校数学专业。本来，凭他优异的毕业成绩，完全可以在雷州城里安排就教，他却偏偏选择到偏远的纪家中学来。那天，当他把这个“选择”告诉在雷城糖厂工作的未婚妻梁霞时，梁霞惊呆了，半晌才回过神来说：“朝兴，在工作分配问题上，你应该要求教育局安排在城里，何必去纪家那个偏僻穷困的地方?”

王朝兴说：“霞，如谁都要求在城里，毕业生这么多能安置得了吗?”

“安置不了?”梁霞似满有把握地道，“你觉得为难，我可以找人给你帮忙。”

“何必呢?”王朝兴缓声说，“在纪家与在城里不是一样的做教育工作吗? 曲意求人，我不乐为啊!”

“噫！你这人呐，不说你到那里去人家瞧不起，我们将要结婚了，各在一方如何生活呀?”梁霞说得动情，眼圈有些湿润。

王朝兴迟疑了。他想，到纪家去，在工作上应该讲与城里没有什么区别的，也许在那里更有作为。可是，给婚后生活的确是带来很大不便……这如何是好呢? 他瞧瞧梁霞又望望远方，转而想，古言：男儿志在四方。我岂能为这区区小事所误！接着，他温和地说：“霞，正因为纪家地方偏僻、贫穷，我更要到那里去，做点贡献呀！只要我勤于工作，有所出色，怕什么人家瞧不起的。请放心吧，我们虽各一方，但相隔不远，婚后生活同样可以互相照顾，得到幸福的……”

当天，王朝兴给梁霞谈了许多工作的构想和人生的美好憧憬，使梁霞越听越感滋味，刚才那颗沉闷的心，顿时如春花怒放。她欣然答应了……

二

立志是事业的大门，工作是登门入室的旅程。

——巴斯德

王朝兴到纪家中学后，一心扑在教育工作上。他所任教的几乎都是毕业班数学。他唯恐学生考不出好成绩，平时，为备好一节课，分析好一道题，每每坐到深夜。结婚时，他怕旷课，误人子弟前途，学校批假七天，只休假三天就跑回校来上课了。他不仅不缺学生一节课，还常常利用节假日给学生作辅导。同时，为进一步提高自己的教学水平，他参加了广东教育学院数学本科函授学习，以优异的成绩取得毕业。自 1987 年起至今，他除了一年教实验班外，都任教高三毕业班数学，每年在本校同科统考中成绩都居于首位，大家对他的教学都给予最高的评价。因而，他年年被评为高考先进工作者，1991 年还受到雷州市政府的表彰。

王朝兴殷勤教学，成绩显著，深受社会的好评与仰慕，甚至有的中学在想方设法要将他悄悄“挖”走：他调到纪家中学未满三年，唐家镇镇长先是多次要求他调往唐家中学，并同意给予诸般优惠。他拒绝后，该镇长求才心切，得知王朝兴的妻子已调到唐家糖厂，即请他的妻子和父亲一起前来当说客。父亲说：“朝兴，去吧，不说人家镇长这么喜爱你，三番五次地来动员你，单说你去唐家中学，一则我们来往探望方便，二则你和阿霞在一块生活也好啊！”

“是呀，朝兴，到唐家去多好哇。你在这里，孩子一有点风寒感冒，我都不知如何是好，怕得发懵的。你还记得那次深夜儿子发高烧住院吗？我几次给你打电话想把你叫回都打不通，让我又怕又急，吓得魂魄都快飞散了……”

王朝兴听了他们的话，觉得无不是理，点头了。

很快，县教育局给作了调动规划。这一消息一传开，纪家中学老校长戴连亨和纪家镇分管文教副镇长陈雪芹都大吃一惊。戴校长语重心长地对王朝兴说：“小王啊，唐家中学需要你，纪家中学更需要你呀，大家都对你那么爱戴，你就舍得离开纪家？”

“王老师，戴校长说得不错，唐家中学需要你，纪家中学更需要你。不信唐家能给你那么多的优惠，纪家就没有。你不能离开纪家呀！”陈镇长也语重心长，满怀温情地说。

王朝兴听了，深感有愧，当即表态说：“戴校长、陈镇长，请你们放心。我不敢奢求什么优惠，纪家人民这么热爱我，我不走了！”

此后，镇、校领导经常到他家来嘘寒问暖，帮助他解决一些实际问题，使他深受感动。到1991年，海康一中进行试讲录用招聘一批教师，他被免试招聘，经报请县教育局批准了。按常人说，这一机会难得，哪能错过？然而他却推辞了。

多年来，王朝兴在纪家中学由于安心乐教，成绩越来越显著。他所教的学生不仅学业成绩好，素质更好。如：92届毕业的肖仕文，原是纪家中学学生会主席，考进武汉体育大学后，既当选为该校学生会主席，又当选为中南地区学生会副主席；93届毕业考进湛江农专的韩海，94届毕业考进广东司法学校的陈志文等也被选为该校的学生会主席；94届的黄宗儒在体育考生中居于湛江市第一名……为此，他自1992年始到1994年先后被评为湛江市先进教育工作者、湛江市教坛新秀、南粤教坛新秀等，并由于工作、组织能力强，受到上级领导的重视，由一个普通教员，逐步提升为校团委副书记、书记、工会副主席、教导副主任、主任、副校长等。

“王校长，”笔者问，“你是采取什么措施把学生成绩教得这么好的，请谈一谈，让我把你的经验记下，传给大家好吗？”

王朝兴谦逊地说：“如说传经就不敢接受了。不过我可以谈谈一点体会。一是关心、亲近学生，使学生感到自己是贴心人，讲什么都喜欢听，听得入心。二是培养兴趣，主要根据学生的知识基础和能力，由浅而深循序渐进。我认为以上两点办法是有成效的。如一个叫赵文斌的学生，原来成绩很一般，我采取以上办法教导，使他的成绩得到不断提高，在毕业时考分达743分，居全雷州市第二名。”

不错，一个人在工作上要取得成就，就必须找到一个好的工作方法才行！

三

成功＝艰苦劳动＋正确方法＋少谈空话

——爱因斯坦

人们赞老校长戴连亨是位好伯乐，他一下子能相中了两位英才，其一是郑保书，其二就是王朝兴。他们像三国之卧龙、凤雏辅佐刘备般地协助戴校长振兴纪家中学。戴校长升任县职中领导后，郑保书接任。他使出了浑身解数，轰轰烈烈地抓了两年，由于治校有方，干得出色，于1994年也被调进县城去当雷州二中校长了。为此，平时以爱因斯坦上面这句格言鞭策自己，勤奋工作并取得一定成绩的王朝兴也就自然而然被推上了纪家中学校长的“宝座”。

纪家中学是一所大校，教职员工有129人，学生1830多人，在治校与建校方面是个大工程。王朝兴30岁都未满呀，年纪这么轻，他能挑起这条大梁吗？当他刚刚上任时，有许多人都发出这样的疑问。

王朝兴自己也深知这副担子沉重。但上级领导如此信任，纪家人民寄予殷切的期望，我王朝兴义不容辞啊！

他经过一番深思后，自言自语地说：“干，我王朝兴一定要干出个样子来！”于是，他大胆地展开设想，订出该校二年内达到雷州市一级学校；三年内达到湛江市一级学校；五年内达到省一级学校的校长任期目标。

王朝兴知道要把学校整体工作做好，实现以上目标，一要有一个过硬的领导班子；二要有一系列行之有效的管理与奖惩机制；三要把校容校貌及有关设施建设好。

针对以上问题，他首先从调整校领导班子入手。他把一些思想素质好、工作积极、成绩显著的年轻教师提拔到领导岗位上来，使班子达到年轻化、知识化、专业化，并把“兼听下情、集思广益、敏事善言、制怒容人”作为班子的座右铭。从而使班子既加强了凝聚力，又增强了战斗力。接着，制订出了教师考核、教师工作责任及班主任、科组长考评等制度，培养学生成为“三会一有”新人（即会做人、会生活、会学习、有专长）的德育目标；采取以多劳多得，能者多得，奖勤罚怠，贤者上岗的方法以及学生和班集体、班主任联系一体，寓教于一系列活动中的激励机制，促进教师的教学自觉性。请广东教育学院、湛江一中、雷州一中等校名师前来讲座或讲课并推荐教师进修，或到外地听课取经提高教师素质，另外还聘请缅甸华侨前来加强英语教学。同时，在全镇办起 30 个家长学校，聘请管区书记当名誉校长，由学校定时派员前往上课，沟通家长与学校的联系，取得他们支持配合教导学生，并采取多种教育措施，激励学生遵纪守法、奋发向学，从而使整个校园充满了勤教好学的蓬勃气氛。

王朝兴在百忙之中不忘用无限的温情体恤师生。一有空，他就到教师家促膝谈心，了解有困难即尽力给予协助解决。如有些教师家属没有工作，生活困难，他亲自出面到糖厂等单位联系安排。对学生也是关怀备至，一发现哪个学生旷课即亲自或派教师前往做家访，知道学生家庭有困难或学生患病亦操尽了心。如 1995 年初二（1）班学生周栋患风湿性心脏病，病情危重，家里没钱医治，他即率先献出 500 元，随之发动师生捐献了 4000 多元，并借给 3 万元，派副校长余鸿君带该生前往广州人民医院医治康复后，还亲自跑上跑下联系保险公司报销医疗费 2 万元，深使师生感动，大家都说他比亲人还亲。

人们常称他对工作有一颗赤诚的心，确是不假——平时，他都严格要求自己，当师生的典范。他上任后见教职员工住房困难，便将自己原来住的楼房让给老教师，自己搬到狭窄的旧平房来。早操、晚会或上课，他都率先前往。为管好学校财务，他“约法三章”。为了方便工作联系，他自己花钱买回一部老掉牙的摩托车，加油、修理从不花学校一分钱。为搞好校建，他设法取得镇、教局的支持，筹资 165 万元建起一幢 1600 平方米的五层学生宿舍楼，并装置完善了舍内设施，成为雷州市一流学生宿舍。承包工程时虽经班子民主讨论，但包工老板却依照业内行规给他送来倒扣费 3 万元，他大为惊讶，忙把这些款上交学校。此后投资 35 万元建筑两条硬底化校道和厕所，搞绿化等都在预算时减去倒扣费才进行承包，为校节约了 4 万多元。

由于王朝兴苦心经营，把学校各方面都搞得非常活跃，成绩喜人。1994 年该校被评为先进家长单位，1995 年该校被评为雷州市一级学校、文明单位、三优学校等。同时，他也被评为雷州十佳校长。令人最为欢欣的是，纪家中学在 95 届高考中打破了该校近年来的最高纪录，上高等院校 43 人，其中本科 13 人。深受广大干群的称赞。

王朝兴确是一个治理学校的能手。我想，他制定的校长任期目标是会实现的，一定会实现的！

1996 年 6 月收入《情悠悠》（陕西旅游出版社）。

满腔热血绘春色

在雷州市纪家镇东边一块亘古空旷的土地上，昔日，杂木丛生，枯草凄凄，虫声唧唧，似冥冥世界般静寂，人临其境顿感心寒。而今，展现在人们眼前的却是宽阔平坦的运动场、气势宏伟的教学大楼、科学大楼等建筑，与浮青放彩的花圃、绿影婆娑的风景树相辉映，显得那么优美，那么迷人。特别是，当你听到教室里不时传来清朗朗的读书声、甜蜜蜜的歌唱声与运动场里不时发出阵阵热烈的喝彩声时，无不感到处处充满着生机而满怀欢悦和激奋。这，就是纪家镇创办的一间初级中学——纪家二中。

近年来，纪家二中不仅在校建方面以日新月异的新姿展现，在教学成绩上也日益显著，喜报频传。为此，人们对艰苦治理学校的陈国经校长倍加敬佩和称赞。

一

陈国经，年近不惑，长得身材矫健伟岸，国字脸，狮子鼻，眉清目秀的。他生于纪家，长于纪家，对纪家有着深厚的情爱。他看到家乡的贫穷，文化的落后，心里深感难受。为提高家乡人民文化素质，改变家乡风貌，毅然决心献身于家乡的教育事业。

1967年，他读雷州师范毕业后即回家乡小学任教。1970年，他为进一步深造又到高州师范进修。此后，曾任初中教师、教导主任、小学校长等职。1980年，因工作需要被县教育局抽调进政策办公室工作。1984年，县教育局领导根据纪家教办陈泗铀主任的要求和鉴于他的工作和领导能力，将他调到创办不久的纪家二中当校长。

当时，该校仅有8间瓦房教室，两座共400平方米的教师宿舍楼，学生宿舍基本没有。要用自来电和自来水就更谈不上了。全校共有教职员18人，由于生活、教学环境设施等方面条件太差，许多学生都不愿前来报名就读，下了九牛二虎之力才招到350名学生办了7个班。纪家镇有7万多人口，按比例每年有近1000名学生升初中班，从初一至初三应有近3000人就读。当时，该校与纪家中学的初中班学生合计不满1000人，尚有2000学生被拒之校外呐！如何改善办学条件，吸引生源呢？陈国经校长深深地感到这是压在肩头的一副沉重的担子。他常常彻夜难眠，脑海里不停地在思考着，构思起一个个宏伟的建校方案，但由于经济困难又只好一个个地推翻……

“唉，不能老是让那么多的学生没有学上啊！”陈校长不时发出阵阵慨叹。有一天，他自言自语地说，“为不辜负上级领导的委托，群众的期望，就是勒紧裤头也要把这间初级中学办好，让广大学生都愉快地到这里报名就读！”于是，自1985年起，他采取多种措施筹资并在镇委、镇政府及有关方面的支持下，投资300多万元，先后建起一幢300平方米4个教室的平顶楼，一幢四层2800多平方米27个教室的教学大楼，一幢四层2000平方米科学楼，一座平顶教师住房，四座学生宿舍和一座190多平方米的学生食堂，还拉了电，打了深水井，建起水塔，接上自来水和建起学校大门，修起硬底化校道，绿化美化了校容校貌。同时，建有符合省级要求标准运动场，并购置了一批教学器材。

二

陈国经校长深深地理解到，要振兴教育事业，不仅要抓好学校设施建设，最重要的还是要让教师乐教，学生勤学。他上任后，既把学校设施建设当做发展学校的基础任务来着力抓，又把加强教风学风，深化教育改革，提高教学质量作为发展本地区教育事业的主要途径来狠抓。

从而，不但为教师创造了一个良好的生活、教改环境和为学生创造了一个优美舒适的学习环境，还使该校得到迅步发展壮大。现在，纪家二中的教职员已从以往的 18 人增加到 83 人，学生也从以往的 350 人发展到 1420 多人，成为雷州市面上初级中学规模较大的学校。每年，镇小考取生都先由雷州一中选录部分高尖生外，又由纪家中学挑出一个尖子班后，剩下成绩较差的学生才分给该校领教。虽然生源基础差，但是近年来纪家二中在中考中仍连创佳绩。特别是今年中考成绩更是喜人：该校 500 分以上考生 40 人，560 分以上考生 14 人。上雷州一中 5 人，师范 10 人，中专（省轻工、美术班）27 人，公费技工 30 人，雷州二中 6 人，还有考上成人中专、职中及面上中学的 192 人，升学率达 87.3%，无不令人刮目相看！

“陈校长，你采用什么措施把教学成绩抓得这么出色?”我问。

陈校长说，主要抓了三方面：一、把学生思想教育作为首要任务抓。成立了校德育领导小组，定期给学生上德育课，并请镇政法工作人员给学生上法制课，与学生谈前途理想，讲人生价值意义，讲友爱互助精神，讲法律道德，提高他们的思想认识和学习信心。二、实行有机制的评教奖学。近年来，不但认真地实施了考职、考勤、考能的具体措施，还开展了“三讲一上一评”活动。通过科目抽查来检查教师和学生的学习情况，并采取记分方式分别评优秀、良好、及格。教研组长和校领导组成评估小组随时抽班进行课堂教学评估。学校还让教师以满意、较满意和不满意的评估方式来对校领导的工作进行评估。三、对优秀生进行奖学。学校为提高学生的学习兴趣和激励学生勤奋学习，每个学期都对学生的学习成绩进行评比和进行学科竞赛。此外，还设立了一个初三尖子班，让血气方刚、年轻青干的教师任教，培养出一批优秀学生。

由于以上措施得力，既促使校领导工作日臻完善，对教师的教研工作也有很大的促进。去年，周峥嵘、黄凤、邓晓锋、黄全保等老师的教学论文分别获得雷州市二、三等奖。邓晓锋等老师参加雷州市化学实验操作比赛，陈群望老师参加雷州市课堂基本功比赛均获三等奖等。同时，还使学生形成了一个良好的学风。几年来，不仅中考成绩日益喜人，学生参加各类比赛也取得喜人成绩。如 1992 年，冯腾玉参加全国数学“祖冲之杯”比赛获二等奖；1993 年，陈宏梅、陈才智、陈明参加全国化学“奥林匹克杯”比赛分别获一、二、三等奖；陈武英获英语三等奖；1995 年，雷州市举办的“百书育英才”中，陈景芬获读书心得作文二等奖，黄腾飞、黄宇彦、胡波分别获化学赛二、三等奖，胡礼炎获初中应用物理赛二等奖；刘亚强参加全国作文赛获三等奖……

三

明智的人，是不会为当前所取得的一些成绩而沾沾自喜，停滞不前的。

陈国经校长在纪家二中辛辛苦苦地干了十多年，干出了许多喜人的成绩，深受人们的赞赏，可他不为这些成绩冲昏头脑。他感到压在肩上的仍是一副沉重的担子。

他告诉笔者说：“在教学方面仍要加强深入教改工作。在校建方面，我们学校近年来虽有较大的发展，但跟上级办校的标准要求差距还很大，还得狠下工夫抓。特别是在基础设施建设上，为使教师和学生更好地生活，安心乐教、乐学，在这三、五年内尚要设法筹资150万元，建筑一幢占地面积300平方米，可容1000人住宿的学生宿舍楼，并筹资360万元，建筑80套教师宿舍楼。同时，把学校的教学区、生活区、运动区科学分开，把校园全面搞成花园式。使整个硬件达到省级标准。此外，为满足教学需要，多方面培养人才，要把所需的教学仪器设备添置……”

我一边听一边想，搞这么多的建筑和添置，最少得花上七八百万元，这是一个大数字，来之不易啊！顿时，禁不住脱口问：“校长，需要那么多的钱，在这几年有把握实现吗?”

“争取嘛!”陈校长不假思索地脱口而出。他虽这么说，但眼里却充满着自信……

1995年10月10日发表于《湛江日报》（发表时删节），1996年收入《情悠悠》（陕西旅游出版社）。

从农家子弟到教育专家

通过自己的努力拼搏，由一个穷苦农民家庭出生的孩子，成为广东省骨干教师、南粤优秀教师、特级教师、中学语文正高级教师、享受国务院特殊津贴专家、广东省基础教育“百千万人才工程”教育专家、中学语文高级职称评审委员、中国教育家协会会员等。应该说，他是一个非常值得人们敬仰的人。他，就是雷州一中退休不久的郑如鹏老师……

欲成大器，必先苦其心志劳其筋骨

郑如鹏，1951 年 7 月出生于海康县白沙公社（今雷州市白沙镇）桥西村一个农民家庭。读小学一年级时，教他算术的陈老师第一节课所讲的一席话使他终身受益。那天，为了教育学生早立大志，陈老师讲了身边一些出名的学生的事迹。从而，激起郑如鹏的仰慕之情，他暗下决心要赶上甚至超越他们成为更加出色的人才。

1966 年，郑如鹏刚考入海康县第二中学初中，不料父亲郑希炳因病去世。本来他的家庭很穷，父亲的去世无疑是雪上加霜。此后，他与妹妹郑华荣、弟弟郑如振三人全靠母亲蔡秀娇抚养。

当时走集体化道路，生产队里的工钱虽然很低，但为了多挣些工分，多分些钱物，让孩子不受饥饿和坚持上学，多苦多累的活母亲都干。白天，她天天参加生产队劳动，夜间，她每晚都坚持织草席，累得面黄肌瘦。

一天，母亲参加生产队劳动，挑屎为庄稼施肥。到了中午时分烈日如火，收工时，她是走在最后一个。由于体弱加上饥饿和劳累过度，她身子一斜，“隆”的一声摔倒在路上昏了过去。苏醒来时，她已被烈日暴晒了近半个小时。

此后，她的身体每况愈下，但她还是挣扎着劳动，子女们看着好不心酸。郑如鹏流着泪水对母亲说：“妈，您太累了，休息休息吧。不要把身体搞垮了。”母亲说：“如鹏啊，你知道妈为什么要拖着这瘦弱的身体干活吗？妈是为了不让你兄弟和妹妹饥饿，让你们有钱读书呀。我记得古人有一句说：一个字胜九丘田。妈没有条件读书，但妈知道只有读书才会出色。你一定要好好地读，争取将来做个出色的人啊！”郑如鹏听着，心里在阵阵揪痛，说：“妈，您的意思我深深理解。我一定不会辜负您的期望！”

自此，郑如鹏不但更加努力学习，为减轻母亲的压力，一有空还帮助妈妈做家务，并参加生产队劳动挣工分。那时，他 15 岁，个子不高，放学后或学校不上课的日子，他都为生产队挑石挑番薯挑水稻……由于按重量记工分，他每次挑东西都不下 120 斤。这么小的年纪，挑 120 来斤重的东西，担子可不轻哦，所以他每次都被压得满脸涨红，走路东倒西斜的。尤其是，桥西村到雷城关部粮所有 10 多公里，他每次挑 100 多斤粮到粮所，已是满头大汗气喘吁吁了，还要搬上谷仓，累得他连腰都伸不起来。

母亲得知好生心疼，说；“如鹏啊，不要挑那么重。你年纪这么小，会被压伤的，往后怎么长得大哦。”

郑如鹏听了总是说：“妈，没事，没事的。”

拖着劳累的身躯到学校，郑如鹏很想在学校好好休息，但那个时代学校以劳动为主。他到海康县第二中学报告时，按通知要求带来锄头粪箕，到学校后被安排到大湾水库参加修水库劳动。接着，他又参加那南水库建设，一直干到农历十二月廿四夜年关将至才回家。除此外，他还参加了企水港堵海工程、湛江鸭蝕港填海造田工程、南渡河工程建设等艰苦卓绝的劳动。想放松休息一天成为少年郑如鹏的奢望！他跟许多人不同的是，在工地劳动之余，他一有空就看书学习。

1969 年，郑如鹏进入白沙中学读高中，1971 年毕业。说是高中毕业，其实他在中学里从未上过几节像样的课。幸亏他善于自学：小学毕业前，他就自学完初中数理化。当时有些初中生做不出的题，他却一下子解出。在读高中阶段，他又自学完 1965 届高中数理化。

雄关漫道真如铁，而今迈步从头越

由于当时取消高考，高中毕业那年 8 月，郑如鹏到白沙公社桥东小学当民师。一开始，他不知道课该如何上才能教好。于是，他经常抬着凳子去观摩别人上课，认真总结别人的优点和自己的不足。特别是公开课，他更不放过，每次都仔细倾听别人的评课。第二年，在教办组织的教案检查中，教办主任陈炳与所有参加检查人员都认为他的教案写得好，被请去向公社全体中小学教师做“怎样写好教案”讲用。他在教学上很用功，所教的班级成绩每每居于全公社同年级前茅。

1977 年 12 月恢复高考，郑如鹏参加了“文革”后第一次全国高考。那时有 10 多届高中毕业生参加这次高考，要被录取好不容易哦，他却考上了海康师范，且语文成绩全县第一！在读师范的时间里，每逢星期六与星期日，他一回家就参加生产队劳动，晚上还帮助母亲舂蒲草。

郑如鹏的日记里有这样两句话："磨练，使人难以忍受，使人步履维艰，但它能使强者站得更挺，走得更稳，产生更强的斗志。""困难与折磨对于人来说，是一把打向坯料的锤，打掉的应是脆弱的铁屑，锻成的将是锋利的钢刀。"这两句话用在郑如鹏的身上是非常恰当的。生活的磨练，使他成为拥有无穷斗志的强者；困难的锤打，把他锻成了锋利的钢刀。

在读海康师范时，他考上雷州师范专科学院函授中文班。1979 年他师范毕业，被分配到海康县白沙中学教书。他从初一跟班到初三，所教班级的成绩都名居全校前列。县教研室主任欧励和教研员蔡碧盛听了他的课都翘起拇指说："讲得非常好！"于是，将其当作典范向全县推介。

1982 年 7 月他函授毕业，被评为优秀函授学员。

名师郑如鹏指导学生学习

1985 年 9 月，郑老师进入广东教育学院中文班攻读本科。1987 年 6 月他以优异的学业成绩毕业。当年 7 月，他被调入海康县第一中学。他把师德视作教师的生命，把教育事业当成人生的追求，默默地耕耘，无私地奉献着。为此，每个学期的期终考试成绩也居于全校前茅。他的积极肯干和卓越的教学成绩，给他铺上不断上升的台阶，于是由语文副科组长、逐而提升为科组长、教导处副主任、教导处主任、中国教育工会雷州一中委员会主席。其实，他那种暗暗较劲的心理、吃苦耐劳的精神，加上他的聪明才智，不论在哪里工作学习，他都会成为优秀一员。

郑如鹏把吃苦耐劳的劳动精神演绎到学习和工作中去，这种精神推动他一步一步地向上攀登，使他从贫苦农家的孩子走向中国教坛名师。

提起郑如鹏，他的许多朋友、同事赞不绝口。确实，郑如鹏在教育方面下了很多苦功夫。雷州市副市长何培烈和市委办公室副主任吕金文著文介绍说：“郑老师阅读了大量的教育教学著作和刊物，在他的书柜中，仅学习笔录就占去了三分之一。1994 年仲春，郑老师为湛江市语文高考备考现场研讨会执教《警察与赞美诗》一课，独具匠心地用‘论辩训练法’来讲授这篇自读课文，教师只是从旁指点，授之以渔，学生通过对文中主人公数次荒诞行为的辩说完成预设的训练题，一步步踏入知识深宫。整堂课气氛轻松活跃，学生兴趣高涨，学习主动，真正成了课堂的主人，使不少县（区）的同行听后都说大开眼界。他根据学生的不同特点，指导学生在课内课外开展调查汇报、答记者问、实地采访、新闻发布、办手抄报、编演课本剧等形式多样的活动，逐步提高他们的语文素质。经他辅导的学生，有数十人在各级报刊发表习作，并在全国性征文比赛中获奖，其中莫宏伟、陈宝梁等人都成了南粤颇有名气的青年诗人。多年来，他教的学生考上清华、南京、华工等名牌大学不计其数。”难怪经常有学生给他写信、来电或信息问候。每个节日也有不少学生带着礼物前来与他一道回味过去的美好情景，感谢、感恩之情洋溢在交谈中。有位叫何拔的学生刚从加拿大回来，就立即请他全家人到园中园酒家聚餐共叙师生温情，临去时还给他发来红包，可见学生对他的栽培之恩念念不忘！

郑老师在国家级、省级报刊上发表了 130 多篇论文。许多人得知后，都感叹他发表论文像下饺子一样容易。其实，他开始走这条路时，也走得非常艰难。郑老师对笔者说：“初时，我向有关报刊投了近百篇论文稿都不被采用。但我还是不断地反思，不断地写，不断地投，像愚公移山感动上帝一样感动了编辑——《广东教育》终于开始发表了我的文稿。后来，我摸索出了门道，有了一定的名气，命中率大大提高。仅在90年代，我就有100多篇论文发表。”那个年代，凡是他知道地址的且发表语文论文的报刊都登有他的论文，如：他在中学语文教学研究会会刊《语文教学通讯》上发表《开展素质教育“一用”“二改”“三面向”》等；在《广东教育》上发表《中学语文隐形思想教育》等；在上海市《语文学习》刊物上发表《结合语境　善于比较——〈孔乙己〉词语教学例谈》等。尤其是《广东教育》每隔二三期就出现他的论文。雷州市教研室对这种井喷现象感到震惊，故让他连续担任雷州中学语文研究会副会长。现在回想起来，他也感到惊讶。那个时候，他除了干好雷州一中的工作外，还要到党校和市工会给高考复习班上课，工作虽然繁重，但他的教学工作都干得很好，论文也写得很出色！

衣带渐宽终不悔，为伊消得人憔悴

在教育工作上，郑如鹏为何取得这么成功？他对笔者说：“我认为自己能取得这些成就，主要有两个重要因素。一是争分夺秒：90年代的那些年，我一有空，都想早点回到书桌前读书——写作——读书——写作，真的一分钟也舍不得浪费。二是认认真真地坚持做一件事——教学。有些人总想在各方面都有所发展，棋琴书画诗词歌赋样样精通，但我认为，人在一定阶段，还是专攻一方面为好。我日日夜夜扑在教学上，早上6点钟起床，晚上11点多或者更晚才休息。在旁人看来，觉得很辛苦，但我认为乐比苦大。”

他治学严谨，发现1992年高考一道病句题出错了。题要求选出正确一项，官方提供的答案是A项，A项是“我本想这次能在家乡同你见面，回家后才知道由于你正忙着搞科研，不回来了。”他认为这项也是病句，“由于”应放到“正”字前，试卷上的四个选项没有一项是正确的。他把他的发现写成论文《一道高考题之我见》，此文同年发表于《语文月刊》第11期，在教育界引起较大轰动。

除了论文多且好外，郑如鹏的教学效果也显著。他的教学作风严谨踏实，教学方法灵活实用，教学理念先进超前，能化抽象为形象，化晦涩难懂为通俗易懂，而且妙语连珠，让学生越听越想听。他的课堂活泼轻松，学生跃跃欲试，积极参与。他有一种神奇的魔力，能够使那些讨厌语文的学生变成喜欢语文，并喜欢上他。许多学生都说："郑老师知识渊博，对教学认真负责，是我们最敬佩的老师！"他自1990年任教高三语文后，基本上年年教高三，几乎年年语文高考成绩都名列全校、全县榜首，并多次夺取雷州市语文单科第一名。如1994年高考，他任教的高三（3）、高三（4）两个班，包揽了雷州市单科前三名，语文700分以上人数占全校11个班9个学科700分以上人数的四分之一，平均分602.8分，比仅次于这两个班的班高52.3分。2009年他所教的高三（7）班，语文120分以上的有3人，其中黄小燕123分（雷州市语文单科状元），冯秋丽121分，属雷州市语文前三名。2010年，郑老师教的高三（25）班（复读班）高考语文成绩110分以上有19人，100分以上有51人。为此，雷州市电视台特地采访了他。

90年代，许多与他相识的领导和好友曾到学校来，要求将自己的儿子安排在他的班就读，他推不了只好说："你们找陈顶三校长吧。只要他答应，我就接收。"他们听了都去找陈校长。学生安排在哪个班，是全校统筹的，怎么能谁来要求安排去哪个班就安排？陈校长不答应，他们就跟着纠缠不休。陈校长安排不了，那些家长就叫他们的子女在上课时拿着课本、抬着凳子到郑如鹏所教的班里听课。其他同学见了也照样到他的课室来，一下子把原本一个安静的课室都给闹翻了。优秀教师郑如鹏的教学水平出名，虽然给本校的校长带来许多烦恼，但他却成为雷州乃至湛江教育的靓丽名片。

郑老师曾撰过一联："春暖校园，心血浇开桃李艳；情温苗圃，肩头架起栋梁坚。"此联就是他的真实写照！

1998年，郑老师被评为特级教师后，广州、深圳和珠江三角洲的那些名校不断来信，欲把郑老师调进他们的学校，年薪最少的有10多万元，最多的50万元；2002年至2005年他在省教育专家班参加培训，同班的学员绝大多数是广州、深圳那些名校的校长，他们都恳请郑老师调进自己的学校。可是，郑老师有一颗感恩父老、回报家乡、决心为家乡教育做贡献的赤子红心，都一一谢绝。

2005年，他腰椎间盘突出症复发，小腿不断抽筋，痛得要命。他被迫住院留医，既打针又服中药，既用针灸又做牵引，折磨了一个多月才慢慢地好些。但这一个多月里，他仍像往常一样，上课，开会，批改作业，辅导学生，从不缺过一节课，住院期间也只是换课，回来后又补上。

在四十多年的教学中，郑老师牢固树立科学发展观，坚定不移地走向教研要质量的道路，务本求实，积极探索，锐意改革，成果丰硕。他形成了以"优化课堂教学结构，教以规律，授以学法，学为主体，练为主线，面向全体，发展个性，培养能力，提高素质"为内涵的教学特色；形成了以"预习课、范例课、讲读课、比较课、自读课、赏析课、测练课、写作课"构成的语文阅读课八课型单元教法（此成果曾获省创新成果奖、"黄华杯"奖，在《广东教育》杂志上发表推广）；形成了中学语文隐形思想教育法，同时也形成了以由"形象思维——逻辑思维——创新思维"组成的思维流程、"听课阅读——记忆理解——鉴别赏析"组成的学法流程，以及"求知——寻理——审美——运用"组成的学习流程等三条流程融为一体的中学语文思维与学法一体化教学法，于2000年2月15日被确定为广东省"九五"普教科研规划课题，省教厅拨款1万元作为启动资金；2002年3月被评为湛江市“九五”普教科研规划项目，并拨款2000元。阶段成果发表在许多报刊上，多项成果获奖。结题成果于2010年获得第七届广东省普通教育教学成果一等奖，获得奖金5000元。

他出版教研专著四本：《中学语文思维与学法一体化教学研究》《中学语文金口木舌》《课题实验与研究》《中学语文学思一体教学法》。其中后者为郑如鹏主持的广东省“九五”规划课题，由教育部师范教育司组织编写、教育部课程教材研究所组织评审，教育部师范教育司、人民教育出版社写《前言》，教育部副部长、国家总督学王湛作序，编入人民教育出版社出版的《教育部特级教师计划·中国特级教师文库》第四辑，是国家重点图书出版规划项目、教育家成长系列、全国中小学教师继续教育用书。

他还在20多种书里当编委或副主编或主编。如任编委的有《教你会读——全国优秀语文教师谈阅读》等；任副主编的有《文言自读津梁》等；任主编的有《语文应考分类指导与综合检测》等。他在1991年2月被《作文成功之路》杂志社聘为特约通联员，1991年4月10日被《基础教育研究》编辑部聘为特约研究员，1992年2月被《中学生之舟》编辑部聘为特约编辑等。

湛江市委常委、常务副市长赵志辉（右二），雷州市委书记江毅（左一）等领导到校慰问郑如鹏老师。

他的教研成果获奖近80篇（项）。如《写作教学心理散论》《谈语文自学能力的培养和提高》《稳中有变，主次分明》分别获得中南中学教学研究会举办的1991年、1992年、1993

年全国中学语文教研论文评选一等奖。其论文发表或获奖之多不胜枚举！

他被评为各级各类先进称号40多次，除上面介绍的外，他还被评为湛江市青年教改积极分子、教书育人优秀教师、创争活动优秀组织者：雷州市专业技术拔尖人才、高考先进教师、高考先进工作者、教改积极分子、教书育人优秀教师、优秀共产党员等。另外，他还获得省级或国级行政部门、省级或国级团体学会等授予许多荣誉称号。为此，2002年9月10日，雷州市委书记孙亚帝带队上门慰问他。2009年，他被评为广东省正高级教师。由于教学成绩越来越显著，2013年9月9日，湛江市委常委、湛江市常务副市长赵志辉和雷州市委书记江毅分别带领湛江和雷州两级领导到校来慰问他。

苏东坡说，古之成大事者，不唯有超世之才，亦必有坚忍不拔之志。郑如鹏能成大事，应该说，在很大程度上是归功于他的坚忍不拔、吃苦耐劳的。

老牛亦解韶光贵，不待扬鞭自奋蹄

2011年7月，他虽然退休了，但退而不休。雷州一中舍不得浪费这绝好的资源，聘请他专门指导青年教师的语文教学，让他奉献余热。他每年都为七八位刚刚上讲台的新教师作指导，培养他们都具有听课仔细，评课认真，责任心强的个性，并给以倾心传授看家本领。

在指导中，郑老师发现所辅导的新老师，他们虽是中文本科毕业，但语文基础知识不够扎实，就鼓励年轻老师们继续学好语文知识。开始时，那些年轻老师有点不服。郑老师为了让他们心服口服，就请他们帮助解答一些简单问题。如：“我不想去。”与“我想不去。”有什么异同？怎样确定对联的上下联？问题虽简单，但他们都解答不好，有的甚至不会回答。这时他们感到有点不好意思，表示要认真、虚心学习了。郑老师便乘机给他们补讲许多实用的语文知识。

郑老师在听他们上课时，发现他们上课细节注意不够，如，不重视板书设计，就带他们去听一位新老师上课。听课后，郑老师问他们："在听课中，你们觉得容易记录吗？"他们都摇摇头说："记不下来。"郑老师接着问："为什么？"他们答不出。此时，郑老师便说："要知道，不容易记录的原因很多，其中一个是板书不好，况且连文章的题目都不板书，让人听了半节课还不知道上哪个内容。你们是不是也有此不足？如有，希望谨记改正哦。"从此，引起了他们的注意。后来郑老师发现他们上课时，非常注意细节了。

于是，这些老师进步极快，一两年时间都成为教师队伍中的佼佼者。例如，第一年指导的梁晓红老师，当年被评为优秀教师、先进班主任，第三年就担任高三班主任，工作十分出色，全校开学典礼大会时作为教师代表上台发言。第三年培养了高一年级七位新老师，效果同样十分惊人。高一第二学期起，就有朱小凤、符红清两位新老师担任了特尖班（高一年级文理科各有一个）的班主任和语文课，学生个个满意。上了高二后，这两位老师继续担任特尖班的班主任和语文课。在雷州一中举行的全校性高效课堂教学比赛中，朱小凤老师获文科一等奖（只设一个）。郑老师所带的这七位老师，教学绩效个个一等奖。

郑老师不仅在教学和论文写作上是雷州的一位拔尖人才，在诗词和楹联创作方面也是一位高手 。早在 1997 年，他就利用业余时间创作出了许多诗词、楹联。1997 年加入湛江诗社，1998 年参加雷州市楹联学会。但为了教学，他当时只是偶尔玩玩。

现在，郑老师退休了，终于有时间玩他感兴趣的东西了。他把专攻教学改为重点研究写作诗词、对联。至今，他先后在《湛江日报》《湛海诗词》、广州《诗词》等报刊发表诗词近 200 首，在《楹联家》《中国楹联报》等报刊上发表楹联作品约300副，其中有的作品被收入《中华国粹·当代百家律诗精选》《人民艺术家精品典藏》《中国楹联家大辞典》《中国古今楹联选集》《中华爱国文典》《雷州古今诗词楹联大观》等。笔者曾统计过，从2014年3月起到2015年1月止，郑老师仅在《中国楹联报》上发表的楹联就有52副。像他这样能在《中国楹联报》上发表作品数量之多，频率之密是少见的。这种井喷现象也体现了郑老师一贯的作风：认定一件事，就全力以赴去把这件事做精致。

笔者问，郑老师，您是一个优秀教师，为什么退休后，却对诗词楹联这么喜爱？他说，诗词楹联是我们中华民族的优秀文化，是不可或缺的国粹，我们必须传承发扬！由于对诗词楹联的用功钻研，因而他也常有获奖，如2011年7月1日参加北京文硕图书编著中心、全球汉诗研究协会、世界华文诗词艺术研究协会举办的“党旗颂”——庆祝中国共产党成立90周年全球华人诗文大赛获特等奖；2011年8月在中国国学文化研究会、国际汉学研究会、北京环宇图书编著中心举办的第二届“孔子杯”中华国学文化艺术大赛中荣获金奖等，获奖项目近30项。

2016年，郑老师的诗词、对联集《画声琴趣桃符集》由中国诗词楹联出版社出版。鉴于郑老师诗联方面的成就，2017年他被推举为雷州市诗词学会会长和雷州市楹联学会副会长。2018年后，他因要到深圳带孙子便辞去以上职务。

郑如鹏老师这些沉甸甸的成果告诉我们，他不愧是一名学问广博的学者和优秀的教育专家！

2019年5月发表于《中国报告文学》第5期。

第四辑·散文

我的妻子

我是一个喜爱文学的人。我与妻子李意芬结婚前，雷州歌联社举行第四次对联大赛出的上联是“物阜民康新政好”，我以“财充国富锦图宏”回对下联，有幸获得了冠军，在乡里名噪一时。因而，不少人以为我是跟她对对联结婚的，在人群中把我给问得满脸通红。其实我们是由写作小说引起的。

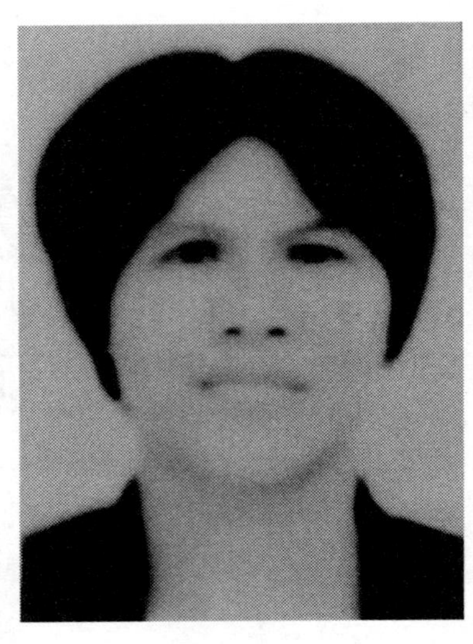

作者妻子李意芬摄于1993年5月

我的妻子是粤北地区的连山县人，她读高中刚毕业，就写一短篇小说寄给某报一位姓梁的编辑，请提意见。梁编辑觉得稿子写得不错，即帮她修改一下发表。我拜读了，很赞赏。不久，我有一篇小说获奖。领奖那天，我认识了那位姓梁的编辑，他知道我对她有佩慕之情，就帮忙给我搭桥介绍。鸿雁传书，互相了解后，她前来雷州跟我结婚。她来前，在广州发电报叫我到县文化馆接她，镇邮电所将我姓名中的“蒋”字错写成“蔡”字，我没有接到电报。可巧的是，就在那天，我带着纪家萃文文学会的会刊文稿到文化馆排版付印遇见她。也许是，我与妻子的姻缘是老天注定的吧！

妻子对我情有独钟。刚结婚时，许多人都认为她不会跟着我生活下去的。其原因：一是我家很穷，欠债很多。吃的几乎都是番薯丝粥，极少见大米。住的是破旧茅房；二是一个白嫩嫩的年轻姑娘，不可能吃得起这苦；三是我的年纪比她偏大，诸事不如人。可是，她不但对这些毫不介意，而且当我告诉她，前几年，我的双眼曾经失明，到成都医治一年多时间才重见光明之事，并且问她我如果再次失明怕不怕时，她却也毫不犹豫地说：“不怕！我有两只明亮的眼睛，如果你不幸再次失明，我可以为你移植一只！”也许她怕我对婚事有顾虑，还在我的笔记本上写下“我永为蒋家媳妇，跟夫君患难与共，海枯石烂心不变”如此云云。她这些发自肺腑之言，使我深为感动，热泪盈眶。

妻子很勤劳，到我家没几天就什么活都干，还挑起粪箕捡猪粪。

结婚刚几个月，她的父亲突然发来电报，说家里有急事，叫她赶紧回去。当时，我在村里当民师，每月工资 28 元，生活很困难，家里仅有 30 元。我本想找人借一些钱凑到 100 来元才让她回的，但她一接到电报就要启程。她说：“路费 25 元多，路上省用点问题不大，我回娘家后，你找些钱寄去就可以了。”

可是，从雷州到连山近 1000 公里，其时没有高速公路，在途中要走上两天时间，不论多节省，肚子饿了总得吃些东西，她回到家里时，身上一分钱都没有了。当晚，弟弟知道城里放电影，叫她买票去看，由于身上没有钱，她只好说，我很累不想去；第二天早上洗衣服，母亲叫她买一块肥皂，由于身上没有钱，她无言以对，即时泪水哗哗地往下流。母亲不知来由，立时大吃一惊，问她哭什么，许久，她才说："妈，我对不起您。那天，我接到电报急着回来，阿生只有 30 元给我，路上用完了没钱买肥皂。"本来很不乐意她远嫁的父亲，听了她的话，即时火冒三丈说："他离我们这里那么远，家又那么穷，你回到我们家连一分钱都没有了，为什么要嫁他?!"正在这时，她的五叔婆来了……

我们结婚时，五叔婆曾跟妻子的妹妹和母亲到我家来，对我家情况比较了解。她说："意芬，你在家，有沙发椅，有电视机，住的是瓦房，吃的是米饭；阿生那么远，家庭什么都没有，住的是破茅房，生活条件那么差，讲钱财没钱财，讲人才没人才，我真不明白你为什么要嫁他?"妻子说："我是看重他的人品，羡慕他的才华!"五叔婆说："他个子不高大，读书不到五年，能谈得上吗?"妻子说："他人好勤劳，会写文章，我就认为他的人品好，有才华，就值得我羡慕，值得我喜爱!"

她的父亲听了怒气冲冲地说："好吧，你既然这么喜爱他，也只好由你了。但是，我们辛辛苦苦地把你养大，难道你就这么简单的离开我们了?"她的父亲喋喋不休地谴责着。妻子听父亲这么说，深感内疚，再也不作声了，只是任由泪水不停地流淌……

自那天起，村里的人都知道，阿芬嫁给一个远方的穷光蛋。许多人都鄙笑她傻。为此，她很怕遇见村中的父老乡亲，很怕遇见昔日的同学好友，回到娘家好几天了很少出门。平日里，她不是在家闭门给我写信，就是到县城给我寄信。每当我看到她诉说回家的种种苦楚，酸泪不由自主地夺眶而出。妻子，难为你了！我知道妻子回到家就没有钱了。担心她难堪，在她回家的第二天，学校发工资了，我凑够 30 元钱寄给她。她经不起家人的挖苦，一收到那 30 元就含着眼泪去买了车票。第二天一大早，在母亲的送行下，泪别了故乡回到我的身边。

分家第二年，我负债 2000 多元，当时这"担子"可不轻呵！

可是，妻子不以为然，叫我安心做好教育工作与好好学习写作。她却不辞劳苦，起早摸黑，把农活和家务全包在自己身上，并贷款买来几头猪养，一年多时间就把债还清。

令人想起心酸的是，当年寒假，村办糖寮要求我外出搞推销，外出时，我只给她留下 60 元。不料，糖销不出去，我不能赶回家过春节。农历十二月廿九日人来催债，她把身上仅有的 60 元都还了债。随后，她向邻居借 10 元钱，买了一条塘鱼，一斤猪肉，就这样冷冷清清地过了一个年。

我刚转入镇政府工作那两年，家里种 10 多亩甘蔗和几亩香蕉，全靠她自己管理、砍卖，忙得团团转，常是天黑了才回家来。许多次，由于疲劳过度，她给孩子喂些食，自己却饿着肚子，就抱着孩子滚上床睡觉。我回家看见，心里感到很难过，禁不住泪水一滴滴地往下落。唉，别无办法，只好给她一个深深的吻，表示心疼与疚意，然后把她轻轻喊醒。近年来，她虽然随我到镇里生活了，但也闲不住。她仍是一天到晚地在街上摆果摊……可以说，妻子为了这个家，从没闲过一天时间。

妻子既孝顺又通情达理。她对我的父母很孝敬，有什么好吃的都让他们吃。她到我家来 13 年了，家有五个弟媳（包括堂弟的）都未曾吵过架。她对村里的长辈很尊重，对左邻右舍很亲热，与叔伯婶姆能和睦相处。我有许多朋友，他们经常来访或来信。妻子不管他们是男的、女的，都热情接待并催我及早复信，让我与朋友保持着良好关系……

妻子也很喜欢文学。她到我家时，曾挑来一担书，一有空就抓起来看。前几年，她还写有数篇小说、故事在市级报刊发表，后因孩子及家务、农活的拖累，才不得已搁笔。可她对我在学习写作方面“管”得很严。晚上，我很少出门，偶有出门时间长了些，她就说：“我千里迢迢而来，你那么穷，如不是见你喜欢写作，我还嫁你吃苦吗？要争气呀！”我听着，不敢不遵命。她对我的创作，说句实在话，是非常支持的。一年暑假，她对我说，阿生，我很希望你在假期里写些文章。家里孩子打扰，你带些米到白沙朋友家写吧。我说，家里那么多活要干，能放得下吗？她说，这个由我打理，你放心去吧。我见她这么说，就到白沙朋友家来。可是不到五天，由于教办建立民师档案需要填表，她不得不前来叫我回去。不过，我不负妻子之望，在这短短的四天多时间里，写出了短篇小说，《急雨》和《选秘书》，并起草了纪实文学《情悠悠》10来页。我每写一篇稿，她都要先给"审阅"，看到不妥的地方就向我提出意见修改。我每发表一篇文章，她也收到一份喜悦，并给我一次鼓励。

我应该感谢妻子，她吃苦耐劳承担起家庭的重任，在我的工作之余催促我写作；我应该感谢妻子，她让我在写作这条路上鼓起勇气，逐步走向成熟，发表了许多作品。怪不得有人说，我在写作上所取得的这些成绩，一半是靠自学的，一半是被妻子"逼"出来的。

现在，我的生活虽然谈不上宽裕，但我有一个好妻子，有一个和睦温暖的家，心情上觉得很舒畅。

妻子，你是我生活上的精神支柱、工作上的力量源泉，我深深地爱你！

原标题《爱妻》1996年6月9日发表于《湛江日报》（现稍有改动）。2018年7月转发于经典文学网，2018年9月获《作家前线》与《华文作家》主办面向全国征稿的首届"才子杯"文学作品大赛二等奖。2019年6月收入《当代文学精选》（中国国际出版社）。

夜逛三元广场

刚从乡下调到城里工作，感觉城里的生活多姿多彩，比乡下热闹。但我从未过过单居生活，每当夜阑人静的时候，难免有几丝孤独涌上心头。幸好在我住宿的地方离风景秀丽的三元塔公园很近，仅百来米，闹中有静。公园的前面有个大广场，晚上，当我感到孤独的时候，可以到此散散步，舒舒心，自得其乐。尔后，再回宿舍里高枕，也颇觉满足。

三元塔公园广场约有三十来亩。这里碧树扶疏，绿草如茵，空气非常清新，是个难得的休闲场所。夜晚，附近的居民总喜欢前来活动活动。我独自在广场上散步，也觉得饶有滋味。灯光亮处，“政治家”们三五成群地坐在花坛旁高谈阔论国际形势和国内大事。从言谈中，他们似乎都有“先天下之忧而忧，后天下之乐而乐”的博大胸怀，使听者增长了不少知识。灯光朦胧或月光迷朦的地方，恋人们坐在偏僻的花圃边和清静的绿树下，卿卿我我，也有一些情人在平坦的硬底化大道上，或在弯弯的小径携手并肩悠然漫步，柔柔细语。那动人的情景，无不令在旁闲聊的老人勾起当年初恋的甜蜜回忆，唤回青春的活力。

然而，最诱人的地方还是广场西边的益寿楼前。在这里，灯光通明。人们密密匝匝地坐在大型电视机前，聚精会神地观看雷剧录像；或坐在大榕树头的水泥圈上，或躺在周边的石椅上，静静地聆听民间曲艺队的演唱。这支曲艺队是由十几个老人组成的业余性群众组织。他们大多都是白发苍苍，最年轻者也已年届花甲，却个个精神焕发。演唱时，他们有序地坐在麦克风旁，有的吹笛，有的吹萨克斯，有的弹秦琴，有的弹扬琴，有的拉二胡，有的唱粤曲。乐手们都是经过数十年磨练出来的，不管是吹的，弹的，拉的都很神。其节奏随着唱者的声浪抑扬婉转，优美悦耳，特别是那几位唱戏者的嗓音非常动听，他们唱一段《霸王别姬》，其声宏亮激昂，恰如翻江倒海波腾浪涌，令人感慨万千；歌一曲《深闺怨》，其音柔软低沉，几多凄楚凝哀怨，催人泪下惹人怜；和一节《兰亭会》，吐词清新甜润，几多欢悦几多情，使人回忆缠绵；嘘一声长叹，闻者断肠裂腑；发一阵怒吼，听众胆战心惊；来一声大笑，四座老少咸欢，真是绘声绘色，让人越听越想听。这让我在当今雷州地方特色文化——雷歌的浓浓氛围中，又欣赏到早已遗忘的粤曲的优美韵律。我每次逛广场，遇见他们演唱，非驻足聆听数十分钟不可。

他们见我这样着迷，认为我也会唱粤曲。一次，有位满腔热情的老者将麦克风向我递过来说："兄弟，你肯定也会，请唱一唱吧！"我虽然喜欢听戏，但唱戏是门外汉，见说，即时涨红了脸，连忙摆手推却。此后，他们知道我是个热心听众，对我很是友好。我问："是不是有热心人士赞助你们演唱?"那老者答曰："不。我们在这里演唱一是为了自娱自乐，陶冶情操，更好地欢度晚年；二是想给到广场活动的人们带来一点精神享受，给我们雷州的夜生活增添些情趣……"从言谈中，可见他们的思想境界是多么的高尚，多么的可贵啊！我由不得对他们肃然起敬……

我想，如果雷州人都像他们那样，多为这个历史文化名城营造文化氛围，多为他人做些贡献，这里将是一个多么美好的世界！

2011 年 10 月 29 日发表于《湛江日报》，2020 年 9 月转发于《兰亭诗画》第 3 期。

海滩卫士——红树林

游客到雷州，观其自然景色，无不赞美南渡河之奔放，九龙山之雄奇，鹰峰岭之峻拔，雷州西湖的幽美。而我却对英利那神秘的潭典海湾情有独钟。

潭典海湾有近千亩国家级自然生态保护林——红树林。走进这里，可以领略到无限美好的风光。潮水涨时，红树林有的被漫过了顶端，有的被漫过半腰，在阳光的照耀下，像一颗颗硕大的翡翠镶嵌在恬静明丽的海湾上。此时，人们驾着小汽艇或划着小船儿在海湾游耍，欣赏那碧水蓝天与红树林融为一体的景色，无不赞美大自然的秀逸清奇。尤其是，当朝霞喷薄而出，或晚霞四射，或皓月悬空，与海湾的景物相辉映之时，整个海湾变成了一幅清新绮丽的画图。畅游其中，胜似进入了虚幻神奇的境界，的确令人陶醉。

这里的红树林自从被宣布为国家级保护林后，潭典村的群众都自觉地呵护它，使之越长越茂，鸟类也越来越欢心地到这里来筑巢繁衍。由于红树林能够遮风挡浪，并对水质污染起着净化作用，许多海生动物，如海蟹、海螺、沙虫及鱼类等都到这里来繁殖。人们泛舟其间，既可饱览海生动物活动的情景，又随时可以看到一群群海鸥出没其中，翩然飞舞；一队队白鹭凌空而起，悠然翱翔，像洁白的浮云在天上飘动。现在，到这里，旅游观光的人们怎么也数不清栖息着多少鸟，道不明鸟类的名称，但只要你在红树林里略转一圈，准会捡到百十只鸟蛋。不过，这里的群众对鸟非常爱护，他们决不会让你将这些鸟蛋带走的。

红树林里主要生长着黑榄、海漆和胶榭三种树。黑榄的“繁殖”充满着神奇色彩。据说，黑榄属“胎生”植物。当“胎儿”在“母体”（即籽儿在树上）生长成熟脱颖而出，奔赴自由世界——海滩后，仅一夜间就可以长起来了。黑榄树的叶，像木菠萝树叶一样肥厚，其茎却像榕树一样，每棵都有10来条挺直粗壮的分茎（或称气根）与主茎一起支撑着繁多的枝叶。任凭狂风暴雨的吹打，它都毫不动摇。人们称之为“护海铁将军”。海漆的根叶虽然没有黑榄的那样粗壮旺盛，但很有灵性。不管你多威风强悍，只要你胆敢触犯它的一枝一叶，它都毫不留情地吹出毒气进行反抗，让你周身溃烂，往后再不敢欺负它。为此，人们称之为红树林中的“赤诚卫士”。胶榭的枝叶很小，但它的生长能力也很强。它每年在夏季开花结籽。其籽也称为“腻霸”，拇指般大，形似大圆钮扣，煮熟用清水漂洗后可以当菜吃，其味有些酸。在“割资本主义尾巴”的年头大闹饥荒，有不少人是靠摘胶榭籽来充饥，才度过那段艰难的岁月。特别是在这里生活繁殖的海生动物及鸟类，大多数都以胶榭籽为主食，所以人们也给它一个美称叫“解粮官”。

我尤其赞赏红树林的是它那顽强的生命力。潮涨潮落，任凭咸咸的海水浸泡，烈日暴晒，风浪吹打，它从不示弱，不褪色，不枯萎，依然郁郁苍苍，充满绿意，像守卫着海疆的钢铁卫士一样，神采奕奕地昂然挺立在海滩上。这里的红树林能够长得如此茂密和成为鸟的天堂，并让许多海生动物在它的遮蔽下快速繁殖生长，成为令人注目的旅游景点，应该说这是与英利镇委、镇政府和潭典村广大群众的热心保护分不开的。如果他们没有净化环境的长远眼光，没有保护生态平衡的思想意识，让人们将这块海湾开发为虾塘，那么这里的红树林早已隐踪灭迹了。

红树林哟，在英利人的呵护下，你会越长越茂越绿！

2004年5月10日发表于《湛江日报》，2005年收入《雄鹰展翅的地方》（长城出版社）。

妻子有班上

我到镇政府工作后，子女都随我到镇里来上学了。妻干完农活，觉得自己在乡下寂寞，也到镇上来一起生活。

妻是个闲不住的人，她知道一家人在镇里生活比在农村消费大，光靠我当时月领120元的工资，是支撑不住这个家的。她要求我找份临时工，但镇上的闲人多如蚂蚁，企业寥若晨星，往哪里找？见我没有办法，她只好求我筹钱让其做生意。

初时，我向人家借来30元，让妻买一担菜卖。中午下班，我到市场来，见前面的菜摊不乏顾客，妻却在里面的摊位上孤零零地守着自己的菜发愁。我问："没人买？"她说："这个摊位太偏僻，又没有熟客，哪有人前来？"她说完长长地叹了一口闷气。我往前望去，见有一摊位空着，就帮她把菜搬了过去，因为前面来往人多，客人顺便购买，很快便卖了许多。

可是，当我下午下班前来，却见妻又把菜摆在原来的摊位上。她眼眶湿润，愁眉苦脸地站着。我觉得奇怪，问："怎么又搬回这里？"她见我一问禁不住眼泪簌簌流下，说："在这里没有人来买，到前面去，工商人员说不按安排的摊位不得卖，将我赶走。我来回搬了几次，被他们骂了一通。不回这里摆，又咋的？"我听着，觉得很心酸，安慰了她一番。看看天快黑了，摊上的菜还很多，只好又跟妻子把菜搬到前面来，贱价卖了。当天的菜亏了7元。第二天，我问她还去不去。她说成本太少了，摊位又偏僻，生意这么难做，过几天看看再说。

几天后，镇里发工资了，我将领到的120元如数交妻，她买来300多斤芋头，又是好几天才卖完，亏了30来元。我说："阿芬，一次生意亏这么多，照这样下去，让你做四次生意，我这个月的工资岂不是白丢了？我劝你还是不干为好！"妻觉得委屈，又不知如何回答，只是含着眼泪不作声。不几天，妻又感到闲得不耐烦了。她上街了解卖水果行情，叫我让她买香蕉卖。这次的生意做得不错，每天都赚到10来元。我按她的要求又借来几百元购买柑、橙等果类一起卖。讲句实在话，这水果生意是划得来的，每月能赚到四五百元，多时有六七百元。每月有这么多钱收入，我和妻都很开心。

妻因天天从早到晚都在街上厮守"摊位"，不仅饱受严寒酷暑和风雨的袭击，饿了不能按时就餐，疲倦了也不能躺一下，她一天天地瘦了，黑了！我看着，好不痛心。我想，妻毕竟是通文墨的人，以前也写过一些文章发表，而且是从千里迢迢的连山县前来与我生活的，怎能老是让她如此遭苦？为此，我曾多次劝她休息，可是说什么她都不肯。

一天，妻病倒了。我给妻熬药，把药汤端到她的面前时，她噙着泪说："阿生，你对我真好，但做这生意风吹日晒雨淋的，也许往后我顶不住。你还是帮我找一份工作，不管是长工临工，工资多少都行。这样，我能按时上下班多好啊！"我一听，犯愁了，要在这里找一份固定工作，的确比登天还难啊！我沉默了一下，想起工商所近来正张贴广告要求社会投资，把部分市场棚改建为封闭式摊位出租，同时想起妻和妻弟制作皮鞋的技术都很娴熟，何不像胞弟一样也开一间小皮鞋厂？我立时向妻半开玩笑地说："好，我一定给你找个班上，并且让你到这个单位当老大！"

妻嗔怪道:“我没有这份福气,别夸海口气人呐!”

几天后,我贷来一笔钱,先是投资要了一个摊位,接着到我胞弟的皮鞋厂里将妻弟找来商量,在市场旁办起了一间皮鞋厂。所谓皮鞋厂,不过只有妻与妻弟等三两人做工的小作坊而已。厂虽然小,但能够让妻在这个“单位”按时上班下班,生意也做得不错,不说她欢喜,我也开心了。由于鞋厂是由妻打理,有时,我戏称她为“厂长”或“经理”,她的脸上总会漾起一阵笑意。

妻有班上了,她也胖了。

1999 年 1 月 2 日发表于《湛江日报》。

中秋月圆豪郎滩

每年农历八月十五的晚上，月亮特别圆。这一夜，是人们一年一度赏月的最佳之夜，家家户户都充满着欢乐的气氛。尤其是豪郎滩更有一番说不尽的情趣。

豪郎滩地处雷州市纪家镇豪郎村委会的西边。这里沙滩千顷，东背贯穿南北的马尾松防护林，西临广阔无垠之大海。远眺，渔帆点点，天水一色。近看，沙滩平铺，洁白如银。转望，防护林一片碧绿，犹如飘带。风景极其幽美。时有海风吹来，无比清爽，置身其中，有如在蓬莱胜境。尤其是每年中秋之夜，候鸟一群群的从北方飞来，又是一种奇观。

据说，民国初期，当地人就有了到这里集体赏月欢度中秋的习俗。自那时起，邻村的年轻人每到中秋之夜，总是男一群，女一队的到这里来展开活动。他们有的在浅海里游泳戏嬉，有的在沙滩上做游戏玩耍。最有意思的是到了月亮升上中天之时，少女们在一起拜月，她们一边拜一边在心里默祷请求媒姥（月亮）赐予一个好郎君，一个幸福的家。接着用碗舀来清水进行浮针，预卜各自的命运前途。姑娘们在浮针时，手里拿着买来的新衣针往水上平平的轻轻一放，衣针即浮在水面。其影儿头尾同样大，就说是命运好，一年到头都会平平安安的，她们就会发出一阵阵

“咯咯咯”的欢笑声。影儿头大尾小的，说是有不祥之兆，在这一年里凡事都需多加小心，为此，她们无不蹙眉唉声。影儿有刺的，就说在这年里有疾病缠身，她们便发出声声叹息。她们时不时所发出的阵阵笑声或唉叹声，令人颇动心弦。

这样的活动一直持续至七十年代末。

八十年代后，随着改革开放的深入，人民生活的改善，少女们不再把拜月浮针作为预测前程和寄托愿望的手段了。她们抛弃传统的世俗观念，或跟情郎一起成双成对的，或跟男友们一道成群结队的有说有笑着前来。男女间不再分开活动了，他们在一起开开心心地玩耍嬉戏，谈心，常常玩至日出东方。于是，这一晚，豪郎滩便成了遐迩闻名的情人滩。

近年来，中秋之夜更热闹了。每当夕阳刚落彩霞满天之际，有附近村庄的后生哥们骑着摩托车或自行车搭着意中人，有远方的雅士们因慕名而开着“小车”或“中巴”满载着对对情人，带着各种玩具和食物兴冲冲地从四面八方奔来。此情此景，恰似条条矫健的五色龙猛然向滩上滚动游来，其气势之磅礴，极为壮观。

当圆圆的月亮悄悄地从东方升起时，散布在豪郎滩周边虾池的灯光与月光相辉映，就像群星抖落在海滨，闪闪烁烁，变成迷你世界。人们有的聚在一起将带来的音响接上电，拧开录音机，和着播出的乐声一边歌唱一边跳舞，展开大联欢活动；有的几个男女朋友在一起做游戏，嘻嘻哈哈地笑个不停；有的三五成群进行野炊，一边烧烤东西吃一边侃；有的与意中人躺在沙滩上，一边赏月一边喁喁细语；有的跟情人划着小船在浅海里，一边玩耍一边互诉衷情，或卧在防护林边，静静地欣赏候鸟的飞舞讴吟，感味着情爱人生的甜蜜和大自然的幽美……在皎洁的月光下，他们越玩越欢心，总是通宵达旦。真可谓是乐而忘返，快活极了。

朋友，你如感兴趣，请在八月十五那天晚上，也带上你的意中人前来豪郎滩一起赏月观光吧。你到了这里，肯定也会觉得情意绵绵的，趣味浓浓的，舍不得离开哩！

2003年9月7日发表于《湛江日报》。

山村深处安静园

谁相信，世上尚有像陶渊明笔下开拓的桃花源？然而，雷州市纪家镇坡坪村西边却有一个胜似桃花源的安静园。著名作家黄庆云和不少知名人士曾慕名从远方相继前来观光。他们看到那满园的旖旎风光，无不大为惊讶道："这简直是个世外桃园！"

安静园始建于20世纪60年代中期，占地面积30来亩。园的四周篱竹拥翠，东西两面各设一小门，南面设一大门，其门皆系柴竹结构。园内种有荔枝、龙眼、木菠萝、桃子、杨桃、石榴、黄皮等岭南佳果200多棵。阳春三月，花香四溢；盛夏季节，果压枝头，别有一番情趣。园内还有四口小池塘和一座三姑静舍。该舍呈宫塔状，三层五间，外设有走廊和平台，边角用各形各色的酒瓶装饰，在阳光的照耀下光华四射，游者拾级攀登，园中风光尽收眼底。静舍建筑之构思，奇巧独特，令人惊叹。舍前有一屏墙，正中开一门，上面书"安静园"三字。下面一联曰："安居乐意栽果树；静坐诚心读经文。"舍的前后左右和大道旁种有奇花异草。到这里来，清风柔柔，确有超凡脱俗之感。

安静园的主人系一妇女，姓陈名寿三，号三姑，生于书香门第。她自小聪颖好学，可惜家境不好，只随父亲念过几年私塾就辍学了。为此，她沉郁终日，立志出家修道。但由于8岁已受周家聘礼，15 岁时只好过门成亲。

陈寿三不但知书识礼（著有自传雷歌一本，安静园的对联也是她作的），耕地养畜，刺绣缝纫，她也无所不能。在 60 年代初，她曾被抽到公社的缝纫社当缝纫工。数年后，她为实现夙愿，毅然带着锄头、刀斧、被褥等离开家人，独自奔上荒山搭起茅屋，开始设计营造她理想中的“花果家园”。

从此，她日出而作，日落而息，遇上好月色，还披星戴月不辍耕山。她先种簕竹围地，然后分片开垦，分块种下各种果树。为解决水源，她在园内挖了四口储水池。与此同时，她为营建住宅“宫塔”，上山后逢砖见石便拾回园内，天长日久，共拾得砖石近两万块，并拾得各种酒瓶一大堆，自己即动手建筑起来……

坚持劳动，粗衣淡饭，加上幽美环境，清新空气，使陈寿三越活越年轻。现在，她虽然已是 88 岁的老人了，可是身体硬朗，耳聪目明，很少生病，不但仍坚持管理园中的花果，还设法搞园中建设。近日，当笔者再次前往采访时，她又正在建筑着一间新巧的平顶楼房。这间平顶楼房前面砌起围墙与早期建起的三姑静舍相连，恰好构成一个“葫芦”形的平面图，令人看着饶有滋味。

1993 年 2 月 7 日发表于《湛江日报》，1994 年 8 月 26 日与吕金文同志以《安静园中好花果　荒山深处巧人家》为题转发于《羊城晚报》，1996 年收入《情悠悠》（陕西旅游出版社）。

婚 俗

我是雷州人，对雷州的民俗风情深感兴趣。尤其是当父辈们说起当地乡村的婚俗时，我更觉得饶有兴味，有时为之慨叹不已，有时又忍俊不禁“哈哈哈”地捧腹大笑起来。

父辈们说，解放前的婚姻，订亲时，男女双方都没有相见，只凭媒婆的一张“油嘴”撮合的。那时，双方父母听媒婆介绍后如果没有什么意见，媒婆就将女方的“年庚”给男方送来。双方“合命”了便是“听兆”，也称为“听三日”。在这三日里，若有一方发生什么不吉利的事，说是“兆头”不好，婚事告吹。如果双方都平平安安的，男方就择个吉利日给女方送些钱银、少许猪肉和糕饼做为订婚礼，这是初次的定亲表示礼或称背钱。随后，男方再择日以家长的名义写帖送第二、三次礼。

第二次礼才是正式装礼，谓为纳彩。这时在一对槟榔盒内装着槟榔、茶茎、金彩之类的吉祥物，并在每只盒里放有两个大银压盒。一般人家除送有大银百来元，猪肉二三十斤，还有些糕饼红糖之类。此外，还给女方在当新娘时压身钱若干大银。女方接后，将礼金如数收下，压盒钱收了一半，留下一半和猪肉两块及少许糕饼红糖，同时买一对新彩子①（其意有好彩），一对纸扇

① 注：彩子，是喜庆时女性插在发髻上的饰品。

（雷语扇与势同音，其意为人丁兴旺有势有力），一对黑布袋装有谷种（其意为有生有发），一对鸡（其意为成双成对），一对笔和一对墨（其意为知书识礼将来功名有成），写好受彩回帖一并交给送礼的人带回男方。

第三次礼，是送日子。即所谓“请期”。这次除了告知女方结婚的日期外，也送有一些钱银和猪肉，糖果等物。女方即以彩子一对及一些仪品写好“允期”回帖作复。

第四次礼是结婚那一天早上以新郎的名义写迎亲帖送的。这次礼叫为送三日，也叫担猪酒，除了有两个茶罐各装半罐酒和有两块猪肉及一些红糖、糕饼外，还要有笄仪、伴仪、盒仪、翰仪等。女方接到后即以新娘的名义写“于归”回帖同彩子一对及少量礼品送归男方，同时过门成亲。

婚期将到的前三五天，女方村中的相好姐妹，到晚上便来陪准新娘“哭嫁”。姐妹们哭的大都是难舍难离之情。准新娘哭的是诉说父母养育之恩尚未报答就要离别到夫家去了，往后难得回一次跟父母相聚生活和照顾他们，无限伤心。有兄弟姐妹的还哭其离别的痛苦，并嘱其代替她照顾好父母。没有兄弟姐妹的，想起她出嫁后，留下父母老年生活孤独凄苦，哭得更是厉害，其声凄凄，其音切切，很是可怜。人们听了都大为叹惜。

男方在婚前三天，亲人们就为其开始张罗结席欢庆了。

到了婚日那天早上，新娘头戴凤冠，身着红衣裙，脚穿花鞋，哭着出嫁歌，在裙婆嫂的搀扶下走上新郎家请来的花轿（也称红轿或珠轿）。同时，新娘方也请人抬送嫁妆，又叫扛箱（即是将嫁妆物放在箱里用写着“新婚大吉”字样的红纸条封好，以大、小两个箱为一对绑在刚砍来的青竹做的抬杆上给二人抬。抬多少对箱是根据双方家庭贫富嫁妆多少而定），请一个男孩当送嫁舅（意为新娘到新郎家必生男孩）将新娘送到新郎家。新娘被抬到男方村口即停下。此时，在新郎家等候的十三番班（锣鼓班）的乐手们得知就“刹——”的拍了一下大钹，顿时鼓声、锣声、钹声和唢呐声同时奏起，响彻云霄。新郎立即戴好毡帽，着起长大衣，穿着新鞋袜坐进早在门口恭候的红轿，被人们抬着，在两个辈分稍高的人的陪伴下，以及乡亲们的簇拥下，与吹吹打打的乐手们一起前来村口迎接。到了村口，新郎走到新娘的轿前，行了三鞠躬后，裙婆嫂就将新娘从轿中扶出，跟着新郎他们，随着欢快的鼓乐声，一起亦步亦趋地走进新郎家大门。如果结婚的日子“犯白虎”，在新郎带着新娘回到大门口时，便见到有个人用左手托着放有数块肥肉的簸箕，右手执着小木棍，一边向周围的人乱抽乱打，一边大声地嚷：“打白虎啊，打白虎啊！……”周围的人似乎谁也不怕打，都嘻嘻哈哈地笑着簇拥着。他们一见新郎和新娘进门，就一哄而上将簸箕上的肉抢光走开了。据说，他们是为了不让“白虎”将新娘新郎窜散而采取这种方法将“白虎”赶走的。说到这滑稽场面，他们都忍不住大笑起来。我也为之莞尔。那时，新娘刚走进兰房，新郎总要抢先上床，站在床沿上，用扇头向新娘的头上敲三敲，随着又下来往新娘的脚踩三踩。据说，这是为了给新媳来个下马威，让她在往后的生活中帖帖服服地听丈夫差遣。可惜这一规矩往往给一些看重夫权的人带来悲剧：他们为了大显夫威而出力过猛，无意中变成了“棒打鸯鸳”两分飞，将好端端的婚姻给敲散了。我听着大为慨叹。幸好绝大多数新郎都是痴情郎，他们只是轻轻地敲敲而已。新娘进了兰房后，即在裙婆嫂的陪同下出来请长辈亲戚吃槟榔。

婚日的晚上整个庭院都被人们挤得密密匝匝的。十三番班又是敲锣打鼓，又是吹笛唱戏，其场面很是活跃欢畅。尤其是闹婚夜时打外茶，艺人饰演的阿雁和阿爷不时做着滑稽的动作和唱着戏谑的雷歌挑逗梅香，不断地引起人们哄堂大笑，无比热闹有趣。我听他们说到滑稽处更是笑得前合后仰。

第二天早上亲戚和乡亲们都欢聚一起，在悠扬动听的鼓乐声中观看新郎新娘拜堂。拜堂的仪式与电视上映古代片的基本一样：先拜天地，再拜高堂，后是夫妻对拜。拜毕，裙婆嫂带着新娘给家翁家婆和所有长辈亲属捧槟榔。家翁家婆和长辈亲属接过槟榔后，都给新娘赏些银子表示欢喜。这些礼节，现在许多地方都改为当天举行了。

第三天早晨，新郎家要将婚宴时炒菜用的厨灶拆除了。为让新娘将来善于理厨，新郎家便叫她前来下厨。此时，只见新娘将10来个叶搭饼扒净丢进热锅里翻了数翻，一个个地铲起抛到半空让围观的人们抢。这是因传说谁吃了新娘的下厨饼一年到头都健康，为此，围观者都嘻嘻哈哈地跳着，争抢着，恰似逗猴子般。其场面既热闹又有趣。新娘下了厨后即要回娘家去，这叫新娘三日回头回。但回到娘家吃了中午餐就又要回夫家。此后，只要夫家同意，来去就不再讲究时间了。

解放后，随着时代的发展，人民生活的不断改善以及人们的传统观念的转变，婚姻嫁娶的有关仪式也随之有所变化。中华人民共和国成立初期，妇女们刚刚挣脱封建思想统治的桎梏，获得人身自由和婚姻自主的权利无比欢欣。她们只要爱上哪个男儿，不需要媒人，不讲究聘礼，双方到当地的民政部门办理了结婚手续，选定个日子，姐妹们就一起欢快地唱着“嗨啦啦……”跳着秧歌舞，将新娘送到新郎家。到了20世纪60年代，又是一番情趣，新娘和姐妹们坐着新郎家派来的自行车，说说笑笑着来到新郎村门口，一下车就拉开阵势，新郎方为一队，新娘方为一队展开对唱革命歌曲和比赛念毛主席语录。完毕后，新郎和伴郎才带着新娘及她的姐妹们进门。

20世纪七八十年代，女方出嫁仍是坐着男方派来的自行车到新郎家的。到了九十年代，由于党的改革开放政策给农村的经济生活带来了飞跃性的改善，不说女方出嫁到男方家时都是坐摩托车或“中巴”和“小车”，就是新房的添置也全是高档家具了。

虽说有的男方依然按照旧俗给女方送些聘礼，但他们都是自由恋爱的。婚嫁之日，男女双方皆欢天喜地。

2011 年 9 月 25 日发表于《湛江日报》。

悲壮的人生之歌

陈惊蛰，一个残疾医生，一个知名诗人，一个著名的雷歌创作者……

他原名陈弄，后因行医而命名“陈惊蛰”，又因喜作诗歌而起笔名“屈荣”。他自小聪颖好学，可惜仅念了五年书，就被可恶的风湿性关节炎肆意摧残，使其肢体严重扭曲不能行动而被迫辍学。其时，他生活不能自理，吃饭靠母亲喂，屙屎拉尿靠母亲端，像一只可怜巴巴的小狗一样蜷曲着在病榻上整整熬过了8年。尔后，他忍受着钻心的疼痛，开始坚持锻炼和自疗。经过服药和一步一嗑泥，全身滚泥巴地艰难爬行了6年，又一步一咬牙，五步满头汗地拄着拐杖艰苦学步8年后，他才站了起来。

陈惊蛰在病难缠身的22年间，经历了无穷苦楚。可喜的是，他不因病自暴自弃，而是以顽强的意志和超凡的毅力跟病魔搏斗。他除了坚持锻炼，还托亲人找来很多医书进行自学钻研，自己治好了自己的病，又为他人义诊，治愈了不少常见病和疑难病例，成了有名的“土医生”。同时，他浏览了不少古今中外文学名著，学会了创作雷歌、诗词和戏剧等，曾在病榻上将自己的惨痛经历写下了长达100首的《长恨歌》，并写有现代长篇雷剧《爱情之花》等感人之作。他虽然能够甩掉拐杖站起来走路和自理生活了，但在病魔的无情摧残下，双脚与腰杆都不能直伸，站起时整个人酷似“S”字，走路时只能半侧身行进，极为艰难。在往后漫长的人生路上，他将咋办？素来鄙视社会上形形色色行尸走肉的陈惊蛰，在人生的十字路口上，他敢于正视现实，直面人生，以一个精神上的富有者自居，决心发挥自己的专长，以行医来谋求生存，解除人们身体上的疾病；以文艺创作为人生乐趣，医治人们精神灵魂上的“病痰”。为了增长自身的文化知识，在医术上精益求精，他先后报读了北京中医学院大专班和中山大学中文系，并以优异成绩取得毕业。接着，他跟兄长商量，要求帮助创办一间诊所兼药店。兄长摆摆手，拒绝了。其原因是：他在拄着拐杖艰难学步时，兄长曾为他在路边办了一间医疗站兼营小食，本来求医者不少且生意也很火热，但因他为人心慈，讲义气，许多病人前来求医连药费都不收，加上有的人吃了东西说声没钱就溜走了，两年间竟亏了3000多元。当年，这可是个天文数字！兄长无奈，便催其停业。不久，有间药店以月薪80元请他去坐诊，他见一些病人缺钱买药，又给担保赊数。唉！好人难做，不懂事者抓走药，老是不付款，担保多了，工资被扣完了还欠下一身债。为此，兄长宁愿让他隐在家里白吃，也不让其加垒债台了。

“我要像保尔、张海迪那样做一个对人类社会有贡献的人！”陈惊蛰在睡梦中都常常发出这样撼人的呼唤。1984年，他悄悄地办理了药店证照。要办药店，最少也要1万多元，哪来这么多钱？他撑起残躯，拉着蹒跚的步子四处求借，可是走遍了所有亲戚朋友之家都毫无所获。他只好到某银行负责人的家来恳求。不料，当时贷款不成，反而让该负责人索回银行原来贷给他的旧债。陈惊蛰如雪上加霜，他失望了，同时被气得病倒了，天天都在长声地哀叹着。到了1988年，他有幸遇到了一位好心人帮其贷了5000元。他极为欣喜，当即又向社会贷了数千元高利钱，在遂溪县的河头镇圩上办起“慈航诊所”和“普济药店”。挂牌后，闻名前来求医抓药者纷纷而至。好一个陈惊蛰，历尽艰辛才办起这份事业，却不以营利为目的，而以“普济群伦”为奋斗目标。多年来，他坚持定期到距自己诊所2公里多的镇敬老院为孤寡老人体检，诊病送药。对残老特困病者，又是送医送药，又是送钱送物。如河头供销社有位职工患腹膜（肠外）结核到省院就医，手术时未敢切除结核，建议回地方理疗，花去1万多元尚未好转，因家里没钱再到医院求医了，只好向他求医。他给予检查和抓数十剂药服用后，其病得到根治（至今10多年未见复发），却分文不要。江洪镇有位姓陈的老婆婆患恶性皮肤病，周身红肿，皮肤病变腐烂渗出污浊脓水，在当地医治两年仍不见效，曾到某皮肤医院求医，被误诊为麻风病。在她苦不堪言，非常绝望时，陈惊蛰闻悉即购了礼物前往探望，并给予送药10多剂把病治好。总而言之，他为病难者做好事是举不胜举的。有人问：“惊蛰，你是个残疾人，家又不富，为什么要这样做?”他毫不犹豫地回答：“行医者，当有父母之心，不能见死不救啊!”据不完全统计，22年来，陈惊蛰为病人义诊已有12万多人（次），免其挂号费达12万多元。同时，他为军烈属、特困户、残疾人、五保户等减免医药费3万多元，赊数5万多元。此外，还为公益与福利事业捐款达2万多元。

陈惊蛰不仅成了名医，在文艺创作上也硕果累累。1990年，他以借古讽今、肃贪倡廉的雷歌“寇相廉风令人敬，莱井才传到于今。贪官如若知廉耻，请汲清泉洗心灵。”摘取了湛江市“歌状元”的桂冠，名声大噪一时。因而，雷州有位清秀、善良的姑娘慕名前来和他喜结良缘，成了他事业上的得力助手。近年来，他的楹联、雷歌、戏剧小品等多次获得市级以上大奖。尤其是诗歌创作成绩喜人，被选编入省和国家级出版社出版的诗集有100多首，在全国和世界性大赛中荣获6个奖项。最荣幸的是，1996

年和1997年间，他曾两次被邀请赴京参加中华诗词高级研讨会和“回归颂”中华诗词大赛颁奖大会，受到中央领导的亲切接见。现在，他是湛江市雷歌研究会副秘书长，中华诗词学会会员，还被聘为中华新世纪文学创作研究会的会员，成了全国知名诗人。

1984年冬，陈惊蛰画了一枝竹，他在竹旁题诗一首：“攻坚直欲顶天宫，挺节吟风万难空。败叶残枝仍奋发，饮霜喝雪自葱葱。”这首诗是他的自白，也是他向命运提出挑战，作为创造自己人生价值的航标。在他的艰苦奋斗下，其意愿终于实现了。近年来，他以诗人的强烈感情和医者的深厚理性立身社会，为人民无私奉献，连续受到镇、县、市、省的表彰。前年，他还被湛江市评为首届残疾人“十大自强模范”，并安排在表彰大会上做经验发言。这是多么的难能可贵啊！

陈惊蛰的人生是一曲撼人的悲壮之歌，但愿他把这首歌唱出豪迈的旋律，并且越唱越响亮！

2000年6月获“湛大杯·我与残疾人携手同行”征文比赛三等奖，同年收入《我与残疾人同行》，2005年收入《在梦想的小路上》（知识产权出版社），2017年收入《中国散文名家》（团结出版社）。

母亲，您一路走好

深夜，一阵寒心的电铃声将我和妻子从梦中惊醒。

近年来，我最怕的是深夜来电——因为在深夜里接到的电话，几乎都是母亲病危的凶讯。我忐忑不安地提起话筒，未等我开口，就传来了四弟媳的哭声："大兄，姨（我们都这样称呼母亲）……去世了……"我听着，如五雷轰顶，一股悲泪当即涌了下来。我和妻骑着摩托车疯也似地从纪家镇政府飞奔回英龙村。紧接着，老二夫妇、老三夫妇和老五夫妇也从河头飞奔而归。我们走进母亲的卧室，只见父亲和四弟夫妇等人默默地流着眼泪守在母亲的身旁。母亲安详地躺在席上。她正面朝天，两手平放在身边，双脚并伸，身体笔直，像熟睡着一样，颜容一点儿也不变。"姨啊，姨啊……"我们扑上前抚摸着母亲的脚手和脸庞不停地哀声哭叫着。可是，任凭我们千呼万唤，再也无法听到母亲的回音了。母亲，真的忍心丢下我们一声不吭就走了！我们的泪水"哗哗"地往下淌……

母亲16岁跟父亲结婚，在艰难的岁月里与父亲相濡以沫。她曾生育过11个子女，可惜幸存的仅有我五兄弟和一个妹妹六人。我姐姐和三个小妹一个小弟是在1至4岁时因病无钱医治而夭折。母亲是极疼爱子女的。我姐姐和那几个小弟妹的不幸夭折，不知道给母亲带来多大的悲痛。记得那年，父亲被生产队派往外地务工，有个小妹患病无钱治疗至危，母亲无法，只好把小妹放进畚箕里吊在茅厕听天由命。二天二夜，母亲一直粒粮不进，滴水不沾，守在那里哀声痛哭着，时不时发出阵阵揪心的呼喊："天啊！我侬（孩子）年小无差无错，有什么事由我顶担……阎王爷啊！你若索命，就叫鬼抓我去，我侬年小不懂什么，你留她在……"她每呼号一次都用拳或掌向自己的胸口或头上砸了又砸。小妹死后，母亲一直悲痛不休，她每天早上做饭或出工归来总要痛哭一场，直到两个多月父亲回来，极力安慰后才停止哭声。每当我忆起这些惨痛的情景，无不肝肠寸断，潸然泪下。

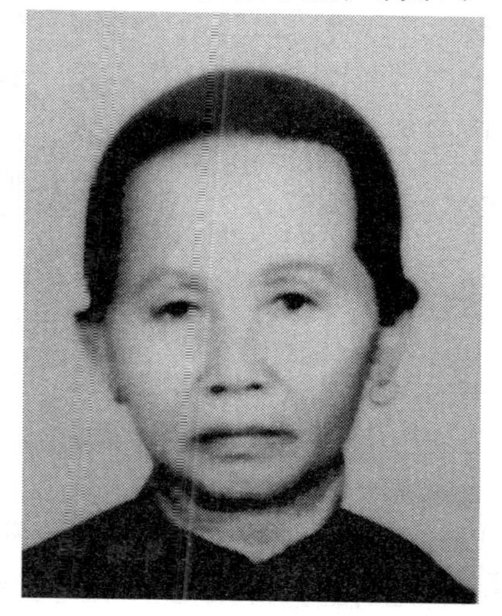

作者母亲摄于1986年

我兄弟和妹妹小的时候，家里常闹饥荒，有时连薯干饭、糠子糊、菜脚粥都难吃饱。母亲和父亲每天劳动拖着疲惫的脚步归来，看着我们瘦小饥黄的样子，总是将锅里的食粮舀给我们。然后，她和父亲才端起极少见粮的饭汤咕噜咕噜地喝着。那时，母亲整天都和父亲参加生产队劳动。如果生产队不搞突击务工，到了中午，母亲不是挖茅根就是耙桉树叶卖，有时还跑到2里多远的水田或溪里为我们捞小鱼或抓田蟹。夜里，她还要织帆（渔船用的蒲帆）卖钱。当时由于煤油奇缺，又没有电灯照明，母亲几乎都是摸着织的。她的双手很灵巧，不需要看着都能织得又平又快，一个晚上能织出四五丈长的蒲帆。每织完一担蒲草，不是父亲自己就是母亲带着我或弟弟，在深夜里挑往20来里远的江洪港卖。到了严寒季节，那时的妇女和小孩大都是戴人工做的布帽。母亲每天外出做工回来，就一边生火一边缝帽。她缝的帽款式多样。她虽然没有上过学，但是在每顶帽上，都能绣上极美的花草竹木、飞龙走凤等动、植物图案，或“福禄寿”连体字和“吉祥如意”等字，深受人们喜爱。那时，母亲不分日夜地干着，精神困倦了，打几个瞌睡或稍躺会儿就又起来干活。筋骨累痛了，叫我给她捶捶腰和脚手，或站在她的腰和腿上来回地踩。我知道母亲忍受着这么大的苦难折磨，全是为了家庭，为了我们的生存。想到这，我的心恰似针扎般疼痛。

改革开放后，我们兄弟都长大了，我被群众推荐当了小学教师后又转入镇政府部门工作，老二、老三当了制鞋匠，老四在家务农，老五开汽车，各尽所能。家庭生活逐步得到改善，数年间，大家都娶上媳妇并住进了新楼房，终使母亲那颗沉郁多年的心得以放下。特别是，她看见我们兄弟婶嫂都孝敬父母很感欣慰。有时，她的脸笑得像绽开的鲜花般灿烂。

不料，自大前年起母亲患上了高血压和脑梗塞，几次病危，虽然每次有幸抢救及时得以脱险，但却落下了半身不遂之症。她多次对我说：“我最怕像你的阿姆和小姨那样瘫痪着许久不死。我如果能像你高祖母那样冲好凉、梳好髻后一下子闭了眼，免得拖累你们多好呀!”我每听到母亲所说的这些话，心里都感到特别的难过，幸好在我兄弟的着力求医治疗和父亲的悉心料理下，她的身体逐步恢复了健康。她原来不能移动的左手左脚能够活动了，个人生活已全能自理了。她看见自己得以康复大为高兴。有时我们回家来，她像天真的小孩子般跟我们说说笑笑。我们看着她的身体日益健壮起来和她那快活的样子，有说不出的欢喜。大家都在心里祝她健康长寿，一起愉愉快快地过日子。

今年来，母亲似对命运的不幸有所预感，多次找算命先生了解寿年。她说：“算命先生说我在今年农历 7 至 8 月和 11 月都有大难关，如过了这两大难关就能长寿至百岁了。我哪有这长寿呢？我总觉得我的命活不多久了。”

本来，算命我是不大相信的，但想不到就在农历 7 月到 8 月交接的时候，她真的走了——农历七月廿九晚，父亲在楼房上面的平台酣睡，母亲冲了凉，梳好发后在房里休息，至深夜 2 时（即农历八月初一日，阳历 9 月 7 日凌晨）父亲下楼看望她，也许是她的高血压或脑梗塞病复发，竟一声不吭地像高祖母那样悄悄地走了。她从从容容地走，不留给我们一点拖累，这是一个伟大母爱的表现。但她没有跟我们说上一句就走，却给我们留下了难以弥补的遗憾和无限悲痛。

母恩重如山，难以答还。母亲，您既然走了，您是在大好时光里走的，就安息吧！但愿有来生，我们还做您的儿女，再好好地照顾您。

写于 2002 年 10 月，并发表于《雷州报》，2004 年 12 月 3 日转发于《湛江文坛》报，2005 年获“永恒的母爱”全国征文一等奖，收入中国文联出版社出版的《永恒的母爱》，2012 年 11 月收入《中国散文家力作选》（作家出版社），2017 年 11 月收入《中国散文名家》（团结出版社）。

《情悠悠》后记

早两年就有文友怂恿我出一本作品集了，但自我感觉作品尚欠功底，做梦也不敢想。怂恿多了，就是一种压力，压力大了倒变为动力，有了动力就沉不住气，也就不自量力，悄悄地将自己多年来发表在各级报刊上的部分作品整理出来，于是产生了这本集子——《情悠悠》。

我是个多灾多难的人，自从降生至五岁，病不离身，日夜啼哭不止。母亲说，那时因我病得厉害，白天，她连三步门外也不敢出；夜间，她几乎都是背着我在房间踱步到天亮。真是苦煞了母亲！

少年时期，又屡遇灾荒，常常遭受饥饿所迫。我 8 岁开始上学，至 12 岁的学习成绩都较好，一直是班中的前五名。当时，我心里充满着远大的希望。可是，当我刚刚跨入小学五年级的门槛时，在饥饿与当时的某些“社会关系”的双重压力下，被迫辍学了。

失学后，我当上了生产队的副劳动力。当我看着村里同年纪，甚至还比我年纪大的孩子天天上学去，自己却独个儿跟着大人们天天在一起劳动，心里觉得很是委屈沉郁，常在暗地里流泪。父母有时看见，也深感难过。为解我愁，父亲常常给我讲些古代名人无师自通苦学成才的故事和一些历史小说中的动人故事，或背诵一些古诗古文给我听，并一边背诵一边给我解释着。母亲有时也教我唱一些雷州歌谣。从而，触起了我的好奇心和立志自学成才的决心。我想，虽然不能上学了，但决不能让人家小看！

那时，我家藏有一本宋朝历史小说《五虎平西》，我翻开一看就着迷了——书中的“五虎”、八宝公主等人物形象写得活龙活虎，惟妙惟肖，令我越看越想看，一鼓气把它看完，还同本村业余雷剧团的编导员蒋志洪合编了一本雷剧《狄青斩飞龙》在大队舞台上演。当时，我才 13 岁。此后，我陆续找来《东周列国志》《三国演义》《水浒》《红楼梦》《西游记》《林海雪原》《烈火金刚》《家》《钢铁是怎样炼成的》等古今中外名著，白天劳动一回家就抓起看，有时连饭都忘了吃，晚上也常是独个儿伴着昏暗的煤油灯看到深夜。遇到不懂的字、词，就查阅字、词典或向人请教，从而得到认识和理解。

看书，使我学会了许多知识。不幸的是，在文革时期那些古今中外名著都被当为“毒草”清除。因而，我被抄过家，并多次“办班”，患病期间也被强制劳动，甚至一些“莫须有”的罪名也随之加上要进行批斗，令我苦不堪言。不久，我熬瞎了眼，被迫睡进猪圈和村边草棚，饱尝了粪臭与风寒的滋味，过着一段漫长而极其酸楚凄凉的人生……

那些不堪回首的事已经过去了。有幸的是冬去春来，我终于拥抱了时代的温暖。1978 年，我到成都把眼病治愈后，开始学习写作并发表了些文章，被广大干部群众推荐当了小学教师。在任教期间，我为提高教学与写作水平，先后参加了南方文学刊授和北京师范学院中文写作系函授学习。知识增长了，创作发表的作品也多起来，同时引起粤北姑娘李意芬女士的爱慕，前来结为百年之好，建立起一个温馨的小家。接着，也引起县里有关部门领导的重视，特别是县文化局局长冯伟，文联副主席何希春等同志，曾分别以个人及单位的名义多次向纪家镇党委、政府主要领导推荐，使我又进入镇政府工作……

我从事文学创作主要是源于到成都治病的经历。那时家里没钱，只有三叔父给我二百元，我便独自冒险摸路前往。我在求医途中和在成都治病期间都受到不少人的关照，尤其是叶重义、袁巧珍、杨承祥等同志与眼科专家陈达夫等医生使我感动致深，永志于怀。为此，我决心学习写作，将来把这一经历写成文章发表纪念。

开始，我写了一篇短小说《月夜静悄悄》，写的是一个下乡女青年和一个农村男青年的恋爱故事。几个朋友看了，都认为不错，可是我将此稿寄往县文化馆请提意见，日复一日，月复一月，一直不见回音。我想，我是农村人，可能人家瞧不起的，连要求复信提点意见都不给回复了，即使文章写得再好也难发表啊！于是我灰心弃笔了。

也许是我与写作多少仍有点缘分，三年后，县文化馆清档时发现了我那份稿，觉得我有些写作基础即来信表示歉意与鼓励，使我重新拿起笔来。随之，我写出第二篇小说习作《继父》和一首雷歌《日照西湖》，适逢县征文，皆获三等奖。接着又写出《鬼镇坡》《城里飞来的凤凰》等几篇小说都被《半岛文学》采用并列在要目发表，从而得到当时雷州市文联主席刘拔老师的关怀，把我当县重点作者栽培。县文联每次搞什么文体活动或办创作培训班都通知我参加。我曾听过著名作家吕雷、陈立人、吴茂信、陈堪进等老师的创作辅导课和汇报课，使我加深了创作概念。特别是吴茂信、何银华、陈堪进等老师，每当我将手稿寄给他们，都给予热情回信指出缺点，这些稿我进行修改后都得到了发表。还有，在妻子李意芬的热情支持下，我大大地增强了创作信心，也终于把《情悠悠》这篇 3 万多字的纪实文学草就。此作系本人的亲身经历，文中所写都是以真人真事而书，虽不加渲染，但情感撼人……

我搞创作是靠自学的，时间不长，且总是在繁忙的工作生活中钻时空匆匆而写，作品尚欠提炼。这本集子也像绿叶丛中刚刚张开的一片小叶，还很幼稚，但是，既然整理出来了，只好付梓献给关心过我创作的领导、文友和我到成都治病时关照我的恩人及亲爱的读者。同时，希望通过这本集子得到大家的批评指导，让我今后在文坛这块土地上得到进一步开拓与收获。

1996 年 10 月收入《情悠悠》（陕西旅游出版社）。

宝　公

宝公与我同姓，名叫华宝。他因学会许多实用知识，又乐于助人，村里人都特别尊重他。同辈人，年纪大的呼为宝叔（照儿辈称呼）；年纪小的呼宝兄；小一辈的称宝伯或宝叔；再小一辈的就统称为宝公。我的辈分较小，自然是呼“宝公”了。

宝公长得斯文秀气，且很聪明。他父亲蒋星垣是当地的名医。其人医德很美。病者求医，有钱的即开处方让其到药店里买药，家穷的他就亲自到山坡上采些草药免费给予治疗。宝公成人后，他父亲为便于给更多的穷人治病，一有空就带他到野外教他认药采药，有时还教他问诊病人，从而让宝公认识了许多中草药和学会了治病。宝公对斑痧、泻痢、肠胃感染、闭尿等症，随时都可以到山坡上采些草药治好。

宝公虽然是以务农为生，不像父亲那样专业行医，但在他的父亲去世后，乡亲们一有病都来向他求医。宝公为人心地善良，一见有人前来求医，不管自己干活多累，不管严寒酷暑，都为病人到山坡、田野里找药。他为人治病从不要钱，如果有人硬要给他塞钱，他就说：“这就算是让我做点儿好事吧！大家是务农的，日子都很不好过呀！”说着就又将钱硬塞回给人家。

记得1998年，遂溪县江洪镇北草村有个农民患胃肠炎久治不愈，听说宝公善治此症，特地叫妻子从20多里远赶来求医。那是盛夏的一个中午，天气非常炎热。宝公干活刚刚归来，听了病者妻子的诉说，连汗都未抹，便饿着肚子到野外去采药了。那妇女收到药时塞给他10来元，说什么他都不肯收。

病者服了他的草药，很快就好了。为感谢宝公，他夫妻俩特地买了10多斤海鲜送来。宝公觉得过意不去，在做好饭菜招待后，将他们送出门时，硬塞给20元作为购买海鲜钱。他们推却不得只好收下，激动万分地说："宝公啊，您做人真是太好了！"如此之事数不胜数。

宝公不但会治病也会吹唢呐。中华人民共和国成立前，我村有个锣鼓班，邻村人有红白喜事都前来请去吹打一番。宝公就在这个班里吹唢呐。经过长年累月的吹练，他吹的唢呐不但声音特别清晰，而且把各种曲调都吹得滚瓜烂熟非常动听。他吹喜调时，唢呐的音符跳跃得特别畅快，让人听着笑容满脸；吹愁调时，唢呐的声音很悲哀，让人听着泪水淋漓，肝肠寸断，甚至有时发声痛哭起来。

中华人民共和国成立后，我村创办了一个雷剧团，每逢演戏开台时，他一吹起唢呐，村民们马上赶来，大家都听得如痴如醉。1983年7月村剧团到企水镇的洪排村演出，当时，我当教师，适逢假期，也随团前往。由于本剧团的戏服和布景新美，并请了名生陈豪、名旦吕小玲参演，观众数以万计。我是参加拉二胡的。一次，我走下台来，听到许多观众都说："这个剧团演的戏很好，但我最喜欢的还是听那个老人吹唢呐，他吹得实在是太好听了！"

宝公不幸患病卧床不起，我闻讯回去探望。他一见我就竭力抓紧床栏坐起来说："生兄啊（他平时都这样称呼我），看来我要回世了……"我看着他的神态，心里即时产生着一种悲凉感，忙道："宝公，您不要这样说，您的病慢慢会好的。"他说："好不好由命了，但有句话要跟你说，希望你转告大家，为人做事必须先想到别人。这是做人的美德……”我听了极感动说：“宝公，您的心地太美了。望您安心治病，早日康复！”

离开一个多月后，我再次回去探望他时，可惜他真的“回世”了。我的心当时非常难过，泪不由自主地湿润了眼睛。

宝公的去世，不仅使我与村民们失去了一位大好人、一位良医，同时也失去了一份精神享受——再也听不到他那优美的唢呐声了，大家的心都极为沉痛。

宝公呵，您虽然走了，但我们永远忘不了您！

2015年3月15日发表于《湛江日报》。

父 亲

父亲，是一个地地道道的农民，也是我的良师益友。

解放前，我家在高祖父的殷勤下，积累有许多家产，但好景不长，由于山贼的抢劫、勒索，祖父吸鸦片，家中的积蓄都全部耗光，所有田地也被典当了。祖父 36 岁离开人世，其时，整个家庭陷入困境。为养活儿子，祖母含着眼泪向外家求助，要了一些银子赎回十多亩田。作为长子，父亲仅念四年多私塾，被迫回家务农。

在某些因素的影响下，我仅上过四年多小学也被迫辍学了。那时，我看着年纪比我大的人还在上学，自己的年纪那么小，就天天跟大人们一起劳动，伤心极了。有一次，我劳动归来躺在床上流泪。父亲看着长长地叹了一口气，搂着我安慰：“生，不要难过。只要你有志向学习，可多找些书看。不懂的，我教你。自学也能成才。”

父亲虽然仅念过四年多私塾，可是，他从小勤奋好学，在劳动之余阅读了大量古典文学和历史书籍，加上他记忆力强，背诵了不少历史名篇，其历史知识和古文知识都很丰富。他说：清朝李颙，父亲从军战死沙场，家里特别穷，九岁时好不容易才上私塾读了二十多天书。此后，李颙在挖野菜捡柴的间隙中坚持学习，遍览群书，成了令人敬仰的著名学者。

在空闲时间里，父亲常常给我讲孙敬悬梁、苏秦刺股、孙康映雪等历史名人苦学成才及忠孝仁义的人物故事。他还给我念了许多古代名篇，如《三国志》中诸葛亮的《出师表》和《古文观止》中李密的《陈情表》、王勃的《滕王阁序》，以及《岭南即事》中的《吕蒙正词》《张保仔降文》等。还给我吟诵李白、杜甫、白居易、陆游等历代名人的诗词。有时，他一边吟诵一边解释，我听得如痴如醉。在他的潜移默化下，我对文学产生了很大兴趣，也就在劳动之余潜心自学……

改革开放后，我发表了许多文章，引起社会的关注，被教育部门聘为教师。接着，被县文化部门推荐到镇政府办当资料员兼报道员，并转为国家正式干部，2003 年 9 月调入雷州市文联工作。几个弟弟也建立了家庭，各有所为，成家立业，大家的生活都慢慢地好起来。

父亲素来与书为友。他到城里跟我生活，每天还坚持看书两个多钟。当我与他聊天时，他总喜欢跟我谈诗论文，让我如坐春风。市里举行对联比赛，父亲兴起也撰联参加。他的对联“鼎盛中华德馨天下；和谐社会爱满人间”虽然只获得三等奖，但此联既大气又雅致，赢得大家的赞赏。尤其让我高兴的是，父亲到城里后接触了文艺界许多人士，由于父亲有一定的文化知识，又谦卑低调，认识的人都很尊重他。有时，有的书朋联友还请他饮茶聊天，让他非常开心。

父亲酷爱看书，也叮嘱家人勤读书。在他的影响下，家人们都比较重视看书学习。我的两个女儿都喜欢写作，发表了不少文学作品，其中二女蒋瑞明被推荐到鲁迅文学院学习，22 岁就成了省级作家。我三弟蒋禄也写了许多诗词、对联、雷歌发表和获奖。他有六个子女，个个都考上本科，其中第五个女儿还考上了研究生……而我，更是在父亲的影响下，走上文学创作之路。

父亲从不与任何人吵架，也不计较个人恩怨得失。让我最敬佩和最值得学习的是他那莫大的包容心胸和为人之道。父亲非常勤劳，不论犁田、起薯垄、平地、开沟下种子、耙禾除草等，各种农活样样都是能手。但是，过去由于家庭遭遇不好，他经常被人欺侮，不知受过多少苦难。记得有一年，由于生活困难，父亲买来蒲草让母亲在夜里织船帆出卖。治保主任说是搞资本主义，跟我父亲要 70 元‘罚款’，家里找不够钱只给他 12 元，就被诬諂残害干部，连续“审讯”了 7 晚。父亲白天劳动，晚上被“审讯”，时不时还遭其拳打脚踢，甚至火烧头发，整得死去活来。他含着眼泪对母亲说：“生妈，人愿死不愿辱，我真想死。”母亲见状于心不忍，只好带父亲到娘家跟舅父诉说苦情，娘家觉得可怜，便给了父亲 100 多斤谷子。回家后，父亲卖掉这 100 多斤谷子，还有他与母亲的几件衣服，凑到 70 元交给治保主任才算了事……

作者父亲玉照　2017. 8

1991 年 8 月，我到纪家镇政府工作，父亲担心我记恨过去欺压虐待我家人的人，他特地到镇里找我说：“生，你能够进入镇府工作，这是你的努力，以及党和社会对你的关心。有一件事我得跟你说，我们家过去虽然受过某些人的欺负，但冤家宜解不宜结，过去的事就过去了。大家同村，毕竟都是兄弟，谁有事需要你帮忙，能够帮的都要尽力帮……”我谨记父亲这番话。后来村里人有事找我，我都尽力，就连过去对我家最过意不去的那位治保主任到镇来找我担保贷款，我都为他签了字。

父亲平时对我们说：“人生在世不可行凶作恶也不可贪，行凶作恶与贪者都损阴德，助人者积德……我们一定要积德。”子女与孙辈为了孝敬他，每年都给他一些钱，他平时舍不得用，但看见谁家有困难就给以帮助。如他知道村里兄弟蒋堪育、蒋富、蒋养等建房有困难，即主动借钱。父亲八十多岁了，知道村里老人生病还去探望并给红包，如蒋存柏、蒋明远、蒋有香等老人在病危期间，他都还前往探望。

父亲辛苦了大半生，家庭生活有所改善后，我觉得应该带他到外地见见世面。为此，父亲84周岁那年秋末，我带他去深圳。一天，我夫妻和父亲以及我的子女、媳妇一起到茶溪谷度假公园游览。园里山光花色无比壮观，大家一边爬山一边欣赏。走了大半天，我与妻子都觉得很累了。我问父亲："老父，累不累?"也许是他第一次看到这么美丽的景观有所兴奋吧，他说："不累，越走越畅快呢!"我见他喜欢观光，在深圳几天后又带他到珠海、广州、番禺等地游了一趟，让他饱受眼福。

第二年，我夫妻跟三弟三媳及四弟又带他到北京游。当走进紫禁城看到皇帝的故宫时，他深为感叹说："我读了不少历史书，看到书中所说的故宫都那么繁华，很想看看，今天终于在北京看到了，其气势真雄伟!"他那兴奋之情自不必说。接着，我们带他登上万里长城，他更是兴奋不已。他一边走一边给我们讲秦始皇并吞六国，防御匈奴建筑长城和孟姜女寻夫的故事，大家都听得津津有味。走到第五个烽火台，我与妻子都觉得头已发晕，全身乏力，告诉他不再往前走了。他笑着说："一个台阶一个台阶地走，有什么累?到了长城，也要成为好汉啊!"见到85岁高龄的父亲还像年轻人一样不知疲惫，我们都特别高兴!

我们转道成都，一起探望了我昔日在成都治病时那些照顾过我的恩人后，到武侯祠游览。我们一边观赏一边听父亲述说三国演义中的人物故事。走到诸葛亮塑像前，父亲深深地鞠了三躬，便吟起杜甫的诗《蜀相》"丞相祠堂何处寻，锦官城外柏森森。映阶碧草自春色，隔叶黄鹂空好音。三顾频烦天下计，两朝开济老臣心。出师未捷身先死，长使英雄泪满襟。"其声低沉委婉，我听着很受感触。稍停片刻，他又给我们念起诸葛亮的《出师表》，并一边念一边解释着。他盛赞诸葛亮在军事上神机妙算，神出鬼没，是历史上一位忠心耿耿，最受人敬仰的军事家。到杜甫草堂，父亲也在杜甫的像前鞠了三躬。他说，杜甫与李白齐名，李白是一位浪漫主义诗人，被称为“诗仙”；杜甫是一位现实主义诗人，被称为“诗圣”。杜甫的诗很受人们喜爱，他虽有报国心，但一生怀才不遇，仕途坎坷，很是可惜。说着，他吟起杜甫的《春望》“国破山河在，城春草木深。感时花溅泪，恨别鸟惊心，烽火连三月，家书抵万金。白头搔更短，浑欲不胜簪。”我听了，对杜甫的人生际遇深表惋惜……

在父亲的有生之年，我很想再带他到外地走走，让他多欣赏些名胜古迹。平时，他说：“生，如有条件，我很想去南京、洛阳和毛主席的故乡韶山这几个地方看看。”我跟三弟商量，准备每年带他去一个地方。真想不到，此后父亲身体每况愈下：第二年，父亲与三叔父骑自行车去纪家圩赶集归来，不慎摔断右腿骨。手术后虽然可以活动了，但是在往后的日子，他时不时生病住院。父亲在最后一次住院和回家治疗的 4 个多月时间里，我和弟妹们都尽力照顾他，可是，他的十二指肠患有巨瘤，加上人老多次患病，体质已经太弱经不起动手术，病情难得好转。其时，我几乎每天都在父亲的身边，看着他的身体一天天地瘦弱下去，心里像刀剐一样难受……

父亲恭谨勤劳，爱儿诲子，不愧为世间慈父；崇文尚德，睦邻谐友，实乃我辈楷模。可惜因病情危重，没法救治，他在 2019 年农历 1 月 4 日上午与我们永别了。

父亲，您走了，我们心里非常悲痛，但您对我们的养育之恩和谆谆教导，我们永远不会忘记！

2020 年 2 月 29 日发表于微刊《中国作家在线》050 期（总第 1418 期），5 月 9 日转发”实事求是学习”网，7 月转载《西部散文选刊》（总第 97 期），2021 年 1 月收入《当代文学百家》（团结出版社）。

清风林采风有感

湖光岩是世界著名的地质公园。这里有气势险峻的悬崖峭壁，有四季常绿的原始森林，有清香四溢的山野奇花，尤其是那底深莫测的玛珥湖，长年来都保持着清澈恬静的神秘——湖里既看不到一片落叶，一根枯草，一丝混浊，也听不到虫鸣蛙叫，找不到水生动物的踪影。然而，据说 20 世纪 90 年代中期，六十位将军前来游览时曾发现湖里游着许多巨大的龙鱼和神龟。这一奇观的出现，让湖光岩增添了不少神奇色彩，更加饮誉国内外。2007 年仲春，中央纪委领导莅临考察后，有感于湛江政通人和，风清气正，又目睹湖光岩无边胜景，山明水秀，便同广东省纪委和湛江市纪委在湖光岩园内创建廉政教育基地——清风林。

今年六月初旬，我们一行到清风林采风。那天早上，天空一片晴朗。可是，当我们到了湖光岩门口下车时，天突然淅淅沥沥的下起了雨。我想，也许是老天爷得知我们要到清风林来，担忧大家把浊气带到里面，有意让其先淋浴一下再进去吧。我们欢畅地任由清凉的雨水冲涤，穿过将军林，到了广场西边即顺着石阶而下，随之左转沿着湖滨的硬底化大道前走，大约十多分钟就到了清风林。

清风林枕山面水，气势磅礴。林区设有廉石景观、竹林、清风亭、景观花架和广场五大景点。区内栽的竹子、青莲、木棉、紫薇、水杉、松柏、榕树等都是寓意刚直高洁的植物，其中以竹子为主，品类有23种，植被面积达3500平方米。这些竹子虽然品种不同，颜色各异，长势不一，但它们都有着一个共同的特点——清风亮节。既可供人欣赏，又可给人带来很大的启迪，让人们在欣赏中得到无穷的教益。

清风林最引人注目的是大门正面的那块巨石。那块巨石有3米多高，75吨，中间镌刻着一个大“廉”字。此字笔画粗犷有力，涂予黑色，造型酷似头戴乌纱帽、双眉如剑、粗髯垂胸、神态威严的黑脸包公。

包公，名包拯，宋史所载，谓其“峭直刚毅，与人不苟合，无一毫妄取，故人亲党干谒，一切谢绝之。惟其无妄取，故一段灵慧之性，不为钱神昏迷；惟其无私书，故一生正直之气，不为分上压倒。宜当时京师为之曰：关节不到，有阎罗老包。以其笑比黄河清焉。”难怪包公芳名永载青史，流传千古！游者走进清风林大门，俨然遇见铁面无私，凛然正气的老包，无不顿生敬畏之心。

我们顺着景观花架下的小道向前走，很快就到了清风亭。亭呈八角形，翘檐蓝瓦。亭门口上端书“清风林”三字，左右两边的圆形石柱上有一副对联“翠竹清风与湖光共色；廉石碧水随红土同辉。”其意反映了创建清风林的主要内涵。雨后，阳光灿烂。站在清风亭里，清风徐来，气爽神清，俯视玛珥湖，水碧波恬，明净如镜，在清风林的影映下，显得更加清雅幽静。

我一边欣赏着清风林和玛珥湖的山光水色一边想：国家兴亡，关乎执政者是否清廉。廉者生威，志在治国，为国着想，民心归向，事业振兴，国家富强；不廉者唯利是图，贪财好色，祸国殃民，事业败颓，民心背向，国家危亡。廉政难道不是关系一个政党、一个政权的生死存亡和一个政治人物前途生命的重大问题么?

在历史长河中，那些权倾朝野而因贪腐锒铛入狱，如梁冀、和珅之流，被永远钉在历史的耻辱柱上；当今的成克杰、胡长清也因为贪腐而走上自绝于党、自绝于人民的道路……“天网恢恢，疏而不漏”，即使像陈良宇这样的政治“明星”，只要他迈出贪腐的第一步，也只能是夜空中匆匆划过的流星，倏忽而过，一闪即逝。

园中的景物，让我看后深有感触：如果我们每一位执政者都能像包公那样廉洁自律，秉公办事，不阿谀欺世，并像竹那样“高风亮节”，像莲那样“出淤泥而不染”，像松柏“铁骨铮铮傲霜雪”，像紫薇“花香性淡泊，义气守节操”，权为民所用，利为民所谋，情为民所系，何愁民心不归向，事业不振兴；何愁国家不繁荣富强，民族不昂立于世界之林！

执政者早被美称为公仆。公仆们，请到清风林一游。来，相信你们必会有所感悟，有所得益，在人生的道路上，将会走向更宽阔更灿烂的未来！

2008 年 12 月收入广东旅游出版社出版《春之歌》一书，2012 年 11 月收入《中国散文家力作选》，2014 年发表于《湛江文学》第 8 期。2018 年收入《文学经典·诗文精选》(北京燕山出版社)，2019 年 7 月 8 日转发于中国作家在线微刊。

好客成都人

20 世纪 80 年代，我因眼病独自摸路到成都求医，成都人把我当亲人相待，给予热情关照，让我这个远离家乡的农民小子顺利地将病治好。为此，我对成都人念念不忘。

最近，我跟家人到北京旅游转道成都。将到成都时，我给治病时认识的义妹叶重义拨了一个电话。电话中，得知她患阑尾炎动手术才几天，我们到了成都，一找好住处就奔赴医院探望。走到病房门口，我的三弟蒋禄叫了义妹一声，她的丈夫汤大金忙出来迎接我们。义妹一见到我及家人又惊又喜。她惊的是我不预先告知她突然前来；喜的是我们分离数十年终于又得见面。她躺在病床上向我的父亲和我的妻子及弟弟问好。我向她了解了一下病况后，她深有感慨地对我说：“跟你相识时，我是姑娘中的姑娘，一转眼，现在已成了 50 多岁的老太婆，时间过得真快啊！”我说：“是啊，人就是这么样，不经意间，很快就老了。”她说：“我曾经说过，我会到你们那里去看望你们的，可是直到现在还没有去，你们却前来探望我……”我的妻子立时插话道：“以前，我阿生到这里治病，人地生疏，多得你悉心照顾，我们来探望你是应该的。”

义妹问我们来成都打算呆几天。我告诉她，由于已到北京逗留了几天，时间比较紧，在成都最多 3 天。接着，将这几天的行程告诉她。她听着有些犯难了，说：“你们这么远难得来一次。3天，我还出不了院，未尽到地主之谊，我心里很过意不去呀！”我们听了表示理解。

为了不影响她治病休息，也为了抓紧时间走走和探望几个恩人，我们坐了一下就向她告别。当我走出病房10多步转头回望时，眼眶由不得湿润了——她竟然挣扎着和丈夫送我们走出门来！

第二天上午，我们游武侯祠。中午，我们到义姐叶重英的家。其时，已是中午12点钟，义姐的儿媳妇梁蓉得知我们尚未用餐，立即为我们煮饭做菜。我们吃完饭坐了一下，正准备出门，义姐的儿子叶朝贵突然接到义妹的电话，叫我们不要急着走。他说，等一会儿，义妹打完点滴要过来跟大家坐坐吃个晚饭。我觉得她动手术后，刀口的缝线还未解除，担心对她治病有影响，想叫她不来。可是，叶朝贵说：“算了，她这人说一不二，我们就找个地方饮茶等吧！”我听了，只好与家人随他们到茶馆饮茶等待。

大约5点钟，义妹和她的女儿、女婿以及亲家母抱着她的小孙女“打的”过来了。他们一下车就朝我们走来。义妹走路的步伐很慢，甚至每走一步就皱一次脸。我知道，这是手术刀口还在发痛。她一进茶馆就躺在椅上，跟我们慢慢地聊起来。6点多钟，大家在

作者（前排左一）与家人及义妹叶重义（前排右一）、义姐叶重英（前排右二）的家人合照

饭馆里吃饭。菜是义妹点，她知道我们不吃辣，所点的菜都是甜的。席上，我们都大饱一餐，可义妹除了喝几口排骨汤外什么也不敢吃。她坐着看我们吃完饭，付了钱，接着跟我们来了一个合影，就又回到医院躺在病床上了。义妹不顾自身患病，如此笃情待客，实在让我们感激不已。

第三天上午，我与家人到杜甫草堂和青羊宫走了一趟。吃了中餐，我们很想到三弟在成都学制皮鞋时的师叔家去探望一下，可是他的家较远，时间不允许，三弟只好给师婶钟祥英拨电话向他们问好。师婶说，你们没有时间到我家做客我理解，但你们从雷州这么远来，不论如何，我都要见个面。她说着便约我们到一个茶馆饮茶，我们只好前往。刚下车，我们就见她已在茶馆门前等待了。她满脸笑容地接我们走进茶馆。久别重逢，大家一边饮茶一边互相问好很是亲切。由于要送孙子上学，她跟我们坐了半个小时，即付了账并送给我父亲一个红包，急匆匆地回去了。我望着她远去的背影，深深地感叹了一声：“师婶，您太有心了！”

下午，我们到何伯母的家。何伯母是我初到成都求医时认识的何仁景大伯的老伴。何仁景大伯是制作皮鞋的师傅兼任街道治保主任，当时我在成都治病，他和伯母曾给予很大的帮助。我的病好后，他还收我三弟为徒教其制作皮鞋。可惜他前几年因病去世了。何伯母现年已 84 岁，其身体尚硬朗。她和儿子何孝忠夫妻、女儿何孝凤及两个孙女一起等待我们。他们看见我们前来，喜悦之情都溢于言表。何孝忠说：“蒋生，我们 30 多年不见面了，我很想你呀！我听说你来，马上转班，与家人一起等你。”何伯母说：“30 多年了，蒋生的变化不多大。”她说着，转面问我的父亲多少岁，当我告知比她大 1 岁时，她接着说，“你爸这把年纪了，身体还这么健康，很不错呀！”我说：“是的，我们带他到北京游了几天，还去爬长城，他都不觉得累呢！”何伯母说：“难得呀，难得！”我说：“伯母，您也不错，祝福您越来越健康，我过几年再来拜见您。”在谈话中，大家都表露出浓浓的思念之情和深切的问候。

傍晚，我们在何孝忠和他的妹妹何孝凤的相约下，与他的家人一起到餐馆里打火锅。何孝忠叫人拿来 10 瓶啤酒和 1 瓶米酒说：“来！蒋生，我虽然患糖尿病 10 多年不饮酒了，但我们 30 多年才得见面一回，今天，特地破戒和你及家人畅饮一下！”知道他患糖尿病不宜饮酒，我本来不想饮，但见他那股热情劲不得不奉陪。何孝忠坐近我四弟，时不时跟他碰杯，四弟不善言辞，只是憨笑着与他干杯。大家一边喝酒一边谈，那亲热气氛非常浓厚。当晚，大家都大饱肚福，并来了一个合照后，尽兴归宿。父亲连声说：“这里人真好，这里人真好！”……

几天来，我们在成都受到了所有接触的人的盛情款待，让我觉得犹如在故乡般温馨。

我们下榻的地方离何伯母家较近，回家前，我和三弟到她的家来道别。何伯母一家听说我们快要离开成都，顿起不舍之情。何孝凤不仅和母亲将一大包腊肉与腊肠送给我们，还跟哥哥何孝忠送我父亲红包。此外，何孝忠还特地叫妻子做了 15 道菜为我们饯行……

好客的成都人啊，我永远也不会忘记你们！

2013 年 11 月 23 日写于雷城书香轩，2013 年 11 月 25 日发表于《湛江日报》。

人生有幸识郑流

我出生在农村，长在农村，并且仅读过四年多书，能进入雷州市文联主管文艺创作，在当地成了一位小有名气的作家，无不感激社会各界人士，尤其是湛江市委原副书记郑流同志的关爱。

郑流同志是从公社基层走上各级领导岗位的，早已退休。他也是雷州半岛红土地上成长起来的一位诗人、作家。他在从政中，经常写作公文、政论文、经验总结。同时，他在繁忙的工作之余，仍然与缪斯结缘，写了不少诗歌、散文。他不但出版有个人专著《燃烧的人生》《生命的选择》《斑斓时空》《远方无涯》等，银河出版社还为他出版有中英文对照版的《中外现代诗名家集萃·郑流短诗选》向外国推介。他的诗歌注入散文的潇洒与舒放，而散文又把诗的热烈激情和精警融进其中。作品格调高昂，充满激情，深蕴人生哲理。以此反衬折射现实人生，褒扬生命的强韧和伟大，在读者中产生较大的反响。著名作家陈

郑流同志生活照

国凯、梁羽仪、左夫和《人民日报》海外版对他的作品都曾给以很高评价。

我对郑流这一名字，最初，是在收看新闻报道和品读他的文学作品后知道的。我跟他的相遇相交缘于一本文学作品，始于1996年。那时，我在纪家镇党政办任资料员兼报道员，是一个拿着聘干证书，领镇供工资的干部。由于我爱好文学，在工作之余写了一些文章在报刊发表，当年7月，在雷州市文联主席吴茂义同志的鼓励和帮助下，出版了个人文学作品集《情悠悠》。书出版后，我想起时任湛江市委副秘书长的郑耀同志在《湛江日报》任总编时，出版他的作品集《万花丛间》给我送了一本，便也给他送上一本我的书，同时托他转一本给时任中共湛江市委常委、秘书长郑流同志。郑流同志从主政的廉江县委提任为湛江市委常委后，曾暂管过宣传文化工作，他对新闻报道和文学创作及其作者很关注。书寄出不到半个月，为我出书写序的《湛江晚报》总编辑何银华老师就来电话对我说："蒋生，市委常委、秘书长郑流同志看了你的书后，给我打电话了解你的情况，他对我说，这位作者是不是真的只读过四年书，我在报刊上经常看到他的通讯报道和文章。他的新闻作品反映出红土地上生活深处的重点热点问题，贴近生活，传递着一股正能量，对推动社会的发展起着积极作用。蒋生的文学作品也写得很不错，尤其是《情悠悠》这本书写得挺好。这是他人生情怀的一种外化与呈现，充满生活气息，有个性、有特点。我读后很感动。蒋生是个土生土长的人才。像他这样扎根基层，刻苦耐劳，奋力笔耕的同志，我们要多些了解和认识他们，关心和支持他们的工作，更好地发挥他们的作用……"过了几天，时任徐闻县文联主席陈堪进老师也给我来电话说："蒋生，恭贺你了。你的《情悠悠》出版后，比我的书影响还好。"我说："陈主席，您给我闹笑话了。在湛江的文坛上，您是人人皆知的红土代表作家，我连个小字辈都排不上呢。我的书怎敢与你的相比?”他说:“这是真的。昨天,湛江市委常委、秘书长郑流同志在文艺工作会议上说,雷州市纪家镇有个作者叫蒋生,仅读过小学四年书,他写了不少报道和文章发表,最近又出了一本书《情悠悠》,我看后很感动。他不但表扬你,而且寄予希望。这是对我们文艺工作者的关爱和支持,我也很受鼓舞。”

当得知领导对我的鼓励和寄予的希望,我很是激动。尤其让我想不到的是,在何银华老总告知我的第六天,也就是当年12月9日,我就接到郑流常委的信。他在来信中写道:“蒋生同志,您好。刚从德国学习考察回来,收到您的大作《情悠悠》,在百忙的公务中拜读。您在人生道路上的艰难以及文学上的成长,给我留下了深刻的印象,也给人启示着,有志者事竟成。愿您不懈努力,无论在工作上或文学创作上都取得更大进步。我们都是同道中人,有机会见面畅谈!”。信里还放着一张名片。一位素不相识的市领导,看了一个基层作者的作品,能引起如此热情关注,这在我的人生世界里是破天荒的。当时,我感动得流下了温热的泪水,期盼着有一天能与他见面。

接到信后的一个星期天早上,刚好我有公干要到湛江,便抱着试试看的心理给郑流常委去了一个电话,说我已收到他的信准备前来拜见。他听了欣然答应。他说,他要回办公室加班,处理一些要务,约在11时有空见我。我听了既高兴却又担忧起来。高兴的是,他是个文学造诣很深的领导,有机会相见既可向他请教,又可将一些基层情况向他反映;担忧的是,拜见一个素不相识的领导,该怎么个去法?按人之常情,第一次去拜见别人,总得买点儿东西带去作为见面礼,何况他还是一位地级市领导呢。但是,我当时作为镇供干部,每月的工资仅300元,养家糊口已非常艰难,能买些什么东西带去?我与妻子商量说:“买钱少的东西带去没意思,要买些像样的东西又没有钱,你看怎么办?”妻子说:“谁叫你这么穷?既然穷到没办法出手了,还说什么面子？你干脆就空手拜见吧。他一个这么大的官跟你素不相识，答应与你相见，我想，他一定是个很好的人，不会计较你有没有礼物的。”我没别的办法，便决定按照妻子的话而行。

那天，我两手空空的应约到了他的办公室。初次见面，我有些拘谨。而他很随和、热情，没有架子。我心里便有了亲切感，跟着愉快地畅谈起来。他向我了解了一下基层干部工作和群众的生产生活情况后，接着说：“蒋生，你在基层工作，深入生活，写了很多报道宣传好人好事，对推动社会的发展起着积极作用，很好。你写的文章也很切实感人，乡土气息很浓，我看后很感动也很受益。”他说：“我们雷州深蕴着厚重的历史氤氲，有着太多的故事，改革开放涌现出太多的新生事物，这些都是来自红土地上生活深处，飘逸着生活气息和泥土芬芳的新闻，也是创作的源泉和题材。作为一个文艺工作者，要有人文情怀，蘸着生命的墨汁抒写和讴歌我们伟大的时代。”我听着很受鼓舞。其时，我鼓起勇气把心事向他倾诉：“如果有机会让我去深造一下多好啊。”他说：“这是好事，可以向有关方面转达，关注此事。”我说：“非常感谢您的关爱。但我现在是镇供给干部，连转干都难，哪能去深造？”他听着，沉思了一阵才说：“你现在面临的是人生去向问题，在这个时期，也是组织在培养考验你的时候。”并再叮嘱我，要自觉努力工作，经受组织的考验和选择，相信组织会根据工作的需要解决你的问题的。这是一次愉快的会面。他朴实、热忱、真诚待人。最使我触动的是，他从政为官，还舍得在宝贵的工余时间里，不知累地在文学的高坡上跋涉追求的精神。自此，我们成为相知交往的文友。

郑流同志日常政务繁忙，但依然萦心于社会生活问题。因此，他经常要走基层，调查研究，总结经验，为市委决策当好参谋。后来，他到雷州调研督查工作。临走时，他跟时任雷州市委书记陈华江同志提及我说，你们雷州的纪家镇有个镇供干部叫蒋生，他虽然仅读过四年多书，但他的新闻报道和文章都写得很好，发表了不少作品，近来又出了一本书，在社会有一定影响。据宣传部门反映，他勤学、刻苦，是个有情怀，有追求的人，有些小名气。是个人才，就值得组织关心，培养，发挥他的作用。这些话，过后我才知道，令人难忘。

12 月 20 日，我出差到雷城，文友黄新遇着我即给陈华江书记打电话："陈书记，我有个文友叫蒋生，很想带他来跟您坐坐，可以吗？"陈书记随声说："好，晚上八点你带他到我宿舍来。"

晚上，我与文友黄新依约而去。陈书记住在市委小招，我们一进门他就向我打招呼让座。他说："蒋生同志，你很不错。你写了不少报道和文章发表，湛江市委常委郑流同志看了都很表扬你。"随之，他向我了解了一下纪家镇的有关情况后，说："你送的书我看了，写得很好。据了解，你在工作上也很扎实，但还是一个镇供干部。你可写个报告来，让我转交组织人事部门办理。"当晚，虽然是初次见面，但由于他也钟爱文学，我们一起聊得很开心。

我回到纪家镇，就根据实际情况写了一份报告。由于我在新闻和文学创作上有所成就，受到社会的广泛关心，当时，纪家镇党委、政府和雷州市文化局、文联、广播电视局、作协等单位与时任雷州市委常委、宣传部长张竹西同志都为我在报告上签了相关意见。我将报告送陈华江书记后，第二年终于得以转为国家干部，安排在文化站当文化干事。我一转干，雷州市信访办、文化局、文联、雷州报社等单位的主要领导都要求我调到他们那里工作，但是，我哪有意思向领导要求调动？只好婉谢了。不久，我被任为纪家镇文化站副站长。

郑流同志很平易近人，对记者和文艺作者有爱护之心。他担任湛江市委副书记后，依然把我当文友看待，对我很关心。我到湛公干，有时到他家小坐，品茗论道，执手谈文，让我受益匪浅。

他很关心我的工作和文学创作，诚恳地对我说：“蒋生，我知道你很有志气，很勤奋，也很诚实，是个不待扬鞭自奋蹄的人。你转干了，这是党组织和领导对你工作和能力的肯定。无论你是新闻工作者或是作家，都是时代的发言人，一定要关注国家大事，关注民生，关注群众的喜怒哀乐。作品的发表，会产生影响的。因此，写作一定要真实反映出时代的痕迹。保证作品的导向，能给别人的工作生活或情绪产生积极向上作用的能量。”在他的启迪下，我不仅在工作上坚持做到尽职尽责，在做人方面保持谦虚低调，在学习上不懈努力，在创作上也运笔慎行。

2003 年 7 月初旬，我在郑流同志的关注下，在湛江市政协原主席陈光保同志，以及雷州市委前两任常委、宣传部长张竹西、张鼎同志，雷州市政协冯伟、卢彦培、莫廉三位副主席和雷州市文化局、文联的推荐下，经雷州市委讨论，组织部把我作为文联副主席人选突然派人到纪家镇来进行考察。据说考察时，镇全体干部几乎都给我填上优秀两字，并说了许多赞颂的话。但是，组织部考虑到我学历低，担心文艺界不服，为慎重起见，便又召开文联常委会议，以无记名推荐的方式投票推荐。当时，我在纪家镇毫无所知，想不到，文联到会的 15 名常委都给我投了赞成票。于是，在 2003 年 9 月 16 日我被调入雷州市文联担任专职副主席，主管文学艺术创作。郑流同志得知，给我来电说：“蒋生，你当文联副主席了，我祝贺你。但是你要知道，‘一枝独秀不是春，万紫千红才是春。’你不仅要坚持努力学习创作，多出好作品，还要认真指导年轻作者，培养年轻作者跟大家一起积极创作，为文艺事业多做贡献……”

我到文联工作后，遵循郑流同志的谆谆教导，在文联主要领导的指导下，跟文艺工作者打成一片，互相学习，共同奋进，各项工作开展得很顺利。尤其可喜的是，广大文艺工作者的积极性都很高，大家不断深入生活，在不同时期创作出不少优秀作品，如2007年湛江市“新农村建设征文”，共评出获奖作品12篇，雷州获得7篇，并且一等奖也被雷州作者王宇夺取。同时，也让我在创作上取得一定成就——在有关报刊发表了近百万字作品，其中有的散文、小说还分别转载于《西部散文选刊》《小说选刊》和收入《散文家力作选》《中国小说家代表作集》等书。

我由一个小学没有念完的农村小子，能在文学上闯出一条人生道路，取得以上成绩，为社会做出一些应有贡献，应该说是与郑流同志分不开的。虽说人事有代谢，往事成古今，但是依依往事，弥足珍贵。

郑流同志，感谢您！您可亲、可敬、可师，既让我深深地感受到时代的温暖，又学会了许多知识，我很有幸认识您！

2017年12月发表于《乌审文艺》，2018年1月转载于《西部散文选刊》第1期。2018年7月收入《流金岁月·才子文选》（团结出版社）。

文化名城话楹联

悠悠千古雷州，东濒雷州湾，西临北部湾，北控高凉，南扼琼儋，是“海上丝绸之路”始发港之一，史称“天南重地”。从汉元鼎6年至清末，雷州城一直是县、州、郡、道、府治之所。全市面积3523平方公里，辖21个镇（街道），人口170多万。这里四季如春，花果飘香，田园秀美，风光旖旎；这里历史悠久，文运昌盛，钟灵毓秀，英才辈出；这里水陆交通四通八达，是定居创业的风水宝地，物流集散的好地方。

雷州以“鱼米之乡”“中国南珠之乡”“中国芒果之乡”“中国民间艺术之乡”“中国历史文化名城”“中国书法之乡”和中国重要蔗糖生产基地闻名于世。

封建皇朝时期，雷州由于地方偏僻，道路闭塞，被视为蛮烟之地，不少高官名士都被贬或路经于此，仅宋朝就有寇准、丁谓、章惇、李刚、赵鼎、陈自强等六位宰相，并有李光、王岩叟、苏轼、苏辙、任伯雨、秦观、胡铨等高官名士。他们给雷州播下了中原文化。经过雷州人长期的传承发展，这里的文化底蕴无比深厚。在浩瀚的历史文化中，雷州人民对楹联特别钟爱，楹联在雷州的传承发展，也像蜿蜒流淌的南渡河，源远流长，又像一棵盛开的奇葩，格外繁茂艳丽，闪耀着灿烂的光辉。同时，滔滔的南渡河水，也哺育了一代又一代雷州人，造就了数不胜数的雷州贤人志士，并催生了不胜枚举、各具神韵的华章，传下许多名人的楹联珍品。

雷祖祠，是国家级重点文化保护单位，始建于唐，祀的是雷州第一任刺史陈文玉。传说他是石蛋怀胎，经雷击降生，唐贞观任本州刺史，改合州为雷州。他在职时，修城池，精察吏治，安抚各族，深受百姓爱戴。历年来，贤人志士每到此祠，无不题联颂其美德。“霹雳开天南一祖；声名为海北同尊”，这副对联是清嘉庆进士周植撰的，既道出陈文玉的出生和身世，也说明他善政爱民，受民爱戴的深刻内涵。雷州籍清康熙进士、福建巡抚陈瑸撰联：“神为日月河岳之精，霹雳起英山，已得天南正气；祠开唐宋元明以远，英灵显昭代，愿生海北伟人”；雷州籍全国著名学者、清乾隆进士、翰林院编修、浙江温处①兵备道陈昌齐撰联：“生于雷，仕于雷，为明神亦于雷，知顾德歆馨，不忘桑梓；宗称祖，族称祖，合众姓并称祖，视别声彼色，总是子孙”。以上两联，对陈文玉的为人为神更是赞誉有加。此外，尚有明嘉靖进士，大理知府，广西右江兵备道莫天赋、清嘉庆状元姚文田、两广总督百龄等，许多名人撰的楹联珍品。

雷州西湖原名罗湖，宋绍圣四年，苏轼苏辙遭贬至雷。他们兄弟泛舟湖中，雷人遂改罗湖为西湖。其中有苏公亭、十贤祠、濬元书院、寇公祠、莱泉井等名胜古迹。此湖名胜古迹众多，风景秀丽，今古游人很众，历代名人留下了无数楹联佳作。十贤祠，有清嘉庆雷州知府宗圣垣撰联：“缅天水十贤，合食同堂，共荐黄蕉丹荔；诵文山一记，镌碑勒石，不磨瘴雨蛮烟”；清同治时举人、濬元书院山长李韶绎撰联：“十里湖山千里月；贤人踪迹圣人心”；清海康知县谢邦基撰联：“遗规追寇相，堂并十

① 温处：指温州与处州。

贤，教孝弟①，教忠廉，仰南邑之淳风，溟海允称善首；妙偈悟苏公，环阶多士，论文章，论礼乐，挹西湖之爽气，瀛洲实冠群英”等。苏公亭上，有清海康知县（杭州人）查廷赓撰联：“万里宦游来海国；一般乡景忆杭州”，既为纪念苏公而作，又借此抒发思乡情怀，让人读来感慨良多。陈昌齐撰联：“听风响涛声，助我文澜壮阔；看天光云影，令人心地通明”；清末拔贡、广雅书院斋长、民国初国会议员、《海康县续志》总纂梁成久撰联：“湖光生色冠裳萃；烟瘴开蒙日月明”等。濬元书院有名人傅棠撰联：“萃鸿都虎观之遗，发为文章，如古尊彝传世宝；阐鹿洞鹅湖之旨，养其德性，于兹理学绍前修”；陈昌齐撰联：“传道得吾徒，以言教还以身教；读书先立品，重经师尤重人师”等。这些楹联名作，都为雷州西湖增添了不少光彩。

三元塔公园里，被誉为“南天一柱”的三元宝塔，是广东省重点文物保护单位。其塔有梁成久代国民党广东省西路剿匪司令黄强撰联：“万顷拥良田，览胜爱来双学老；三元标雁塔，登高应有九能才。”公园里设有二公祠等仿古建筑，当代作家、广州市政协原副秘书长、《共鸣》杂志主编吴茂信撰联两副，其一：“清明公正，众口皆碑光海峡；端肃廉能，千秋咸典耀邦乡”，其二：“昌隆国运，欣张绛帐培高足；齐整民风，巧借冰山睦近邻。”此两联对陈瑸、陈昌齐二公的为人、治政、治学给予高度评价。此外，还有许多脍炙人口的楹联。

天宁寺是一座遐迩闻名的古刹，此寺建于唐大历五年。北宋绍圣四年，苏轼贬经雷州，住进天宁寺，当时城墙外的天宁寺，红墙绿瓦，佛殿高耸，曲栏亭台相映交辉，佛塔如林，绿树四合，一面临湖，碧水粼粼。其时天宁寺方圆约 4 里，置身寺中如临蓬莱仙境。苏学士爱其境清幽，一日，几杯薄酒过后雅兴大发，在

① 孝弟，弟通悌，孝悌也。

纸上书“万山第一”四大字以赠。南宋建炎时宰相李刚被贬鄂州，后迁海南万县，路经雷州，在天宁寺留居三月，到万县仅三天受赦，归时仍寓居于天宁寺旧馆。明代四大高僧之一的憨山大师石头陀，曾在此寺住过十年。可见此寺非同凡响，影响深远。寺的大门有陈昌齐撰的楹联：“似无奇观，苏学士也经评许；尽有幽趣，石头陀于此栖迟。”当代著名佛教大师释云峰撰联：“名山第一，果然胜地庄严，赢得坡公赞许；法界无边，如此雷阳灵秀，招来李相留连”等，今古名人的撰联数不胜数。

高山寺也是名扬遐迩的名胜古刹。此寺建于宋朝末年，背枕巍巍高山，案朝万顷良田，面临滔滔南海。五进主体结构建筑：山门、金刚殿、天王殿、大雄宝殿、观音殿等，顺着地势建筑，山门后面各殿级级升高，直耸云霄，气势宏伟壮观，既是佛教圣地，也是著名旅游景区。里面有全国著名书法家的书法碑廊，价值连城的壁雕，并有不少书画名家的手迹真品。尤其是，对高山寺景仰的名人都尽掏雅兴，撰下了不少脍炙人口的楹联。其中一联是雷州籍，清咸丰举人，岭南著名才子陈乔森之作：“北枕高山，看智慧禅师说破法门感顽石；东临大海，祝慈悲菩萨撑开宝筏渡群生”。此联道出高山寺占尽地利，气势非凡，又说明佛门能感化顽石，普渡群生的好处，被称杰作。此外，尚有被誉为“当代唐伯虎”、“画坛奇才”的雷州籍杰出书画家莫各伯之作：“寺立高山，任寒夜钟敲，菩提寂寂；阁临东海，凭晴天日照，色相空空。”雷州市首任副市长张子文之作：“高阁凌空，古刹重修扬胜迹；山门面海，慈航普渡显芳踪。”雷州市政协原副主席、现任雷州诗社社长、雷州楹联学会会长冯伟之作：“高山仰止禅心净；宝刹庄严俗念消。”等无数佳作。雷州自隋唐至今，一直是我国佛教活动最活跃地区之一，名胜古迹众多，寺庵和古庙祠堂遍布城乡。所有名胜古迹和寺庵祠庙的门口，顶柱都雕刻或书贴楹联。这些楹联大多又是名人之作，弥足珍贵。由于雷州城历来是郡、府的所在地，国家历史文化名城，楹联文化非常丰富。有关方面收藏的作品特别多，仅在雷州市博物馆藏的名人杰作（手迹）就有三百多副。广东省楹联学会会长邹继海对雷州楹联文化的评价是：“积淀多，跨度大，分布广，品位高。”雷州楹联之多，佳品之多，确是在广东省名列前茅，值得专家青睐。

由于雷州人对楹联情有独钟，历朝来除了官方在各个节日举行赛事外，民间还创办歌联社，年年月月举行雷歌、楹联大赛。每次大赛获得冠军者，如高中状元一样高兴，有的好友为之亲临庆贺，有的请客相庆。在清朝时期，凡是红白喜事必请名人撰联。为此，本籍名人陈瑸、陈昌齐、陈乔森、梁成久、李绍绎、蔡宠、李晋熙、黄景星等的楹联佳作遍布雷州地区。在这些楹联大师的熏陶和影响下，雷州凡是读书的人都学会写作楹联。到了社会主义建设时期，尤其是“四人帮”倒台后，在政府的关心支持下，文联、文化馆和各乡镇的文化站，每年都在节日进行征稿比赛评奖活动。除此外，还有民间创办的歌联社搞征联比赛。20世纪80年代初至90年代初期，民间举办的楹联大赛可谓热火朝天。当时，创办的民间歌联社有雷州歌联社、雷阳歌联社、城外歌联社、城内歌联社、白沙歌联社、西湖歌联社、青年歌联社等十多个。或半月一期，或一月一期，每次投稿者都数以千计。

1998年春，在时任雷州市文化局局长冯伟与雷州市政协办公室主任林宗彦等的筹划下，成立了雷州市楹联学会，现有会员120多人。多年来，会员们创作出大量楹联和撰写了不少关于楹联的理论文章在《中国楹联》《中国楹联年鉴》《中国对联作品集》和《楹联家》《对联》等杂志发表，在社会上引起很大的好评。

2002年，在雷州市委市政府的引导和支持下，热心文艺工作者李建华创办起“靖海宫楹联碑廊”。该单位现收藏的楹联有六百多副，其中雕刻在石碑上的三百多副，成为湛江市楹联文化和书法文化的重点教育基地。为了弘扬国学，发展楹联文化，雷州市楹联学会有关人士先后应邀到雷州市老干大学，雷州二中、雷州三中等校讲授楹联知识。楹联学会先后举办过几次大型活动，如举办了“伏波杯”“妈祖杯”“名城杯”等大赛评奖活动。其中“名城杯”大赛在网上发布消息向全国征稿，在网上公布获奖作品及作者名单。这次活动，社会各界人士好评如潮，影响深远。

2012 年 3 月，雷州市政府邀请广东省楹联学会会长邹继海，联合南方电视台，到雷州摄制“联说雷州”，共制作 23 期楹联知识专题片，每周一下午四时在南方电视台持续播放了半年。此后，他还在雷州一中作了精彩的楹联讲座，参加讲座的人，有楹联爱好者和学生一千多人。在他的关心支持下，雷祖祠被授予“楹联文化传承基地”，雷州一中被授予“楹联文化创作基地”，并在雷州一中举行了隆重的授牌仪式暨雷州市创建“中国楹联文化城市”启动仪式。2013 年 5 月，雷州市获得了“中国楹联文化城市”的殊荣。

楹联，愿您这棵色彩斑斓的文艺之花，在雷州的百花坛上永远盛开！

2016 年 3 月 12 日发表于《湛江日报》，2016 年 5 月转载于《西部散文选刊》第 3 期，2020 年 2 月 18 日转发实事求是学习网。

文化名村话邦塘

邦塘，这条遐迩闻名的大村庄位于国家历史文化名城——雷州城西郊，古称石奇村，属雷州市白沙镇管辖。邦塘村历史悠久，早在明朝中期，该村李氏始祖李德重（据说是唐朝李世民后裔）从鹿洲岛——现湛江市东海岛开发区东山镇东头山迁居此地，至今二十三世，历经五百多年。邦塘村分南北两个自然村，同是李氏家族的后裔居住，现有三千多人。

在绿色的林带拥抱中，邦塘村的风光特别秀丽。从村前走向村里那长长的绿荫大道，两旁长着墨绿墨绿的原始森林。在这茂密的原始森林掩映下，人们走进这里，觉得既清凉又幽美。村中古木葱茏，绿荫如伞。村边除了那一大片荔枝林外，还长满黄皮果、杨桃、菠萝蜜等果树。为此，这里在花开季节，成了花的海洋，香气袭人，美不胜收，让游人心醉神迷；果熟时节，硕果累累，一片片的金灿灿，黄澄澄，红彤彤，光彩夺目，甜香四溢，让来人魂飘涎垂。还有那五股映月清泉，其水清凉可口，清澈照人。这几股清泉，既可灌溉农田，保障农业生产的丰收，又是人们沐浴消暑的好去处。

南北村之间是一片呈“Y”字型的几百亩肥沃田野，中间有小桥流水，流水澄清，鱼欢虾跃。田野里主要的农作物是水稻，也有少量甘蔗、芋头等。随着季节的变化，田野给人带来不同的享受：春初夏末时期，禾苗绿油油的，恰似绿色的大海，漾着绿油油的微波，充满着喜人的生机；夏初秋末时期，稻子似金色的海洋，闪耀着金灿灿的光芒，真是一派美好的田园风光。

邦塘村历史悠久，历史名人众多——仅清朝中期至清朝末期，就有进士李晋熙等功名者140多人，其中五、六品官员10多人。民国期间，邦塘村当过县团级的官员也有5人。历朝来还出有许多学者、教育家等。因此，该村的文化底蕴特别深厚，被人们称为历史文化名村。又由于昔时邦塘村富户多，为此，人们也称邦塘村为富贵村。

邦塘村历朝的士子多，富户多，其古建筑也特别多，很有豪气，远近闻名。该村有古民居100余座，祠堂10多座，古民居大部分集中在邦塘南村，仅李光祖一家就拥有古宅10多座。这10多座古建大宅，由四条巷道连成一体。最大的一座古民居是李云龙家的祖建豪宅，其宅呈回字形，有7进，72间房，82扇门，大小天井24个。里面有正厅、大厅、客厅、卧室、客房、银库、粮仓、书房、私塾、饭厅、女儿楼、花园、戏楼、作坊、厨房，还有供女眷洗浴专用的小天井、石盆、更衣室和仆人房等。宅内各进都有一层大门，高2米多，宽1米多，门前有粗大的木柱和铺有坚固的石砖地板。进入大门，是高墙深院，接着从弧形门口进入客厅。弧形门口和客厅上面分别雕塑着“建德第”与“师古”的篆体字。从客厅的小门进入后上院是书房。客厅前面是二道门，进入二门是正宅，庭院宽深。正面是厅堂，两边有厢房，下面是一堵高大墙壁。正厅中间是遐迩闻名的邦塘村神阁。其神龛全部用金箔镶着，外面挂有四盏大红灯。神龛正面刻“安富尊荣”四个大金字，显出一派富贵荣华的景象。院子下面有一堵墙，上面雕塑象征着官府门第各种等级的浮雕，两边绿釉花窗光亮。山墙下正面是一幅五鹤图，图中画鹤，飞、立、俯、仰、卧等形状各异，象征着“五福临门”之意。山墙上面还雕塑着“万福攸同”四个大字，其设计布局之精巧，令人叹为观止。按清朝的规律，将近王公府第的规格。李光祖有两座客厅“外翰第”和“居山轩”，其建筑都很有特色，如“居山轩”四面回廊曲径，中间是一大拜亭，正面石级整齐，各式各样的山墙影壁，门窗、屏风，不失大家气派。

古民居的街道又直又长，顺着坡势，向高处延伸，每隔一段就有几条石板铺设。小街不宽，约两米左右。现保存较好的有“廉让”“中和”两条巷道。古民居房宅高大，房宅的大门都临巷排列，且都开在堂宅的左侧，俗称“青龙门”。其宅檐口高度都在一丈以上，并设有与广州西关大宅一样的趟栊（栏杆），门楣右方有一个与户主身份相对应的小方型木的“ + ”形标志。高墙深院，屋顶各有不同的屋翘，屋内雕梁画栋，雕刻着姿势和形态各异的人物、动物与植物图案。图中景物线条流畅优美，形神毕肖，栩栩如生。这些古宅美轮美奂，形如官府布局，建筑精巧，威仪十足，错落有致。尤其是李云龙家宅和居由轩，古朴典雅，内涵丰富，颇有欣赏价值和考究价值。走进邦塘古民居，仿佛进入一座古民居博物馆。

为充分发挥人文优势和自然资源优势，保护与开发并举，传承与发扬相结合，科学发展，推进社会主义新农村建设，近年来，在雷州市委、市政府的大力支持下，白沙镇党委、政府主要领导亲临广东海洋大学，请来规划设计专家，为邦塘的新农村建设描绘蓝图，编修了近期建设和长远发展的规划。到目前止，该村已投入资金三百多万元，对农业生产设施进行整治，同时对人居环境也进行大改造——既将村中的大道小巷建成硬底化，修葺了古民居、古碉楼、古巷道等历史文化遗迹，也建起村中游园、村前小憩、榕荫蔽日等公共场所，并修建了入村广场，迎宾泉、宴窟泉、石头公泉等观光景点和植树、栽花、种草，美化绿化村容村貌，使邦塘村古色古香的古民居群与新建景点交融辉映，焕然一新。

因而，邦塘村近年来先后被广东省评为“生态示范村”，被中国旅游报社评为“中国十大古村”，广东省文联、广东省民协评为广东省首批古村落，湛江市评为“特色文化村”“最美的村庄”“生态文明村”等，并被誉为“雷州第一村”。

走进邦塘村，如入桃源胜景，令人心旷神怡。邦塘村，不愧是一个旅游观光的好地方！

2016 年 3 月 27 日发表于《湛江日报》。

武林名师周世敏

20 世纪七八十年代，在粤西地区武术界一提起周世敏的名字无人不晓。

周世敏，个子不大，仅有 1.66 米高的身材，但五官端正，眼若流星，非常灵敏。小时候，他随教私塾的父亲念了五年私塾，接着在遂溪县江洪小学读了两年，便考进遂溪县第一中学。1958 年初中毕业，由于家庭困难不读高中，他回家担任代课教师。1961 年，时任纪家公社副书记王炳赏识其才华，推荐到公社里当文书。不几天，公社了解到他的父亲曾任过伪乡长将其辞退。他一气之下，卷起铺盖回家务农。

不多久，周世敏又被请出当民师。他自小喜爱文娱活动，因而对学武特别有兴趣。得知邻村有位武师宋成林的洪家功很是厉害，他便在空闲时间里前往请教。那时，社会对学武进行戒严，况且他是个社会关系差的民师，只能偷来暗去，坚持秘密地拜师苦学。周世敏天性聪颖，具有很好的练武天资，学之无所不进。宋师父看着喜在心里。一晃三年过去，宋师父感到自己没有什么可传授了，便想起家居东海岛的武师陈登和来。此人，曾师从湛江英武堂著名武功大师梁龙彪，当时在江洪港开馆授徒，即介绍周世敏去拜其为师。在交谈中，陈登和知道他已是一个身手不凡的人，觉得自己跟梁龙彪师父学习时间短，知识浅薄，若收之为徒没有很多知识可给传授，又见他诚心求学，便决定将他送往师兄陈善义家要求接收为徒。

陈善义，湛江市东海岛东山圩人。他是梁龙彪的第一门徒，因其武功高强，拳脚厉害，在武林中每次比武，只要他的手脚一挪动，招招致命。如有不知趣者，要与他对抗，他一发威，非遭重创不可。故而人们给他一个外号叫“挪歹”而不叫其真名陈善义。当时，“挪歹”这一名字在武林中如雷贯耳传遍粤西。旧社会里，由于门派相争剧烈，挪歹曾在湛江无意错脚踢死一位武馆师父。此后，他认为武夫无情就返家隐居静养，连老家的人多次请求其在村中任教都被拒绝。因而，周世敏三次上门拜师都落空……

也许是周世敏寻师意坚感动了挪歹，一天，他叫自己的三儿陈伟和得意门徒梁育香到江洪一带了解周世敏在社会中的做人处世评价。时经两月，他终于决定给周世敏传授武功，带儿子陈伟和得意门徒梁育香从东海岛骑自行车历经120多公里，到周世敏的家乡——海康县（现“雷州市）纪家镇新屋仔村找周世敏收之为徒。

其时，挪歹年已七旬，雪白的胡子铺满胸前，但依然豪光满脸，神采奕奕。

周世敏见挪歹师父特意远道而来收他为徒，感动得热泪盈眶，“扑”的一声跪在挪歹跟前。挪歹慢慢地将他扶起说：“世敏啊，中华人民共和国成立后，我的功夫别人无法请教。现在，我却远别家庭来教你一人，这是为什么？是见你学武心意坚决，并了解到你为人德行很好和具有一定的学武天赋。你应该知道，我是何等看重你呀！为传承梁龙彪师祖真功和弘扬祖国文化遗产做贡献，你一定要潜心勤学苦练！”

周世敏听着师父这些肺腑之言，更是感激涕零，再次跪地拜师，说：“愚徒难得师父如此看重。师父金石良言，愚徒一定谨记于怀，决不敢怠慢！”

挪歹听着深感欣慰，便与儿子陈伟和得意门徒梁育香三人留在周世敏家给周世敏传教武艺。周世敏的确不负师望，挪歹等人不论给他传授何种武艺，他都能记住，加上他那十足的苦练劲儿——不分日夜，只要一有空，他都在刻苦练功，而且把握得十分到位，让师父与师兄们不断喝彩叫好。本来，挪歹师父打算在周世敏家将自身的武功全部给予传授，但见他有10个孩子，家庭贫困，还要供他们3人住吃，其生活压力太大承受不起，只教了半个月就返家了。不过，周世敏对学武的劲头毫不松懈，每逢假期或空闲时间，都骑着自行车到东海岛向师父师兄请教。

1976年，挪歹师傅得了重病动手术回家休养，适逢海康县雷剧团到东海岛东山圩演出，该团的导演符悦成等人慕其名上门拜访，他嘱托符悦成说：“悦成，麻烦你回后一定告知周世敏，我得了重病，赶快来看望我一次。”符悦成一回到海康就前往告知。

周世敏听说心如刀刺，恨不得插翅起飞，当天下午四时就到了师父的家。他一进门，看见师父面黄肌瘦地躺在床上，师母神情呆滞地守在身旁，禁不住立时泪湿襟胸。师父像是预料到他与周世敏没有第二次见面了，想将自己的绝技传授给周世敏。他坦荡地说：“世敏啊，如果对方用双手抓住你一只手，有二十种解脱法：乌龙反尾、鲤鱼翻身、雄鹰展翅、转头虎尾、老龙开口……”停了一会儿，他又接着说：“水牛挂扼有三种挂法：“上挂、中挂、倒挂。”此时，他还把与其他名师交手的绝招也如实地给予传授。

周世敏离开挪歹的家不满一个月，挪歹就去世了。周世敏闻讯立时肝肠寸断，悲痛至极。他对天长叹道：“师傅，您走了。愚徒必当谨记您的重托，完成您的心愿！”

1977年，海康县举办中学生体育运动会。当时，周世敏在先锋小学当民师被任为田径赛裁判员，纪家中心小学体育老师李兴武被任为篮球赛裁判员。在活动中，经李兴武老师介绍，县体委正副主任邱崑和蔡振兴得知周世敏武功不凡，特别赏识。当年国庆节庆祝晚会，县体委召集全县20多位武林高手在雷城电光球场进行武术表演，特意安排周世敏与全县名师竞赛。

曾燕飞素以舞弄大刀驰名，被誉为“大刀王”。其时，他迈步登场，大刀过处，力发千钧，昂然挺进，步伐如山，吼声如雷，惊天动地，台下观众爆出阵阵掌声。他表演大刀刚毕，周世敏立即手持大关刀飞身亮相。他意气昂扬，势如关公过五关斩六将，左劈右斩，刀光闪闪，寒气逼人，观众的喝彩声更是震天动地，掌声雷鸣，不时爆出阵阵喊声：“后生可畏！比大刀王还厉害……”

随后，威名鼎鼎被号称“眼镜廖”的武师表演梅花棍。老廖将棍紧紧一握，接着用力一挥，随即舞得团团转。观众们看得眼花缭乱，时不时给他报以响亮的掌声。他一表演完，高音喇叭就响起雄亮的声音：“周世敏龙尾棍出场表演！”这时，只见周世敏紧握一根长达2米40公分的木棍，在热烈的掌声中登场。他向领导和观众们行了礼后，立即展开龙拔乌云散、回风震山河，转而又是乌龙点水、龙腾广宇、龙归泉洞……场上1万多观众个个目不转睛地看着，但谁都看不清他那花样多变的招式，只听见棍声呼呼作响。表演收式后，观众们的掌声和喝彩声经久不息，让人大为惊叹。

接着，周世敏与门徒周胜表演铁马过竹桥拳。他们忽而火烧苍天，忽而双龙接竹，忽而水牛挂扼、小侬吃乳、老鼠偷桃，忽而又隔壁取宝、豆腐翻板、雷公打牛、猴子拉藤、黄狗放尿，忽而又是宝鸭穿莲、鬼托猪头、老虎擒猪、仙人抱柱等，不停地变换着招式，恰如一匹沉重的铁马要过一道软不支撑的竹桥，招招让人触目惊心，真的显得太危险了！“真功夫，好功夫!”，现场时不时响起山崩般的掌声。

周世敏以拳棍刀叉样样出色的表演，一时轰动了整个雷城。可以说，他是当时雷州武坛上一颗最耀眼的新星……

1978年，海康县武术协会成立，周世敏被选为副秘书长。当年，他受聘在县体委担任协助教练员，培训出席湛江地区第四届体育运动会的武术运动员。在武术大赛时，他和专职教练许凤扬带队前往参加。他获得成年男子组赛全能第六名，团体获得总分第二名。当时，湛江地区的管辖范围包括现在的茂名、阳江等市，武林高手如云。他初次参与带队大赛，不论是他的个人或海康县的团体，能夺得以上荣誉都很值得庆贺。

1978年和1980年，在湛江地区的武术项目比赛中，他培训的女子运动员黄小妹、辛玉珍分别以蔡家拳夺取拳术第一名和以拳对练第二名。

尤其是在1979年湛江地区召开的那次传统武术研究会上，周世敏和他的师兄陈伟略施小技就威压群雄。其时，会议内容有散打技巧和传统套路交流研究并进行散打比赛。周世敏和师兄陈伟分别代表海康县和霞山区参加。在会上，徐闻县教练张学清宣读散打规则时说："每逢击中对方一拳或一掌，可得1分，把对方打倒于地可得3分，脚打脚得0.5分，手打手没有记分。周世敏的师兄陈伟听着站起来问："若果对方的手被抓着无法解脱是否记分?"坐在案边曾获得全国传统拳赛奖的赤坎区李朝云老拳师不等张学清回答，争先站起来说："难道有人能将手抓稳?"他立即伸出右手，叫坐在他身边的阳江县那位师傅捉拿。阳江县那位师傅拿住他的手，他一甩就解脱了。陈伟见姓李的十分得意便站起来对周世敏说："敏哥，你可去试一试。"

周世敏即时举步上前。李朝云看见他身材矮小，十分傲慢地说："你能抓得稳吗?"周世敏温和地答道："不敢不敢，我只想试一下。"但是，李朝云怎么也想不到他的手被周世敏擒拿着像

"铁猫"咬住般无法解脱。作为赤坎区一代堂堂名师的老李不知如何为好，一时羞得满脸通红。这时，周世敏问："你还能解脱吗?"老李不得已当着到会的30多位名师和体委领导的面说："真的不能解脱了。"

周世敏刚松开老李的手，徐闻县教练张学清自认为是从武汉杂技团回来的，没有半点服气，蓦地站起来说："小周，来来来，我不相信脱不了的!"

张学清的话音刚落，周世敏的师兄陈伟即时挺身而出，走到老张的面前说："师傅，不必劳驾我敏哥了。你不相信?请出手!"

张学清身材魁梧，体重有70多公斤，陈伟体重不超50公斤，旁观者谁不看重张学清?可是，老张的手被小陈擒住后，任由他怎么使劲也争不脱。小陈的手腕稍一扭动，老张的手骨就要断了，他禁不住"哎哟!"的发出一声惨叫，急忙双膝跪下说："危险，真危险!"小陈慌忙松开手腕将他扶起。大家看着，个个目瞪口呆，再也没有哪一位敢出场了。这次，所谓什么真功夫交流，散打比赛大会，想不到在擒拿试探中，那些武师竟然被周世敏和师兄陈伟的擒拿术震惊了。于是，这场活动也就此结束。

周世敏的拳棍刀叉擒拿诸术样样出色，尤其是拳术为最。他的拳术以洪家拳为底功，步伐坚固，动作稳准。应该说，这是他跟挪歹师父学的。根据挪歹师父说，他跟梁龙彪祖师学时说是蔡家拳。但是，广东省武术教练曾庆煌对周世敏表演的套路鉴定是：蔡、李、佛三家合并拳种。这类拳的特点是刚柔相济，硬软兼施，以柔制刚为强，顺借发力取胜，所以他的师祖梁龙彪体重不超过40公斤，能在湖南、广东、广西等地开武馆，名噪一时。难怪周世敏个子不大，能与其徒扬威武坛。但他在海康县体委工作了两年多时间，由于当时应聘工资低，难以养家糊口，便辞去体委的工作。自此，他或行医或开武馆授徒，浪迹江湖。

挪歹师父去世后，周世敏跟师兄陈伟依然密切往来切磋武艺20多年，直至陈伟迁居加拿大后才断其联系。据说，有一年，香港某报记者到加拿大，闻悉陈伟兄妹在加拿大开武馆即前往采访。陈伟对记者说，梁龙彪的功夫全传给我的父亲（挪歹），我父亲的功夫都传给了雷州的周世敏。由此可见，周世敏的武功的确非常辈可比。

周世敏拥有一身武艺，可是他是文人出身，一贯遵循师父尚武德不尚武力的教导：处世以忍字当头，和字挂帅，在社会中闯荡江湖四十多年，未曾为名利跟任何人打过架，也没有错伤过行中一个先后辈。由此可见，周世敏在武坛上是一个德行很高尚的人。

2018年9月发表于《海东文艺》总33期。

民间雕刻家周道明

雷州自古被称为“天南重地”，这里有丰厚的文化底蕴，历代出了不少名人志士。但我现在要写的雷州名人，不是历史上的政界人士，也不是历史上的文界才子，而是当代的一个民间雕刻家周道明。

周道明，雷州市纪家镇后坑村人。他刚满三岁母亲黄氏去世，父亲周德全由于当过保长被抓去坐牢，丢下他和两个年少的哥哥相依为命。四年后，父亲释放回家，可是他二十岁时，两位哥哥又不幸相继去世，其家境特别悲惨。

周道明自小聪明，但由于家穷，加上当时后坑村没有学校，十二岁才开始到远离本村五里多的豪郎小学就读。他的叔父周扬波专门从事雕刻神像。受叔父影响，他念二年级就学会了雕印、雕像等雕刻工艺和绘画。读六年级时，他写的散文《秋天》在校里被作为范文广为传诵，可见他小时候有一定的文学天赋。他的字也写得很清秀，学校每期出壁报，不但有他的画和文章，还由他亲自抄写。

应该说，周道明的特长专项是绘画，尤其是雕刻。他在小学读书时与现在被誉为“当代唐伯虎”的班中同学莫各伯难分伯仲。后来，莫各伯考上广州美术学院就读成了名家。他因父亲当过保长不能读高中，只报读江洪渔业中学。不到一年，该校解散，他也辍学了。回家务农不久，他即按月缴费给生产队（当时称包产）到国营火炬农场当合同工。

那时，适逢“文化大革命”，场领导知道周道明的画很出色，书写功夫也不错，安排他在办公室工作，专门负责写壁报和绘画。他画的宣传壁画幅幅逼真传神，特别是以碎玻璃进行浮雕的毛主席像更是形象生动，光彩照人，见者无不驻足欣赏。为此，人们给他一个雅称“农民画家”。

在国营火炬农场，由于英雄有了用武之地，又受到场领导职工的尊重，周道明干得很开心。一晃三年过去了。本来，场领导很想留他在场里工作，可是，他当时所在的豪郎大队不同意，便示意生产队干部叫他回家。由此，他成了有关单位和企业的“抢手人才”——

周道明回家后，开始在生产队里做木工和为群众理发。第二年，大队创办企业，大队干部见他是个可用之才，将他要进大队企业。他心灵手巧，在大队企业里，牛车、椅子、桌子、凳子、床、柜等农具和家具无所不做，而且样样都做得精致美观，尤其是他在家具上雕刻的花草树木、飞禽走兽活灵活现，人们看着都啧啧称赞。

1971 年，纪家公社建筑影剧院。公社领导发现他是一名能工巧匠，便抽调到公社企业负责制作影剧院的金字架和门窗。他制作的金字架和门窗，榫头衔接非常严密，件件达到高标准，高质量。

纪家公社的影剧院刚建筑完工，其时，海康县名城办成立，要对许多名胜古迹进行修建，得知他善于雕刻，立即派员前往纪家公社企业办要人。在修建众多的名胜古迹过程中，他被安排参与负责各项雕刻。他雕刻的书画别出心裁，让人惊叹不已。如雷州西湖里的十贤祠、三元塔公园里的二公祠、雷祖祠等大门、屏风、拱门，花窗、吊幅，金字托担等，各种图案中雕刻的天女、草龙以及各种花草树木、飞禽走兽都惟妙惟肖。雕刻门上的对联，尤其是雕刻清朝翰林编修、文学大师陈昌齐的手书，笔画棱角分明，灵秀醒目，与真迹不二，深受人们赞赏……

好家伙，真了不得。海康县的名胜古迹刚刚修建完毕，他又被龙门古董家具雕刻厂以高薪聘用抢走了。他一被该厂抢入，就派往徐闻县城参加修建名胜古迹——贵生书院。他在贵生书院的门窗上雕刻的花鸟栩栩如生，让人赞声不绝。他是个善于以假乱真的制作高手。他制作家具雕刻的图案潇洒秀逸、诗意浓郁、古朴大方，与唐宋时期官府宫廷中的家具一模一样。该厂将他和工友们制作的产品运到湛江展出，国内外老板前来参观都大为惊讶，说："真是大手笔，匠心独运，不愧为神雕！"此后，订单蜂拥而至，其产品远销马来西亚、新加坡、日本、美国等十五个国家。不久，该厂便迁往雷城升级为县级重点企业……

周道明到该厂后，其产品因有他参与制作而得以远销，名声大震。想不到，厂里的董事长竟然因创办其他企业管理失败，造成贷款过多负债累累，该厂被封。自此，周道明也离开了该厂，回家另谋职业。

雷州人爱憎分明，他们对历史上那些祸国殃民的人恨之入骨，唾骂千古；对国家和人民有重大贡献的人非常敬仰，喜欢给以雕像奉祀。在破四旧的年头，这些神像都被铲除了。改革开放后，人们随着生活的改善和思想上的自由信仰，又逐而将这些神像复刻奉祀。周道明回家，看到不少人前来请叔父雕刻，觉得这是一条很好的生活门路，便跟叔父学习。

周道明眼明手巧，思维开阔，审美能力强，在叔父的指点下，不上一年时间，他的雕像水平就远远超越了叔父。此后，他带着长子周栋到各地行雕，不论什么像，大的小的他都胸有成竹，雕刻得形神毕似。难怪雷州市英利圩乌王庙要雕刻 2.28 米高的乌王像非找到他不可；雷州市平原村为雕刻如人一样高大的李广、李文、李金昌神像，在各地找来17位颇有名气的民间雕刻高手进行比赛，评选出两名操刀雕刻者，他乃其中之一。

因而，他声名远扬，不仅是湛江地区的人连续不断地前来请他雕像，至今足迹几乎踏遍湛江各地，就是外省也有人前来请去雕刻。如1992年，在广西北海市高德镇涠洲岛定居的雷州籍退休军人张文汉，得知周道明善于雕像，即请他前往雕刻尚书公像。接着，在广西斜阳岛的黄妃妹女士也请他去雕刻华光、观音、赵公明和雷首、乌王像；2002年，在海南省海口市龙华区盐灶村定居的雷州籍人士蔡波闻其名，亲程赶回雷州请他去雕刻康公、关公、班公等三公神像。

周道明的根雕工艺品也颇出色，如他为徐春生先生雕刻的长2.5米，宽1.1米根雕，按树根不同形状雕刻的鹤鸟、仙龟、鳌鱼和龙等36种动物都形象逼真，神态生动，呼之欲出。有人曾许以2万元购买该作，徐家都不卖。他不仅是个雕刻能手，更善于为后辈传艺。1998年，他指导当时在广东省财政学校读书的儿子周宾雕刻的“天女”参加学校工艺作品比赛，深受教授和专家们的赞赏，被评为二等奖，在校展馆展出并被校方收藏。

今年，周道明72岁了，但他宝刀不老，前来请他雕像的人依然络绎不绝。他，不愧是一名民间雕刻家！

2018年2月发表于《中国报告文学》第2期。

探　亲

阿秀和兵哥哥阿威结婚后在外省的城市里生活五年了，这是第一次回故乡探亲的。几年不见老爸老妈了，多想念啊！她坐在火车上，那思念的心儿早就飞回到了老爸老妈的身边……

经过两天两夜的颠簸，第三天早上，火车终于到达雷州。阿秀的娘家是个革命老区村庄，但由于经济困难，各项建筑往年都很落后。下火车后，阿秀紧接着乘班车回到镇的车站来。那老天真无情，骤然下起暴雨。她想，从镇到村尚有 13 公里，全是坎坷的土路，天一下雨，泥泞稀烂，有的路段水深过膝，很是难走。怎么办？她的心一直在忧虑着。

雨停的时候，已是下午 5 时，斜阳透过云层，撒下柔和的微光。

阿秀提着行李在圩街上走了一趟，想找到村里来赶集的人一同回去。也许是太晚了，没找到一个。她正在犯愁，一辆小车乍地在她的身边停下，车上走下一位西装革履，五官端正，笑容可掬的青年哥儿。他对着阿秀瞧了瞧，问：

“大姐，你是到新村的吧？”

“是呀，你怎么知道？”阿秀听到他的问话有些突然。他即时“噢！”的发了一声惊叹道：“这么说，你就是秀姐了，我是从照片上认出的。上车吧，你爸叫我接你。”

阿秀一听，心里感到一阵狂喜。但很快又不由自主地忧愁起来。她皱着眉头道："那烂土路，下了这么大的雨，能走吗?"

"哈哈哈……"他见阿秀这么说，禁不住朗声笑起来，然后又脸带微笑着，"这也难怪你如此忧心，听说你结婚后已到外省五年了。别想那么多，快上车吧!"

阿秀虽然满是狐疑，但见他那诚实的份儿，还是坐进了他的小车。

他按按喇叭，将车开动了。很快，车就走上一条平坦宽敞的硬底化大道。大道两边种有桂树，长得墨绿墨绿的，开满了白色的小花，在微风的吹拂下，一路送来了满车香馨，令人感到很是怡逸欢畅。

但阿秀觉得这不像通往她娘家的村路。他会不会开错方向了呢？尤其是一路上，她看着有人给他来电，他不时抓起手机听，不知对方说些什么，只见他连声说："好好，等一会儿，我马上到!"说完，他加大油门飞也似地向前开，使她疑惑不已。唉，是否上当受骗了？如果他……叫我如何是好？她那忧虑的心也就随之忐忑不安地狂跳起来。

不多一会儿，车到了村边停下。他说："秀姐，到了。我朋友有急事要我去接，不便送你到家，不好意思，请下车。"

"好好。"阿秀的心终于静了下来。她把行李提下车，给他掏钱。他却摆摆手说："不必客气，我们是一家人哩!"他说着将车头一转，急驰而去。

很怪呀，我在村里长这么大，从来不见过他。他竟然说与我是一家人，还叫我秀姐，不要车费。这真让我费解！阿秀望着他远去的车影沉思着。

"阿秀!"

突然，一个亲昵的叫声飘来。阿秀忙转身一看，只见老妈笑眯眯的向她走来。

"妈呀，我好想您呀!"阿秀一时惊喜交集，向老妈走去。

“还说想呢。我念你都念到天变地变了今天才回来！”老妈怪嗔着，随之把话题转过来问，“是阿福接你吗?”

“我不知道他是谁，只听他说是爸爸叫接我的。”

“这肯定是阿福了，他呢?”

“他说，朋友有急事来电找他。车刚到村边，他就让我下来，急匆匆的掉转车头开走了，连车费都不要。”

“好好，这孩子就是不错……”老妈连声称赞道。

阿秀问老妈阿福是什么人。老妈告诉她说，他是县里一位副局长的儿子。去年，他跟堂妹相识，见堂妹生得清秀能干，就爱上了堂妹。今年初，他到我们村来，见村的建设不但城市化，而且风景幽美，地方清静，空气新鲜，有的群众的生活也比城里人好，于是，他辞去了城里的工作，入赘到我们村来跟堂妹喜结良缘。近来，他跟堂妹商量创办了一间饲养场……

“哦！难怪……”阿秀听着听着，禁不住脱声道。

走进了村大门，阿秀抬头一看，顿时怔住了。她随阿威去那年，村里的住房仅有10来座平楼，其余都是瓦、草房，巷道也很狭窄，况且污水横流臭烂不堪。可现在，全村是清一色的楼房，有二层、三层的不等，墙上都刷得雪白漂亮。巷道也全硬底化了，又直又平又宽，两旁还种上花草树木。往前走，更令她惊叹不已——一座风景别致的生态公园展现眼前。公园里有曲径、假山、喷泉、凉亭并栽着各种奇花异草，绿树如伞，翠竹依依。老人们坐在亭子上看报的看报，聊天的聊天，小孩子在绿树翠竹间戏嬉玩耍，小鸟在树上不时传来几声鸣叫，显得很是悠闲清静。公园的左边有十分气派的电光球场，右边有宏伟壮观的文化大楼……实在是太美了，跟城市真的没有两样。

阿秀随着老妈往前边走边看，不多久，就到了她的老家。老家也大大的变了。她去时的住宅是一层楼，室内既不装修，其家具也很简陋。现在却变成了两层楼，室内的地板铺上了亮丽的瓷砖，墙上也贴上了彩瓷。厅里添置有数字电视、沙发椅、茶几，厨房里设有消毒柜、电冰箱、煤气灶、电饭煲，卧室里换上了梦思床、高档衣柜等，应有尽有。

老爸满面春风地对她说：

“秀啊，你只出去几年，我们村就来了个翻天覆地的变化，做梦都想不到啊！你看，我们村现在的生活跟城里人都一个样了！”

“是呀是呀。前年，您给我去电说，家乡正在建设新农村。真的做梦都想不到，在这么短的时间里，我们村建得这么美，大家的生活过得这么好！”

老爸听着，立即翘起大拇指咧着嘴说：“嘿！真是改革开放好！在党中央的领导下，实行了‘三农’政策，接着又是“扶贫政策”，不但给农民免税，农家子女免费上学，还为农民补贴资金种粮和垫钱搞医疗保险，并免息为群众贷款指导农民大种甘蔗、瓜果、蔬菜等经济作物。这几年的生产都取得了大丰收，加上政府派人帮助推销卖了好价钱，大家的钱包子都胀了。此外，我们村集体也造林5000多亩，并办起了1间卷板木材厂和2间砖厂，让富余劳力到厂里就业，使群众增加收入加快致富。同时，村集体也富了。所以，这两年我们村在市派来工作队的指导和统一规划下搞起了新农村建设。”他还说，“如今，我们村集体已有了大笔存款，不说村里办什么事容易，村里的老人每人每月除了享受国家的养老金外，在村里还可领到500元哩。嘿，我们这代人呀，真是前世修来的福！”

阿秀听着老爸的话和看着他那愉快的样儿，联想起家乡的巨变，她的心都被陶醉了。她道：“好啊，我们农家终于过上小康生活了啊……”

2018年11月获广东省老区建设促进会举办“纪念改革开放四十周年·讴歌革命老区”征文一等奖。初发于《湛江文学》，2019年6月13日转发中国作家在线微刊111期，7月转发《源流》杂志，9月收入《红棉灼灼——讴歌广东老区征文优秀作品集》（广东人民出版社）。

远方来客

成都，古称天府之国，跟雷州相隔万水千山。想不到，去年初秋竟有9位客人从天府开着两部小车到雷州来探望我。更想不到，今年春节前又有两位客人从那里乘坐飞机而来……

前来探望我的客人，他们都是我在20世纪70年代末因失明自己到成都求医时关照过我的。一转眼四十年过去了。每当忆起治病的经过，总会想起那些不辞劳苦关照我的成都人，如为帮我找到著名眼科医学专家陈达夫诊治，东奔西走连午饭都不吃的何仁景大伯与他的老伴何大妈；我住在旅馆里，怕我看不见路发生危险，每次看病都带我到医院的服务员叶重义（后我认为义妹），还有热心关照我的旅馆领导袁巧珍和服务员夏金秀阿姨等，他们都帮我熬药煮饭做菜洗衣服，照顾得无微不至。

我的眼睛重见光明后，他们都说我诚实、斯文、很可亲，把我当亲人看待：何大伯是个制作皮鞋的师傅，他让我三弟蒋禄向他学习制作皮鞋；义妹叶重义的母亲即认我为干儿子……我回家时，许多人还依依不舍地送我到火车站上车，嘱我有空多来成都跟大家相聚。

小时候，父亲教导我“滴水之恩涌泉以报”，我虽然没有能力做到涌泉以报，但这些恩人我永远会记在心里。早期，由于经济困难加上路程遥远，难得一次前往拜谢他们。但我跟他们保持着书信和电话联系，还将到成都医病的过程写成中篇纪实文学《情悠悠》与其他文章合集，以《情悠悠》为书名由陕西旅游出版社出版，并在《雷州报》连载寄给他们作为纪念以示感谢。

前几年我与家人到成都，探望了义妹叶重义和义姐叶重英后，就到何仁景大伯家。何大伯去世了，何大妈及家人对我依然极其热情。他们跟我在交谈中都说，一定会找时间到雷州来探望我。当时，我认为他们虽然这么说，但路程那么远，是不可能来的。想不到，何大妈跟她的儿子何孝龙、何孝忠及女儿何孝凤等一行 9 人真的来了。

记得那天是去年 9 月 8 日，他们是到了遂溪县河头圩后，由我三弟带到雷城来的。他们从那么远的地方前来探望我，我无比感激，尤其是当我看到 88 岁高龄，白发苍苍的恩人何大妈走下车时，叫了一声“大妈!”，立时一股热泪滚了下来。何大妈说：“蒋生，我们多年来，都想着到雷州来探望你，现在终于来了……”。我说：“想不到你们的心老是牵挂着我，你们真好!”我拉着她的手，一边往楼上走一边说着。

作者（后排右二）与三弟蒋禄（后排左二）跟何大妈等合影于樟树湾鼓城。

走进我的住房，大家看到套间比较宽，问我多少平方，我告诉他们 120 平方。他们说，我们的住房都是六七十平方的，你有这么宽的住房很不错。说话间，何孝忠看到我满室都是书，说："蒋生，你到成都医病时，我就觉得你是个文人了。你当时的言行举止都是文质彬彬的，给我的印象很深。"何孝凤说："是呀。那时我虽然年纪还很轻，但他那斯斯文文的印象，我怎么也抹不掉啊！"何孝龙说："他那时医病，杨承祥师傅带他到咱们家，说他写给陈达夫医生的陈情书谁看了都感动，都说写得好，加上他那斯文的举止，我早看出他是个人才了。"大家听了都说，"如不是人才，写那么多文章发表，出那么多书，社会能这么关心他，让他这个连小学都没有念完的农村人到城里工作么？"何大妈说："蒋生，你原来在农村，医病时穷得让人都不敢想象。我记得老何对我说，你第一次求医，到了成都自己仅有 100 多元，是火车上的旅客给了一些零钱共起来才有 200 来元。多可怜呀！现在可好了，在城里有工作，有住房，娶了老婆，还有了儿子媳妇孙子，大家开开心心的生活。这样，我们可放心了。"当天，稍谈了一会儿，我和三弟就带他们参观了雷州的名胜樟树湾，并在那里的鼓城进行合影留念……

何大妈他们回去不久，义妹叶重义也来电告知我，说她准备在今年 1 月 20 日左右到雷州来探望我。我一听更是感动不已，即时将这一信息告诉在深圳的妻子。

妻子是个深明事理的人，她一听非常高兴。是呀，自己的丈夫在治病时期人家给以精心照顾，现在又从老远的地方前来探望，有什么理由不高兴呢？她对儿子和儿媳说，成都的叶姑过几天就到雷州来探望你们老爸……儿子马上接上说，妈，我还未满一岁，你和爸爸就带我到叶姑那里了。那时，我年小不认识，是不是大家都回去接见她认识认识呀。儿媳说，爸爸在成都治病，她照顾那么大，是我家的恩人，我们怎么能不回去呢？妻子说，是的。她是你们爸的恩人，也是我们家的恩人啊！大家一起把车开回去，接送方便些。这样，你们老爸也高兴！于是，一家子都回来了。

1月21日义妹叶重义来信息说，她带外孙女在下午6时7分登机从成都起飞，8时20分到达湛江机场。我接信，便跟儿子开车到湛江机场接她们。

作者与妻子李意芬（前左一）、儿子蒋瑞景（后右一）及义妹叶重义（后右二）等合影于雷州樟树湾。

我们一家都把义妹当恩人加亲人看待，安排她在家里住宿，大家一起交谈亲亲热热的。义妹说："老兄，你由一个小学没毕业的农村人，走上城来安居和工作，实在可喜可贺！"我说，"我治病时，你就提出甘当我的学生和妹妹，永远向我学习，当时是怎么想到的呀？"她说："当时我看了你写给陈达夫大夫的陈情书，写得那么感人，知道你是个文化素质较高的人，又想到你是一个失明了的农村青年，在艰难的环境下，能有那么大的勇气自己摸路前来求医，病好后，是不可能倒下去的，一定会站起来的。不是吗？你回来后，不但成了作家，还当了雷州市文联副主席主管文艺创作！"我说："谢谢你在我治病时期的热心照顾，谢谢你和叶重英义姐在我的病治好后嘱咐我走文学之路，让我鼓起勇气来写作，最终走上了人生坦途。现在，我们一家子在城里生活得很甜蜜，很幸福。"此时，我一家人都对义妹表示感谢。她听了，禁不住"咯咯咯"地笑起来。她笑得是那么的开心，那么的爽朗，恰如春花般灿烂！

义妹到我家来四天，我跟妻子和儿子带她游览了雷州的名胜古迹雷州西湖、雷祖祠、樟树湾和雷州博物馆等，还到遂溪县的江洪港海边走了一趟。虽说雷州比不上成都繁华，但名胜古迹各有千秋，也很值得品味。在这么短的时间里走了那么多的地方，应该说义妹跑得很累了，但我相信，她是很开心的。

临走前，义妹说："老兄，我到雷州来，亲眼看到了你的家庭情况，现在各方面都挺不错，觉得很高兴！希望你方便多些到成都去……"我说："好的。只要方便，我一定会到成都的。但是，你还来不来雷州？"她也像何孝忠一样说："我们是亲兄弟姐妹嘛，怎么不来呢？一定还会来的。"

我在成都医治眼病，跟成都人相识相知到交谊的过程中，既让我体会到社会的温暖，同时也让我体会到成都人真诚待人，乐于助人的崇高美德。成都人啊！我永远忘不了你们，你们都把我当亲人。如不是，我到成都治病四十多年了，你们怎么能还记得住我呢？你们怎么能不远千里来到祖国的最南端探望我呢？我呀，真不知道怎么感谢你们！

2018年8月2日发表于《湛江晚报》，当年10月2日转发于《作家前线》，2019年1月收入《当代作家文选》（中国国际广播出版社），2019年7月5日转发于中国作家网，当月还转载于《神州时代艺术》。

附：

真实、真挚、感人

——蒋生散文《远方来客》读后感

潘 廉

雷州市文联原副主席蒋生先生，是一位执著追求、潜心创作且善于驾驭多种文学样式的实力派作家。近几年来，他所写的小说、散文、报告文学等样式的文章连续在省和国家级刊物发表和获奖，彰显了他对文学的坚守与艺术的追求，以及坚韧的情怀与磅礴的才情。

今天，我怀着敬仰的心情拜读了他刚写好的散文——《远方来客》，读后不禁令我怦然心动，一种从没有过的愉悦、从没有过的感动轻轻地滋润我的心灵。作品所迸发出的那一种人世间真挚的爱的力量，同样会震撼着读者的心灵。

一、故事的真实

文艺源于生活，高于生活。真实，是文学艺术的生命。蒋先生深谙这一点，并将它视为文学创作的准则。静心捧读这篇《远方来客》，足以证明作家正是恪守真实这一准则来创作的。四十年前，他因眼疾远涉成都求医，求医得到异乡成都人的帮助，并互为相认，最后又重逢，这个故事的真实是毋庸置疑的。因此，这个沉淀在作家心底四十年的真实故事，当不经意间被重逢的喜悦激活，随之而来的将是他那如潮涌动的文思。他将这一文思，凝成这篇朴素隽永的佳构，恰像一把锤子敲打着读者的心房，让读者惊叹作家呈现的不仅仅是故事真实的一面，更多的是故事真实的背后，隐藏着至真至爱的感人力量。

二、情感的真挚

如果说，故事的真实，是赢得读者的认可，没有编造，没有虚假的粉饰，更能彰显作品感人的力量的话，那么，作品所表达的更需要以情感人。细读蒋先生《远方来客》一文，不难发现，字里行间，涌动着一种人世间的至真至爱的情愫。特别是恩人何大妈与昔日到成都求医的蒋先生久别重逢那一细节的描写，那是一种最朴素、最真挚的情愫的呈现，我读到那个细节，感动得不禁流下了眼泪。写义妹到雷州来探望他，他一家人的那种激动情绪让读者看着无比怦然心动。义妹到他的家看到他一家人现在幸幸福福的生活有说不出的高兴，在言谈中禁不住“咯咯咯……”地笑起来。她笑得是那么的开心，那么的爽朗，恰如春花般灿烂！由此可见，这一连串的氤氲着浓浓情感的细节描写，引发了读者心灵的共鸣。

三、主题彰显正能量

不言而喻，爱，是文学作品的亘古主题。纵观《远方来客》一文，作家所呈现给读者的是人世间的一种至爱，一种跨越时空而又真挚的亲朋之爱。这种爱，也是构建和谐、友善的社会所需要的正能量，这种正能量的迸发，就会发挥文学的教育人、引导人的隐性功能。而蒋先生凭借《远方来客》这一朴素而又感人的佳作，正践行了文学教育人的功能，是令人称道的。

四、文辞呈现简约、朴素之美

当我解读了材料的真实，情节与细节所体现真挚的情感，把握了作者呼唤人世间至爱的回归这一主题之后，不得不再欣赏该文的艺术特色。一般而言，散文的创作形式服务于内容的文辞的显现，不外乎繁复、秾艳之美，与简约的朴素之美。细读《远方来客》一文，不难发现，蒋先生文字的驾驭与文辞的呈现，属于后者。多年的孜孜以求与行文的淬练奠定了他坚实的基础，形成了来自乡间的那一种简约、朴素的文风。没有过度的渲染，没有过分的精雕细刻，而仅仅是信手拈来，看似漫不经心的轻描淡写，却蕴藏着一种感人至深的力量，简约朴素的文辞，犹如汩汩山泉，不动声色地滋润着读者的心灵，又如清新的野花，散发着沁人心脾的清香，让读者吮吸这种清香，抵达洗涤心灵杂芜的境界。

诚然，一千个读者有一千个哈姆莱德，但我不仅仅欣赏蒋先生笔下的美文，还赞赏他身负作家呼唤人世真情至爱的责任感。他那种扎根乡土、体悟生活、抒写乡间真爱孜孜以求的精神，时时刻刻感动着我，感动着广大读者。我相信，他将会写出更优美、更感人的文章奉献给广大读者。

第五辑·序言评论

山川留胜迹 故园赋深情

——读吴康健《雄鹰留下的轨迹》

一天上午，我刚到办公室坐下，就接到吴康健老师的来电。他说有事找我，我正欲问其何事，他却把电话放下了。

不多久，吴老急匆匆地走来。他的脸上漾着春光，手里攥着一本厚厚的书稿，一走近我，就把书稿放在我的办公桌上，恳切地道："我最近写了一本书，想请你看看，写篇序。"

吴老是雷州市第二中学退休中学高级语文教师，也是获得国务院特殊津贴的广东省特级教师。我虽然是近几年才与他认识并读到他的文章，但在我对他的了解和在他的文章中，知道他不仅是一个优秀教师，也是一个知识渊博，笔力雄健的学者。我的心里深深地敬佩着他，常常去拜访请教他。他很大度，对我的请教，有问必答。确切地说，我们已建立了师生关系。写序是名人的份儿，吴老却来找我这个学历低微、知识肤浅的学生，这着实让我自感汗颜。也许是感情的驱使，我觉得推之不恭，只好将书稿收下拜读，勉力写上几句，就教于作者和读者。

英利，在雷州半岛是一个诠释古今文明的神奇地方。这里有秀美的山川，厚重的历史文化；这里的每一寸土地，都有着传奇的故事；这里的一砖一瓦，都焕发着夺目的人文光彩。但是随着时间的流逝，年代的久远，有些历史文化或被尘封，或只留下一声声若隐若现的空谷足音，让人们面对着这条历史长河，常常泛起莫名的怅惘。吴康健老师写的《雄鹰留下的轨迹》这一书，就像一幅长卷，将英利历史文化徐徐地展示开来，让那模糊的不再模糊，遥远的不再遥远，闪亮的继续发光，辉煌的更加灿烂。人们在这部展开的古镇文化长卷里，循着雄鹰留下的轨迹，寻找到英利文明的原动力，品味到古镇历史文化传承的精髓，呼吸到生命的一种新鲜空气，欣赏到生命的自由旋律。雷州半岛的人阅读它，内心会产生骄傲、自豪和振奋；外地人通过它，可以走近英利，了解英利，熟识英利，以至拥抱英利，拥抱了雷州。从这一角度讲，这本书不失为一部既能提高英利以至雷州的知名度，又具有学术价值和社会意义的地域文化专著。

《雄鹰留下的轨迹》从形式上看，它是一部乡情浓郁，民俗气息充盈，集历史跫音与地域风貌之大成的文化散文集。作者笔下的英利人文民俗，源远流长，丰富多彩。他们祖先开辟出如此富饶文明的家园，让人产生感奋；他们的崇礼信仰，让人看到一种精神的凝聚；他们多彩的岁序节俗，让人感到人世间的温馨与热烈；他们寿诞婚嫁丧葬风情，让人品尝到宛如陈年老酒的浓烈与甘醇。倘若你是在夜阑人静之时读这本有心人笔下的有情文字，你会被它深深吸引住，让你欲罢不能，非得熬夜不可。

作者写传统文化，不是简单的寻觅、搜集和追踪，也不是简单的发思古之幽情，而是进行一种复杂的审美：他拂去历史的尘封，深情地抚摸历史的肌肤，把这里曾经发生过的历史更迭、人文蜕变、社会风貌、人物心态袒露在我们的面前，并由此对历史文化做出独到的发现和思考。如作者对青桐洋农耕文化区的民风、民俗、社会结构、社会心理、社会意识作了一番梳理之后，发现“青桐社在清代之所以成为雷州半岛经济最发达的地区之一，是与这一地区传统文化，村落宗族自治，以及地主土地租佃制下的永佃权无不关系。”认为“该地区以‘和’为核心的儒家传统文化和安土重迁观念，使这里每一个人都爱恋自己的家乡热土。”由此而提出了“青桐洋农耕文化是雷州地域文化的主要构件之一”这一观点，就很有见地。又如作者把古碑刻当作“传世文献之外的史书，民间的历史档案”，他搜集散落于英利地区具有重要意义的碑刻铭文，“告诉我们一个故事，一段人生，甚至一个社会”，这是很有意义的。

写文化散文是需要学识的。吴老的知识面很广，且又熟识英利风土人情，因而该书不论是写英利宗祠、宗族文化，或者古商埠经商文化，抑或是当地的佛文化，气度从容，娓娓道来，既生动活泼有趣，又有思想深度，不乏沙砾淘金的发现，让人在阅读的愉悦中增长不少知识。如《英利宗祠文化摭谈》和《英利祠堂、宫庙、寺庵、戏楼、民居、店铺楹联拾粹》等篇目，就让读者在了解英利传统文化的同时，又增添了不少知识。

文化的真实步履，往往落在山重水复、莽莽苍苍的大地上，落在历史遗迹的一砖一瓦上。作者写英利的山川胜迹，能够揭开历史的尘封，让封存久远的文化内涵奔泻出来。如作者写鹰峰岭，感受到的是“这只苍鹰浑身散发着一种桀骜不驯的野性”，透过对鹰峰岭野性林木的描写，让人们获得了“力的启示，美的意念，希望的鼓舞和鞭策”。写雷阳八景之一的双髻岭，则侧重在人文传说。这样，作者笔下的山水，已不再是纯粹的自然景观，而是有着丰厚的文化积淀的“人文山水”。作者写历史遗存的胜迹，一方面做深入细致的考证，力图让读者看到它的历史真实面貌；另一方面，又深挖其蕴含的人文内核，给人以知识和美感，让人得到启迪和熏陶。如写“姑媳同贞坊”，既旁征博引，对封建社会妇女贞节观做深度的历史透析，又写出自己的断想：“每一处贞节坊，不是埋葬了一个活泼泼的生命，至少也埋葬了一个女子数十年的青春”，在夕阳下“抚摸着被岁月侵蚀了的牌坊，身边仿佛有姑媳俩嘤嘤的哭泣声”，“庆幸这凄厉的哭泣声已远离了我们的时代”。这些思考，写得十分深沉。写《绝版的烽火台》，既给我们介绍了有关烽火台的历史知识，又仿佛让我们“看到高台上那燃起的滚滚烽烟，那飘扬的王旗，那嘶鸣的战马……”写冼夫人庙，从“把深藏在长长睫毛下的开阔深沉、炽热多情的眼神投注给中华民族历史”的俚人女酋长冼夫人身上，挖掘出英利人的英雄崇拜和爱国主义情结。《千人墓》中对人性恶与善的追忆和思考，《英利驿站·英利汛》中对驿宰和把总的褒扬，这些无不透出作者独特的视角和人文情怀。

地域文化，人是灵魂。古镇英利，人文荟萃，俊采星驰。写谁？怎么写？是须费一番思量的。作者围绕地方历史文化这一主轴，选择最能代表英利文化的乡贤、进士、举人、传奇人物、革命烈士、全国劳动模范来写，我认为这是十分精当的。这些人都是历史人物，记述他们，属于志传，怎么写？吴老坚持真实性与文学性结合的原则，广集资料，反复考证，把人物置于一定历史环境和时代背景中，抓住最能表现人物性格特征的事件来写，做到“情真而不诡”，“事信而不诞”，虽然没有华丽词藻，曲折情节，但形象鲜明，个性突出，大有《通史》所说的“文而不丽，质而非野”的志传韵味。如《县太爷吴霏》《传奇人物白玉蟾》等篇，事真、言真、情真、形象真，可读性强，堪称志书人物传记中真实性与文学性完美结合的典范。

散文，是真正严格意义上的语言艺术。写散文，不像小说那样有情节可做支撑，也不像诗歌那样有韵律当护佑，更不像戏剧那样凭矛盾冲突来取胜，它只能致力于语言的差遣和打造，依靠语言特有的魅力来强化自身和感染读者。语言到位不到位，是一个关键看点。用散文形式来写历史文化，如果文气过余，弄不好会造成矫情失真；如果太直白，就会造成内容浅薄，难上档次。如何把握好这个度，吴老把捏得很好，作品中的语言往往融思想、情感、学识于一体；集描写、叙述、议论于一身。

纵观全书，其语言有如下三个突出特点：

一、生动鲜活，富有质感，讲究审美效果。如写贞节牌坊，“只见牌坊孤独地立在漠漠的原野上，周围是凋零的荒草，夕阳将它黝黝的身躯染成微红，看起来像陈旧的血迹。”写青桐村的古祠堂，“走进这座祠堂，人们无不惊叹古代建筑的博大精深，看完它的灰塑、木雕，就是读完一门雕塑美学。……百年风雨的侵剥和令人扼腕的人为破坏，虽然给它留下了道道伤痕，但今天它仍像一个雍容华贵的少妇，散发着令人无法抗拒的魅力。”这些描写、议论、抒情，有质感，生动鲜活，审美效果十分强烈。

二、讲究辞采，注重意境，潜心追求语言的音乐性和旋律美。如写响水湾乱石滩中的树木，“高矮参差，碧森森，水嫩嫩，像情窦初开的处女，又明媚，又撩人。”写鹰峰岭百年古木，“它还是又可爱、又妩媚、又年轻，因为春日的光，夏日的雨，秋季的风，冬季的雾，在为它们浓妆淡抹。”写雷阳八景之一的双髻岭，“青山叠翠，四周森林莽莽苍苍。早上雾起，两座青黛的山岗飘浮在雾气之中，朦朦胧胧，缥缥缈缈，时隐时现，似真似幻，仿佛睡意未醒的仙女。”这些描写，运用多种辞格，整散结合，在意境和旋律上都给人以美感。

三、清新自然，简洁流畅，远离雕琢的斧凿。如《菠萝·英利人甜蜜的梦》，无论是叙事或描写、说明或抒情，都清新流畅，毫无斧凿的痕迹；《英利古商埠文化》明快自然，信手拈来，无拘无束。即便是以记叙和说明为主的《不应遗忘的吴氏三乡贤》《英利人的民间宗祀信仰》，亦简洁明快而情思无尽。

当然，这本书也免不了存有缺憾，如对人文方面还可以挖掘更深、更细一点，但瑕不掩瑜，它仍不失为一本好书，很值得我们欣赏。

2009年6月载入华夏文化艺术出版社出版的《雄鹰留下的轨迹》一书，2015年1月3日发表于《湛江日报》，2016年5月转载于《西部散文选刊》第3期，2018年7月将标题改为《读〈雄鹰留下的轨迹〉》转发于经典文学网，收入《风华绝代·经典作家文选》（团结出版社）。

《含羞草》序

近来，陈忠贤老师告诉我，他准备将多年写作的诗词等作品整理结集出版，其书名《含羞草》，并嘱我为之作序，我既感到为难，又不敢推辞。我感到为难，是因为我的知识浅薄，对他的诗词理解不深，担忧写不出什么像样的文章，对他的书影响不好；不敢推辞，是因为他对我非常关爱，我虽然没有上过中学受他教导，但自从与其相识，在学识方面我经常向他请教，一直把他敬之为师，作为学生，老师委托做点事儿怎能不为之尽力呢?我想了想说："陈老师，您出书要我写序，这是您对我的信任，我非常感谢。但我不一定写得好，恐怕有失厚望。"陈老师一听，立即回声道："不要谦虚，你对我比较了解，给我写吧！"我无言以对，只好为之动笔。

陈忠贤老师性格谦和厚道，心胸宽阔，气量很大，待人热情，是个很值得人们尊敬的长辈。他喜爱学问，钻劲很强。高中毕业时，适逢文化大革命取消高考，他便回乡当民师。后来，他参加自学读完大学本科，被调进雷州市纪家中学任教，并先后担任过语文教研组长，校办公室主任等职务。在任教的空闲时间里，他阅读了大量今古名著，尤其是读了大量国学。他对古代诗词研究很深，也很喜爱吟诗作对。记得我当在村中务农时，就听许多人说，每个星期六晚上，或星期日的白天，他几乎都跟校里的老师在一起饮酒吟酌，互相唱酬。到了“四人帮”倒台初期，粤西知名诗人戴明光先生被该校聘为教师与他同事，两人志趣相投，一有空就坐在一起切磋诗艺，有时还邀至家中，炒一二碟小菜，或买些花生共同享受，畅饮豪吟，更是如痴如醉。其时，校里的墙报每期都由他筹稿并抄写，每期墙报，他也根据形势创作一首诗词写上。

1982年春节，海康县文化馆进行诗词征稿评奖，他的诗《雷城晨眺》：“梦厌鸡鸣睡不宁，登高远眺觉神清。烟笼古塔星初没，歌绕新楼日渐升。极目东洋禾浪滚，凝眸南渡汛潮平。山河处处如图绣，多少功夫织得成。”由于意境清新、对仗工整、平仄严谨、韵律优美，深受评委的一致好评，获得了一等奖。此后，他对诗词的创作更是兴趣盎然，有时外出旅游观光，或回老家看到什么有所感悟，都进行沉思创作。

陈老虽然酷爱吟哦，但由于日常事务较忙，至今写的诗词仅200余首。可喜的是，所写诗词不乏佳作。如《咏虾》：“屈里求伸进有功，能伸能屈始为雄。纵观多少经天业，就在伸前一屈中。”此诗虽然写虾，但他在观虾跳跃的感悟中告诉了人们一个大道理——即是一个有志于成就大业的人，必须具备有坚强的意志，像虾一样能伸能屈，屈里求伸才行。是呀，虾要前进必先屈其身而后伸，人有志走向远大前景，缘何不可屈？屈，就是为了积蓄能量发力飞跃！《萤语》：“胸有丹曦夜自明，遨游幽径一身轻。虽栖草底莹如玉，倘集花冠灿若星。兴勃谪仙讥畏懦，性淫炀帝戏飘零。笑他五鼓墙头月，不借阳光魄不生。”此诗写萤火虫的胸堂像红日一样，自己能发出光亮。夜里，由于它能自己发光，可以在小径上自由自在地遨游，栖于草底能如玉那样晶莹发亮，集于花冠可像星那样灿烂呢。萤火虫这么小，凭着自身的能量竟能发光，这真是了不起。可惜的是，大诗人李白却讥笑它畏懦不敢见太阳，荒淫的炀帝竟然叫人收集它在夜里与美人撒着取乐，萤火虫在他们的眼里都得不到正视；月亮虽然很大，但它不借着阳光的照射是不会发光的，它却受百般宠爱、歌颂，岂不是可悲可叹！在《萤语》这首诗中，诗人以优美的笔调高度赞扬萤火虫自我发光，为人类无私奉献的精神，以隐藏锋芒的笔尖痛刺了那些身居高位而无所作为，却喜欢沽名钓誉的人。让人读后不禁拍手叫好。以上两首诗，其中《咏虾》文字朴实，通俗易懂，《萤语》行笔洒脱，文字幽雅，但都饱含哲理，可说是诗中珍品。他的五律诗《临海》："大海风云壮，沧澜荡五洲。位卑低百壑，量广纳千流。浪起鱼龙跃，波平日月浮。纵眸天宇远，顿释稻粮愁"。此作很有唐诗韵味，前两句气势磅礴，可与唐代著名诗人孟浩然"气蒸云梦泽，波撼岳阳城"的诗句媲美。读来如身临其风云激荡中那沧澜奔涌的壮阔大海，可见其状，可闻其声，让人震撼。第三、四句写大海虽然其位低微，但容量巨大，可纳千流，具有深邃的诲人哲理……总的说来，此诗应称得上是一首上乘之作。《含羞草》："红花依绿叶，篱外独怜幽。地僻从吾好，风狂伴众忧。疾邪常带棘，思过每含羞。茎败存残节，腋间尚匿钩。"这是一首寄物抒情诗，高度赞颂了含羞草的美好情操。我想，陈老一生做人喜爱静雅，低调，重感情，常为他人担忧，但对一些不轨行为也生愤慨，甚至写上几句诗进行痛刺，时有过激，又担心伤其感情，却进行自责，诗中的"地僻从吾好，风狂伴众忧""疾邪常带棘，思过每含羞"也许就是他本人的真实写照。

陈老对律诗对仗句的用词都很用功推敲，既瑰丽又生动。如七律《柔情驻客》中的"车推路转峰纷出，舫逐山开江曲流；倒影翠崖频见笑，回青碧水每含羞。"《咏竹》："个个叶摇筛月影，丫丫枝动壮风声；敲棋篁下盘添绿，觅句窗前纸浥青。"回文诗《水乡小咏》："游蝦戏羞波底月，牧翁歌润雨中秋；流霞彩溢飘香果，黛雾烟笼叠翠楼。"《雁塔题名》："毫翰挥时晴日路，华笺展处碍云程；乱眸楼厦如鳞叠，悦耳讴歌应节生。”又如五律诗《渔父》：“静聆潮涨落，惯看日沉浮；杯月三倾尽，水天一网收。”《咏潮》：“朝朝雾里去，夜夜月中来；轻吻滩沙润，狂呼岸石摧。”这些诗的对仗句都特别优美。由此，既让人看出他对诗作的用功提炼，又可见到他文字功底的深厚和学问的广博。

我特别赞赏陈老的咏物诗。可以说，他的咏物诗已达到了炉火纯青的地步。如《咏蜗牛》：“深居贝阙匿真形，籍在农家不事耕。遍龁新苗遗齿印，高标触角冒牛名。宵游只为售奸计，昼伏皆因避骂声。隐却污行藏丑态，但留虚誉倩人评。”《咏牛》：“轭篷绳帐任施能，筚路犁耙奋步轻。筛碎荒丘千亩绿，翻松畲垅满园青。垫糠作褥无须剪，龁草为粮不用烹。闲背牧童横短笛，斜风细雨唱升平。”这两首诗，对蜗牛和牛的不同形状和作为，都写得神形毕至：前者怒斥蜗牛冒着牛的名字，专门糟蹋农家庄稼的可恶陋行，运笔凌厉，入木三分；后者颂扬牛无怨无悔地为人们辛劳的奉献精神，感情真挚，格调高昂，让人读之无不扼腕叫好。难怪《诗词月刊》主编、著名诗人许清泉收到他这两首咏物诗时拍案叫好，立即给他发来信息说：“您的咏物诗很好，达到了炉火纯青的境界，几乎一字移易不得，请多供稿。”

陈老创作的词也颇有宋词的风韵。如20世纪80年代初，我在县文联和纪家区公所（现纪家镇）党委、政府及文化站的支持下，组织成立了“纪家萃文文学会”并创办了会刊《花蕾》。当《花蕾》的创刊号发刊时，他写了一首《鹧鸪天·花心——为〈花蕾〉创刊而作》：“正是群芳竞艳时，呆牵春手挽春衣。痴心惟恐春归去，急趁风和放几枝。苞大小，蕾高低，含羞吐馥笑相依。他年遍地花光灿，尚赖秋翁洒汗滋。”此词将《花蕾》创刊号中的作品比如春天里含羞吐馥的花蕾……让人读来恍如见到一群羞涩而多情的少女挽着春衣姗姗而来。其立意新颖，意境清新，文字优雅，耐人寻味，真不愧为佳作！又如《风流子·春游雷州西湖公园》："东君如有意，调脂粉，巧扮西湖容。看缀径娇花，浓香滞露；护堤嫩柳，淡绿扶风。迷人处，古祠梁舞凤，新榭栋蟠龙。苏子亭前，遥吟俯畅；苏公像下，肃立恭躬。 忆当年雨骤，频惊那，碎瓦断壁残红。却喜阳春有脚，旭日曈昽。听芳苑游人，咸歌政善；前朝谪臣，笑慰时雍，也伴骚人贾客，同颂'三中'。"其内涵深蕴，遣词高雅，不逊于宋代大家手笔。

这本作品集陈老将其命名为《含羞草》，不仅体现了他谦虚做人的本质，同时也含其有的作品尚欠提炼的谦意。但是，一本书有那么多可圈可点的佳作，我认为已实属难得。为此，该书的出版是很值得庆贺的！

是为序。

2015 年 12 月 19 日发表于《湛江日报》，2016 年 5 月转载于《西部散文选刊》第 3 期，2017 年获中华文艺第二届全国文学创作大赛金奖，收入《百花齐放·文学大赛获奖作品精选》（团结出版社），并于 2018 年收入《文学经典·诗文精选》（北京燕山出版社）。

《渔港情》序

莫永英作品集《渔港情》即将出版，我感到很高兴！

莫永英是我多年心交的文友。他原是雷州一中（当时称海康一中）的高材生，由于当时停止高考，他念完高中即回家乡的乌石中心小学当民师。1977 年，恢复高考，他考入海康师范中文专业班就读。1982 年，他又报读雷州师专（现湛江师范学院）中文函授毕业。不久，他被调入中学任教，接着又任一间初级中学副校长。由于他经常有文章见报，乌石镇领导求贤若渴，便要求上级将他调入镇里任镇党政办主任。他就任后，不仅将办公室有关工作做得有条不紊，还不时在忙里偷闲搞文学创作，或写报道，在县、市、省的报刊发表，并多次获奖。

自 20 世纪 80 年代中期起，我在《湛江日报》上常常读到他的文章，但真正与他相识是在 1994 年雷州市第二届文代会上。他人才俊秀，谈吐大方。从说话中，得知他是个刚正不阿的人，加上他的文笔老辣，我对他很是敬重。初次相识，他就给我留下了深刻印象。因此，我在文艺界里一直把他当师兄看待，平时相遇或通电话都不以职务称谓，而是叫他“永英兄”。

文学创作方面，永英兄在雷州是个创作骨干作者。2003 年我到文联任职，由于文联分工我主管文艺创作，我一上任就与作者联系，鼓励他们积极创作。此时，永英兄已经为退，在创作方面思想有所消沉，许久没有作品见报了。我觉得一个骨干作者，由于退休而抛弃笔杆，既感遗憾又可惜。为此，我第一个就去电向他问好，并恳请他对我的工作给予支持，鼓励他振作精神坚持创作。在我多次的动员下，于2006年雷州市文联与雷州市人口和计划生育局联合举办的“建设社会主义新农村‘计生杯’报告文学创作大赛”中，他终于又举起笔来。当时，他写的报告文学《渔村女支书》获得一等奖。此后，他的文章又时有见报……

永英兄在写作方面可说是个多面手：小说、散文、报告文学、杂谈、通讯等都写，而且都写得很好。

“文学是社会生活的反映，社会生活是文学的唯一源泉”。他出生在沿海农村，善于深入生活，体验生活，熟悉生活，善于捕捉生活中的一个个亮点，一幅幅美好场景，作为自己创作的素材。因此，“海之生活”就成了他取之不尽，用之不竭的创作源泉。他的作品大都是写家乡的人和事，读他的作品就如身临其境，如见其人，亲历其事，形象生动，亲切感人。如《海钓》写的是乌石人在艰苦的岁月里，他们为了生计，大人和小孩一起到大海的礁石上钓鱼，既经历着垂钓的乐趣和收获的喜悦，也饱尝了人生的艰辛风险，读之，使人兴趣之余，无不产生慨叹与同情。《搬罟》写的是乌石人闻号搬罟赶海捕鱼的事。他将整个捕鱼和收获的过程都写得细致入微，生动活跃。此外，以家乡渔港为题材而写的尚有《渔家的变迁》《娟嫂下海》《乌石港素描》《渔港黄昏》《渔村晨曲》《海滩拓荒人》《蜜月》等。这些文章都充满生活气息和时代感。小说《承包》写的是赡养祖母的事。前几年由于祖母还能干活，大家为了让她带孩子，做家务，都轮流着养。她年纪大了，干活艰难了，儿子、妯娌就互相推搪。最后订下“君子协定”每月给养制。以致祖母生活颠沛、凄苦。二婶看在眼里，疼在心里，便将老祖母“承包”下来赡养。此作既刻画了农村妇女二婶善良、仁慈、具有宽大胸怀的美好形象，也写出家乡在党的改革开放政策中，群众生活的美好变化以及雷州人爱老尊老的精神内核和中华民族的传统美德。《妻教》是写一位青年妇女对染上恶习的丈夫的几番容忍和耐心劝教，最终使丈夫迷途知返的故事，让人读之深为感动。《渔村女支书》把女支书黄雪芳在艰难的日子里如何带领广大干群艰苦创业，走上致富道路的事迹，写得绘声绘色，可歌可泣，我由不得为其发声赞叹。写人的文章尚有《爱之悔》《神笔》《父亲与犁铧》《奇女子阿霞》等。如果说前面的写海文章是一幅幅生动而喧闹的耕海图，那么，这些写人的文章就是一张张生动而感情丰富的人物画，无不引人入胜。此外，其他杂文，也充满雷州风味，让人读来倍感亲切。

《渔港情》可以说是一本乡情味浓浓，乡土味也浓浓的书。读之，如身临其境，目见其人，扣人心弦。为此，我一口气将其读完。希望永英兄继续努力创作，也相信他会写出更好的文章！是为序。

2016年1月2日发表于《湛江日报》，2016年5月转载于《西部散文选刊》第3期。

《林胜作品集》序

林胜兄没上过学堂，却不仅当教师还是文艺家、楹联家，被称为中华吟坛嵌名妙手，并是享受国家特殊补贴的广东省非物质文化遗产代表性传承人，早几年出了一本书，影响较大，我对他无比敬佩。

林胜兄对我说，他准备又出一本书，书名是《林胜作品集》，要我写序，我听了说，胜兄，你出书固然是好事，我为你庆贺。但我写序不够分量，对你的书影响不好，还是请个大名人写吧！他却非常诚意地说，我就喜欢你这个不够分量的人写，别推了。近日，他叫人将书稿传到我的邮箱，再次嘱我为之作序，他对我的信任，实在令我感动。

我与林胜兄相识缘于20世纪80年代初期濬元雷歌研究会（现为雷州市雷歌研究会）的成立。那时，我在乡下教书，经著名雷歌作者邓景星先生推荐，参加了这一民间组织，开会时认识他。他为人诚实可亲，很是健谈，在谈话中我对他的人生及其家境得到深入了解。他出生于书香门第。他的父亲林布威先生是中山大学的高材生，抗日战争爆发后回家任小学校长。雷州是雷歌的发祥地，经常举行雷歌大赛，1941年，有一期大赛以《女子从军》为题，他的父亲获悉便随手写了一首，投出后被评为冠军，获得奖金300大银，轰动一时。此后，他常常参赛并有所获奖，其中不乏夺冠之作。此公既不贪财又不贪官，他将所获得的奖金送给游击队助其抗日，当时的国民党海康县长陈桐和书记长李祖舜因慕其才，曾多次到他家动员他担任海康县教育长，他都婉言谢绝。

数年后林布威先生身亡，当时林胜兄仅11岁。由于生活所迫，母亲将小妹送给人养，往后杳无音讯。不久，母亲也不幸死亡。他和6岁的弟弟林景利无亲可依，各奔东西给人家收养放牛。家运不济恶事重生，弟弟12岁也被牛车撞死。他更是苦不堪言，常年以泪洗脸。在少年时期，他一直当佣工，不管多苦多累，为了生存无活不干，过着颠沛流离的生活。在反右倾时期，人们说他是官僚子，再也没谁敢收养，他只好回到自己的村里。此后，被生产队派去采煤、挖运河、修水库等，尝尽了人生的甜酸苦辣。

林胜兄自幼聪明好学，他虽然没上过学堂，但小时在家里受父亲教导，10岁就念完了国文8册，在给人家放牛的数年里，他也常到学校教室的窗外偷听，后来又坚持看书学习，曾读过《三国演义》《红楼梦》《幼学琼林》《古文观止》等大量古典名著，从而学会了很多知识。

林胜兄对雷歌特别爱好，10岁开始学会唱歌，13岁能口头对唱。他曾唱过130多本雷歌册。唱多了即“熟能生巧”，于是他写雷歌，编雷剧都能得心应手。他17岁参加做水库当报道员，26岁将京剧《智取威虎山》移植为雷剧，被墨城大队宣传队采用演出，深受群众好评，后来被请到白沙、附城、杨家、唐家等公社的乡村演出。由于这本戏的移植和导演都是林胜兄，他又当反角主演座山雕，便有人控告他，说他有意变相要群众向他跪拜而被抓去批斗。不久，他和几个群众被大队派去湛江购买柴油，在“一打三反”运动中被当作是长途贩运，又被抓去坐牢。

林胜兄的前半生虽然受尽了折磨，但“四人帮”倒台后，他终于拥抱到了春天，并在这美好的春天里大显身手。1977 年，他被聘为教师，在一间学校里担任小学三年级班主任兼教初二的地理和历史。仅一个星期，他就将一个最乱的班治理为标兵班，年终考试也成为成绩最好班，深受群众赞赏。

改革开放后，他有幸成立了一个温馨的小家。为了生活，他只好放弃教学另谋职业。不过，他干哪行都忘不了学习和写作。1983 年，海康县文化馆举行雷歌征稿比赛。其时，体制正处于转型时期，国家比较困难，政府为充实国力，发动群众购买国库券。他即以此为题材写了一首歌：“买一百元国库券，回给老婆诟一身。她讲咱是万元户，该得带头买千元。”其歌题是《诟》。此歌乍一看前两句，似是老婆骂他不该花钱买国库券，但后两句笔锋一转道出了真情——不是诟他买，而是诟他不带头多买。好一个“诟”字了得，大大地提升了此歌的主题内涵，其构思十分巧妙。为此，评委们对此歌一致赞赏，获得了一等奖。此后，他几乎期期歌赛都参加，也几乎期期获奖。他至今写歌上万首，其中不少佳作。他不但善于写作雷歌，也善于创作雷剧并屡有获奖，其楹联创作更是硕果累累，求赐者纷至沓来。

《林胜作品集》是林胜兄创作的雷州歌组歌、对联、诗词，以及雷剧代表作等的综合作品集。我浏览一下他的书稿，有的作品写得实在感人，让我禁不住拍案叫好。如雷歌《说忠奸》，作者以饱含敬仰之情，雄浑的笔墨赞颂了历代忠臣；以极其愤怒之心，凌厉的笔锋鞭挞了历代奸臣。其歌遣词造句语落千钧，让人震撼。《话沧桑》，从清朝衰落写起，至胡锦涛主席执政为止的世事变化，其歌词朴实流畅，述事明了，是一篇叙事歌的佳作。从以上两篇作品中，可看出林胜兄是个淏谙历史，博览群书之士，同时，也表现出他具有相当深厚的文字功底。《自传》，是作者写他自家以及自己前半生的不幸遭遇，其歌词可以说是字字沾血，句句滴泪，让人唱之感触至深，肝肠寸断……书中佳作举不胜举。

古言：欲成大器者，必先苦其心志，劳其筋骨。我虽不敢说林胜兄是大器，但他也不是小器。小器能获得广东省非物质文化遗产代表性传承人的荣誉称号和国家的特殊补贴吗？应该说，他能获得此项殊荣，自有过人之处，是个很有志气苦学的人，是个奇才！不是么，天下有多少人没上过学校，能获得如此成就？

此书题材广泛，体裁多样，内容丰富，笔力雄健，乡土气息浓，很值得一读。希望作者继续努力创作，为雷州文化事业多做贡献。

是为序。

2015年2月26日发表于《湛江日报》，2016年5月转载于《西部散文选刊》第3期。

《昆仲吟草》序

蒋琮先生去年就想将他与兄长蒋琼先生的诗词合集出版了。他叫我命其书名和写序，我当时说，既是兄弟诗词合集，书名就定为《昆仲吟草》吧。昆仲为兄弟，吟草乃谦意，你看如何？他说，好！

我大约是在六十年代末就认识蒋琮先生的名字了。那时我在家务农，有个在纪家中学读书的朋友告诉我，纪家中学有个职员叫蒋琮，他在写一部长篇小说。我听说写长篇小说，就觉得他是个了不起的人，很想去拜见。其时，我写了8句诗不诗、文不文的信托朋友带给他，也许他以为我是长辈给我回信道："金书玉言之至，悉汝才华之余。小辈博学之浅，欲有机之遇。瞻望多之指，长夜寐之思。各在天之隅，四海皆兄弟。"回书言简意谦，字迹娟秀有神，我更是仰慕不已。但是由于种种原因，当时不能前往拜见，直至我到纪家镇政府工作后，一次，他到镇来办事才得以见面。从此，我叫他琮叔。

经了解，琮叔读雷州师范毕业，其初，分配在当时的海康县禄切师范学校当职员。不久，适逢南渡河水利工程开建，他被抽调到该工程指挥部负责宣传报道工作。工程完成后，教育局安排他在纪家中学当职员。此后，他或在中学任教，或参加社教运动，最后走进了镇党政部门工作。在镇里，他历任过党政办、司法办、调处办、社会治安综合治理委员会等部门主任和人大秘书。他在岗位上工作任劳任怨，勤勤恳恳，被人们称为老黄牛。

退休后，琮叔爱上了古典诗词。当时，他向一位长者请教，那位长者耻笑他说，你连诗的平仄韵律对仗都不懂，学写什么诗呀？他不但没有气馁，反而坚定了他学诗的意志。经过多年的努力，他写下了很多佳作。如《送学友谢立诗》：“无涯学海济同舟，涉世红尘岁月流。拼搏人生登彼岸，家园退守已残秋。”写的是他与同事们曾在无涯的学海里同舟共济，在事业上不停拼搏，但岁月不饶人已经苍老了，只好退守家园。咋一看，此诗似有些消极，但是事实如此，读来颇有滋味。《月夜行》：“明月当空送我行，迷茫大地望不清。山中群鸟归巢急，树上多虫落魄鸣。日月经天千古转，江河流水几时停？华年可恨空虚度，白发侵人业未成。”此作写他在朦胧的月光下行走，觉得大地一片迷茫，看到山中急急归巢的群鸟，听着树上无数寒虫长鸣，从而想起“日月经天千古转，江河流水几时停？”同时，自叹其“华年可恨空虚度，白发侵人业未成。”此作柔中见刚，颇有古诗风韵，并充满着一股热烈向上热情，不愧是一首好诗。我尤其欣赏他的《贺杨英兄吟稿问世》：“家居世代属邻缘，岁月迁流情意绵。常赴诗山寻雅韵，泛游学海赋新篇。青春汗洒栽桃李，老耄挥毫追哲贤。佳作于今欣付梓，芬芳翰墨永流传。”说明自己与诗友是世代和睦相处感情至深的邻居，对他在教学中不断地学习奋进的精神给以肯定，出版诗集感到喜悦。此作叙事自然，语句幽雅可见作者的真功，尤其中间四句，对仗工整，遣词高雅，没有很好的文字功底是写不出来的。

琮叔的兄长蒋琼也是一个颇有学问的人。据说他多年来在教育战线上尽职尽责，孜孜不倦。曾当选为县人大代表，可见他是一名优秀教师。他对古诗也很爱好，在教学之余和退休后写下了许多诗作，其中有的诗也写得很好。如《忆苦》：“静坐无聊忆往年，寒酸窘困苦常咽。衣无蔽体谁怜惜，食不充饥自泪涟。茅舍一间多户住，板床半截七人眠。天公若有公平在，岂赐吾家受苦煎。”这是他的晚年回忆之作。从诗中可见他少年时期的家庭生活是非常艰苦的，让人读之怆然欲泪。《慈母》：“功大恩深我母娘，含辛茹苦理家常。壮年丧偶身居寡，弱体当家柱脊梁。子女饥饿嗷待食，家庭贫乏叹无粮。终年佣雇养家口，烈日严冬甘自尝。”此作将一位含辛茹苦打理家务尤其是壮年丧偶后的母亲，为把子女养育成人，终年佣雇，甘愿饱受烈日严冬煎熬，挑起家庭重任的高大形象写得感人至深，让人肃然起敬。其诗句下笔深沉，流畅自然，耐人品味，不愧为佳作。

琮叔与兄长蒋琼在艰难的家庭环境里能够刻苦学习，走上工作岗位，并在诗词写作方面有所成就——许多作品获奖和收入有关书刊，这是很不容易的。岁月不饶人，琮叔的兄长蒋琼先生已经驾鹤西去了，琮叔尚健，他对诗词写作仍然痴心不改，相信在他的努力下，必会写出更多佳作！

是为序。

2018年4月8日写于书香轩，5月3日发表于《湛江日报》。

情到浓时总是诗

——李日兴其人其诗

我20世纪80年代初期认识文友李日兴，算起来我们的交往已有20多年。

那年春节，海康县（现雷州市）举办征文比赛，我有两件作品获三等奖，李日兴的诗《乡村即景》获一等奖。他那首诗是以姑娘们在溪边洗濯衣裳，反映乡村群众在改革开放初期的生活、精神风貌的。诗虽寥寥数句，但让人读来觉得画面清新，情景交融，受到读者的好评。

我当时不知李日兴是何许人，直到颁奖领导委托我帮他代领奖品带回，才知道他与我是同乡，年仅20岁。他这么年轻就在100多万人口大县的成人作品大赛中获得了头等大奖，我实在感到有点惊讶。

此后，我与他常有往来，交上了朋友。我们走在一起，所谈的话题总离不开文学。

1984年，我在县文联领导的授意和纪家区公所（现纪家镇）的支持下，组织成立了“萃文文学会”，并请他参加。在县文联刘拔主席的帮助下，我先后请了知名作家吴茂信、陈堪进等老师前来讲座。大家听了讲座后，创作水平都大有提高。尤其是李日兴，他不但在文学会的征文大赛中常获一、二等奖，还经常在市级以上报刊发表作品，成为县里青年作者中的佼佼者。翌年，他跟文友符琳到湖南的九嶷山大学就读，远离了家乡，但他依然忘不了我。他把我当兄长看待，常来信问候并谈及文学创作，有时还寄回他与符琳主办油印的诗报《未名湖》或几位学友合编的诗集。可见他是一个很注重感情和痴迷文学的人。

他大学毕业后，在中学教过书，在农场当过办公室主任，在镇圩开办过小厂，后来又走进报社任记者编辑。多年来，在社会上艰辛地摸爬滚打，不但丰富了他的见识，也砻利了他的笔尖。我特别钦佩他具有敏锐的眼光和敏捷的思维能力。他走到哪里，都能找到诗题。情到浓时总是诗，信哉斯言！他写诗之余，还几次把我个人的创作情况写成报道寄到市报和省报发表呢！

从李日兴的诗中可以看到，他不论是写人写物，或抒情咏景等，字里行间都表露出他那丰富的思想感情。读之，有的令人激情涌动，有的令人柔情萦绕，有的让人默然沉思。如《涓流》："从岩石底下钻出/敢问　路在何方/过密林　带一串鸟语/过山野　捎一路花香"；《又一次整理行装》："登高而歌　看大江东流去/岸边的白杨　正绿向天际/抖擞精神　又一次整理行装/登程去　那怕是天涯孤旅"。其诗句的确是让人读之感慨激昂，荡气回肠，如不是诗人具有充沛的思想感情和激情是写不出来的。又如《访友不遇》："访友友不在/人在莽莽森林中"，"带来这瓶美酒/看来难得对几盅"；《赠文友张云玲》："谁说梦如烟似雾/看明天花团锦簇/难忘的雨中行/让我认识了通往草原的路"。这些诗句都蕴含着浓浓的友爱真情。诵之如饮香醇，芳香可口，让人陶醉。再如《知青小屋》："知青们返城去了/像白云飘去渺茫/小屋在风雨中歪斜/岁月把它默默埋藏"；《虎门炮台怀古》："芳草萋萋/掩埋不了那段耻国辱民的岁月/绿叶翩翩/挥不去的是烙在心头的疼痛/抚摸着关天培血染的炮台/我久久凝视着这如铁的雄关”，这些诗句读来，让人慨叹不已，无不勾起对历史的沉思……

李日兴的诗作，不论是新诗或散文诗都带有古体诗词的滋味：凝炼、含蓄，颇具音乐感，且意境清新，情感浓郁。有如此才情，深信他在今后的创作上必会取得更喜人的成就！值他的诗集《坡上青青草》出版之际，作为朋友，我闲聊几句，借此祝贺。

2007 年 12 月 21 日写于雷州书香轩，发表于《雷州报》，收入《坡上青青草》一书，2016 年 5 月转载于《西部散文选刊》第 3 期。

一部诞生在红土地上的神话故事

——漫谈作家张育斌与《石狗记》

2003 年 9 月，我调入雷州市文联工作，不久便跟张育斌同志相识。当时，他正热衷创作，偶有文章见报。由于对文学创作的执着追求，他自从认识我后，晚上常常到我宿舍来跟我坐谈，所说的话题几乎离不开文学。就在这倾心相谈中，我们结下了深厚的友谊。为此，在平时的交往中我都称他斌兄。

斌兄原在海康县（现雷州市）水产局养殖公司冷冻厂任车间主任。体制改革后，他失业下岗，为了生计，只好在车间里扛鱼干苦力活。由于他酷爱文学，发奋学习，自 2002 年起开始写作，至今不但在各级报刊上发表了许多作品，获得了许多奖，而且出版了民间故事集《半岛传奇》，长篇小说《吴广誉与陈瑸》等。他的作品取材来自家乡雷州，具有浓郁的乡土气息，深受读者的喜爱和好评，人们都昵称他为“草根作家”。

斌兄的新作《石狗记》，可以说是一部以雷州石狗为题材，反映雷州半岛宗教信仰与民俗风情的神话与现实较完美结合的佳作。

雷州原属南蛮，昔时人烟稀少，瘴气弥漫，野兽成群，居民常遭邪气侵袭，野兽威胁。传说天上的王帝得知，便派“石敢当”（即狗的化身）下凡为保护神。因此，雷州人便将狗作为吉祥物，雕刻成石像奉祀。千百年来，雷州人对其特别崇拜，不论是城门官道，城楼垛口以及官府衙门或乡村路口、家门、水口抑或农田、荒山，甚至有的墓旁都可以见到或蹲、或卧、或坐等姿态各异，形象逼真，造型古朴，神采奕奕，栩栩如生的石狗。这些石狗，有的双目圆睁、咧嘴翘首，远视前方，显得很是机警威武；有的憨态可掬，温柔训顺，显得很是和蔼可亲，让诚实善良的人无比崇敬，狡诈邪恶的人无比畏惧。

有关石狗的记载最早见于《山海经》，后在东汉应劭著的《风俗通义》、范晔《后汉书·南蛮传》、晋代干宝《搜神记》等史籍均有记述。近代在瑶、畲、苗等少数民族中还流传着关于盘瓠的传说，并保存有《祖图》（狗皇史图）、《狗皇歌》等，但都是三言两语而已。为传播雷州石狗文化，斌兄不辞辛劳，走遍雷州半岛的山水田间、乡村圩镇，并涉足于海南岛及毗邻广东的广西北海等地部分瑶寨、苗乡以及黎、壮等少数民族村落，搜集古往今来流传于民间的石狗传奇故事，借鉴《封神演义》《西游记》《济公》等神话小说，将其内容融化糅合，开阔视野，拓展思维，通过多方位、多角度的裁剪垫铺和联想展开创作，历经一年多的努力，写出了这部长篇神话小说《石狗记》。

《石狗记》由御医从高辛皇后耳里取出一条虫子变成龙犬写起，接着写龙犬随二郎神上天被玉帝封为哮天犬，曾在平息孙悟空大闹天空中建立大功。二郎神应王母娘娘之邀赴蟠桃会，哮天犬因寻觅二郎神误吞太阳，遭贬下凡，被东合州（雷州）一姓陈名鉷的猎户收养。随之狗获石卵，卵生陈文玉任雷州刺史仙逝后与狗登天。狗被玉帝封为“石敢当”大神，命其再次下凡，为民间匡扶正义，驱除邪恶，从而演绎出许许多多有关石狗为民锄奸除恶，扶危济困的传奇故事。故事悬念迭出，情节跌宕起伏，扣人心弦。我尤其钦佩斌兄在作品中插进一些风趣幽默的雷州方言，如“替人死啦!”“乞食相争巷”“脸乌乌须毵毵”“老鼠生仔做猫福”等使作品显得妙趣横生，读来倍感亲切，爱不释手，非一气读完不可。

《石狗记》的字里行间，无不浸淫着斌兄的殷殷心血，拳拳赤子深情，可以说，这是他奉献给读者的一份富有“雷文化”特色的厚礼，很值得我们为之庆贺！

2012年12月18日写于雷城书香轩，原载《石狗记》一书，2015年1月17日发表于《湛江日报》，2016年5月转载于《西部散文选刊》第3期。

仰咏低吟皆抒情

——解读诗人梁宝琦及其作品

梁宝琦老师的诗词《漱芳风韵集》即将出版了，要求我写一些文字放进书里，我作为幼辈，觉得推之不恭只好从命。

我跟梁老师相识于20世纪80年代初期。那时，文化刚刚复苏，各地都创办诗联社开展诗联大赛，我虽然年轻，亦喜欢涂鸦。一天，我到纪家圩黄秀增先生的家给吴川县诗联社投对联稿，与一个年约五十、身材魁梧、文质彬彬的人相遇。黄秀增先生给我介绍，他是梁成久先生的孙子梁宝琦老师。我从一些书本里得知梁成久先生是民国初期的国会议员，任《海康县续志》总纂，著有《漱芳园诗钞》三册和《读史随笔》《诗人流派征评》等，并写得一手好字，当时雷州人以获得他的墨迹为荣，不少祠堂庙宇的对联都是他写的，曾被誉其墨迹写遍雷州，是雷州大名鼎鼎的文化人。一听说他是梁成久先生的后裔我肃然起敬，即时上前跟他握手并亲热地攀谈起来。于是，我便与他成了忘年之交。

梁宝琦老师不愧为书香门第的后裔。他的知识虽然比不上祖父的渊博，书法也比不上祖父的高雅，但他自小喜欢唐诗和书法，并受其祖父诗书的感染，其诗词和书法作品在有关大赛中屡有获奖。应该说，他在诗词创作方面是颇有研究的。三十多岁时，他参加抗洪和雷州半岛青年运河的开挖中，就有诗作在《粤西农民报》和《南方日报》副刊发表，其中《抗洪》还获得国庆十周年征文奖。此后，他的诗情一发难收，不论身处逆境或在祥和幸福的日子里，都坚持豪吟畅咏，写下了大量诗词作品。他写的诗词平仄严谨，对仗工整，韵律优美，如《登望海楼》："拾级登攀石径幽，芳菲时节到名楼。环山翠竹鸣黄鸟，吻岸清波戏白鸥。狮子双峰云树绕，楞严古寺镜湖浮。曲桥九转人何去，身倚雕栏看画舟。"此诗既讲究对仗、平仄，韵律也很优美。作品题材广泛：花草树木、人物禽兽、政见时事、山水建筑等等无不入诗，其中有许多佳作，让人读来深有感触。如《竹子》："竹子青青十里山，狂风暴雨任摧残。左颠右扑腰难折，立地身经百岁寒。"此作是作者在文化大革命时期，无端遭迫害，顽强地挺了过来后，看到竹子有所感触而写的。其诗虽然不长，仅是寥寥数句，但是，既写出了竹子的坚韧本性，又从中道出了作者饱经风霜的坚强意志，堪称是一首借物抒怀的豪吟。《咏蜘蛛》："千丝万缕腹中抽，横结纵联有大谋。全仗层层关系网，一方墙角作王侯。"此诗是作者借咏蜘蛛结网对那些拉帮结派，独霸一方，作威作福，欺世盗名的人的无情怒斥，不愧为咏物佳作。《晨读》："几度风霜寒梦醒，残篇还读慰怀情。花园摧毁家虽破，书卷焚烧墨尚馨。灌圃畸人心血在，漱芳风韵子孙承。临窗远眺三元塔，耸立南天曙色明。"从此作可看出作者的家庭以前不是一个寻常的书香人家。虽然历尽了劫难，但冬去春来，终于迎来了温暖曙光，祖辈的漱芳风韵得到了子孙的传承，使他感到无比慰藉。这是作者对自家经历的真实写照。同时，也是一个时代变迁的缩影，让人读来感慨良多。《西湖雅集》："西湖夕照晚霞红，九曲桥头百感中。宰相祠堂寻寇井，澹元书院觅贤踪。流萤闪处诗题壁，飞鸟投林仙卧松。几代贤豪流放处，今宵亭榭醉骚翁。"这是作者同诗友们欢聚于雷州西湖时的感兴之作。该作可以说是作者用生花妙笔描绘西湖，发怀古之情，很有唐诗韵味。《故乡新韵》："楼头饮罢醉难眠，小院风凉听晓蝉。农友提篮催起步，院中雨过荔枝鲜"；《荔枝园》："来园啖荔枝，兴咏岭南诗。口味香甜润，雅怀豪放奇。暮蝉吟唱晚，明月笑归迟。佳果名贤句，情思不尽时"。此两诗写的是农家生活小景，虽然是作者信手拈来之作，但其诗句朴实甘润，情景相融，生活气息很是浓郁，简直是两幅美丽的乡村画卷！像以上佳作不胜枚举。

梁宝琦老师的《漱芳风韵集》虽然不是字字珠玑，句句俱佳，有些作品尚欠提炼，但从整体来说还是一本好书，是值得人们欣赏的。

2013 年 9 月 16 日写于雷城书香轩，收入《漱芳风韵集》一书，2014 年 12 月 26 日发表于《湛江日报》，2016 年转载《西部散文选刊》第 3 期。

雷州歌坛一才子

——邓景星及其作品

邓景星先生是首届“十佳”雷州歌作者之一。他在雷歌创作方面成果颇丰，其诗与歌词、楹联等也常有佳作，声望很高，加上他为人诚实，待人热情，乐于助人，很受人们尊重。为此，在雷州的文坛上，不论男女老少都尊称他为“邓伯”。

我记得与邓伯相识是在1984年5月初旬的一天。那时，濬元雷歌研究会（现“雷州市雷歌研究会”）正准备成立，我到县文联来，他一看见就与我打招呼并邀我参加。此后，我与他时有相聚，其话题也离不开雷歌。

邓伯可以称得上是当今雷州歌坛上的一个才子。2003年9月，我与何安成主席到文联任职，为抢救雷州传统文化，在上任后的前几年，文联连续举办姑娘歌“擂台赛”或“歌王歌后大赛”。每次歌赛，我们都按照协办单位的要求，安排穿插一些表演唱节目。这些表演唱节目既要正面宣传党的相关政策，又要有姑娘歌演唱的风味，其歌词很是难写，但每次他都能与我们编写得很精彩，演员在台上演唱，观众无不拍手叫好。

最近，邓伯打算将多年发表、获奖的作品结集出版，嘱我作序。我虽然知道自己知识浅薄，写不出什么好的文字，但是由于我们是多年相交的至诚文友，推之有失于人之常情，只好答应。

邓伯自小喜爱文艺。他在白沙小学读书时，就读了臧克家、韩笑、张永枚等很多名家的诗，以及雷州文化名人刘拔、宋锐等收集编辑的历代雷州歌佳作集《雷州歌篮》《情义歌》等，并从中悟出了诗歌的写作规律，很小就学会了写作。他在读小学四年级时写有一首雷歌："选好蒲草情无限，十指当成绣花针。尼婆怀念毛主席，席心绣个红太阳。"其歌题是《绣》。此歌既写了编织蒲席的具体过程，又写出编织蒲席人物的具体形象，并表达了她怀念伟大领袖毛主席那浓郁的思想感情，实属一首诗意浓美，思想性很强的雷州歌佳作。当时，此作被收入《白沙小学优秀作品集》，刊出后在校里传唱一时，深受全校师生的高度赞赏。从此，他一有空就阅读或写作。进入海康二中读书时，学校领导看见他会写作，字又写得漂亮，学校办的墙报大多让他写稿和抄写上壁。高中毕业后，他意识到雷州歌是雷州人民最喜爱的歌，便主攻雷州歌创作。1970 年至 1976 年，当时公社和县里宣传有关政策，如扫盲、卫生、计生、征粮、征兵等大都以雷州歌演唱的方式进行宣传，他一有空就按照报纸的社论或中央的文件精神进行改编雷州歌，供人们演唱和广播宣传。因而，他的雷州歌创作得到了长足的进步。1975 年与 1976 年，他在《湛江文艺》分别发表了《学习大寨好经验》和《农业学大寨，红旗倍鲜艳》雷歌两篇，每篇 20 多首。随之在《湛江日报》连续发表组歌《新生事物赞歌》《果林献歌》和单首歌《天亮之前献条河》等，并在《广东农民报》发表了一些猜谜歌。改革开放后，邓伯对雷州歌的钟爱更是热情高涨——他不仅创作出了大量雷州歌作品，还跟何希春等文友相继发起创办了白沙歌联社、濬元雷歌研究会和湛江市雷歌研究会，并参与编辑两会的会刊《山稔花》《雷州歌声》，以及雷歌作品集《海康颂》《新风赞》《雷州歌大典》和制作《雷州第一碟》等。此外，他还移植名剧 80 多本，供有关职业雷剧团和市专业雷剧团演出，并参与摄制出版雷剧《张文秀》

《还阳公主》《哑女告状》等10多个碟片，创作演唱小品20多个，为雷州地方特色文化的研究与传承发展，起到了一定的推动作用。

多年来，邓伯写作的雷州歌数以万计，其获奖作品也数不胜数，仅一等奖的就有30多首，其中《写福字》荣获21世纪首届“雷歌状元赛”“歌状元”奖。同时，他的诗作与对联、音乐歌词等作品也常有获奖。他的文化功底深厚，思维活跃，不论创作什么体裁的作品，其构思都很巧妙，立意也很高，遣词用字优雅，并具有深刻的内涵，耐人寻味。如雷州歌《天亮之前献条河》：“月亮笑着对我讲，一年怎能大变样？肩上扁担大声答，天亮之前献条河。”此歌虽不写人，只写月亮与扁担，但不难看出这是以拟人化的写作手法、豪放而夸张的笔调，写出了当时群众夜间突击开挖运河的雄心。又如《田野欢歌》：“老汉抛去驶牛绳，骑上铁牛耕田坡，犁去穷根填苦海，开出富途万里长。”此歌前两句写的是农民从原始的农耕方式转化为现代机械化耕作的喜悦心情，其笔调极度烂漫；后两句以隐喻而夸张的诗化手法，写出了时代给农家带来的美好变化。全歌遣词用字很是讲究，尤其是第三句“犁去穷根填苦海”，颇见功夫。还有他的《情哥情妹》：“情哥情妹脚步稳，塞海养鱼献青春，风雨同舟情意厚，鱼也满船情满船。”组歌《果林献歌》中的“放眼果山心高兴，千岭万峰起歌声，衷心祝贺国庆节，满山飘甜满山情。”《英利揽胜》中的“雷歌首首唱英利，名山磨墨田捧砚，一步印出一脚韵，韵在连环宫里迷。”这些歌都充满着诗的韵味和美的意境。也许出自邓伯为人文雅的本性，他即使是写讽刺歌也讲究其雅。如他写的《用人唯贤》：“谁人还敢有意见，我是唯贤不唯亲，任用贤妻和贤弟，怎讲用人不唯贤。”此歌乍一唱来，文绉绉的，但细敲其意犹如一把利剑，刺进了用人唯亲的糊涂官员胸膛。可谓是绵中藏针，其构思非常巧妙！他的诗和音乐歌词也都洋溢着优美的韵味和很深的意蕴，如诗《回故乡数新景》：“……四村巷口的小叶榕迎来了大棕榈／生态公园又增添了新的风貌／五谷丰登是昔日祈求温饱的底线／多种经营夯实了今日的致富大道／听／节能灶旁的水龙头情话滔滔／七个音符谱就老百姓一张张祥和的笑靥／建设新农村一浪更比一浪高……”；《清风林里摘诗笺》“……披绿挂翠的花架／映衬出清风林那大度的鲜艳／清风亭高高兴兴地编辑新诗／向天下诠释尊严／木棉／青莲／紫薇／以崇高的气韵为清风林精心打扮／扑入清风林的心灵啊／摘到了一叶叶廉洁的诗笺”；音乐歌词《雷州有座鹰峰岭》：“雷州有座高高的岭／她的名字叫鹰峰／雄鹰鸟背来美丽的故事／展开双翅气贯长虹／水牛耕种着传奇／山脚下良田万亩沐春风／啊／远方的来客快快来哟／骑上那神鹰去探索月宫……”等，不但构思新颖奔放，用词幽美含蓄，其意也深邃高雅。

邓伯的作品无论是雷州歌、抑或是诗、音乐歌词等都形成了自己的特殊风格，让人读来如饮琼浆，无比甜润。可以说，他的作品集的出版，是他为读者奉上一瓣心香，为雷州特色文化献上一笔财富！

2015 年 6 月 27 日发表于《湛江日报》，2016 年 5 月转载《西部散文选刊》第 3 期。

生活真实的艺术性创作

——读陈吴森长篇报告文学《暖风》《见证》

近年来，我市文联高度重视文学创作，多批次、高质量地组织作者们深入生活、体验生活，既使我市创作队伍得到进一步巩固和壮大，也使雷州文坛呈现出一派生机勃勃的新景象，创作出了大批好作品。尤其是报告文学的创作，在湛江市文联组织的大赛中获奖人数与等级都取得了突破。其中陈吴森的报告文学《暖风》获得了湛江市第九届文化艺术精品一等奖；《见证》首发后引起了有关方面的高度关注。其创作风格与手法让人耳目一新，读来亲切、自然、可信，很有艺术感染力。本文试图对这两部报告文学的艺术特点做一些粗略的解读。

一、面对生活中的真人真事努力写出文学的真实性

文学作品的基本特征，就是用感人的形象来描写生活。而这个“感人”的“形象”又必须是“真实”的。只有用“真实”的“材料”堆垒出来的人物，才会得到读者的认同，不然就是“胡编乱造”。

报告文学面对的，正是一个个我们现实生活中每天都接触到的人和事，当作者把这些人们熟视的人和事写成作品以后呈现到读者的面前接受检验时，怎样才能得到读者的认可呢？这就需要

作者在写这个人物时，全面地了解他所描写对象的心理状态，恰如其分地写出符合这个人物身份的形态、动作和语言，完成对这个人物的“文学塑造”。

例如《暖风》中描写邓维龙书记从省委接受任务归来时，在高速公路上运筹固本强基工程，作者用了这样的文字：“轿车，在如链的车流中疾驰着。车内，中共广东省湛江市委书记邓维龙仰靠在前方坐椅的高背上，风驰电掣般的车速产生的微微轻晃，摇得他微蹙着双眼似睡非睡。”这样的文字描述，作者并没有身临其境地看到这一幕，但是他这样的描写真实吗？看过该书的人都认为真实。为什么？因为这样的场景符合一位市委书记的心理状态，符合邓维龙书记的基本形象。

再如《见证》描写李昌梧书记在洪灾发生之前，雷雨给他带来减轻抗旱压力时，文章是这样写的：“李昌梧感到终于可以松了一口气。几个月以来的旱情炙烤，使得这位 1 米 78 的魁梧汉子显得十分憔悴：古铜色的肌肤没有了光泽，眼眶熏黧。听着一声声闷雷滚动而来，他仿佛看到焦渴的农田泽润，萎木抽枝，漫山绿遍。想到这里，他的脸色一扫阴沉，脚步顿时轻快起来。”这样的细节描述，作为一市父母官，我们没有理由怀疑他的真实性。

还有，《见证》中写民营企业家李春强的一段话：“李春强说：‘当时在广州，我的心情是十分矛盾的，一边是在洪水的包围中等待救援的父老乡亲，他们的生命在呼唤。一边是自己血肉相连的亲兄弟，他们的安全受威胁，两边都不能缺啊！但是，想起洪水中乡亲们的惨状，我好像就听到了他们的哭声，好像就看到了他们绝望的眼神，悲悯就揪得我的心疼痛不已。所以每次让我的兄弟们冲过去的时候，我都是咬着牙根说的，其实下命令的时候自己已经在流泪，没有办法，我只能在心中默默地祈祷，上帝保佑他们！’”

陈吴森告诉我，这段文学色彩相当浓的文字，本不是李春强的原话，但却是李春强在接受采访时所谈的全部内容，由于作者对李春强的思想情感进行了文学浓缩，使得这段话既十分地文学化，又十分地生活化，以至后来读给李春强核实时，李春强感叹，没错，是这个意思。

二、从不同视角写雷同事件寻找类同事件的特殊性

对于《暖风》《见证》这样的长篇报告文学，描述对象所反映的内容基本雷同。《暖风》中每一个工作队长所面对的工作就是筑路、打井、发展生产。《见证》中的每一个感人事件就是救人。如果把他们的所作所为都按生活事件写下来，那么读者就会感到千人一面，读一个人物就够了，根本用不了12万多字的篇幅，这样就不可能写出固本强基工程的波澜壮阔，也不可能写出《见证》的雄浑、悲壮。鉴于此，作者从雷同的事件中以不同的视角寻找文学视点，不断地变换角度切入，写来就不会让读者似曾相识而味同嚼蜡。

例如《暖风》写湛江市政府副秘书长张子英时，引述了他的特殊语言："权力储备影响""为官者的无形资产"；写湛江市委副秘书长刘耀千时通过他的工作状态，突出他的实干；写湛江市委组织部的科长何晓锻时，重点写他的农村工作经验和谈话艺术；写湛江财政局助理调研员李光时，抓重点事件"五过家门而不入"；写雷州公路局长庄光权时，突出他"包打天下"式的英雄气度；写雷州房改办主任林介山时，重点写他掏尽腰包带头捐款……在书中有名有姓的上百位领导干部和基层群众形象中，各个人物的切入角度不同，语言特色千姿百态，各有千秋。同样，《见证》写英雄，并不是每一个人都写他们的救人过程，而是扣住英雄的内心世界来描写。例如写黄金琪这样一个重症肝病在身的基层支部书记，着重写他对自己生命的漠然，而对他人生命的珍视来表现英雄的壮举；写普通老百姓唐再，抓住他放弃自己的虾塘而赶往鹅感村救人，并穷追不舍地写出生死面前雷州人的血性……这些细致入微的文学描述，都是这两部作品艺术上难能可

贵的地方。

三、以浓重的情感描写事件倾力强化作品的感染力

读《暖风》和《见证》，我们都可以从字里行间感受到作者倾注于人物身上的浓重情感。《暖风》在写到驻纪家镇盐灶仔村的工作队员程颖给村民黄进熙送被时，这样写道："要走了，老奶奶弯着腰摸索到鸡窝旁，把手伸进去掏出四只鸡蛋来硬是塞到程颖的手里。四只鸡蛋，多么微妙的四只鸡蛋！此时的四只鸡蛋在人的物质世界里已经不复存在，而在人的精神世界里，可是量重千钧啊！程颖掂着四只沉甸甸的鸡蛋，千言万语哽在心头，只觉得一股股热流在心中涌动！"

送别一节更是浓墨重彩，借助情景描写，把情感的激流推向了极致：

"下午三点，工作组要走了。顿时，掌声雷动，爆竹连天，五乡十里的村庄，大鼓声、鞭炮声震得地动山摇……

"洪湖路口到了，这里的公路已经连上了国道，再也不能往前送了。倏然，一切声音嘎然而止，工作队员和村民们相拥着，泪眼对泪眼，相视无言！

"起风了，山风起处，卷起一股红尘，飘向李光、何海滨、冯宏安……

"风啊，你轻轻地吹吧，红尘啊，你加点儿粘吧，给我们的亲人多点情思，多点祝福，多点——惦念！"

同样，《见证》在写到黄金琪的一节时，书中这样写道："我们真的不忍心告诉我们的读者，黄金琪的疾病危重到了什么样的程度，因为对于黄金琪来说，此乃'天机'。我们发自内心地希望黄金琪不要看到我们所写的这一节，以免他对自己的病情有太多的猜想而影响他的健康。含着热泪，合上书卷，我们仰视上苍，默默地祈祷：保佑他吧苍天，这样的好人应该长寿！"

浓浓的感情注入，无疑增强了《暖风》和《见证》的艺术感染力。

四、把视野投向深邃的既往增强作品力度和厚重性

作为长篇报告文学，《暖风》和《见证》并没有把目光仅仅停留在正在发生的事件上，而是从正在发生的事件中“跳”出来，动用文学积累把“过去时”和“现在进行时”串联起来，进行对比、交流，一些看上去是“闲笔”的情节，就变得活了起来，使作品的力度更大，深度更加厚重。

例如《暖风》写湛石化干部余桂红与东里镇南头村委会村民建立友谊的那一节，作者动用了战争年代沂蒙山老百姓用乳汁救活了解放军战士，连夜给受伤战士熬鸡汤的情节来串联老百姓对余桂红的关怀，从深远的历史角度来展现劳动人民对党的干部的情怀；《见证》中写雷州慈善会和雷州佛教慈济会，不仅仅写他们在这次抗洪斗争中的感人事迹，而且把笔锋放到他们的成长过程，这种情节的铺排，从表面上看与本次抗洪无关，但是这些看似“闲笔”的情节，却从一个遥远的角度展现了我们伟大的民族精神。

所以，作家吴茂信在评论《见证》时写道：“这部长篇报告文学还告诉我们，伟大的民族精神是在不断的艰苦奋斗中形成的。人民，在每一项艰苦奋斗的事业中体验和认同着民族精神……这样的精神，凝结着中国人民在漫长的历史岁月中和中国共产党在过去一切艰苦斗争中获得的理性与意志……我们需要民族自信，需要印证，需要看到一些东西。这场雷州人民波澜壮阔又不乏惊险的抗洪斗争，让我们能够透过喧嚷的市声，透过那些发展带来的矛盾和富裕引起的恩怨，透过那些暂时的、飘忽的东西，看到了一个伟大民族更本质、更稳定的东西，看到了一个伟大民族的方向，看到了一个伟大民族的脊梁。因此，这部作品是有价值的，是值得向读者推荐的。”

2008年7月10日发表于《湛江日报》，2016年5月转载于《西部散文选刊》第3期。

笔下风雷激 浩气贯长虹

——读陈吴森长篇电视连续剧新作《通背神拳》

陈吴森先生堪称我市高产作家，近年来，他继长篇电视剧《商海情仇》出版后，发表了许多短篇文学作品和连续推出两部长篇报告文学《暖风》《见证》。接着，他应山西省洪洞县的要求，又创作出一部二十集长篇电视剧《通背神拳》，近日已由大众文艺出版社出版。

“洪洞通背拳”在清朝得到乾隆皇帝的御赐，称之为“通背神拳”，并为之题写了匾额，是山西省洪洞县国家级非物质文化遗产保护项目。在举国上下建设文化强省、强市的热潮中，洪洞县为了扩大影响，使之走向世界，有关方面特地请我市知名作家陈吴森先生创作《通背神拳》这部电视连续剧。

陈吴森先生很能运墨，他把洪洞通背拳弟子们的故事糅合起来，放到广阔的历史背景中，行云流水般把武林弟子们的刚烈雄风、侠骨柔情写得丝丝入扣，动人心弦。

《通背神拳》从抗日战争写起，历经土地革命、解放战争、剿匪反霸、改革开放等历史时期。该剧环绕主人公秦根山和娃娃亲妻子罗秀儿、名伶九岁红、知遇女人李韫霞之间的情爱纠葛，插上戏班班主和权贵梁大军对九岁红的拼命追求，致使秦根山立身于爱情和事业的多重矛盾漩涡中求生存、求发展这一主线展开。其中的武林门派纠纷、兄弟姐妹之间的命运起伏、情感跌宕，剧中人物的恩怨情仇，直接招致的组合、分裂、瓦解再到重新组合，读来令人肝肠寸断，感慨万千。

难能可贵的是，面对如此复杂的情感纠葛，陈吴森先生的笔墨没有停留在儿女情长、风花雪月上，而是紧扣着通背拳的发展历史来展开叙述。同样是通背拳弟子，但人生观不同，人生价值有异，他们的人生结局就迥异天壤：九岁红疯了，李韫霞逃了，卫老虎被枪毙了，甄家铁进了监狱；而谨守情操的秦根山的事业成功了，他和罗秀儿虽然历经家破人亡，但是他们没有后悔，用秦根山的话来说，他对得起祖先，对得起他为之献出了毕生精力的通背拳，他的一生活得有尊严，活得有价值。

一部《通背神拳》，让我们看到一大批抗日英雄：范国雄、范一舟、樊魁、杨兴龙、张庆祥、秦根山等。他们在强敌面前没有屈服，展现了中华民族的铮铮铁骨；他们运用智慧把侵略者打得屁滚尿流，并使对方从内心佩服。直到改革开放，当年侵华日军的后人循着通背拳的历史轨迹，寻根来到我们的祖国。毕竟文化是没有国界的。通背拳的弟子们正是抱着这样一种神圣的向往，展现了中华民族不屈的脊梁。

同时，《通背神拳》也从理性的角度，让人世间的真、善、美与假、恶、丑展开了残酷的、血腥的较量。人间烟火熏陶着各色人物，当然各色人物有他们各自的走向，人生的价值取向决定着他们的命运归宿，读过《通背神拳》的人相信都会收到一定的教益。

我认为，《通背神拳》剧本的创作是成功的，但是诚如陈吴森先生所说，影视作品从剧本到银幕、屏幕展现是靠金钱堆砌出来的，一个剧本的拍摄资金动辄就是几百万几千万甚至上亿，因此，把一个剧本搬上银幕、屏幕的机会是十分渺茫的，但是我仍然满怀信心地期待着该剧被早日搬上屏幕！

2010 年 9 月 26 日发表于《湛江日报》，2016 年 5 月转载于《西部散文选刊》第 3 期。

《萤光续集》序

王同力老师在2016年将《萤光续集》的书稿送我，要求我帮其修改并写序，当时由于我太忙，只浏览了一下，提了些修改意见，其序至今两年多了才为之动笔。在此，我既应向他道歉，同时，也感谢他对我的信任。

王老师在雷州的文坛上，是一位较为活跃的作者。我自从参加雷州的文艺活动后，经常发现他有作品获奖，加上他为人随和厚道，很值得人们敬重。

王老师参加雷州简师班学习毕业，一直从事教学数十年，后转入教育局工作至退休。他一生勤奋好学，在工作之余经常写作，早在1958年就写有《六月风光》与《龙门水库》二首诗在当时雷南县主办的《徐闻报》发表。自那时起，他笔耕不辍。10年前，他出版了一本书，其书名《萤光集》。萤光虽然微小，忽闪忽闪的，但可以让人在黑夜里看到希望，识别其东西与行程，是值得赞颂的。他将书名定为《萤光集》，其意是把自己当作萤虫，把自己写的作品比喻为萤虫那微小的光，可见他为人很谦虚。在此，我不免想起陈忠贤先生的《萤语》一诗："胸有丹曦夜自明，遨游幽径一身轻。虽栖草底莹如玉，倘集花冠灿若星……"由此可见，萤光倘若集在一起亦可灿然，岂能小看！

《萤光续集》是王老师在后期写作的诗词、雷歌以及楹联、歌曲等的作品集。纵览全书，其内容主要是歌颂党，歌颂社会主义建设，歌颂祖国的美好河山，歌颂好人好事；怒斥横行霸道的帝国主义，怒斥胡作非为的黑恶势力与贪官污吏等。其中有不少佳作，如获得“首届国际文化艺术金马奖”的七律诗《纪念抗日战争胜利七十周年大阅兵》：“战胜东瀛七十年，毋忘血史刻胸间。南京屠杀惊中外，国土沦亡警后贤。改革中华民致富，腾飞禹甸力强坚。今朝检阅三军壮，捍卫和平未释肩。”极其愤慨地揭示了七十年前日本帝国主义侵略我国的滔天罪行，从中唤醒后人不能忘记国耻，要时刻警惕侵略者的再次入侵。同时，说明中华通过改革开放后，国民虽然富裕了，但为让广大人民群众长期过着和平美好的生活，必须坚持走强军富国之路。此作不愧是一首好诗。获中华诗词“银河杯”大赛优秀奖的《浪淘沙．秋》：“春去复秋来，叶落庭阶。霜天丽菊遍山开，胜似春光多浪漫，悦目舒怀。岁序把秋排，切莫悲哀。奋蹄老骥尽微才，欲御金风穷广宇，揽月归来。”既写出秋天的壮美，又鼓励老人为建设祖国尽其余力。其作品都具有教育人、启迪人的现实意义。又如他在“雷歌状元”赛中获得进士奖的雷歌《乡恋》：“蓝蓝天空蓝蓝水，绿荫蔽日心花开。身在异乡做异客，睡梦常常回家园。”以轻松浪漫的笔调歌颂家乡的美好环境与表达其思乡情怀，可见歌中主人对美好家园的热爱。此外，他的音乐歌曲和对联也写得很好，如歌曲“你好，环保的湛江”在“ 2012 年音乐 · 中国杯”大赛中获银奖；对联“金鸡喜唱人间幸福；白鸽齐欢世上和平”于 2005 年在南方农村报和广州番禺正大科技公司联合举办的“强力王杯”新春联赛中获得二等奖等。

这本集子虽然有许多优秀之作，但也有些作品尚欠推敲。不过，王老师那退而不休，依然奋笔躬耕的可贵精神很值得我们学习。愿他继续努力，写出更多更好的作品！

是为序。

2019 年 3 月 1 日发表于《雷州新闻》。

《楹联创作津梁》序

我在雷州市文联工作期间，有幸结识了郑如鹏老师等知识渊博的文化人，有时与他们一起品茗论道其乐融融，且增长了不少知识。前几天，郑老师告诉我，他决定出版《楹联创作津梁》一书嘱我作序。我自知力不胜任，但他那份光风霁月的坦诚，令我深受感动难以推却。

郑老师是一个苦学成才的典型。他读初中时父亲就去世了。他和妹妹、弟弟三人全靠母亲抚养。为减轻母亲的压力，他一有空就做家务，或参加生产队劳动。高中毕业时，适逢文化大革命取消高考，他被安排到小学当民师。恢复高考后，他以优异的成绩考上海康师范，并参加雷州师范专科学院函授中文班学习毕业，被分配在海康县白沙中学任教。1985 年 9 月，他又考进广东教育学院中文班攻读本科并以优异的成绩取得毕业，调入海康县（现雷州市）第一中学。

郑老师把吃苦耐劳的精神演绎到学习和工作中去，一步一步地向上攀登。他不但在教学方面成绩显著，还在国家和省级报刊上发表了 130 多篇论文，出版教研专著四本，其中《中学语文学思一体教学法》为主持广东省“九五”规划课题，编入人民教育出版社出版的《教育部特级教师计划·中国特级教师文库》第四辑，并在20多种书里当编委或副主编或主编。他的教研论著获奖的近80篇（项）和多次获得全国中学语文教研论文评选一等奖，同时荣获各级各类先进称号40多次。一个贫苦农家出身的孩子由于刻苦学习，勤奋教学走向中国教坛名师，当上了中学语文正高级教师、特级教师、享受国务院特殊津贴专家、广东省骨干教师、广东省基础教育“百千万人才工程”教育专家，还担任了雷州市第一中学教导主任、工会主席。

郑老师不仅在教学和论文写作上是一位拔尖人才，由于对国学深有研究，在诗词和楹联创作方面也是一位高手。2011年退休后，他重点研究写作诗词、对联。至今，他先后在《湛江日报》《湛海诗词》《诗词》等报刊上发表诗词作品近200首，在《楹联家》《中国楹联报》等报刊上发表楹联作品约300副，其中有的作品被收入《中华国粹·当代百家律诗精选》《人民艺术家精品典藏》《中国楹联家大辞典》《中国古今楹联选集》等。从2014年3月起到2015年1月止，郑老师仅在《中国楹联报》上发表的楹联就有52副，并在省与国家级获奖达30多项。2016年，郑老师出版了诗词、对联集《画声琴趣桃符集》，同时加入中国楹联学会。

《楹联创作津梁》一书，是郑老师把他学习楹联的读书笔记和自己写作楹联的认识、体会及自认为较好的习作结集而成的。“津梁”一词，告诉读者这本书是作者练习写作楹联必需走过的渡口和桥梁，是作者学习写作楹联的引导事物或过渡的方法与手段，是作者写作楹联中的体会与感悟。故此书的写作目的，就是他希望帮助读者在创作楹联中克服所遇到的一些困难，希望本书成为读者学习与创作楹联的有效的津梁。全书共有十三篇，四百多页，容量不小，信息量很大。从对联的起源与发展谈起，介绍了楹联写作的基本特点：对联的称谓、对联的作用、对联的种类、对联的形式、对联的写作要求、对联的写作忌讳等等。结合具体楹联，谈其写作技巧，如集句联、拆字联、合字联、嵌字联、顶针联、回文联、谐音联、数字联、戏答联、联边联、谜语联、无情联、玻璃联……例谈了楹联的常用修辞手法以及修辞手法在对联中的综合运用。深入浅出地细说了楹联创作的基本技法和对联写作的出彩方法。形象生动地述说了嵌名联的一般思路、写法，以及怎样拟写对联的方法。还有中国古代名联的欣赏，作者的习作佳联选辑。可见他在力求做到内容详实齐全，不欠缺，不遗漏，繁而有序，杂而不乱。

该书写作特点突出，写法多样。例如，谈对联的产生和发展，以翔实的材料佐证，言而必信，述而有理。介绍楹联写作的基本特点，缕条分析，举例说明。介绍楹联的常用修辞手法以及修辞手法在对联中的综合运用，形象化语言，举例说明，客观化陈述，具体明确，易学易懂。细说楹联创作的基本技法和对联写作的出彩方法，避开抽象化理论陈述，尽量以典型楹联例子说明，阐述内在原理。述说嵌名联的一般思路与怎样拟写对联的方法，手把手，一步一个脚印，突出津梁作用。介绍对联的写作要求与剖析对联写作忌讳，犹如快刀斩乱麻。述说楹联的写作技巧，分类讲述，同类例析，共点理解，抓点感悟。中国古代名联欣赏，有难点词语诠析，有整联翻译，有作者简介，有写作背景，有景点链接，有主题揭示，有联律剖析，以期有它石攻玉之用。作者的习作佳联选辑，重在名报名刊上发表的，强调典型性和权威性，以求例子引导作用。全书内容丰富多彩。

铺路搭桥，抛砖引玉，深入浅出，立竿见影，是本书的主要特点。应该说，这是一本值得楹联作者尤其是初学写作楹联的作者学习写作的好书。为此，我对该书的出版感到无比欢欣，并表示衷心祝贺！

是为序。

2020年3月22日于雷城书香轩，2020年6月6日发表于《湛江日报》。

生活实践丰富　创作思维开阔

——浅谈雷歌“女状元”周英连获奖作品

雷歌是雷州半岛的地方特色民歌，雷州人既喜欢听喜欢唱也喜欢创作，有的人还能即口成歌。它在雷州文化中，传承历史较长，普及面最广，影响最深。雷歌文化能得到长期繁荣发展，应该说是与政府的关心与社会的支持分不开。

政府和社会的大力支持，文联和雷歌研究会多次比赛的推动，以及雷歌讲座辅导，不但把雷歌文化更深入地引向社会，还引进了校园，从而大大地提高了广大作者的创作水平，培养和发现了大批新人，如十大雷歌新秀李剑鸿、张权、黄晋忞、黄余武、郑恩昆、符海燕、吴家强、林武、王安平、周英连等，他们现在都成了雷歌坛上的翘楚。尤其可喜的是周英连，她是在2015年春节赛歌中突然杀出的一匹黑马。此前，在雷歌坛上从未发现她的名字，一参赛就一鸣惊人获得一等奖，并连续夺冠，让人殊为赞叹。

细细品味周英连获奖的歌作，我觉得她所写的歌不但角度新、切题，遣词造句妥帖，而且逻辑性也很强。能做到这几方面，说明她对征稿的主题要求领会很深，并具有丰富的生活实践，扎实的文化功底与开阔的思维能力。如去年雷州市卫生和计划生育局、雷州市雷歌研究会联合举办的歌赛，周英莲获得的一等奖歌《关爱老人》：

老人博得党关爱，村长新年发通知，
寿星春节大聚会，九旬老人都请来。
来聚会者坐满内，鹤发童颜身健坚，
九十多岁人百几，百岁老人许多个。
卫计局长来款待，喜对老人笑颜开，
祝愿寿星再添寿，寿星连连谢关怀。
局长常进农家内，了解食物看房间，
要求卫生高标准，健康水平大提高。
确保老人身康泰，喷嚏打个他都知，
及时指派医生到，吃粒药丸身照前。
惜老人像惜父母，寿星个个心里知，
医疗卫生有保障，党的功劳比天高。

此歌立意较新，主题鲜明，既反映了在党的领导下，人民过上美好生活而长寿，村中有许多寿星，同时也说明卫生和计划生育局对老人的关怀，经常派医生前来给他们检查身体，指导他们搞好卫生，一发现有病就派医生治疗，使村里长寿的人越来越多。这里的“老人博得党关爱”一句中的“博得”二字，本人咋一看来认为用“深受”二字好些，但是，想了一下后，觉得“博得”的运用不仅可以，还加深了内涵。因为，“博得”是雷州方言表达的一种因果关系用词，按作者之意也许是说这些老人为祖国的解放事业、建设事业都有很大贡献而受到党的特别关爱。应该说，以“博得”表达是对内涵的提升，是值得赞许的。“九十多岁人百几”和“吃粒药丸身照前”是采用夸张的手法说明高寿者特别多与医术的高明，从而达到了主办方的宣传目的。当时，我们几个评委都认为评为一等奖是当之无愧的。

“纪念6.25全国土地日”雷歌创作比赛中获得一等奖歌《心

声》：

丰收才知地好惜，谁安起钱起偌多，
一寸土地不能歇，园角田边都欠犁。

她写农民在丰收时节，领会到了“一寸土地一寸金”的真正含义。自此，一寸土地也不能歇了，园角田边都要犁来耕种！“纪念6.25全国土地日”雷歌创作赛主旨是号召大家珍惜土地。你说，土地既然收获这么丰，值不值得爱惜？“一寸土地不能歇，园角田边都欠犁。”有没有爱惜土地了？此歌是雷州市国土资源局与文化馆举办的，我虽然不当评委，但我不能不承认这是一首好歌而为之喝彩！

雷州市雷歌研究会以“我爱雷州歌”为题，举办首届雷歌创作状元大赛，她创作的组歌：

我与雷歌系相带，在母肚时嗜雷歌，
母唱雷歌作胎教，歌声甜甜注胎盘。
出世恰断肚脐带，卧在摇篮听雷歌，
奶奶唱歌哄我睡，我听入迷睡着哗。
我刚长到二岁半，更嗜听人唱雷歌，
谁人唱歌我近谁，向唱歌人身边爬。
小时常给奶奶背，背到歌场看雷歌，
歌未收场不肯回，天气多寒不怕寒。
大人总羡我灵活，五岁就能唱雷歌，
“牵个牛子”我识唱，一边唱来边敲盘。
老师经常夸我辣，读四级时会写歌，
编写雷歌庆“六一”，每句歌词细琢磨。
写歌唱歌真快活，雷歌伴随我长大，

教我做人和做事，举止言谈不走移。
雷歌内容实在宽，劝世教人作用大，
不断增长我知识，句句条条是精华。
虚心学习不自满，时常积极写雷歌，
大胆投稿去参赛，指望繁荣雷歌坛。
要将雷歌种籽播，省内播全播省外，
以后播遍全中国，雷歌定能震中华。

作者以第一人称来写她（或他）在胎里受到了母亲甜甜的雷歌声熏陶，出生后在摇篮里又受到奶奶的雷歌声濡染，二岁半时，不论谁在周边唱雷歌都要爬去听。祖母见她喜欢雷歌，常常带去看人们演唱和教她，五岁她就会唱歌了。你看，这小妞多发瘾哦！她一唱起歌来，不是手舞足蹈就是敲起了盘碗。她也实在聪明，在四年级读书就会写歌了。她认为写歌唱歌很快活，又觉得雷歌的内容很广，既可以让人学到许多知识，还可以劝世教人，其作用很大。于是，她虚心地坚持学习并产生了“野心”——不仅想通过创作参赛来繁荣雷歌，还想将雷歌的种子播遍全省乃至全国，指望雷歌将来能震动中华哩！综上所述，你能说她不爱雷歌吗？可以说，她从小就把雷歌爱到骨子里了！

此次歌赛的评师经大家选定是由雷歌研究会会长何安成同志一人担任。他在广州评出初稿后，选了几首（组）歌在电话里念给我听征求意见。我一听到此歌心情大为振奋。当时，我与周英连女士尚未谋面，更不知道此歌出自何人之手，我说，此歌作者别出心裁，从细处着手，依第递进，层次分明，歌句甘润，其主题也特别突出，是一组难得的叙事歌可居榜首。我接着又说，此歌写得如此入情细腻，如居榜首，此歌状元必定是个女的！何安成会长当然也不知道是谁的，只给我念了他的评歌：“主题就像条红线，从母肚时连到大，爱字融入骨髓里，先是铺陈后升华。”

我认为何会长的评歌是十分中肯的。

不久，赛歌在雷歌研究会内当众揭晓，状元歌果然是此歌，其作者是周英连。此歌获“状元”奖后受到社会普遍认可，尤其是雷州在外乡贤吴茂信和陈海烈两位先生一看到“状元榜”，特别赞赏，立即将此歌带回广州市雷州文化研究会会刊《雷鸣》刊登。

今年，雷州市卫生和计划生育局、雷州市文联、雷州市雷歌研究会举办的“卫计杯”雷歌大赛，我与莫廉、何安成同志三人当评委。歌赛来稿是由文联办公室主任臧权源同志专责收集，稿件也是隐名编号后才送我们。因为几天前，周英连参加湛江开发区的雷歌赛刚刚获了一等奖，已经是连续8次夺冠了，有的人不明真相，产生了种种猜测，甚至颇有风言，如果这次歌赛她再夺冠便是九连冠了，将会引来更多的议论，所以大家都希望这次夺冠者是一个新面孔。尤其是何安成同志在前8次歌赛中都担任评委，有了更多的顾忌。但是评歌不是评人，又是不记名评选，这可怎么办呢？他便对我和莫廉同志说，一等奖由你们选定吧。我和莫廉同志便认真地反复筛选，最后选出组歌《三代行医》为一等奖。其歌是：

爷爷行医心慈善，治病救人为众生，
赤脚医生责任重，每月报酬十多元。
爷爷一心做奉献，药箱日夜背在肩，
优良医德人称赞，我爸发扬爷精神。
爸在公社卫生院，卫校毕业中专生，
下乡看病不怕苦，四乡八年美名传。
我读广州医学院，医术闻名在民间，
在大医院当主治，手术治疗操大权。
在群众中有威信，病号多人来感恩，
红包重礼我不接，一片真情为人民。

我说，此歌写的是三代人在不同时期中的不同行医过程。他们行医不是像某些人那样以求利为目的，而是“治病救人为众生”，美德被人到处传扬。其歌主题明确，歌词圆润，叙述有序，情可感人当居榜首。莫廉同志也说，这组歌的确是好，不但歌句甜美，也把三代人行医在不同时期，所做出的不同贡献写得很是真实感人，作为一等奖歌当之无愧！何安成同志笑笑说，你们说此歌好，我也认为好，但希望是一个新歌手的。我们评定奖次后，即请臧权源同志来查号对名，此歌作者署名陈豪。我们以为又出现了一个写歌高手，都很高兴。想不到，揭榜后得知此歌也是周英连的——陈豪竟然是她的化名！

周英连自2015年参加雷歌创作大赛以来，短短两年时间，她参加了雷歌研究会与由雷州市委宣传部、雷州电大、文联、卫计局、国土局、戒毒办、文化馆以及湛江开发区、湛江智洋学院等部门主办或联办的各种类型，各种内容歌赛，如中小学教师雷歌创作大赛、雷歌创作状元赛和“国土杯”“卫计杯”“智洋杯”“孝道杯”“戒毒杯”等项雷歌创作大赛，不仅组歌夺冠，单首歌也夺冠，荣获了九连冠，这是赛歌有史以来绝无仅有的。她，不愧是个写歌高手！

2017年3月21日发表于《湛江日报》（发表时删节）。

第六辑·特写

刘拔与雷州文化

在20世纪50年代至80年代里，人们一谈及雷州文化，就会提起刘拔的名字。于是，“刘拔”两字在当时便成了雷州的文化符号，几乎无人不晓……

刘拔1929年12月生于雷州市杨家镇夏口村。他小时候家里很穷，他和父母以及3个弟弟1个妹妹，一家7口的生活全靠父亲卖鱼维持。家里虽然很穷，但他自小聪明，勤奋好学，在校里读书成绩常居第一。1949年9月，他考进海康县一中就读。由于成绩优秀，思想品德好，表现突出，尤其是写作能力强，所以校里宣传栏的内容主要由他编写，因而他深受校领导和教师的关爱及全校同学的尊重。第二年10月，他被选为学生会主席，并代表全县学生参加县第一届人民代表大会主席团。

刘拔在海康一中读书时，随着弟妹的长大，家里光靠父亲卖鱼已很难过活了。他能够坚持上学，主要是靠同学蔡志溪的帮助和自己在空闲时间里卖菜所赚的些许钱。两年过去，蔡志溪的家境随着时代的变迁已经衰落，刘拔再也得不到他的帮助只好辍学。

1951年初，海康县兴办教育，县领导觉得刘拔是一个人才，便任命他为杨家公社公和小学校长。其时，他刚满20岁，年纪很轻，在该校任职仅半年，就把工作抓得有声有色，引起县文教局的高度重视。于是，在当年9月又将他升任为海康县立第七小学校长。12月，海康县发生“六纵案”，刘拔受其“牵连”。该案经上级派员深入调查落实为假案后，他始得平反复职。第三年，因工作需要，他被调任海康县文化馆副馆长。当时没有正馆长，组织安排他负责馆里的全面工作，兼主编县委主办的《生产合作快报》。1957年2月，县报创办代替了《生产合作快报》，他即专职负责文化馆全面工作。

刘拔为人温文尔雅，对文化工作特别喜爱，可以说是个天生的文化人。他决心把全身心投入振兴雷州文化事业中来。为活跃群众文化生活，他组织文化馆的人员在每星期六和星期日的上、下午和晚上都举行文艺活动。其活动有故事会、舞会、斗象棋、斗雷歌、戏剧表演等，并定期出墙报或油印小报发刊小说、散文、故事、诗歌等作品，以及在重大节日里举办美术展或书法展，同时订有各种杂志、报纸给群众阅读，大大地丰富了群众的文化生活。

1954年广东省举办第一届戏曲汇演，其时，刘拔正在省参加文化馆长培训班学习，有机会观摩演出。他看到全省12个剧种参加汇演，雷州人民喜爱的雷剧却被评为倒数第一，深感责任重大。

刘拔知道雷剧在全省倒数第一的主要原因是雷剧人才匮乏，剧本、唱腔落后。他一回到海康就组织人员对全县雷剧团进行调查登记，召开全县剧团负责人会议，发动他们抓人才培训和剧本创作与改编，并组织音乐专业人才进行唱腔改革。同时，着手抓剧团体制改革。他召集全县骨干演员30多人进行办班学习，联合组成“海康县和平雷剧团”，经过一番学习和聘请名师指点排练后，该团在海康、徐闻两县演出深受观众欢迎，连续演出两个多月，场场爆满。

此后，刘拔一边抓改革，一边抓创作。他在做好本职工作之余，潜心阅读了大量戏剧名著，汲取其中写作技巧，根据形势创作出一批现代优秀雷剧作品：1957 至 1958 年，他连续创作了 3 个剧本，其中《和他划清界线》与《李大叔》皆由广东人民出版社出版，《番薯翻身记》由县剧团排练参加省专业剧团汇演深受好评。1959 年，他又创作了一个大戏和一个独幕雷剧，其中大戏《运河儿女》参加湛江地区现代戏曲汇演得到领导、专家和观众们的高度赞赏，独幕雷剧《开河前夜》参加省业余剧团汇演，被评为优秀剧目，在全省巡回演出后，又到越南演出多场，震动一时……

1979 年 7 月，海康县雷剧团在种种原因的影响下处于瘫痪状态，县委根据群众的意见特派刘拔担任团长。接着，他当选为县第七届人大代表、人大常委。

刘拔担任海康县雷剧团团长后，整顿了团里的不良作风，并对全团人员进行深入思想工作，大大地提高了凝聚力和战斗力。为提高演员的演技水平，他先是派出年轻演员到广州、南宁、北京、上海等地观摩学习，接着先后请来上海京剧院著名表演艺术家张翼麟，湖南京剧院国家一级演员梁春雷，以及湛江粤剧名导分别执导移植的古装戏《樊梨花点兵》《风波亭》《花木兰从军》《碧血丹心》《史可法》等剧本。该团的演员由于有机会到外地观摩，并得到名师的指导，其演艺水平突飞猛进，每次演出都好评如潮。1981 年 1 月由吴茂信和宋锐同志创作的大型古装戏《陈瑸放犯》，在他的组织策划排演下，参加广东省戏剧汇演获二等奖（一等奖空）。此后，雷剧在县领导的重视和全体雷剧工作者的共同努力下，声名越来越响亮。不多久，刘拔也被提拔为县文化局副局长。

1982 年 9 月，海康县文学艺术工作者联合会（简称“海康县文联”）成立，刘拔任县文联副主席抓全面工作。是年，海康县第八届人大代表大会召开，他再次当选人大代表和人大常委。1984年5月任海康县文联主席，11月加入广东省戏剧家协会，当选湛江市文联委员、湛江市戏剧家协会常委。他一生著作很丰，在文化馆和文联工作期间，总计创作参加汇演、获奖、发表的长短雷剧有30多个，出版的雷剧还有《春风送暖》《南渡新潮》《拉娘配》和《官冠斗知府》《雷州侠》等。其中根据小说改编的大型雷剧《雷州侠》这一代表作，于1983年被湛江地区戏研室印成单行本在全地区交流。他还移植了100多部名剧供县剧团和民间职业雷剧团演出，将名剧《白蛇传》改编为雷歌唱本由花城出版社出版供群众歌唱。此外，他还为《湛江文史》《海康县志》《雷州文史》《雷州传奇》《雷州史话》等撰文达数十万字。同时，创办和主编了《三元塔》报，并参加主编《半岛文学》等。他不仅为雷州的文艺事业，尤其是戏剧事业做出了杰出贡献，在整理传承雷州民间文化方面也是功不可没：他参加组织搜集编辑了《中国民间文学广东卷·海康县资料本》。1990年12月退休后，还参加主编了《雷歌三百首》《雷歌大全》等。2005年，他已接近80高龄，还被雷州市委任命为"雷州市民族民间文化保护工程专家工作组组长"，对保护传承民间文化做了大量工作。

刘拔尤其值得人们赞赏的是他一生真诚做人，爱才如命。他知道，要振兴一个地方的文化，必须认真发现人才，培养人才，使用人才。在文化馆和文联工作时，他每年都进行各类文艺大赛活动，通过这些文艺大赛活动，发现了大批文艺人才。他每发现一个在文艺方面有出色和基础较好的年轻人，都想方设法要到文化馆或文联，让"英雄有用武之地"，展示其才华和造就成才。所以，当时文化馆拥有了一批文艺精英，如美术方面的吴景辉、喻民东、符秉孟；文学创作方面的吴茂信、郑文贤；戏剧方面的陆超瑞、钱宗起、黄进国；书法方面的莫锡宁、吴芳仁、蔡其宁；音乐方面的詹南生；善讲故事和对文物考古深有研究的邓杰昌；

被誉为“雷州书柜”，对雷剧和雷歌的创作和评论都颇有成就的宋锐等；在县的雷剧团里也培养造就了一大批出色人才，如名响三雷的国家级戏剧家符玉莲、荣获国家梅花奖的著名戏剧家林奋，还有著名演员金由英、翟玉清、钟华、洪育生、李景龙、郑马华、陈向展等。

尤其是广州市政协原副秘书长、著名作家吴茂信深受刘拔的关爱。吴茂信青年时期在海康县南田小学当教师，1962 年春节参加县文化馆征文比赛，其诗《点将台》和雷歌《美酒送北京》均获一等奖。刘拔看后，像发现了一颗闪亮的金子一样高兴。他即时想要吴茂信到文化馆的文艺创作组来搞创作，但文教局说吴茂信出身不好而不同意。他见当时调不出吴茂信，只好安慰他在校教好书，并鼓励他继续创作。吴茂信谨记他的叮嘱，不久写了几个戏剧作品，他看了更是赞赏有加。文化大革命时期，刘拔虽然受到极大冲击，但他毫不畏惧，刚恢复工作就又提名要吴茂信到县创作组来修改剧本。这次，在军代表的关心下，吴茂信终于调进了县文艺创作组。吴茂信得到刘拔的推荐，在文艺战线上迈出了第一步，“四人帮”倒台后，通过自己的努力而成了大器。

著名军旅作家陈立人在其成长过程中也离不开刘拔的关心，这在他 1989 年 1 月 30 日给刘拔的来信中可窥见一斑。他在信中说：“您扶植新苗，奖掖后人，我过去就有所了解。入伍之前，1970 年，我参加过县文化馆办的一期文艺创作班，到过流沙港、企水港创作。同期参加的有黄棣添医生、郑文贤同志等。那时我写了 3 篇小说，之后又写了些文艺节目，曾得到您的点拨，我记忆犹深。您一直是我的老师。我打心里感谢您。”

提起刘拔来，原文联主席何安成深为感叹地说，我对文联老主席刘拔同志最难忘的有三件事：一、他引起我对文艺的爱好。1972 年，我高中毕业后担任生产队长。不久，他听说我在学校读书时，校里的文艺节目全是我编、导、主演和抄写黑板报的，就亲自骑自行车到离县城近40公里的唐家公社（现唐家镇）灵界村找我谈心，动员创作。二、我的《雷州歌精品鉴赏》凝结着他的心血。当时，县广播电视局宋乃荣局长找刘拔主席要求推荐一个文字功底和雷歌基础知识都好的人做雷歌讲座，他即推荐我。宋局长即叫我写鉴赏做讲座。于是有了《雷歌精品鉴赏》的问世。三、他推出我的剧作《大义定雷州》参加汇演。2006年，雷州市委举办雷剧节，大家公议要有一本反映雷州首任刺史陈文玉的戏。市委宣传部知道他曾写过一个戏《陈文玉借剑》，决定请他改编排演。找他谈话时，他却说："我的戏不行。我知道何安成主席有一部反映陈文玉治理雷州的大戏，剧名叫《大义定雷州》，写得很好。你们找他吧！"宣传部领导听了，即找我将《大义定雷州》剧本拿出讨论。该戏演出后，深受专家的好评，其剧本、导演、演出等皆获得一等奖。我知道这一荣誉的获得，实际上是文联老主席刘拔同志让给我的。他为将我的戏推出，把自己的大作埋没了，我怎能不深受感动！

湛江市实力派作家，现任雷州市作协主席陈吴森说："我本身是一名医生，在文学创作上能坚持到于今并取得许多成就，是受刘拔主席的精神感染。"陈吴森20多岁时曾写过一些小说前往请教刘拔。刘拔非常热情地接待他，并鼓励他说："你是个很有天赋的文学创作人才，希望你坚持努力，将来必有所成就。"陈吴森听了很感动。此后，他对陈吴森很关心，经常找他谈话，鼓励他创作。1984年，陈吴森的小说《乐土》获"湛江腾飞吧"征文二等奖（一等奖空缺），吴茂信当时任《湛江文学》主编看了打电话给刘拔，盛赞陈吴森是个人才，要求刘拔好好培养。刘拔接了电话，第二天就到陈吴森家找他座谈，动员他到文联搞创作。其时，陈吴森已创办医疗站，考虑到家庭生活问题便婉谢了他的一番好意。刘拔见动员不出，仍不罢休，又请文化局长颜培荣前往作思想工作，陈吴森还是借故婉谢。陈吴森虽然没有到文联去，但他受刘拔爱才之心所感动，也一直钟情于文学创作，至今创作出版有长篇报告文学、长篇电视连续剧和散文集等7部著作。

我仅读过四年多小学。1984年写有一篇小说和一首雷歌获奖，引起刘拔主席的重视，我每到文联他都鼓励我写作，并带回家里热情款待。在他的鼓励下，不久，我创作的两篇小说被《半岛文学》相继列在要目刊出，并在有关刊物转载。此后，我连续发表了许多作品，并出版了个人作品集《情悠悠》。2003年，许多关心文艺事业的领导推荐我到文联任职，市委分管领导知道我学历低很顾虑。他得知，亲自走到办公室对那位领导说："我接触蒋生同志多年，知道他是一个热心文艺事业的人，况且有一定的创作能力和善于团结人，他若调进文联工作，我敢用人格和党籍来担保他会胜任的。"那位领导听他说后，才打消其顾虑让我调进文联……

岁月不饶人。我们的文联老主席刘拔同志与世长辞了，但是，他为雷州文化事业默默奉献的可贵精神，永远值得我们学习！

2014年12月14日发表于《湛江日报》（现入书有改动）。

著名雷剧演员陈影云

陈影云（1922—1993），原名陈妃玉，是雷剧界著名的文武生。他生于湛江市麻章区湖光镇山豪村一个穷苦农民的家。小时候，家庭因债务所迫，父亲陈妃祝卖身到新加坡当劳工一去不返，母亲黄氏失去家庭支柱难维生计，只好带着他和他的哥哥陈坎子，跟前来村里演戏的符妃森重建家庭随团生活。

继父符妃森是雷州市白沙镇符处村人，家里也特别穷，栖身的一间草房破烂不堪，全靠在石鼓公的戏班里演戏维持生活。石鼓公原名周才，当时，他戏班演的是大班戏，很有名。符妃森在他的栽培下，成为班里主演武戏的著名演员。符妃森与黄氏一起生活后，对陈影云和陈坎子视如亲生，一有空就给他们传艺。石鼓公见陈影云兄弟喜欢学戏，也常常给予指教。

在继父符妃森和石鼓公的悉心教导下，陈影云 16 岁时演小生已小有名气。第三年，符妃森病死。石鼓公为失去了自己的得力助手深为悲痛。他见陈影云的技艺已经成熟，在演戏时便称病让陈影云当主演。由于陈影云人才出众，动作老练，感情丰富，声质润美，在《王彦章驶渡》一戏中饰演王彦章，一炮走红名声鹊起。此后，该班每次演出群众都要求陈影云当主演。

1948 年，石鼓公因故不开班演戏。陈影云的家人无家可归，只好在雷城谋生。1952年土改，政府把陈影云一家在雷城租住的房子分给他们，因而他们定居雷城。

1953年，陈影云组建起“东西班雷歌剧团”。该团由于演员出身大戏班，表演的动作比较大方，加上陈影云是有名的文武生，哥哥陈坎子也是出色的武生、嫂嫂赵玉和是主演青衣的名旦、妹妹符玉莲在演技上青出于蓝而胜于蓝，两年后又成为著名的正旦，不论到哪里演出都深受群众欢迎。

1956年，“东西班雷歌剧团”改为“新中华雷歌剧团”。该团在当年和1957年分别排演的雷剧《陈世美》与《双槐树》，参加粤西地区汇演连获优秀奖（当时不分等级奖），引起轰动。由此陈影云名扬遐迩，不久，他加入了广东省戏剧家协会。

陈影云虽然只上过一年多私塾，但经过苦学认识了不少字，不仅善于演戏，也善于创作剧本。他创作的《菊香追案》《烈女报夫仇》《樊梨花罪子》《薛刚反唐》等剧本演出曾享誉一时。尤其令人敬佩的是他那惊人的领会能力和记忆力。1957年，北京小百花剧团到湛江演出，粤西地区领导为发展地方戏剧，要求地区文化部门通知各县区剧团派员前往接受培训。他带符玉莲、林玉兰、符悦成等前往参加。符玉莲等人在台上学习，他在台下观看。他虽然不直接受其培训，但北京小百花剧团的导演将有关动作授毕，他叫妹妹符玉莲将所学的动作表演给他看，漏了哪个动作，他都能指出并给予辅导补上。

1958年县人民政府将新中华雷歌剧团改为海康县雷歌剧团，由县文化部门主管，陈影云任团长。当年，该团将剧作家刘拔创作的雷剧《番薯翻身记》排演到省参加汇演获优秀奖，陈影云和哥哥陈坎子也获优秀演员奖（当时省获奖也不分等级）。该剧获奖后，按县委的安排前往南兴兵营为越南兵进行慰问演出，受到人们的高度赞扬。陈影云更是声名远播并引起有关部门的重视。其时，文化部在广州举办第三届全国戏曲演员讲习班，他被县文化部门选派前往参加学习，得到了著名戏剧大师马师曾和罗品超等的悉心指导。在该学习班里学习了半年后，他将在学习班所学到的，以及北京小百花剧团所传授的艺术与雷剧艺术融为一体，取其精华，辟出了一条喜人的雷剧新路。从而大大地提高了自己的演唱艺术，成为享有盛誉的雷剧文武生。该团在他的领导与辅导下，其演艺和舞台设计等方面都得到改进，甚至得到飞跃性的进步。为此，海康县雷歌剧团红极一时，前来订戏者络绎不绝。

陈影云主演过的古装戏有《空中落绣鞋》《碧血丹心》《樊梨花罪子》《菊香追案》《烈女报夫仇》《杨延昭罪子》《齐王求将》《穆桂英招亲》《郭子仪拜寿》《游龟山》《神秘杀人针》《方世玉打擂台》《薛丁山征西》《双枪陆文龙》《海瑞罢官》《史可法》《武松杀嫂》等数十本。他不论演哪本戏，饰演什么样的人物都扮演得非常到位，深受群众欢迎。尤其是《翰章驶渡》《薛刚反唐》《生死牌》《陈世美》《杨延昭罪子》这几本戏，他演得更是惟妙惟肖，生动感人，让人拍手叫好。著名雷剧表演家符玉莲说："陈影云是我同母异父的兄长，在雷剧坛上，他的确是一个难得的人才。演戏，我除了声比他好，在表情、动作、装饰等方面都远远不如他。"

应该说，陈影云当时是雷剧坛上一颗最耀眼的明星。1960年，可惜他因事被迫离开艺坛，自此再也无缘戏剧事业。

2013年4月30日发表于《湛江日报》，2013年12月收入《湛江文史系列丛书·艺人文化》一书。

姑娘歌后符海燕

谁也想不到，符海燕这个连小学都没念完的农村妇女竟然成为姑娘歌后，并被授予中国民间文化杰出传承人、广东省农村青年文化名人、广东省非物质文化遗产项目姑娘歌代表性传承人等荣誉称号，享受国家特殊津贴。

符海燕 1973 年 1 月生于雷州市纪家镇双水村委会田园村一个普通农民家庭。小时候由于家庭困难，她读完小学四年级就辍学回家务农。田园村是雷州半岛著名的“姑娘歌”村，从清朝顺治年间开始，先后出有符应祥、符尚德、符大南等姑娘歌高手。现代的姑娘歌著名歌手符妃伍、谢莲兴等人也唱遍雷州半岛，走红湛江五县（市）四区。因而该村几乎人人会唱雷歌，不少人还从事姑娘歌演艺事业。由于符海燕自小生长在这个特殊的村庄——姑娘歌村，深受村中人文环境的熏陶，也迷恋上了雷歌。为此，13 岁那年，她被同村的著名姑娘（当地人对唱姑娘歌女人称“姑娘”，男人称“相角”，著名者又称“高功”）谢莲兴收为弟子随姑娘歌班学唱姑娘歌。

谢莲兴所在的姑娘歌班，是一支实力特别雄厚的队伍，其主要演员有被誉为“歌泰斗”的周定状和后起之秀陈家悦、符海棠，并不时特邀被誉为“歌仙”的李莲珠和著名歌手田莲喜等同台演出。

初期，谢莲兴教符海燕学些基本动作和背一些姑娘歌的脚本和唱法，她学了1个月即开始登台唱歌，但当时所唱全是背熟的歌词。她觉得天天唱这些歌很是枯燥乏味，便萌生退意。幸得高功周定状看见她干事勤快，记忆力强，头脑灵活，觉得是一株值得栽培的好苗子，也主动收为弟子同谢莲兴一起调教，她才定下心来继续学习。周定状当时是姑娘歌坛上大名鼎鼎的人物。他常常将一些好歌写给符海燕念，教她在台上如何唱歌应付对方。符海燕在周定状和谢莲兴的悉心指导下，加上受“歌仙”李莲珠等著名姑娘演唱艺术的耳濡目染，尤其是跟随周定状上台对唱的训导下，仅两年间就掌握了所有姑娘歌的演唱艺术和能出口成歌，而且歌词越唱越好。有一年，她在遂溪县洋青镇月塘村演唱，突然有个群众带着一把扇走上台来要与她换，她不知来由，又见他非换不可，只好同他换了。演唱后，符海燕特地问他为什么要换扇，他说：“谁都赞你的歌唱得好，我见你将花扇张开后才唱，认为是把歌词写在扇子上看着唱的，便找来一把扇子跟你换了。想不到换了扇后，你的歌还是唱得那么好。你的年纪这么小就已能出口成歌，而且唱得这么好，实在难得。佩服，佩服！”

1991年，海康县在县剧院里举办“今日雷州”姑娘歌大赛。首先是抓阄对唱，符海燕抓阄与陈发明对唱获二等奖；接着是抓题即兴唱，她一抓到《劝夫戒赌》歌题就唱：“劝我丈夫在家内，不要赌钱惹祸灾。夫妻勤劳就致富，何必贪图不义财。”被评为一等奖。

符海燕立志献身于姑娘歌事业。为提高自身的演唱艺术，她不但阅览了大量史书和文学名著，熟读了大量古今雷歌名人佳作，大大地充实了自身知识，还亲自到湛江找“歌仙”李莲珠拜其为师进一步深造，博采众长，融会贯通，创出了自己的独特演唱风格。2003年，为参加广东省首届民间歌会决赛，她又参加雷州市文联组织的唱功和运扇、抛帕、表情等动作的全面培训，演艺方面得到再次升华，在与相角何恩林到深圳参加决赛时，一展歌喉唱响鹏城，获广东省首届民间歌会铜奖、特色奖。其时，应广州市荔湾区的邀请前往献演，也博得观众的高度赞誉。

姑娘歌后符海燕随地歌唱

此后，符海燕每次赛歌都大获全胜，声名鹊起：2004年春节，雷州市在雷湖文化广场举办首届姑娘歌“擂台赛”，她和师傅谢莲兴同为擂台主，接受全湛江市姑娘歌精英的挑战，师徒皆获“得胜擂台主”奖，同年她参加湛江市首届民间歌会赛获银奖；2005年春节，她和相角陈家悦为擂台主，挫败前来挑战的各路精英，同获“得胜擂台主”奖，当年9月参加湛江市首届红土艺术节展演获一等奖；2006年和2007年参加雷州市举办的姑娘歌“歌王歌后”大赛，均获“歌后”奖；2011年参加雷州市文化馆举办的姑娘歌擂台赛，获“歌后”奖等。

符海燕在斗歌时，不管对方来势多凶多猛都能应对自如。在多年的姑娘歌演唱生涯中，她被闹台者斗得最厉害的，应该说是2005年春节雷州市举办的那次擂台赛。这天晚上，正当她挫败各路职业歌手收台时，来自雷州市纪家镇上郎村委会后坑尾村的民间歌手黄春突然跳上台来闹台。他来得气势汹汹，唱的也气势汹汹，一上台就大声地唱：

雷歌竞赛人爱好，我也上楼不拈阄。
要跟姑娘唱脚韵，海燕你娘快上楼。

符海燕听着忙折身登台回应：

哪处来个讨吃狗，无德无才敢称高。
声大未能吓倒我，本事拿来在高楼。

黄春唱：　你娘歇田二亩九，租我种薯和种豆。
　　　　　我就打谷给你吃，你娘心甜快点头。
符海燕：　我一见你就欠走，不说租田过你家。
　　　　　有田也无租给你，饿你公婆眼屎流。
黄春：　　你田积水无通透，还欠雇人来开沟。
　　　　　担棒去通水就出，担锄去掘水就流。
符海燕：　初三正逢大流到，正正着旬并着候。
　　　　　黄春若是喉偌渴，开水今夜灌你喉。
黄春：　　买只猪脚二斤九，借娘罐来给我煲。
　　　　　猪脚煲熟我背去，只剩罐腻在灶头。
符海燕：　见你猪脚总臭奥，狗都不叼谁肯煲。
　　　　　站近定是臭人死，快快拿掷去簕头。
　　　　　…………

黄春虽然来势凶猛，措辞狠辣，但符海燕毫无畏惧，回歌遣词凌厉，有压倒泰山气势。两人你来我往，歌词越唱越凶，犹如危峰迭出，斗得难解难分。不过，黄春再凶也斗不倒符海燕，最后他不得不辞歌下台。

姑娘歌由于多次在县、市、省的民歌大赛中显露“芳容”，声名日益远播，从而引起社会的重视，尤其是姑娘歌后符海燕，引起不少专家的关注。2007 年 8 月，广东省音协领导带专家组到雷州考察雷歌谱曲变化情况，听说雷州“姑娘歌”是即兴对唱不敢相信，得知姑娘歌后符海燕在场，就跟她逗趣说：“我要娶你做媳妇，你表态同意也好，不同意骂我也好，即时给我唱一首歌回应。”符海燕听着美美的笑了笑就唱起来：“有缘千里来相会，不是你个（的）不要追；天涯何处无芳草，不愁嫜无人你门。”此歌来得快，有诗味，又不失礼节，专家们听了无不拍手称赞“唱得好！唱得好！姑娘歌真真了得！”

符海燕不但是姑娘歌坛上一颗耀眼的星，她同著名“相角”陈家悦一道将姑娘歌推向一个新的境界，也是雷歌创作能手。其作品遣词新雅，意境相融，深受人们喜爱。如她在 2008 年写的《新年放歌》对唱歌：

男：你这姑娘真潇洒，我伴你娘唱韵歌。
　　你娘今夜扮织女，我就上台扮牛郎。
女：活鱼见饵都识咬，你是干柴沤到烂。
　　高山无知流水韵，枉悔抱琴对牛弹。
男：月夜西湖景幽雅，租张小船湖中泊。
　　交杯共饮月为证，欢快两人琴瑟弹。
女：湖水清清银光洒，靓影缠绵如漆胶。
　　孩童嬉戏扑萤火，老叟休闲牵手行。
　　…………

由于符海燕演唱姑娘歌成绩突出，创作雷歌硕果颇丰，在社会上具有较大的影响力，为此，各种荣誉也接踵而至：2006 年 3 月被湛江市委宣传部授予“湛江市优秀民间艺术师”，2007 年 1 月被广东省文联、广东省民间文艺家协会授予“广东省民间文化杰出传承人”，6 月被中国文联、中国民间文艺家协会授予“中国民间文化杰出传承人”，并被吸收为中国民间文艺家协会会员，10 月被共青团广东省委员会、广东省文化厅、广东省农业厅等 16 个省级部门授予“广东省农村青年文化名人”荣誉称号，同年还被湛江市民间文艺家协会评为“湛江市优秀民间文艺家”；2008 年 3 月也被广东省文化厅命名为省级“非物质文化遗产项目姑娘歌代表性传承人”等。为此，2009 年 4 月，广东省政协文化和文史资料委员会、广东南方卫视、广东省民间艺术家协会特地联合策划、摄制了大型纪录片《民间传统文化传承人符海燕》在省电视台播放。

2013 年 7 月 4 日发表于《湛江日报》，2013 年 12 月收入《湛江文史系列丛书·艺人文化》一书。

姑娘歌王陈家悦

陈家悦是当今姑娘歌坛上一个当之无愧的歌王。他 1967 年 12 月生于雷州市沈塘镇后山村的一个文艺世家：他的外舅公周定状是姑娘歌泰斗，父亲陈世荣在村雷歌剧团担任女主角，改革开放后村里恢复雷歌剧团，其兄也在团里担任主演。在家庭环境的熏陶下，他深深地爱上了雷歌。

陈家悦从小受雷州歌的浸淫，很小就学会了歌唱，仅 10 来岁即能脱口成歌。在读初中期间，他喜欢逗趣，常常唱雷州歌“捉弄”同学。1982 年初中毕业，周定状就接他到雷州城角村参加姑娘歌班唱歌。陈家悦第一晚上台虽然有些胆怯，但凭他的敏捷才思唱得还不错。经过一晚的锻炼，他再也不胆怯了。从第二晚起，他越唱越好，加上年轻，观众非常赞赏。在城角村演出结束时，该村的群众嘱咐周定状说：“师傅，您下次来，一定要带上这个侬（雷州人对年轻人的昵称，这里指陈家悦）。”歌仙李莲珠看见陈家悦的歌唱得好，也很高兴说：“周呀，你带外甥的儿子出来很好，这样后继有人了！”

此后，陈家悦一直跟着姑娘歌泰斗周定状和歌仙李莲珠、著名姑娘歌手谢莲兴、田莲喜（当时雷州人称“三莲”）唱姑娘歌。由于陈家悦应对敏捷，歌词优美，动作幽默，不论到哪里，群众都喜欢看他登台演出，每晚演出非要他唱上二三台不可。著名姑娘歌手谢莲兴的爱徒符海棠姑娘也由之深深的爱上了他，跟他结为伉俪在歌坛上奋翅齐飞。

1988 年，湛江市东海岛的东山镇举行姑娘歌擂台赛特邀陈家悦参加，陈家悦一炮打响获得了特等奖。湛江日报将东山镇姑娘歌擂台赛的实况登出后，当时海康县（现雷州市）县委书记陈光保看着大为高兴。于是，1989 年海康县也在县城的电光球场举办“海康颂”姑娘歌大赛。前来赛歌者，除了歌仙李莲珠因故不参赛外，湛江地区所有唱姑娘歌的高手都登台了。姑娘歌是雷州人生活中特别喜爱的精神食粮，在文化大革命时期却被当“毒草”禁唱，因此，一听说海康县恢复大赛，人们也像久旱的禾苗盼来了甘霖一样从四面八方涌来观看，整个赛场被围得水泄不通，人山人海，热闹非凡。陈家悦不愧为姑娘歌新秀，当时他以：“雷州戏剧大发展，播进京城震山川。粤剧出个红线女，雷剧出个符玉莲。”夺得了一等奖。其妻子符海棠也不愧为高手，获三等奖。1990 年的歌赛他也获得一等奖，居于周定状、谢莲兴、田莲喜等著名歌手之上。1991 年，海康县举行姑娘歌抓阄对唱赛，陈家悦和妻子符海棠抓的阄同台，他俩在对唱中由于配合紧密，唱词优美有趣，夺取了第一名大奖。对唱后，举行限韵“景心情”抓阄即兴赛，陈家悦抓着《读书好》一题就唱：“才德兼备谁都敬，读书人人要用心。黄金贵人不长久，乌金贵人到朝廷。”也获得一等奖。1994 年，海康县撤县设市（改称“雷州市”），雷州市文化局举行首届姑娘歌擂台赛，陈家悦和周定状同获一等奖。

应该说，对陈家悦影响最大的还是他参加雷州市文联举办的几次大赛：2005 年春节，雷州市文联举办的第二次姑娘歌擂台赛，他和符海燕当擂台主，挑战者都是来自湛江各地的高手，但都被他俩挫败，皆获得“得胜擂台主”奖。他参加雷州市文联在 2006 年举办的首届姑娘歌“歌王歌后”大赛和 2008 年举办的姑娘歌“歌王歌后”大赛皆获“歌王”奖。于是他的大名传遍整个湛江地区。他在2008年获得了“湛江市优秀民间艺术师”和广东省“非物质文化遗产项目姑娘歌代表性传承人”的荣誉称号，享受国家特殊津贴。此后，他在2009年还荣获“湛江市民间演唱‘最佳搭档’”奖，2011年参加雷州市文化馆举办的姑娘歌擂台赛获“歌王”奖，2012年跟歌姑娘黄华参加广东省农业厅、民协在阳江市阳东镇举办的民间歌赛获二等奖。

陈家悦虽然是歌泰斗周定状最得意的爱徒，但他们的歌风格有所不同。周定状的歌比较严谨老辣，尤其是讽刺味比较浓。如：他看见有的人滥生育便唱：

现在众嫜真赶兜，三年两个不落漏，
前妃也抱后也背，两脚到土三个头。

他在文化大革命时期被红卫兵强迫戴着高帽拖去游街时唱：

今日出门不戴笠，左参右随游金街，
皇帝戴错宰相帽，无靴出台只穿鞋。
…………

其歌词乍一听来，觉得诙谐幽默，但实际上是离弦之箭，凶猛锋利，寒气逼人。陈家悦的歌比较优雅风趣，其歌词犹如可口的饴糖，芳香甜蜜，让人喜爱。如2011年雷州市文化馆举办的“歌王歌后”赛，他跟妻子符海棠对唱：

符海棠：虎年过去兔年回，暖气融融今夜昏，
恭祝大家身康健，双喜平平进入门。
陈家悦：喜接新春辞旧岁，朵朵红梅迎春开。
娘是嫦娥我是兔，永远和娘相跟随。
符海棠：娘在蟾宫享富贵，快乐逍遥心花开。
你是俗夫在凡界，怎得跟娘相伴陪。
陈家悦：心想攀丹和折桂，有志会娘架云梯。
钟鼓乐之琴瑟友，跨步进入蟾宫门。
……

这些歌词，烂漫风趣，轻松愉悦，给人带来一种清新、美好

的精神感受。可以说，陈家悦在姑娘歌坛上不仅创立了一个让人怡情的新歌风，同时，也把姑娘歌的演唱艺术推向了一个新的境界。

2013 年 4 月 20 日发表于《湛江日报》，2013 年 12 月收入《湛江文史系列丛书・艺人文化》一书。

民间戏王肖吉桂

在当代的雷剧坛上，有一位雷剧演员名叫肖吉桂。虽然不是专业雷剧团演员，但他在20世纪80年代和90年代里，声名响遍三雷。

肖吉桂1940年12月生于雷州市纪家镇豪郎村一个戏剧之家。父亲肖位侯是有名的雷剧演员，主演老生，有时也扮演女角色。姐姐肖凤球号称“坎头旦”，是著名的主旦。肖吉桂13岁读完小学就被父亲和姐姐带到遂溪县河头雷歌剧团学习演戏，由于他的家在早期曾办过木偶戏班和雷歌班，使他受到熏染，加上他小时聪明活泼，喜欢学戏，常常模仿戏中演员表演，对戏中有关角色的表演艺术有所了解，到了河头雷歌剧团后，经父亲和姐姐一指点就能登台演小童，并演得有声有色。

肖吉桂跟父亲和姐姐在河头雷歌剧团里演了一段时间后，又到过海康县（现雷州市）杨家镇的后洋雷歌剧团和潭后雷歌剧团演出。1956年，也就是他16岁那年，海康县建立有“新中华”、“和平”和“大三星”三大雷歌剧团，大三星雷歌剧团见肖吉桂一家三口演艺出众，便请他们到该团担任不同主角。当年，县里搞活动需要演出节目，他被选与新中华雷歌剧团的女主角符玉莲一起表演《金丝蝴蝶》选段。当时，他俩年轻，声色演艺俱佳，深受观众的好评。就在这时，和平雷歌剧团被抽调到湛江，改建为“粤西实验雷剧团”，肖吉桂被选入该团。

肖吉桂进入粤西实验雷剧团后，根据该团领导的要求，动员其父亲肖位侯和姐姐肖凤球也到该团来。当时，一家三人在该团都担任着主要角色：父亲当老生，姐姐当主旦，他当小武生。在粤西实验雷剧团里，他主演过《哪吒闹海》《沉香打洞》《方世玉打擂台》《狄青出世》等。这些戏，他都演得惟妙惟肖，尤其是演《哪吒闹海》《沉香打洞》两出戏，他把哪吒和沉香这两个人物演得活龙活现，让观众越看越想看。人们都认为他在艺坛上将来必是一颗大明星。1958 年 10 月，想不到他因故突然离开粤西实验雷剧团。

肖吉桂离开粤西实验雷剧团不久又重操旧业，常常被有关民间雷歌剧团聘请担任主角。他唱的是平喉，声质特别好，加上人生得清秀，演艺出众，表情生动，不论随哪个剧团到哪里演出，观众都蜂拥而至。1964 年 6 月，他被海康县纪家镇英龙仔村雷剧团特邀与林仁修，以及艺名为梅子、矮脚南特、干脚、卡萝等民间著名演员一起在遂溪县河头镇的田川村演出，人们闻声即时像潮水般涌进田川村来，晚晚观众都数以万计。可以说，观众对肖吉桂的敬仰在此时已达到顶峰，所以在民间，人们都称他戏王。

“文化大革命”时期，雷剧被禁锢，肖吉桂只好从事建筑业当泥水工。“文化大革命”一结束，英龙仔村雷剧团即在本村演出古装戏。由于古装戏禁锢了多年，群众特别怀念，不说周边村庄的人举家前来观看，就是数十里远的村庄都有人前来观看。遂溪县城月镇邦居村的群众见戏演得好戏服又新即回村里反映，该村的群众一时兴起也想请英龙仔村雷剧团到该村演出，但要求一定要找到肖吉桂担任正生才行。于是，英龙仔村雷剧团又将肖吉桂请出山来。

英龙仔村雷剧团到了邦居村演出，人们听说是肖吉桂当主演就蜂拥而来，夜夜人山人海。当然，肖吉桂也使尽了浑身解数，其名声又大噪起来。此后，许多民间雷剧团或高薪请他当导演培训演员，或高薪请他当主演。他执导过的民间雷剧团遍及雷州三县，一年，他曾被徐闻县的邦伍、石马、南山 3 个雷剧团同时聘为导演执教。他被有关雷剧团请去演出时间最长的是海康县猪仔行雷剧团，约三年；其次是海康县的文堂、符处和遂溪县的姑寮三个雷剧团，各两年。1987 年，肖吉桂自筹资金办起“豪郎雷剧团”，他既任团长又任主演。该团在他和民间名旦吴琴的担纲主演下，不论到哪里演出都受到群众的高度赞扬。

肖吉桂办团 14 年间，年年演出 300 多场，演出的戏有《宝莲灯》《大闹花灯》《武松打虎》《薛刚充军》《正官泪》《状元梦》等 90 多本。人们说，他演戏的唱做功很到位，不管演什么人物都非常逼真，给人留下很深印象。如他在《李广杀家救国》中饰李广，演到李广刺杀家人时，显得既悲痛又残忍，让观众看得心寒胆丧；《大闹胡二虎》中饰介天雄，在闹府跳椅时，险像环生，让所有观众都捏着一把汗。尤其是在《苏文举祭江》中饰苏文举，将该戏演得更是淋漓尽致。有一次，他演到闻悉妻子被后母诬害弃子投江，到江边祭妻时，其唱词悲戚戚，苦凄凄，哭得泪流满脸，观众看着也无不流泪。当演唱到哭昏时，引起不少观众的共鸣。其中有两个妇女见他哭得凄惨而为之产生了争吵。一个说：“老婆死了，就另娶一个，中了状元还愁没娘嫁吗？哭得这么凄惨，太傻了！”一个听了却气愤愤地说：“你才傻！我要是嫁个这么好的老公，一下子闭了眼都情愿！”由此可见他在表情动作方面是何等的到位！他在剧团里不管是排练或化妆都要求很严。所以，不论到哪里演什么戏都演得很好，他化妆人物也特别形象，群众都很满意并给以高度好评。因此，在年度考核中，该团曾被雷州市文化局 6 次评为优秀团体，并年年获得妆饰奖。他主演的剧本不少被音像公司摄录制作成碟出售，其中《苏文举祭江》一碟影响力最大，人们无不争相购买，畅销所有雷语地区。

2013 年 12 月 24 日发表于《湛江日报》，2013 年 12 月收入《湛江文史系列丛书·艺人文化》一书。

第七辑·故事

因　翁

话说很久以前，在雷州半岛的西部，有个财主名叫胡兰心，他心性贪财好色，奸狡毒辣，又因他姓名里的“胡兰”两字跟“虎狼”两字近音，人们都叫他虎狼心。

有一天，虎狼心抢到一条大红鲤鱼，吩咐家奴阿九去宰。阿九将鲤鱼抱到大门前的海沟边，当他举起明晃晃的大刀时，只见鲤鱼流起泪来。阿九觉得诧异，把刀放下，鲤鱼也就收泪了。可是，责任心在催阿九不禁又握起大刀。奇怪，鲤鱼的眼泪又夺眶而出，甚至嘴一颤一颤地喘起来。多可怜啊！看到这情景，阿九心软了。他对着鲤鱼说：“鲤鱼啊，你既然这样伤心，我就放你入大海逃生吧！”然后，立即解缚。鲤鱼翘翘尾，“噗！”的一声，腾空跳起一丈多高，随后落入海沟里，掉转身向阿九点了三下头，便摆着尾巴游进大海。

阿九回到府来，一见虎狼心就跪下：“老爷，我把鲤鱼抱到海沟边刚解开缚绳，鲤鱼身滑力猛，把我甩倒在地，跳入水里游走了。”

“胡说！”虎狼心听着，怒目横瞪，暴跳如雷地嚷道，“分明是你这奴才有意放走的，你得赶快将鲤鱼捞回来，否则，我非把你打死不可！”接着，重重的给阿九两记耳光。阿九忍着剧痛嗫嚅地说："老爷啊，鱼已游入大海了，怎能捞得回呀？如要打嘛，你就打死我都没怨言；要鱼嘛，实在没办法……"

"嘿！"虎狼心翻了一下三角眼，干咳一声道，"世上哪有这样便宜的事？我打死你还要花钱请人埋葬呢！你既然捞不回，需知道这样红大的鲤鱼是不轻易得到的，它是最珍贵的补品，吃了能活上一千八百岁。你既然捞不回，就罚你一千八百两银子给我买长生不老药，怎么样？"

"老爷，"阿九听着连忙说，"谁不知道我是个出了名的穷佬，家徒四壁，哪有银子赔你呀！"

"嘿嘿！"虎狼心哼了两声，打断阿九的话，横起眼沉思着：这穷鬼的家确实是一贫如洗，要他偿银，也是等于说闲话。不如……他想到这里，倏然抬起头来，瞪了阿九一眼，又点头说，"也罢，看在你平日肯干的份上，不打你，也不要你的银子，只罚你给我做十年长工抵债吧！"

阿九听着，知道跟这个老奸巨猾、为富不仁的家伙是没理可说的，只好答应了。

第七天晚上，月光幽明。阿九做完工就回家来，刚穿过森林，忽然看见一个年轻貌美的姑娘在前面的路上站着东张西望。阿九觉得很奇怪，想问个究竟，怕犯疑而不敢做声，仍然默默地向前走着。

"大哥，你去哪里呀？"姑娘忽然拦住阿九问。

"我呀，我回东村。"阿九听着一怔，很不好意思地答道。

"啊，太好了，我也去东村的。天黑了，我自己走很怕，如果能结伴，我就放心了。"

阿九摇摇头说："不，大姐，男女有别，我跟你素不相识，在黑夜里怎能同行呀！"

"大哥，"姑娘皱一皱眉说，"我一个女人家在这时候走路实在害怕，你就可怜可怜，带着我走吧！"

心慈的阿九没办法，只好答应。

不多久到了东村，阿九指着村门口南边那座破旧祠堂说：“大姐，这就是我的家了。你到谁家呢？”

“我吗，我来阿九哥家。”

“怎么，你来我家？”阿九听着一愣说。

“你就是阿九哥呀？”

“是的。你从哪里来，有什么要紧事找我吗？”阿九疑惑地问。

“啊，真是机缘巧合。阿九哥，请到你家坐下后再说吧！”

阿九不知何故，心里打了一个疑结。赶快走进祠堂，点亮灯，搬过一张古板凳，抹了一下灰尘，请那姑娘坐，又急问：“大姐，请问为何事来找我？”

姑娘毫不客气，大大方方的坐下道：“请你听我慢慢说吧。我叫海霞，从小没依靠，给一位姓陈的老板做侍女。前天，因失手摔破一只茶杯，被老板打得死去活来。我忍不住就寻短见，多蒙一位姓周的婆婆救了，叫我逃生。我说，举目无亲，往哪里逃哟，还是让我死了干净。她说，海霞，我有个远亲在东村，名叫阿九，他为人慈善勤劳，生得也不错，又未娶妻，我看，你就去跟他过活……”

“大姐，这事万万不行啊。”阿九听着，为难地蹙着双眉道，“我自小父母双亡，无依无靠。大前年村里新建了一座祠堂，乡亲们把这里的神位搬进去，才让我住进这破旧的祠堂里，一间屋，只有三行瓦不漏雨了，自己又没田耕种，专靠给财主虎狼心当长工过活，哪能养得起你呀！”

海霞却毫不顾虑，真情地说：“九哥，咱俩都是一条藤上的两个苦瓜，你能耕，我能织，怕什么呢？我的主意已定了，只要你不嫌弃，我们就一起生活，相信我们是会得到幸福的，你别推却了！”

阿九见海霞很热心，觉得盛情难却，也就答应了。当晚，他俩以月为媒，拜了天地……

第二天清晨，阿九一起床，发现他俩在堂皇华丽的宫廷式楼房里睡着。他惊讶地推醒妻子道："贤妻，我们咋的住进这美丽的房屋里，这是做梦吗?"

"九哥!"海霞眯着那对漂亮的丹凤眼说，"我在深夜时分，梦见太白金星向玉皇启奏，说咱们善良穷苦，为那些财主挨尽了风风雨雨，就命天神天将在三更里给咱们筑了一座华丽的楼房，还赠给一房银子和一房金子。想不到果然有这等美事，咱夫妻幸运啦，真是谢天谢地!"

阿九听了乐得喜笑颜开，当即跪下拜谢天地。阿九说："好了，这回咱们不愁无家可归，无吃无穿了。"停了一下，阿九又接着说，"啊！贤妻，不意今早起床晚了一些，你在家打理家务，我得赶快到虎狼心的家做工了。"海霞急忙道："九哥，你不要去了，等一会儿吃完饭带我去墟上买丝织布吧!"阿九难为情地说："我如不去，他要罚钱的呀!"海霞听了，连忙说："你不要怕，咱们家现在有钱了，虎狼心如要赔多少，咱就给他，何必还去受他打骂呢?"阿九见妻子说得有理，也就不去了……

却说虎狼心看见阿九第三天仍不到他家做工，就指使管家胡来子到阿九家催促。胡来子回来对虎狼心说："老爷，阿九娶上老婆，建起大楼房，不再来给你做工了!"虎狼心不听犹可，一听来气了。他怒火中烧，立即叫胡来子带他去阿九家。

果然是一座金碧辉煌的崭新楼房。雕梁画栋，飞龙走凤栩栩如生，奇花异草色彩斑斓，极其华丽。左房右舍，黄金白银闪闪发光，更是迷人心目！虎狼心在胡来子的带领下转过几道回廊，走向中厅。此时，阿九正在中厅跟妻子搂丝织布，听到脚步声，稍抬头已看见虎狼心。他忐忑不安地站起来迎上一步招呼：

老爷!"

“阿九！”虎狼心一见阿九，暴跳如雷地吼叫着奔至阿九身边，“啪、啪、啪！”就是三大掌。他虎着脸说：“你为何抵赖不给我做工？哼！缺一天，要加罚一月，今天你非去不可！”说着又是三大掌。海霞把布机停下，站起来说：“老爷，有事请慢说，何必动气？”

“这……”虎狼心听着转睛盯上海霞一眼，看见海霞生得如闭月羞花、胜似嫦娥仙女，顿时怔住了。他想，世上难得如此窈窕佳人，竟落在阿九的手里，自己枉当富翁，连这样的妻子都娶不上……他眨眨三角眼，问阿九道：“阿九，你去不去做工了？”阿九说：“老爷，你要多少钱银我都赔你，但我不能跟你做工了。”

“哼，钱银嘛，我不要。只要……”虎狼心的三角眼滴溜溜地盯住海霞道，“阿九，你如要不去做工，除非是我要啥给啥才行！”

“呵，老爷既是不要钱银，只要我屋内有的，你要什么我都给。”

虎狼心立即向胡来子使了一个眼色。胡来子马上意会：“阿九，你既然这样说，就将你的老婆给老爷做三房吧！”

“这……”阿九料不到虎狼心有此歹意，所以刚才随口答应他要什么都愿给，当一听到胡来子的话时，犹如晴天霹雳，惊恐万分地说，“这个不行啊！”

“嘿！你刚才不是说要什么都给我吗？”虎狼心恶狠狠地说，“你既然说了，不行也要行！”

阿九正想分辩，海霞机灵地向他递了一眼说：“阿九哥啊，你不要跟老爷吵了，不管你同意不同意，我都要跟老爷……”她含糊地说着，又侧身面对虎狼心道，“老爷，你和管家在厅里饮茶，暂等一下，让我跟他回房中讲清楚好么？”

“好好！”虎狼心听着，狂喜得眉飞色舞，连连点头。

海霞拖着阿九回到兰房中。阿九不知妻子的心思，闷声闷气地问：

"贤妻，怎么啦?"

"九哥……"海霞一开口，眼圈就红起来了。她悲戚戚地说，"阿九哥啊，事到如今，我不得不跟你说了。我不是奴婢，我是西海龙王的三女儿，也是你放生的那条红鲤……"

"啊?"阿九一听，迷惑地说，"贤妻，你疯了，你明明是人，为什么说是龙女鲤鱼呀?"

"九哥，"海霞抹了一抹泪接着说，"我的确是龙女鲤鱼变的。三月三日，因慕人间热闹，我跟姐姐到外边游玩，不幸被渔翁网住，其时适逢虎狼心收租路过碰见，他就指使管家胡来子和家丁将我抢回叫你宰，多亏你心慈放我重归大海获生。我为了报答你的救命之恩，瞒着父王，把'万灵宝'偷出带在身上，变为逃难奴婢跟你结为夫妻。到了深夜，我用手一挥，'万灵宝'随着我的心愿立即将破旧祠堂变为美丽的楼房，还添上金、银两室。"海霞说到这里，忽然抽肠剐肚地呜咽起来，"本想同你偕老百年，想不到我现心血来潮，预见父王得知我们成亲，必大发雷霆，三天内将派遣神兵神将前来要把我捉入水牢囚禁，我们将要分……离了……"

"贤妻……"阿九听着，泪如泉涌。他扑上来紧抱住妻子道，"贤妻，你不能离……你不能离开我呀……"

"九哥，"海霞看见丈夫如此悲伤，虽然只是两夜夫妻，但情义恩爱，确是难分难舍。她迟疑了一下说，"呵！罢了，我也不能离开你回那冷清清的龙宫水牢里，我手上的'万灵宝'不管什么神兵神将都不怕！可是，我们要永远在一起和广大百姓安居乐业，愉快地生活，如不除掉那个吃人的'豺狼'是不行的，九哥，我自有办法……"

阿九听了，才放下心来，抹抹眼泪说："贤妻既然已想出好计，就照着办吧。”

正当阿九夫妻窃窃私语的时候，坐在客厅里的虎狼心等得不耐烦了，就叫胡来子把阿九夫妻催促出来。虎狼心冲着阿九的脸厉声喝问：

“阿九，你究竟同意不同意将你的妻子抵债?”

“这个……”阿九双眉紧皱着，沉吟片刻，泪水簌簌地滚着说，“噫！老爷既是决意要她顶债，你就把她带……带去吧！”

“哈哈哈……好啦!”虎狼心得意忘形地转向海霞，“娘子，阿九同意了，你现在就跟我回去吧！”海霞一听，急忙上前，呶着嘴在虎狼心的耳边细声说：“老爷，阿九的家不但有一房金，一房银，还有许多珍珠宝贝。为了让咱们痛痛快快地过一辈子，还需……”

虎狼心听了，喜得不得了，他马上对阿九说：

“阿九，为了把你的债务彻底还清，还得将你的家产与我的家产全部兑换方可。愿意吗?”

“老爷，这个……”

“阿九，你还说什么这个那个？老爷要的你不愿意也得让他!”胡来子为虎作伥地插嘴喝道。

“唉!”阿九长长地叹了一口气，稍停一停，苦涩地说，“算了，我没了老婆，也不愿在这里住下去了。如要换，明天你就叫人作证，写个交换契吧！”

虎狼心一听，更是喜出望外。第二天，他立即请人写好家产交换契据，叫阿九印上指模，亲自到县衙办好了印信手续，就带着早年结发的那两个老婆和管家胡来子到阿九的家来。阿九也就到虎狼心的家居住了。

当天晚上，虎狼心恨不得马上跟海霞合欢同乐。饭后，急趋进海霞的房中，“嘻嘻嘻。亲爱的，你像一枝花，不，比花犹美，真是令我喜爱……”虎狼心说着即向海霞动起手脚来。海霞愤怒极了，指着虎狼心的鼻子喝道："你这作恶多端的豺狼，以钱收买官吏，依势欺人，霸占土地，迫害老百姓，弄得多少人妻离子散，家破人亡，今天又巧施诡计，强夺人妻。你的罪恶已罄竹难书，早该万死！……"虎狼心被数落得无地自容，恼羞成怒，满面杀气地吼道："你这个不识抬举的贱货，狗胆包天乱骂本老爷。我非把你活活勒死不可！"他说着气势汹汹的扑上来。海霞此时忍无可忍，她向着虎狼心冷笑一声道："虎狼心，你的末日已经来临了还要行凶，请看一看吧！"海霞说完，愤愤地将手一挥，骤然，狂风大作，飞沙走石，电闪雷鸣，哗啦啦的下起暴雨来。一恍，虎狼心发觉那花一样的美人海霞和那崭新堂皇的楼房不见了，自己却在阿九原来住的破旧祠堂里。其时，他悔之莫及，叫苦连天。

风越刮越猛，雨越下越大，这破旧的祠堂经不起那狂风暴雨的冲击而崩塌了。虎狼心和那两个老婆都葬身于旧祠堂里，胡来子也被狂风卷到海外去了。

海霞借"万灵宝"之力，呼风唤雨，收起楼房金银后，到虎狼心的家和阿九团圆。海龙王知道他的女儿海霞与凡人婚配后，又气又恨，非常恼怒。几次派神兵神将想将海霞捉拿囚禁，但难奈"万灵宝"法力无边，都被击败，只好罢休。海霞觉得没有后顾之忧了，她就跟阿九把虎狼心家的金银、粮食、房产、田地分给贫苦农民。从此，他们夫妻靠辛勤劳动，过着美满幸福的生活。

却说虎狼心和他的两个老婆死后都变成了蛤蟆。他的两个老婆怨他贪财好色，祸及夫妻三人在狂风暴雨中一齐被祠堂崩塌压死。每到大热天下雨时，大老婆叫："因！"小老婆叫："翁！"她们越叫越忿恨，"因翁"两字也就越叫越响。后来，雷州人听着蛤蟆的叫声，都只管叫它"因翁"。

1986 年 9 月发表于《半岛文学》第 1 期创刊号。

苦瓜的传说

很久以前有个老汉，妻子早逝，遗下七个女儿与他相依为命，平时靠打柴为生。七个女儿除了长女生来麻子脸，长相丑陋外，其他六个都长得清清秀秀的，尤其是七女更是如花似玉，人见人爱。

一天，老汉带着七个女儿到深山打柴，大家都勤快地砍呀捡呀，忙个不停。长女却偷懒，东走西玩。她看见有棵树上开着一朵艳丽的大红花，就闹着要父亲给她摘下来。老汉拗她不过，便爬上树摘花。刚要下树时，不料有条大蟒蛇正绕在下面的树干上，高高地仰起头望着他。老汉一见，吓得魂飞魄散。许久，他才定下神来，往下再看了看，觉得蛇不但没有伤人之意，而且露出乞求的神态。他壮起胆，说："蛇呀，我是个苦命之人，难道你就忍心咬死我?"蛇把头摇了又摇。老汉又问："你如不想咬死我，是不是有事求我?"蛇点了点头，接着又把头伸向他的女儿们。老汉见状道："蛇呀，难道你喜欢我的女儿……"蛇一听，连续点了几下头，随之从树干上脱身落地。

老汉悟蛇之意，凄苦地对七个女儿说："女儿呀，你们谁肯跟蛇走救爹呀?"可是，问了数遍谁也不吱声。停了一会儿，长女破口骂道："爹，你这老不死的，你这么说，岂不是叫我们嫁蛇？就算你死了十九回，也别想我嫁它！你老了，也早该死了。让蛇吃了，免得花钱埋葬……”老汉被气得差点昏了，泪流满脸地痛声说：“算了，我生死由命罢了。你不必再数落我了。”还在犹豫的七妹见父亲困在树上哀求，被大姐劣言恶骂，心如刀割般难受，毅然说：“爹呀，不孝女愿跟蛇走……”

七妹话音刚落，蛇便向她爬来。这时，有只小鸟在树上叫：“七妹孝心敬父母，好心好报话自古；闭目坐上蛇郎背，阵风过后到蛇府。”七妹领会蛇意和鸟语，当即骑上蛇背，与父亲姐姐们哀声道别而去。一阵“呼呼”的风声过后，七妹睁开眼，只见一座美丽的府第展现眼前。她走进大厅，厅里摆设应有尽有，琳琅满目。蛇已变成了一个英俊少年。他彬彬有礼地给七妹倒茶，并施礼道歉说：“七妹，让你受惊了，对不起。实话告诉你，我是在此修炼了千年的蛇精，但我决不会伤害你。难得你愿意跟我来，我很高兴。从今天起，我们就做一对相亲相爱的好夫妻吧！”七妹见他情真意切，且为人憨厚善良，也喜欢上了他。

到了第三天，七妹和蛇郎相伴回娘家。大家见他俩既般配又恩爱，都特别欢喜。

可是，大姐看见七妹穿着华丽的衣裳跟俊秀的郎君带着不少山珍海味、金银珠宝归来，心里妒忌极了。傍晚，她邀七妹一起去挑水。刚到井边，她弯下腰一看，说：“七妹，你穿上这身漂亮衣服，人不但更漂亮，连照在水里的影儿都漂亮极了。我想，如果我穿你这样的衣服一定也很好看。好妹妹，你就让我穿一下好吗？”七妹笑了笑，便脱下衣服给她。大姐换上衣服走到井边瞧了一下，就大声地嚷起来：“七妹，你快来看呀，我在水里的影儿多美呀！”七妹不知有诈，笑吟吟的走近井边一瞧，被大姐一下推落井里。大姐怕她不死，还往井里投下几块大石头。然后，她哭哭啼啼的跑回家向父亲说：“爹呀，不好了。我和七妹去挑水，七妹不小心掉到井里了。”

老汉一听，肝肠寸断，但怕蛇郎知道，不敢作声，慌忙与大女往外跑。他走到井边泪汪汪地哭道，“七妹，我的好女儿，爹的心肝宝贝。你不能死，你不能丢下爹呀!”突然，有只小鸟“吱——”的一声从井里飞出，飞进山林里。老汉刚要下井打捞，大女儿忙拽住他说：“爹，这井那么深，你下去打捞很危险。况且七妹如不是摔死就是淹死了，就算你把她的尸体捞上来又有什么用？现在最要紧的是考虑蛇郎向我们家要人怎么办。我看，为了不让蛇郎闹事，你还是让我代替七妹随他回去生活吧!”老汉想了想，也就无奈地答应了。

大姐要跟蛇郎回家。蛇郎见了她的容貌，大为吃惊说：“七妹，怎么一夜不见你就变成麻子脸了?”大姐泪淋淋地掩脸大哭道：“郎君呀，我为让你吃到最香的油炸饼，夜里亲自下厨，被锅里的油射出烫成这样。我好苦呀!”憨厚的蛇郎见她这么说，也就不再往旁想，“夫妻”俩便一道回家去。

到了家里，蛇郎叫大姐煮饭做菜，她不知米在哪儿，菜在哪儿，盐在哪儿，样样都要问。蛇郎觉得可疑，问道；“怎么只回一次娘家，你什么都不记得了?”大姐哭着说：“是呀，不知怎的，我现在什么都记不起来了，好苦呀!”

一天，蛇郎的马夫对他说：“主人，这两天我到坡上割马草，都有一只小鸟跟在身边叫，‘马夫马夫，主人患大苦。咕咕咕，咕咕咕，大姐夺妹夫，有无知此事?’唉，你说奇怪不奇怪!”

蛇郎听了想，这实在太奇怪了，我得去看看！第二天，他扮成马夫的模样到坡上去割马草，果然有只小鸟飞来，像马夫所说的那样叫着。他觉得这声音很像七妹的，顿时对家里的“丑妇”更是生疑起来。他对小鸟道：“你如是我妻七妹，就跟我一起回家吧!”蛇郎刚说完，小鸟就飞到他的肩上站着。蛇郎断定这只小鸟是七妹变的，即把它带回家来。

蛇郎将小鸟放在笼里细心地养着。小鸟一见他就喜得又跳又唱，可是一见大姐就闭口怒视，有时还往她的身上拉屎。大姐发怒将小鸟捏死，将笼踩碎，一起埋在韭菜地里。蛇郎得知伤心不已，一连好几天吃不香，睡不着。不久，韭菜地里长出一丛青竹。蛇郎想，这又是七妹变的！他怀着无限怀念的心情走到竹边，顿觉阵阵清风夹有七妹昔时身上的馨香徐徐而来。竹尾轻轻地拍着他，使他感到很是亲切。于是，他天天都到这里。大姐看见也来。可是她一到，竹丛就发出呼呼的风声。霎时，竹尾向她盖头盖脑的横扫过来，刮得她皮破血流，痛楚难堪。大姐又气又恨，立即拿来大刀将竹砍了。蛇郎看见伤心极了。为纪念七妹，他将竹劈成片做了一把椅子放在厅里，每当收工回来，他便坐在上面休息一会，热天身变凉，冷天身变暖，很是舒爽。

大姐看见竹椅也来坐，可她一坐上，屁股像被剑刺一样顿时血流如注。她即时怒冲冲的将椅子砸碎烧了。蛇郎看见，又伤心流泪不已。他从火里拾回一块还未燃烧的竹片，做成一把梳子天天梳头，头发很快变得乌黑发亮。大姐见了也拿来梳头，可一梳，就满头乌发脱落，皮绽血流。她一怒将梳子丢进灶里化为灰烬。

蛇郎得知梳子被烧，更是痛苦万分。他在灶边哀声痛哭道："七妹呀，从此我再也见不到你的化身了。"哭着哭着，灶里突然现出一把闪光发亮的剪刀。蛇郎喜不自胜，他把剪刀带回房中，挂在床头的墙壁上，一有空就取下抚摸一番。几天后，大姐回娘家去了。蛇郎每天干活回来，桌上都摆好热腾腾香喷喷的饭菜。初时，他以为是马夫做的，便问马夫，马夫说不是。他觉得很奇怪。为弄清饭菜是谁做的，一天，他有意提前收工回来，伏在窗外往屋里瞧，只见挂在壁上的剪刀"哐"的一声掉下变成一位俏俊的姑娘。她走进厨房里一边生火一边煮饭做菜，动作很是轻快利落。蛇郎定睛一看，哇，那人正是七妹！他惊喜至极，忙跑进去把七妹抱住，但不知咋的，只觉得七妹的身子冰凉凉的。七妹回头一看，见是心爱的丈夫蛇郎，一时悲喜交集说不出话来。

蛇郎噙着泪说：“七妹，你为何离开我呀?”七妹一听泪如雨下，说：“郎君啊，我怎会忍心离开你呀！只恨我那无良大姐……”于是，她把大姐如何陷害自己和惨遭十变九化的际遇告知蛇郎。蛇郎听着又是伤心又是痛惜，说：“七妹，我今后再也不让你离开我了……”七妹说：“郎君，我现在仅有人的化身，尚不能与你长伴。你如果仍对我有爱意，请往我的嘴里吹几口气，让我吸上你的灵气才能恢复人身……”蛇郎一听，忙往七妹嘴里吹了几下。吸到蛇郎的灵气后，七妹原来冰冷的身躯很快就回暖了，而且脸色也变得红润润的更加可爱。他俩都喜得又笑又跳，亲了又亲。十多天过去，大姐探亲回来了。她一进家门就见蛇郎和七妹亲昵地偎依着，有说有笑，当即被吓死了。

第二年，大姐的坟上长出许多瓜藤，藤上挂着一条条长满麻斑的怪瓜儿。人们都说，这是坏心肠的大姐死后变成的。此瓜因为味苦，人们便叫它苦瓜。

2009年8月收入《雷州民间故事选集》，2017年获“中华文艺第二届全国文学创作大赛”金奖，收入《百花齐放·文学大赛获奖作品精选》（团结出版社）。

搭骨头

话说以前有位老汉，老伴早已去世，三个儿子虽然都娶了媳妇安了家，但老汉生性孤僻，不肯跟儿子、媳妇过活，一日三餐只得由大家轮流着给他送饭。

几个月过去，外出经商的老大回来，看见父亲比以前苍老和瘦了许多，心里很难过，便召集全家人一起问原因。

老大责备说：“你们这么多的人在家，连一个老父都照顾不好，究竟是怎么回事?”

大家你望望我，我望望你，谁都说自己按时给老人家送饭，并且平时有什么好吃的东西也给他吃。老大问父亲，父亲也说大家都照顾得很好。

他见找不出原因，说：“好，既然谁都不肯说也就罢了。为让父亲今后吃得好，过得好，我提议从现在起改为每人赡养一个月，先由我做起，然后是老二，再轮到老三。父亲只准肥不准瘦，如轮到谁照顾得不好，老人瘦了一斤，就要罚他多养两个月，依数类推。”

老二和老三他们夫妻都说：“对，我们都赞成你这个提议!”

老大见大家都赞成他的提议，沉重的心总算轻松了许多。

第二天，老大很早就起床，亲自做了几道好菜，请父亲到他家来吃。在席间，他对妻子说："我又要到外边做生意了。咱家现在的生活比老二和老三都好，你一定要照顾好父亲。往后做菜，按着我现在做的为标准，只准好，不准差，听见吗？

"请放心吧，我一定照顾好的！"妻子连忙回答。

老大听了妻子的话，也就放心去做他的生意了。

可是，当老大"满月"归来时，父亲瘦得只剩下一张黄皮包着一副骨头了。看见父亲那样，他心如刀剜，连声责骂妻子不肖，照顾不好。妻子却说："我天天都给他好吃的，哪里瘦了？你要是不相信，拿秤来称就清楚了！"

老大被气得肚子鼓鼓作响，咬咬牙说："称就称，轻了看你怎么交待！"

过秤那天，家人和村里来看热闹的人把院子围得水泄不通。老二和老三夫妇都在想，过秤后，看大嫂她怎么说！可是，一个令人意料不到的事情竟然发生了——父亲虽是瘦骨如柴，但过秤时却比前重了几斤。这究竟是咋的呢？大家都感到很奇怪。老大伸手摸了摸父亲的身子，突然发现他的长衫内包着一块块的大骨头，不觉大吃一惊。他问父亲因何把骨头揣在身上。老人再也忍不住了，说："这些都是你的'好妻子'、'贤媳妇'干出来的！我本来不想告诉你，好让你安心在外边做生意。但是，如果再这样下去我很快就没命了。我现在只好实话实说了。以前，老二和老三每餐都依时给我送来好吃的饭菜。可是逢到她，有时送来半碗粗饭，有时连半碗粗饭都没有。常常骂我老不死，吃饱不干活，像猪那样睡着要她养。这个月，全由她供养就更不用说了。你看，她明明知道我比以前瘦得无法形容了，却硬要我过秤时加重，非让我搭上这些骨头不可。我拗不过，只好由她摆弄了……"

大家听着，都对老大的妻子发出一阵讪笑。随之，有的人破口大骂她虐待老人，罪该千刀万剐！

老大忍不住忿忿地指着妻子的鼻子说："搭骨头？亏你做得出这样丢脸的事！我试问你，往后儿媳这样对待你，你有何感想！"他的妻子此时惭得满脸通红，忙跪下来向丈夫求饶说："老公，我错了。请你原谅，原谅我这一次吧。我以后一定会好好地对待、照顾他老人了……。"

老大见她有所悔悟，便叫她当着大家的面向父亲道了歉，并按规定自罚再养父亲二个月。

此后，老大的妻子不但不敢再虐待老人了，还照顾得体贴入微哩！

1998 年 5 月 15 日发表于《雷州报》，2009 年 8 月收入《雷州民间故事选集》。

奇花案

从前，有个穷秀才周光祖，他和一位淑女结为夫妻，相亲相爱，互敬如宾。结婚未满三个月，时逢朝廷开科招考，他跟妻子商量，将家中稍值钱的东西都卖了，还向亲戚借来一些银两做盘缠，便与妻子依依告别，急匆匆地赶路上京考试。

一天傍晚，周光祖来到一家小旅店求宿。店老板知他是个赴京应试的才子，且身边带有许多财物，顿起邪念，到了深夜，就将周光祖砍死劫了财物。

店老板砍死周光祖后，怕外人知道，只好将尸体埋在店的院子墙边。不久，在这里长起一棵世上罕见的奇花——这花长得枝繁叶茂，花朵艳丽，香气馥郁，人一闻，竟能百病消除、神采飞扬。所以，不论远近的人们都前来欣赏，天天门庭若市。于是，店老板把这棵花当摇钱树。一两年间，他积下无数钱银，建起一座宽敞而雅致的花园式旅店。

光阴似箭，转眼间三年过去了。一天，有一个衣着褴褛、颜容憔悴的青年女妇带着一个瘦骨黄皮的男孩到这店来投宿。那个男孩见到鲜艳的奇花不胜欢喜，连蹦带跳地走过去用手摸了一下花枝。不料，闯出了一场大祸来——这花竟然一下子枯死了。

店老板见摇钱树死了，恨得把牙咬得格格作响，气势汹汹地将那女妇母子扭到县府告状，非要她赔花不可。县官觉得案情蹊跷，冷静地思索了一会，未作任何究问，对女妇说：“你母子暂时委屈一下，到囚房里等我跟店老板去把花验明，回来再说吧！”接着吩咐衙差将女妇母子押禁，他就跟着店老板去旅店。

县官详细地验看了一下死花的枝干，说：“老板，此花的上面没发现有什么异常迹象。你给我拿来一把锄头，将花连根挖起看看！”店老板一听要挖花，惊得魂不附体，哆哆嗦嗦地说：“老爷，不，不不，不用挖……”县官坚决地说：“挖！一定要挖！只有验明此花的死因才能办案！”于是，县官勒令店老板找来一把锄头，叫衙役即时动手挖。

不一会，地下露出一具人骨骼。

县官不由大吃一惊，双眼一睁：“啊？老板，这是什么？”早已惊得似捣蒜筛糠般的店老板一瞧，吞吞吐吐地说不出话来。县官忿然喝道：“你明明是图财害命，把死尸埋在这里，还不赶快给我从实招来，怕你这条狗命即时难保！”店老板吓得面如土色，知道再狡辩也瞒骗不过了，只得“扑通”一声跪下，一边叩头一边说：“老爷饶命，老爷饶命。我说，我说……”接着，他把如何害死那个秀才的经过和盘托出。

县官大怒，立即将店老板捆绑，押回府衙。

世上的事，真是无奇不有。经审明，那女妇和男孩竟是死者的妻儿！

原来，这女妇在丈夫周光祖上京那年生下一个男孩。她在家含辛茹苦地抚养着孩子，盼望丈夫一举成名，早日归来团聚。可是，年复一年，孩子都三岁了，丈夫连个音信也没有。为此，她只好带着孩子上京寻夫。

县官听了女妇哀诉，立即处以店老板死刑，并把店老板的家产全判给周光祖的妻儿。

1992 年 5 月 2 日发表于《湛江日报》，2009 年 8 月收入《雷州民间故事选集》。

阿雄娶亲

传说以前，有一个人叫阿雄，幼年父母双亡，是靠祖母含辛茹苦将他抚养成人的。他长大后一表人才，而且为人勤劳善良，乐于帮人，又会种田和建房子，人们非常疼爱他。

有一天，天刮台风，村中罗财主房屋上的瓦被刮走了。

罗财主派家丁叫阿雄来修补房子。

阿雄在屋顶往下一看，看见罗小姐正在凝神看他。他觉得罗小姐长得太漂亮了。他看着，想着，无心修补房子，便装病回家去。

假病变成了真病，阿雄想着罗小姐，茶饭不食。祖母非常担心，给他请来了医生。医生问诊后说，这病是郁闷所至，开了一个处方就走了。阿雄见医生道破病情，只好将自己的心思如实告诉祖母，哀求祖母为他作主拉媒。祖母为难地说："孙儿呀，门不当户不对，罗小姐怎肯嫁给你!"阿雄说："如果罗小姐不肯，我的病就很难好了。"祖母没有别的办法，只好请媒到罗财主那里去试试。

罗财主说："先叫阿雄来修补好房屋，再谈婚事吧!"

媒人回来，将罗财主的话告诉阿雄。阿雄以为罗财主同意了，心情舒畅，病也好了，便给罗财主修补房子去。

房子修补好了，阿雄以为能与罗小姐成婚了，非常高兴。可是，罗财主却有意为难地说："你想与我女儿成婚可以，但要讲条件。即是三十六个五体不全的人，给我送来三十六只不同的珍贵飞鸟，三十六个不同的稀奇螺壳，三十六个不同的花纹箱。还有，用两个新箩装着金子吊在我的屋梁上，如发出‘噼噼’的声音，就可以了。”

阿雄把财主的话紧记心中，便带着鸟笼上山捕鸟。第一天，捕了几只鸟，放在笼里，下山时，不见了。第二天，第三天也是如此。第四天，阿雄捕了三只鸟，便躲在附近的林子里窥看。

这时，一个白发老人走到笼边，把鸟放飞了。阿雄气得想给他一顿揍骂，可是，看见他年纪那么大，走路那么困难，便冷静下来，心平气和地道：“阿公啊，我求求您，以后不要放飞我的鸟，好吗?”接着，他把要娶罗小姐的婚事通通告诉了白发老人。

白发老人听着，觉得他是个很好的小伙子，点了点头笑着说：“孩子，既然是这样，让我帮帮你吧!”

白发老人说着告诉阿雄求取婚礼物品的密诀。

阿雄随即按照白发老人的指点办。在山上，他一打开笼盖，向山神祈祷，三十六只不同的珍贵飞鸟，便飞入笼子里；在海边，他一放下篮子向海神祈祷，三十六个不同的稀奇螺壳，便滚进了箩子里；在河边，他一放下两个箩向河神祈祷，一块块金子就飞满了两箩；在家里，阿雄一向家神祈祷，一会儿，三十六个不同的花纹箱，飞入房子里；在门口，阿雄一向苍天祈祷，一会儿，三十六个五体不全的人也聚集门前。

一切具备了，阿雄便带着三十六个五体不全的人，扛着礼物向罗财主的家去。

罗财主看着来人和礼物，呆住了。阿雄和三十六个五体不全的人，进了罗财主家就把两箩金子吊在屋梁上，顿时发出了“噼噼”的声音。罗财主眼看屋梁就要断了，吓得脸如土色，快步走上来说：“算了，算了，快放下来，快放下来!”

罗财主要求阿雄做的，阿雄都做到了。这时，罗财主只好让女儿和阿雄成婚了。

1995 年 10 月发表于《启秀报》，2009 年 8 月收入《雷州民间故事选集》。

学见识

以前，有个富翁生了三个女儿，大女嫁举人，二女嫁进士，三女嫁给一个官家子弟。

三女的丈夫虽是官家子弟，却是一个大傻瓜。第一次要到岳父母家拜年，妻子怕他贪吃让人笑话，便对他说："你到我父母家，在吃饭的时候，我敲响簸箕一声，你就夹一次菜，记住吗?"他用力地连连点头说："我记住了，簸箕响一下，我就夹一口菜。"

到了拜年那天，他的妻子和孩子在厨房里吃饭，他跟岳父母、姐夫以及一些达官显贵在庭院的宴席上用餐。他真的每听到妻子敲一下簸箕，就夹一口菜，可以说多少有点斯文。不料他的儿子将饭打翻在簸箕里，接着又拉起屎来，他的妻子无奈，只得抱起小孩去清洗。这时，几只鸡一见簸箕里的小米饭都过来啄"嘭嘭嘭"响个不停。他听着，以为是妻子敲的，就加快夹菜，吃了吞，吞了吃，可是再快也跟不上簸箕的响声。他急了，连忙丢了筷子，用手一挥，将大家的筷子全都拨开道："谁都不准吃了，全是我的，全是我的!"接着连菜桌都端起来。大家看着，觉得既可笑，又可气，都骂他是个大草包。

他妻子为争回一口气，第二次将要拜年的时候，就先叫他到外边去学见识。恰巧他遇着一个风水先生，两人同行。这风水先生每到一处或见到什么新鲜事物，都喜欢吟一两句诗。当来到一条溪边，风水先生见溪里只架着一根木头，吟曰：两桥易过，独木难行。他觉得很好听，一路上都默念着。走到一个坡上，风水先生见一阵旋卷风，将草卷成一堆，又吟曰："风吹垃圾，积少成多。"他觉得也很好听，又默默地念着。来到林子里，风水先生看见树上有两只乌鸦，又吟曰："两只乌鸦嘴咕咕，咕中如何?"他觉得更好听，就一口气背个滚瓜烂熟。

拜年那天，他的妻子不再和他一起去了。他自己跟着两个挑担的家丁到岳父家去。拜年后，众人欺他傻，让他自己坐一席，将别人吃剩下的菜都端过去叫他吃。他见人们一下子端来那么多菜，顿时想起了风水先生的诗，便大声地念："风吹垃圾，积少成多!"大家一听，以为他有了学问，嫌菜不好，吟诗来讽刺他们，就请他跟姐夫和一些达官显贵同宴。刚入席，二姐夫就伸给一根筷子，他想起风水先生的话，吟道："两桥易过，独木难行!"在座的达官显贵以及二姐夫听着一惊，觉得一年不见，大傻瓜竟变成了大学士，加上他又是个官家子弟，再也不敢欺负他了。二姐夫赶快又拿一根筷子给他。他正得意欢笑时，忽然看见两个姐夫在交头接耳说什么，他想起了风水先生最后那句诗，念曰："两只乌鸦嘴咕咕，咕中如何?"两个姐夫听着，以为是气他们，再也不敢说话了。这次赎回了面子。他妻子知道后，很得意地说："哼，我看你那些臭才子还骂不骂'大草包'!"

第三次拜年的时间又快到了，他的妻子又叫他去学见识。这次他却跟着一个宰猪佬学。宰猪佬将猪弄净后说："斩一个大猪头!"随着手起刀落，把一个大猪头斩下来。宰猪佬伸手摸摸猪肚又说："好一个大猪肚!"接着提起来。这时，突然一只老母狗仰起头来咬住猪肚，宰猪佬一时性起，暴喝一声："一脚踢死你个老母狗!"说着，猛力一踢，把老母狗踢出一丈多远，宰猪佬盯着老母狗哈哈地笑起来。他听着宰猪佬的话，看见宰猪佬的各个动作都觉得挺有意思，便一一记下来。

拜年那天，他看见岳母那胖胖的福字肚，就伸手去摸，说："好一个大猪肚！"岳母立时被气得要死，狠狠地瞪了他一眼，他毫不介意地接着说："一脚踢死你个老母狗！"接着狠狠地对着岳母的肚飞去一脚，岳母"哇"的一声惨叫，登天见佛祖去了。岳父听见惨叫声匆匆跑过来，正想问个究竟，可他一见岳父到来，就抡起一把大刀说："斩一个大猪头！"话音刚落，"嚓"的一声，只见他岳父的人头已滚落地下。

妻子得知父母被丈夫害死，哭得死去活来，最后只好咬紧牙，到县府报案。县府立即派人将他抓获归案，处予死刑。

1996年1月29日发表于《雷州报》，2009年8月收入《雷州民间故事选集》。

少妇智斗大炮王

话说清朝中期，有个恶棍不务正业，专养几个年轻力壮的打手扛着洋银到各地当抵押车大炮为活。多年来，由于未曾遇过对手，他很是趾高气扬，自称“大炮王”。

一天，有个年轻妇女赶圩，看见大炮王不但斗输了许多人，捞取了一大堆白花花的洋银，还旁若无人地昂起头大声嚷：“你们这么多的人再也没有一个敢比了？哈哈！饭桶，真料不到这里的人个个都是大饭桶！”当时，她很气忿地应声道：“喂，何必欺人太甚！像你这样的本事，还配不上给我的家婆当一名背鞋的徒孙呢！”他听了，冷笑一声说：“你的家婆既是那么厉害，敢以两百洋银押赌吗？”她听着，毫不犹豫地答应了。同时约他在第二天上午到她的家门前进行“较量”。

第二天早上，大炮王真的骑着大肥白马，在几个打手的簇拥下闯进村来。他一见那位年轻妇女就说：“快快请你的家婆出来吧！”年轻妇女道：“呵，对不起。今天我家要种万车麻种，怕忙不过来，天未亮我的家婆就拖麻种出去种了。只好叫我在家接待你！”大炮王一听就知道她的话意了，说：“好，你来代替她也可以，但我先问一问，你的家婆拖那么多的麻种去，种得多少亩地？”她说：“种多少亩地？哼，种呀，种遍坡岭头，到处都是！

不说你站在这边望不到那边，就是燕子飞三年六个月也飞不透（到边）！”大炮王听着，嘿嘿地捧腹笑道：“我以为很多，原来也只是这些儿，总收起来还不够给我的船打（绞）一条缆呢！”她随即回声道：“我这么多的麻，给你打一条船缆都不够？请问，你的船有多大！”他说：“我的船有多大？嘿，大得都无法形容了！以前，曾有一个三岁的孩子穿着一双尺多高的铁屐，拐一根丈来长的铁杖，想从船头走到船尾，可是，他走得头发都白了，铁屐磨穿了，铁杖也拐完了还走不到一半！”她听着呵呵地大笑起来，说：“我以为你的船大得真的无法形容了，原来也只是这么儿大的！嗜，把你这条船的木板全劈了，还不够给我的家婆为一头母猪煮一餐食哩！”他道：“胡说！你家婆养的猪有多大，把我这船劈了还不够一头猪煮一餐食？”她说：“我家婆养的猪呀，让你说也没法说出来有多大的。它站在东半球能把嘴伸到西半球吃东西！”他说：“你的家婆有多大，能养出这样的猪来?!”她说：“我的家婆呀，大到世上都没有什么可比了。她睡醒来扒一个额，上唇顶着天，下唇抵着地；打一个喷嚏，鼻涕射到天上，最少下三年雾！”

大炮王听了不觉大吃一惊。他想，世上大不过是天地了，还有什么再车了呢？这妇女确是厉害！此时，他只好别生一计：将一只脚放在马蹬上，一只脚留在地下，问：“你说我是上马或是下马？”那妇女忙将一只脚放在门槛里，一只脚放在门槛外，反问：“你先说我是出门或入门？”大炮王感到黔驴技穷，无言可对了。于是，忙吩咐打手们马上带银撤离。可是，村民们即时蜂拥而上将他扭住。他见势不妙，只好乖乖地将银丢下，仓皇溜走。

2000 年 7 月 13 日发表于《湛江日报》。

四姨丈讲故事

以前，有位财主生四个女儿，大女、二女和三女都嫁世家子弟，唯四女喜嫁邻村一农夫之子。财主六十大寿那年，四个女婿齐来拜寿。三位姐夫见四姨丈是个大老粗，很瞧不起，想捉弄他。

用餐时，大姐夫说：“今天，我能够跟三位连襟及诸位贤老一起欢宴，感到万幸。我想，为让大家更痛快地多饮几杯，每个人都讲一个故事听听，助助兴好么?”二姐夫说：“好好!”他说着环顾了一下，接着道，“不过让谁先讲为好?”三姐夫马上接口说：“我看，四姨丈见多识广，应让他先讲才是!”大家一听，随即附和道：“对对，应让四姨丈先讲才是!”

四姨丈知道他们有意捉弄他，想了想，冷笑一声说：“好!既然大家看得起我，我就讲吧！只是，我自小都是种田度日的，没上过学，懂不得什么古人故事，只能讲自己经历过的，行吗?”

大姐夫听说，连声道：“行行！能讲自己经历过的故事，那更有趣了。讲呀，快快讲呀!”

“是呀是呀，快快讲呀!”大家也随之一哄而起催促着。

“好好。”四姨丈拱了拱手道，“有一天，下了一阵大雨，我背着一个笭和扛着一把锄头去巡田，听见蛙声叫得欢，我便放下锄头去捉青蛙。哇！真是乐死人了，我在一块田的四条田埂里就捉到了七只大青蛙。初时，我把它们放在笭里还'喔喔哇哇'的叫闹不停，吵得我煞是难受。我忍不住用力将笭顿了一下，它们就再也不敢作声了……"

大姐夫一听，笑声讥讽道："啊——四姨丈的故事的确有趣啊！"

"是呀是呀，的确有趣呀！哈哈哈……"大家说着哄堂大笑起来。

一位贤老突然阴着脸道："四姨丈，你为何语出伤人啊?"

"我讲我自己的事，哪有伤人之理?"

"哼，你瞒得了别人，瞒不了我呀！你把寿宴当雨，把宴桌当田，把人当青蛙！你说在四条田埂里捉到七只大青蛙，这宴桌四边坐着八人，你除了自己，却把我们七人形容成青蛙任你摆弄，如此欺人，其意何在?!"

"哈哈哈……"四姨丈一阵豪笑后，朗声道："各位姐夫、贤老，小人无意冒犯了，请多多包涵！"

几位姐夫听了，顿时气得面红耳赤，目瞪口呆，从此再也不敢小看四姨丈了。

2009年8月收入《雷州民间故事选集》。

鼻 枪

古时候，有个人娶了个馋吃的老婆，每当他外出时，家里有什么好吃的东西都被她吃光。

一天，丈夫外出不久就回来，看见大门关着，厨房却炊烟袅袅，还传来“咯——”的一声低沉的惨叫。他知道老婆又在背着他杀鸡了。为治一治老婆的“馋吃症”，他先在门前屋后悄悄探听，过了好一会才敲门。老婆正津津有味地吃鸡，听到敲门声连忙将鸡藏起来。丈夫进门就说：“啊，白斩鸡多香呵！”他的老婆听了，脸不由一红，说：“嗐，我知道你这饿死鬼做梦都想吃鸡，可惜你没有这份福气，哪里有鸡呀?!”

“哈哈，这是我的鼻枪嗅到的，哪会没有?”他笑笑地指着自己的鼻子说。

他的老婆生气道：“你这死不去的饿鬼，想吃鸡想得发疯了。你说什么鼻枪嗅着的，那你就拿出来跟我吃!”

“好好，等我再嗅一下。”他想，敲门的时候曾听见咸鱼埕的响声，估计是把鸡藏在咸鱼埕里了，就装模作样地用鼻子嗅着走到咸鱼埕边道：“嘿嘿，一定在这里!”说着，就弯下腰去揭埕盖。老婆慌了，急忙上前将他的手拉住说：“你真的疯了！别开，苍蝇钻进了，咸鱼就会生虫!”

他“哈哈”地又笑了一下，甩开老婆的手，说：“我讲的不假！今天出村不远，碰见一个道士模样的人给我一粒仙丹吃后，鼻子就变成神灵的‘鼻枪’，什么都可以嗅得出来，何况鸡的气味那么香。”他说着从咸鱼埕里拿出了那香喷喷的熟鸡。从此，老婆怕得再也不敢馋吃了。

一天，他和老婆到外家探亲。其时，岳父母正因猪母到外边产子寻觅不着犯愁，他的老婆就向父母推荐说：“爸妈不要担忧，我丈夫的鼻枪最灵，只要叫他嗅一嗅就行了。”

岳父母听后很高兴，即叫他去嗅。起初，怎么说他也不肯，后来经不起老婆的催促，只好到外边去“嗅”。

时逢六月，天气炎热。他穿山越岭跑了大半天，来到一大片荆棘茂密的地方，已累得跑不动了。他想休息一下，这时，肚子不舒服，慌忙松开裤头，“别——”的一声，就泻下了一大堆臭气薰天的稀屎。此时，很快有一头猪母“哝哝，哝哝”地跑来吃屎。他一眼认出这是岳父母养的那头猪母，就跟着它找到产子的地方，接着叫来岳父母把猪母、猪仔赶回家。

不久，他的岳父陪同一个商人到京城做生意，看见城门张贴着一张皇榜：“某月某日，朝中玉玺被盗，屡查不得。今告示天下，谁能查获，官封极品……”岳父看后，欢喜至极，忙将皇榜揭下。看守皇榜的朝兵将他带到皇帝面前。皇帝问他有多大本事，可把玉玺找回。他说，他女婿的鼻枪最灵，只要派一顶轿子去将他请来，不愁找不到玉玺。皇帝听了，半信半疑，便派轿子去请“鼻枪”。

鼻枪被迫坐上御轿。他想，这回糟了，岳父呀岳父，你这是拿我的脑袋开玩笑啊！他想到这里禁不住长叹道：“唉——，终归不死，必定死！终归不死，必定死！”

真个无巧不成书，皇帝派去扛轿的那两人，一个叫“中规”，一个叫“必定”。因那“中规”两字音同“终归”，他们以为是说，中规不死必定死！这时，他俩不寒而栗，忙将轿子放下，把鼻枪请出轿来，双双跪在他的面前叩头道："鼻枪神师，请恕小人之罪，小人把玉玺藏在城墙下的涵口里，一定给你交出，请不要告知皇上……"

鼻枪是个精灵鬼，一听，喜得心花怒放。随即，故作镇静地说："哼，我早就嗅出玉玺是你俩偷的了。不过，想看看你们在我的面前有没有老实交待。你们既能自觉交出玉玺，算你们头脑清醒，我也就不必向皇帝告发了。快起来，带我去取玉玺！"

中规和必定听说不告发他们，连忙爬起来带着鼻枪去找玉玺。

鼻枪找回玉玺，给皇帝呈上。皇帝异常欢喜，即赐他黄金万两，绫罗千匹，还封为护国公。鼻枪一下子飞黄腾达，好不荣耀显赫！可是他想，往后朝中再发生什么事情找他，"嗅"不出来，不仅出丑，还要犯欺君杀头之罪。为了保命，他不得不寻找对策。

不几天，鼻枪请剃头师傅给他剃头，他有意将脸向上一仰，剃头师傅冷不防，失手割伤了他的鼻子。他就掩着血淋淋的鼻子跑去告诉皇帝说，"鼻枪"被剃头师傅切坏了。皇帝忙叫御医给他治疗。这以后，朝中有事要他去嗅，他就说，"鼻枪"被切伤后，再也不灵了。皇帝信以为真，念他"嗅"回玉玺有功，仍留他在朝中当护国公，坐享荣华富贵。

1996 年 3 月 27 日发表于《湛江晚报》，1999 年 7 月收入湛江民间故事选集《荡海王》一书，2009 年 8 月收入《雷州民间故事选集》。

才女招亲

从前，雷州有个貌美伶俐的才女，她不但能诗善文，而且歌才很好。平时，她那甜润的歌喉一动，真个是百鸟来朝，令人陶醉。

这个才女到了二十岁那年，她的父母按照她的意愿，搭了一个歌台让她对歌招亲。对歌那天，有前来“会试”的，观光的，人山人海，热闹非常。人们等到中午时候，只见那才女穿红套绿从歌台后面姗姗而出。她长着秀丽的瓜子脸，弯弯的双眉下镶嵌着一双含情脉脉的杏眼，微微挑起的鼻梁下，朱唇略启，露出两排洁白匀称的牙齿，腮边垂着一对灼灼发光的金耳环，衬托着她那苗条的身材，好似仙女下凡。人们看了，个个啧啧赞美。她走到台中，二话没说，向台下深深地施了一礼后，即放开珠喉唱：

什么生来红一点？什么生来弯过弓？
什么生来颠倒吊？什么生来赛洛阳？

才女唱完，脸上骤然泛起两朵红霞。此时，台下有意前来对歌的，观光的，都注视前面，候等歌手登台。过了片刻，穿着华丽的公子、少爷纷纷登上歌台，不过，他们唱的都是一些不伦不类的，哪里算得是什么对歌！姑娘听了把头摇了又摇。不多久，一个身材肥胖，鼻勾眼凹的秀才登上台来。他向才女微笑着施了一礼，说道：“小姐，请听我来对吧!”说着清了一下喉咙，便唱起来了：

啊——咧!
日头上起红一点，初旬月儿弯过弓。
桃树生子颠倒吊，桃叶生来赛洛阳!

歌声一停，台下掌声如雷。他得意洋洋地昂着头问：“小姐，我对得好吗?”才女说：“你的歌词高雅，气概非凡。从天上唱到地下，可见你学问超群，出口成章，可惜你答的并不很符合我之所问。”此时，一个衣着褴褛，神态自若的英俊书生，走上台来。道：“小姐，容我一唱么?”才女听了，含情脉脉地点了点头。那秀才看着一块肥肉快要到嘴，却又走出一个穷书生，很是气恼。讥笑道：“哼，癞蛤蟆想吃天鹅肉!”可这书生不理睬他，走到小姐面前，拉开嗓门就唱：

吔——
嘴唇生来红一点，眼眉生来弯过弓。
耳戴耳钩①颠倒吊，身穿红裙赛洛阳!

歌声刚落，台下喝彩声一片欢腾。才女欣喜而又含羞地说：“好歌，好歌!”她问明他的住址姓名后，便接着当众说明，赛歌宣告结束，随即请这个书生到台后叙话。那秀才看了，不禁妒火中烧，满脸通红，只好跳下台来，灰溜溜的钻进人群离去。

原来，才女久慕书生大名，今见他真的生得风流潇洒，歌才敏捷，自然相见恨晚，所以，歌声一收，便许下百年好合之愿。她的父母见他俩才貌相称，也就欣然答应共结丝萝，择日成亲。婚后，这才女和书生相亲相爱，一起劳动，一起唱歌，好不快意，其生活比蜜还甜!

1988年10月1日发表于《湛江日报》，收入《雷州民间故事选集》。

① 耳钩：雷州方言指耳环。

苏东坡在兴廉村的传说

据说北宋著名诗人、文学家苏东坡被贬谪琼州（今海南岛）遇赦北归时，途经雷州府遂溪县兴廉村（今乐民城）在净行院留宿。

当时，兴廉村有位私塾先生名叫陈梦英，在兴廉村净行院办学，闻悉苏东坡光临，慌忙走出接至净行院。倾谈中，苏东坡知道陈梦英虽屈居山村野地，但通今博古，能诗善文，实乃当世民间之宿儒，深为钦佩。于是，便与陈梦英结为八拜之交。

此后，苏东坡和陈梦英一有空，就在一起谈今论古，畅饮高吟。有时他俩也一起到学堂里讲学，或到田里锄地、到野外寻芳、绿林中漫步、海边玩碧水银沙、听涛观浪……那绮丽的山村景色、神奇的大海风光、浓郁可亲的乡土人情，不但使苏东坡流连忘返，还写下了许多脍炙人口的佳句。特别是他在此所写的“田园诗”更为后人赞赏不已。

苏东坡在兴廉村一住就是四十天。临别前，他不但应陈梦英的要求帮助选定迁居新址（即现在的双村），还为传播中原文化，教民读书著作，讲学明道，特地赠金购置良田七亩给兴廉村陈氏作为“助贤田”和将心爱的汉石渠阁瓦砚一方送给陈梦英，并在砚背面刻上一首诗：“其色温润，其制古朴；何以致之，石渠秘阁，改封即墨，兰台列爵，宜永宝之，书香是托。”作为临别赠言。

兴廉村的村民们深感苏东坡爱民之美德，在他离别那天，大家都跟陈梦英一起依依不舍地送了一程又一程。

1993 年 4 月 6 日发表于《湛江晚报》，后改标题为《苏东坡在雷州的传说》收入《雷州民间故事选集》。

戴明光对对子趣事

提起雷州当代才子戴明光的名字，雷州地区几乎没人不晓。

戴明光，字星桥，系雷州市纪家镇包金村人。中华人民共和国成立前，他先后在遂溪县国立师范和遂溪县第一中学任校长。解放初，由于社会关系，戴明光蒙冤流放于塞北十余载，后归家躬耕，至“四人帮”倒台后得以平反复归遂溪一中执教。曾著有《星桥咏草》《星桥心籁》《明光吟草》等诗集。据悉，他很小就会对对子，并出了名，因而留下了许多趣闻。现笔者搜集有关他对对子的趣事三则如下：

一

戴明光少年时期聪颖好学，上学不久，就能作文、对对子了。

他十三岁那年在本村私塾读书。一天中午，有一位先生路过他家门口，看见他衣衫褴褛，赤着双脚在榕树下念书，很瞧不起他。先生心想：一个农家孩子，乳臭未干，有多大学问的，真不知人们为何都称他能人。我得给他出一对子试试！先生一边想一边走到戴明光的身边说：“喂，孩子，我有个朋友出了一对首，苦思不得下联，听说你对对子很行，想必一定能对得出吧?”戴明光不好意思地说：“不敢，不敢。但不知对首是什么，有请先生赐教吧。”先生随即将对首说出：“檐下蜘蛛，不见捕鱼常晒网。”戴明光听着，稍思索一下就脱口而出：“树间螳螂，未闻割稻永提镰。”先生听了，不由得大吃一惊，连声叹服：“真是少小不可欺也!”

二

中华人民共和国成立前，华亭园村有个赫赫扬名的贡生周必达，人们都称他为“必达贡”。必达贡在本村私塾馆教书。他学问渊博，教学有方，求学者源源而来。

戴明光在当时的遂溪县立第十小学（现雷州市纪家中心小学）读书时，有个至亲同学名叫戴兴宗，因成绩差而转回必达贡处就读。戴明光在遂溪县立第十小学读满五年级，就以第五名的优异成绩考上雷州师范初中部。他在入学前，到华亭园必达贡的私塾馆来向戴兴宗告别。其时，适值戴兴宗外出未回，戴明光便留在他的房中候等。必达贡知道，出一对首叫陪侍在旁的胡至燕带来，要戴明光对下联，对曰：“标夺自雷声震地”。戴明光一看，就知道必达贡既称誉他从雷州夺回了锦标，又是欲试他之捷才。戴明光沉思片刻，挥毫写下下联，曰：“帐开于遂望惊人”（此联是用马融设帐绛的典故，指必达贡开书馆。“遂”指遂溪地），写毕交胡至燕带给必达贡。一会儿，胡至燕回来对他说：“贡爷要见你。”戴明光即跟着胡至燕入内晋见。必达贡对他那下联称赞了一番后，又跟他谈起诸家诗文，见他皆对答如流，更深为钦佩，即破格把他敬为上宾。

三

戴明光以优异成绩考进中山大学中文系就读。毕业后，到广州附近的江村庸伯中学任教。当时，教过香港著名电影明星陈云裳的万老师也在该校与他同事。万老师年纪高而博学多才。但见年轻的戴明光才华横溢，亦很尊重而礼待之。他俩一有空就坐在一起谈经论史，或吟诗作对，极其亲厚。

一年，清明节放长假，开始放假那天早上，大家正在吃饭准备回家。万老师针对大家当时的心情出了一对首："归家心似箭"，要戴明光对回下联。戴明光随即笑着说："赶路背如弓"。大家一听，都齐声叫好。特别是，当大家想起年迈的万老师赶起路来总是"背如弓"的，觉得此联不但对仗工整而且带有戏谑之意，都大笑不已。同时，万老师也连连拍手赞道："对得好，对得好，你真不愧为雷州才子！"

2002年10月31日发表于《雷州报》。

第八辑·诗词

游成都杜甫草堂

千枝翠竹色尤新，　万树苍松映碧云。
芳草香花清肺腑，　奇山异石讶游人。
回廊避暑留宾影，　曲径通幽吊圣魂。
更喜成都今胜昔，　草堂春暖笔传神。

登蒲江县城楼

扶栏纵目瞰蒲江，　映日黄花阵阵香。
松海翻腾连昊宇，　山涛涌动接霓裳。
绕城碧水长流去，　拍岸银鸥自在翔。
绿竹依依蝉声逸，　恍如此地是天堂。

遥寄成都叶君

兰舟桂棹伴歌声，　碧水蓝天系旧情。
天府虽然千里远，　也邀青鸟梦中行。

与文友互勉

学海茫茫苦作舟，　同君奋志共潜游。
恒心拼搏终临岸，　期把欢歌互唱酬。

偶　成

碧海银沙日照斜，　同嬉海畔耍银沙。
归来并坐疏林里，　静听潮鸣看浪花。

游雷州西湖感赋

西湖胜迹古传名，　水秀荷娇映翠亭。
商贾农工频荟萃，　兴邀骚客抒豪情。

游天宁寺

天宁古刹荡钟声，　尘世几多梦未醒。
何必烧香求保佑，　平安应是自身清。

游湖光岩

一潭清水映千秋，　四面环山翠欲流。
同跋云梯观秀色，　飘然胜似伴仙游。

连山观淘金

山峦叠翠路迂回，　碧水低洄异景开。
河里不知金几许，　年年淘出富翁来。

登连山雾盖山

车随路转上崖巅，　顿觉连山景物妍。
云海茫茫翻白浪，　峰峦叠叠接青天。
新村霞绕阳光灿，　曲径花飞树色鲜。
昔日荒陬成胜地，　陶公遗泽永流传。

注：陶公指陶铸，为首先发动开辟连山公路者。

村　景

山村夏景胜春天，　金鲤池塘戏碧莲。
甘蔗酣歌歌荡漾，　香蕉漫舞舞蹁跹。
瓜田泛绿绿如海，　禾地飘香香袭人。
四面环观皆秀色，　且行且咏倍怡然。

鹰峰岭揽胜

巍巍屹立壮南疆，　远望如鹰展翅翔。
古树森森存古韵，　奇花艳艳溢奇香。
危崖怪石凝苔绿，　溅水飞珠映日光。
曲径通幽陶雅兴，　登临绝顶气昂扬。

赠　友

明月柳梢头，　豪情逐浪高。
酒邀知己醉，　诗向解人投。
喜把文章著，　敢将道义挑。
笔锋如利剑，　挥动鬼魔逃。

随诗友到企水港采风

时伴诗朋出采风，　欣观古港展新容。
千帆竞发云天际，　遍地高楼入画中。

月　夜

一轮明月挂蓝天，　喜坐楼台弄管弦。
鼓吹唱吟心底事，　全凭善政富黎元。

观雷歌赛有感

千里雷州千里歌，　亦褒亦贬汇成河。
怡人警世千秋事，　一展歌喉万众和。

吊戴明光老师

腹有鸿才究古今，　英华年月喜哦吟。
诗词百首脍人口，　对句千行沁友心。
桃李园中勤抚育，　艺文苑里默浇淋。
德高望重群贤仰，　噩讯传闻泪满襟。

游西湖

碧水悠悠柳拂堤，　鲜花簇簇惹幽思。
往年亭上情相悦，　今日桥中步并移。
月映西湖湖映月，　诗融春景景融诗，
香风阵阵心陶醉，　携手婵娟展笑眉。

思　友

春来大地暖融融，　又见山花映日红。
日日思君君不见，　只能夜夜梦中逢。

思念女儿

千山万水隔重重，　每忆女儿仰望东。
唯冀婚姻多幸福，　一年一度回相逢。

蒋氏祭祖有感

始祖封王姓字香，　绵缠瓜瓞萃冠裳。
衍生将相匡社稷，　广育贤良护国邦。
一府九侯荣誉显，　同胞五牧美名扬。
后昆励志承先德，　发奋攻书当自强。

怀念二弟

别却数年思数年，　弟兄情义永缠绵。
几番梦里欣相会，　醒不见人更怆然。

荔枝花

荔枝花满树，　嫩蕊似霜华。
蛱蝶多迷恋，　幽香溢众家。

题桃园结义图

千秋美誉话三公，　义胆忠肝气贯虹。
同历艰辛兴社稷，　雄姿永志锦图中

秋游故野

时值中秋返故乡，　山光水色醉人狂。
高坡甘蔗层层碧，　低地禾花阵阵香。
河水清幽鱼欢跃，　森林青翠鸟歌扬。
山花烂漫迎吾笑，　最是多情永不忘。

清平乐·同游

回廊曲巷，举目花齐放。更喜翠篁青欲滴，同泛银波画舫。

欢游胜似瑶池，人如款款鸥飞。笑语酣歌未已，挥毫又共题诗。

注：此词于1978年11月作于成都青羊宫公园

西江月·寄友

地籁无边沉静，天街万里澄清。星河灿烂漾流萤，露湿垂杨叶冷。　鹤唳数声凄切，轻风几阵清泠。一张尺素寄衷情，遥忆娉婷倩影。

第九辑·楹联

春　联

春风习习海邑山川皆是画
暖气融融神州人物尽如诗

柳绿桃红大地风和花灿烂
山明水秀神州日暖景妖娆

四化途中春光灿烂
长征路上霞彩辉煌

喜迎春风千木秀
欣逢盛世一家亲

同心谱就和谐曲
协力描成幸福图

春风薰胜景
丽日灿华章

自　娱

灯前苦读志存高远
月下长吟情系古今

欲把雄心先寄雁
聊将壮志渐吟凰

廉风正气千秋颂
道义文章万古传

题东岳庙

东来紫气浩荡皇恩敷四海
岳绕祥云巍峨圣德被千秋

题雷州陈清端公祠

义胆齐天开冤狱筑海堤恩敷闽粤
忠心报国斥佞臣惩腐吏气壮山河

游雷州西湖偶得

九曲桥边每见情人留倩影
一环水畔常闻墨客咏西湖

题华江图书馆

华夏展宏图务必深研科学
江山呈锦绣犹需苦读文章

注：华江图书馆在湛江市霞山区新兴街道草塘村，乃陈华江先生所建，馆内藏书近 5 万册。

为姑娘歌后符海燕与师谢莲兴及作家符琳、符马活兄弟题

技艺传承师徒同里皆歌后
文章练达兄弟一门两作家

贺湛江诗词楹联研究会成立

诗苑迎新晖喜聚英才同挥彩笔描春色
联坛开远景欣逢骚客共引珠喉唱盛时

为蒋氏始祖伯龄公题

伯舞季歌解颐含豫宗风振
龄遐寿永益泰恒丰世泽长

为英龙村蒋氏祖祠题

源出淮滨派别支分承一脉
根生雅道枝繁叶茂发千秋

注：源出淮滨：指蒋姓出于今河南淮滨县（周朝汝南期思县）。根生雅道：指英龙村始祖从化州县的雅道村委会迁来。

祖德宗恩似水奔流欣永泽
子基孙业如山崛起喜恒兴

英气贯长虹先祖功勋昭日月
龙威惊大海后昆业绩壮山河

为英龙村始祖蒋朝盛公题

朝野葵倾雅道鸿基铭祖德
盛时日朗英龙骏业奋孙谋

为英龙村业祖蒋建隆公题

建业兴家子孝孙贤开远景
隆基固本人康物阜展宏图

建立鸿基千秋发展光先祖
隆兴骏业万代繁荣荫后昆

为英龙村文化楼题

英气远腾芳艺苑繁荣悦耳轻歌传豫泰
龙光长聚瑞国家昌盛赏心曼舞庆恒丰

为化州西埇村题

西山碧绿栖鸾凤
埇道祯祥出俊贤

为朝升村题

朝日驰辉山河壮丽蓝图美
升华毓秀兰桂芬芳玉树荣

题石溪寺放生池

亭秀风凉迓至八方善客
池清水碧放生百种神龟

题阳西净业寺

净土无争福田广种千家乐
业尘了却佛地长留万载春

为东黄村戏楼拟联

东海波恬喜享太平歌盛世
黄钟韵美欣听妙曲颂明时

为禄赊村题

禄籍生辉应学先贤匡社稷
赊程绣锦当培后裔壮乾坤

注：赊义既为赊欠，也可作长、远解，如李中《旅夜闻笛声》诗："长笛起谁家，秋凉夜漏赊"，见《辞海》。赊程，即远程，意为前程也。

为王福老师山月野香作品屋题

山月驰辉墨客倾情文焕采
野香润屋骚人起兴笔生花

怀念母亲

恩深似海长追忆
爱重如山永溯思

为雷州市周家村祠堂题联

一门九府贤良辈出光先祖
二派千秋俊采星驰耀故园

醇醴荐初阳千秋祠宇冠裳萃
正风薰八境百世云礽姓字香

为雷州市纪家镇新村蒋氏宗祠题

新风馨暖九侯世业存豪气
村景繁华五牧家声振远谋

乐善图强鼻祖贻谋垂燕翼
安家富国耳孙励志奋鹏程

题雷州市龙翼村大门联

龙腾盛世行程万里遨寰宇
翼振雄风举力千钧上九霄

注：龙翼村，也称龙翼塘村。

为雷州市后坑村公园题联

喜沐春风百花齐放腾香气
欣逢盛世万众同歌颂党恩

为雷州市新埠村三山宫题

护国安民功德巍巍名万载
锄奸除恶威灵赫赫誉千秋

选摘比赛获奖楹联

出句：观花顿觉心情爽　对句：见月尤思骨肉亲

出句：喜听金莺鸣翠柳　对句：欣看彩蝶戏黄花

出句：亭畔风清堪避暑　对句：院中日暖可驱寒

出句：喜看东方红日上　对句：欣观西岭彩霞飞

出句：大设文坛联雅咏　对句：广开艺苑谱新歌

出句：英雄眼里无难字　对句：俊士胸中有锦图

第十辑·雷歌

千里求医

青春年华多坎坷　　往事悠悠记心上
尤其是因病求医登天府[①]　　尝透酸甜意味长

长期欲把笔来试　　可恨无才难成书
且作雷州歌一段　　抒发情怀在今时

时逢批资学大寨　　苦干日夜饿到坏
写几篇歌叹下苦　　大祸即时随之来

来人骂我是不满　　欲斗那时罪由大
不料逢病眼暴痛　　起不得床步难行

行走艰难暗中苦　　五载出入都摸路
双目失明没法治　　不愿生存将井投

投井亲人急救起　　贱命幸存仍求医
亲友闻声来安慰　　狠心歹徒乱猜疑

疑心我搞坏活动　　恶语谰言猛围攻
公社立个专案组　　立案专查药味浓

浓烈药味真可畏　　震动当时四邻村
三十多人心一致　　展开调查似打雷

雷州远近都走遍　　共计调查六十天
并将我困在大队　　盘问不离多可怜

可怜无端受这罪　　天见切情都伤悲
有幸假案落实后　　暖风徐徐送入门

门迎暖风全凭党　　清扫豺狼仁人帮
人民日报送喜讯陈达夫眼科医术最高强

强求双亲去医治　　家无分文确惨凄
多得三叔他包产　　借两百元血汗钱

钱拿两百在手里　　天府遥遥怎寻医
要人带路钱不够　　独自登程在那时

时辞亲人摸路往　　也似永别苦悲伤
父母哽咽嘱保重　　弟妹送行泪淋淋

淋泪上车苦作伴　　漫漫长途多磨难
服务员旅途之中多照顾众旅客热心关怀情感人

人人怜我病厉害　　摸路摸土过省县
夜间让座给我睡　　日间端饭到面前

前进途中站到站　　全靠客人用手牵
送饼送蛋送粮票　　不是亲人胜亲人

人群之中有歹种歹懒子想抢我钱紧跟踪
列车里我进厕所他也进　　按倒就掏太横蛮

横蛮劫物包天胆　　逼我连连喊救命
他见我喊惊逃走　　我就连忙往外爬

爬回座中魂魄散　　犹怕歹徒起祸端
央求座边旅客助　　好彩遇个杨承祥

祥光喜降暖心窝杨同志亲带我临天府上
帮找神医访密友　　挂号奔劳恩情长

长住丰收旅馆里　　关照入微巧姐她
钱物全交她保管　　为我安危勤操持

持久照料叶重义　　恩功更高九重天
妙龄姑娘心慈善　　永生难忘念无离

离馆吃饭上医院　　形影不离常相跟
谈吐方知同好学　　志趣相投论诗文

文章博得人喜爱见病况医务人员替悲哀
神医达夫细诊检　　奇方那时开一个

个方服药剂到剂　　略见光明心花开
挥笔就为家报讯　　全家知情喜开怀

怀乡情牵千里远　　眼稍复明倍思亲
闻讯家宅雨淋倒　　坐卧都无得安然

然后告知叶重义　　要回家来服药医
她见我病方好转劝解我天府治疗多些时

时没上班带着我　　游武侯祠廓心宽
同摄一张留念像　　倩影相随遣记名

名声飘香到粤海　　重义心诚注都知
离别那候跟巧姐　　依依送行车站来

来见我要把车上　　难舍难离泪水飙
沉默一下问声我　　犹有来日会面无

无等得应车开动　　一路挂怀一路念
柔情千里深似海　　海水当墨写无完

注：①天府，成都别称。写于1979年3月。

局长上任

妻　恭喜丈夫当局长　　为妻今日也沾光
　　乡亲特地送贺礼　　带回家来喜洋洋

夫　接过贺礼来清点　　犹有千元放在筐
　　骂声亚汉太可耻　　送礼总无看谁人

妻　亚汉大伯看起咱　　敬贺送钱该喜欢
　　好心好意敬奉你　　你犹谴责因何层

夫　他外甥
现今犯罪正查办　　求我徇情放过关
妻　人家既然重情礼　　你该顺情对待人

夫　人情不当案情办　　枉法受贿理不当
妻　你看人家楼几幢　　何必为人偌清廉

夫　两袖清风清爽爽　　吃也甜甜睡香香
贪赃枉法求享受　　你看几个好下场

妻　看你这人无胆量　　收一些钱又何关
神也不知鬼不觉　　你有大权谁查盘

夫　怎不见
利欲熏心钱局长　　就因受贿去坐监
一失足成千古恨　　财完官完臭名扬

妻　咱无似他贪无厌　　想你为何总惊慌
当官现今无识捞　　一世清贫枉做人

夫　应把陈瑸当典范　　为官清廉心无贪
除暴安良伸正气　　人死名留万古扬

妻　扬名万古又怎样　　不及钱财堆如山
子子孙孙得享受　　死去阴曹都排场

夫　党任我当这局长　　为抓今日好治安
自己执法若违法　　徇其私情实汗颜

妻 妻本无意做试探 怕你受贿心地贪
照看我官心不变 应将贿物即送还

夫 道出真情心欢畅 不为私谋同锄奸
合 天网恢恢疏不漏 为国为民执法严

赌徒泪

翻来覆去睡没着 独倚窗前把家望
月冷风凄心欲碎 悲泪淋漓洒监牢

想前候夫妻恩爱勤力做 养畜耕田收入多
三年存款五万八 生活如同吃蜜糖

否料到春节算命先生讲 我运今年行最香
若去赌钱必暴富 胜过种田养牛羊

当时一听心迷倒 就将正业拨无望
妻子苦心枉规劝 日夜去蹲赌钱场

初时赢着钱几张 得意忘形口唱歌
后来存款总输净 家产荡完鸡狗无

好好家庭败到基 犹骂妻娘人罗嗦
无做无吃情惨切 气妻当时想投河

邻居闻声来劝阻 安慰妻娘拨愁波
送一头猪给她养 我又丢入赌钱场

接着偷牛被抓着　　劳改判刑三年多
古人话贵人没做做贱品　　自招罪来苦折磨

今年二弟来信讲　　妻在家庭忍饥饿
一日三餐流眼汁　　歇下婴儿去悬梁

手执家书就昏倒　　肠断九回泪愁波
妻呀都是歉夫害到你　　使你幼年归阎罗

赤赤孩儿交歇下　　有谁养育在家乡
无乳无汁给他吃　　生死存亡又如何

冷风吹来清醒想　　悔恨重重在监仓
赌博害我深无底　　家破人亡泪成河

奉劝世上众兄哥　　不要傻傻学我样
当以我赌来为戒　　千万不蹲赌钱场

注：此歌系八十年代初根据《南方日报》一篇报道改写。

园丁颂

年年校园桃李艳　　胜似芝兰阵阵香
为何这里花偌美　　全凭管园育花人

人人歌赞好校长　　思想也同星闪光
一身扑在校园里　　刻苦耕耘意志强

强风暴雨似狂蟒　宿舍课堂摇欲崩
教学大楼建不起　坐睡都无时安闲

闲时去找乡书记　发动建楼苦求他
把建家宅砖和款　先借投入在当时

当时书记大感动　群策群力显神通
一座大楼拔地起　师生个个脸笑容

容颜看他瘦落格　犹把新楼让人家
自己仍住旧房屋　大风雨来熬通夜

夜间辛勤日劳累　培育李桃家忘归
汗水如注化甘露　花开年年满校园

校园之中大轰动　成绩年年占上风
他为教育尽天职　雄心如同火焰红

故乡今日

回看故乡心陶醉　幢幢楼房映朝辉
鸟语花香春色满　笑声欢腾喜盈门

回顾昔日心犹碎　浩劫年头家难归
缺粮少衣难度日　屋漏都无哪处蹲

严冬过后阳春回　政策富民民心开
鱼肥稻香蔗甜蜜　农家人人腰包肥

对对情人笑声脆　喜结良缘锣鼓擂
前候人说天堂好　怎比今日我家园

东里今昔

过去东里人最蒯　困苦住寮多难灾
沙地作物旱到死　捱死都没薯几个

生活逼人当乞丐　抵饿抵寒确悲哀
穿破披烂贱过狗　老幼个个都愁眉

改革开放三十载　开拓富民路万千
沙地变金掏不尽　虾塘起钱滚滚来

今日东里新气派　村镇繁荣景色佳
条条大路硬底化　百姓住楼笑开怀

夫妻对唱

一

夫　怎样为人人喜爱　怎样为人人骂坏
怎样为人人尊敬　怎样为人人看高

妻　助人为乐人喜爱　唯利是图人骂坏
克己奉公人尊敬　才德优良人看高

二

夫　见人养虾咱也瘾　　一亩都无捉十斤
　　衰人打锣都不响　　五鬼无情跟着缠

妻　傻人只是讲迷信　　种养书无看一篇
　　若懂科学善管理　　五鬼怎能跟着缠

老人俱乐部观感

幸福撒满日子里　　生活日日美如诗
年纪虽老心不老　　也唱也舞总笑眯

日照西湖

日照西湖美无限　　碧水粼粼荷花香
绿柳轻拂苏亭影　　风光旖旎景迷人

雷州好

一

天堂不如雷州好　　瓜果满园蔗满坡
鱼笑虾欢满海国　　稻涌金涛东西洋

二

园园甘蔗翻绿浪　　糖厂日夜飘糖香
谁到雷州都赞美　　风甜水甜情也甜

登三元塔

登上塔顶豪情奋　　脚踏彩云手摩天
放眼雷州千般景　　水秀山奇胜桃源

改革好

笑声遍地歌遍地　　改革换来新天地
瓜果飘香家家乐　　仙境都无偌华迷①

甜

蔗海无边翻绿浪　　烟囱林立糖飘香
人赞雷州山水美　　我讲三雷土都甜

乡　情

回归故里观乡景　　百感一齐涌上心
硕果点头虾欢跳　　山也有情水有情

法官赞

心如碧水无私染　　眼似镜明洞察奸
锄暴安良伸正气　　执法如雷慑虎狼

① 华迷，雷州方言，指快活。

劝 学

一寸光阴一寸金　　妹劝兄人树雄心
立下鲲鹏展翼志　　等到成才再恋情

新婚之夜

妹在荒山栽香果　　哥在校园育鲜花
花果飘香遂人意　　璧合珠联无用媒

雷歌状元黄新

出口成歌非凡响　　句句甘甜沁心胸
七步吟诗何足道　　未让曹植大诗人

野 花

甘为人间添锦绣　　开遍荒原并山丘
不图虚荣和美誉　　点缀自然乐悠悠

蜜 蜂

百花开筵蜂赴宴　　喜醉花丛恋花香
返吐佳肴酿佳蜜　　为人辛勤奉献甜

春　笋

受尽隆冬霜雪冻　　郁屈暗埋深土中
喜得春回天地暖　　挺身发芽乐融融

开赌者

一场番归钱几百　　水捡一夜钱一袋
捡钱虽多害人死　　惨过强贼去劫夜

喜

得知小说同获奖　　乐坏官人并妻娘
笑指空中比翼鸟　　身似腾云共翱翔

恩爱夫妻

恩爱也似双飞燕　　比翼向前舞翩翩
不怕狂风和暴雨　　休戚共与心相连

附·妻子李意芬作品四篇

拜　石

真不明白，为什么造物主给世界铸下千千万万个实物时，还要给人间撒下一层虚幻飘渺的诡秘，宙斯却不予阻止。

在青溪绿林装点的山村，在原始偏僻的我家屋后，有一块玛瑙色的多边形大石。拜这块石头，是我过春节所不缺少的第一礼节。村里人全叫我“石头仔”。

儿时，每年除夕夜，古老的山村总是一反往日深寂的常态，洋溢起热烈的吉庆气氛，“岁灯”挂遍家家户户。这时，奶奶便捧出非此时而不可多见的一块肉，几碗饭。妈妈拉着我跟奶奶来到屋后大石旁。妈妈点了香，奶奶摆上肉和饭。然后，教我向大石头磕三下头，作三次揖，连拜三拜。

为了这，村里的大小孩子都取笑我。

除夕，日夜盼望的欢乐时刻终于又到了。妈妈杀了一只大公鸡，还买回了鞭炮。当我捧着这些礼物来到大石旁，换上了新装的小孩呼拥着围了过来。“噼啪噼啪”，震耳的鞭炮声掩不住孩子们的讥笑声，“啊，真好笑，这是石头哥的契妈，石头哥是契石头的，真好笑哩！”

讥笑声中，我沉重的哀思，夹杂着悠悠的哀情，酷似一条挪动的春蚕撕嚼着我那片犹如桑叶的心。沿着记忆的小溪，我的思绪追溯到了那逝去的遥远年代——

1975 年，我 13 岁，读初中一年级，常常被同学们围着讥笑取闹，惭得满脸通红。我再也不敢上学了。奶奶很着急，问我："为什么不上学?"我抿紧嘴，什么也不说。奶奶最疼她这唯一的孙子。她拉着我的手，抚着我的头，流着泪说："好江江，你跟奶奶说，是老师批评你了，还是谁欺负你了?"

我忍不住满肚子的委屈，"哇"的一声扑进奶奶怀里。幸福可以无言表达，痛苦却迫使人说话。我流着泪，向奶奶哭诉："同学们欺负我，他们都叫我石头仔，还向我扔石头，把石头塞进我的书包。我不上学了。"我说着又呜呜呜地大哭起来。

"傻孩子，不要怕，书一定要读。管他们叫什么都好，不要打架就是了。要听老师的话，好好念书。"

孩提时代是那样幼稚无知。我终究不敢有违奶奶之命，坚持着上学并任由同学们讥笑。因而我的绰号"石头仔"就一直被人们叫了下来。我的"契妈"一直是那块石头，我便年年来拜她。我一直想，妈妈不迷信，为什么年年要我拜石头？人家的契妈都是人呀……

又一除夕，妈妈唤过我说："江江，你爱听故事吗?""爱听，我最喜欢听故事。"我不假思索地回答。于是，在灯下，我伏在奶奶的膝上，听妈妈讲起故事：

有一个孩子，他的父亲是个很出色的小学语文老师。可惜在 10 年前，这个孩子刚刚降生人世时，他的父亲就去世了。一位教师得知孩子的母亲正在坐月子，家里贫穷，夜里悄悄地送来几元钱和 10 来斤米。学校里稍有点良知的师生都深表同情，但由于孩子的父亲被划为“右派分子”，造反派发现那位老师给孩子家送物，就指控他同阶级敌人一条心，扭去游斗一番。接着，开除出教师队伍，赶回农村管制劳动。此后，不说一般群众不敢进入这个孩子的家，就是学校里的师生也不敢踏进他的家。

当时，生活条件非常困难，三餐难顾，为了将孩子养育成人，告慰丈夫在天之灵，孩子的妈妈拖着瘦弱的身体，含辛茹苦地精心呵护着这孩子。

孩子长到三岁那年的除夕夜，突然得了重病，高烧不退，不省人事。孩子的妈妈和奶奶素来把他当为心头肉，她们望着这垂危的小生命都吓坏了。送去医院吧，在这除夕夜里，不说找医生不容易，就是医生找得来，但山村偏远，说不定未赶到医院就出事了。孩子的奶奶想起村里住着个被县里遣送下乡“改造”的女医生。她叫石淑，听说还当过什么“主治”的，可恨也当为“阶级敌人”监视着。奶奶一时顾不了什么，即叫孩子妈前往请石医生。孩子的妈妈刚迈出门口数步，不觉忆起那位好心教师为她送钱粮，无辜受罪的情形，心里乍地一阵紧缩。唉，此去，又要连累人家，于心何忍呀！于是，很不自觉地又返转家里。奶奶见她不去，急得老泪纵横，失声痛哭起来，并连声催她道：“去呀，快去呀！救人要紧，怎么还不快去呀?”孩子妈不得已向石医生的宿舍走去。她以为石医生怕被连累不敢来的。不料，石医生一听，霍地站了起来说声“走!”，便跟孩子妈飞快地来到孩子的家。她快速地给孩子摸脉，听心音，找来艾条给孩子灸了七处艾火，又开了处方……

然而，石医生刚拧好笔，专政队的人就“砰砰”的敲门来了。门一被打开，他们就架走了石医生。为了抢救孩子的生命，石医生也受到了牵连……

不久，石医生倒在村口的古榕树下一块大石旁，再也起不来了。孩子的妈妈和奶奶非常悲痛和内疚。为酬报医生的救命之恩，奶奶和妈妈把那块大石头抬回安放在屋后林下。每年除夕让孩子把它当作石医生的坟墓来祭拜。同时，为了掩人耳目，孩子的奶奶就张扬说这孩子“命硬”，要找块石头做“契妈”。这样，这个孩子一直年年拜这块石头。他的妈妈和奶奶决定，等他长大后改名为石生，教育他继承石医生的遗志……

妈妈的故事讲完了，我的泪水湿了奶奶衣袖。我明白了这“孩子”是谁，也解开了奶奶要我拜石头的心结。我再也不怕人们笑我拜石，说我迷信，也不需向人们解释什么了。

四年后，我考上了石医生原来就读的中山医科大学。去的时候，我默默地站在这块石头边。

“石医生，您安息吧，我已踏上了您的路……”

一天，我从报纸上看到了人民的好医生石淑平反昭雪的好消息。这年寒假，我回到家乡，把屋后林下这块石抬出来，请石匠雕成石碑，上面镌刻着：

慈母石淑医生永垂不朽

儿子石生敬立

我把它竖立在村口榕树下。这天村里的老老少少都聚集到这里。人们默默地向人民的好医生石淑表示悼念。我的妈妈和奶奶依旧捧上鸡和肉，摆好，点香，叫我磕拜。等我跪拜后，奶奶和妈妈也跪了下来。奶奶用粗糙颤抖的手抚着石碑流泪祷告……我面对石碑沉痛地默语：石医生，我亲爱的妈妈，我永远也忘不了您，要拜您，并且一定要向您献上最佳的报恩礼物——穿上白大褂，掌好手术刀，救死扶伤，走儿辈应续的路……

1983 年 6 月发表于《三元塔》报，2017 年获中华文艺第二届全国文学创作大赛银奖，收入《百花齐放·文学大赛获奖作品精选》（团结出版社）。

不该发生的事

引子

乳白色的薄雾，渐渐地散落在远处的林海中，太阳，正从东方悄悄地探出艳红的笑脸。

班车飞快地朝西南方向奔驰着，路旁的花草树木，在眼前闪闪而过。

晨风吹着湿凉的空气，惬意地扑进车厢，旅客们倍觉心旷神怡。他们欢畅地谈着笑着，甚至有几个小伙子不在意地和着窗外“咣唧咣唧”的车声，轻快地哼起流行曲……然而，在这欢乐的气氛中，车前左边靠窗的座位上那个姑娘却显得格格不入。她，仍然是忧虑不安地皱着双眉，低头沉思着……

诉“委屈”王氏肇事

“花，你回来啦!”这是母亲王氏的欢叫声。

“妈……”雪花似满怀委屈地倒在母亲的怀里，“呜—呜呜—”的痛哭起来。

“花，怎么啦?”王氏抱住雪花疼爱地抚摸着说，“乖乖，别哭，别哭。是不是志明对你不好?”

“不，他去县农技培训班学习还未回。”

“哪！究竟是谁对你咋的，莫非是你家婆……”

“呜呜……就是我那家婆。她每天都叫我跟她到田里干活，回来还要帮她做家务，把我累死了……”雪花说着又呜呜地大哭起来。

“啊？岂有此理!”王氏听着无名火从五脏六腑内燃烧而起，怒气道，“我的女儿是堂堂区委副书记的‘千金’，如不是说她家暴富，有福可享，她就是做梦，也不会嫁给她的儿子！哼，料不到竟将我的女儿当家奴使唤，那还得了！明天，我非去把这口气出出不可!”

接夫信，自觉不安

雪花闷闷不乐地在娘家度过了十来天。一天中午，她正在家门口前那棵老荔枝树的绿荫下乘凉，邮递员给她送来了一封信。她接过信一看，就愤怒地丢在地下，狠狠地踩了一脚。呆立了一会儿，却又慢慢地弯下腰把信捡起来，用力一撕，去掉信封半截，将信笺取出展开默诵：

雪花：

你好！前天我接到妹妹的来信说，你和妈吵架回娘家去了。第二天，你妈还到我们家来大闹了一回。把爸爸气得心脏病复发当场昏倒，现在妹妹还照顾他住院治疗。家里的事务和生产交妈一人管理，把她累得腰都挺不起。我曾两次请人到你娘家来接你，也拜托过许多人劝你，但你怎么也不肯回，这样下去行吗？……

雪花读着读着，好像有一个无形的东西重重地捅着她的心。

自觉不安地沉思了一会儿，却又自言自语道："就这样回去了吗？不！我不能……"

听父训，深思痛悔

中午，雪花和她妈正在客厅闲聊，突然，听到一个熟悉的脚步声。雪花抬头一看，见是自己的父亲，慌忙站起来招呼：

"爸爸，您开会回来啦！"

"回来了。"

陈书记的神态有点严肃，他放下手提包，坐在沙发上随手泡一杯茶呷了一口，用那锐利的目光环视了一下雪花和王氏，语气沉重地向雪花问：

"雪花，你回来多久了？"

"十来天。"雪花局促不安地低声道。

"十来天？哼，志明不在家，听说他爸近来住医院留医，你怎么不回去帮忙？"

雪花满怀心事，低着头不敢做声，默默地站着。

"帮忙帮忙，你要她去帮谁的忙？嘿，我却不能让她去！"王氏忍不住发起火来，接着用手指着丈夫骂道，"亏你当书记，相着这'万元户'，把女儿送去做奴！"

"什么，做奴？"

"不是做奴？过门未久就天天叫女儿干这呀干那，做个不停不止……"

"哼，住口！"陈书记对雪花她们发生的事其实早已明了，他愤怒地把手一摆道，"你真是老糊涂了。这叫什么做奴！"他说着又呷了一口茶润润喉说："你不是也喜欢'万元户'么？但，你知道那'万元户'的荣誉是从哪里来吗？不是从天降下来，也不是坐享其成的，而是靠辛勤的劳动才获得的！对于雪花他们的婚事，虽是我先提出，但，不是我做主包办，而是通过他们俩同意才结婚的。有什么可怪我呢？雪花不对，你应该教育她，不该护着她行风撒雨，我问一问你，如果你娶的媳妇像她这样，该怎么办?”陈书记说着掏出一支“翡翠”香烟点燃，狠劲地抽着抽着……

王氏不敢再发脾气了，细细地想了一下，以前因一时气火上升，不分青红皂白，竟到亲家那里胡闹，的确是不该。想到这，不觉皱起眉头，眼也有点儿红润了，默不作声，悄悄地到厨房里生火做饭。

陈书记转过脸，用温和而带着较严峻的目光直视着雪花。沉默了一会儿，他深深地吸了一口“翡翠”，然后悠悠地张开嘴，随之，缕缕白烟向上空袅袅上升。

“雪花,”陈书记此时语重心长地说，“我觉得你那样做是不对的。你应该细细地想一想，一个人活在世上，不靠勤劳的双手去创造幸福，为自己争光，为前辈争荣誉，而好逸恶劳，当那可耻的寄生虫，活着还有什么意义?”

惆怅满怀，沉默许久的雪花，听着听着，眼泪簌簌地流下来。她悠悠地抬起头，深感懊悔地说：“爸，我错了……”

“好，知错就好。”陈书记的语气温和地说，“明天，你明天就回志明的家……”

“是啊,”王氏从厨房里出来接着说，“花，你明天该回去了，我希望你先代我向志明他爸妈道个歉。过几天，我再亲自去向他们赔礼吧!”

雪花听着，望望父亲，又望望母亲，低头沉思了一会儿道：“好，我明天就回去……”

尾　声

忽然，“刹——”的一声，客车一颤，把姑娘的沉思打断了，她抬起头，红着脸，提起手提袋，忧心忡忡地走下车来。在通往

“万元户”家的大路上，她一边走，一边想着：今天回去，家里的人还像以前那样对我亲热吗？也许……不，我相信他们会谅解我的！

田野里，绿油油的禾苗，随风荡漾着，好象在欢迎她的归来而翩翩起舞；到了家门口，美丽的大公鸡，好像在欢迎她的归来而引颈高歌……这一切依然是那么熟悉和亲热啊！她怀着痛悔的心情，又跨进了这温暖的家。

家婆听见脚步声，抬头一看，惊喜地叫了一声：

“雪花……“

“唔，妈……我错了。”雪花含羞地奔向前来。

“不，是我错……”

“不不，还是我……”

“嗨！不用说啦！古人话，丛里竹都有相磨时。过去的事就算了吧！”家婆拉住雪花的手，亲热地接着说，“阿花，我看你很饿了，快快去吃饭！”

雪花点了点头。此时，她激动得说不出话来，只感到心里热乎乎的，两串晶莹的泪珠不知不觉地从脸上滚下……

原载1987年6月《半岛文学》第二期。

心

我的心伴随着班车在急驰着，恨不得一下子飞到雷城，飞到素未谋面的恩人罗敏的身边……

罗敏，您究竟是男人或女人？是富翁或长官？多大年纪了？多好的心啊，您自从在报上获悉我哥和我跟罪犯搏斗，我哥不幸牺牲，我因失去这唯一的亲人，缺少照顾而被迫辍学后，您即寄来200元供我复学。七年来，您坚持每月给我汇来生活费，助我读完了中学和大学……现在，我毕业了，此恩此德，我当何以报答啊！

嘎——班车在雷城汽车总站停下了。

我购足礼品，多方探问，好不容易在一条小巷深处找到罗敏的住址。那是低矮而破旧的平房，门前挂着一个“修理钟表”的小招牌，显得很寒酸。我有点纳闷，这就是罗敏的家？此时，邻居一位姑娘从她家走出，我上前打听：“小姐，这是罗敏的家吗？”姑娘甜甜一笑说：“是的。”然后关切地问，“你找他有事吗？他不在家。”“他上哪去了？”“病了，住院。”“是吗？什么病？”“水肿，前天他的外甥来探望，才带他去医院的。”

我听了心里一沉，忙奔向医院。在医生的指引下，我走到一病榻前，天哪，原来他是个双脚残废的老人！望着罗大伯那残疾的双脚，浮肿的脸容，我不由呜咽了起来：“罗大伯……”

罗大伯竭力睁开双眼，疑惑地盯着我问：“你……你是……”

我不禁热泪盈眶，上前搀住他说：“我是张冠英呀！”

罗大伯眼睛一亮：“唔，张冠英！你大学毕业了……吧？”

我点头感激道：“多谢您老人家，毕业了！”

罗大伯一听，脸上露出了欣慰的笑容。

我却忍不住，一串热泪像断了线的珠儿，扑簌簌地直淌而下……

原载于1995年2月《潭江文艺》（总第6期），2001年2月获“新世纪文学新星奖”全国征文优秀奖。

心 事

大年初一，村里人三五成群，往城里赶热闹。我独个儿在自家门口前呆呆地站着。

“六婶，新年好，恭喜发财！”

忽然，传来一个幼稚的声音。我抬头一瞧，啊！是邻居的小女孩阿丽。

“谢谢！阿丽，不跟你妈去逛年？”我说着，掏出五张“大团结”塞进阿丽的衣袋里。

这时，阿丽妈来了，见状不免一怔：

“哎呀，六婶，你怎么给她这么多钱……”

“不，不多。过去困难，没给过她压岁钱，现在我家生活也好了……”说着，我不觉脸红起来——因为十年前除夕那天，家里没粮过年，又找借无门，偷去她家唯一过年用的二十元钱。每当我想起这桩事，心里比大石压着还难受。现在虽然仍没有勇气向她说明，但我的心总算轻松了许多。

原载于1992年2月14日《湛江日报》。

附·女儿蒋瑞明作品五篇

芽芽的鸭子

草草和花花是两只小鸭子，是芽芽的小叔叔从镇上带回来的。

小叔告诉芽芽，这两只小鸭子本来是镇上一个有钱的邻居买给家里的孩子玩的，可是那孩子玩没几天就不感兴趣了，那邻居就把这两只小鸭子给了小叔叔。小叔叔一个人在镇上工作，没时间和心情饲养，只好把这两只小鸭子带回乡下的老家，说是送给芽芽的礼物，可把芽芽给乐坏了。小叔叔还告诉芽芽两只小鸭子是草鸭，芽芽不知道这两只鸭子和别的鸭子有什么不同，不过她根据小叔叔说的，给两只小鸭子取了名字——草草和花花。因为两个小东西长得一样，都是黄色，芽芽怕认错了，于是拿了两条和手指一样长的不同色的线绑在它们的左脚上。草草的左脚绑的是红线，花花的左脚绑的是黄线。

爸爸、妈妈跟芽芽说要让草草和花花在笼子里住一阵子，等它们和大家熟悉才放出来。因为，一开始就放它们自由地走动，它们可能就会跑了，或跟别人家的鸭到别处去。

一个大大的有些生锈的碟子是草草和花花的食盘。每天，芽芽都会跟爸爸、妈妈要一些菜叶放进去给草草、花花吃。还有一个矮矮的宽宽的碗，是给草草和花花喝水用的。芽芽总喜欢蹲在笼子边看着草草、花花吃东西。她觉得它们好有趣，长长的、扁扁的嘴不像鸡那样叼着东西吃，它们是把东西吸进嘴里后吞掉。

芽芽跟村里的小朋友们说她有两只小鸭，大家就常常跑到芽芽家里来，蹲在笼子前面看这两只小鸭子吃东西。

过了一阵子后，爸爸、妈妈点头同意让草草和花花离开笼子了。这天大家都争着，要拿草草和花花到手中仔细地看。

“你鸭子的毛还有黑色的?”村子以前只有一个叫丘丘的男孩子的家里养着鸭子，而且养了很多很多。他也常常跟着他的爸爸、妈妈到养鸭的湖边喂鸭。当他知道芽芽家也有了鸭子时，非常的不高兴，因为小朋友们都到芽芽家去了，不再来求他带他们到湖边看鸭子了。他听说芽芽的鸭子今天被放出了笼子，就跟过来看看。他发现芽芽的两只鸭子和他家养的有些不一样。

“真的哦。”一个小朋友惊奇地说。

“以前还是黄色的，怎么变了呢?”大家不解地问芽芽。

芽芽这才发现，她也不知道是为什么，向大家摇摇头。

“因为你的鸭子是怪鸭子!”丘丘得意地说，“只有黄色的小鸭子长大了才会变成漂亮的白鸭。你的鸭子这么怪，永远也变不成漂亮的白鸭的。”他说完就走了。

小朋友们把鸭子放在地上，还继续讨论着芽芽的鸭子为什么和丘丘家的不一样。

可能是因为芽芽的鸭子不在湖里游泳。

可能是因为芽芽的鸭子吃的是菜而不是饲料。

也许是因为……

孩子的想象力是丰富的，大家说了无数个可能和许多的也许。可最后还是无法肯定，所以大家决定给芽芽的鸭子试吃各种不同的食物。他们想，这样，芽芽的那两只鸭子长大后一定会和丘丘家的鸭一样，是漂亮的白色鸭。

可过了一段时间后，大家都不敢到芽芽家看鸭子了。不知道为什么，芽芽的鸭子的毛全变成黑色的了。丘丘跟大家说芽芽的鸭子是怪物，所以才会变成黑色的。小朋友们这回不但不到芽芽家看鸭子，还不愿和芽芽玩了。

芽芽只能一个人闷坐在家中，看着两只小鸭子发呆。这两只小鸭子却一点也不因为自己变成黑色而改变生活。它们还是跟平时一样，一起在地上找吃的，一会左一会儿右，连步伐都一致，就像在玩游戏一样，自由自在。

一天下午，一只白色的大鸭从芽芽家经过，“嘎嘎嘎！”地大叫。两只小鸭子似因为在这村里第一次听到同类的声音很高兴就跟了出去。芽芽怕它们丢了也跟着去。当芽芽随着鸭子来到村中的一棵树下时碰到了丘丘。

丘丘正和一群小朋友在玩。见芽芽和她的两只鸭子也到树荫这儿来就不高兴了。他学着他妈妈骂他爸爸时的样子，双手叉腰大声地问道：“你来这儿做什么？谁允许你到这儿来？”

芽芽不理他，看了看自己的两只鸭子。它们低下头，嘴不停地在地上找东西吃。

丘丘见芽芽不理而是看她那两只黑得像木炭的恶心的鸭子就生气。他走过去挡住那两只鸭子的去路，看着芽芽，一脸得意地给脚上绑着黄线的花花踢了一脚。花花向后滚了两个跟斗。因为丘丘一脚来得突然，花花停止滚动后两只小眼似发出迷茫、不解。草草“嘎嘎嘎！”地跑到花花身边。那只大白鸭张着它那大大的红嘴对着丘丘大叫。丘丘很不高兴地也给了那只大白鸭一脚，吓得那只大白鸭扑腾着翅膀逃开了。

芽芽自然也很生气，她走到丘丘面前，也和丘丘一样双手叉着腰，鼓着气看着丘丘，用尽力气地大声吼：“你为什么踢我的鸭？”

“我乐意！”丘丘也大声地说，还用手推了芽芽。一旁的小朋友们见要打架了一哄地大叫起来。

芽芽更加生气了，脸蛋鼓得红红的，也伸手去推丘丘。两人你来我往，最后都抓着对方的手互相推着转来转去。

“嘎啊！”

花花悲伤的尖叫声震破了天空，让一切停了下来。大家的眼光齐齐地盯住了丘丘的左脚下。

草草的整个身子被丘丘踩住一动也不动了，血像那条红色的线一样，从丘丘的脚下流出来。

“快跑啊！”周边的小朋友们一看知道出事了，都纷纷跑开了。丘丘也被吓了一跳，不是因为那红红的血，而是花花那悲惨的尖叫声。

等大家都跑开后，丘丘才反应过来，推开还在惊恐中的芽芽。

爸爸、妈妈又把花花关进了笼中，他们说不能再让花花乱跑了。

芽芽好多天不说话了，只是看看花花。花花回到那个和草草一起住的笼子中躺着，一连好几天没再吃东西。它思念它的朋友，在为朋友的离去而伤心。爸爸和妈妈看花花几天不吃东西开始担心了，他们商量着怎样让花花吃东西。最后只能用填食的方法，把食物硬塞进花花的嘴中。几天后花花终于开始吃东西了。

时间在一天天地过去，村里的小朋友们慢慢地忘了草草被踩死的事，又像从前那样开心地一起玩了。而花花也好像已不再那么悲伤了。芽芽也跟大家说话，对大家笑了。

过了两个月，大家又跑到了芽芽的家，围着花花看。这时的花花已经长成一只大鸭，它身上不止是有黑色的羽毛，还多了树叶的绿色和天空的蓝色，在阳光的照射下光彩夺目。

大家都被花花的美丽迷住了。

丘丘在芽芽家门口探出头，一双带着悔意的眼睛往里望。他踩了芽芽的鸭跑回家后，他爸爸、妈妈问他发生了什么事，他就把芽芽有两只黑色鸭子的事告诉了他们。他这才知道，原来鸭子也分种类的，自己家里养的是湖鸭，所以长大后有雪白色的羽毛，而芽芽的两只鸭是草鸭，长大后不止有黑色，还有漂亮的绿色和蓝色。他从没见过这样的鸭子也好想看一看，可一想到自己以前那样子就没勇气进芽芽的家。

“你在我家门外干什么?”芽芽发现了丘丘，抱着花花走出来。

“我……我……”丘丘不知该说什么，像在认错一样低下了头。

一会儿过去，芽芽问：“你也是来看花花的吗?”

丘丘听了赶紧点点头。

“那我们和花花一起到树下玩吧。”芽芽笑着抱起花花就往树下走去。丘丘高兴地跟着她，还有村里的小朋友们。

太阳照在大家的身上，都发出耀眼的光……

原载接力出版社 2007 年 7 月出版的儿童文学名家新锐精品系列丛书《彩虹飞扬的天空》。获 2009 年“第十届湛江市文艺精品奖”二等奖、新人新秀奖。

我的同学李利

我因父亲调动跟着从镇中学转入市三中。初到班上的那段时间，我的心情就像那时的天气一样，整天阴沉沉的，看着那些生疏的面孔，心中的孤独与难受难以形容。细心的老师总会在转学的学生刚到班上时，交待其他同学要多跟新同学交流。回想起来真的很感谢老师，因为他这样的交待，我很快就认识了新朋友——李利。

李利当时是坐在最近讲台的那张桌子，性格外向的他听老师交待后，就立刻举手跟老师说，一会他要和我聊天。下课后，他就真的跑到后面来和我聊天了。他笑呵呵地跟我作自我介绍。

“蒋景同学，你好，我叫李利。”他大大方方地在我对面坐下。我不知道该跟他说些什么才好，只有向他点头算是问好。他没因为我的无语就罢了，自己找话题，从各自的老家到现在的新家，无所不聊。

“我的家也是在那个方向哦，你骑车过来的，到时我就坐你的车回去啰。”李利知道我骑车来就毫不客气地预订了我车的尾座。就这样，我和李利认识了。他是我到这个陌生的地方认识的第一人，所以我平时有什么事都会找他。

一个星期六的上午，李利在我的相约下，他几乎带我转遍了市中心的各类商场。他每到一个商店，就像在评一幅画一样，把店里的商品价格，还有那些店老板的服务态度等向我讲了一遍。那天我买了很多东西也学到了很多。觉得有这么一个朋友真好，带着我慢慢地适应这个新的环境。

李利是学校第二课堂音乐班的班长。老实说，他的唱功真的不怎么样。可他吹笛是非常好听。我读小学时也学吹过笛子，可惜我只是一时兴起，买了好多种笛子却只学一个学期就停了，现在连怎么吹那几个音调都不大记得了。

“你也来参加吧。”李利拿着笛子笑着邀请我加入。我看了看他手中的笛子，是塑胶做的，我还真没用过这种笛子。

李利见我盯着笛子看，就将笛子递给我。接着他告诉我学校要办音乐比赛，除了班级比赛唱歌外，还有乐器演奏比赛。他想到时和我一起上台吹双重奏，争取夺冠。

老实说，我真的很喜欢听笛子那清脆而悠扬的声音，所以我接受了李利的邀请，加入了音乐班。

如果我要像其他同学一样从音节和拍子开始学的话，恐怕到比赛时我还没学会吹曲子。李利找老师一起商量，请他直接教我吹曲子。于是我们选了一首简单又有活力，不是很长的曲子作为比赛的曲目。我笨拙地跟着老师学了起来。

就在我学吹笛子后没几天，我们班也开始为音乐比赛的事忙起来了。对音律一窍不通的班主任从自家的光碟堆中选了几个他觉得还可以的光碟出来，让我们这些参加比赛的学生自己挑选歌曲。班中的几个女生对宋祖英的歌是情有独钟，坚持要唱《爱我中华》，但我们这些男生可就不喜欢了。宋祖英是个女的，她那高音唱腔，我们这班男生可没一个能唱得起。于是我们选了一首荡气回肠的《精忠报国》。那几个女同学却不愿意，原因是这首歌的演唱者是个男的。最后班主任作了一个很偏心的决定，那就是让我们在两首歌中进行投票决定最终曲目。班主任的决定根本就是多余的，因为我们这个班男多女少，那几个女同学也只好学男儿腔了。

班主任让我们各自练唱一下这首歌，于是学校的人便常常听到我们班此起彼伏的歌唱声了。李利对这首歌真的是由衷的喜欢，在学校唱不够，还常常在回家的路上放声大唱。

“李利，你能不能学一学发声啊？”有一次我忍不住跟李利说，“你唱歌的声音真的不怎么好听。”

李利听了不但不生气反而笑嘻嘻地对我说：“嘻嘻，那我以后不在路上唱了，可以了吧？”他知道自己的唱功不好，可又是那么爱唱歌，不得不说他是很乐观的，但他对唱歌的这一爱好让我们全班同学和班主任直冒汗。

我将那首笛子曲目吹得熟手时，正是我们练习唱歌的最后一天。

这天的阳光是十分的灿烂，下午放学后班主任笑容满面地把我们全班留下来。

“同学们，明天早上就是音乐比赛了，大家一起来合唱一下吧。”说着他就给我们放曲子。那时我们全班的状态都很好，大家都唱得激情昂扬。

到了比赛那天，我们都穿着校服，很兴奋地在后台等待。因为我们班是排在合唱后面才出场的，大家在后台等久了忍不住想开唱。管后台的学校领导发觉立即对我们下严禁令，我们喉里那即将飞出的歌声才给压住了。

等待是那么的漫长，还好台上的歌声都很动听。让我们这群“猴子”好打磨时间。

“接下来，有请初二（3）班的同学为我们演唱《精忠报国》！”主持人一声“有请”，让我们激动不已。大家还没等主持人离开就跑上台去了。班主任看着我们在台上排好了队，高兴地为我们鼓掌鼓励。

熟悉的旋律传入我们的耳中。我们的激情一下爆发出来，那声音，那气势，震得台下的听众都目瞪口呆，我们自己也觉得非常不错。可是，因为一开始时我们就将激情都爆发出来，以致唱到一半我们的声音就淡了下去，当快唱到最需要高声大唱时大家都发不出声了。

班主任开始在下面傻笑。台下的听众刚回过神来，看我们在台上个个的嘴都在动，可就是没听到歌声，不明底细的人还以为此段歌曲为默唱。

我们不出声但音乐还是继续在响，大家想过了最高音那段再接着唱，可是还没过最高音段就有声音响起了。当时我不知道其他的同学是怎么样的，只知道我自己的脸“扑”的一下子就热腾腾的，比被火烧还严重。

李利站在我身边用他那不怎么样的唱功大声地嚎叫着。台下的听众乍地一片哗然。我的眼角瞄到一旁的班主任，他从傻笑改为了苦笑。他那个表情比吃了黄连还苦。如果李利再这么唱下去的话，我们没有一个人能开腔唱得出声来。我用手悄悄地扯他的衣角，发现后面也有人在扯他的衣服。可惜的是李利太投入了，不管我们怎么扯他都没感觉。

李利唱完时音乐也就停了，我觉得自己都快焦掉了。匆忙下台后，发现其他的同学和我一样，整张脸都红得没法用言语来形容。李利也红着脸，但他和我们不一样，他是被激情燃烧红的。不明理由的李利，看到我们个个红着脸觉得奇怪就问：

“你们都没出声唱歌怎么脸这么红啊?”

我对李利竖起了大拇指，轻声地说：“你真厉害。”

因为合唱完后就是乐器演奏比赛，大家不想让李利知道原因，怕他的情绪会受到影响。但做为他的演奏伙伴的我，因刚才的事无法进入演奏状态，吹笛子总是有气无力，最后只好让李利孤身上阵了。虽然单奏没有双奏那么好的效果，但李利吹笛子的功力很到位，所以最后他还是得了第一名。战利品是一支音色很好的笛子和一盘国际著名的交响乐团的光碟。

李利是在自修课时才明白我们脸红的原因。因为班主任在自修课时讲到今天比赛的事，他对李利的唱功发出慨叹。

“李利，你今天的表现很勇敢，但我敢说，在演唱这个节目中大家都被你吓坏了。不过，我知道唱功这东西，不经过长时间苦练是不行的。这次唱不好，只要你有勇气继续努力，将来一定会唱得好的。不是么？在你的努力下，乐器演奏比赛获得了一等奖！往后，多跟你们音乐班的老师学习唱功吧！”

听老师这一说，李利顿时满脸通红地嘿嘿嘿的发出了一阵傻笑……

紫荆花开

一

终于熬过这漫长而冷淡的假期，明天又可以上学见到那些久违了的面孔。一想到这，江童心里就高兴。晚上的风很轻很柔，江童睡得特别的香。

江童，该起床了哦。妈妈的声音就像从空谷中传来的一样进入江童的耳中，温柔而飘渺。江童以为自己在作梦，翻了个身又睡。最后他这一翻身为自己换来了开学第一天迟到的记录。

没想到放假那么久都能早起的，到开学这一天却起晚了。江童便使尽身上的力气，将一幢幢的建筑物飞快地抛在后面。他想象自己的自行车就是一辆拉风的跑车，自己和学校的距离越来越近了。

就在江童忘掉一切只想前进时，一条巷子中突然走出一个女孩子。自行车像脱轨的火车一样，江童想停也停不住，“嗖！”的一声，从那女孩身边飞了过去。江童好像听到那女孩因被撞到而发出的声音。在车走了几十米后江童才控住。他回头看那个女孩，她正从地上站起来，身上那件美丽的紫色裙子沾满了灰土。

“你没事吧？”因为时间紧迫，江童只是原地问了一下那个女孩。他看到那女孩看都不看他，忙着低头拍身上的尘土，又问了一遍。那女孩子摇摇手就当是回答。江童见她不说话就骑着车向校门奔去。

江童气喘吁吁地跑进教室时，老师早已站在讲台上了。

“江童，你怎么迟到了？快到位子上坐好，等一会我要向大家介绍一个新来的同学。”老师说。

新同学？在上学期末大家就听说班上会来个插班生，可等到放假了都没见人影，原来这个学期才来。大家都很好奇那位新同学是怎么样的一个人。

十来分钟后，老师微笑着拍手：“欢迎我们班的新同学。”

江童定睛一看，这不是刚才被自己撞倒的女孩吗？她那件紫色的裙子上还有一些尘土。江童想，我刚才是怎么撞到她的，她怎么会扑倒在地了呢？

“大家好，以后大家叫我欣欣就行了。”欣欣低着头，偷偷用眼睛瞄了一下下面的同学。她心里觉得有些尴尬。她今天为了给大家一个好印象特地穿了裙子，没想到未到学校就和大地亲密接触了一回，扑得全身都是尘土。她拍了好久，还是觉得自己身上脏脏的。

“欣欣同学那是你的位子。”老师温和地对欣欣说。

大家都顺着老师的手看过去，正好在江童右边。欣欣轻轻地走到自己的座位上坐好后，看了江童一眼。江童装作不经意的样子，用眼睛快速地扫视了欣欣一遍。发现她的手上有一条很明显的血痕，江童感到有些内疚。

“江童，你是班长，以后在学习各方面要多照顾一下欣欣同学。”老师微笑地对江童说。

江童点了点头。

上课几天，江童发现欣欣每天放学后都会留在教室里学习，呆呆地看着本子上的题目，一副焦头烂额的样子。江童想，可能是因为学习的进度跟不上吧。

欣欣的读书记忆中，这已是她第四次当插班生了。每次都是因为父母工作调动。而每次插入新班，她总是进入教学进度比原先那个学校要快的新学校。

每次插班，她心里都十分紧张，尤其是这儿上课的进度之快让她感到吃惊，尽管她用心听，努力记，还是不明白老师讲课的内容。才两天，她就伤透了脑筋。

“这是我的笔记本，你拿去好好看看吧。”放学后，江童将自己的笔记本递给欣欣。他见她这几天都因为学习跟不上而头痛，早就想把自己的笔记本借给她看看，算是为撞倒她作个补偿吧。

欣欣看了江童一会，又看了看笔记本，上面写着江童两字。记得刚来时老师曾提过这个名字的，还说他是班长哦。

“谢谢。”欣欣接过笔记本。

“不客气，以后你有什么不懂的都可以问我。”江童对自己的学习还是很有信心的。

欣欣对这种事从来都不会客气。江童的笔记本虽然记得很详细，但她悟得好累。她问同桌的赛凤，可她又是个半桶水，说不明白。欣欣只好大胆地请江童留下来帮自己复习。

一个微风徐徐的下午，老师路过教室，看到江童和欣欣一起留在教室就进来看了一下，见两人手中都拿着笔，桌上放着各科的课本和笔记本，笑着离开了。

“你不要太心急，一课一课地学。”江童帮欣欣复习后，才知道学校假期时的补习课程她都没学过。难怪她一直皱眉头。

欣欣也不想太急，可是课程落得太远了，现在每天又有新课程上来。

“要不，周末我去你家帮你复习好了。”

“呃。”

就这样，大家常常看到江童和欣欣一起。

一个月考结束了，赛风拿着欣欣的作业本猛地拍了一下江童的肩，笑着对江童说：“江童，你不愧是我们班的班长，欣欣的学习大有进步哦。等欣欣的学习跟上进度后，你也帮我这只笨鸟复习复习吧。”

“你平时下课后有什么不懂都可以问我的。”江童服了赛风，她每次跟人打招呼都是手先到的。

二

十月末，迟来的秋风终于到了。一朵朵艳丽的紫荆花早已绽放，秋风一吹，处处都飘着淡淡的馨香。周末，江童又到欣欣家帮她复习，看到她又穿上那件紫色的裙子，江童想起开学那天的事不禁笑了。

“笑什么？”欣欣不知他为什么笑。江童只是笑着看着她的裙子。

欣欣还以为自己的裙子坏了，惊讶地检查。

“你忘了吗？那天你也是穿这件裙子去学校的。”

“我记得啊。”

是的，欣欣记得自己第一天到学校时就是穿这件裙子，然后她还记得自己在去学校的路上笨得用右脚勾住了自己的左脚摔了个大跤，手还被井盖弄伤了。那时还有一辆单车，还好那个骑车的人没看到她摔下时的样子。她想自己到教室时的样子也许真的有些糟，不然江童怎么现在想起来还在笑？

江童回去的时候，欣欣说要送他。

两人就在路上边走边聊。一阵风吹过，路旁盛开的紫荆花飘落在他们身边。欣欣止住了脚步，看着那满树的艳丽。她曾住过的地方也有紫荆花，但从来没有开得这么茂盛。

“哦，为什么这里的紫荆花开得这么好看?”欣欣淡淡地问。

江童听了笑道：“因为它是艳紫荆，它和其他的紫荆花不一样，它只开花不结果。”说着他伸手摘下一朵送到欣欣面前。

欣欣接过看了看，轻轻地说：“真美!”

“你也很美啊!”欣欣和江童的身后突然响起赛风的说话声。他们转过身看，赛风不知道几时已站在他俩的身后，笑眯眯地盯着他们。“江童，你说欣欣穿着这件裙子像不像这紫荆花啊?”

江童笑着点头：“是，很好看。”

欣欣脸一下子红了。

赛风看到欣欣手中的紫荆花，惊讶地问：“江童，你送花给欣欣啊?”

“那个……”欣欣想开口解释，可赛风却抢先开口。她拍着欣欣的肩膀笑道：“江童可是个优秀的男生哦。”

欣欣看着手中的花，不知道是继续拿着还是丢了。江童看到欣欣的尴尬，就跟欣欣说：“赛风是开玩笑的，你别理她。”

三人默默地站在紫荆花前好久才散去。

三

在紫荆花铺满地的时候，小雪出现在江童身边。欣欣才突然明白江童说她穿裙子很好看时自己的脸为什么发热。

小雪是低年级的学妹，长得就像荷叶上的露珠一样令人喜欢。

最初，赛风总会将自己在街上看到小雪的事告诉欣欣，但欣欣总是笑笑不说话。赛风最后觉得无聊不再说了。

欣欣告诉自己，江童只是做一个班长该做的事，帮她复习而已。她不想去想小雪与江童的关系，也不愿去听。慢慢地，欣欣的学习跟上了，江童帮她复习的时间也少了。

寒露风刮过，冬天到了。艳紫荆的花依旧开着，尽管枝上只有零星几朵了，它依然让欣欣喜欢。

“它的花季快要过去了！”赛凤在欣欣的耳边叹息。

三月过后，艳紫荆花已不再开了。

教室黑板上偌大的倒计时，时刻地警示着大家——高考快到了。过去的记忆就像那些花一样，被欣欣掩了起来。

欣欣已不需要任何人帮她复习，而江童也没有专门帮她复习的时间了。老师让江童和其他的班干部为备考出复习题，每天放学后江童都会和其他班干部跑到图书馆去，搜集资料。但大家依然会看到小雪跟他在一起的身影。

紧张的高考过后，班上开毕业晚会。闲聊时，那些同学把一件留在心里的疑问提了出来。

有人大声地问：“江童！为什么今天不带你的女朋友来?”

其他人都附和着问是不是怕老师骂?

江童却一脸雾水地反问：“我几时有女朋友了?”

赛凤用力地拍了拍江童的肩膀，口气有些不屑地说：“那个每天都和你来学校的小雪不是你女朋友吗?大家都知道，就别否认了。”

“小雪是我表妹。”江童淡淡地说。

大家都迷糊了。

“为什么从来都没听你说过?”赛凤看着欣欣问江童。

江童很无辜说：“都没人问过我，我为什么要说?”

欣欣静静地坐着，心中不知道是什么感觉。

赛凤问江童当初为什么那么卖力地帮欣欣复习。江童笑了，他看着欣欣好久，最后才说出原因。大家都发出哦声。

欣欣的嘴动了动，想告诉江童事实，但最终她没说。

晚会结束后，赛凤坚持要江童送欣欣回家，理由是欣欣刚到班里时就和他最熟。欣欣坐在江童的车尾，一直不出声。到了她的家门口，她拉着江童的车好久才说：“你那天没撞到我，是我自己不小心摔倒的。”

“晕！”江童听了皱着眉，一会才问：“你怎么现在才说呀？”

“因为我不知道你是为那件事才帮我复习的。”欣欣淡淡然地说。

“算了，那都是过去的事了。”江童笑着说，“以后要小心点哦。”说完，他就掉转车想离开。

欣欣想叫住江童，想告诉他，她爸妈的工作又调动了，但最终还是没说。

不久，欣欣一家搬走了，离开了这个艳紫荆鲜花盛开的地方，在以后的很多年间，欣欣每当忆起那美丽的艳紫荆花开的时候，昔日的学友之情总会溢满心头……

原载2009年《湛江文学》第5期。

流浪日记

×月×日

告别了美丽的大自然后，我来到了一个虚幻世界的路口。看着来来往往的人群，我恍如做梦一样，一切似乎并不存在，只是自己想象出来的。我正在犹豫要不要永远坠入这个世界时，突然传来一阵刺耳的喇叭声，随之"轰"的一声巨响，一辆卡车停在我的身边。

"你这人是怎么回事？大老远我就按喇叭了，就算你是聋子也应该感觉到了！"司机有些生气地说着跳下车，站到我跟前。我这才看清楚他的长相：他很朴实，铜色的脸上布满皱纹，短短的平头发像一层薄雪盖在头上，好在那炯炯有神的双眼为他的苍老赢回了些许活力。但我想他最少也有七十岁了。对他的谴责，我并不想开口说些什么，更不想生出事端，所以我深深地向他鞠了个躬。周围原本行走匆匆互不关心的行人突然停住了，都将目光投向我和司机。

司机见我鞠躬后叹了口气，手指了指卡车，一脸无奈地对我说："刚才为避开你，陷进一旁的坑里，现在车左边的前轮被卡住了，请你跟大家过来一起帮忙推推吧。"说完他向卡车后边的人招呼了一下，就回到驾驶座上。我便随着人们走到卡车后面，一起尽力地推。司机也加大了油门，车呼呼地咆哮着，车轮在坑中打滚了无数圈后终于开上了平地。

卡车开走了，人群又匆匆地向前赶路，我独自漫步其中。

这是个集圩，虽然不大，可每天人流量很多，是两个大城市交界地唯一的集圩，也是过往行人歇脚的地方。我本来只想吃一碗面后就继续赶路，没想到会因一个小女孩留下来过了一晚，还决定了我前进的目的地。

她叫小麦，瘦瘦小小的，梳着两条小辫子，穿着一件长袖衫，比我所认识的任何一个小孩都憔悴。我是在一个摊旁的小巷中看到她的，当时她被两个高大的小伙子拦住，他们想抢她手中的花生油。在这个人们连花生米都难见到的地方，花生油可以说非常珍贵的。两个小伙子很想得到它。但小麦紧紧地抱住花生油，死活都不肯给他们。

我只是一个过客，不必要介入别人的生活，管别人的事。可小麦那娇小的身影和坚定的眼神，让我无法袖手旁观。于是，我赶跑了那两个小伙子，而他们也让我受到了爱管闲事的教训——我被他们用小刀刺伤了右手。

“谢谢。”小麦很有礼貌又真诚地报以我一个灿烂的笑容。但她的脸很苍白，显得是那么的悲伤。

“你流血了，到我家去吧，奶奶会帮你止血的。”小麦看我皱着眉头，知道是伤口让我疼痛，便拉着我的手紧张地往家里跑。

娜塔奶奶很好客。她见孙女满脸笑容地拉着我回家，就很热情地请我坐下。

娜塔奶奶和本地普通人家的奶奶一样，慈祥的脸上深深地刻着岁月痕迹。

她坐在我对面，见我还背着行囊，笑着把手伸过来说：“把这个放下吧，你背着它一定很累了。”我回头看看背在身后的行囊。是的，它是很重，它陪我走过了很多地方，收藏了很多记忆。

我自背起它的那天就没想过放下，但娜塔奶奶那只粗糙的手让我有种从未有过的安全感，我便将行囊卸下交给了她……

“奶奶，爷爷几时才能回来？”小麦一边看着奶奶为我包扎伤口，一边问爷爷的消息。小麦一出生就没了父母，她一直和爷爷、奶奶生活。

“修好佛像，他就回来。”娜塔奶奶柔声说。小麦听了有些失望，不再问爷爷的事了。

“年轻人。”娜塔奶奶为我包扎好伤口后平静地说，“谢谢你帮我们保住了那瓶香油。”那里人都把花生油称为“香油”。

“香油是依凡大师从遥远的城市为我们带回来的。两年前他路过这儿，我们请他吃饭，他说他要到遥远的东方去，问我们需要他帮忙带些什么回来。”小麦天真无邪地向我说着花生油的来历，“本来我们不想要什么，可是我们听说香油炒菜味道特别好，就请他回来时帮我们带上一瓶香油。”我用眼瞄了一瞄那瓶香油，很普通的一样东西，在我十七年的生命中，有十六年间每天所吃的菜里都有香油。而小麦却告诉我，她从来不知道香油是什么味。我很怀疑，在这物资匮乏的地方生活的人们竟然还有快乐？

“奶奶，我们今晚就用香油炒菜好不好？”小麦撒娇地拉着奶奶的手。奶奶一直微笑着看着她，眼中充满无限的疼爱。小麦反复地问好不好，几分钟后奶奶点头答应了。小麦兴奋地在奶奶脸上亲了一下，又看着我，眼中闪着异样的光。她很小心地跟我说：“你能留下来吃晚饭吗？”听了小麦的话，我知道她在打我的主意，但一个小女孩她能想到什么？

我看了看她，既感激又有些疑惑不解地问：“是免费的吗？”我希望她能坦白。

“当然。”小麦回答得很坦然，她接着说，“我希望你到圣地时帮我看望爷爷，他已经有一个月没回家了，我很想他。”小麦说完满是期待地看着我，那双紧握的手说明她是多么希望我能答应。我点头了。

说实话，那餐饭菜很普通，然而我们吃得很开心。小麦的脸上充满着笑容，她不停地为我夹菜。一股股香气钻进了我的鼻中，那是菜散发的，让我胃口大开。这是我这一年来觉得吃得最美的一餐，同时，也是第一次感受到香油给人带来的快乐。我注意到，我、娜塔奶奶碗里的食物和小麦的不一样，她吃的不是米饭而是米粥，而且她只吃了两口菜。晚饭后娜塔奶奶告诉我，小麦的胃不好，所以她很多东西都吃不下，因此长得比同龄的小孩瘦小，脸色很苍白。可是小麦的笑容很灿烂，她从来不为自己的病而感到不开心。

×月×日

我又背上了行囊，告别小麦和娜塔奶奶，离开了吵闹的集圩。这次我不再像从前一样无目的地向前，而是要找一个被人们称为“圣地”的地方。小麦的爷爷——阿达老人是位资深的佛像修补工，常年修补圣地的佛像。

这条大道一直通向“圣地”。一路上风吹起尘土从我身边掠过，头上的太阳就像火球。这儿不是沙漠，却是与沙漠一样贫瘠的戈壁。我有些不耐烦了，望着前面一望无际的道路，旁边除了沙石还是沙石，一棵树木的影子都没有。我厌恶这样的路，它让孤身的我感到悲凉。就在我想放弃前行的时候，一辆车从我身边驶了过去，但很快停了下来。

“年轻人，上车吧，我载你一程。”司机从驾驶室中伸出头向我说。

从我站立的角度看不清楚他的脸。当我走近车门时非常惊讶，因为这司机就是昨天将车开进坑中的那位。

“怎么是你呀？”司机看到我也有些惊讶，打趣地说，“我们这也算是有缘了，上车吧有缘人。”说完他开了车门让我坐在副驾驶位。我没多想就上了车，因为在这种地方，要很久才会有车经过，而且车主不一定会停下来问你要不要搭便车。

“年轻人，你是来这儿游玩的吧?”车一开，司机就说话了，“怎么啦……你的脸上，好像布满沧桑?你还没到我这个年纪吧?”

我一直靠着车门，望向窗外，不知道要跟他说什么，但他并不介意我的无声，一人犹自喋喋不休地说着。

“你是不是走了很长的路呀?你不应该自己一个人在这条道上赶路知道吗?而且你没有车。”司机说着笑了一声，“哪怕是一辆自行车也好。你也看到了，这一路上多荒凉啊，你要是有车，前进的速度就可以快一点，知道吗?这儿有狼，晚上一个人走路很危险的。”

从窗的玻璃上，我看到司机说话时那眉飞色舞，两眼直盯着前方的样子，一点也不觉得他是在跟我说话，不过这样也好，可以缓解气氛。

“嗨！你知道吗?”司机的语调突然沉了下来，我瞄了他一眼，有些紧张，警戒心强了，人总是要有自我保护的意识。而他只是看了我一眼又变回先前的语调，“这是我跑的最后一趟车了。我老了，明天我就退休了……”

在交谈中我才知道，司机名叫石大头，今年六十二岁，出生在一个混乱的年代，很小就失去了亲人。长大后他被分到这儿当知青，在领导们的帮助下，娶了本地一位姑娘为妻，于是失去了返城的机会。在这几十年间，他一直都当司机，每天都在公路上来回跑着，为各地送货，运物。他很认命，觉得自己的一切都是命运的安排，所以他的妻子因难产与孩子一起永远离开了他，他一点也不怨天。

我看了他很久，一直都默默无语。许久，我才开口问他：“你不觉得难过吗?”

他看着我笑了：“当然，人心都是肉长的，我那时非常难过，还大哭了一场。”

“现在呢？你不难过了？”我不知道自己为什么要这么问。

“有时想想也会感叹的，但是过去这么久了，人怎么能老是活在悲伤中？”说完他瞄了我一眼不再说话。他瞄我的时候，我注意到他的眼神有些不对，但不是危险的信息，我也不去在意。车里的气氛一下子沉了下来。

一个多小时后，我迷迷糊糊地睡着了。没想到司机突然大声地喊了一声，我立刻打起精神，还没等我开口，车就停了下来，司机快速地打开车门跳下车。我感到十分疑惑，也跟着下了车。

原来在我要睡着的时候，一支颇为壮大的“自行车队”和我们在这条似无尽头的大道上相遇。那些人都是男的，老的都和司机一样一头雪白的头发，年轻的有几个比我还小。他们好像和司机很熟，我站在车旁看着司机和他们开心地互拍肩膀。我始终不明白，为什么在这荒凉的地方生活，那些人却还能笑得和阳光一样灿烂？

司机好像忘了我的存在，忘情地和那些人聊起来。我看着太阳慢慢地由金黄色变为红色，直到没了耐性，就跳上车重重地按了一声喇叭提醒他。喇叭声在这空旷的地方就如同古老的火车鸣叫声一样响彻云霄。我没有把头伸出驾驶室看司机和那些人，他们的反应如何，我不知道。

两分钟后，司机笑容依旧地回来了。他边起动车子边向我道歉：“不好意思，让你久等了。那些人都是在‘圣地’工作的，其中很多是外地人，都是为了生活才大老远跑到这儿来。”听了司机的话，我把头伸出车门外，虽说那些人的肩上都负着沉重的“担子”，但我看到的都是乐观的人们的背影。

司机叹了口气，道：“养家是很累的！”接着他问我家在哪里。

“家?”我笑了。这一笑中有太多的感触，我说不清是什么，只知道如果他不问我，也许我已经忘记了。我向前挪了一下身子，靠着窗回想着自己的一切。

我自小生活在一幢冰冷的大房子中。我有父母，但我从不觉得他们是亲人，因为记忆中他们永远只会跟我谈学习成绩，从没抱过我，也没对我笑过。在我自我放逐之前，他们一切还是老样子。现在？我不知道，因为我没有再和他们联系过，也拒绝打听他们的消息。若问我为什么要自我放逐？我也不知道，只是觉得无法再在那座冰凉的毫无温情的房子中生活了，觉得自己的心越来越冰凉、越来越迷惘……

车在日落之前赶到了“圣地”，一个人潮嚷嚷的地方。司机下车送我，在我转身要离去的时候他又叫住了我。

“年轻人。”他意味深长地说，“前面的岔路很多，看清楚了再走，别把自己给丢了。”我不明白他为什么会这样说。不过我心中对他有些感激之情，像当初一样，深深地鞠了个躬，向他道谢。

×月×日

我仰头看着眼前的佛像。他，威严而祥和。人们常说，佛普度众生，他专为人们指点迷津。很多信佛之人遇到不顺心的事总会前来求示。我看了很久，最终无言地离开。我得去找小麦的爷爷——阿达老人。我穿过无数人群，才遇到了这里的一个小和尚，我向他打听阿达老人的信息。

“他们昨天下午已经回家了。”小和尚对我说。

我这才想起昨天在路上遇到的那群人，司机跟我说过，那些人是在“圣地”工作的，小麦的爷爷应该在其中吧。他回家了也好，小麦可以见到他了。我谢过了小和尚，就在“圣地”闲游。

钟声响起，心似乎受到了洗礼一般，闭上双眼，默默感受。

此刻，我明白人们为什么要称这儿为“圣地”了。它很神奇，分明人潮涌涌却比任何一个地方宁静。看着虔诚的信徒们专心地朝拜，我也受到感染，跪了下来，但我始终没有朝拜，因为我不知道自己是为了什么而来。也许是我的举动太奇怪了，引起一位大师的注意。我站起来想离开这儿时，他叫住了我。

可能是和那些佛像一起久了，在大师的身上总弥漫着一些凡人所没有的感觉。他的眼光很祥和，他的笑容很平静。

他带我到一高处往下看，问我看到了什么。

“我……不知道。”我迟疑地回答。

“知道为什么叫住你吗?”他笑着问我。我只是看着他，他说因为我迷路了。我知道，这世上有很多人一直为路而奔波，有的人很快就找到了，但有的人会一生也找不到方向。我也迷路了吗？我怎么不知道呢？我细细地回想着，被锁住的记忆一点一点地浮现。我的确迷路了！因为我心中有许多困惑，不懂得人活着是为了什么。

“年轻人。”大师盯着我看了很久才问，“你一直在找一样东西是不是?”我这才明白为什么我要自我放逐。是呀，我是因为太失望了，所以要寻找希望。

“你找到了吗?”大师又问我。

我看着下面的人群许久、许久，等我想清楚时，大师已经走了。我抬头看着碧蓝碧蓝的天空，小麦和司机灿烂的笑容，娜塔奶奶的慈祥，大师的祥和，好像就在眼前。他们好像是指路明灯，给我带来了很多的感悟和希望。

我想，自己该走了，因为我已经知道了自己要走的路……

发表于2008年《湛江文学》第11期，2011年获“小说选刊·第二届全国小说笔会”优秀奖，“第十二届湛江市文艺精品奖”二等奖。

米妮和白狐

米妮小时候是在农村长大的，不像城里的小孩子那样可以有很多玩具，她只有几颗弹珠，可她玩得很开心。

一天，米妮走到爸爸、妈妈常带她去的水田边的小坡，一道闪光射到她的脸上，于是好奇地向发光的地方走去。她看到一颗透明的弹珠在草地上滚来滚去，在阳光的照耀下显出各种漂亮的颜色，好看极了。米妮蹲下来看着那弹珠，当弹珠第三次滚到她面前时，她用手轻轻地推了一下，弹珠就咚咚地一直向前跑。米妮紧跟着它，追逐着。

那颗弹珠滚到一片幽静的森林里，在一棵大树下终于停了下来。这棵大树特别大，树茎三个大人也抱不拢，枝叶茂密，有一块根高高突起，根下面长着开满鲜花的绿草。

米妮见弹珠停下了，就上前弯下腰想把弹珠捡起。不料她一眨眼，弹珠不见了。她向周边找了一下没找到，就拨开草丛一直找到大树根边。突然，看到树根底下有个奇异的洞口，她吓了一跳，忙往后退了几步。

过了一会儿，米妮定过神来想，也许是那弹珠滚进这洞里了吧。她靠近洞口，壮起胆子往里瞧，望见那弹珠在洞下不远处闪闪发光，就慢慢地下洞去。当她进入洞后，弹珠又向着一条弯弯曲曲的狭窄洞道远处滚去。她追呀追，转了九九八十一道弯，那弹珠滚到有一间房子宽的地方的一扇大门前停止。她将弹珠刚捡起，那大门“轰隆！”的一声巨响打开了。

这时，一个花园般美丽的世界出现在米妮的眼前。米妮欢乐地走进去，只见里面有清澈的小溪、碧青的草地、美丽的鲜花和挂满异果的绿树，以及奇形怪状的假山等。一群七彩的蝴蝶从米妮身边飞过，米妮就跟着蝴蝶们一直走。接着，她又看到了很多小动物，如机灵的兔子、活泼的松鼠、可爱的小鸟……米妮跟各种小动物玩得很开心。当她跟着一只兔子来到花园中间的一棵开满红花儿的大树下时，兔子不见了。她找了好久，也找不着。

米妮走到另一棵大树下看到了一团白色，就像绒球一样的东西。米妮认为那就是兔子，便悄悄地走近去，蹲下来笑着伸手去抓它。就在这时，“兔子”动了，头转向米妮。米妮这才看清楚它的形状：嘴儿尖尖，眼睛黑黑，耳朵短圆，毛发蓬松雪白，有点儿像小白猫，但趴在地下就像一个绒球。它眼睁睁地看着米妮。

不是兔子！

米妮吓了一跳，本能地往后退。她不注意踩到一块小石跌倒在地上。身上的弹珠跳出来，跳到了“小绒球”的身边。

“小绒球”看着弹珠，用白绒的爪子推了一下一颗弹珠。弹珠滚出去，到了米妮的面前。米妮慌忙起来捡起那颗弹珠，第二颗又被“小绒球”推了回来……

米妮觉得“小绒球”并不可怕了，就走上前去。她笑着说：“我们来玩弹珠好吗？”说着伸开拿着弹珠的小手。

“小绒球”见到米妮手中的弹珠，立起前身，抬着头，半眯的眼睛黑亮而神秘。

米妮蹲下来，把一颗弹珠放在“小绒球”的面前，说：“这个是你的。”又拿着一颗对“小绒球”说：“这个是我的……”米妮愉快地和“小绒球”玩着弹珠。

玩了很久，米妮想，时间不早了，不能再玩了。她笑着对“小绒球”说：“我叫米妮，我爸爸、妈妈找我了，我要回去了。以后我还会找你玩的，不要离开哦。”说完站起来向“小绒球”挥了挥手高兴地回去了。

“小绒球”那黑亮的眼睛看着米妮眨了眨像在说“我等着你下次的到来!”

后来，米妮就常到大树洞里和“小绒球”玩，有时还带一些小果子来和“小绒球”吃。她和“小绒球”在一起总是觉得那么快乐。

一次，米妮摘了很多小果子，准备送给“小绒球”吃。她来到大树洞，“小绒球”并不在这里。她以为“小绒球”到外面玩去了，就坐在红色花儿的大树下等。过了一会儿，爸爸、妈妈又在找米妮了，她只好放下果子离开。

在跟爸爸、妈妈回家的路上，米妮听到草丛中传来一个很熟悉的声音。她挣开妈妈的手，跑过去一看，是“小绒球”。原来“小绒球”没回去是因为被捕鼠夹给夹住了。

“天啊，一只白狐!”妈妈看到“小绒球”惊讶地叫出声来。

米妮这才知道，原来这“小绒球”是一只白狐。

“我们这儿竟也能看到白狐，真不敢相信!”爸爸也惊讶地说着，“我们带它回去吧，它的脚受伤了。”

米妮抢着抱白狐回家去。

白狐在米妮家得到护理，伤很快就好了。

爸爸、妈妈又要去水田那儿了。米妮和白狐也跟着去，他们要到大树洞里玩。就在他们从大树洞出来的时候，一个麻袋扑了过来。白狐被人抓着了。米妮见白狐被装进袋里就拉着袋子大叫。

“再叫就把你也装进去!”那人恶狠狠地把米妮推倒。米妮的爸爸、妈妈听到叫声赶忙向这儿边跑边喝那人。那人赶紧提起袋子就跑。米妮爬起来哭着向前追。爸爸、妈妈开声大叫抓贼，在田里干活的村民也一起向那人追去。

那人被追得太急，在一斜坡处不小心摔倒了，像滚雪球一样滚下，撞得满脸血淋淋的，再也跑不动了。

村民们小心地从斜坡上下来。看见白狐在袋中挣扎得厉害，赶紧打开袋子。

白狐立刻从袋里跳出。米妮跑过来一把抱住了白狐，哭声还是不停。

白狐在米妮的怀里躺了一会儿就跳开了。它跳开几步，就转过头来用那黑亮的眼睛看着米妮，像在诉说着什么。

米妮只是想抱抱白狐，她向白狐走去，白狐却一步步的往后退。

“你怎么了?”米妮不明白地问。白狐在后退了十来步后，转身向田野的另一方跑去。

看着白狐跳动的身影，米妮哭着喊着要追上去。可妈妈抓住了她。

白狐跑了一会儿，停了下来，回头看着米妮，看着大家。村民们知道白狐是在向他们道别。

最后，白狐像一阵云烟一样，快速地消失了。

白狐走后，米妮天天都在想它，常常跑到那棵大树的地方，可是再也找不到树洞。米妮认为是走错了地方，之后，她望见大树都跑去。一次，她跑得太远迷了路，不知往哪个方向回去，便站在一棵大树旁放声大哭起来。

突然，白狐跑来了。米妮一见就停住哭，向白狐扑去。白狐立即转身向前走，米妮在后面紧紧地追。她随着白狐绕了几个圈，又走了一段路，回到了自己的家。这时白狐走到米妮的身边停下来，它让米妮抱起亲昵地依偎在怀里。

从此，白狐再也舍不得离开米妮……

原发表于《半岛雷声》，2017 年获中华文艺第二届全国文学大赛银奖，收入《百花齐放·文学大赛获奖作品精选》（团结出版社）。

作家蒋生与他的书香家庭

曹龙彬

一家出了两位广东省作家协会会员，家中藏书4000多册，曾被评为湛江市“十大优秀书香之家”“十大最美家庭”、广东省“十大优秀书香之家”、首届全国“书香之家”、第九届全国“五好文明家庭”……

日前，记者慕名走进雷州籍作家蒋生的家庭，听他们讲述书香家庭的一些故事，以及他们的夫妻情、文学梦、赤子心。

“书痴”用眼过度曾失明

由于家庭出身的影响，蒋生只读了4年半小学就被迫辍学务农，但他没有自暴自弃。他的父亲常常给他讲古代名人无师自通、苦学成才的故事，这大大激发了他的好学自强之心。每天劳动一回来，他就埋头看书、写字。《东周列国志》《三国演义》《水浒传》《红楼梦》《西游记》《林海雪原》《钢铁是怎样炼成的》等古今中外文学名著，都被他想方设法借来，废寝忘食地阅读。

蒋生狂热地看书学习，由于营养不良、用眼过度，而且晚上仅靠煤油灯来照明，所以他的视力越来越差，甚至一度失明。

对于一个“读书狂”来说，没有明亮的眼睛是非常痛苦的。蒋生患眼疾5年，多方寻医问药，难以治愈。后来，他得知《人民日报》上说：四川成都有一名国内著名的中医眼科专家，曾为老一辈党和国家领导人治疗眼疾……这让他看到了一丝光明和希望。于是，他便在视力已经变得越来越模糊的情况下，摸索着给眼科专家写了一封长信，详细说明自己的情况。

眼科专家复信后，蒋生一个人带着家里仅借到的200元，坐了3天3夜的火车，从湛江摸路到成都（当时火车费23元左右）。为了找到眼科专家看病，他再次写了一封恳求信。当时，眼科专家已经70多岁，而且自己身体不好，很少出诊了。但蒋生在那里等了17天，他最终受其感动，上班为蒋生看病。眼科专家到门诊室为蒋生问诊时，蒋生又给他递上一份陈情书，他读着更是深受感动，不停地叹气，连身边的助手看了也忍不住流泪。终于，蒋生以自己的顽强和诚心打动了眼科专家，他用独特的中医疗法，使已经陷于黑暗中的蒋生重见光明。

蒋生在去成都寻医治病的过程中，不仅得到了眼科专家的精心治疗，还遇到了很多好心人帮助，有给他捐钱的火车乘客，有帮他订饭、带路甚至找旅店的素不相识的人。他在丰收旅馆住宿时，还得到袁巧珍、叶重义等人的悉心照顾。后来，他把这些真实故事都写进了作品《情悠悠》里面，书中洋溢的正能量感动了众多读者。

千里姻缘一“文”牵

生活的贫困处境，曾让当时已属大龄青年的蒋生放弃了爱情的温暖。然而，他意料不到，他的文章对他的婚姻起了奇效作用。

上世纪80年代初，蒋生的作品频频发表，其中有一篇在报纸上发表的文章，竟使粤北连山县的一位名叫李意芬的姑娘产生共鸣，双方成了知音，于是有了书信来往。

“因为我从他的来信中，了解到他为了读书学习和文学创作的梦想，在困境中不懈地努力着，我不由得对他产生倾慕之心。”李女士说，通过鸿雁传情，她毅然从两千多里外的连山问路而来，追求自己的爱情。

李女士来雷州前，在广州发电报叫蒋生到县文化馆接她，镇邮电所却将他姓名中的“蒋”字错写成“蔡”字，他没有接到电报。可巧的是，就在那天，蒋生带纪家苹文文学会的会刊文稿到文化馆排版付印时却相遇了。“也许是，我与妻子的姻缘是老天注定的吧！”蒋生说。

刚来雷州时，许多人都认为，李女士不会跟着蒋生生活下去。其原因：一是蒋生家很穷，欠债很多；吃的几乎都是番薯丝粥，极少见大米；住的是破旧茅房，一个白嫩嫩的年轻姑娘，不可能吃得起这苦。二是蒋生的年纪比女方偏大，很多方面不如女方，并且女方家人极力反对。

从来不敢“非分之想”的蒋生，一开始也认为这只不过是情窦初开的文学女青年的一时“头脑发热’而已，并不想拖累李女士，想让她收回念头。他还郑重向李女士申明，自己曾患眼疾，将来有可能再次失明。可是，李女士不但对这些毫不介意，还坚定地说：“你将来如果瞎了，我有两只明亮的眼睛，可给你移植一只！”

结婚30多年，夫妻俩相濡以沫，艰苦奋斗，生活也有了很大改善，过上了幸福的日子。“我应该感谢妻子，她吃苦耐劳承担起家庭的重任，在我的工作之余催促我写作；我应该感谢妻子，她让我在写作这条路上鼓起勇气，逐步走向成熟，发表了许多作品。我在写作上所取得的这些成绩，一半是靠自学的，一半是被妻子‘逼’出来的。”蒋生深有感触地说。

“书香之家”育桃李

蒋生和妻子都是文学爱好者。妻子不但背井离乡远嫁给他，当初来雷州时还为家庭作出了牺牲——本来她也创作发表了几篇作品，并有一篇作品获得有关征文奖，但为了让蒋生做好工作和走出一条文学之路，她舍弃了自己的文学梦，种地制鞋什么都干。在孩子很小时，他们就很注重对孩子的文学熏陶和写作能力培养。

女儿蒋瑞明，出生于1987年。由于长期写作，且家里藏书很多，女儿从小就爱看书、爱写作。她14岁时，写了10万字的小说《上天红娘》。蒋生一开始还不知道，后来才发现了这个“大大的惊喜”，当时真是感到不可思议，因为女儿当时确实还太小。那时，女儿主要用练习本写，单行的、格子的……各种各样的练习本，随手一抓就写。这本10万字的小说，女儿仅用近一个月时间就写完。因为书中有些主角是班中的同学，身边的同学都追着看，也催着她写。

女儿在17岁时正式出版了长篇小说《梦星》。她有点儿名气了，然而作品的诞生除了带来鲜花和掌声外，还有个别人的质疑。因为女儿当时年龄小，甚至有人认为这是蒋生的代笔之作，当然后来这也成为了笑谈。蒋瑞明20岁时又出版10多万字小说《阳光时空》。2007年，她被鲁迅文学院破格录取为该院高级研讨班（中青年儿童文学作家班）学员。2008年，她获第十届湛江市文化艺术精品奖“新人新秀”奖；2011年，获《小说选刊》第二届全国小说笔会”短篇小说优秀奖，还发表了多篇短篇小说、散文、童话、报告文学等作品。22岁时，她被广东省作家协会吸收为会员，当时是湛江籍最年轻的女作家。

蒋生和女儿对于写作有不同的认识。他写任何东西，都会每个字反复斟酌，花费的时间很多。而女儿写作却是很随意随性的，想到什么就写什么，不喜欢反复改，因为她认为第一感觉的表达是最精彩的，所以很注重和珍惜最初的心有灵犀。

笔耕不辍著书一百万字

蒋生是自学成才的典型。他命运多舛，不幸出身于一个富农家庭，在当时特定的历史背景下，自小便背上了沉重的“原罪”，仅仅读了四年半的小学，他便含泪与学校“拜拜”。

他干过农、教过书、当过镇报道员、镇党政办资料员、镇文化站副站长等，人生艰苦备尝。但是，他当一名作家的信念矢志不渝。在艰苦的劳作之余，他在一灯如豆的陋室奋力攻书，笔耕不辍。“宝剑锋自砥砺出，梅花香自苦寒来”，蒋生终于实现了梦寐以求的人生理想，被广东省作家协会吸收为会员，成为令人艳羡的作家，后来还担任雷州市文联副主席兼作家协会常务副主席等职务，并加入了中国小说学会。一名小学未毕业的农家子弟，创作、发表了100万多字的作品，成为当地颇有名气的作家。他以自己辛勤的汗水，以一颗火红的心谱写了感人心扉的励志篇。

蒋生在文艺方面堪称多面手，除了小说、散文、报告文学、纪实文学、评论外，在诗词、楹联、雷歌等其他文艺门类也有一定造诣。他先后出版了作品集《情悠悠》《火红的心在燃烧》《蒋生作品选》和纪实文学集《人民公仆陈光保》（与李日兴合作）。其作品曾多次获奖，在社会上有一定影响。其中，有的作品还被收入《散文家力作选》《文学经典·诗文精选》《世界风范·作家文选》《中国小说家代表作集》《百花齐放·文学大赛获奖作品精选》等书。尤其是《西部散文选刊》在2016年第3期，不仅一次性推出他11篇文章（评论10篇，说论文1篇），还在封二作家推介专栏以一个专页对他进行推介；《中国报告文学》在2017年第6期和2018年第1期分别推出他的中篇作品《一名戏剧家的传奇人生》和近万字的短篇作品《梅花香自苦寒来》，同时也都附上他的简介对他进行推介，并将文章的标题放置封面，可见其作品的影响力。

如今退休在家，很多朋友知道他的眼睛不好，都劝他停笔保养身体。甚至有人曾半开玩笑说，时下文不值钱了，也没多少人看了，建议他不要做无用之工。然而，他却对这些“大道理”置之一笑，仍然初衷不改，继续爬他的“格子”。他常说：“我是视文学为生命的人。

近年来，他的家被评为湛江市“十大优秀书香之家”“十大最美家庭”、广东省“十大优秀书香之家”、首届全国“书香之家”、第九届全国“五好文明家庭”。他先后被中华文艺与经典文学网评为“十佳签约作家”，其妻子李意芬也被评为“广东省现代百名好妻子”。《中国妇女报》《中国作家网》，以及省媒、市媒等媒体曾多次报道他及家庭事迹，传递正能量。

本文发表于2019年2月23日《湛江日报》，作者系《湛江日报》记者。

后 记

在文学创作的道路上磕磕碰碰，转眼间度过了三十多年。我这个连小学都没有念完的人，当初要进行写作，回想起来，真是不知天高地厚！

走进写作的门坎，是我因病到成都求医，得到许多人帮助深受感动所至的。那时，我病愈后为将自己治病的过程写成文章发表，送给所有帮助过我的人作为答谢和纪念，便决定学习写作。初期，有人知道鄙夷地说，阿生也不想想自己读过几年书，竟然想写作。如果写作的饭那么容易吃，谁都当作家了！

有幸的是，我的第二篇习作《继父》（小说）参加县征文评奖就获得了三等奖，接着修改了一下，将标题改为《春暖寡门》在《湛江日报》发表，也获得三等奖……此后，我所写的作品几乎都得到发表。1996 年，我的作品集《情悠悠》由陕西旅游出版社出版，第二年，四川省作协原副主席、著名作家高缨老师到雷州来看了，随即在我的书上写下一句话："蒋生老弟，你既然走上了文学这条路，希望你磨破脚踝也要坚持下去。"在他的鼓励下，我常常忙里偷闲写作，至今发表了 100 万多字作品。让我想不到的是，有的作品竟然走进《西部散文选刊》和《小说选刊》等。尤其是想不到《西部散文选刊》在 2016 年第 3 期，不仅以特辑方式为我一次性转载了10篇评论和一篇说论文，还将说论文的标题《文化名城话楹联》放置于名家栏目“八仙桌晚餐”和封面，同时在封二设置“作家推介”专栏，以一个专页对我进行推介；2017年6月和2018年1月分别在《时代报告·中国报告文学》发表的《一名戏剧家的传奇人生》《梅花香自苦寒来》这两篇文章的标题也都放置封面，并附上我的简介。更想不到的是，近年来中华文艺将我的中篇纪实文学《情悠悠》，中篇小说《桂花》都当为“经典小说”在经典文学网推出并被多家网站转载。此外，我的作品还被收入《中国小说家代表作集》《中国散文家力作选》和《世纪风范·作家文选》《文学经典·诗文精选》等书。

《蒋生作品选》第一次出版是在2011年3月。此书出版后受到很多读者的好评，不少人找上门来要。于是2014年3月进行第二次出版。此次出版已是第三次了，为充实内容，增加了近年发表的部分作品。

这本书是我多年来创作发表的各类文学（含民间文学）作品选集。里面有小说、纪实文学、报告文学、散文、评论、序言、特写、故事、诗词、楹联、雷歌等，以及收入妻子李意芬的小说4篇，女儿蒋瑞明的儿童文学5篇和《湛江日报》记者曹龙彬同志对我家庭的一篇报道，共计41万字。

书里面的报告文学《蘸着心血绘宏图》《心底无私天地宽》是与徐文学、朱权、钟章成同志合作，《从农家子弟到教育专家》是与吴家栋老师合作；在采写纪实文学《一名戏剧家的传奇人生》时，得到雷州市政协原副主席冯伟、雷州市文化馆原馆长吴兆生、著名雷剧演员郑马华等同志热情给予提供材料；在这次出版时，深得雷州市委原常委、宣传部长陈云同志、雷州市人大原代主任李三同志、雷州市文联张朝霞主席、文友莫承远先生等的帮助，中学特级教师黄华胜先生对有的作品提出宝贵修改意见，并与雷州一中原工会主席、特级教师郑如鹏先生、雷州市教研员、特级教师陈雁鸣先生、雷州市文联副主席臧权源同志、深圳市益华电子广场蒋豪总经理等精心校对，尤其是广东人民出版社原社长陈海烈老师在百忙中抽空帮我审校，让我非常感动，在此对陈海烈老师与大家致以热忱谢意。同时，对暨南大学原党委书记、副校长，现任中国中外文艺理论学会副会长、广东省作家协会主席、暨南大学博士生导师蒋述卓老师、广州市政协原副秘书长、广东省作家协会杂文创作委员会原主任、现任广东省现代作家研究会副会长、著名作家吴茂信老师和海南省作家协会散文创作委员会主任、海口市作家协会副主席莫晓鸣老师写序，青年作家冯学仁老师书写评论，雷州市图书馆原馆长符星伟同志设计封面，一并致以衷心感谢！

蒋　生

2019 年 7 月 18 日